LENDÁRIOS

LENDÁRIOS
LEGENDBORN

TRACY DEONN

Tradução de Jim Anotsu

intrínseca

Copyright © 2020 by Tracy Deonn Walker

TÍTULO ORIGINAL
Legendborn

PREPARAÇÃO
Júlia Ribeiro

REVISÃO
Ulisses Teixeira
Thaís Entriel
Pedro Proença

LEITURA SENSÍVEL
Olívia Pilar
Vic Vieira

DIAGRAMAÇÃO E ADAPTAÇÃO DE CAPA
Julio Moreira | Equatorium Design

DESIGN DE CAPA E PROJETO GRÁFICO
Laura Eckes

ILUSTRAÇÃO DE CAPA
© 2020 by Hillary Wilson

CIP-BRASIL. CATALOGAÇÃO NA PUBLICAÇÃO
SINDICATO NACIONAL DOS EDITORES DE LIVROS, RJ

D466L

Deonn, Tracy
    Lendários / Tracy Deonn ; tradução Jim Anotsu. - 1. ed. - Rio de Janeiro : Intrínseca, 2021.
    592 p. ; 23 cm.   (Lendários ; 1)

    Tradução de: Legendborn
    ISBN 978-65-5560-265-4

    1. Ficção americana. I. Anotsu, Jim. II. Título. III. Série

21-71480   CDD: 813
                                CDU: 82-3(73)

Meri Gleice Rodrigues de Souza - Bibliotecária - CRB-7/6439

[2021]
Todos os direitos desta edição reservados à
Editora Intrínseca Ltda.
Rua Marquês de São Vicente, 99, 3º andar
22451-041 – Gávea
Rio de Janeiro – RJ
Tel./Fax: (21) 3206-7400
www.intrinseca.com.br

Para minha mãe

PRÓLOGO

O CORPO DO POLICIAL vira um borrão, mas logo fica nítido outra vez.

Eu não olho para ele diretamente. Não consigo focar em nada nesta sala, mas, quando o encaro, seu rosto brilha.

Seu distintivo, a plaquinha retangular com seu nome, seu prendedor de gravata… Todos os detalhes metálicos no peito dele vibram e brilham como moedas no fundo de uma fonte. Nada nele parece sólido, nada nele parece real.

Mas não penso nisso. Não posso.

Na verdade, tudo parece algo de outro mundo quando você está chorando sem parar há três horas.

O policial e a enfermeira trouxeram meu pai e a mim para uma salinha verde-hortelã. Agora estão sentados do outro lado da mesa. Eles dizem que estão "explicando a situação" para nós. Estas pessoas não parecem reais, mas "a situação" que eles continuam explicando para nós também não parece.

Não choro pela morte da minha mãe. Ou por mim mesma. Choro porque estes estranhos no hospital — a enfermeira, o médico, o policial — não conhecem a minha mãe, e ainda assim foram eles que estavam ao seu lado quando ela morreu. E quando algum ente querido seu morre, você precisa ouvir estranhos transformando os seus pesadelos em realidade por meio de palavras.

— Nós a encontramos na rota 70 por volta das oito da noite — diz o policial.

O ar-condicionado começa a funcionar. O cheiro forte de sabonete hospitalar e desinfetante atinge nosso rosto.

Eu escuto gente que não conheço usando verbos no pretérito para se referir à minha mãe, a pessoa que me trouxe ao mundo e criou meu presente. Estão colocando o meu coração no passado — todo o meu ser, sangrando, dilacerado — bem diante de mim.

É uma *violação*.

Os estranhos uniformizados me rasgam com suas palavras, mas só estão fazendo o trabalho deles. Não posso gritar com pessoas que só estão fazendo o trabalho delas, posso?

Mas quero.

Meu pai se senta em uma cadeira acolchoada de vinil. Ela range quando ele se inclina para a frente e lê parágrafos com letrinhas pequenas em pedaços de papel. De onde veio essa papelada? Quem tem essa papelada pronta sobre a morte da minha mãe? Por que *eles* estão prontos e *eu* não?

Meu pai faz perguntas, assina o nome dele, pisca, respira, assente. Eu me pergunto como ele consegue. A vida da minha mãe chegou ao fim. Tudo e todos não deveriam deixar de viver também?

Ela foi esmagada dentro do sedã da nossa família, o corpo semidestroçado embaixo do painel depois que alguém bateu no carro e não prestou socorro. Ela ficou sozinha até que um bom samaritano gentil e provavelmente assustado viu o veículo capotado do outro lado da estrada.

Uma linha vermelho-sangue conecta as últimas palavras que falei para a minha mãe — na noite passada, com raiva — com outra noite de fevereiro. Uma noite em que a minha melhor amiga, Alice, e eu, sentadas no porão da casa de dois andares dos pais dela, decidimos que estudar no Programa de Entrada Universitária da Universidade da Carolina do Norte – Chapel Hill era o nosso sonho. *Estudantes brilhantes podem ganhar créditos universitários ao longo de dois anos, experimentar a vida em dormitórios e se tornar independentes.* Pelo menos era isso que o livreto dizia. Para mim e Alice, o programa era a chance de duas meninas pertencentes a minorias saírem de uma cidadezinha rural na Carolina do Norte. Para nós, o programa significava ideias e salas de aula maiores. E *aventura*. Preenchemos nossas inscrições juntas. Fomos até a agência de correios de Bentonville depois da aula juntas. Colocamos os envelopes na esteira juntas. Se conseguíssemos entrar na UCN, deixaríamos o colégio de Bentonville para trás e iríamos para um dormitório universitário a quatro horas de distância — e para longe de pais que às vezes nos sufocavam tanto que mal conseguíamos respirar.

Uma década antes de eu ter nascido, minha mãe se formou na UCN. Uma cientista em ascensão. Eu ouvi as histórias por anos. Vi as fotos emolduradas de experimentos químicos complexos: béqueres e pipetas de vidro, óculos de proteção pousados em suas maçãs do rosto protuberantes. Isso tudo foi culpa dela, na verdade. Foi ela quem plantou essa semente na minha cabeça. Pelo menos era isso que eu dizia para mim mesma.

Nossas cartas com a resposta da universidade chegaram ontem. Os pais de Alice sabiam que ela tinha se inscrito. Ficaram radiantes, como se fossem *eles* que tivessem sido aceitos.

Eu sabia que não seria desse jeito comigo. Fiz a inscrição escondida da minha mãe, torcendo para que, assim que eu entrasse, assim que eu recebesse aquela carta, ela abriria mão da necessidade de me manter por perto. Entreguei a carta em papel branco e azul para ela, sorrindo como se estivesse segurando um troféu.

Nunca a vi com tanta raiva.

Minha mente não aceita o lugar em que o meu corpo está agora. Ela cataloga as últimas trinta e seis horas na esperança de encontrar o *motivo* desta sala hospitalar.

Noite passada: ela rugiu, falando de confiança e segurança e de não se apressar para crescer. Eu gritei, falando de injustiça, do que eu merecia e de como precisava me afastar daquela cidade.

Hoje de manhã: eu ainda estava espumando de ódio quando acordei. Na minha cama, prometi que não falaria com ela o dia inteiro. Aquela promessa fez com que eu me sentisse bem.

Hoje: uma terça-feira comum, exceto que, para mim, carregava a teimosia implícita do *a gente conversa mais tarde*.

Hoje à noite: ela estava voltando para casa do trabalho no fim do dia.

Então: um carro.

Agora: a sala verde e pálida e o cheiro de desinfetante que queima minhas narinas.

Para sempre: *a gente conversa mais tarde* não é a mesma coisa que *a gente nunca mais vai conversar.*

A linha vermelho-sangue que teve início em fevereiro e chegou até este momento me aperta com força, como se eu nunca mais fosse respirar, mas, mesmo assim, o policial continua falando, brilhando e reluzindo.

O ar ao redor dele parece vivo. Como se o homem estivesse banhado em magia.

Mas quando seu mundo inteiro está desmoronando, um pouquinho de magia não é... nada.

TRÊS MESES DEPOIS

PARTE UM

ORDEM

1

UM CALOURO DA UCN corre pela escuridão e se joga de um penhasco, para dentro da noite iluminada pela lua.

O grito dele faz com que passarinhos até então sonolentos levantem voo. O barulho ecoa contra a face rochosa que circunda a Pedreira de Eno. Lanternas acompanham o corpo em queda, os braços se contorcendo e as pernas chutando, até que ele atinge a água com um estalo. Na colina acima, trinta universitários celebram, seu júbilo reverberando por entre os pinheiros. Como uma constelação em movimento, feixes de luz cônicos passam pela superfície do lago. Todos prendem a respiração. Os olhos atentos. Esperando. Então, o rapaz emerge da água com um rugido, e a multidão explode.

Pular de uma colina é a diversão perfeita para garotos brancos do Sul: audácia rural, uma lanterninha de bolso como precaução e um desafio. Não consigo desviar o olhar. Cada corrida arrasta meus próprios pés alguns centímetros para mais perto da beirada. Cada salto no vazio, cada pairar antes da queda, acende uma fagulha de desejo selvagem em meu peito.

Retenho aquele desejo. Tranco-o. Bloqueio-o com placas de madeira.

— Ele teve sorte de não ter quebrado a droga das pernas — murmura Alice com sua voz melodiosa.

Ela debocha, se esticando um pouco para ver o saltador sorridente agarrando pedras afiadas e vinhas expostas para escalar a rocha. O cabelo liso e preto-carvão dela está grudado no rosto. A umidade quente e gosmenta do fim de agosto oprime nossa pele. Meus cachos já estão presos em um coque, afastados o máximo possível da nuca, então dou a ela o elástico extra que está em meu pulso. Ela o pega em silêncio e faz um rabo de cavalo.

— Eu li sobre essa pedreira no caminho para cá. De tempos em tempos, jovens se machucam, caem nas pedras, se afogam. A gente não vai pular de jeito nenhum, *e* já está ficando tarde. Temos que ir.

— Por quê? Só porque você está sendo devorada pelos mosquitos?

Eu bato em algo pequeno, zunindo e se mexendo perto do braço dela. Ela mantém o olhar fixo em mim.

— Eu me sinto ultrajada por essa sua tentativa fracassada de jogar a culpa em mim. Não é o comportamento de uma melhor amiga. Está demitida.

Alice quer se formar em sociologia, depois, talvez, estudar direito. Ela me interroga desde que nós tínhamos dez anos de idade.

Reviro os olhos.

— Você já me demitiu do cargo de melhor amiga umas cinquenta vezes desde que éramos crianças e *mesmo assim* continua me readmitindo. Esse emprego é um saco. O RH é um pesadelo.

— E *mesmo assim* você continua voltando. Evidência, ainda que circunstancial, de que gosta do trabalho.

Dou de ombros.

— O salário é bom.

— Você *sabe* por que não gosto disso.

Eu sei. Não tinha exatamente *planejado* infringir a lei em nossa primeira noite no campus, mas, depois do jantar, uma oportunidade se apresentou na forma de Charlotte Simpson, uma garota que conhecíamos do colégio de Bentonville. Charlotte meteu a cabeça no nosso dormitório antes que terminássemos de desfazer as malas e exigiu que saíssemos com ela à noite. Depois de dois anos no Programa de Entrada Universitária, ela havia se matriculado na Universidade da Carolina do Norte e, aparentemente, passou a ser figurinha carimbada em todas as festas.

Durante o dia, o Parque Estadual do Rio Eno ficava aberto a todos que quisessem caminhar, acampar e andar de caiaque, mas, se você se infiltrasse depois que os portões estivessem fechados, como todos os jovens por aqui faziam, talvez, ou muito certamente, seria considerado um invasor. Não era algo que em geral eu faria, mas Charlotte explicou que a véspera do primeiro dia de aula é especial. É tradição os calouros e veteranos fazerem uma festa na pedreira. Também é tradição os calouros pularem da encosta no lago. O parque cortava os condados de Orange e Durham e ficava ao norte da rodovia I-85, a cerca de vinte e cinco minutos de distância do campus da universidade. Charlotte nos levou no seu velho Jeep prateado, e, durante a viagem inteira, senti o desconforto de Alice do meu lado no banco de trás, nervosa por conta da ilegalidade do que estávamos prestes a fazer.

A risada espontânea do saltador emerge da colina antes mesmo de sua cabeça. Eu não me lembro da última vez em que a minha risada soou daquele jeito.

— Você não gosta disso porque é — baixo a voz até um sussurro dramático — *contra as regras*?

Os olhos escuros de Alice pegam fogo atrás dos óculos.

— Ser pega fora do campus durante a noite dá expulsão *automática*.

— Relaxa, Hermione. Charlotte falou que um monte de gente faz isso todo ano.

Outro saltador avança pela mata. Um mergulho mais profundo. Gritos de comemoração. Alice indica os outros estudantes com o queixo.

— Lá estão eles. Me diz por que *você* quer ficar aqui?

Porque não consigo apenas ficar sentada no nosso quarto agora. Porque, desde que a minha mãe morreu, tem uma versão de mim que deseja quebrar coisas e gritar.

Dou de ombros.

— Porque qual é a melhor forma de começar a nossa aventura senão com um *pouquinho* de rebeldia?

Ela não parece convencida.

— Alguém aí falou em rebeldia?

As botas de Charlotte esmagam as folhas e os galhos de pinheiros. O som afiado se destaca do zumbido dos grilos e da música grave e baixa que sai das caixas de som vibrando em nossa direção. Ela para perto de mim e afasta o rabo de cavalo do ombro.

— Vocês vão pular? É tradição. — Ela sorri. — E é divertido.

— Não. — A palavra quase salta da boca de Alice. Alguma expressão deve ter aparecido meu rosto, porque Charlotte sorri, e Alice diz: — Bree...

— Você não vai cursar medicina ou algo do tipo, Charlotte? — pergunto. — Como pode ser tão inteligente *e* uma péssima influência?

— Estamos na faculdade — diz Charlotte, dando de ombros. — "Inteligente mas péssima influência" descreve metade dos estudantes.

— Char? — Uma voz masculina chama por trás de um pé de azevinho disforme.

Charlotte abre um sorriso de orelha a orelha antes mesmo de se virar para o ruivo alto que caminha em nossa direção. Ele está com um copo vermelho em uma das mãos e uma lanterna na outra.

— Oi, amor — diz Charlotte com uma voz melosa, e o saúda com um beijo risonho.

— *Char?* — sussurro para Alice, que está fazendo uma careta.

Quando eles se separam, Charlotte acena para nós.

— Amor, essas são as alunas novas da EU, lá da minha cidade. Bree e Alice. — Ela se enrosca nos braços do garoto feito um coala. — Pessoal, esse é o meu namorado. Evan Cooper.

Evan nos analisa por algum tempo, e me pergunto o que ele está pensando da gente.

Alice é taiwanesa-americana, baixa, magra, de olhos observadores e um quase constante sorriso de desdém no rosto. Seu *modus operandi* de se vestir é causar uma boa impressão "caso seja necessário" e, esta noite, ela escolheu uma calça jeans escura e uma blusa de bolinha com gola arredondada. Sob o escrutínio de Evan, ela ajeita os óculos redondos e dá um aceno tímido.

Eu tenho um metro e setenta — alta o suficiente para *talvez* me passar por uma universitária — e sou negra. Abençoada com as maçãs do rosto e as curvas da minha mãe e com os lábios grandes do meu pai. Vesti uma calça jeans velha e uma camiseta. Timidez não é muito a minha praia.

Evan arregala os olhos ao me ver.

—Você é a menina que perdeu a mãe, né? Bree Matthews?

Uma pontada de dor me invade, e então volto a erguer a barreira ao meu redor. A morte cria um universo alternativo, mas depois de três meses, tenho as ferramentas necessárias para viver nele.

Charlotte dá uma cotovelada no namorado, fuzilando-o com o olhar.

— O quê? — Ele ergue as mãos, confuso. —Você que falou...

— Me desculpe, Bree — diz Charlotte, cortando o namorado, morta de vergonha.

Minha barreira funciona de duas formas: ela esconde as coisas que preciso esconder e me ajuda a mostrar as coisas que preciso mostrar. Muito útil com a galera do "meus pêsames". Na minha mente, a barreira está reforçada agora. Mais forte que madeira, ferro, aço. Ela precisa ser assim porque sei o que vem logo em seguida: Charlotte e Evan vão soltar torrentes de palavras previsíveis que todo mundo fala quando percebem que estão diante da Menina que Perdeu a Mãe.

É uma espécie de Bingo do Console a Pessoa em Luto, com a diferença de que, quando todos os espaços são marcados, todo mundo perde.

Charlotte começa. *E lá vamos nós...*

— Como você está? Tem algo que eu possa fazer por você?

Acerto duplo.

As respostas verdadeiras para as duas perguntas? As respostas verdadeiras *mesmo*? *Nada bem* e *não*. Em vez disso, falo:

— Estou bem.

Ninguém quer escutar as respostas verdadeiras. O que a turma do "meus pêsames" quer é se sentir bem por ter perguntado. Esse jogo é horrível.

— Eu nem consigo imaginar — murmura Charlotte, marcando outro quadradinho no bingo.

Eles *conseguem* imaginar, só não querem.

Algumas verdades são apenas ensinadas pela tragédia. A primeira que aprendi é que, quando as pessoas reconhecem a sua dor, elas querem que a sua dor também as reconheça. Eles *precisam* testemunhá-la em tempo real, ou você não está fazendo a sua parte. Os famintos olhos azuis de Charlotte buscam pelas minhas lágrimas, pelo tremor em meu lábio inferior, mas minha barreira está erguida, então ela não vai conseguir nenhuma das duas coisas. O olhar ansioso de Evan caça meu luto e meu sofrimento, mas, quando levanto o queixo em desafio, ele desvia o olhar.

Bom.

— Sinto muito pela sua perda.

Droga.

E, com as palavras que mais desprezo, Evan fecha o bingo.

As pessoas perdem as coisas quando têm um lapso mental e esquecem onde determinado objeto foi parar. Depois, o encontram no lugar em que perderam. Mas a minha mãe não foi *perdida*. Ela morreu.

A Bree-de-Antes também morreu, mesmo que eu finja que não.

A Bree-de-Depois ganhou forma no dia seguinte à morte da minha mãe. Eu fui dormir naquela noite, e, quando acordei, ela estava lá. A Bree-de-Depois estava lá durante o velório. A Bree-de-Depois estava lá quando os vizinhos bateram na nossa porta para oferecer lamentos e travessas de comida. A Bree-de-Depois estava comigo quando os vizinhos finalmente foram embora. Mesmo que eu me lembre apenas de recortes enevoados do hospital — perda de memória relacionada ao trauma, de acordo com o livro estranho e maçante sobre luto que meu pai estava lendo —, eu tenho a Bree-de-Depois. Ela é uma lembrancinha indesejada que a morte me deu.

Na minha mente, a Bree-de-Depois quase se parece comigo. Alta, atlética, pele negra cheia de vida, ombros mais largos do que eu gostaria. Mas enquanto os meus cachos escuros e fechados em geral ficam no topo da minha cabeça, os cachos da Bree-de-Depois são livres e soltos como um carvalho vivo. Enquanto os meus olhos são castanhos, os dela são de um ocre escuro, carmesim e obsidiana de ferro fundido numa fornalha, porque a Bree-de-Depois está em constante estado de quase explosão. Fica pior à noite, quando ela dilacera minha pele e a dor é insuportável. Sussurramos juntas: *Me desculpe, mãe. É tudo culpa minha.* Ela vive e respira dentro do meu peito, um coração que bate além da minha própria vida e respiração, como um eco raivoso.

Contê-la é um trabalho em tempo integral.

Alice não sabe da Bree-de-Depois. Ninguém sabe. Nem mesmo o meu pai. *Principalmente* o meu pai.

Ela pigarreia, o som como uma onda se quebrando contra meus pensamentos. Por quanto tempo fiquei perdida em devaneios? Um minuto? Dois? Foco neles três, meu rosto inexpressivo, a barreira erguida. Evan fica incomodado com o silêncio e dispara:

— Aliás, seu cabelo é muito legal!

Eu sei, sem precisar olhar, que os cachos saltando do meu coque estão com frizz, apontados para o céu por causa da umidade. Respiro fundo, porque o tom dele se parece menos com um elogio e mais como se ele tivesse visto uma estranheza engraçada — e a estranheza engraçada é a preta que sou, com meu cabelo preto. Maravilha.

Alice me lança um olhar gentil que Evan nem sequer percebe, porque é claro que ele não perceberia.

— Acho que já deu a nossa hora — diz minha amiga. — Vamos?

Charlotte faz um biquinho.

— Meia hora, juro. Eu quero dar uma olhada na festa.

— Isso! Venham me ver virando um barril de chope.

Evan passa um braço ao redor do ombro da namorada e a puxa antes que a gente proteste.

Alice resmunga baixinho e vai atrás deles, dando uma passada larga por cima de ervas daninhas perto das árvores. Capim e braquiária, na maior parte. Minha mãe chamava aquilo de "grama de bruxa" e "pulgão de buva" quando ainda estava viva para me mostrar plantas.

Alice já está quase nas árvores quando percebe que não saí do lugar.

— Você vem?

— Já vou. Quero assistir a mais alguns saltos.

Aponto com o polegar para o lago atrás de mim.

Ela volta para onde estou.

— Eu espero com você.

— Não, tudo bem. Pode ir.

Ela me observa, dividida entre acreditar na minha palavra ou continuar insistindo.

— Assistir, não pular?

— Assistir, não pular.

— Matty...

O apelido de infância que ela me deu, Matty, diminutivo do meu sobrenome, toca em algo profundo no meu peito. Memórias antigas têm feito isso nos últimos tempos, mesmo aquelas que não são sobre *ela*, e meio que odeio isso. Minha visão fica embaçada com a ameaça de lágrimas, e preciso piscar até que as feições de Alice entrem em foco: rosto pálido, óculos sempre escorregando até a ponta do nariz.

Ela continua:

— Eu... sei que não foi assim que a gente imaginou que seria. Vir para a faculdade, quero dizer... Mas... acho que sua mãe teria mudado de ideia. Em algum momento.

Lanço o olhar até onde a luz da lua permite. Do outro lado do lago, o topo das árvores é uma borda escura entre a pedreira e o céu turvo.

— Nunca vamos saber — falo.

— Mas...

— Sempre um "mas".

Algo duro se infiltra na voz dela.

— Mas, se ela estivesse aqui, não acho que ela ia querer que você... que você...

— Que eu o quê?

— Se tornasse outra pessoa.

Chuto uma pedrinha.

— Preciso ficar sozinha por um minuto. Vai lá curtir um pouco a festa. Já estou indo.

Ela me encara como se estivesse avaliando o meu humor.

— Odeio festinhas. Elas obrigam as pessoas a se esforçarem constantemente.

Estreito os olhos, procurando aquelas palavras familiares na minha memória.

— Você... Você acabou de citar Jane Austen?

Os olhos escuros dela brilham.

— Quem é a nerd aqui? Aquela que cita ou aquela que reconhece a citação?

— Espera. — Balanço a cabeça, entretida. — Você acabou de citar *Star Wars*?

— Não. — Ela sorri. — Eu citei *Uma Nova Esperança*.

—Vocês vêm ou não? — A voz de Charlotte dispara de volta pela mata como uma flecha.

Os olhos de Alice ainda guardam um pouco de preocupação, mas ela aperta a minha mão antes de ir embora. Assim que deixo de ouvir o farfalhar dos tênis dela na relva, solto a respiração. Pego o telefone.

Oi, filha, você e a Alice se ajeitaram direitinho?

A segunda mensagem chegara quinze minutos depois.

Sei que você é a nossa Impetuosa Bree que estava pronta para escapar de Bentonville, mas não se esqueça da sua família aqui em casa. Deixe a sua mãe orgulhosa. Me ligue quando puder. Com amor, papai.

Enfio o telefone de volta no bolso.

Eu *estava* pronta para escapar de Bentonville, mas não porque eu era impetuosa. No começo, queria ficar em casa. Parecia a coisa certa a se fazer, depois de tudo que aconteceu. Mas alguns meses vivendo sob o mesmo teto que meu pai tornou minha culpa insuportável. Nosso luto é pela mesma pessoa, mas o meu luto é diferente do dele. São como aqueles ímãs das aulas de física: você pode até juntar polos magnéticos, mas eles se retraem, não querem encostar um no outro. Não consigo encostar no luto do meu pai. E nem quero, na verdade. No fim das contas, saí de Bentonville porque estava assustada demais para ficar.

Eu ando ao longo da encosta, longe da multidão, mantendo a pedreira do meu lado esquerdo. Os aromas de pinho e solo molhado sobem a cada passo que dou. Se eu inspirar bem fundo, o cheiro de minério das pedras alcança o fundo da minha garganta. Alguns centímetros depois, a terra some debaixo dos meus pés, e o lago se estende ao longe, refletindo o céu, as estrelas e as possibilidades noturnas.

Daqui, vejo o desafio que os saltadores precisam enfrentar: o que quer que tenha dividido a terra e as pedras para formar a pedreira abriu um buraco num ângulo de trinta graus. Para ficar bem longe da face rochosa é preciso correr bastante e saltar longe. Nenhuma hesitação era permitida.

Eu me imagino correndo como se a lua fosse a linha de chegada. Correndo como se pudesse deixar toda a raiva, vergonha e fofoca para trás. Quase sinto a queimação deliciosa nos músculos, a doce e forte adrenalina nas veias à medida que navego para além da borda e para dentro do nada. Sem aviso, o turbilhão cintilante da Bree-de-Depois se estica nas minhas entranhas feito vinhas em chamas, mas dessa vez não a afasto. Ela se desenrola por trás das minhas costelas, e a pressão quente que exerce é tão poderosa que parece que estou prestes a explodir.

Uma parte de mim *quer* explodir.

— Eu não faria isso se fosse você.

Uma voz seca atrás de mim me assusta e faz com que alguns passarinhos, escondidos na copa das árvores, voem em direção ao céu.

Não tinha escutado ninguém se aproximando pelo bosque, mas um garoto alto e de cabelo preto está recostado casualmente em uma árvore, como se estivesse ali o tempo inteiro; braços cruzados e coturno. Sua expressão é de preguiça e desdém, como se ele nem se desse ao trabalho de oferecer mais do que daquilo.

— Perdão por interromper. Parecia que você ia saltar da encosta. Sozinha. No escuro — diz ele, devagar.

Ele é bonito de uma forma inquietante. Tem um ar aristocrático e sério, com maçãs do rosto pálidas e altas. Parece saído das sombras: jaqueta preta, calça preta e cabelo muito preto encaracolado caindo pela testa até as orelhas, que exibem pequenos alargadores de silicone. Ele não deve ter mais que dezoito anos, mas tem algo que não é adolescente em suas feições — o formato da mandíbula, a linha do nariz. A quietude.

O garoto que é jovem e velho ao mesmo tempo deixa que eu o avalie, mas só por um momento. Então, ergue os olhos castanho-avermelhados, desafiadores. Quando nosso olhar se encontra, um choque percorre o meu corpo da cabeça aos pés, deixando medo em seu rastro.

Engulo em seco e olho para longe.

— Eu conseguiria saltar.

Ele desdenha.

— Pular de uma colina é ridículo.

— Ninguém pediu sua opinião.

Tenho uma tendência à teimosia que se agrava quando estou perto de outras pessoas teimosas, como é o caso desse garoto.

Dou um passo para a direita. Rápido como um gato, ele avança na minha direção, mas eu me viro antes que o menino consiga me segurar. As sobrancelhas dele se erguem, e o canto da boca se retorce.

— Nunca vi você por aqui antes. É nova?

— Estou indo embora.

Dou as costas para ele, mas o garoto surge ao meu lado em questão de segundos.

— Você sabe quem eu sou?

— Não.

— Prazer, Selwyn Kane.

O olhar dele lança pequenas invisíveis faíscas de eletricidade que dançam na minha bochecha. Pisco e coloco uma das mãos entre nós, na altura do rosto, como um escudo.

Dedos quentes demais, fortes demais, se fecham na mesma hora ao redor do meu pulso. Sinto um formigamento subindo até o cotovelo.

— Por que você cobriu o rosto?

Não sei que resposta dar a ele. Nem a mim. Tento me soltar, mas a mão dele é forte como ferro.

— Me solta!

Selwyn arregala um pouco os olhos, depois os estreita. Não está acostumado a ouvir alguém gritando com ele.

— Você... *sente* alguma coisa? Quando olho para você?

— O quê? — Puxo o braço, mas ele me segura sem esforço. — Não.

— *Não minta*.

— Não estou...

— Quieta! — ordena ele. Uma indignação incandescente arde em meu peito. Os olhos incomuns de Selwyn percorrem o meu rosto, apagando a chama. — Estranho. Achei que...

De repente, gritos varam a noite, mas dessa vez não pertencem aos jovens que pulam da colina. Ambos nos viramos para a floresta e para além dela, na direção da festa na clareira. Mais gritos, e não do tipo bêbado e alegre.

Um rosnado grave perto do meu ouvido. Dou um pulo quando percebo que o barulho vem do garoto exigente cujos dedos ainda seguram meu pulso. Enquanto ele encara as árvores, sua boca se contorce em um sorriso satisfeito, expondo caninos que quase encostam no lábio inferior.

— Peguei você.

— Pegou quem? — questiono.

Selwyn se assusta, como se tivesse esquecido completamente que eu estava ali, então me solta com um resmungo frustrado. Ele vai embora, correndo floresta adentro, uma sombra silenciosa por entre as árvores, sumindo de vista antes que eu consiga reagir.

Um grito perturbador ecoa da festa ao meu lado esquerdo. Vozes altas escapam dos saltadores, à minha direita, que agora correm para a clareira também. Meu sangue congela.

Alice.

Com o coração batendo forte no peito, corro para a trilha, atrás de Selwyn, mas, quando alcanço as árvores, a escuridão é tanta que mal consigo enxergar o chão. Três passos depois, tropeço e caio com força num espinheiro. Galhos arranham as palmas das minhas mãos e os meus braços. Fico com a respiração entrecortada, estou trêmula. Deixo a minha visão se ajustar. Me levanto. Busco o som de universitários gritando. Então, com adrenalina nas veias, corro cerca de oitocentos metros na direção certa, com passos cuidadosos e rápidos, imaginando *como* Selwyn consegue se mover tão depressa no meio do mato sem uma lanterna.

Quando entro cambaleando na clareira, a festa está um caos. Universitários se atropelam para atravessar a longa estradinha que leva até os carros parados no estacionamento de cascalho. Depois das árvores, motores começam a ganhar vida com rugidos que crescem como uma onda. Dois garotos se esforçam para erguer os barris e enfiá-los na caçamba de caminhonetes enquanto uma pequena multidão se aglutina ao lado deles, tentando "aliviar" o peso bebendo direto da mangueira. Perto da fogueira, um círculo de vinte jovens comemora, erguendo copos de plástico e celulares. O que quer que seja ou quem quer que esteja olhando, não é Alice. Ela tentaria me encontrar, assim como estou tentando encontrá-la. Pego o celular, mas não tem nenhuma ligação ou mensagem perdidas. Ela deve estar desesperada.

— Alice! — Em meio à multidão, procuro por ela, pelo rabo de cavalo de Charlotte, pelo cabelo ruivo de Evan, mas eles não estão ali. Uma estudante encharcada e seminua passa do meu lado. — Alice Chen!

A fumaça da fogueira sobe espessa no ar; mal dá para enxergar. Abro caminho por entre os corpos suados e agitados, chamando por minha amiga.

Uma loira alta faz uma careta quando grito perto demais do rosto dela, e faço outra careta em resposta. Ela é bonita do jeito que uma adaga bem cuidada é bonita: afiada, brilhante e pontuda. Um tanto quanto austera. Fazia o tipo de Alice, com certeza. *Droga, cadê ela...*

— Todo mundo correndo antes que alguém chame a polícia! — grita a garota.

Polícia?

Ergo o olhar bem na hora em que o grupo com os copos vermelhos de plástico se separa. Só levo um segundo para ver o motivo da gritaria de antes e pelo qual alguém chamaria a polícia: uma briga. Feia. Quatro garotos bêbados, *enormes*, estão rolando e se amontoando no chão. Provavelmente jogadores de futebol americano que acabaram de sair da pré-temporada e estão cheios de adrenalina, cerveja e sabe-se lá o que mais. Um dos gigantes está com a camisa do outro na mão, puxando-a com tanta força que escuto a costura se rasgar. O terceiro garoto está aos pés dele, se virando para dar um chute no estômago do quarto. É como assistir a uma luta de gladiadores, com a diferença de que, em vez de armaduras, estão cobertos por camadas de músculos, seus pescoços são da largura da minha coxa, e, no lugar de armas, eles sacodem punhos gigantescos. A nuvem de terra e fumaça que se ergue no ar provocada pela confusão quase impede que eu note o brilho e o movimento acima da cabeça deles.

Mas o quê...?

Lá! Lá está outra vez. No ar, acima dos garotos, alguma coisa brilha e dança. Algo prateado e levemente esverdeado que voa, mergulha e fica visível e invisível, como um holograma piscando.

A imagem cutuca a minha memória. O brilho da luz, o *sentimento* que ela causa, me faz perder o fôlego, como se eu tivesse levado um soco.

Já vi isso, mas não lembro *onde*...

Eu me viro, sobressaltada, para o estudante ao meu lado, um garoto de olhos grandes usando uma camiseta do Tar Heels, o time de basquete da Universidade da Carolina do Norte.

— Você viu aquilo?

— Está falando dos babacas brigando sem motivo nenhum? — Ele mexe no telefone. — Sim, por que acha que estou filmando?

— Não, a... a luz. — Aponto para o brilho. — Ali!

O menino observa o ar, então se vira para mim, intrigado.

— Você fumou alguma coisa?

— *Ei!* — A loira abre caminho pelo círculo de espectadores, se metendo, com as mãos na cintura, entre os brigões e a multidão. — Hora de ir embora!

O cara do meu lado faz um aceno para que ela se mova.

— Sai da frente da câmera, Tor!

Tor revira os olhos.

— Você precisa ir embora, Dustin!

O olhar cruel dela faz com que a maior parte dos curiosos parta.

Aquela *coisa* ainda está lá, acima da cabeça da menina loira. Com o coração pulsando, eu observo o entorno outra vez. Ninguém mais notou a massa prateada flutuando e batendo asas sobre a cabeça dos meninos. Ou talvez ninguém ali consiga *ver* aquilo. Um medo congelante invade o meu estômago.

O luto faz coisas estranhas com a mente das pessoas. Disso eu sei. Certa manhã, algumas semanas depois da morte da minha mãe, meu pai falou que pensou ter sentido cheiro de polenta com queijo no fogão — meu prato favorito e a especialidade dela. Em outra ocasião, eu a ouvi assoviando no corredor do meu quarto. Algo tão simples e mundano, tão comum e pequeno, que, por um momento, as semanas anteriores se tornaram apenas um pesadelo do qual eu havia acordado. Ela estava viva. A morte é mais rápida que a mente.

Exalo por entre as memórias, fecho bem os olhos, abro de novo. *Ninguém mais consegue ver isso*, penso, avaliando o grupo pela última vez. *Ninguém...*

Exceto a figura do outro lado da fogueira, enfiado entre os troncos de dois carvalhos.

Selwyn Kane.

Ele olha para cima, concentrado. Irritado. Seus olhos atentos também assistem à forma que estava e não estava ali. Os dedos longos do garoto se agitam ao lado do corpo, os anéis prateados brilhando na escuridão. Sem aviso, no meio das faixas de fumaça que subiam em redemoinhos e ondas acima da fogueira, os olhos de Selwyn encontram os meus. Ele suspira. *Suspira* de verdade, como se agora que a criatura em holograma está aqui, eu o entediasse. O insulto toma o lugar do medo. Ainda me encarando, ele faz um movimento rápido e trêmulo com o queixo, e uma onda de eletricidade envolve meu corpo feito uma corda e me puxa para trás — para longe do menino e da *coisa*. Me puxa com tanta força e tão rápido que quase caio. A boca de Selwyn se move, mas não consigo ouvir.

Resisto, mas a sensação da corda *reage*, e a dor lancinante em meu corpo se transforma em uma ordem:

Vá.

A palavra se materializa em minha mente como se fosse uma ideia que eu simplesmente acabei de ter. O comando fica marcado atrás dos meus olhos e ecoa como um sino no fundo do meu peito, até que se transforma na única coisa que consigo ouvir. Ele enche minha boca e meu nariz com aromas estonteantes — um pouco de fumaça, seguida por canela. A *necessidade* de ir embora satura o meu mundo até eu me sentir tão dominada que meus olhos se fecham.

Quando volto a abri-los, já me virei na direção do estacionamento. No momento seguinte, já estou andando.

2

VÁ. AGORA.

Estou indo. Agora.

Parece correto. Bom. *Melhor*, na verdade.

Dustin também está indo embora, andando ao meu lado.

— Eu preciso ir — diz ele, desnorteado, como se não entendesse o motivo para não ter feito isso antes.

Eu me vejo assentindo. Tor mandou nós irmos embora, e devemos fazer o que ela disse. Estamos na estradinha de cascalho, e o estacionamento fica a alguns minutos de caminhada passando pelas árvores.

Tropeço num galho, cambaleio e me apoio em um tronco, as mãos se chocando contra a casca irregular de um pinheiro. A dor rápida e aguda nas minhas palmas já arranhadas corta a neblina do *Vá* e o aroma persistente do *Agora*, até que as duas palavras se dissipam. Em vez de me pressionarem como um peso, as ordens voam feito mosquitos ao redor da minha cabeça.

Dustin já foi embora há um bom tempo.

Puxo o ar até meus pensamentos parecerem meus outra vez, até ter controle suficiente do meu corpo para sentir a camiseta empapada de suor colando nas costas e no pescoço.

As memórias sobem como bolhas atravessando óleo, lentas e preguiçosas, até explodirem em uma abundância tecnicolor.

Selwyn. A expressão de tédio dele. A boca derramando palavras na noite como um vento frio até varrerem a *minha* intenção de ficar e a substituírem por *seu* comando para que eu fosse embora. Seu desejo enrolado na minha lembrança da criatura voadora, transformando-a numa pilha de poeira e imagens fragmentadas. Então, a pilha é rearranjada até se tornar uma coisa nova: um espaço vazio e normal acima da fogueira, sem nenhuma criatura à vista. Mas aquela nova memória não *parece* real; é uma camada fina, tênue, criada por uma fumaça prateada, com a verdade ainda visível e concreta por baixo.

Ele plantou memórias falsas em nós dois, mas agora eu me lembro da verdade. É impossível...

Uma voz faz com que eu corra para me esconder atrás de uma árvore.

— São só esses quatro. O resto já foi para o estacionamento. — É Tor, a menina loira que gritou com todo mundo. — Será que dá para a gente ir mais rápido? Eu marquei de encontrar a Sar no Tap Rail.

— Sar vai entender se você se atrasar um pouco — diz Selwyn. — Este foi quase corpóreo. Tive que apagar a memória dos dois últimos por precaução.

Sufoco um gemido. Os dois ainda estão ali na clareira, a poucos metros de distância. O que quer que estejam fazendo, estão fazendo juntos. Eu os vejo entre as árvores, em volta da fogueira, olhando para o alto. A forma verde ainda está no céu, aparecendo e desaparecendo em questão de segundos. Os quatro jogadores de futebol americano devem estar completamente *bêbados*, porque só agora se afastaram, sentando-se, arfando, rostos ensanguentados e expressões desorientadas. Um deles tenta ficar de pé, mas Selwyn surge ao lado dele num piscar de olhos. Sua mão baixa feito uma bigorna no ombro do garoto, empurrando-o para baixo com tanta força que escuto os joelhos dele arrastando na terra. O menino urra de dor, caindo sobre as mãos, e me controlo para não gritar.

— Ei, cara! Tá louco? — repreende outro garoto.

— Cala a boca — dispara Selwyn.

O garoto ferido tenta se livrar das mãos de Selwyn, mas ele o mantém naquela posição sem fazer esforço, sem nem mesmo dirigir o olhar para sua vítima, com todas as atenções voltadas para a figura luminescente voando acima. Com a respiração entrecortada, o garoto solta um gemido baixo.

— Vocês três, para cá, ao lado dele. — Os outros três trocam olhares em um debate silencioso. — Agora! — vocifera Selwyn, e eles se juntam ao amigo ferido no chão.

Naquele segundo me dou conta de que tenho uma escolha. Posso ir atrás de Alice e Charlotte. Alice deve estar morrendo de preocupação. Posso ir embora, como Selwyn ordenou que eu fizesse. Posso erguer minha barreira de novo, dessa vez contra o que quer que esteja acontecendo aqui com essas pessoas que não conheço, nessa escola que mal comecei a frequentar. Posso ocultar minha curiosidade, assim como faço com a Bree-de-Depois, assim como faço com meu luto. Ou posso ficar. Se isso não for apenas um truque do luto, então o que pode ser? O suor escorre pela minha testa, alfinetando meus olhos. Mordo o lábio, avaliando minhas opções.

— Assim que eu tirá-los do caminho, vai fugir — avisa Selwyn.

— Jura? — retruca Tor, secamente.

— Deboche depois. Agora cace.

Caçar? Minha respiração acelera.

— O sujo falando do mal lavado... — murmura Tor, mas ergue a mão em direção a algo que não consigo ver.

Qualquer escolha que tenho evapora quando uma fumaça prateada surge do nada. Ela se contorce e rodeia Selwyn como se estivesse viva, envolvendo os braços e o peito dele, ofuscando seu corpo. Os olhos âmbar dele brilham — *brilham* de verdade — como dois sóis, e as pontas do cabelo escuro se arrepiam, com chamas brilhantes azuis com pontas brancas. Os dedos da mão livre se flexionam e se contorcem ao lado do corpo, como se puxassem e agitassem o ar ao redor. Por incrível que pareça, ele está ainda mais assustador e bonito.

Uma fumaça prateada se materializa e cerca os garotos. Eles nem sequer piscam, porque não conseguem enxergar. Mas eu consigo. E Selwyn e Tor também.

Quando Tor dá um passo para trás, enfim vejo o que ela está segurando: uma vara de metal escuro curvada. Ao ser pressionada para baixo, ela aumenta, se transformando em um arco de flechas. Um maldito *arco de flechas*.

Ao ver sua arma, os jogadores ficam aterrorizados, correndo para longe como caranguejos. Ignorando-os, Tor puxa com força e extrai uma corda prateada de uma das pontas. Ela equipa o arco com habilidade. Testa a tensão. A garota que eu havia chamado de austera tira uma flecha de uma aljava escondida entre as escápulas e a encaixa sem nem mesmo olhar. Ela respira... e, em um único movimento poderoso, aponta o arco para o alto e puxa a flecha para perto do ouvido.

Um dos jogadores aponta um dedo trêmulo.

— Mas o que...

— Onde você quer que eu acerte? — pergunta Tor, como se o garoto não tivesse dito nada.

Os músculos se retesam em seu bíceps, em seu antebraço.

Selwyn inclina a cabeça, avaliando a criatura.

— Na asa.

Tor mira. A corda se estica.

— Quando você quiser.

Uma batida.

— Agora!

Três coisas acontecem em rápida sucessão:

A flecha de Tor voa.

Selwyn oscila na direção dos garotos, abrindo os braços e murmurando palavras que não consigo ouvir.

E os garotos se levantam. Marcham ao redor da fogueira em fila e caminham na minha direção.

A flecha de Tor perfurou a massa brilhante. Por um breve segundo, vejo asas na fumaça da fogueira. Garras. Um baque, e a coisa está se contorcendo no chão, espalhando folhas e terra, com metade da flecha para fora. O que quer que seja, não é muito maior que um gambá. Mas tem a raiva de um. Sinto um calafrio. Um gambá *alado*.

Os jogadores me alcançam, e me escondo enquanto eles passam. Congelo quando vejo as expressões: queixos caídos, olhos desfocados. Eles se movem como se estivessem drogados.

Era assim que eu estava?

Um guincho atravessa o ar, chamando a minha atenção de volta para Selwyn e Tor. Um sibilo. Uma voz que parece metal riscando vidro.

— *Merlin...*

Pisco, confusa. *Merlin? Como nas histórias do rei Arthur?*

Selwyn avança até a criatura brilhante, que se contorce por causa da flecha de Tor. Cinco pontinhos de luz aparecem nas pontas dos dedos dele. Ele fecha a mão, e lanças de luz voam até o chão. A criatura grita. Selwyn a prendeu feito uma borboleta em um quadro. A risada baixa dele me faz estremecer.

— Não um Merlin qualquer.

A criatura sibila outra vez com uma raiva dolorosa.

— *Um Mago-Real!*

Um sorriso feroz toma conta do rosto de Selwyn.

— Agora sim.

Meu coração está acelerado. Mago. *Magia*.

— É bem pequeno, Sel — diz Tor, decepcionada, já com outra flecha no arco.

— Não importa — diz Selwyn, *Sel*. — Não deveria estar aqui.

A coisa luta contra as amarras. Ouço o som de asas batendo.

Sel estala a língua.

— Por que está aqui, meu pequeno isel?

Ele fala "isel" com um "e" prolongado e uma risadinha de desprezo.

— *Lendário enxerido!* — grita o isel, fungando. — *Enxerido e traid...*

Sel pisa na asa dele. Com força. A criatura grita.

— Já chega de falar de nós. Por que *você* está aqui?

— *Alimentando!*

Sel revira os olhos.

— Sim, nós vimos. Encontrou uma fagulha de agressividade e *a fez crescer* até se tornar um banquete. Tanta vontade de se refastelar que nem nos viu bem debaixo de você. Mas tão longe do campus? Sua coisinha fraca e miserável. Mal tem um corpo. Não teria sido mais fácil se alimentar por lá, perto do seu Portal?

Um som ritmado e áspero vem do chão onde o isel está aprisionado. Demoro um tempo para entender que é uma risada. Sel também a escuta. Os lábios dele se comprimem.

— Qual é a graça?

— *Siiiim* — gralha o isel. — *Muuuuuuito engraçado...*

— Fale logo. Não temos a noite inteira — avisa Sel. — Ou devo dizer que *você* não tem a noite inteira? Vai morrer aqui... ou não percebeu isso?

— *Não é o meeeeeu Portal* — diz ele, rouco.

Sel cerra a mandíbula.

— Como assim não é o seu Portal?

A criatura ri outra vez, um barulho dissonante e *errado*. Sel lança um olhar para Tor, que balança a cabeça e dá de ombros. Eles não sabem o que aquilo significa.

— *Não é o meu Portal. Não é o meu Portal...*

Sem aviso, Sel fecha as mãos com um movimento forte. As lanças de luz se juntam. Com um brilho rápido e um grito capaz de chacoalhar meus ossos, a forma brilhante da criatura explode em uma nuvem de poeira verde.

Meus pés estão grudados no chão. *Eles vão me encontrar*, penso, *porque estou assustada demais para correr*.

Tor coloca o arco de lado.

— Podem ter outros.

Sel baixa a cabeça, pensativo.

— Sel? — chama Tor.

Silêncio.

— Você me ouviu? — insiste ela.

Os olhos dele encontram os dela.

— Ouvi.

— Bem, estamos caçando ou não, Mago-Real? — resmunga ela.

Ele se vira para o lado oposto de onde estou escondida, encarando a mata, a tensão irradiando pelas costas e pelos ombros. Ele decide.

— Estamos.

Selwyn murmura uma palavra que não compreendo, e a fumaça prateada de antes volta, rodopiando pelo acampamento até as chamas morrerem, envolvendo a clareira em escuridão.

—Vamos.

Prendo a respiração, mas Tor e Selwyn seguem em frente, para longe de mim. Espero até ouvir suas vozes se afastando. Mesmo consciente de que estou fora de perigo e que eles não vão me encontrar aqui, ainda demoro um bom tempo para parar de tremer. Por fim, eles vão embora.

Um segundo de silêncio, dois, e os grilos começam a cantar de novo. Eu nem tinha percebido que eles haviam parado.

De um galho acima, um passarinho solta um chirriado baixo, inseguro. Eu exalo em solidariedade. Tenho quase certeza de que sei como eles se sentem: o isel era um monstro impossível que, de alguma forma, se alimentava de humanos, mas Selwyn era outra coisa... algo pior.

Todas os seres vivos na floresta haviam se escondido dele.

Fico ali por mais um segundo, ainda paralisada, e então corro. Corro o mais rápido possível através das sombras e não olho para trás.

3

QUANDO IRROMPO DAS ÁRVORES, diminuo a velocidade, e todos os pensamentos impossíveis desaparecem.

Luzes azuis e vermelhas brilham contra o céu noturno, e o pavor, intenso e amargo, preenche meu estômago. Um carro da patrulha do condado de Durnham está estacionado no local, e meus amigos estão parados ao lado dele, conversando com um policial que faz anotações em um bloquinho.

Charlotte e o policial veem quando me aproximo. O policial, um homem branco de uns quarenta anos, fecha o bloco e coloca a mão na cintura, como se quisesse me lembrar de que não fazia sentido correr. A arma no coldre do outro lado de sua cintura também não passa despercebida.

Alice está enfiada no meio deles, uma sombra quieta e de cabeça baixa. Seu cabelo cai para a frente, formando uma cortina preta e grossa que oculta seu rosto. A visão faz o meu coração doer.

Quando para ao lado deles, o policial olha para Charlotte.

— Essa é a sua amiga?

Charlotte assente, então logo continua a explicar e pedir desculpas.

Vou até Alice.

— Você está bem?

Ela não responde nem me olha nos olhos. Tento encostar no ombro dela, mas minha amiga se afasta.

— Alice...

— Agora que estamos todos aqui... — diz o policial, devagar. Com um longo suspiro de resignação, ele vai até o lado do motorista da viatura, demorando de propósito, tenho certeza, e se apoia no capô. — Srta. Simpson, você está liberada, mas vai receber uma advertência verbal. Da próxima vez, será multada. Srta. Chen e srta...?

Ele inclina a cabeça na minha direção esperando uma resposta e ergue uma sobrancelha.

Engulo em seco, o coração ainda disparado.

— Matthews.

— Certo. — Ele indica para a traseira da viatura com a cabeça. — Vocês vêm comigo.

Do meu lado, as mãos de Alice não param quietas. Olho para o relógio digital brilhante da viatura: 22:32. Voltamos pela estradinha vazia e escura em direção ao campus durante onze silenciosos minutos. Nunca andamos em uma viatura antes. Tem cheiro de couro, lubrificante de arma e algo forte e mentolado. Meu olhar pousa em uma latinha verde e preta de tabaco de mascar no painel da frente. *Eca*. Pela divisória de metal que nos separa dos bancos da frente, vejo um laptop empoeirado preso no centro do painel. Debaixo dele há uma pilha de equipamentos eletrônicos com discadores e interruptores, e de onde brotam fios enrolados. O policial, cuja identificação diz "Norris", mexe no rádio até sintonizar bem no meio do refrão de "Sweet Home Alabama", que explode dos alto-falantes a todo volume.

Eu tenho dezesseis anos. Eu presto atenção. Eu escuto as histórias de tios, primos — droga, do meu próprio pai — sobre as suas experiências com abordagens policiais. Eu vejo os vídeos na internet. Estar nessa viatura e pensar naquelas cenas me deixa apavorada. Não sei se existe uma única pessoa negra nesse país que diga com cem por cento de confiança que se sente segura com a polícia. Não depois dos últimos anos. Provavelmente nunca. Talvez existam alguns, em algum lugar, mas com certeza não os conheço.

Alice se senta dura feito uma tábua, olhar fixo para fora da janela, para a muralha infinita de árvores escuras que passam. No banco dianteiro, Norris tamborila os polegares no volante e cantarola:

— *Lord I'm comin' home to you...*

— Alice — cochicho. — Aconteceu uma coisa...

— Não estou falando com você.

— Ah, *para* — sussurro. — Lá na fogueira, tinha um... — *Pelo amor de Deus*, nem sei por onde começar. — Foi a briga, acho...

— Sem conversinha aí atrás — interrompe o policial.

Eu o encaro pelo retrovisor. Ele levanta uma sobrancelha como se estivesse dizendo *Fala alguma coisa, quero ver*. Semicerro os olhos e desvio o olhar.

Depois de alguns minutos, ele diz:

— É... Universidade da Carolina do Norte. Meu filho tentou uns anos atrás... não entrou. Lugarzinho difícil de entrar. Caro também.

Nenhuma de nós sabe como responder àquilo.

— Como vocês conseguiram?

Nós duas hesitamos. Conseguimos o *quê*? Sermos aceitas ou pagar? Alice responde primeiro.

— Bolsa de estudos.

— E você, docinho? — Os olhos de Norris me encontram no espelho. — Aposto que recebeu alguma ajuda do governo, não foi?

Alice fica perplexa, e eu, furiosa. Não sou o *docinho* dele nem tenho vergonha de receber auxílio financeiro, mas não é disso que ele está falando. A palavra *cota* está estampada em sua expressão de desdém.

— Mérito — disparo por entre dentes cerrados, ainda que nada disso seja da conta dele.

Ele dá uma risadinha.

— Claro.

Respiro fundo, tentando conter a raiva. Meus dedos se afundam nas minhas coxas, tensionados por todas as coisas que eu gostaria de dizer agora e não posso.

Depois de alguns minutos, o carro diminui a velocidade. Estamos a quilômetros de distância do campus e não há nenhum cruzamento ou carro à vista, apenas uma estrada de mão dupla iluminada pelos faróis da viatura. Então, vejo por que Norris está parando. Duas figuras emergiram das árvores do outro lado da estrada. Conforme a viatura se aproxima, as figuras cobrem os olhos. Norris para ao lado deles, abaixa o volume e o vidro.

— Meio tarde para fazer uma caminhada — diz o policial.

— Norris, não é?

Fico pálida ao escutar aquela voz.

Os ombros do homem ficam tensos.

— Kane. — O olhar dele vai para a esquerda. — Morgan. Me desculpem. Não reconheci vocês.

Alice chega mais para perto da janela para dar uma olhada melhor naqueles que conheço como Selwyn e Tor. *Lendários enxeridos*.

— Percebi — responde Sel, calmamente.

Ele inclina um pouco o corpo para ver quem está no banco de trás, e me viro para a frente, o rosto impassível. Na minha visão periférica, vejo o olhar dele se demorando em mim por um momento, depois ir até Alice. A atenção do garoto me deixa atordoada.

— Retardatárias da pedreira?

— Isso — confirma Norris. Ele hesita e então pigarreia. — Preciso me preocupar com alguma coisa por aí?

Selwyn ajeita a postura.

— Não mais.

— Que bom ouvir isso. — A risada de Norris é tensa. Nervosa.

Norris sabe. Ele sabe.

— É só isso? — indaga Sel, ríspido.

Se Norris ficou ofendido por ele, um policial do condado de Durnham e um homem adulto, ter sido praticamente dispensado por um adolescente, não demonstra.

— Só estou levando as duas para o campus.

Sel já está caminhando pela estrada, sem prestar atenção.

— Siga em frente.

Siga em frente. Não era um pedido. Não era uma sugestão. Era uma ordem.

Qualquer tipo de segurança que eu pudesse ter sentido neste carro é apagada em três palavras. Quem quer que seja o superior a quem o policial responde, aqueles dois adolescentes tinham a patente ainda mais alta.

Norris se despede de Tor, que logo vai atrás de Sel, e segue pela estrada, a caminho da UCN. Um pouco depois, ele liga o rádio outra vez e cantarola baixinho. Tomo coragem e me viro, da forma mais sutil possível, para espiar pelo para-brisa traseiro.

Tor e Sel desapareceram.

Alice volta a se recostar no assento. Não tento mais explicar a ela o que aconteceu. Se já não sabia o que dizer antes, então definitivamente não sei o que dizer agora, depois de observar o modo como a força policial interage com os tais Lendários. Passo o restante da viagem revisando as minhas últimas palavras para Alice e acabo aliviada e aterrorizada. Aliviada porque não falei nada na presença de Norris que pudesse indicar que eu sabia o que tinha de fato acontecido na pedreira. Aterrorizada porque eu havia testemunhado algo que não deveria ter visto e, se Selwyn Kane quisesse ter feito alguma coisa, o policial Norris não faria nada para impedi-lo.

Três pensamentos se sucedem durante todo o trajeto até o campus, até sangrarem em uma única corrente de palavras: *Magia. Real. Aqui.*

Norris nos deixa em frente ao Old East, o prédio histórico que abriga os pré-universitários. Subimos a escada em silêncio. Assim que chegamos ao nosso dormitório, no terceiro andar, Alice veste o pijama e vai para a cama sem me dar boa-noite. Eu me vejo de pé e à deriva no meio do quarto.

No seu lado do cômodo, na prateleira acima da mesa, Alice tem uma fileira de fotos emolduradas do irmão, das irmãs e dos pais nas férias que passaram em Taiwan. Os pais dela disseram desde o início que iriam pegá-la no dormitório toda sexta-feira para que ela passasse os fins de semana com a família em Bentonville, mas isso não a impediu de decorar o quarto como se fosse viver aqui em tempo integral. Hoje cedo, ela prendeu alguns pôsteres de comédias românticas na parede e pendurou um cordão de luzes de Natal com quase dois metros acima da cama.

Do meu lado, não tem foto nenhuma. Nenhum pôster. Nada decorativo, na verdade. Lá em casa era doloroso demais vagar pelos corredores do lar onde passei a infância e ver fotos da minha mãe viva e sorridente. Até escondi as bugigangas dela. Qualquer sinal da sua existência era doloroso demais, então, quando chegou a hora de fazer as malas, peguei pouca coisa. Tudo que tenho aqui são algumas caixas organizadoras de livros e artigos de papelaria, roupas, meus tênis favoritos, meu laptop e celular e uma caixinha com coisas para higiene.

Depois da noite de hoje, tudo parecia ser um artefato de outro mundo onde a magia não existe.

Real. Aqui.

Três outras palavras se juntaram às anteriores: *Merlin. Mago-Real. Lendário.*

Não espero conseguir dormir, mas, ainda assim, vou para a cama. Lembranças infantis colidem com a realidade infernal que testemunhei esta noite. Quando eu era pequena, amava a *ideia* de magia, do tipo que existia em *Percy Jackson* e *Charmed*. De vez em quando, a magia parecia ser uma ferramenta que facilitava a vida. Algo que tornava o impossível *possível*.

Mas a magia de verdade incluía criaturas que se *alimentavam* de humanos. Uma vozinha dentro me mim conclui que, se os Lendários caçam essas criaturas, eles devem ser bons. Eles *têm que ser*. No entanto, quando a noite dá lugar ao início da manhã, aquela voz se cala. Quando consigo dormir, ecos ressoam em meus ouvidos: o grito agudo de dor daquele menino quando Sel o forçou a se ajoelhar, o balbuciar vagaroso de Dustin enquanto caminhava para o estacionamento e o grito do isel quando Selwyn o destruiu.

4

A VOZ DE ALICE me acorda.

— O que foi? — resmungo.

O sono ameaça me puxar de volta, e não quero resistir.

— Levanta! — Alice já está completamente vestida, com os braços cruzados e o quadril para o lado. — O reitor do escritório estudantil ligou. Ele quer falar com a gente em quinze minutos!

Meu coração dispara e meus pensamentos voam.

Selwyn. A criatura. A volta para casa com Norris. *Magia*.

Era tudo *real*.

Espera... será que o reitor também sabe? Ele está em conluio com Selwyn e Tor, como a polícia? Engulo em seco, tentando conter o pânico.

— Por quê? — pergunto.

— Por que você acha? — retruca Alice, me encarando.

Demoro um tempo para entender do que ela está falando: expulsão. Nossa expulsão. Eu me levanto da cama de um pulo. Alice dá as costas e sai, o rosto uma mistura de raiva e apreensão.

— Vou indo na frente. Não se atrase.

A porta bate.

Procuro meu celular e encontro uma mensagem de Charlotte enviada no grupo durante a madrugada.

PQP mreda DESCULPA!! a polícia NUNCA apareceu na festa da Pedreira me responde quando receber!!!!

Ignoro.

Depois, uma ligação perdida e uma mensagem de voz de um número que não reconheço da área do condado de Orange. A ligação que não vi do escritório do reitor.

Corro pelo quarto em busca de roupas limpas. Alguns minutos depois, estou voando pela porta, pelo corredor e descendo a escadaria do dormitório. Esbarro na barra de segurança da porta do prédio e tropeço nos degraus.

À minha direita, estudantes formam uma longa fila à espera de sua vez no Old Well, a rotunda que é um dos maiores símbolos da universidade e que abriga um bebedouro no qual tradicionalmente os alunos bebem no primeiro dia de aula, para dar sorte. Atrás deles, árvores centenárias, arbustos e uma estátua dos Confederados completam o cenário.

Atravesso a rua e disparo entre o prédio Sul e o Teatro dos Dramaturgos. Assim que eles ficam para trás, tenho uma vista pitoresca do Polk Place, o quadrante principal da universidade, e sinto os setecentos acres do campus me encarando ao mesmo tempo.

Os prédios acadêmicos ocupam os quatro lados do gramado retangular, conectados por uma enorme rede de passadiços que se se cruzam como uma treliça de tijolos vermelhos. Centenas de alunos sonolentos e grogues caminham pelo quadrilátero como pássaros em migração. Alguns navegam pelo campus, de cabeça baixa encarando o celular, sem prestar atenção ao caminho, que já sabem de cor. Outros andam em pares ou grupos, cortando caminho pela grama até o refeitório para tomar café da manhã antes das primeiras aulas. Nuvens matutinas do fim de verão tingem o céu de cinza e deixam as folhas num tom verde-escuro.

Tudo isso é, provavelmente, apenas um décimo da universidade, mas, ainda assim, é a maior escola em que já pisei. Levo um tempo para me orientar. Olho o mapa do campus no celular e dou uma corridinha pela neblina baixa e pela grama cheia de orvalho em direção ao Prédio dos Estudantes e Serviços Acadêmicos.

Imagens da noite anterior salpicam minha mente como confetes escuros e confusos. Quero contar para Alice o que testemunhei, mas será que ela acreditaria que vi um garoto de olhos dourados que usou magia para hipnotizar estudantes e uma garota que carregava um arco no bolso de trás? E que o policial — e talvez todo o departamento — com certeza sabe a verdade e os ajuda a abafar o caso? Alice não viu o isel, mas viu Selwyn dispensar o policial Norris. Talvez ela concordasse que aquele não pareceu um típico encontro entre um policial e um adolescente, mas será que ela saltaria comigo do *esquisito* para mergulhar no vasto e desconhecido oceano do *absolutamente aterrorizante*?

— Srta. Matthews, srta. Chen, por favor, sentem-se.

O reitor McKinnon tem a aparência de um ex-jogador de futebol americano: ombros largos que esticam as costuras da camisa azul listrada. Fico agradecida por ele nos oferecer um assento e me acomodo na mesma hora. Sou alguns centímetros mais alta que ele, mesmo sem salto e sem contar o coque. Os homens mais velhos geralmente se incomodam quando os encaro de igual para igual.

De vez em quando, gostaria de encolher até me tornar alguém mais conveniente.

Ele também se acomoda em sua cadeira, do outro lado da mesa. Um grande feixe de luz entra pela janela, refletindo tons de branco, azul e dourado na plaquinha de identificação na beirada do tampo de mogno. O reitor abre um arquivo no computador e começa a rolar a tela enquanto esperamos. Seu cabelo é curto e está ficando grisalho, talvez cedo demais, como se lidar com milhares de estudantes o tivesse envelhecido precocemente. É provável que sim. E é provável que eu seja um desses estudantes.

A meu lado, Alice está sentada ereta e quieta, enquanto meu joelho balança sem parar de nervoso. Redigi mentalmente meu discurso de Não Nos Expulse do elevador até aqui. Eu *não* vou voltar para Bentonville. Ainda mais depois do que vi na noite passada.

O reitor abre a boca para falar, mas sou mais rápida.

— Sr. McKinnon...

— *Dr.* McKinnon, srta. Matthews. — A voz dele é tão rígida que me esqueço temporariamente do meu discurso ensaiado. Ele junta os dedos. — Ou reitor McKinnon. Mereci os meus títulos.

Alice se remexe na cadeira, desconfortável, e comprime os lábios.

— Sim, claro. — Escuto minha voz se igualar ao tom e ao sotaque do reitor. — Reitor McKinnon. Em primeiro lugar, eu gostaria que soubesse que foi ideia minha sair do campus na noite passada, não da Alice...

Os olhos azuis do reitor McKinnon nos encaram, e ele me interrompe outra vez.

— Você por acaso algemou a srta. Chen a você, forçando-a a acompanhá-la?

Eu e Alice nos entreolhamos. Ela inclina a cabeça, como se estivesse dizendo *Cale a boca, Bree!*

— Não.

— Bom. — Ele clica em outro arquivo, e meu histórico escolar e minha carteirinha de estudante aparecem no monitor. Ele rola a tela sem erguer o olhar. — Porque não estamos aqui para educar alunos que não conseguem pensar por conta própria. Embora os registros acadêmicos da srta. Chen sejam dignos de nota, praticamente perfeitos, na verdade, se ela for tão passiva a ponto de seguir alguém até causar a própria expulsão, eu teria dúvidas acerca de sua presença aqui, para início de conversa.

Alice respira fundo. Que vontade de socar a cara desse homem.

Ele se reclina na cadeira e solta um longo suspiro.

— Vocês são alunas excepcionais, pois, de outra forma não estariam entre os trinta alunos participantes do Programa de Entrada Universitária. É normal que alunos da idade de vocês, ao experimentarem uma vida residencial não supervisionada, cometam erros. Felizmente, o policial do condado de Durnham agraciou as duas com uma advertência, em vez de uma ocorrência. Assim, não é minha intenção expulsá-las. Considere este o primeiro e último aviso de vocês.

Graças a Deus. Nós duas soltamos a respiração, aliviadas.

Algo brilha nos olhos do reitor McKinnon.

— No entanto, haverá consequências pelo desrespeito flagrante pelas regras do programa e pelo descumprimento da concordância por escrito que vocês assinaram, prometendo segui-las.

Abro a boca para contestar, mas ele me silencia com um olhar.

— Vou ligar para os seus pais depois desta conversa, e vocês terão que responder a um mentor pelo restante do semestre, um estudante do segundo ano que se destacou por fazer escolhas melhores.

Fico perplexa, um calor subindo pela minha nuca.

— Não precisamos de babás — disparo.

— Pelo visto — rebate ele, com uma sobrancelha erguida — precisam.

— Obrigada, reitor McKinnon — diz Alice calmamente.

— Você está liberada, srta. Chen. — Nós duas nos levantamos, mas ele faz um gesto para que eu fique. — Srta. Matthews, um momento.

Meu estômago embrulha como um pedaço de papel. Por que ele iria querer conversar comigo a sós? Alice hesita por um momento, e nossos olhares se encontram. Então ela sai, e a porta faz um clique suave atrás dela.

O reitor me analisa em silêncio, tamborilando na mesa. *Tadum-tadum-tadum*. Meu coração acelera. Ele sabe o que vi? Ele *sabe* dos Lendários?

— O policial Norris falou que você... teve um comportamento inadequado com ele na noite passada.

Fico boquiaberta.

— Comportamento inadequado? — pergunto. — Eu mal troquei uma palavra com ele. *Ele* que...

O reitor me interrompe, erguendo uma das mãos.

— Não há justificativas para desrespeitar a lei. Nem para impertinência.

— Eu não...

— Me deixe terminar, por favor — diz ele.

Cerro os dentes e fecho as mãos com força. Alice é passiva e eu sou desrespeitosa? Uma fúria quente sobe por meu estômago, meu peito, minha mandíbula.

— Felizmente, expliquei ao policial Norris que você está passando por um momento difícil, em um ambiente novo, diferente do qual está acostumada. — Ele dá um sorrisinho condescendente.

Com o que eu estou acostumada? Fico perdida. Primeiro o policial racista, depois o reitor acreditando *nele* sem nem me dar a chance de me explicar, e agora...?

— Sua mãe é...

— Era — corrijo-o de maneira automática, mesmo enquanto meu cérebro processa as mudanças bruscas na nossa conversa.

Ele inclina a cabeça.

— Era. Sim, claro. Sua mãe era uma estudante muito estimada no departamento dela. Foi uma aluna avançada: patentes por processos de testes bioquímicos, trabalho de ponta em ciência de solos. Não a conheci pessoalmente, mas estudamos aqui na mesma época.

Tento fazer minhas mãos pararem de tremer e inspiro devagar. Ele me desarmou, mas tenho as minhas defesas. Fecho os olhos e imagino minha barreira subindo, subindo, subindo.

— Eu só queria dizer que lamento sua...

Abro os olhos.

— Ela não está perdida.

As palavras saltam da minha boca.

O reitor McKinnon aperta os lábios.

— Alice Chen é uma estudante exemplar. Mas você, srta. Matthews? Com o legado de sua mãe e os resultados das suas avaliações, eu diria que você tem apenas o *potencial* para ser brilhante.

Não sei o que responder. Não sei se sou brilhante. Sei que minha mãe era brilhante e sei que não sou como ela. O olhar dele se fixa na porta atrás de mim.

— Seu mentor entrará em contato com você hoje. Dispensada.

Saio da sala atordoada, me sentindo ao mesmo tempo frustrada e humilhada. Alice, sentada com o corpo tenso em um banco no fim do corredor, fica de pé em um salto. Quando me aproximo, vejo os olhos vermelhos e o rosto dela marcado pelas lágrimas. Seus dedos trêmulos seguram um lenço de papel branco retorcido.

— Alice — falo, olhando outra vez para a porta do reitor —, você não vai acreditar no que acabou de acontecer lá dentro. Estou com tanta raiva...

— *Você* está com raiva? — Alice arqueja. — Como acha que *eu* estou me sentindo?

Fico chocada e confusa diante da raiva dela.

— Não vamos ser expulsas. Está tudo bem.

— Não está tudo bem! — Ela leva uma das mãos à boca, abafando um soluço que emerge das profundezas de seu peito.

Tento encostar em seu ombro, mas ela se afasta.

— Eu...

— A noite passada não foi nem um pouco legal! — A voz dela ecoa pelo corredor vazio do prédio, ricocheteando nos cubículos e pisos. — Nós quase fomos *expulsas*. Meus pais iriam me *eviscerar* se isso tivesse acontecido. Já vai ser ruim o suficiente quando o reitor ligar para eles!

Lágrimas escorrem pelo rosto de Alice.

— Eu sei, mas...

— Nem todo mundo é bom na escola sem ter que estudar como você, Bree. Algumas pessoas precisam se esforçar muito. *Eu* tive que me esforçar muito para estar aqui. É o meu sonho desde... desde sempre, e você *sabia* disso.

Levanto as mãos.

— Desculpa! A gente não vai sair do campus de novo!

— Ótimo.

Balanço a cabeça.

— Mas, de certa forma, estou feliz por termos feito isso, porque tem uma coisa *muito estranha* rolando nessa escola. Na noite passada tinha um garoto...

— Sério que você está mudando de assunto? — Alice dá um passo para trás. — Para falar comigo sobre um garoto?

— Não! — exclamo. — Você não está me escutando...

— É por isso que está agindo assim? Por causa de um garoto? A escola é só uma grande festa para você agora? — Ela arregala os olhos, mas sua voz se torna fria, como se ela tivesse me flagrado roubando ou colando em uma prova. — É isso, não é? Foi por isso que você se matriculou naquelas aulas.

Eu arqueio as sobrancelhas, intrigada.

— Do que...

Ela ri com amargura.

— Inglês iniciante: Redação e Retórica? Ah, *qual é*, Matty! Você escreve artigos dormindo, nunca se preparou para uma apresentação na vida e ainda assim tira dez. Biologia: Introdução a Plantas do Piemonte? Sua mãe era botânica! Eu não falei nada antes, mas agora faz sentido. Você se matriculou nas aulas para *preguiçosos*, mal prestou atenção na visita ao campus e agora está metendo a gente em problemas. Você só está fazendo hora aqui, não é?

Um sentimento de vergonha se contorce em minha barriga. Vergonha e constrangimento. Eu não pensei que tivesse escolhido as matérias para *preguiçosos*. Talvez elas não fossem tão difíceis quanto outras que eu poderia ter escolhido, mas estar aqui *já é* difícil. Manter a barreira erguida, manter a Bree-de-Depois escondida, e, agora, magia. A raiva vem logo após a vergonha, queimando num fluxo incandescente. Alice não sabe da Bree-de--Depois. Alice não sabe de nada!

— Você não precisava ter ido até a Pedreira — disparo. — Poderia ter dito não.

Ela resmunga.

— Você agiu assim o verão inteiro. Como se nada importasse. Eu não ia deixar você sair *sozinha* com a Charlotte Simpson!

— E daí, agora você também é a minha babá?

— Depois da noite de ontem, está claro que você precisa de uma! Se você... — Ela se detém e olha para longe, a mandíbula segurando com força as palavras que está reprimindo.

Eu abro os braços.

— Diz logo o que você está querendo dizer, Alice.

Ela se vira.

— A gente se inscreveu quando a sua mãe ainda estava... Eu sei que a sua vida mudou. Estou tentando ser compreensiva, mas, se você não quer estar aqui, se não vai levar isso a sério, então talvez seja melhor voltar para casa.

Sinto como se tivesse levado um tapa na cara. Lágrimas quentes se formam em meus olhos.

— Ir para casa? Qual casa, exatamente? Voltar a ser a Garota Cuja Mãe Morreu naquela cidadezinha fofoqueira?

Estar naquela escola era o *nosso* sonho.

Ela me encara, e então eu vejo: em algum momento das últimas vinte e quatro horas, ela já se imaginou fazendo isso sozinha. Sem mim.

A barreira dentro de mim cresce. Deixo-a se tornar tão alta e ampla que não vejo o topo ou as bordas. Ela se encaixa no lugar certo de forma tão absoluta que todos os músculos do meu rosto se tornam impassíveis ao mesmo tempo. Visualizo uma superfície plana e impenetrável, e sinto meus olhos se tornando planos e impenetráveis também.

— Minha vez — falo. — Que tal você crescer e cuidar da própria vida em vez de me culpar pelas suas escolhas?

Alice dá um passo para trás, e o tremor em sua voz atinge em cheio meu coração.

— Eu não sei mais quem você é, Bree.

Ela me encara uma última vez e então se abaixa para pegar as suas coisas. Não consigo me mexer ou falar.

Tudo que consigo fazer é vê-la ir embora.

5

A RAIVA PERCORRE MEU corpo com tanta intensidade que consigo sentir o gosto.

Estou na metade do caminho de volta até o prédio Old East quando paro para respirar nos degraus da biblioteca. Parece que todos os quase trinta mil alunos da universidade estão se movendo em uma onda constante ao redor do Polk Place, em direção à primeira aula do semestre.

Antes, Alice e eu falávamos sobre esse momento como se fosse uma grande aventura que faríamos juntas. Agora, vendo todos os outros alunos caminhando para as aulas com tanta determinação, parece que eu estou sozinha aqui. Uma voz perspicaz, amarga, surge de um canto escuro: *talvez tenha que ser assim mesmo. Uma memória a menos da Bree-de-Antes.* Engulo em seco para afastar a satisfação crua e silenciosa que emerge, mas ela não vai embora. Neste momento, a solidão parece... *boa.*

O celular vibra no meu bolso. Uma mensagem de um número que não reconheço.

Oi, Briana! Nick Davis aqui. O reitor McKinnon me deu o seu número para a gente começar hoje. Nos vemos depois da aula?

A babá já chegou. Não respondo. Então o meu telefone vibra *de novo.* Uma ligação. O nome na tela faz um nó se formar em minha garganta, mas atendo mesmo assim.

— Oi, pai.

— Aí está a minha universitária.

A voz do meu pai é aconchegante e familiar, mas me deixa nervosa. Será que o reitor já tinha ligado para ele?

— Não é universidade de verdade, pai.

Eu me sento na sacada atrás de uma das grandes colunas da biblioteca, me escondendo dos olhares dos transeuntes.

— É um campus universitário de verdade — responde ele. — Eles pegam o meu dinheiro para a faculdade de verdade.

Droga. Contra fatos não há argumentos. O que expliquei a Norris era verdade: recebi um prêmio por mérito. Meus pais não eram ricos, mas eram bons em economizar. Ainda assim, o pouco dinheiro que tinham guardado para a mensalidade da faculdade não seria o suficiente para pagar os quatro anos de graduação sem um financiamento. Meu pai só conseguiu arcar com os custos do programa porque o prêmio os reduziu pela metade. Ele não fala sobre isso, mas sei que acredita que o investimento vai me ajudar a entrar na faculdade depois e, quem sabe, ganhar uma bolsa. Estremeço, ainda chateada com o comentário de Alice sobre as aulas que escolhi.

— Faz sentido — murmuro.

— Sim. — Ele ri. — Como foi sua primeira noite em um dormitório universitário de verdade?

Meu pai não deixa nada subentendido. Com ele, o que você vê e escuta é o que ele quer dizer. Se tivesse recebido uma ligação do reitor, já teria dito. Em *alto e bom som*. Solto um suspiro baixinho.

— Primeira noite aqui? Tranquila — minto.

Não me sinto bem fazendo isso, mas não estou me sentindo bem agora.

Espero a pergunta seguinte, e ela chega bem na hora.

— Já conheceu algum preto?

Os únicos outros pretos no meu colégio eram um ano mais velhos do que eu. Um menino tímido chamado Eric Rollins e uma garota chamada Stephanie Henderson. Sempre que estávamos juntos, os brancos ficavam nervosos ou, sei lá, estranhamente animados? Todos os outros pretos que conheço são parentes ou fazem parte da nossa igreja, que fica a duas cidades de distância. A Universidade da Carolina do Norte tem uma quantidade de estudantes negros maior que o colégio de Bentonville, disso eu tenho certeza. É um dos motivos de eu ter me inscrito.

— Ainda não. Nem fui para a minha primeira aula.

— Bem, você precisa de uma comunidade. Quando é a primeira aula?

— Às dez da manhã.

— Já tomou café?

— Não estou com fome.

Eu me dou conta de que não como desde antes da Pedreira.

Meu pai resmunga um *humpf*. Imagino o semblante dele ao fazer isso: a boca curvada para baixo, as sobrancelhas grossas franzidas, todas as linhas de expressão do seu rosto negro fazendo careta para mim ao mesmo tempo.

— O apetite ainda está indo e voltando?

Não respondo, pois não estou preparada para mentir de novo. Ele suspira. Sua voz é baixa, cuidadosa, e o sotaque arrastado de Richmond some.

— O livro diz que não sentir fome, ficar sem comer, tudo isso são sintomas físicos do luto.

Eu *sabia* que ele ia falar daquele livro. Até imagino o título: *Deixando para trás: luto, amor e perda*. Fecho bem os olhos e busco minha barreira.

— Eu estou comendo. Só não estou com fome agora.

— Filha, enquanto você estiver longe, preciso que você se cuide. Refeições, descanso, boas notas, fazer alguns amigos. Se você se sentir mal, volte para casa. Esse foi o acordo, certo? — Solto meu próprio *humpf*, e a voz dele fica mais incisiva. — O quê? Não sei se ouvi direito. Esse foi o acordo. Correto?

— Correto — murmuro. Aquele *tinha* sido o acordo. Meu pai sabia que eu me sentia péssima em casa e por isso me deixou partir, mas ele tinha suas dúvidas. — Pai, muito obrigada por se preocupar comigo. De verdade. Mas estou bem. Estar aqui é... — *Assustador. Solitário. Confuso.* — Bom para mim.

— Querida... — A menor oscilação na voz dele faz o meu peito apertar. — Você fica dizendo que está bem, mas o que está acontecendo com a gente... eu também sinto. Sei que dói muito.

— Estou bem, pai — insisto.

Olho para baixo, e minha visão afunila, entra em foco e depois fica borrada.

— Certo — diz ele com um suspiro. — Bem, tente colocar um pouco de comida no estômago antes da aula, ouviu?

— Vou fazer isso.

Uma pausa.

— Por onde a gente começa?

Aperto o celular contra o ouvido. É o que falamos quando um de nós está sem forças.

— Pelo começo.

— Essa é a minha garota genial. A gente se fala mais tarde.

Quando desligamos, estou tremendo. Minha respiração está entrecortada, ofegante; o calor sobe pelo meu pescoço. Afundo os cotovelos nos joelhos e pressiono as palmas das mãos nos olhos. Foi por *isso* que saí de casa. Eu amo meu pai, mas suas palavras perfuram cada camada da minha barreira até ela praticamente deixar de existir. O luto dele faz com que minhas próprias emoções rachem minha pele como um terremoto, me abrindo para...

— Não — sussurro, o rosto enterrado nas mãos. — Não, não, não.

Mas já é tarde, as memórias crescem e me capturam.

O cheiro forte de desinfetante hospitalar. A bile no fundo da minha garganta. A madeira barata e macia sob as minhas unhas enquanto eu as enterro no apoio de braço.

Os detalhes daquela noite giram como um furacão, bloqueando o mundo em camadas. O flashback me puxa do presente e me joga no passado, um sentido de cada vez, até eu estar nos dois lugares ao mesmo tempo...

Um gaio-azul zombando e cantando em cima de uma árvore.

O bipe perfurante de um monitor de sinais vitais no fim do corredor.

A Torre do Sino do campus bate nove horas da manhã.

A voz grave e calma do policial...

"Rota 70 por volta das oito da noite... o motorista não prestou socorro."

Familiar, aterrorizante, devastadora — uma vez que começa, essa memória é uma jornada da qual não consigo fugir. A única coisa que posso fazer é permitir que ela siga seu caminho...

A enfermeira sai. O policial a observa indo embora. Ele suspira.
"Sinto muito pela sua perda..."

Quase acabando.

Em seguida, nós nos levantaremos, ele apertará a mão do meu pai e nós iremos para casa sem ela. Eu choramingo e me balanço, esperando que aquela noite horrível desapareça...

Mas ela não desaparece.

Eu me assusto quando uma nova imagem surge com um barulho violento, como um iceberg no oceano.

Um distintivo prateado brilhando no bolso da camisa. Um corpo reluzindo. Os olhos azuis do policial me encarando, depois encarando meu pai. Sua boca fina murmurando palavras que não escuto. Palavras fluindo para dentro da sala. Um vento frio soprando pela minha mente...

Tão rápido quanto veio, a memória acaba.

— Não foi assim que aconteceu...

Assim que as palavras saem da minha boca, sei que estão erradas.

Pela segunda vez em vinte e quatro horas, meu cérebro luta contra duas memórias conflitantes do mesmo exato momento.

Fecho os olhos com força. A memória do isel na Pedreira ainda está ali, opaca sob a cortina de fumaça prateada das imagens falsas. A verdade por baixo da mentira de Selwyn. Agora, as novas memórias do hospital entram em conflito com as antigas, até que, por fim, as mentiras se dissolvem.

Selwyn e o policial. Ambos lançaram algum tipo de feitiço. Ambos moldaram a minha mente de acordo com as próprias vontades.

Meus olhos se abrem.

A primeira vez que vi magia foi na noite em que minha mãe morreu.

Minha primeira aula, literatura no Greenlaw Hall, passa como um borrão. Não me lembro nem de caminhar até lá. Eu me sento no fundo da sala. Perguntas e mais perguntas martelam minha mente:

Será que o policial no hospital era como Sel? Um Merlin? Um Mago-Real? Quão grande é a rede dos Lendários? Por que me lembro do que

que Sel gostaria que eu esquecesse? Por que só agora me lembro do que aconteceu naquela época? Quais outras memórias aquele policial *roubou*? *E por quê?* Havia um isel lá no hospital naquela noite também? Ele atacou a minha mãe? Foi *isso* que a matou? O que *realmente* sei sobre a morte da minha mãe?

Perco a noção do tempo. O professor fala. Eu não escrevo nada.

Meu celular toca.

Briana. Recebi uma ligação dos Chen e depois do reitor. Saindo do campus? Invasão de propriedade? Polícia? Me liga AGORA.

A irritação do meu pai passa quase despercebida, mas eu me forço a escrever de volta.

Ele só chamou a nossa atenção. Estou na aula. A gente pode se falar mais tarde?

Você escondeu isso de mim quando nos falamos. Omitir ainda conta como mentira.

Eu sei, pai. Vou ligar para você depois do jantar.

Ah, mas vai mesmo!

Duas horas depois, a aula acaba. Atravesso a multidão como um fantasma, com um olhar introspectivo e concentrado.

O campus que horas antes pareceu tão amplo e intimidante agora parece apertado e claustrofóbico. As árvores obscurecem a grama como cortinas escondendo verdades secretas. Os carvalhos enormes são como sentinelas, monitorando cada palavra. Perco a noção do tempo de novo, sentada num banco do lado de fora, tão perdida que dou um pulo quando meu celular vibra.

Ei, Briana! É o Nick de novo. Espero que o seu primeiro dia esteja indo bem! Minha última aula acaba às 17h30. Nos encontramos no jantar?

Ignoro.

Quando minha segunda aula acaba, um pensamento está cravado na minha mente como um espinho:

Alguém usou magia para esconder o que de fato aconteceu na noite em que minha mãe morreu, e eu vou fazer com que paguem por isso.

6

POR ONDE A GENTE começa? *Pelo começo.*

Bem, no jantar eu já tenho o esboço de um plano. No tumultuado refeitório, me sento a uma mesa e mordisco um sanduíche enquanto mando mensagens para a única pessoa que conheço que talvez tenha respostas.

Ei! Não fomos expulsas.

A resposta é instantânea. Charlotte é o tipo de garota que vive com o celular na mão, nunca no silencioso, nunca em modo avião.

Aêêêêê! Tô falando sério desculpa por quase ter feito vcs serem expulsas!!! Me sentindo mal pra cacete

Eu deveria me sentir culpada por usar a culpa dela em benefício próprio, né?

Tudo bem. A festa foi louca. Muita gente diferente.

COM CERTEZA! alguém dedurou aqueles jogadores! Eles vão ter que ficar no banco no primeiro jogo e vai ser contra o State!

Que merda!

Não acompanho futebol, mas xingar parece a resposta certa.

Quem era aquela menina gritando pra todo mundo sair? Loira alta rabo de cavalo

Victoria Morgan. O apelido dela é Tor. Tem família importante e tal.

Ela manda alguns emojis de polegar para baixo.

Qual é a dela?

O papai e o vovô e sei lá mais quem dela frequentaram a UCN. Alguns anos atrás, a família dela doou tanto $ pra faculdade de administração que até renomearam o prédio em homenagem a eles. Várias gerações de gente rica e uma galera conservadora. Os herdeiros aparecem aqui, tiram qualquer nota e saem depois de quatro anos com estágios maravilhosos e emprego garantido.

Várias gerações de gente rica e uma galera conservadora. Por que não estou surpresa? Aqui é o Sul. Grupinhos fechados, muita lealdade, redes de contato estabelecidas, vastos recursos. Perfeito para os Lendários, aposto.

E o cara que estava com ela? Escolho as descrições que parecem mais... razoáveis. Cabelo escuro. Nervoso. Olhos cor de âmbar.

SELWYN KANE ESTAVA LÁ!?!?! E EU NÃO VI!?? Ele NUNCA vai nas festas. Meu deus do céu, aquele garoto é um gostosooo

Um mar de emojis: carinha com língua para fora, duas mãos para o alto, número cem, carinha mandando beijo.

Estremeço. Não acho que Charlotte enviaria a carinha mandando beijo se tivesse visto Sel rosnar feito um leão e quase quebrar o joelho de alguém com uma das mãos. Ela me manda uma mensagem antes que eu consiga responder.

Mas o Selwyn não anda com a Tor.

Como assim? Os dois estavam juntos quando a briga estourou.

É verdade. Qualquer um teria visto.

Eu nunca nem vi esses dois CONVERSANDO um com o outro. Eles não andam com a mesma galera, amiga. Nem de longe! Ele está no mesmo ano que eu, ainda na escola, e Tor já está na faculdade.

Minha cabeça gira. Então, os Lendários evitavam uns aos outros em público, mas, por trás dos panos, eram coordenados. Organizados. Eles mencionaram um portal no campus. É lá que costumam caçar? Se Sel está no segundo ano do programa, é mais jovem do que eu pensava. Deve ter uns dezoito anos.

Tenho que ir. Festa da Sigma hoje à noite! Bora?

Não. Já tô na lista de merda do reitor.

Quando termino de jantar, o sol já se pôs, e faixas de tons roxo-escuros e laranja queimado riscam o céu que escurecia. Saio do prédio, para o ar úmido do entardecer, perdida em pensamentos.

— Briana Irene Matthews!

Eu congelo, então me viro devagar para encarar o tipo de babaca que chama alguém pelo nome completo *em público* para conseguir a sua atenção.

Recostado em uma parede ao lado da saída está um garoto branco e alto com o cabelo despenteado cor de palha e os olhos mais azuis que já vi. Ele parece o tipo de pessoa que aparece na capa de um livreto de faculdade: reluzente e alegre de uma forma impossível, vestindo uma calça jeans simples e um moletom azul da universidade. Quando ri, o som é aconchegante e genuíno.

— Olha, estou com um pouco de medo desse olhar assassino!

— Quer ver o que mais ele pode fazer? — retruco.

Ele sorri, dá impulso na parede com o pé e se aproxima.

— Você é difícil de encontrar. — Ele me olha de relance, como se estivesse ponderando, e então me olha de verdade. — E um pouco *grossa* também, me deixando no vácuo o dia todo.

Fecho os olhos e murmuro:

— Você é a babá.

— Ah, então você é um bebê?

Abro os olhos depressa e vejo Nick Davis parado na minha frente, seus olhos brilhando, mal disfarçando a alegria. Ele é pelo menos dez centímetros mais alto do que eu, o que diz muito, embora, sendo estudante do segundo ano, ele deva ser um ano mais velho. Ele definitivamente não tem o corpo de nenhum garoto de dezessete anos que conheço. Com ombros largos e cintura fina, mais parece um daqueles ginastas olímpicos.

Eu me viro para ir embora. O garoto não faz parte do plano. Nem o começo, meio ou qualquer parte dele.

— Briana, espera! — Nick dá uma corridinha para me alcançar. — Eu acompanho você até o dormitório.

— É Bree, e não, muito obrigada.

Quando ele para ao meu lado, o cheiro de cedro-e-roupa-lavada-há-pouco-tempo o acompanha. *Claro* que ele tem um cheiro bom.

— Bree, diminutivo de Briana. — Seu sorriso com covinhas provavelmente está emoldurado no consultório de algum dentista em algum lugar. — Acompanho você sem o menor problema. Trabalho de mentoria e tal — diz ele, sem nenhum traço de sarcasmo. — De acordo com o reitor, você costuma se perder durante a noite e sem querer termina no banco traseiro de viaturas?

Suspiro e aumento o ritmo, mas ele me acompanha sem ficar para trás.

— Como você me encontrou? — pergunto.

Ele dá de ombros.

— Pedi o seu cronograma de aulas e a foto do seu registro acadêmico para o reitor McKinnon. — Ele ergue a mão antes que eu proteste. — Não é uma informação pessoal que costuma ser compartilhada com alunos, mas os formulários que assinamos antes de entrar concede esse direito a mentores, assistentes de orientação e outros conselheiros designados. Descobri quando a sua última aula terminava. Tentei adivinhar quanto tempo você gastaria na fila do refeitório, depois calculei quanto tempo gastaria para encontrar uma mesa e comer durante aquela hora do dia. Tudo que precisei fazer foi aparecer e esperar do lado de fora da saída perto do Old East.

Eu paro, boquiaberta. Ele sorri, claramente entretido e bastante contente consigo mesmo.

— Então quer dizer que você é um psicopata?

Ele coloca uma das mãos no peito, como se eu o tivesse machucado.

— Psicopata, não! Esperto! E agindo sob ordens diretas do reitor para conversar com você *hoje*. — Os olhos de oceano naquele rosto bronzeado me engolem, e o sorriso perspicaz deixa minhas orelhas quentes. — E também sei cronometrar perfeitamente. Você saiu cinco minutos depois que cheguei.

— Ser esperto não impede ninguém de ser psicopata.

— Ah, concordo. — Ele coça o queixo. — Provavelmente há um diagrama de Venn ou um gráfico de proporcionalidade direta por aí…

Solto um gemido.

— Isso é, por definição, usar sua inteligência para o mal.

Nick inclina a cabeça.

— Correto. Em dois níveis, na verdade. — Ele ergue um dedo. — Usar de esperteza para ser psicopata e... — Um segundo dedo se ergue. — Usar de esperteza para traçar a relação entre psicopatia e esperteza.

Abro a boca para argumentar, mas desisto e saio andando. Ele me segue. Andamos em silêncio por um momento, deixando a noite fluir ao nosso redor e entre nós. Olho para trás uma vez. O caminhar suave de Nick me faz lembrar um dançarino: passadas largas, postura ereta. Quando olho para o rosto dele, há um sorriso puxando o canto dos lábios. Eu me viro.

Depois de um minuto ele fala outra vez, sua voz curiosa atrás de mim.

— E então, você pulou da encosta? Aquela na Pedreira?

— Não.

— Bem — reflete ele —, tirando o fato de ir parar na sala do reitor no primeiro dia de aula... um recorde, acho, então, parabéns... não é a pior coisa do mundo. Não é tão alto e é bem divertido.

Eu me viro para encará-lo, surpresa.

— *Você* pulou?

Ele ri.

— Pulei.

— Mas você não é o menino dos olhos do reitor?

Ele dá de ombros.

— Em tese, sim.

Alguns minutos depois, chegamos em uma interseção onde os caminhos se bifurcam ao nosso redor como se fossem os raios de uma roda. Ele vem para o meu lado e nós caminhamos juntos seguindo a via à nossa direita, rumo ao Old East. O canto dos grilos e das cigarras zumbe ao longe.

Eu me pergunto se Alice já voltou para o nosso quarto. A gente já brigou antes, várias vezes, mas não desse jeito. Nada que tivesse me deixado com uma sensação tão ruim. Eu me lembro do olhar dela, cheio de raiva e desdém. A última pessoa que gritou comigo daquele jeito foi minha mãe.

Como posso ser tão boa em machucar as pessoas que amo? Machucando a tal ponto que elas gritam e choram na minha frente?

— Então, o reitor McKinnon disse que você se matriculou com uma amiga?

O garoto é intuitivo. De maneira irritante, até.

— Alice. Ela sempre quis vir para cá — respondo.

Ele me olha.

— E você não?

Eu pisco, sem saber como responder, e ele conclui que meu silêncio é uma resposta.

— Então por que veio?

— Sou bem esperta.

Ele me lança um olhar rápido, curioso.

— É claro — murmura ele —, mas foi *como* você veio parar aqui, não *por quê*. Ninguém se inscreve no programa só por causa das aulas.

Desdenho.

— Diz isso para a Alice. Ela vai ficar devastada.

— Fugindo da pergunta. Entendi.

Seus olhos atentos me esquadrinham como se ele tivesse encontrado as minhas entranhas e quisesse examiná-las com cuidado. *Sem pressa. Não repare. Só estou escavando as suas entranhas.*

— O reitor McKinnon me pediu para falar com você sobre os seus requerimentos de atividades acadêmicas, já que alguns grupos do campus começam a recrutar membros na primeira semana de aula. Já viu algum que interessou você?

Eu tinha me esquecido completamente daquela parte do programa. Nick capta a expressão no meu olhar e esconde um sorrisinho com a mão.

— Você pelo menos sabe o que é um grupo estudantil? — pergunta ele.

— Dá para adivinhar — rosno. — Clubes. Cursos técnicos para o pessoal pré-medicina e pré-direito. Sei lá... fraternidades e sororidades?

— Quase isso — diz ele. — Com a diferença de que os alunos na pré-faculdade não podem fazer parte de fraternidades e sororidades. Menores de idade em ambientes notórios por festas e consumo de álcool? Proibido.

Que tipo de pai mandaria sua preciosa criança menor de idade para a UCN se soubesse que estudamos química orgânica durante o dia e bebemos um barril de chope virados de cabeça para baixo de noite?

— Bem, em qual deles você entrou? Assim sei qual devo evitar.

— Outra pergunta da qual fugiu. Clube de Críquete.

— Clube. De. Críquete. No país do basquete e do futebol americano?

Ele dá de ombros.

— Eu sabia que irritaria o meu pai.

Sinto uma pontada no coração, forte e afiada.

— Ah, é?

— Meu pai é ex-aluno. Professor de psicologia daqui.

— E ele quer que você faça outra coisa que não seja críquete?

— Isso. — Nick inclina a cabeça para trás e observa os galhos das árvores enquanto passamos por debaixo deles. — Quer que eu siga os passos dele.

— Mas você não vai fazer isso?

— Não.

— Por que não?

Ele baixa os olhos e me encara.

— Porque não faço as coisas só porque meu pai quer que eu faça.

De repente, irracionalmente, a pontada em meu peito se transforma em algo mais agressivo.

— Ele só quer se conectar com você — falo.

Nick desdenha.

— Eu sei que ele quer, mas eu não ligo.

Paro na calçada e me viro para ele.

— Mas *deveria* se importar.

Nick para de andar. Ele usa a minha resposta contra mim.

— Ah, é?

— Sim — retruco, em tom de desafio.

Nossos olhares se encontram, castanho contra azul, e algo inesperado se passa entre a gente. Um cabo de guerra espirituoso, um quê de humor.

— Você não leva desaforo para casa — observa ele, e sorri.

Não sei o que responder, então volto a andar.

O Old East surge à nossa frente, com seus tijolos bege e janelas idênticas e ordinárias de uma ponta à outra. Não parece, mas ele está de pé há quase duzentos e trinta anos — o prédio universitário mais antigo do país.

Não sei por que o desinteresse de Nick pela tentativa de conexão do pai me incomoda. A gente tinha acabado de se encontrar, a gente mal se conhece e ele não me deve detalhe nenhum de sua vida. Aquilo não deveria me irritar.

Mas irrita.

Desprezo e ciúme rasgam o meu estômago como garras afiadas. Quero direcioná-los para Nick, para deixar bem claro o que acho desse luxo desperdiçado: um dos pais ainda vivo para se reconciliar. Eu me viro para ele, com as palavras na ponta da língua, quando percebo o vestígio de um brilho sobrenatural ao longe, acima do seu ombro.

A magia de Selwyn tinha sido uma fumaça prateada e rodopiante. Essas chamas, pulsando no céu acima das árvores, queimam em um tom neon esverdeada.

— Meu Deus... — sussurro, o meu coração disparando de repente.

— O que foi? — indaga Nick.

Passo correndo por ele antes que qualquer outro pensamento se forme. Eu o escuto gritando atrás de mim, perguntando o que tinha acontecido, mas não me importo. Não *posso* me importar.

Esta hora do dia em um campus universitário faz com que o ato de andar em linha reta seja impossível. Alunos caminhando, casais sentados e um jogo de frisbee me fazem andar em zigue-zague. Na noite passada, eu fugi da magia. Hoje, *preciso* correr na direção dela. Pela minha mãe, pelo meu pai, por mim. Preciso saber a verdade. Preciso saber se não ter a chance de falar com ela de novo foi culpa minha ou se...

Contorno um arbusto, e o mundo some debaixo dos meus pés.

Agachado entre dois prédios de ciências está uma coisa que nunca imaginei que pudesse existir.

A criatura tem um contorno feito de uma leve luz verde. O corpo dela brilha, ganhando densidade, então some e ganha densidade de novo. Podia ser um lobo, mas a coisa é duas vezes maior e, em vez de pelos, possui uma camada semitranslúcida de pele escura e esticada que descasca nas juntas de suas quatro pernas. Tem duas fileiras de dentes, curvados para trás como foices. Linhas de saliva preta fumegante escorrem entre os caninos inferiores e se acumulam na grama.

Não sei qual som emiti — uma exclamação, um grito quase inaudível de medo —, mas a cabeça da criatura se vira na minha direção, com os olhos vermelhos brilhantes e orelhas com pontas também vermelhas. A coisa uiva, e o som perfurante ricocheteia entre os prédios até me atingir de todos os lados, me deixando paralisada.

A criatura se abaixa, um rosnado gorgolejando em sua garganta, e ela se lança contra mim.

Eu me preparo para o ataque, mas, de repente, uma figura se choca contra a criatura, desviando-a no meio do salto.

A coisa-lobo agitada bate em uma parede de tijolos com um som pesado e esmagador, uma mancha preta respingando na fachada por causa do impacto.

— Corre!

Nick está entre mim e a criatura.

A coisa fica de pé. Ela sacode o corpo feito um cachorro, espirrando um líquido escuro em todas as direções. Onde o respingo cai, a grama chia como bacon em uma frigideira.

— *Bree!* — Nick se abaixa, apoiando um joelho no chão. — *Corre!*

Com o coração acelerado, tropeço... e caio. Sinto uma pontada de dor que vai da palma das mãos até os cotovelos.

Ele tira um bastão prateado e fino de uma bainha de faca presa na canela. Ele se agacha, e então sacode o bastão em um movimento de corte, e o objeto ganha uma lâmina fina e afiada.

Uma arma escondida. Assim como Tor.

Nick gira a lâmina, e um guarda-mão prateado em forma de cruz completa a espada.

A criatura salta usando suas poderosas patas traseiras, e Nick esquiva, cortando as costelas dela ao passar. A coisa cai e balança o rabo. Nick se abaixa, quase sendo atingido pela ponta afiada.

Os dois dançam mais rápido do que consigo acompanhar. Nick corta. A criatura finca as garras de ponta preta no peito dele. Nick rasga o ser, e uma luz fraca vaza de sua pele.

Eles rodeiam um ao outro, ofegantes. Então, o padrão se quebra.

Nick dá um passo para trás; a criatura o segue. Ele dá outro passo cuidadoso para trás... para um beco sem saída entre os prédios.

Não tem para onde fugir.

O garoto está encurralado e nem percebe.

A criatura toma impulso...

Por instinto me levanto e grito:

— Ei! Por aqui!

O olhar de Nick voa para mim no mesmo instante em que as orelhas da criatura se movimentam na direção da minha voz.

— Não! — grita Nick, mas já é tarde demais.

Eu corro, e a fera corre em meu encalço. Mudo o caminho, desviando para o lado. Pela minha visão periférica, eu a vejo mudando de direção também.

A criatura é *veloz*. Seus dentes batem atrás de mim, a poucos metros de distância. Eu corro. Rápido. *Mais rápido*. Um uivo de dor... não é meu. Um baque pesado.

Impossível não olhar.

A espada de Nick está trinta centímetros enterrada nas costas da criatura. O corpo sacode e tem espasmos, e a lâmina balança junto. As patas dianteiras estão apontadas na minha direção. Tão perto.

Nick atingiu a coisa no meio de um ataque.

Um milissegundo depois e...

— Afaste-se!

Num movimento rápido, a criatura que pensei estar morta retrai os membros para baixo e salta. Ergo os braços para me proteger. A fera grita. A lâmina enfiada em seu corpo limita seus movimentos. Sua mandíbula se fecha, a saliva preta jorra pelo ar... Eu caio no chão.

Minhas mãos e meus braços estão em chamas.

Alguém está gritando.

Acho que sou eu.

O mundo sangra, escuro, fluindo como tinta até o centro do meu campo de visão.

A última coisa que vejo é Nick removendo a sua espada e, então, enterrando-a no crânio da criatura.

7

VOZES SURGEM E SE calam.

O que aconteceu?!

Saliva de cão infernal.

Parece que minha cabeça está submersa na água. Erguida. Submersa de novo.

No campus? Corpóreo? Impossível...

Me ajude a colocá-la em cima da mesa!

Caindo. Caindo frio adentro, escuridão adentro. As vozes começam a morrer.

Quem é ela? O aether não é para os Primavidas. Se ela...

Está comendo os ossos dela. Faça. Agora.

O trinado rítmico e agudo dos grilos pulsa em meu crânio.

Meus olhos se abrem e encontram um teto branco com vigas largas de madeira expostas e um ventilador de teto girando bem fraco. Tento me sentar... e falho miseravelmente. Meus braços não funcionam.

—Você está bem.

Sinto um toque gentil no ombro. Nick retira a mão. Ele está de pé ao lado da cama, uma das mangas do moletom em fiapos.

Um lençol branco cobre o restante do meu corpo, mas, por baixo dele, uma coceira intensa rasteja ao redor e por todo o meu braço. Eu me movo um pouco e vejo que meu braço direito está envolto em camadas grossas de gaze dos dedos ao cotovelo. O pânico se instala. Levanto o ombro esquerdo para confirmar aquilo que a coceira já me diz, mas o lençol impede que eu faça isso.

— Cuidado — avisa Nick. Ele dobra o lençol para deixar à mostra meu braço esquerdo, enfaixado de maneira idêntica ao outro. — Você foi ferida.

— Onde estou? — resmungo.

Minha garganta parece um pedaço de lixa queimada.

— Trouxe você para o nosso curandeiro.

Nick pega um copo d'água na mesinha de cabeceira atrás dele. Tem um canudinho torto saindo da parte de cima, e ele aproxima o copo. É constrangedor e faz com que eu me sinta uma criança, mas estou com sede demais para recusar.

Ele não respondeu à *minha* pergunta, e tenho certeza de que sabe disso, mas existem outras formas de descobrir onde estou.

O quarto é confortável em um estilo luxuoso que lembra uma cabana de esqui, mas o prédio parece *velho*: móveis e papéis de parede em tecidos pesados e texturas que ninguém usa em casas modernas. Pé-direito alto, piso de tábuas largas de mogno. À minha direita, um banco estofado abaixo de uma janela alta, aberta para a noite lá fora — e o chilrear de grilos. Nenhuma luz para além do painel de vidro. Ao longe, a Torre do Sino surge no Quarteirão Westminster — as notas de abertura da melodia são claras, mas o som não está próximo. Deve ser perto do campus, então.

Termino de beber. Nick coloca o copo na mesa e vai até o assento perto da janela, uma expressão solene no rosto. Nada parecido com o Nick que conheci do lado de fora do refeitório.

— Do que você se lembra?

Faço uma careta, e imagens surgem em rápida sucessão: Luz no céu. Corrida. Nick segurando uma espada. Um *monstro*. Meus olhos miram os dele em um segundo.

— Você matou aquilo.

Ele assente.

— Eu matei aquilo.

A Torre do Sino avisa as horas. Uma. Duas.

—Você me salvou.

Três.

Ele sustenta o meu olhar... quatro... assente de novo. Cinco.

Uma constatação, clara e verdadeira antes mesmo que eu diga em voz alta.

—Você é um Lendário.

Seis.

Ele inclina a cabeça.

— Sim. Você deve ser uma nova Pajem? William falou que não reconheceu você.

Eu balanço a cabeça. Sete.

Ele franze a testa, estudando meu rosto.

— Mas você viu o cão infernal...

Quando o sino badala pela oitava vez, Nick fica parado como uma estátua.

Eu sinceramente não sei quem está mais chocado, ele ou eu. Analisamos o rosto um do outro, como se o próximo passo da conversa pudesse estar escrito em nossa pele. Nove. Dez. Tudo que vejo são as linhas definidas de seu maxilar e de seus olhos, enormes e cautelosos. Seu cabelo cor de palha ainda está escurecido pelo suor. Onze. Silêncio.

Onze horas — nem três horas desde que nos encontramos. Perto do campus. Em um prédio velho. Lar histórico, talvez. Todas as pistas, juntas.

Ele estreita os olhos, pensativo.

— Se você sabe que eu sou um Lendário, então deve saber que está falando dentro do Código. Pode me responder com sinceridade. Como conhecem essa palavra?

Mordo o lábio inferior para ganhar tempo. O jeito como ele diz "Código" soa como se devesse existir algum tipo de confiança formal entre nós. Claro, Tor e Sel tinham uma crueldade inata que não enxergo, agora, no rosto de Nick, mas isso não significa que ele é inofensivo. Se for um Lendário, pode ser perigoso.

— O que você vai fazer comigo se eu responder a essa pergunta?

O rosto dele é tomado pela surpresa.

— *Fazer* com você?

Assinto, meu coração batendo forte no peito.

— Me ameaçar? Quebrar alguma coisa que prefiro que continue inteira? Me entregar para a polícia?

Seus olhos azuis escurecem, como uma nuvem de tempestade cruzando o céu.

— Não vou fazer nada disso. — Ele gesticula na direção do meu braço. — Por que eu traria você até aqui, para o nosso curandeiro, se eu quisesse machucar você? Se eu quisesse que fosse parar na polícia, por que não jogá-la na frente de um hospital?

— Talvez ainda planeje me jogar em um hospital — respondo. — Talvez a polícia esteja a caminho.

Um grande sorriso aparece no rosto dele, e, simples assim, ele volta a ser o Nick do refeitório: divertido e irônico.

— Bree, diminutivo de Briana. Não leva desaforo para casa *e* ainda por cima é teimosa. Não aceita o que vê com os próprios olhos, não aceita o que escuta com os próprios ouvidos. — Ele parece manusear uma ideia dentro da cabeça antes de fixá-la em mim com os olhos para ver se funciona. — Ou pelo menos é nisso que ela *gostaria* que eu acreditasse. Será que *Bree* é o seu nome de verdade?

Arrepiada, pergunto:

— E a minha memória? Você ainda pode apagar aquilo.

O sorriso dele some.

— Não, não posso.

O medo me deixa mais ousada.

— Não é um Merlin?

— Você sabe que não sou. — Os olhos dele se estreitam, numa mistura de resignação e frustração. Ele solta uma risada baixa, carregada de cansaço e com uma pontinha de raiva. — Está bem, entendi. Você sabe dos Merlins e do poder de mesmerização deles. Isso significa que você é Juramentada, mas não é uma Pajem da nossa divisão. Quem enviou você, então? Foi do Ocidente? Está aqui para me *avaliar*?

Hesito, sem a menor ideia do que responder. Quem ele pensa que sou? Quem eu *quero* que ele pense que sou?

Encaro isso como algum tipo estranho de jogo entre nós. Uma busca pelo conhecimento que o outro detém antes de revelarmos o que sabemos. Sei por que quero as respostas dele, mas não sei por que ele quer as minhas.

Eu levanto o queixo, sentindo uma fagulha da determinação anterior de volta, junto com um tantinho da *Bree-de-Depois*. É suficiente para surpreendê-lo sem demonstrar minha ignorância sobre o assunto, e talvez uma cartada esperta o bastante para fazê-lo revelar mais de si mesmo.

— Sei que Lendários adoram caçar isels, como aquele que ajudei você a encontrar esta noite.

O tiro sai pela culatra.

— Ah, então quer me testar, é isso? Tudo bem. — Nick se levanta, seus olhos brilhando de um jeito que me alarma. — Primeiro, aquele não era um isel qualquer. Era um *ci uffern*, um cão infernal. A inteligência mais baixa dentre os demônios Inferiores, sem capacidade de fala, mas o mais feroz, junto com as raposas. Parcialmente corpóreo, por isso ainda era invisível para os Primavidas, mas capaz de ferir carne viva. Mais algumas infusões de aether e ele seria tão sólido quanto eu e você. E segundo...

Ele passa a mão pelo cabelo, um gesto de descrença e frustração.

É uma pausa bem-vinda, porque, mesmo que eu esteja deitada, a palavra "demônio" abalou o meu mundo. A frase inacabada de Nick me deixou presa em uma hesitação aterrorizante, como se estivesse no topo de uma montanha-russa. O que ele diz a seguir me empurra ladeira abaixo.

— Segundo, você não me ajudou a *encontrar* nada, Bree. Você correu *direto para ele*. Você atraiu um cão infernal, desarmada e sem treinamento, e quase perdeu os braços por causa disso. Quem quer que tenha mandado você para cá nessa missãozinha de reconhecimento, mandou com a maior tolice que já testemunhei numa divisão em anos. Mudei de ideia. Se isso for um jogo, não vou mais jogar. Quero respostas. Agora.

Um demônio.

Os braços.

Aether.

Engulo o medo que rodopia em minha garganta.

— Eu... Eu não sabia que eles eram... demônios. Eu...

— Meu Deus, ou você é *incrivelmente* teimosa e comprometida com essa farsa ou é tão novata que eles jogaram você aqui um segundo depois da porcaria do seu Juramento. — Nick passa a mão pelo rosto e bufa. — Sim, eles são demônios. Isso é informação básica. Coisa de criança.

Demônios. A palavra traz uma lembrança de infância: minha mãe, nos levando para a igreja em verões quentes e úmidos, todos os bancos lotados e leques de papel feitos com palitos de picolé. Eu me sentava ao lado dela, me sentindo péssima, com suor pingando na parte de trás do meu vestido de poliéster, meia-calça branca colando na coxa, folheando a Bíblia para me distrair do calor. As páginas finas com ilustrações coloridas que ficavam no meio me mostravam aquilo que o texto não conseguia: São Pedro nos portões dourados, raios de sol brilhando por entre as nuvens brancas que se estendiam até o infinito; uma luz santa queimando ao redor da cabeça de Jesus; espíritos impuros invisíveis — demônios — atormentando os crentes, boquiabertos, com mentiras e enganação.

— Que nem na Bíblia?

Nick observa minha expressão. Quando ele suspira, a severidade some de seu rosto, um pouquinho de cada vez, como um robe caindo. Ele dá um passo para a frente e estende a mão para mim, mas para quando me encolho.

— Não me daria ao trabalho de curar você só para machucá-la de novo — fala ele, à espera de minha resposta.

Depois de uma breve hesitação, assinto, e ele segura minha mão com cuidado, desenrolando as gazes em círculos lentos. Ele balança a cabeça.

— Uma Pajem sem formação completa... Não consigo acreditar que foram tão babacas a ponto de mandarem você fazer isso sem nem ao menos ensinarem o básico. Sério, você deveria me contar quem fez isso... Essa pessoa precisa ser reportada por uma negligência dessas. — Apenas o encaro, e ele coça a nuca. — Não posso deixar você ir embora sem saber o básico, senão você vai acabar em um fosso de *bwbach*, ou estrangulada por um *sarff uffern*, ou pior. Crias Sombrias, que também chamamos de povo demoníaco, vêm para o nosso plano através de Portões que se abrem entre o nosso mundo e o deles.

Crias Sombrias. Essas palavras estranhas crescem e rodopiam pela minha mente, mas estou assustada demais para interromper e pedir explicações a ele.

— Ninguém sabe onde um portal vai aparecer, mas eles costumam surgir mais em alguns lugares do que em outros, quase sempre à noite. A maioria das Crias Sombrias que atravessam são invisíveis e incorpóreas. Elas vêm para o nosso lado para se alimentar e amplificar a energia humana negativa... caos, medo, raiva. Emoções são o sustento delas. Se ficarem fortes o suficiente para utilizar o aether, usarão para se tornarem corp, ou seja, corpóreos, e, dessa forma, podem nos atacar fisicamente. Não caçamos demônios só por caçar. Não fazemos isso porque gostamos, não importa o que as outras divisões digam. Fazemos isso para proteger a humanidade.

A ponta dos dedos dele deixa rastros de calor por minha pele. Conforme a substância cai pelas mãos dele, um brilho e um cheiro picante, cítrico e de terra molhada sobe.

Quando olho para baixo, vejo que minha pele parece ter sido borrifada com ácido — não esta noite, mas talvez semanas ou meses atrás. Faixas de pele rosada e brilhante se espalham da palma da minha mão até o cotovelo. A pele nova é sensível; quando ele passa a mão num dos meus braços, girando-o com cuidado para poder me examinar, sinto os calos pelas longas horas de prática com alguma arma.

— Saliva de cão infernal é corrosiva o suficiente para derreter aço — explica ele. — Já vi algumas gotas fazerem um buraco em um pedaço de concreto de trinta centímetros. Sua sorte é que William estava em casa. — Ele coloca o último pedaço de gaze e o outro rolo solto na mesinha. — O restante vai estar curado até amanhã.

— Como é possível? — pergunto.

— A gente realmente vai fazer isso?

— Sim — sussurro. — Por favor.

Ele dá uma risada de desdém.

— É por causa desse tipo de ignorância que Escudeiros acabam feridos ou mortos. O que você viu no céu foi fogo de mago. Um subproduto do aether, um elemento no ar que apenas algumas pessoas conseguem ver e um número ainda menor consegue manipular. Tipos diferentes de Lendários usam o aether para fazer coisas diferentes. Alguns criam construtos, como armas, armaduras, escudos. William usa para acelerar a cura.

Aquele nome outra vez. O curandeiro deles. Alguém que me ajudou sem nem me conhecer. Uma vergonha súbita toma conta de mim. Nick me salvou e se certificou de que minhas feridas fossem tratadas, e eu só o importunei.

— Obrigada — murmuro — por me ajudar. E agradeça a William por mim.

Ele me encara de novo e nota o tremor nos meus dedos. Seu rosto se torna paciente e receptivo.

— Vou falar com ele, pode deixar. Agora, se quiser demonstrar sua gratidão a mim, o melhor presente é a honestidade.

Luto para encontrar as palavras.

— Eu só queria saber o que vi. O que estou vendo — falo, suavemente.

A memória do *outro* Merlin do hospital surge — e se torna amarga na mesma hora. O flashback ameaça tomar conta de mim na frente deste garoto que nem conheço. Eu *preciso* daquela memória. E vou usá-la. Mas não posso permitir que ela seja dona de mim. Não agora. Em vez disso, reforço a minha barreira e busco abrigo nos fatos simples.

— Na noite passada, na Pedreira de Eno, eu vi uma coisa. Uma luz piscante no formato de algo... voador. Sel e Tor também estavam lá. Sel fez alguma coisa comigo e com uns outros garotos para esquecermos tudo e irmos embora. A memorização dele, não é? Mas, depois de um minuto, parou de funcionar. Eu me escondi. Então, Sel e Tor...

— Espera. — Nick ergue a mão. — Repete isso.

— Sel e Tor...

Ele fez um aceno, impaciente.

— Não, não, antes disso.

— Sel fez alguma coisa para eu ir embora e esquecer o que aconteceu, mas depois de um minuto parou de funcionar comigo?

— Isso, essa parte. Não é possível, Pajem. Memórias que foram mesmerizadas não voltam. — Os olhos dele reluzem com uma emoção que não consigo ler. — Acredite em mim, sei muito bem disso.

Dou de ombros, brincando com a ponta do lençol.

— Bem, *me desculpe* — respondo, copiando o tom paternalista dele —, mas foi isso que aconteceu, Lendário.

Nick examina o meu rosto. Ele me olha por tanto tempo e o quarto está tão silencioso que tenho certeza de que consegue escutar a velocidade dos meus batimentos aumentando. Seu olhar desce para a minha boca, o meu queixo, minhas mãos trêmulas pousadas no colo. Ele respira fundo.

— Você está... Você está falando *sério*, não é? Sobre isso tudo. Você não é uma espiã do Ocidente ou do Norte.

— Não.

— Mas se é capaz de quebrar a mesmerização de *Sel*, então ele... — Nick para, arregalando os olhos, a cor sumindo de seu rosto, entendendo algo sobre mim que foge à minha compreensão.

Eu me levanto na cama, nervosa.

— Então ele o *quê*?

— CADÊ ELE?

Nós dois damos um pulo quando uma voz ressoa, o grito ecoando do lado de fora do quarto e no fim do que parecia ser um longo corredor.

Nick olhar para a porta, visivelmente tenso.

— Merda.

Outra porta bate. Passos rápidos e uma outra voz, calma, interpela a primeira.

— Sel, espera...

O olhar de Nick se fixa em mim e depois na porta.

— Escute, eu achei que você fosse uma de nós no início, mas, se o que você me falou é verdade e você não é, então, independentemente do que aconteça quando ele entrar aqui, *não deixe* Sel descobrir que a mesmerização dele falhou. Ele vai tentar de novo, e você precisa deixar. Entendeu?

Uma segunda batida, mais próxima dessa vez.

— Não! O que...

— Preciso que confie em mim — sibila Nick. Eu o encaro, sem palavras, e ele sacode meu ombro para chamar a minha atenção. — *Entendeu?*

— Sim!

— Fique aqui.

Sem dizer mais nada, ele sai do quarto.

Não vou ficar parada ali. Na mesma hora, afasto os lençóis e me levanto. Meus tênis estão em uma cadeira imponente do outro lado do quarto. Corro até eles e os calço, mas, quando fico de pé, uma onda de tontura me joga de volta na cadeira.

Ouço o tom frio e comedido de Sel do lado de fora.

— O filho pródigo retorna. E com tanta *pompa*. — Ele está perto. Perto demais. Fixo o olhar na janela aberta e me ergo da cadeira para alcançá-la, ainda que o chão ameace desaparecer a cada passo. —Você matou aquilo, Davis?

— Sim, matei. — A voz de Nick parece um fio tensionado prestes a arrebentar.

—Você quer ver o sangue na lâmina?

Sel não perde um segundo.

— Talvez, se não estivesse tão ocupado brincando de Primavida, deixando todo o trabalho sujo para a gente, você saberia que fui chamado de imediato para encontrar o Portal e fechá-lo. Ou você *quer* que outros cães infernais venham do outro lado?

Chego à janela e xingo baixinho. Estou no terceiro andar. Onde quer que esta casa-museu fique, é cercada por uma floresta densa. Mesmo se estivesse no primeiro andar e me sentisse segura o suficiente para uma escalada, não poderia ir a lugar algum.

— Você *quer* que eu pare no meio de uma batalha para mandar uma mensagem? Qual emoji devo usar para cão infernal? O foguinho e depois o cachorro?

Há uma rápida confusão, e então uma terceira voz intervém.

— Essa discussão não vai levar a lugar algum! Sel, você fechou o Portal. Nick destruiu o cão. É isso que importa.

— Não é isso que importa, William. É o quinto ataque em uma semana. Eles estão *aumentando*. E ficando mais fortes. Ontem à noite, rastreei um isel quase corpóreo há quilômetros de distância do Portal mais próximo. Meu trabalho é proteger esta divisão — rosna Sel. — Assim como limpar a lambança de vocês hoje. William falou que precisam de mim aqui?

— Ela é um ser humano, Sel.

Eu me pergunto se Nick está ganhando tempo, mas a voz dele soa cansada, familiarizada demais com aquela discussão.

— Ela é uma Primavida — responde Sel. Alguma coisa no modo como ele diz "Primavida" me faz encolher, e nem sei o que aquela palavra significa. — Como ela foi ferida?

— Era um mid-corp. Ela só estava no lugar errado e na hora errada.

— Um demônio mid-corp, capaz de caçar e ferir carne humana. Maravilhoso. E aí você a trouxe para cá. *Adorável*.

— Você preferiria que eu a tivesse largado no chão, urrando de dor?

— Claro que não. Os ferimentos dela levantariam muitas perguntas.

— Essa é a sua única preocupação, não é? O Código de Segredo. Não o fato de uma pessoa inocente ter se machucado!

— A Linhagem é a Lei, Nicholas. — A voz de Sel é baixa, perigosa. — Nossos Juramentos estão acima de tudo!

— *Cavalheiros!* — grita William. — Por falar no Código, devo lembrar aos dois que as paredes não são à prova de som. Quanto mais discutirem do lado de fora dessa porta, mais Sel precisará apagar.

Meu coração acelera, indo de um trote para um rápido galope.

— Obrigado, William, pelo lembrete. — A maçaneta gira, e Sel abre a porta, a expressão carregada de raiva. Quando os olhos dele encontram os meus, sua testa dá uma leve franzida. — Você — diz ele, surpreso.

Tinha se passado apenas um dia, mas, de alguma forma, eu havia me esquecido do quão aterrorizante este garoto é. Mesmo sem ter o porte ou a estatura do Nick, a presença de Sel preenche o ambiente. Ele inunda minha mente com uma nuvem rodopiante e crepitante de medo, um medo tão palpável e vivo que me deixa paralisada. Então, me lembro de que um homem igual a ele — *um Merlin* — mentiu para mim sobre a morte da minha mãe, e uma raiva crescente incendeia aquele medo.

— Fique longe de mim! — disparo.

— Hum. — Sel inclina a cabeça para o lado. — Por duas noites seguidas, você ficou no caminho.

Nick se aproxima e empurra Sel para o lado.

—Você a conhece? — pergunta Nick.

Ele foi esperto. Qualquer deslize e Sel saberia que falei com Nick sobre o que aconteceu na Pedreira.

Eu me movo, encostada na parede, até chegar à janela. O vidro range em minhas costas, e pondero brevemente se tenho força suficiente para quebrá-lo. O que eu faria se pudesse.

— Nós nos esbarramos. — Uma expressão parecida com suspeita cruza o rosto de Sel, mas vai embora rápido. — Só que ela não se lembra disso.

Sel chega mais perto, mas Nick entra na frente dele e planta uma das enormes mãos no peito do garoto, detendo-o. O olhar de Sel desce para os dedos abertos em sua camisa cinza-escura. Um sorriso feroz se forma em sua boca elegante.

— Talvez um dia seja capaz de me parar, mas você e eu sabemos que não é hoje.

As narinas de Nick dilatam, e, por um breve momento, tenho certeza de que ele vai dar um soco em Sel. O guerreiro que vi lutando contra um cão infernal poderia facilmente pegar Sel pelos ombros e arremessá-lo contra uma parede com tanta força que deixaria um buraco. Mas os dedos de Sel começam a tremer, os anéis prateados brilhando contra o preto de sua calça, e Nick não ataca. Os olhos dele se fecham, e o garoto abaixa a mão.

Sel quase parece decepcionado, mas passa com suavidade do lado de Nick.

— Não precisa assistir — diz ele para Nick, andando em minha direção. Há algo que não consigo identificar por baixo da frieza de sua voz.

Parado atrás de Sel, Nick me encara com o pedido de antes estampado no rosto: *Não deixe Sel descobrir.*

Sel me lança um olhar intrigado.

— Não acredito em coincidências. Talvez eu devesse estar preocupado com o fato de encontrá-la dois dias seguidos, mas nenhuma Cria Sombria teria ficado tão vulnerável quanto você ficou hoje à noite, o que significa que você dever ser só... azarada.

Aquelas palavras outra vez, *Cria Sombria*. Quando Sel as enuncia, o rosto dele se contorce em uma careta.

— Você é Unanedig. Primavida. — Os olhos do Mago-Real, científicos, analíticos, procuram por cada vacilo na minha expressão. — Seu corpo não está acostumado com o aether. É por isso que está tonta.

— Vai se ferrar.

— Sente-se.

A voz de Sel me atinge como uma onda. Quando não obedeço, ele dá um passo para a frente, e aquele medo profundo, primordial, que sinto dele me *empurra*. Eu me sento.

Nick intervém.

— Diretiva da intervenção mínima. Só as últimas horas.

Sel revira os olhos.

— Está me dando ordens, Nicholas? Como se eu não fosse regido pelas mesmas leis que você negligencia de forma tão descuidada?

Meus olhos voam para Nick. Ele assente como se estivesse confirmando o que está prestes a acontecer. *Ele vai apagar a minha memória de novo.* Sel se ajoelha na minha frente, e o mesmo cheiro de fumaça inebriante e apimentada me envolve, preenchendo o meu nariz.

— Seu nome? — ronrona ele na mesma voz inebriante.

— Ela se chama Briana — informa Nick, recorrendo ao meu nome de registro, não o que escolhi.

Minha mente acelera. Da última vez, a mesmerização de Sel funcionou, mas só por um tempo. *Como eu a quebrei? Teve uma luz, depois a dor na palma da minha mão...*

Sel assiste o conflito em meu rosto com interesse.

— Preciso admitir, Briana, estou curioso. Que artimanha do universo colocou você no meu caminho outra vez? — indaga ele, sua voz calma, ávida. — Bem, alguns mistérios devem permanecer para sempre sem solução.

Eu me encolho quando ele estica os dedos longos na direção do meu rosto. Só dá tempo de morder a parte de dentro do meu lábio inferior. Com força.

A última coisa que lembro é o calor da mão dele em minha testa.

8

UM BIPE INSISTENTE PERFURA o meu crânio. Ergo a cabeça e vou tateando a mesa de cabeceira até encontrar o despertador.

— Ai. Muita luz.

Caio de volta na cama e puxo o travesseiro para cobrir o rosto. Meu cérebro é uma massa fragmentada, flutuante. Como frutas dentro de uma gelatina.

— Você é inacreditável — diz Alice do canto dela do quarto.

— Meus *olhos* estão doendo — reclamo. — E tudo relacionado a eles. Até os bastonetes e os cones da retina, Alice.

— Bem, está na hora de acordar. — A voz dela é ácida. — A não ser que queira adicionar matar aula à sua lista de delinquências.

Faço uma careta, largando um lado do travesseiro.

— Qual é o seu problema?

Alice se levanta, já pronta para sair, de saia e blusa. Ficou esperando o despertador tocar só para me repreender. A emboscada de uma bibliotecária maligna.

— Meu problema? Você quase fez a gente ser expulsa da escola na primeira noite aqui, e, na segunda noite, você chega depois de uma da manhã!

Estreito os olhos para ela.

— Não, eu não… Quer dizer, sim, a primeira coisa eu fiz. Mas a segunda, não.

Alice cerra os dentes. Uma bibliotecária maligna e implacável.

— Não acredito que você apagou de tão bêbada!

Eu me sento, balançando a cabeça.

— Eu não fiz isso.

— Você está delirando! — O grito dela me faz engolir em seco. Eu odeio quando ela fica com raiva. Odeio quando brigamos. — Um cara loiro trouxe você até aqui, tropeçando e balbuciando. Ele falou que você curtiu bastante a festa no alojamento da fraternidade. Uma fraternidade, Bree? Sério?

Isso me faz pular da cama.

— Alice — falo devagar, andando na direção dela com as minhas mãos esticadas em sinal de paz. — Não faço a menor ideia do que você está falando. Eu não apaguei.

Ela bate o pé. Se eu não estivesse tão perturbada, riria.

— Não é exatamente isso que alguém que apagou de tanto beber diria no dia seguinte?

— Bem — falo, ponderando. — Sim, mas...

— Sei que é a primeira vez que temos liberdade. As pessoas sempre falam sobre gente que vai para a faculdade e bebe muito, desrespeitando os próprios limites. Só não achei que você seria uma dessas...

De repente, não quero mais rir.

— E você não achou que eu fosse *o quê*, Alice?

Ela cruza os braços e suspira.

—Vulgar.

Arregalo os olhos.

—Você acabou de fazer uma referência a Jane Austen de novo?

Alice respira lentamente pelo nariz.

— É assim que todo mundo diz que acontece. Você vai para a faculdade com uma amiga, cada uma encontra algum... grupo novo ou sei lá, e acabam se afastando. Só não achei que fosse acontecer conosco. — Alice segura a alça de sua bolsa e pisa forte em direção à porta. É a resignação na voz dela que me atinge, e o golpe que ela dá pouco antes de sair. — Você precisa de ajuda.

Meus olhos se enchem de lágrimas, e, assim que ela bate a porta, sou tomada por uma injeção de raiva incandescente. Fecho as mãos com força, cravando a unha na pele e deixando marcas de meia-lua.

Cinco minutos depois, escovando os dentes no banheiro do corredor, solto um grito tão alto que a garota ao lado dá um pulo.
— Gente! O que aconteceu?
— Foi mal — murmuro, com a boca cheia de espuma.
O corte em meu lábio inferior é tão profundo que, quando cuspo, sangue escarlate e espuma giram na pia em uma harmonia nojenta. De frente para o espelho, puxo o lábio para baixo para ver o machucado.
— Eu me mor...
Outra pontada de dor. Então, sinto um pânico estranho, vibrante, como se eu tivesse rolado escada abaixo, mas, em vez de me estatelar no chão, sou jogada para a frente... para dentro de memórias.

Cadê ele?
Genética II começa em cinco minutos, e Nick não está aqui.
Cheguei cedo para me certificar de que o encontraria e fiquei parada perto da última fileira do amplo auditório conforme os alunos entravam. Uma garota de cabelo preto oleoso passa, bloqueando minha visão da porta por um momento. Depois que ela se afasta, vejo Nick, de camiseta azul e jeans, no fundo, se encaminhando para um dos cantos da sala.
Eu me embrenho pela multidão de alunos para segui-lo. Quando o relógio marca onze horas, um homem magro de meia-idade vestindo um paletó de tweed se levanta da primeira fileira e cruza o piso de madeira, que range. Ele para no atril e faz uma careta enquanto os outros e eu continuamos procurando assentos.
— Como diz o quadro, aqui é Genética II. Não Geologia II. Não é Antropologia Geral II. Não é Alemão Intermediário. Se você estiver aqui para

alguma dessas aulas, por favor, saia agora e leia com atenção os nomes das disciplinas e o mapa do campus.

Em meio a risadinhas, meia dúzia de alunos se levanta e se arrasta pelas fileiras enormes até a saída.

Nick se ajeita em um assento na última fileira, em um movimento que, de alguma forma, parece gracioso. Corro na direção dele, sentando na cadeira bem ao seu lado no fim do corredor.

— Nick, diminutivo de Nicholas.

Ele dá um pulo.

— Bree. Oi. — Percebo a olhadinha que ele dá para o meu braço. — Como vai a minha mentorada?

O sorriso dele é tão fascinante e genuíno que eu provavelmente acreditaria nele se não soubesse a verdade. Ele puxa o apoio no braço da cadeira e joga um caderno que parece ter sido molhado em algum momento do passado. Ele para e estreita os olhos.

— Não sabia que você fazia essa aula.

— Não faço. Pedi o seu cronograma de aulas para o reitor.

Um sorriso surge no rosto dele.

— Quem é a psicopata esperta agora?

Faço um som de desdém.

— Ainda é você. — Eu me inclino na cadeira. — A propósito, nunca desmaiei de bêbada na minha vida, e eu morreria antes de colocar os pés numa fraternidade. Diga ao Sel para mesmerizar direito da próxima vez.

— Eu me sento ao lado dele. — Espera, *aquilo* era uma fraternidade? Pensei que você tivesse dito que não podemos fazer parte de uma.

A sobrancelha de Nick se ergue um pouco, e ele arregala os olhos, mas não responde.

Todas as conversas são interrompidas quando o professor bate palmas. Nick olha para a frente, e sufoco um grunhido frustrado. O professor lança um longo olhar de sofrimento aos seus cento e cinquenta alunos.

— Agora que todos que deveriam estar aqui estão aqui, meu nome é dr. Christopher Ogren. Vamos passar a lista de chamada hoje e durante o semestre de forma aleatória. — Há reclamações por todos os lados quando ele diz isso. — Por favor, coloquem suas iniciais ao lado de seu nome e *apenas* de seu nome.

— Nick... — falo, me virando para ele.

Ele me silencia com um dedo, então aponta para a frente da sala.

— Estou tentando prestar atenção.

Seu tom é sério, mas percebo uma pitada de humor nos olhos. Sem falar mais nada, ele se debruça sobre o caderno e começa a escrever sabe-se lá o quê.

Inacreditável.

Eu me inclino e sibilo.

— Eu me obriguei a lembrar.

A caneta dele para de se mover, mas ele não ergue a cabeça.

— Lembrar o quê?

— Sério mesmo que você...

Sou interrompida quando um garoto de pele marrom-clara e cabelo raspado passa a lista na nossa fileira. Pego a caneta e rabisco *Você sabe o quê!* antes de passar para Nick.

— Sua caligrafia é horrorosa.

Ele assina as iniciais antes de passar a prancheta adiante. Fico irritada, os dentes rangendo para tentar conter o grito preso em minha garganta.

O dr. Ogren chama a nossa atenção de novo.

—Tudo bem, vamos começar com um pré-teste de trinta minutos.

Mais resmungos. O professor sorri.

— Relaxem, não vai valer ponto. É só uma avaliação para ver, em termos gerais, onde cada um está na matéria antes de começarmos, o que vocês se lembram da última vez em que estudaram genética. Formem duplas, compartilhem as ideias, anotem as respostas.

"Formem duplas" é facilmente a segunda pior frase que pode ser dita em sala de aula, só perdendo para "trabalho em grupo". Mas hoje eu não poderia ficar mais feliz com isso.

—Vamos nessa, dupla? — falo, de maneira afetada.

Nick me estuda, avaliando as opções.

—Tudo bem.

Ele abre numa página em branco do caderno.

Os monitores distribuem uma pilha de folhas de exercício. Pego uma e passo o resto adiante. Gastamos os primeiros minutos revisando o pré-teste a sério. As folhas de exercícios são bem diretas, com uma combinação de múltipla escolha e questões curtas discursivas. Além de bonito, Nick é inteligente — óbvio que seria, mas ele não está com a matéria tão fresca na mente quanto eu. Deixo meus questionamentos para depois e tomo as rédeas para conseguirmos nos sair bem no teste.

— Estamos na parte das questões discursivas agora — falo, abrindo o caderno em uma página em branco. — E temos que escrever juntos.

— Hum, sim. — Nick coça o queixo, com a barba por fazer. — Não estou cem por cento certo nesta aqui... — diz, indicando a questão dez.

— Os processos do DNA comum incluem replicação, transcrição e tradução. Em alto nível, descreva as distintas funções destes processos.

— Não me lembro da diferença — diz ele.

— É fácil confundir os termos. Replicar é fazer mais DNA, transcrever é usar o DNA para fazer RNA e tradução tem a ver com ribossomos. Eles usam RNA para fazer proteínas. — Rabisco um diagrama no caderno. — Visualizar ajuda.

Nick examina o desenho, e os olhos dele brilham.

—Visualizar realmente ajuda. Bastante, na verdade.

Não estou preparada para o sorrisinho de satisfação que ele dá. Mesmo discreto, é um sorriso que irradia calor, raios de sol e verão, um sorriso *muito* desconcertante e que me deixa sem jeito.

Passamos depressa pelas últimas cinco perguntas e terminamos dez minutos antes do fim da aula. Rabisco algumas palavras e rasgo uma página do meu caderno. Quando enfio o papel nas mãos dele, ele cruza os braços como se aquilo fosse explodir a qualquer momento. Ele passa os olhos pela lista de palavras — *Crias Sombrias, Lendários, Pajem, Primavidas, mesmerização, Merlin, Mago-Real, aether* — antes de dobrar a folha e enfiar no bolso.

Eu me inclino para perto dele.

— Não vou deixar isso de lado.

Nick solta um suspiro lento e calmo, ainda olhando para a frente.

— Como você está... fazendo isso?

— Não sei. — Mostro a ferida na minha boca. — Dor, acho — murmuro. Ele me encara, preocupado, mas faço um gesto com a mão, deixando para lá, e sussurro. — Uma pergunta melhor: como os Merlins fazem isso?

Ele balança a cabeça.

— Qualquer pergunta que você tenha, eu juro, as respostas *não valem a pena*. Você deveria fingir que a noite passada e a Pedreira nunca existiram.

— Parem de escrever! — ordena o professor.

— Não posso fazer isso — falo para Nick.

Então ele se vira para mim, os olhos transmitindo um alerta.

— É isso que vai acontecer: *eu* vou pedir ao reitor McKinnon para arrumar outro mentor para você, porque se formos vistos juntos no campus, vai levantar suspeitas. *Você* vai parar de fazer perguntas e seguir com o seu semestre, porque essa conversa acabou. Lamento, Bree, mas acabou.

Ele se vira para a frente, como se tivesse colocado um ponto final no assunto. Como se tivesse baixado um decreto.

Eu não consigo conter a risada, cobrindo a boca com as mãos.

Ele percebe e faz uma careta.

— O que foi?

Meu sorriso de canto de boca cresce até ficar enorme. Eu me inclino mais para perto, até a minha cabeça encostar na dele então sussurro:

— A gente pode ter vivenciado um ataque demoníaco quase fatal, e você pode ter salvado a minha vida... de novo, obrigada... mas o assunto não está encerrado. Não sei quem você pensa que é, mas você não manda em mim.

A expressão de choque dele é maravilhosamente prazerosa. Eu me levanto da cadeira e sigo pela fileira até chegar ao corredor e à saída.

Hora do plano B.

Levo cinco minutos para encontrar uma lista de casas históricas perto do campus no meu celular, e há *muitas* delas. Mas só demoro um minuto para escolher a casa cercada por uma floresta: o Alojamento da Ordem da Távola Redonda. Não é uma fraternidade, é uma sociedade secreta histórica. Na mesma hora, imagino túnicas, cantos e rituais em catacumbas, mas, antes que eu possa continuar a pesquisa, meu pai me liga.

Ai.

Meu Deus.

Não adianta fugir.

— Oi, pai...

— Nem quero ouvir.

Bem, ele está furioso.

— Por que não me ligou de volta ontem à noite? Do que a sua palavra vale agora?

Do que a sua palavra vale agora? Outra frase familiar.

— Não muito — murmuro. — Eu...

... acho que tem alguma coisa que nós não sabemos sobre a morte da mamãe. Sei que existe uma sociedade secreta de usuários de magia que podem apagar memórias e...

— Você o quê? — questiona ele.

Cerro os dentes e minto.

— Eu estraguei tudo. Fiquei com um pessoal que conheci no jantar e acabei me esquecendo. Desculpa.

— O que está acontecendo, Bree?

Conto para ele as partes da história que bateriam mais com a versão do reitor. Quando eu *souber* o que aconteceu naquela noite e puder provar, falo o restante. Ele ainda está irritado.

— A gente tem um acordo, filha. Se der conta do recado, você fica. Se não conseguir fazer isso...

— Então volto para casa. — Eu suspiro. — Eu sei. Fiz uma escolha ruim. Não vai acontecer de novo.

Durante a aula de Estatística, olho rapidamente os resultados do Google, marcando as páginas que parecem mais úteis.

Existem cinco Ordens secretas associadas à universidade, todas elas organizadas ao redor de um tema central — os Górgons, o Velocino de Ouro, os Estígios, as Valquírias e a Távola Redonda. As três primeiras usam histórias da mitologia grega. As Valquírias, da mitologia nórdica. A Ordem da Távola Redonda é a única sociedade que retirou o nome de uma lenda: a do rei Arthur.

Fiz aquela lista para Nick com o objetivo de incomodá-lo. Fazê-lo ceder. Mas agora reviro as frases e as encaixo naquilo que sei sobre as lendas. Seria fácil ignorar as conexões com o rei Arthur e tratá-las como fantasias medievais de cavalaria e honra que os fundadores da Ordem associaram a si mesmos para se sentirem maiores, mais velhos, melhores do que eram. Mas isso não é fantasia. É real. Então, preciso perguntar: a Ordem é baseada na lenda? Ou a lenda é baseada na Ordem? Sei que "Merlin" é um título, não uma pessoa. Nick mencionou Pajens. Sel é um Mago-Real. Quanto da história é verdade?

O site fala pouco das sociedades, apenas afirma que elas existem, e não há quase nada sobre a Ordem da Távola Redonda, exceto que não apenas é a sociedade mais antiga do campus, mas a sociedade secreta mais antiga do *país*.

Preciso dar crédito aos Lendários: a fachada do prédio deles é perfeita. Fraternidades e sororidades anunciam suas atividades, fazem festas em suas casas e têm perfis em redes sociais, mas sociedades secretas universitárias apenas... existem. E não apenas nas universidades, mas no restante do mundo também. Tem uma loja maçônica a menos de dez minutos da casa dos meus pais. Uma pessoa de fora não espera aprender o que uma sociedade secreta faz, quem faz parte dela ou como seus membros são recrutados. Por meio de um acordo implícito, todos nós aceitamos que não é de conhecimento público.

Talvez a Ordem da Távola Redonda recrute feiticeiros chamados Merlins e caçadores de demônios chamados Lendários?

Continuo a pesquisa. Sentados ao meu redor estão alunos que nem fazem ideia de que caminham por dois mundos todos os dias. Um mundo com aula, jogos de futebol americano, conselho estudantil e provas, e outro mundo com Crias Sombrias, mesmerização e aether. E demônios famintos de uma dimensão infernal que só desejam se alimentar deles. Um isel poderia estar voando acima da cabeça da minha professora na frente do auditório, se alimentando da energia dela, e ninguém veria. Ninguém além de mim. E deles.

Depois da aula, ando pelo campus e atravesso a parte nordeste até a reserva florestal Battle Park, em uma missão para encontrar a casa em que já estive, mas que nunca vi.

Quando se cresce sendo uma garota preta no Sul, é bem fácil encontrar lugares antigos que apenas... não foram feitos para você. Talvez seja um prédio, um distrito histórico ou uma rua. Algum espaço que foi construído originalmente para pessoas brancas, e só para pessoas brancas, e você é obrigada a lidar com aquela realidade e seguir com a vida.

De vez em quando é bem óbvio, como quando há monumentos com a inscrição "para os garotos que vestiram cinza", uma referência aos soldados confederados, ou quando há uma bandeira dos Confederados hasteada bem alta na frente. Outras vezes, é a data em uma placa comemorativa que dá a pista. Excursão da escola ao Capitólio? Construção grande, linda e remetendo à arquitetura grega? Inaugurada em 1840? Ah, sim, aquele pessoal nunca achou que *eu* estaria caminhando por aqueles corredores, andando e pensando que os fantasmas deles me enxotariam dali se pudessem.

Você fica atenta. Aprende a ouvir o zumbido baixo da exclusão. Um som que diz: *Não construímos isso aqui para você. Construímos para nós. Isso é nosso, não seu.*

O Alojamento tem uma placa histórica em preto e branco na frente dos portões abertos. *Mansão original construída em 1793* — o mesmo ano do Old East. Meu dormitório é de antes da guerra. Não foi construído *para* pessoas como eu, mas definitivamente foi construído *por elas*. E o Alojamento?

Respiro fundo, ignoro o zumbido e caminho pela longa entrada de cascalho. Quando viro uma esquina, vejo.

O lugar é a porcaria de um castelo medieval. O covil de um feiticeiro das trevas, isolado numa colina arborizada no meio de uma floresta. Quatro torres circulares de pedra se erguem de forma cônica em cada canto, com bandeirinhas azuis e brancas no topo, como nos contos de fadas.

E, assim como a trilha que me trouxe até aqui, está coberta de uma camada fina e brilhante de aether prateado.

Eu não tinha *percebido* que os fios que vi atravessando as árvores eram aether, e não luz do sol, até ver aquilo se acumular em redemoinhos na estradinha de cascalho do Alojamento. Quando chego aos degraus de tijolo, toco, hesitante, na camada iridescente. À medida que meus dedos passam pelo brilho, sinto um puxão para *longe* das enormes portas duplas. Um toque insistente me diz para ir embora. Não é exatamente assustador, mas intimidante. Um aviso sutil no canto da mente, como a mensagem de Selwyn.

Vá embora.

Minha mão permanece dentro do encantamento. O cheiro de fumaça e cravo, agora familiar, corre na minha direção. *Castas diferentes usam o aether para fazer coisas diferentes.* Será que significa que isso é uma... assinatura? Caso seja, o cheiro forte dos meus curativos tinha que ser de William.

A assinatura de Selwyn é tão forte aqui que posso sentir o gosto: o uísque que eu e Alice roubamos do gabinete do meu pai no verão passado. Cravo e canela. Uma fogueira no bosque e fumaça carregada pelos ventos do inverno.

Depois de várias batidas fortes com a aldrava de bronze em forma de leão, dou uma olhada na minha roupa uma última vez. Que tipo de roupa é apropriada para investigar uma sociedade secreta? Eu escolhi conforto em vez de estilo: jeans, uma camiseta desbotada de *Star Wars*, botinhas. Meus cachos estão presos em um coque bonitinho, alto e volumoso no topo da cabeça. Nada que grite "espiã".

A porta se abre e revela uma garota parecida com uma fada, de cabelo curto e preto, usando um vestido florido e calças legging. Seus enormes olhos escuros pousam em mim e depois nos degraus e na estradinha, como se ela procurasse por mais alguém.

— Quem é você? — pergunta ela, sem soar rude.

— Bree Matthews. Nick me falou para encontrar com ele aqui.

9

VÁRIAS EMOÇÕES RODOPIAM PELO rosto da garota: alarme, dúvida e, curiosamente, esperança.

— Nick falou para você encontrar com ele aqui? Hoje?

— Isso — respondo. Mordo o lábio, tentando parecer hesitante e insegura. — Tem... Tem algum problema? Ele falou que seria...

A menina dá um gritinho animado.

— Nossa, problema nenhum! Se o Nick falou, aimeudeus... sim.

Ela se contorce feito um ratinho capturado, e sinto uma mistura de culpa e triunfo.

Quando ela abre mais a porta para me deixar entrar, noto uma pulseira de cetim azul em seu pulso. Costurada no meio do tecido está uma pequena moeda com algo cunhado.

— É que você chegou meio cedo, só isso! — exclama ela. — Ninguém chegou ainda. Não posso deixar você entrar no grande salão sem o seu padrinho, mas temos uma sala para convidados. Você pode esperar lá enquanto eu ligo para o Nick.

Padrinho?

— Tudo bem — falo, e a sigo até a sala de estar.

Na mesma hora, reconheço o cheiro e a decoração *Estilo de vida sulista* misturada com chalé de esqui, mas a familiaridade acaba aqui.

Nunca vi algo tão grandioso em toda a minha vida.

As paredes de pedra do salão de três andares sobem até as vigas abertas. Penduradas de cada lado estão pinturas em molduras com folhas douradas e tapeçarias pesadas em tons fechados de castanho e preto. Arandelas de ferro estão alinhadas à nossa frente, mas, em vez de chamas cobertas por vidros, estão lâmpadas incandescentes em estilo antigo. Uma escadaria dupla ladeia o chão de mármore branco feito porcelana e se curva até uma sacada aberta no alto, conectando as duas alas do segundo andar.

Em Bentonville não há casas assim. Pessoas normais não moram em casas assim. Pelo menos não no meu mundo. Meus pais reformaram uma casa velha de dois andares construída nos anos 1970, e nos mudamos para lá oito anos atrás. A maior parte das casas nos arredores são fazendas que foram passadas de geração em geração ou bairros de classe média apinhados de casas antigas que se parecem com a minha.

Enquanto observo boquiaberta cada detalhe do cômodo, a garota se vira para mim, e covinhas se formam em seu rosto quando ela sorri e diz:

— A propósito, meu nome é Sarah. Mas a maioria das pessoas me chama de Sar.

— Prazer — falo, sorrindo também.

Sarah abre uma porta debaixo da escadaria da esquerda. O salão é circular, assim como a torre de pedra no andar de cima. Há quatro mesas redondas na sala, cada uma com um tabuleiro de xadrez feito de madeira e mármore incrustado no centro, além de um sofá de couro de frente para uma lareira perto da janela. Sarah dá um sorrisinho educado e fecha a porta, me deixando sozinha.

Ando pelo cômodo enquanto aguardo, estudando as molduras nas paredes. Bem diante da porta estão dois retratos proeminentes pendurados um ao lado do outro sob um par de luminárias para quadro feitas de latão. O primeiro é de um homem com sobrancelhas grossas com severos olhos azuis. Jonathan Davis, 1795. O retrato seguinte foi pintado bem mais recentemente. Dr. Martin Davis, 1995. O ancestral de Nick e o pai. É *claro*. A Ordem deve ser a organização da qual o pai queria que ele fizesse parte. Assim como Nick, o Martin do retrato é alto e com ombros largos, mas os olhos são de um azul quase preto. Em vez dos fios cor de palha e queimados de sol que caem sobre a testa do filho, ele tem uma mecha de cabelo loiro escuro e grosso bem rente às têmporas.

Mordo o lábio, organizando as pilhas de informações em minha cabeça. Não, pilhas não servem mais. Agora preciso de gavetas e armários. Lugares determinados para acrescentar detalhes novos que podem ser importantes, como o fato de Nick aparentemente desprezar Sel e a própria Ordem, e, ainda assim, os retratos de sua família estarem nitidamente dispostos em um lugar de honra.

Outra imagem chama a minha atenção. À esquerda de Jonathan, há uma ilustração antiga em preto e branco em um pergaminho amarelado: cinco homens vestindo longos coletes aristocráticos com mangas brancas bufantes, de pé ao redor de uma mesa. A placa de bronze abaixo inclui um pequeno parágrafo:

PIONEIROS DA GRÃ-BRETANHA, OS FUNDADORES DA DIVISÃO COLONIAL DA CAROLINA DA ORDEM DA TÁVOLA REDONDA FORAM STEPHEN MORGAN, THOMAS JOHNSTON, MALCOLM MACDONALD, CHARLES HENRY E JONATHAN DAVIS, C. 1792.

A placa inclui uma pequena biografia dos homens e das suas conquistas. Legisladores. Tenente governador. Barão do tabaco. Sócios de um dos maiores complexos de plantações do Sul.

Alerta, alerta.

A porta se abre, e me viro com a expressão mais agradável do mundo. É aqui que meu plano entra em terreno incerto: não faço a menor ideia do que Nick pode ter dito ao telefone, então me preparo para a reação de Sarah.

Pelo olhar no rosto dela, minha estratégia deu certo.

— Nick está a caminho. Você quer alguma coisa? Café? Perrier? Vinho?

— Não, obrigada. Ele falou quanto tempo vai demorar?

— Talvez uns dez minutos. Ele mora fora do campus, mas não é longe.

Ela muda o apoio de um pé para o outro, sem jeito, como se fosse obrigação dela ser anfitriã, mas não soubesse como. Por fim, murmura um rápido "ok" e sai pela porta.

A primeira parte do meu plano está completa. Eu me sento no sofá de couro e espero pela segunda.

Dez minutos depois a parte dois aparece na sala, com as bochechas vermelhas como tomates. Nick fecha a porta do cômodo e me alcança em dois passos.

— O que você está fazendo aqui?

Seus olhos, em geral gentis, me atingem como raios azuis. Sua força, o mero impulso de sua raiva, me joga contra as almofadas.

— Chamando a sua atenção.

Ele me estuda, ofegante, o peito subindo e descendo como se tivesse corrido até essa casa.

— A gente precisa sair daqui. Agora, antes que as pessoas cheguem. Principalmente Sel. — Ele se inclina e segura meu cotovelo. — Vamos.

Sou obrigada a me levantar quando ele me puxa, mas não facilito, me debatendo e tentando me livrar dele.

— Me *solta*.

Puxo o braço. Antes que ele tente de novo, dou um passo em sua direção para que ele se afaste. Funciona, e ele chega para trás, desajeitado.

Respiro fundo. Corações machucados derramam as palavras mais profundas, e não quero que a *Bree-de-Depois* apareça e transforme esta conversa em uma explosão de lágrimas, então roteirizei uma confissão usando o menor número de palavras possível:

— Minha mãe morreu três meses atrás.

Nick pisca, o choque e a confusão tomando o lugar da fúria, até que sua expressão fica no meio do caminho entre as três. A maioria das pessoas diz algo logo de cara, como "lamento ouvir isso" ou "meu Deus". Nick, não. Isso me faz gostar dele mais do que eu deveria.

— Bree... isso é...

Nick estremece, e ali — bem *ali* naquela resposta — receio que ele não vá compreender. Talvez ele nunca tinha perdido alguém próximo, por isso não vai entender. Mas continuo mesmo assim.

— Foi um acidente de carro. Alguém bateu e não prestou socorro. No hospital, eles nos levaram, meu pai e eu, para uma... sala com um policial e uma enfermeira que nos contaram o que tinha acontecido. — Parte difícil. Pânico subindo. Terminar depressa. — Ou pelo menos foi o que pensei. Ontem, uma memória voltou. Apenas um fragmento, mas o suficiente para *saber* que o policial era um Merlin. Ele nos mesmerizou para que a gente esquecesse alguma coisa daquela noite. Se a gente soubesse a história toda, então, talvez... — Paro, engulo em seco de novo. — Eu só preciso saber o que aconteceu e o motivo de ele ter escondido isso da gente. E preciso da sua ajuda.

Nick se vira, com a mão na boca.

— Nick?

— Estou pensando. Só...

Ele passa as mãos pelo cabelo.

— Você não parece surpreso — falo.

Nick deixa escapar uma risada apreensiva.

— É porque não estou.

Cerro a mandíbula.

— Eu preciso da sua ajuda.

Ele fica em silêncio por tanto tempo que acho que vai se virar e sair. Ou me enxotar para fora da casa. Ou chamar os seguranças, como nos filmes. Então ele fecha os olhos, suspira, me encara... e começa a falar.

— Os Merlins são os feiticeiros da Ordem. A afinidade deles com o aether é tão forte que eles são basicamente supersoldados. Treinados desde o nascimento, designados para funções e enviados para missões como caçar Crias Sombrias selvagens, manter as populações de Primavidas em segurança, fechar Portais...

Minha respiração volta ao normal. *Uma missão.*

— Eles não deixaram a gente ver o corpo. Será... será que minha mãe foi atacada por um demônio? — pergunto.

Nick não parece convencido.

— Um Merlin pode detectar um demônio a quilômetros de distância e, mesmo assim, a maior parte deles são isels incorpóreos. Visíveis apenas para alguém com a Visão, mas sem força para causar dano físico. As mortes de Primavidas são raríssimas, porque elas são exatamente aquilo que os

Merlins treinam para evitar. Isso e defender o Código. Se os Primavidas conhecessem a verdade, haveria pânico em massa, caos... duas coisas que alimentam as Crias Sombrias. Não, isso nem faz sentido. — Os olhos dele escurecem. — A menos que...

Sinto o coração gelar.

— A menos que o quê?

— A menos que a missão tenha fracassado. Que o Código tenha sido ameaçado. Merlins são autorizados a fazer qualquer coisa para manter a guerra em segredo.

Eu me lembro da crueldade de Sel com o garoto na Pedreira. A quase tortura do isel. O pouco-caso dele para com os meus ferimentos na noite passada.

— E se ela tiver entrado no caminho dele de alguma forma? Ou... se ele falhou e quis cobrir os próprios rastros?

Quando ergo o olhar, a expressão de Nick é de desgosto. Sinto uma dor antiga vindo à tona. E uma pergunta.

Talvez *a* pergunta. Aquela à qual todas as outras tinham levado.

Aquela que mudava *tudo* só por ser feita.

— Um Merlin mataria alguém?

Ele não me encara.

— Eu não...

— A verdade.

Nick olha para mim, então, com a voz firme, responde:

— Eu não sou mentiroso. Não fora do Código.

— *Eles fariam isso?*

Os olhos dele se fecham. Um mero assentir de cabeça.

Tudo dentro de mim queima. Uma fornalha turbulenta e revolta. Estufo o peito e enrijeço o corpo.

— Sei a data do acidente. A hora. O lugar. Se eu disser para você como ele é...

O garoto ergue as mãos.

— Existem centenas de Merlins pelo mundo todo. Mesmo se eu conhecesse todos eles, ninguém me contaria nada. Cada Merlin faz o Juramento de Serviço para o Alto Conselho de Regentes. São eles que designam os Merlins para as missões, e nenhum Regente vai falar com um forasteiro.

— Você é um Lendário. Fale com os Regentes por mim.

Ele solta um suspiro pesado.

— Tecnicamente, sim... mas renunciei ao meu título formal anos atrás... em *público*. Irritei muita gente. Desculpa, Bree, eu...

— Eu não ligo! — grito, e me aproximo dele até nossos rostos ficarem a centímetros de distância. — Minha mãe está *morta*, e um Merlin pode ter sido o culpado. No mínimo ele escondeu os fatos. Não vou embora até conseguir algumas respostas. Se você não pode me ajudar, diga quem pode.

Ele levanta as mãos, frustrado.

— Eu entendo, sério! Mas você nunca vai chegar perto dos Regentes.

— Porque não sou parte deste... deste clube?

— A Ordem é estritamente hierárquica, tudo tem a ver com títulos e posições — explica ele com uma voz tranquilizadora. — O título de Lendário é sacrossanto. Eles ultrapassam Vassalos, Pajens, Suseranos, Vice-Reis, Magos Senescais, tudo. Os Regentes possuem todo o controle na prática, mas, se um Lendário fizer um pedido, eles precisam obedecer. Os Regentes não respondem a mais ninguém.

— Então vou passar o resto da vida sem saber o que realmente aconteceu?

A derrota no rosto de Nick me deixa desesperada. Como posso estar tão perto da verdade e, ainda assim, ela estar além do meu alcance? O medo forma um nó apertado na minha garganta, mas eu o engulo. Tem que existir uma forma de...

Do lado de fora, a gigantesca porta se abre com uma batida. Nós dois congelamos. Ouço a voz de Sarah, e então outra. O som de vários pés que adentram a sala. Risadas. Alguém diz:

— Bem-vindos!

E, simples assim, uma solução atinge o meu âmago. Um caminho. Um objetivo. Inspiração. *Nossa Impetuosa Bree*.

— Por que a Sarah achou que você fosse o meu padrinho?

Os olhos de Nick se arregalam, um brilho de medo ao longe.

— Bree...

— É a primeira semana de aula. Eles estão recrutando?

Nick diz que não. Então nega de novo. Mas nem escuto: a ideia já está correndo pelas minhas veias, quente e obstinada.

Se os Regentes não vão conversar com forasteiros, então não *serei* uma forasteira.

— É impossível — resmunga Nick. — E, mesmo que fosse possível, você é a *pior* pessoa para aparecer diante dos Regentes.

Ergo uma sobrancelha.

— O que isso...

— Escuta. — Ele pega a minha mão, me força a encará-lo. — Eu estive envolvido com a Ordem durante *toda a minha vida* e nunca ouvi falar de *ninguém* como você. Uma Primavida Não Juramentada que pode ver aether e *voluntariamente* resistir à mesmerização, a maior arma do Código de Segredo? Tudo isso significa que os Lendários, a Ordem e os Regentes vão enxergar você como uma ameaça, uma anomalia. Algo a ser contido ou até mesmo eliminado. Sem falar nos Merlins. Eles são um exército que se dedica a cumprir as leis da Ordem... e Sel é um dos Merlins mais poderosos em *anos*. Se vazar a informação de que ele está falhando no seu posto aqui, a cabeça e o futuro de Sel estão em risco. Ele mesmo vai reportar você para os Regentes, os Regentes vão julgá-la, confirmar o que você consegue fazer e então vão *sumir* com você. Agora, por favor, a gente *precisa* sair daqui antes que...

— Não! — Eu puxo a mão, andando de volta até a porta. — A hora é perfeita. Tudo que preciso fazer é ir até lá e confirmar o que a Sarah já está pensando que sabe. Então entro e me torno uma Lendária. Moleza.

Nick me encara, incrédulo.

— Essa é a prova de que você *não faz ideia* do que está falando. Eu nasci com o meu título, mas você é uma forasteira. Se eu apresentá-la, você será apenas uma Pajem. Você teria que competir contra todos os outros Pajens para se tornar uma Lendária. O torneio dura meses e *tudo é* manipulado. É uma estrutura para favorecer certos jovens de certas famílias.

— Jovens que nem você, certo? — Estou dominada pela ideia agora, a solução para tudo. Aponto para os dois retratos que analisei minutos antes.

— Seus ancestrais fundaram a porcaria da Ordem. Você é a exata definição de um legado.

Ele ri com amargura.

— Um legado que *rejeitei*. Nunca nem assisti a um torneio. Ainda que você passe pelas Provas, não existe garantia de que será escolhida na Seleção. Os outros Pajens treinaram luta, eles estudaram...

— Eu sou teimosa — respondo.

Nick abre um sorrisinho de canto de boca. Meu coração está batendo tão alto que tenho certeza de que é possível ouvi-lo. Nick anda de um lado para outro, olha para mim, e volta a andar. Para.

— Digamos que a gente faça isso. E depois? Você entra, encontra a sua evidência e vai embora? Esse pessoal não deixa os membros simplesmente saírem da Ordem assim.

Ainda estou disposta a lutar com unhas e dentes por isso, mas meu lado conciliador assume as rédeas.

— As últimas palavras que disse à minha mãe foram carregadas de raiva. — Nick se encolhe como se eu tivesse tocado em pontos muito delicados para ele. — Se existir *um por cento* de chance de que ela tenha sido... — Eu engulo em seco. — De qualquer maneira, não posso deixar que a nossa briga seja o fim. E se você não me ajudar, vou encontrar outra forma.

Os olhos dele buscam os meus. Aquele cabo de guerra entre nós puxa com força.

Nós dois damos um pulo quando a porta se abre e um novo rosto aparece.

— Davis!

Um garoto bronzeado de camisa social e suspensórios entra na sala, sacudindo uma garrafa de água com gás em uma das mãos. O olhar calmo dele pousa em mim durante um segundo antes de voltar para Nick.

— Sar falou que você estava aqui! Esta é a sua Pajem?

O olhar de Nick não desvia do meu rosto. Eu o encaro com toda a minha determinação. Por fim, depois de uma longa pausa, ele responde.

— Sim, Fitz, ela é a minha pajem. Achei que já estava na hora de retomar o meu título.

PARTE DOIS

DISCÓRDIA

10

FITZ BATE NAS COSTAS de Nick, derramando um pouco da água.

— Mandou bem, Davis!

Nick enfim se vira para o outro garoto.

— Pode nos dar um minutinho, Fitz?

— Sem problemas. — Ele sai da sala com um sorriso largo. — Esse é o meu garoto!

— Isso aí! — Nick sorri e aponta para Fitz, exatamente como um membro de fraternidade em uma festa improvisada ao redor de um carro.

Quando a porta se fecha, ele volta a me encarar, sua expressão solene de novo.

— Perguntas: aquela era a sua cara de "mano"? Porque eu super não gostei. Mais importante: *sua* Pajem? — comento, semicerrando os olhos, um pouco indignada. — Como se eu pertencesse a você? Sua serva?

— Não! — responde Nick, ficando vermelho. — Claro que não. Não é esse tipo de Pajem. Aqui... — Ele enfia a mão debaixo da gola e puxa uma longa correntinha de prata. — O serviço de um Pajem medieval era voluntário, honroso e mutualmente benéfico. — Ele acena com a cabeça para meu pescoço. — Posso?

Eu olho para a joia na mão dele.

— Acho que sim.

Ele coloca o colar por cima do meu cabelo. Uma moeda pesada de prata, como a do bracelete de Sarah, desce até meu peito. Passo os dedos pelas gravações na superfície ainda quente: um círculo com o desenho elegante de um diamante no centro. Uma linha sem fim, e quatro pontos se estendendo para além de suas curvas.

— Falar que você é "minha" significa que eu escolhi você. Que a minha linhagem de sangue, minha família e eu, confiamos em você, e você tem a nossa proteção e a nossa bênção. — Ele ergue uma das mãos para deter a pergunta nos meus lábios. — Mais tarde. Vou aceitar que você participe da competição por ora, apenas enquanto descubro uma alternativa. Mas, se a gente for fazer isso, e preciso repetir, essa é uma *péssima* ideia, então vamos fazer isso juntos. Você e eu. E nos meus termos. Combinado?

Cruzo os braços, mas ele inclina a cabeça, à espera da minha resposta.

— Combinado. Mas quais "termos"?

— A gente *acabou* de criar esse plano, Bree, me dá um segundo.

As luzes acima de nós piscam uma, duas vezes. Do lado de fora, Sarah anuncia que o evento vai começar em dez minutos. Quando olho para ele outra vez, Nick está me encarando, reflexivo. Não consigo evitar a sensação de que ele está planejando algo que vou odiar.

— Certo. Primeira regra…

Quando chegamos ao salão, dez minutos depois, encontramos mais de vinte alunos amontoados. Alguns estão vestidos como Nick e eu, com jeans e camiseta; outros vestem trajes elegantes e ternos. Alguns Pajens me avaliam com olhares pouco sutis, enquanto outros olham para Nick, boquiabertos, como se ele fosse uma miragem divina.

Nick exibe uma expressão que eu nunca tinha visto no rosto dele. A cada passo que dou multidão adentro, ele se torna uma versão diferente dele mesmo: uma combinação de confiança, do charme aconchegante da primeira vez que nos vimos e… de algo que não reconheço.

Uma garota baixinha e curvilínea de cabelo ruivo ondulado e um garoto alto e magro se aproximam da gente. Ainda que caminhem bem perto um do outro, eles parecem polos opostos: ela veste uma calça de tecido soltinha e uma blusa estampada, enquanto a calça jeans e a camisa de botão amarrotada dele parecem ter saído de uma triste pilha de roupas no chão. Curiosamente, ambos usam pulseiras de couro vermelho no pulso direito, com moedas prateadas idênticas no centro.

Que moedas são essas?

— Nick... — A garota respira fundo. — Sarah falou que você estava aqui, mas... — Um sotaque britânico suave molda cada uma de suas palavras, e então a voz some, como se ela estivesse impactada demais para prosseguir.

O menino aperta de leve o ombro dela e dá um passo para a frente, estendendo a mão.

— Enquanto a Felicity aqui recupera o dom da fala, vou só dizer que é bom ver você, cara.

Ele não parece nem um pouco sulista. Da Nova Inglaterra, provavelmente.

— Oi, Russ. Valeu. — Nick sorri e cumprimenta Russ, e então se vira para mim. — Esta é Briana Matthews, minha... — Ele pigarreia. — Eu a convidei para se juntar à Ordem.

Disparo um olhar que diz *muito sutil*, e Nick franze a testa.

Russ nota nossa interação, mas não comenta nada. O olhar brincalhão dele me conforta imediatamente.

— Oi, Briana, tudo bem? — diz ele, apertando a minha mão. — Bem-vinda ao Alojamento.

— Obrigada — falo, mantendo um tom leve. Gracioso. Forço um sorriso bobo, esperando parecer surpresa e ingênua. — Eu nunca estive numa casa assim antes. É tão... chique.

A primeira regra de Nick ainda está zumbindo no meu ouvido.

"Lembre-se de que Sel acha que você foi mesmerizada duas vezes: na Pedreira e ontem. Então, comporte-se como se não soubesse de nada e como se nunca tivesse visto nada. Todos aqui precisam acreditar que você é uma Primavida ignorante recém-chegada ao nosso mundo. Não deixe ninguém saber o que você pode fazer."

— Sim, bem, a gente não faz as coisas pela metade. — Russ acompanha o meu olhar. — Tem um certo ar de museu chique, uma coisa meio não--encoste-em-nada-senão-alguém-vai-quebrar-os-seus-dedos, acho.

Dou uma risada. O som parece estranho, mas acho que consigo disfarçar, porque Russ pisca para mim.

— Claro, chique e formal significa que Flick me obrigou a vestir algo que não fosse uma camiseta — diz ele.

Atrás dele, Felicity reclama.

— Eu realmente odeio esse apelido.

— Felicity tem sílabas *demais*! — exclama Russ. — Seus pais eram sádicos.

Ela revira os olhos.

— Ignore ele.

Em algum lugar, um pequeno carrilhão toca, e portas duplas se abrem no fundo do salão.

Felicity e Russ vão na frente, e Nick e eu seguimos no fundo da multidão. Eu me inclino na direção dele e sussurro:

— Qual é o lance deles? E o que são as moedas?

Nick responde com discrição, sem olhar para mim.

— Felicity Caldwell, terceiro ano, e Russ Copeland, segundo ano. — Ele acena para um garoto alto de rosto gentil e cabelo claro, que o cumprimenta com um sorrisinho irônico. — Ambos são Lendários. Eles usam insígnias idênticas porque Felicity é uma Herdeira, que nasceu com o título, como eu, e Russ é o Escudeiro escolhido dela.

— Por que você odeia eles?

Nick arqueia as sobrancelhas, intrigado.

— Quem falou que eu odeio eles?

Aponto para os universitários tagarelando ao nosso redor e depois para o salão exuberante.

— Sel chamou você de filho pródigo. Você rejeitou tudo isso.

Ele cerra a mandíbula.

— Rejeitei o meu título por outras razões. Não tem nada a ver com as pessoas aqui.

— Então por que...

— Uma história para outro dia.

Faço uma careta, mas sinto que não o conheço o suficiente para pressioná-lo. *Mas, se não conheço Nick*, penso, *então por que confio nele?*

Ele esbarra em mim com o braço, indicando o caminho com a cabeça, até o grande salão para onde a multidão se move.

— Nós dois precisamos estar atentos quando passarmos por aquelas portas. Alguma outra pergunta?

— Várias.

A expressão no rosto dele está entre o garoto extrovertido e carismático que conheci ontem à noite e o nobre e severo Nick cujas sobrancelhas estão franzidas por alguma razão.

— Por que você está me ajudando?

Nick morde o lábio.

— Gosto de ajudar as pessoas quando posso. — O brilho nos olhos dele diminui. — E sei como é ver sua família se desmanchar bem na sua frente e não conseguir fazer nada.

Antes que eu consiga fazer mais uma pergunta, ele se vira, e então me vejo em silêncio perante a enorme sala à minha frente. Sofás de couro marrom estão posicionados diante de uma grande lareira de mármore em um canto, que por si só é do tamanho da Casa Biltmore, enorme, e poderia acomodar um cavalo de pé. Vislumbro uma cozinha digna de um chef através de uma porta vaivém à direita, mas a coisa mais impressionante são as janelas de três metros que vão do teto ao chão e compõem toda a parede dos fundos, fornecendo uma vista extensa da floresta. O Alojamento está situado em um ponto alto o bastante da colina para que o horizonte, que começa a escurecer, desponte através da terra marrom e das sempre-vivas.

Nick para ao meu lado enquanto absorvo o ambiente. Noto que, de novo, parte dos olhares estão grudados nele, e parte em mim. Alguns dos mais bem-vestidos no salão tracejam olhares curiosos subindo por minhas botas, minha calça jeans e camiseta. Alguns encaram abertamente a moeda de Nick no meu pescoço, e um calor sobe até minhas orelhas. Nick me leva até um balcão de bebidas em um canto. Quando os olhares nos seguem, percebo minha irritação ir dos curiosos para Nick.

No momento em que o burburinho recomeça, eu me aproximo dele e cochicho:

— Todo mundo está olhando.

De costas para a sala, ele me passa um copo de água de pepino e mantém a voz baixa.

— Pelo que eles sabem, eu não entro nessa casa desde os doze anos. Então apareço do nada para reclamar o meu título e apadrinhar uma Pajem que ninguém nunca viu. E...

— E?

Nick aperta os lábios e se serve de um pouco de água também.

— E, tradicionalmente, novos Pajens vêm de famílias Vassalas que se comprometeram com a Ordem há décadas ou até mesmo há gerações, então...

Solto um grunhido baixo.

— Então parece que furei a fila.

Ele ri.

— Pode-se dizer que sim.

Nick me explicou o que eram os Vassalos no salão: Primavidas de fora que são Juramentados ao Código e à Ordem como um todo, mas que se comprometeram a servir uma das treze linhagens sanguíneas dos Lendários que fundaram a Ordem na era medieval. Os Vassalos sabem do aether e das Crias Sombrias, mas não participam da guerra. Em vez disso, a rede deles supre as necessidades e os recursos das famílias designadas onde for preciso. Em troca, a Ordem garante favores a eles. A maioria dos Vassalos começa com poder ou dinheiro e usa a Ordem para conseguir mais. Alpinistas sociais. Como o policial Norris, provavelmente. Vassalagem cria CEOs, políticos eleitos, membros do gabinete e até mesmo presidentes.

Analiso a sala, escuto os cochichos de novo, então murmuro, com a boca no copo:

— E ainda tem o fato de que ninguém aqui se parece comigo.

Nick acompanha o meu olhar, vê o que vejo — uma sala cheia de jovens brancos, nenhuma pessoa negra à vista — e faz uma careta. A mandíbula dele enrijece.

— Se alguém falar alguma coisa para você, me avise. Eu dou um jeito.

Olho para Nick. Ele tem tanta certeza de que entende o que estou enfrentando. Então penso em Norris, no reitor e em como algumas coisas, algumas pessoas, não querem... parar. Penso em qual pode ser o preço de me infiltrar na Ordem. De ter sucesso em uma instituição fundada por homens que podiam legalmente ser meus donos e que queriam isso.

— Claro que dá.

Percebo o cinismo em minha voz, e Nick também. Ele franze a testa e começa a responder, mas é interrompido por alguém que surge logo atrás da gente.

— Ei, Davis!

Nós nos viramos e vemos uma dupla de alunos nos encarando com olhos brilhantes e curiosos.

— Whitty! — Nick sorri e cumprimenta um deles. — Cara, bom demais ver você. Quanto tempo! Já faz o quê, uns dois anos desde aquela viagem de rafting?

Whitty sorri.

— Não foi o nosso melhor momento.

O corpo dele é robusto, seu cabelo é pálido, encaracolado e selvagem, e ele veste uma jaqueta camuflada velha e calça jeans. Enquanto os outros jovens estão vestidos para aulas ou para a formalidade do Alojamento, Whitty pareceria igualmente confortável em um trator ou caçando na escuridão. A indiferença casual dele me agrada de imediato, mas então lembro que ele provavelmente é um jovem Vassalo, e a minha guarda sobe.

Nick tinha desdenhado das famílias Vassalas cujo único objetivo era posicionar um filho para ingressar na Ordem. "A missão da Ordem é lutar contra Crias Sombrias e proteger os humanos. É mais seguro do lado de fora, mas alguns dos benefícios de se fazer parte compensam os riscos. Até mesmo Pajens e a família deles ganham mais privilégios que os Vassalos. Apenas Lendários podem recrutar novos membros, por isso esses alpinistas sociais vão fazer de tudo para conseguir favores da linhagem sanguínea a que foram designados na esperança de que o filho deles seja escolhido. Mas esses Vassalos não querem ajudar as pessoas, querem status. E colocam os filhos em perigo por causa disso."

Por isso, Regra Número Dois: *"Não chame atenção. Desapareça. Faça com que eles se esqueçam de você para não a considerarem uma adversária."*

No entanto, Nick parecia genuinamente feliz de ver o outro garoto, então talvez Whitty não fosse um filhinho de papai privilegiado?

— Mas o que foram as corredeiras classe três e quatro do rio Nantahala, hein? A gente mandou bem.

Nick inclina a cabeça na minha direção.

— Esta é Bree Matthews. Bree, este é James Whitlock, também conhecido como Whitty. Os Whitlock são Vassalos da Linhagem de Tristan e são donos da maioria das fazendas de porcos lá em Clinton.

— Preferimos o termo "barões suínos". — Whitty pisca para mim de forma conspiratória. Ele me cumprimenta com um aperto de mão firme e quente. A pulseira azul desbotada em seu pulso está presa por um elástico. — É um prazer conhecer você, Bree. Nick é o seu padrinho? — Eu assinto, e ele assovia baixinho. — Bem, tudo bem, então. Eu sou o Pajem de Sarah. — Whitty aponta com o polegar para a pessoa ao seu lado. — E aqui está Greer Taylor. Pajem de Russ.

— Oi, pessoal.

Elu dá um pequeno aceno. Da altura de jogadores de basquete, Greer tem o corpo magro, com braços e pernas longas e musculosas. Seu cabelo loiro-escuro está preso em uma trança por cima do ombro, enquanto alguns fios mais curtos caem da frente da boina cinza. Um colete desabotoado, de aparência cara e cor de ardósia, por cima de uma camisa de brim para fora da calça jeans dobrada, faz com que seu estilo seja algo entre a alta-costura e o hipster. Greer também gira as mãos na frente do cinto em um gesto nervoso que dolorosamente me fez lembrar de Alice.

— Pensamos em vir para nos apresentar — diz Whitty, olhando para a sala. — Vamos ter bastante tempo para brigar mais tarde, se as histórias do torneio forem reais.

Nick começa a responder — não sei se para amenizar os nossos medos ou para rebater a previsão de violência casualmente antecipada por Whitty —, mas se detém quando um garoto alto de cabelo castanho cacheado surge perto dele.

— Me desculpe interromper, mas você é Nick Davis?

Nick assente, e as sobrancelhas do rapaz se erguem. Ele estende a mão para cumprimentá-lo.

— Sou Craig McMahon, Pajem do quarto ano.

A seleção não é determinada pelo ano em que a pessoa está na faculdade. Logo, um veterano universitário pode estar apenas em seu primeiro ano como Pajem — e só terá uma chance de ser um Escolhido como Escudeiro Lendário. Se Craig é do quarto ano, isso significa que ele foi chamado quando era calouro.

— Os McMahon são Vassalos da Linhagem dos Bors, certo? Fitz ou Evan trouxe você para dentro?

— Isso. — Craig assente e ergue a mão para mostrar uma faixinha de couro laranja-escuro no pulso, com uma moeda prateada no meio. — Minha família presta serviços externos há cinco gerações. Sou o primeiro Pajem. — Os olhos dele se fixam em mim e depois em Nick. — É verdade, então? Você está reclamando o seu título?

Um leve rubor tinge as bochechas de Nick, mas ele ergue o queixo, seguro.

— É verdade.

Craig sorri.

— Eu sou veterano. Última oportunidade de ser um Escudeiro. Nunca pensei que fosse conhecer você, mas ... — Ele olha de relance para mim, e há algo ríspido em sua expressão. — Gostaria de me colocar à sua disposição. Oficialmente. Tem um minuto?

Nick contrai a mandíbula, e Whitty sorri, dando um gole em sua bebida. Craig puxa Nick para uma conversa, e eles se afastam alguns metros. Greer vê minha confusão e se inclina mais para perto.

— Você é nova nisso tudo, não é?

Hora de lançar a história que eu e Nick combinamos.

— Nick e eu nos conhecemos na pré-faculdade. Ele achou que eu me encaixaria bem.

— Só Nick para se safar escolhendo alguém de fora da Vassalagem — diz Greer, com um sorriso encorajador. — Ele provavelmente está feliz de você não ser que nem esses outros.

Elu indica Craig com o queixo discretamente.

— Esses quem? — pergunto.

— Acólitos de Lendários. Idólatras da Linhagem Fundamentalistas. Craig quer que Nick o escolha antes mesmo de as Provas começarem. Aceita um chiclete? Costumo mascar quando bate o nervosismo. — Greer enfia a mão na bolsa para pegar um pacote novo. Noto sua gargantilha vermelha e suponho que sua família sirva a qualquer Linhagem da qual Russ e Felicity façam parte. Recuso o chiclete, e Greer prossegue: — Os acólitos são crentes de uma maneira muito especial, isso é certo.

— Você fala como se a Ordem fosse um culto.

— De vez em quando não fica muito longe disso — comenta Witty, observando mais algumas pessoas entrando.

Greer dá de ombros.

— Tudo isso é um tiro no escuro quando se é de fora e ainda não se tem a Visão. Você parece estar indo muito bem, Bree. — Greer me avalia com os olhos castanhos e um sorriso gentil antes de enfiar outro pedaço de chiclete na boca. — Como reagiu quando Nick falou do Arthur para você?

Arthur? Greer fala o nome sem pausa ou inflexão. Como se o rei Arthur fosse um sujeito qualquer que fosse entrar pela porta a qualquer momento. Demoro alguns segundos para montar uma resposta que não entregue o tamanho da minha ignorância.

— Eu fiquei... chocada, é claro.

Nick e Craig voltam com Felicity a tiracolo. Ela se aproxima de nós com uma prancheta e um sorriso contagiante. A garota pode até ter ficado surpresa com a aparição de Nick, mas agora que seu evento está em andamento, parece mais confortável. Aposto que ela faz parte do grêmio estudantil no mundo dos Primavidas, além daquelas paredes.

O mundo dos Primavidas, onde o rei Arthur é apenas uma história, não uma pessoa. Se Arthur é real, os cavaleiros dele também são? A Távola Redonda? O Santo Graal?

Quando Nick nota minha expressão, seu rosto é tomado pela preocupação, mas Felicity começa a falar e capta nossa atenção.

— Como coordenadora de recrutamento deste ano, tenho o prazer de iniciar uma visita pelo Alojamento antes de começarmos. Vamos?

Ela inclina a cabeça na direção do salão. Outra dupla de Pajens já está esperando.

Whitty e Greer seguem Felicity, mas Nick toca em meu cotovelo de leve. Ele me leva até a janela, longe dos ouvidos dos outros.

— Tem certeza de que quer fazer isso? Ainda dá tempo...

— *O rei Arthur é uma pessoa de verdade?*

Nick empalidece, pisca. Pisca de novo.

— Sim, mas não do jeito que você imagina.

— O que *isso* significa? — interpelo, quase gritando.

Alguns Pajens do outro lado da sala se viram em nossa direção, os olhares indo de mim para Nick. Fitz parece prestes a me espancar. Nick abre um sorriso confiante, mas fala comigo por entre os dentes.

— Passe. Despercebida.

— Explique.

O olhar dele percorre a sala enquanto fala.

— O que você acha que conhece da lenda, as versões que leu ou ouviu? Quase todas elas podem ser rastreadas até a Ordem. Ela esteve na maior parte das histórias sobre Arthur que se espalharam para além do País de Gales e redigiu cada texto, de Godofredo de Monmouth até Tennyson. Clérigos Vassalos, escritores e arquivistas trabalharam em campanhas de desinformação para manter os Primavidas longe da verdade. É isso que quero dizer com "péssima ideia". Os outros padrinhos tiveram *bem mais* do que dez minutos para preparar seus Pajens...

— Chega — falo, desnorteada, ainda me recuperando das verdades e mentiras. — Vou fazer isso. Não ligo se for tudo real.

— Pajem Matthews! — chama Felicity da porta.

— Já estou indo! — Eu aceno, um sorriso falso nos lábios.

Começo a andar até ela, mas Nick entra no meu caminho.

— Lendas são perigosas, Bree. Não as subestime.

O grupo já está na metade do lance da escada tortuosa e terminando as apresentações quando eu os alcanço.

— Existem espaços comuns e quartos residenciais privados no segundo andar — diz Felicity. Os cachos vermelhos dançam atrás dela conforme a garota sobe a escada de costas e com facilidade. — Nós também temos uma sala de cinema com espaço para doze pessoas sentadas e um barzinho.

Enquanto Felicity nos leva pela sacada e corredor afora, avalio os outros iniciados.

No fim das contas, há cinco novos Pajens: Greer, Whitty, eu e dois outros garotos chamados Vaughn e Lewis. Vaughn, Pajem de Fitz, é alto como Nick, mas seu tórax e seus bíceps são tão largos que os botões de sua camisa social azul parecem prestes a explodir. Lewis, Pajem de Felicity, é o oposto: pequeno, magro e macilento.

Quando chegamos no fim do corredor, Felicity abre portas duplas com um empurrão.

— E essa é a biblioteca.

Fileiras de estantes repletas de grandes volumes encadernados em couro, desgastados tons de marrom, azul e verde. Solenes cortinas carmesins cobrem janelas que se erguem em um arco gótico. Um lado da sala abriga mesinhas de estudo com luminárias verdes. Do outro lado, três sofás de couro ficam de frente para uma lareira com uma cornija.

Eu flutuo perto da parede dos fundos junto com Greer, parcialmente escutando Felicity, que agora lista as muitas vantagens que os membros da Ordem da Távola Redonda recebem no campus. Ela é tão animada e receptiva que não consigo imaginá-la caçando demônios. Há retratos também. Entre duas janelas está uma pintura a óleo que vai até o chão, mostrando um cavaleiro montado em seu cavalo. Sangue verde e preto escorre pelo centro da lâmina que ele brande, e seus olhos brilhantes, azul-ciano, reluzem por debaixo do elmo medieval.

Há uma caixa de vidro na altura da cintura em uma mesa do canto. Contém diários esfarrapados, de aparência delicada, e pequenos artefatos feitos de pedra e prata. Nada parece se destacar dentre os objetos, até que vejo...

— Que porcaria é essa? — disparo.

Atrás de mim, Greer prende a respiração.

Felicity e os outros caminham até a caixa para examinar o que encontrei: um par de faixas prateadas amassadas e acorrentadas, em cima de um suporte de veludo. A plaqueta de informações abaixo do objeto diz: MANILHAS DO MERLIN JACKSON. SALEM, MASSACHUSETTS. 1692.

— Ah — diz Felicity, sua aparência alegre vacilando. — São, hum, algemas. Que os Merlins podem encantar com aether para restringir indivíduos.

— Você quer dizer usuários de aether que não são parte da Ordem — diz Vaughn, dando de ombros com desdém. — Bruxas, pelo visto. Dos julgamentos.

— Merlins usam algemas? — murmura Lewis ao mesmo tempo em que digo:

— O julgamento das bruxas de *Salem*?

Vaughn revira os olhos para nós dois.

— Apenas Merlins *fracos* precisam de armas e equipamentos materiais. Os Merlins poderosos conseguem fazer construtos de aether duros como diamante.

— É verdade — fala Felicity, ansiosa para mudar de assunto. — Nunca vi o nosso Mago-Real usar armas de metal. Meu pai diz que os construtos de Selwyn são os mais fortes que ele já viu, e olha que ele foi Escudeiro na Universidade durante os anos 1970, quando o Merlin *Jenkins* ocupava o posto.

Enquanto os outros a seguem até a porta, permaneço na caixa, chocada com o que não tinha sido mencionado: o motivo pelo qual as manilhas eram usadas inicialmente, o motivo de estarem em exibição agora, e, ainda mais perturbador, o que elas dizem acerca dos Merlins e de suas missões.

Merlins não caçam apenas demônios.

Eles caçam pessoas.

11

DE VOLTA AO GRANDE salão, apenas os Pajens ficam — do primeiro ao quarto ano. Todo mundo está longe um do outro. Não sei se a competição já começou e agora é cada Pajem por si ou se as pessoas só estão nervosas. Nick não saberia me informar. Ele não precisou cumprir essa parte e nunca precisaria.

A maior parte das pessoas parece ser do primeiro e segundo anos. Quase todos parecem atletas. Alguns poucos são altos e musculosos, como nadadores. Outros se parecem mais com lutadores, com ombros e cintura largas. Tanques robustos construídos para o tatame. Dois desses Pajens parecem modelos Ralph Lauren perigosos, com o peito estufado nas camisas polo azul-escuro e salmão.

Vaughn, o único Pajem recostado casualmente na parede, percebe que estou olhando para ele. O olhar malicioso em seu belo rosto bronzeado — e a piscadinha que ele dá — torna difícil fingir que sou uma garotinha inofensiva, porque tudo que quero é fechar a cara e rosnar para ele. Desvio o olhar.

Tem uma garota com a compleição parecida com a minha, com cabelo ruivo curto, o corpo vibrando com a tensão. Algumas das outras garotas me lembram Sarah: pequenas, estilo bailarina, que ficam com os dois pés plantados no chão virados para fora. Podem até parecer frágeis e delicadas, mas aposto que são rápidas e fortes.

Se as famílias Vassalas preparam os filhos como Nick diz, então até mesmo um calouro entraria na escola com algum treinamento em armas, quiçá experiência de verdade em caçar demônios. Eu presenciei dois ataques de demônios, o que me dá uma vantagem sobre quem não presenciou nenhum, mas não posso deixar ninguém saber que o que aconteceu.

Nick não sabe da minha barreira e da Bree-de-Depois, mas ele não pareceu achar que seria difícil para mim fingir que não sei nada sobre o assunto. Eu *realmente* menti para Sarah com o objetivo de entrar no Alojamento.

Imagino o que Alice diria.

Acho que ela diria que dei um passo maior do que a perna e que se eu não saísse agora, não conseguiria sair quando as coisas piorassem.

As portas duplas se abrem de forma abrupta e Tor entra na sala. Ela usa um vestido azul com pregas que abraça suas curvas, e o cabelo desce em cascata pelos ombros, em ondas amarelas como girassóis.

— Sejam todos bem-vindos. Eu me chamo Victoria Morgan, a Lendária Herdeira da Linhagem de Tristan, terceira classe.

Tor faz uma pausa para os aplausos, e os Pajens na sala batem mesmo palmas para ela. Em vez de bater palmas, noto seu bracelete azul. É idêntico ao de Sarah. E se Sarah apadrinhou Whitty, Sarah é uma Lendária.

— Hoje à noite começa o processo anual de iniciação para nossa Ordem sagrada. — Seu olhar feliz pousa em mim por um breve momento, como se ela estivesse tentando lembrar quem sou. Ela arregala os olhos quando vê o símbolo de Nick. — Pajens, esta noite vocês farão o Juramento de Lealdade. Se o Juramento considerá-lo digno, você se tornará oficialmente parte da Divisão do Sul e receberá a Visão, a habilidade de ver aether. Se não for digno, será mesmerizado e mandado embora. Enquanto isso, segredo absoluto até a cerimônia, certo? Sigam-me.

Em vez de seguir por onde veio, Victoria caminha pela multidão em direção ao fundo do salão.

— Tor? — chama Craig.

— Sim, Pajem McMahon? — responde ela sem olhar, já abrindo a porta de correr da sacada para permitir a entrada do ar noturno.

Ele olha para todos nós, e então para ela de novo.

— Quantas vagas de Escudeiro estão abertas este ano?

— Ah! Me desculpe! — Victoria se vira para ele, o prazer brilhando em seu rosto. — Como tenho certeza de que todos notaram, Nick Davis voltou. — Murmúrios, cabeças balançando vigorosamente na multidão. — Graças a Nick, a divisão faz história por mais de um motivo hoje. Este ano será lembrado como o que ele clama seu título de Herdeiro, o ano em que Pajens competem por um recorde de *três* posições de Escudeiro e... — Para minha surpresa, ela gesticula nitidamente na minha direção, um sorriso de prazer no rosto. — O ano em que nossa divisão recebe sua turma mais diversa de Pajens.

Victoria lidera os próprios aplausos, e metade da sala se junta a ela.

Meu pescoço e minhas orelhas pegam fogo. *Diversa*. Como um prêmio que ela deu a si mesma. Uma estrelinha dourada. *Diversa*.

Seguimos Victoria pela sacada e, em fila única, descemos a escada de madeira que leva até o quintal do Alojamento. A noite úmida e sombria nos devora por inteiro, com exceção da luz de poucas tochas altas ao redor do gramado. Ela nos manda fazer uma fila e esperar, então desaparece por um caminho na lateral do prédio.

Sou grata pela parca iluminação, porque as palavras de Victoria ainda queimam no meu estômago, e não consigo disfarçar o choque.

A turma mais diversa de Pajens? Da história? E como se esse tivesse sido o motivo pelo qual Nick me escolheu?

Norris. McKinnon. Tor. Três comentários, três suposições, três pessoas que me singularizaram por causa da minha aparência e daquilo que eles decidiram que represento. Em quarenta e oito horas.

Fecho os olhos para conter o fluxo de emoções: raiva flamejante queimando minhas bochechas. Nojo da expressão autocongratulatória no rosto dela. Então, a fadiga profunda que meu pai chama de "morte por mil cortes".

Quantos cortes vou ter que aguentar? Queria que Alice estivesse aqui. Greer me dá uma cotovelada de leve, e abro os olhos.

— Foi bem tosco aquilo que ela falou.

Pisco, chocada de escutar isso vindo de outra pessoa dessa vez.

— Valeu.

Alguém no fim da fila nos manda ficar em silêncio. Greer se inclina mais para perto.

— As pessoas falam merda de mim também. Mas meus pais são grandes doadores. Venho de seis gerações de serviço de Vassalagem e três gerações de Pajens, e tenho a pele branca, então as pessoas são bem estratégicas em relação a quando e onde são babacas comigo. Tem gente que não se importa em melhorar ou aprender, e isso é bem nítido.

— É. — Bufo. — Pois é.

— Mas lembre que você não precisa ser a melhor. Para ser elegível para a Seleção, tudo que precisamos fazer é chegar até o fim do torneio sem perder ou desistir. É legal ter três vagas abertas para Escudeiros em vez de duas. Chances maiores, sabe?

— Eu não diria isso. — Whitty está à minha direita. — Quanto maior a Linhagem, mais gente vai desejar o título.

Greer assente, o rosto solene.

Serão longos meses.

A pressão do ar muda, disparando um pequeno *pop* nos meus ouvidos. No segundo seguinte, as árvores escuras diante de nós se tornam borrões emaranhados em um nó preto e verde, e então se transformam com um estalo, exibindo de forma idêntica uma linha de oito figuras em túnicas encapuzadas. Enquanto os Pajens atrás de mim soltam exclamações de surpresa, sinto o cheiro no ar, ansiosa.

Cadê aquele maldito Merlin?

Mas o cheiro da magia de Sel não vem, provavelmente sendo soprado para longe pelo vento quente que bate em nosso rosto. As figuras dão um único passo para a frente, juntas, as túnicas se arrastando na grama. As sombras se afundam nas dobras do tecido pesado, e os capuzes são tão grandes que é impossível ter qualquer vislumbre dos rostos. Tenho certeza de que são todos Lendários, mas é impossível dizer quem é quem. Do meu lado, Greer respira fundo.

Juntas, as figuras dizem:

— Um de cada vez.

E tudo escurece.

Escuridão total e infinita. Antes que o cheiro de canela chegue ao meu nariz, sei que a mesmerização de Sel tirou a nossa visão.

Meu coração dispara. Alguém solta um ganido, o som batendo nas árvores.

— Quietos! — dispara Vaughn.

Um movimento na minha frente. O suave sussurro de dois pés andando sobre grama seca. Mais perto. A respiração curta de Greer. Uma exclamação à minha esquerda. Uma pausa. Passos mais altos, misturados, o som indo para longe. Dois pares de pés, talvez. Para onde estão nos levando?

Um de cada vez.

O mesmo ciclo de novo, dessa vez à minha direita. Ouço Whitty resmungar antes de ele e sua escolta seguirem adiante. Greer vai em seguida. Então outro. Padrinhos Lendários levando seus Pajens?

Passos comedidos se aproximam de mim agora. Espero que seja Nick. Mais perto. Meu coração salta para a garganta. Não quero que encostem em mim no escuro. Minha respiração faz minhas orelhas vibrarem. Sinto a mão de alguém envolvendo meu cotovelo, segurando-o com um aperto frouxo. Aquele aviso sutil é tudo que recebo antes que alguém me empurre.

Sou guiada pelos ombros. Galhos quebram sob pés andando uns seis metros adiante. O chão muda de grama para terra batida. Uma trilha. Meu nariz formiga com o cheiro de seiva e agulhas de pinheiro. Os sons da natureza se tornam mais próximos, fortes. Uma coruja pia acima de nós. Grilos cantam um refrão agudo. Estamos na floresta.

Dois pares de passos não muito adiante, ritmados e alternados. Outro guia, outro Pajem. Andamos em linha reta por alguns minutos, então fazemos uma curva, depois outra. Depois de alguns instantes, perco a noção do tempo. Talvez seja porque estou sob o efeito daquilo, mas o cheiro da mesmerização de Sel e o caminho desorientador me deixam tonta. Andamos por dez minutos. Ou vinte. Acho que até passamos de novo por algum lugar em determinado momento, mas não tenho certeza. São centenas de acres de floresta atrás do Alojamento. Podemos estar em qualquer lugar.

De repente, a pessoa que me guia para. Meu ombro é pressionado até eu me agachar; depois, dedos quentes guiam a minha mão até uma superfície de pedra polida e fria que acaba depois de alguns centímetros. Um degrau. Escada. Sou erguida, e alguém para na minha frente, segurando as minhas mãos. Descemos a escada um passo cuidadoso de cada vez. Quando enfim chegamos lá embaixo, há um rio de suor escorrendo pelas minhas costas. Estamos outra vez caminhando em terra batida quando a mão no meu ombro direito desce até o meu pulso.

— Sou eu.

Solto a respiração que estava prendendo. Nick vira a minha mão e aperta os meus dedos, então se aproxima. Sinto o calor do peito dele contra os meus ombros, e, quando ele se inclina, o capuz com cheiro de mofo encosta no meu ouvido.

— Aperte uma vez para dizer sim e duas para não. Você consegue enxergar? — Aperto duas vezes. — Continue assim.

Em outras palavras: *Deixe o mesmerização de Sel guiar você. Não resista.*

— Escuta: Juramentos são ligações vivas seladas por palavras. Os Juramentos puxam aether do ar, fazendo com que o compromisso se torne parte de você. O Juramento de Fidelidade vai saber se ou quando você tentar quebrá-lo, mas ele funciona que nem a mesmerização, logo...

Ele para, as palavras perdidas na noite.

— Nick? — sussurro.

Ele solta a minha mão. Eu o sinto ficar na minha frente. Logo acima, pinheiros enormes rangem ao vento. Os pés de Nick se movem no chão, como se ele estivesse girando no escuro, procurando por algo. Meu coração começa a disparar. Passo a língua na mordida em meu lábio, que ainda está cicatrizando.

— O qu...

— Quieta.

Minha indignação solta faíscas, então morre quando escuto o barulho de sua espada se ampliando. Imagino o rosto dele: sobrancelhas franzidas, olhos e ouvidos atentos, arma pronta. Um farfalhar de folhas. Um único galho se parte acima e à direita.

O menor indício de movimento — e a mão de alguém acerta o meu peito com tanta força que o ar escapa dos meus pulmões num sopro.

Caio de costas no chão, a dor percorrendo meu corpo.

Ouço um rosnado baixo vindo de cima — o ríspido choque de metal contra metal.

O ganir agudo de armas batendo umas nas outras.

— O que você está *fazendo*? — grita Nick, a voz tensa.

— Você traz uma Cria Sombria para o *nosso* território, para a *nossa* cerimônia sagrada e me pergunta o que *eu* estou fazendo?

Sel!

A adrenalina percorre as minhas veias, junto com a voz de Nick e a Regra Número Três: *Nunca fique sozinha com Selwyn Kane. Ele não pode descobrir o que você é capaz de fazer*.

Salto para trás em um frenético passo de caranguejo, as mãos raspando terra e cascalho.

Sinto a mão fervente de alguém agarrar o meu calcanhar.

Um baque, um grunhido. Os dedos soltam.

Dedos impossivelmente fortes se afundam no meu bíceps. A dor é como o corte de adagas. Grito.

O golpe duro de carne contra carne. Um soco?

Os dedos de Sel me libertam.

Alguém respira com dificuldade acima de mim. Nick, entre nós dois. Meu coração bate acelerado, em pânico. Devo seguir confiando nele, agora que sei o que Sel é capaz de fazer?

— Ela não é uma Cria Sombria!

— Três noites seguidas de interferência na Ordem não é coincidência. Eu mesmo a mesmerizei duas vezes, e, mesmo assim, ela está aqui. Uma uchel...

— Nossa, Sel — geme Nick. — Uma uchel?

O que é isso? Outro demônio? Eles dizem a palavra nova com um som de "i" curto no início e um "c" como na pronúncia de "corpo".

— Eu decidi trazer Bree até aqui hoje. Ela é a minha Pajem. *Minha*. Você fez um Juramento de servir...

— E estou mantendo o meu Juramento.

A intensidade do vento aumenta no momento em que o feitiço de Sel chega no meu nariz. Há um som constante, ritmado, como um pequeno ciclone ganhando vida.

— Sel... — fala Nick.

— Essa coisa enfeitiçou você — rosna Sel.

Arcos de eletricidade atravessam meu nariz e minhas bochechas. O vento aumenta e algo crepita. Ozônio entra no ar.

— Não faça isso...

— SELWYN!

A voz de um homem corta a floresta, e o ciclone morre na mesma hora. Pés se aproximam por trás de mim na trilha. Os passos são baixos e comedidos, mas o forte sotaque arrastado do homem mal contém a sua fúria.

—Você não estaria conjurando aether contra o meu filho, estaria, Mago-Real?

Outra pausa. Mesmo na escuridão da mesmerização de Sel a tensão no ar eriça os pelos dos meus braços.

— Não, meu senhor.

Meu senhor?

O dr. Martin Davis, o pai de Nick, chega mais perto, e o cheiro do seu perfume me envolve como uma capa pesada e cara.

— É bom mesmo. Porque, se estivesse, acho que aquele seu Juramento estaria queimando um buraco na sua garganta agora.

Parte observação, parte aviso. Sel também escuta; no silêncio que se segue, ouço os dentes dele rangendo.

— Sim, meu senhor.

— Nicholas.

A sofreguidão ofegante com que o dr. Davis fala o nome de Nick me faz imaginar com que frequência ele vê o filho.

— Pai.

— "E existem aqueles que o consideram mais do que homem e sonham que ele caiu do céu."

—Tennyson — diz Nick, firme.

— Sim.

Noto a aspereza nas vozes de pai e filho e me pergunto o que aconteceu com a família deles. O que os destruiu?

Do meu lado, o homem endireita o corpo.

— Minha nossa! E quem seria essa moça adorável? — Ainda estou semicongelada no chão, com a adrenalina a mil. Dedos leves pousam em meu ombro. — Posso ajudá-la?

Faço que sim, e ele segura meu cotovelo por baixo, me puxando gentilmente até eu me levantar.

Outro par de mãos em volta do meu outro braço. O dr. Davis permite que o filho me puxe na direção dele.

— Esta é Briana Matthews, minha Pajem.

Davis arqueja.

— *Sua* Pajem? — A esperança corre pela voz dele feito uma correnteza calma. — Isso quer dizer que... você...

— Decisão de última hora.

Um som de clique e o ranger da espada dele se retraindo.

— Ah. — Fico com a impressão de que o pai dele está considerando quais palavras usar em seguida, como se a frase errada pudesse fazer com que o filho saísse correndo floresta adentro. Por fim, ele diz: — Tenho certeza de que você sabe quanto isso significa para mim. E para a Ordem como um todo.

— Sei.

A resignação na voz de Nick me desarma, e o meu estômago revira. Eu o empurrei até aqui. A voz dele está tão consternada por culpa minha?

Orgulho e deslumbramento se entrelaçam na voz do homem mais velho.

— Meu filho reclamando o título e trazendo uma Pajem, tudo em uma noite só. Isso é... diferente. — As palavras seguintes dele são dirigidas a mim. — Não sei como ou se você é responsável pela mudança no coração do meu filho, mas, se for, considere-me eternamente grato. Tenho uma dívida com você, Briana. Seja bem-vinda.

Uma pausa. *Devo responder?*

Murmuro um "obrigada" bem baixinho.

Davis pigarreia.

— Agora gostaria de entender por que vocês dois estavam brigando.

Nick não hesita.

— Sel achou que tinha sentido uma Cria Sombria aqui na floresta, mas estava errado. Nosso Merlin continua vigilante, como sempre.

Prendo a respiração, esperando a explosão de Sel e uma correção, mas isso não acontece.

Davis fica chocado.

— Aqui? Crias Sombrias nunca abriram um portal em nosso território, nunca foram tão ousadas, não com tantos Lendários sob o mesmo teto. Selwyn, isso é verdade?

Silêncio. Eu me pergunto por que Sel está tão calado. Até alguns minutos atrás, ele parecia tão certo, tão cheio de uma raiva justificada.

— Nós dependemos dos seus sentidos, filho. — Davis solta um "hum", pensativo. — Suas habilidades estão se tornando imprevisíveis, Mago-Real?

Uma pausa. A resposta concisa de Sel vem por entre os dentes cerrados.

— Há sempre um risco, Lorde Davis.

— Você parece infeliz, menino. Como diz o Evangelho de Lucas, celebremos e nos regozijemos com o retorno de Nicholas, porque "ele estava perdido e foi achado".

Outra pausa na qual Sel poderia rebater a explicação de Nick, mas não o faz.

— Bree, preciso me desculpar pelo meu filho e por Selwyn. Água e óleo, esses dois, desde pequenos.

Faço que sim. Satisfeito, Davis segue pela trilha.

— Vamos para a Capela. Não quero deixar os outros esperando. Não numa noite como esta.

Nick me guia. Não escuto Sel dizer ou fazer qualquer coisa. Na verdade, os únicos passos que escuto são os de Nick e de seu pai.

12

QUANDO A MESMERIZAÇÃO DE Sel é quebrada, a minha visão retorna toda de uma vez. Luzes apagadas, luzes acesas. É tão desorientador que Greer cai para a frente com as duas mãos ao meu lado. Nós cinco — os Pajens do primeiro ano — piscamos até o mundo voltar a existir, de joelhos, unindo visão e audição: o som de água correndo em pedras nas proximidades, de um córrego, talvez, nas profundezas da floresta à nossa direita. A lua minguante acima, nos banhando de luz, mudando a cor das folhas de verde para prata. Nós nos ajoelhamos diante de um pequeno altar curvo que se projeta acima da própria laje, nosso rosto iluminado pela luz bruxuleante de velas.

Oito Lendários estão diante de nós, posicionados ao redor do arco mais distante do círculo de pedra, os capuzes baixados. Ao lado deles, cinco novas figuras em túnicas cinzentas — os Pajens veteranos. No meio está um homem em uma túnica carmesim-escuro com bordas douradas, o capuz puxado o suficiente para trás para seu rosto ser visto. O doutor — não, o *Lorde* — Martin Davis. Ele se parece quase exatamente como na pintura.

Davis dá um passo para a frente, seus braços escondidos nas mangas longas. Quando ele fala, a voz é sonora e firme.

— Meu nome é Lorde Martin Davis, e sou o Vice-Rei da Divisão do Sul e dos seus territórios. Todos vocês foram convidados por um membro Lendário que os considerou dignos da iniciação como Pajem. Vocês cinco estão ajoelhados diante de nós porque possuem a fagulha do potencial eterno.

No meio de uma clareira, a "Capela" é uma laje circular de pedra cor de ardósia salpicada com pedaços brilhantes de prata. O lugar passa a *sensação* de ser velho, gasto e pesado, feito uma moeda abandonada por um gigante há muito tempo. Pinheiros se erguem em um longo anel ao redor da clareira, nos cercando por todos os lados sem nenhuma trilha para dentro ou para fora. Não faço ideia de onde estamos ou de onde é o Alojamento. Estamos isolados aqui, em uma superfície redonda sem fim, dependendo deles para sair.

Todos os meus instintos gritam para eu correr. Apenas alguns quilômetros e eu estaria de volta ao mundo real, onde não há altares ritualísticos, túnicas e juramentos mágicos. Mas aqui não é o mundo real, certo? É a superfície que a Ordem se esforça para manter enquanto opera por baixo, nas bordas e nas sombras. Não posso fugir. Ficar aqui e desempenhar esse papel é a única forma de descobrir a verdade.

— Esta noite, em nossa Capela, vocês vão estabelecer um pacto com a nossa Ordem e a sua missão ao fazerem o Juramento de Lealdade. Nosso trabalho é invisível e não é recompensado pelas vidas que protegemos, logo, nenhum outro compromisso é mais sagrado. Mas, primeiro, uma apresentação.

Estamos olhando de baixo para Lorde Davis, e é apenas por isso que noto o movimento perto de seu ombro. Nove metros acima e entre as árvores, a escuridão ganha forma. Sem nem um estalar de galhos sequer, uma figura de túnica escura desce em um arco longo e suave. Selwyn pousa, agachado, e os outros Pajens se movem para trás, alarmados. Do meu lado, Whitty faz um barulho de surpresa quase inaudível.

Nick falou que os outros Pajens já sabiam sobre a Ordem durante a maior parte da vida, mas apenas de forma abstrata, através de histórias. Eles foram treinados para batalhas que ainda enfrentariam, aprenderam sobre o aether que nunca viram, mas conhecimento é diferente de experiência. Eu não os culpo pelo susto. Aquele salto teria quebrado as pernas de uma pessoa normal, e nenhum de nós detectou a presença dele. Também me assustaria se esta fosse a primeira vez que visse Selwyn Kane.

O Merlin se ergue em um único movimento, silencioso como uma pantera e com olhos tão brilhantes quanto. As luzes das velas fazem com que os fios prateados na barra de sua túnica se transformem em uma coisa viva: uma linha branca fina emoldura o rosto, um chicote de eletricidade ao redor dos punhos. Sob o capuz, o cabelo de Selwyn é tão preto que mal consigo discernir do tecido. Ele pertence à noite assim como um predador. E, assim como um predador, ele nos avalia. Quando seus olhos brilhantes e dourados me encontram, uma frase da infância irrompe na minha mente: "É para te ver melhor, querida."

Agora que sei o que os Merlins são, tudo que consigo enxergar é a arrogância de Sel e, através dele, a arrogância do Merlin antes dele. Vejo o homem que roubou minhas memórias. O soldado que pode ter tirado a minha mãe de mim.

Eu deveria seguir as regras de Nick. Deveria ter *medo*. Em vez disso, do lugar onde estou ajoelhada, levanto o queixo. Deixo a provocação brilhar nos meus olhos. Sei que até esses pequenos gestos me denunciam, são como um rastro de sangue pronto para ser farejado pelo meu predador, mas não me importo.

Sel se importa, porém. Sua mandíbula se contrai, e o aether *brilha* na ponta de seus dedos, mas, quando Lorde Davis franze as sobrancelhas na direção dele, Sel fecha as mãos com força e absorve as chamas, o desgosto estampado em seu rosto. Dou um sorriso satisfeito.

— A Capela Sulista tem sorte de ter Selwyn Kane como nosso Mago-Real. Merlins são apenas alguns dos muitos segredos destinados apenas aos membros Juramentados da Ordem.

Seguindo a deixa, Sel se afasta até a outra ponta do altar.

A voz em *legato* de Davis flui por nós como a fala de um pastor liderando a sua congregação.

— Na noite de hoje, vocês ecoarão os votos ancestrais jurados por guerreiros medievais. Naquela época, homens se comprometeram com grandes poderes e grandes missões, deixando para trás as pequenas preocupações dos desejos terrestres. Nossa Ordem, da mesma forma, segue a política do corpo.

"Nossos Vassalos amigos e seus feudos contemporâneos são os membros inferiores. Sem eles, não teríamos atravessado quinze séculos de guerra, não teríamos saído da Idade Média e entrado na Modernidade. Pajens são a mão esquerda: uma vez Juramentados, receberão a Visão para segurarem os escudos enquanto lutamos nas sombras. Merlins são a mão direita, a espada e os punhos da Ordem. Nossos guardiões e nossas armas contra a escuridão. Os Herdeiros Lendários e Escudeiros são o coração. O texto sagrado de suas Linhagens tem alimentado nossa missão desde o início. Os Regentes são a espinha, guiando nossos olhos e nossas energias para os assuntos urgentes a serem resolvidos."

Davis pausa, deixando que aquela metáfora se estabeleça em nossa mente.

— E, quando ele Despertar, nosso rei será a cabeça e a própria coroa, nos guiando para a vitória que é um direito divino.

Um murmúrio cresce na noite. *Shh-shh-shh-shh*. O som vem de outros Pajens e Lendários atrás de Davis. Eles ergueram as mãos até a altura do peito, todos eles, e estão esfregando os polegares nos dedos em círculos rítmicos e regulares. Aprovação.

Quando Davis ergue uma das mãos, o som para.

— Sintam orgulho por terem sido convidados, mas saibam que ainda há muito mais. Esta noite, vários de vocês usam as cores e os símbolos da Linhagem a que sua família serve, e, como Pajens, sempre usarão. Mas, durante a Seleção, aqueles que receberem o título de Escudeiros ganharão as cores e os símbolos de seu Herdeiro. E, a essa Linhagem, vocês servirão por vontade própria. — Uma pausa. — Vocês não possuem títulos, mas possuem nomes. Precisamos saber quem são e conhecer o sangue que nos oferecerão.

— Diga seu nome e família.

A voz de Sel me pega de surpresa.

É a primeira vez em mais de uma hora que pedem para que falemos. Vaughn não hesita.

— Vaughn Ledford Schaefer IV, filho de Vaughn Ledford Schaefer III, Vassalo da Linhagem de Bors.

Lewis fala em seguida:

— Lewis Wallace Dunbar, filho de Richard Calvin Dunbar, Vassalo da Linhagem de Owain.

Greer segue logo depois:

— Greer Leighton Taylor, descendente de Holton Fletcher Taylor, Vassale da Linhagem de Lamorak.

Minha mente gira enquanto Whitty se apresenta. O que devo falar? Não o nome da minha mãe, certo? Não, o nome do meu pai!

Quando chega a minha vez, abro a boca, mas nada sai.

O som ríspido de sibilos atravessa a noite e me acerta, faz com que meu coração dispare. Desaprovação. Minhas orelhas começam a queimar. A pressão por trás dos olhos começa e... Não! A barreira se ergue! Agora não é a hora para a fúria da Bree-de-Depois.

Davis ergue uma das mãos, e o barulho cessa.

— Seu nome — repete Sel, a voz baixa.

Desta vez eu falo:

— Briana Irene Matthews, filha de Edwin Simmons Matthews.

A Capela fica em silêncio, esperando as palavras finais que eles já sabem que não posso reivindicar. Nenhuma Vassalagem. Nenhuma Linhagem. Alguém na fileira de Lendários sibila. Vaughn abafa uma risadinha.

A voz de Davis corta a quietude, severa e com um aviso:

— Não seja vítima do orgulho. Afiliação com a Ordem não é o mesmo que fidelidade juramentada. Na verdade, Tennyson disse: "A *palavra* de um homem é Deus no homem." Na noite de hoje, vocês rompem todas as promessas, exceto esta, e servem à Ordem não como indivíduos, mas como um só.

Sinto o peito leve. Murmuro um "obrigado" silencioso para o pai de Nick, cujo olhar imperioso acovardou até mesmo Vaughn.

— Quem traz Vaughn Schaefer para fazer o Juramento de Fidelidade?

Um Lendário dá um passo à frente, puxando o capuz para trás.

— Eu.

É o garoto da sala de estudos, Fitz. Ele se ajoelha diante de Vaughn e estende um antebraço sobre a pedra, com a palma virada para cima, e o outro antebraço ao lado, palma para baixo. Sel se ajoelha na ponta do altar e pousa os longos dedos na superfície salpicada de prata. Uma oscilação de fogo mágico sai da ponta dos seus dedos e ondula até o altar, indo de Vaughn até chegar em mim.

— Hoje à noite, vocês fazem um juramento para conosco e, através do seu padrinho Lendário, a Ordem faz um para com vocês.

Davis assente para Vaughn.

Com a mão esquerda, Vaughn segura o braço de Fitz que está virado para cima e ergue a própria mão direita. Quando ele fala, uma coceira irritante rasteja pela minha pele. Posso *sentir* o aether embebido naquelas palavras, mesmo que não seja eu a dizê-las.

— Eu, Vaughn Ledford Schaefer IV, ofereço os meus serviços à Ordem em nome do nosso rei. Juro ser o escudo da Divisão do Sul, os olhos e ouvidos de seu território. Juro auxiliar em suas batalhas e armar seus guerreiros. Juro guardar seus segredos e resguardar tudo que vejo e escuto daqui em diante.

Fitz pigarreia.

— A pena por quebrar este voto é a mesmerização total e a excomunhão para as sombras, para nunca mais voltar à luz. Você ainda assim se compromete?

— Sim.

No altar, Sel meneia a cabeça, dando uma espécie de incentivo para Fitz.

— Eu, Fitzsimmons Solomon Baldwin, Herdeiro da Linhagem de Bors, aceito o seu Juramento em nome da nossa Ordem ancestral e dou boas-vindas ao seu trabalho. Nós lhe oferecemos a Visão para que você possa ver o mundo iluminado pelo tempo em que o seu coração for verdadeiro.

Um brilho forte de fogo mágico azul-prateado sobe pela mão que Fitz colocou no altar. Ele fica tenso, e então as chamas descem pelo seu outro braço e até o seu Pajem. A chama envolve os punhos de Vaughn e corre até o ombro dele. Agora, com a Visão, Vaughn observa enquanto o Juramento desaparece em sua pele.

Lewis vai em seguida, com Felicity. Então Greer, com Russ. A cada Juramento, um novo fio de dúvida invade meu peito, porque sei que não tenho nenhuma intenção de cumprir a promessa. Nick falou que os Juramentos são como as mesmerizações, mas *quão* parecidos com elas? Eu nunca resisti à mesmerização de Sel em tempo real, só depois do acontecido. Quando Whitty começa seu Juramento, meu coração está a mil. Meus olhos se fixam em Sel, no altar, é inevitável. Ele me encara com firmeza, como se pudesse ouvir o medo que me domina.

Davis interrompe meus pensamentos.

— Quem traz Briana Matthews para fazer o Juramento de Fidelidade?

— Eu.

Uma figura alta pisa para fora do círculo. Nick puxa o capuz enquanto caminha até o altar, com um olhar solene. Ele para na minha frente, e eu seguro seu antebraço assim que ele se abaixa, desesperada por algo familiar, algo confiável no meio disso tudo. Seus olhos encontram os meus, o toque de seus dedos em meu cotovelo me reconfortando.

Eu respiro, trêmula, ergo a mão direita e começo:

— Eu, Briana Irene Matthews, ofereço os meus serviços à Ordem em nome do nosso rei.

Faço uma pausa, tomando fôlego. Sinto as palavras escorregando pelo meu corpo e se retorcendo nas minhas costelas. O olhar de Nick me incita a continuar.

— Juro ser o escudo da Divisão do Sul, os olhos e ouvidos de seu território. Juro auxiliar em suas batalhas e armar seus guerreiros. Juro guardar seus segredos e resguardar tudo que vejo e escuto daqui em diante.

A voz de Nick ecoa pela Capela, mais alta e clara do que a daqueles que vieram antes dele.

— A pena por quebrar este voto é a mesmerização total e a excomunhão para as sombras, para nunca mais voltar à luz. Você ainda assim se compromete?

A maré fresca do Juramento se alojou entre os meus dedos. Ela flui pelas minhas costas feito uma cachoeira até que eu esteja coberta. Eu me movimento, mudando o peso do joelho direito para o esquerdo. Alguém sibila, e Davis ergue a mão para silenciá-lo.

— Sim.

Isso não vai funcionar. O Juramento vai saber que estou mentindo. Todos eles vão saber...

De repente, sinto uma dor se alastrando em meu braço. É Nick, enfiando os dedos em minha pele fundo o bastante para deixar marcas. Olho para ele, que balança de leve a cabeça, me impelindo a focar na pressão bruta de suas unhas. Sigo a sensação como um coelho correndo na floresta — e a promessa ancestral se desenlaça de meu corpo.

O pensamento rápido de Nick me salvou. Talvez tenha salvado a nós dois.

Do outro lado do altar, uma veia pulsa no pescoço de Nick. Ele precisa de duas tentativas antes de enfim conseguir falar.

— Eu, Nicholas Martin Davis... — Ele respira fundo, como se estivesse buscando forças em um poço profundo. — Eu...

Quando me encara de novo, a expressão em seus olhos faz meu estômago revirar de medo. Há dor, raiva. Então, resignação.

Quando a voz de Nick ressoa pela Capela, os Lendários prendem a respiração.

— Eu, Nicholas Martin Davis, descendente e Herdeiro do rei Arthur Pendragon da Bretanha, filho de Uther Pendragon, portador de Caledfwlch, a lâmina Excalibur e primeiro da Távola Redonda na guerra santa contra as Crias Sombrias, aceito o seu juramento em nome da nossa Ordem ancestral.

Nick assiste ao choque em meu rosto com olhos tristes e cansados.

Eu mal sinto o aether enviado por Sel pulsando das mãos de Nick para as minhas. Ainda estamos nos encarando, mas tudo mudou.

Rei Arthur Pendragon da Bretanha.

Descendente e *Herdeiro*.

— Dou boas-vindas ao seu trabalho. Dou a Visão a você para que possa ver o mundo iluminado pelo tempo em que o seu coração for verdadeiro.

Por que não me contou?, questionam meus olhos. Nick se retrai.

As palavras dele ficaram na minha língua enquanto as chamas subiam pelo meu braço como cobras azul-prateadas. As chamas mágicas passam por mim sem entrarem em minha pele.

Você disse que não mentia.

Ele vê a acusação no meu rosto. Recolhe a mão. Fica de pé, se virando de modo que o rosto fique imerso nas sombras.

Davis bate palmas pedindo atenção.

— De pé, irmandade, como Pajens Juramentados da Ordem da Távola Redonda e servos jurados da Távola Redonda!

O tom sóbrio da noite enfim se rompe, e nós voltamos a ser adolescentes e estudantes. Palmas e vivas dos Pajens atrás da gente, e assovios dos Lendários à nossa frente. Fico de pé, me apoiando nas minhas pernas dormentes, o estômago se revirando.

Ninguém nota que o Juramento de Fidelidade não grudou em mim ou me deu a Visão. Ninguém sequer me nota.

Sel ainda está ajoelhado no canto do altar, de cabeça baixa, com as mãos pressionadas contra a superfície. Por um momento, achei que ele tivesse se machucado ou se exaurido por causa do Juramento, mas então as minhas dúvidas desaparecem.

Sel não parece estar sentindo dor, parece intoxicado: olhos semiabertos e sem foco, rosto corado, boca aberta e ofegante. Ele passa a língua pelo lábio inferior e, quando ergue a cabeça, me flagra o encarando. Meu corpo enrijece, e me viro.

Whitty dá um tapinha nas minhas costas, comemorando, e sorrio para ele, porque não sei mais o que fazer.

Sel chamando Nick de filho pródigo. Felicity, encarando-o sem palavras como se ele fosse a segunda vinda de Cristo. O choque no rosto de Sarah quando falei o nome dele. Estive tão focada em encontrar uma forma de descobrir os segredos da Ordem que nem parei para considerar o que todas essas reações a Nick significavam. Eu tinha pensado no que Nick significava para mim, mas não no que ele representava para todo mundo.

Levantei a cabeça e encontrei Nick me encarando com uma expressão resguardada, como se estivesse esperando que eu descobrisse a verdade sozinha.

Acho que descobri...

Ele é o descendente do rei Arthur.

Davis nos pede ordem.

— Vamos encerrar com o juramento solene da nossa eterna Ordem.

Os novos Pajens olham uns para os outros. Não sabemos o juramento, mas parece que devemos aprender seguindo o exemplo.

A divisão canta em uma só voz, e, ainda que eu não consiga escutar a voz dele no coro, Nick se junta a eles.

— *Quando as sombras se erguem, a luz há de ascender, quando sangue é derramado, o Chamado do sangue ouvirei. Pelo rei e sua Távola, pela Ordem e seu poder, pelos Juramentos eternos, a Linhagem é a Lei.*

Davis ergue as mãos para as estrelas, em bênção.

— Pela mão sagrada do céu, a Linhagem é...

Um grito de gelar o sangue corta a noite, e todos ficam paralisado. O grito ecoa pelas árvores, bate nas pedras sob nossos pés. Eu me viro, buscando a fonte, e então o som volta, um grito de pânico que arrepia os pelos da minha nuca.

Atrás do grupo, Felicity está de joelhos com as duas mãos nas têmporas. A multidão abre caminho no momento em que Russ corre até ela.

— Flick? Flick, fala comigo!

Ela grita de novo, o barulho sendo estrangulado por um soluço.

— Felicity?

— Mas o que...? — Whitty para do meu lado, ofegante. — O que está acontecendo com ela?

— Mago-Real! — chama Davis por cima do ombro. — Ela precisa de cuidados.

— Felicity! — grita Russ de novo.

— Escudeiro Copeland.

Sel aparece ao lado dele. Russ se vira, uma mistura de medo e preocupação no rosto.

— Chegou a hora dela. Afaste-se.

Russ balança a cabeça.

— Não, não, não pode ser...

— Escudeiro Copeland — insiste Davis.

Russ olha de uma pessoa para outra desesperadamente, então permite que Sel o afaste da menina agonizante no chão.

Craig McMahon se aproxima.

— Não é possível. É cedo demais.

— O que não é possível? — pergunto.

No centro do grupo, Felicity solta um longo e alto gemido. A cabeça dela pende para trás, com olhos vazios, e uma voz — grave, masculina, não a voz dela — emerge de sua garganta.

— *Ainda que eu caia, não morrerei, mas chamarei ao sangue para que viva.*

Ela cai para a frente com o corpo estirado.

Russ pega Felicity e se levanta com ela inerte em seus braços.

— Vou levá-la para o Alojamento. Ela precisa descansar.

Sel o detém.

— Sou mais rápido e mais forte. Deixa que eu faço isso.

Russ hesita por um momento, a mandíbula contraída. Então, assente uma única vez e entrega o corpo desfalecido de Felicity gentilmente para Sel, que a ergue com facilidade. Sem dizer mais nada, Sel corre pelas árvores e desaparece.

Assim que ele some, o falatório tem início — entre os Pajens, pelo menos. Os Lendários estão com expressões fechadas, trocando olhares preocupados. Uma veterana balança a cabeça, murmurando:

— Ela é do quarto grau. Isso não está certo.

Uma frase se sobressalta ao falatório.

— É cedo demais.

Davis pede calma, mas é a voz de seu filho que aquieta a Capela.

— Por que ela foi chamada?

A multidão se abre ao redor de Nick.

Davis pisca surpreso.

— Você sabe tão bem quanto eu, Nicholas, que não controlamos o Despertar dos nossos Cavaleiros. Somos apenas instrumentos. Eles nos chamam quando somos necessários.

— Quando há necessidade e por *ordem de comando* — acrescenta Nick.

— Os cavaleiros do primeiro ao quinto nível não fazem o Chamado de seus Herdeiros há décadas. Felicity é do quarto nível, o que significa que o quinto está Desperto. Quando o Herdeiro de Kay recebeu o Chamado?

Os outros murmuram. Cabeças assentem.

Se Alice estivesse aqui, ela diria que é tarde demais. Agora que sei que os Descendentes vêm da Távola Redonda, convocados ao poder — de forma violenta — pelo espírito de seu cavaleiro...

O que foi que eu fiz?

Um tom renovado de autoridade se entrelaça na voz de Davis.

— Isso não é uma reunião da divisão. Devemos discutir esses assuntos quando voltarmos para o Alojamento.

— Não. — Nick ergue o queixo. — Devemos discutir aqui. Por que Lamorak fez o Chamado, pai? Por que agora?

As narinas de Davis dilatam, mas antes que ele consiga responder, um rosnado baixo vindo das sombras responde à pergunta de Nick.

Por um breve segundo, ninguém se mexe. Paralisados pela descrença, acho. Uma Cria Sombria, aqui?

Outro rosnado, seguido agora por um uivo alto, como se saído de um pesadelo, um uivo com o qual já estou acostumada a essa altura.

Um cão infernal.

13

ENQUANTO TODOS ENTRAM EM ação, fico paralisada, tremendo. Pensei que eles fossem raros. Pensei, por algum motivo, que não veria outro. Não quando estivesse com os Lendários. Não enquanto apenas estivesse buscando informações. Pensei que fosse um ritual. Uma iniciação. Um trote, no máximo, mas não...

Davis dispara ordens em rápida sucessão, e é como se uma bomba detonasse no meio da multidão.

— Herdeiros Despertos e Escudeiros para a frente. O resto em formação atrás deles. Pajens, voltem para o Alojamento!

A quietude explode em ação, e corpos se espalham em várias direções ao mesmo tempo, soldados correndo para as posições de batalha.

O momento seguinte parece acontecer em câmera lenta.

Os Lendários jogam as túnicas para longe sem hesitação e formam duas colunas defensivas, tudo com uma precisão militar resultante da prática. Cinco de pé no fundo, tirando armas dos coldres, bainhas e alças ocultas: adagas, cajados que se estendem e espadas. Sarah e Tor preparam arcos idênticos. Apenas três jovens desarmados vão para a frente: o garoto de rosto gentil que cumprimentou Nick no salão, Fitz e um ruivo alto. Algo no garoto ruivo me parece familiar. Quando ele vira a cabeça, me dou conta de que é porque o conheço. É Evan Cooper, o namorado de Charlotte.

A parte primitiva do meu cérebro implora para que eu corra até o Alojamento com os outros o mais rápido possível, mas não consigo desviar o olhar dos Lendários que bravamente enfrentam a escuridão, as mãos vazias ao lado do corpo. No que estão pensando? Onde estão suas armas?

Com um barulho sibilante, um fogo mágico aparece nas mãos de cada um dos três. A chama faz círculos em um redemoinho fumacento, então sobe pelos braços deles como cobras iridescentes. De um segundo para o outro, o aether se materializa na forma de armas em suas mãos. Fitz e Evans seguram espadas reluzentes idênticas. O garoto de rosto gentil segura duas adagas reluzentes do tamanho do meu antebraço. Mas o fogo mágico que sobe pelo corpo deles ainda não apagou. Eu assisto, prendendo a respiração, à chama fluindo pelos ombros e pelas pernas deles, se solidificando em placas brilhantes de prata. O aether rasteja pelo pescoço e se espalha pelo esterno até se tornar uma cota de malha. Em seus braços, a fumaça endurece na forma de manoplas assustadoras.

Armadura. Armadura de aether.

Da direção oposta, outro uivo surge. Meu sangue gela. Não apenas um cão infernal, mas *dois*?

— Dividir a formação! — grita Davis.

O garoto com as adagas corre para o outro lado da Capela, gritando para que outros três Lendários o sigam.

— Bree! — Nick entra no meu campo de visão, tirando de vista os garotos de armadura. — O que está fazendo aqui? Volte para o Alojamento! *Agora*!

Eu me viro para longe da clareira, mas os outros Pajens já sumiram na floresta. Deveria tê-los seguido. Não faço a menor ideia de como voltar, para qual direção correr. Nick se dá conta disso no mesmo momento que eu e, atrás de mim, aponta com a espada.

— Por ali. Corra. Não pare.

Eu corro a toda velocidade para dentro da floresta, a adrenalina disparando pelas veias. Mal consigo enxergar, mas continuo. Bato em arbustos. Sarças batem no meu rosto e nos meus braços. Tropeço. Gritos ecoam atrás de mim à medida que os Lendários enfrentam os cães.

Outro uivo.

Silêncio.

Eu me viro. Eles mataram os demônios? Já acabou?

De repente, o cheiro de mofo e água salobra toma conta de mim, agarrando-se no fundo da minha garganta. Cheiro de madeira apodrecida e coisas em decomposição. Coisas que não enxergam a luz há muito, muito tempo. Eu cubro a boca.

Um som vem da minha esquerda, como uma tora sendo partida.

Quando me viro, duas orbes vermelhas aparecem na escuridão, a uns trinta centímetros do meu rosto. Lanternas brilhantes feitas de sangue. Uma delas pisca, depois a outra.

Não são lanternas.

São olhos.

Eu grito e tropeço para trás. Então, uma voz. O som nauseante de ossos quebrando, profundo e nítido.

— *Você vai nos ajudar.*

O terror se condensa até chegar em um estado crítico. Eu me viro, mas os olhos aparecem na minha frente. Uma figura enorme com três metros de altura anda pela floresta.

Primeiro penso que é um humano gigantesco, mas os movimentos são completamente desordenados. As juntas se dobram nos lugares errados. Na luz prateada vinda de cima, vejo um peito amplo e membros grossos cobertos de musgo. Um líquido verde iridescente, brilhante, escorre das rachaduras da pele manchada. Um rosto se estica em uma cabeça bulbosa e inchada. Duas longas faixas de carne apodrecida seguram a mandíbula aberta. A língua vai para a frente e para trás feito uma cobra sentindo o gosto do ar. A criatura demoníaca cantarola, satisfeita:

— *Sim. Você vai nos ajudar.*

Eu me lanço para o lado, mas a coisa se move também. É mais veloz do que posso acompanhar, de modo que seu rosto me encara por um novo ângulo, a cabeça pendida para o lado como se esperasse pela minha resposta.

Penso rápido, o coração martelando dentro do peito. Não consigo correr mais do que esta besta, isso ficou claro. Para onde eu iria se pudesse? Onde quer que eu esteja, estou mais perto dos Lendários do que do Alojamento. A criatura não parece querer me devorar como um cão infernal... ainda.

Dou um passo escorregadio na direção da clareira, mas mantenho os olhos na coisa.

— Ajudar você? Você... tem certeza de que sou a melhor pessoa para isso?

Seus lábios se repuxam em um sorriso faminto, expondo duas fileiras de dentes pretos que se curvam para trás como foices.

— *Sim* — responde a coisa, se movendo antes que eu produza qualquer som.

A besta me joga por cima do ombro feito um saco de batatas sacudindo tanto o meu corpo que minha cabeça gira. Um braço quente e mole se enrola no meu joelho, me mantendo no lugar. Um grito se forma na minha garganta, mas me engasgo com o cheiro pútrido que sai daquele corpo.

Há um borrão, e então uma parada abrupta faz o meu queixo bater contra a espinha úmida da criatura demoníaca. Engasgo de novo. Restos de mofo grudam no meu rosto.

Antes que eu consiga me orientar, a besta me puxa para baixo e para o lado até que eu esteja pendurada feito uma boneca, com os pés balançando perto do chão. Luto para me libertar, mas sou puxada com mais força, e minha respiração é cortada em um único e brusco movimento. Não consigo respirar direito.

Estamos de volta à Capela, onde oito Lendários e Lorde Davis encurralaram o segundo cão infernal. Fitz e Nick tinham acabado de perfurar a criatura quando ela deu um grito infernal.

— *Pendragon*!

Todos se viram ao mesmo tempo.

O pai de Nick lança um olhar silenciador para o filho e dá um passo adiante. Davis encosta no cabo de uma longa espada em uma bainha ao seu lado, uma arma que estava escondida debaixo da túnica.

— Por que você veio, *uchel*?

— *Qual de vocês é Pendragon?*

Davis mantém a voz calma, pacata. Como um cavalheiro do Sul cumprimentando um recém-chegado.

— É a mim que você procura. — Então os olhos dele se voltam para mim. — Você está com uma das nossas Pajens. Liberte a garota e nós podemos conversar. Apenas você e eu.

Os dentes demoníacos batem uns nos outros em um padrão barulhento, como se a fera estivesse incomodada. *Claque-claque-claque.*

— *Ela vai ser bem fácil de desmembrar, enganador.*

Unhas afiadas traçam um caminho quente pela minha bochecha, cortando a minha pele. Eu grito.

— Pare! — grita Nick, já se movendo para a frente.

Davis fecha uma das mãos em punho. Deve ser um sinal, porque os outros Lendários se juntam ao redor de Nick, mantendo-o no lugar. Protegendo-o. A raiva atravessa seu rosto.

A criatura aponta para Nick com uma garra gotejando.

— *É ele que procuramos.*

— Procuramos? — ecoa Davis, com curiosidade e preocupação.

— *Dê-nos ele, Lendário.*

A mão demoníaca se fecha devagar ao redor do meu peito, e uma dor negra ameaça tomar a minha visão. Uma das minhas costelas está dobrando, dobrando...

— Acho que não.

Davis avança, puxando a espada ao correr, mas ele não é nem de longe rápido o suficiente. Outro borrão, e então a besta agarra a garganta do homem com uma das mãos e continua me segurando com a outra. A espada de Davis cai na pedra com um barulho alto.

— Não! — grita Nick, empurrando Russ e Fitz ao mesmo tempo.

O cotovelo dele voa para o nariz de Fitz, derrubando o outro garoto, mas Evan toma o lugar de Fitz antes que Nick consiga sair do círculo. Sangue escorre de um ferimento na testa de Evan, mas ele permanece firme.

A criatura demoníaca ergue Davis bem alto no ar. O pai de Nick luta contra suas garras com as duas mãos, esforçando-se para respirar, arregalando os olhos. A cor em seu rosto fica mais vermelha.

— *Vou matar os dois enquanto você assiste, Pendragon* — rosna a besta, apertando tanto Davis que o homem fica roxo. — *E então vou pegar você.*

— Você fala demais.

Nunca pensei que ficaria feliz de ouvir aquela voz. Sel pousa nas costas da besta, prendendo a criatura em uma chave de braço. A fera ruge, me derrubando no chão e atirando Davis pela floresta. O pai de Nick atinge uma árvore com um golpe de revirar o estômago e cai na superfície de pedra feito uma pilha de membros soltos.

Eu recuo, me desviando por pouco da pisada do enorme pé da besta. A criatura demoníaca agarra as costas e o cabelo de Sel, tentando se livrar dele, mas o Merlin se segura com força, afastando o rosto das garras.

Um par de braços fortes fazem um gancho por baixo das minhas axilas e me erguem para longe da confusão.

Para minha surpresa, é Sarah, a garota fada.

— Para trás — diz ela assim que estamos longe o bastante.

Então, ela corre para onde metade do grupo está, incluindo Nick, ao lado de Davis. O pai de Nick não se mexe. *Ai, meu Deus*.

A criatura demoníaca e Sel lutam, formando um borrão verde e preto. Ninguém ousa entrar na batalha, e por que fariam isso? Ninguém mais seria capaz. Quando os dois oponentes avançam um contra o outro, a força da colisão faz a terra tremer. Eles giram e rolam pelo chão, punhos se chocando em baques profundos. Depois de alguns minutos, a camisa de Sel está rasgada e escurecida de gosma e suor.

A fera chuta o peito de Sel, e o Merlin sai voando.

Sel cai no chão apoiado nos dois pés e desliza, agachado. Ele abre um sorriso animalesco e se lança contra a criatura mais uma vez, feito um projétil.

A visão revira o meu estômago. O pai de Nick pode estar morto e Sel está se *divertindo*.

— Segurem ele!

Perto da árvore, o menino que carregava adagas pressiona a mão no peito de Davis. Uma leve película de líquido prateado cobre seus dedos. Enquanto assisto, o líquido se espalha pela camisa do homem. Um segundo depois, Davis acorda, arfando.

— Quieto — ordena o garoto. — Ainda não acabei...

William, lembro. *O curandeiro deles.*

William continua trabalhando em Davis, mas o alívio ao redor é palpável. O pai de Nick está vivo.

Todo mundo está tão focado em Lorde Davis que ninguém presta atenção em Nick até ser tarde demais.

Ele entra na briga, a espada do pai em mãos.

Sel mantém a criatura demoníaca no chão, um pé no pescoço da fera e uma lâmina de aether em sua garganta.

— Você quase matou o meu pai! — grita Nick, a fúria deixando a voz dele tão dura quanto ferro.

A besta range os dentes com antecipação.

— *O menino se aproxima! Deixe-o vir, cachorrinho! Eu...*

Com o som sibilante da lâmina de Sel sendo pressionada, a criatura fica em silêncio.

— Eu cuido disso, Nicholas. — Sel mantém os olhos na criatura presa. — Pode se afastar e me deixe fazer o meu trabalho.

Nick ignora o aviso de Sel e se movimenta, a lâmina arqueando na direção do rosto da besta...

Com um giro rápido, a criatura quebra o tornozelo de Sel e joga o Merlin para longe.

A espada de Nick desce.

A besta se defende com uma das mãos — a lâmina entrando fundo em sua pele — e agarra o pescoço de Nick com a outra.

Nick puxa os dedos da criatura. Arfando. Ofegando.

A criatura demoníaca fica de pé, rosnando de triunfo, erguendo Nick — e então o atirando na pedra prateada. O corpo dele fica imóvel.

Estou correndo.

Eu me atiro na besta no momento exato em que Sel gira a espada de Nick.

Juntos, empurramos o corpo em uma direção e cabeça na outra.

14

NICK, SEU PAI E Evan não são os únicos feridos.

Fico de pé no canto da enfermaria no porão do Alojamento e assisto duas Pajens do segundo ano indo e voltando entre cinco catres de metal.

Nick está na cama mais perto de mim. O pai dele está ao lado. Evan está no meio, e Victoria na última. Eu nem sabia que Victoria tinha se machucado.

O peito dela foi rasgado por um cão, e há sangue espalhado em seu vestido azul e nas bochechas pálidas.

Ainda assim, ela está em melhor condição que os homens da família Davis. A espinha de Lorde Davis se partiu em dois lugares.

O crânio de Nick está fraturado.

Eu deveria ter me movido mais depressa. Lutado com mais vontade contra aquele uchel. Alcançado Nick antes de ele ter ido sozinho atrás da criatura.

A enfermaria é o domínio de William. Ele caminha entre os catres, as mãos encharcadas de aether prateado tão viscoso que parece mercúrio. O cheiro forte e cítrico de sua assinatura de aether enche a sala.

Existe um padrão. Ele começa pelos ferimentos com risco de morte e passa alguns minutos murmurando em um idioma lírico e fluido que não compreendo. Fica junto aos corpos enquanto o aether pinga nas feridas e desaparece em suas peles. Então se afasta e fecha os olhos, murmurando outro encantamento que puxa aether do ar outra vez. A substância cobre os dedos dele de novo, e o ciclo recomeça.

Olho para as minhas próprias mãos. Elas ainda não pararam de tremer.

Quando voltamos para o Alojamento, o grupo já tinha se dispersado. A maior parte dos Pajens foi mandada para casa. Russ foi dar uma olhada em Felicity. Depois de confirmar que ela ainda estava dormindo — uma parte comum da recuperação de um Despertar, pelo que me disseram —, ele desceu para esperar comigo e me ofereceu um moletom. Vesti porque não sabia o que mais fazer. Ele me perguntou se eu gostaria de subir para tomar um banho. Não me lembro da resposta que dei, mas ele me deixou sozinha depois disso.

Olho para as paredes da enfermaria e me pergunto o porquê de elas não serem verdes, que nem o quartinho no hospital. Então, como as minhas defesas estão baixas, eu volto para o hospital. A enfermeira está lá. E o Merlin. E minha mãe, que se foi antes que eu pudesse me despedir. Fecho os olhos com força e conto até dez até que três meses tenham se passado. Até que eu esteja de volta à enfermaria do Alojamento.

— Cadê ele?

Sel irrompe pela porta como um anjo caído vestindo um longo paletó preto, seus olhos queimando feito dois sóis. Se chega a notar os dois Pajens amedrontados saindo de fininho, não diz nada.

A voz de William é calma, mas firme:

— Ele está estável, mas não está acordado. Sel... Sel!

Sel vai até Nick — e não há hesitação alguma em seu caminhar. Será que William já tinha curado o calcanhar dele? Sel examina o Lendário no catre. A camisa de Nick está cortada, expondo o peito e a barriga. O rosto sincero e belo de sempre está pálido e contraído. Ele não abriu os olhos desde que chegou.

— É melhor você não morrer, Davis — ordena Sel. — Agora não.

— Sel — diz William, andando até Sel, a mão coberta de prata e erguida como se fosse um médico. — Nick está estável — repete William. — Ele vai se recuperar. Lorde Davis, por outro lado, ainda não está estável. Preciso continuar tratando os dois e os demais, e você não está ajudando.

Sel olha para o catre de Evan, e os músculos de sua mandíbula se contraem.

— Ele também não pode morrer. Nenhum dos Escudeiros ou dos Herdeiros.

— Sabemos disso, Sel! — Russ passa as mãos pelo cabelo. — É o nono ataque em, sei lá, duas semanas?

— E o primeiro uchel que encontramos em anos — fala Fitz, escorado na porta ao lado de Sarah.

— Aquele grupo não veio para se alimentar ou para se encher de aether. Eles vieram com um objetivo — responde Sel. — Eles *sabiam* que estaríamos reunidos hoje à noite, sabiam que iríamos nos separar e sabiam que o Herdeiro de Arthur estaria aqui. Como?

Russ desdenha.

— Crias Sombrias não *sabem* de nada. São idiotas demais para pensar, imagina planejar.

— Você não viu o uchel aqui, Copeland? — diz Sel em tom de desprezo. As pontas do cabelo dele começam a chamuscar e soltar fumaça. — Apenas uchels podem fazer com que isels trabalhem em conjunto, e foi exatamente isso que aconteceu hoje à noite. Você subestima grandes demônios por sua própria conta e risco. E pôs em risco seu Herdeiro, cuja vida em breve você será Juramentado a proteger.

Russ estremece e se vira. Sel faz menção de ir embora, mas então me vê e para. Quando fala, sua voz é precisa. Perigosa.

— O que *ela* está fazendo aqui?

Sarah dá um passo para a frente.

— Bree foi feita de refém, Sel. Está coberta de gosma e muito assustada. Vai com calma, pode ser? — Fico surpresa por ela defender alguém que não conhece. — Ela até tentou salvar o Nick.

O olhar de Sel endurece.

— E temos que acreditar que foi apenas uma coincidência o uchel ter voltado com *ela* nos braços?

— Eu tentei ajudar. — Odeio como a minha voz soa acuada. Odeio que soe como eu me sinto. — Eu tentei...

— Você tentou o quê, garotinha? — Diferente dos sapatos de todos no azulejo branco do piso, os pés de Sel não fazem barulho quando ele se aproxima de mim. — Ajudar? Ajudar quem? Nick ou o uchel?

Eu balanço a cabeça, embora isso só me deixe tonta.

— *Nick*. Eu... eu...

— Selwyn! — avisa Sarah. — Deixe a garota em paz.

Mas ele já está na minha frente, tão perto que seu olhar varre o meu rosto feito brasa. O ar entre nós começa a ferver, me forçando a arfar.

O medo flutua, colide com as memórias. Conheço este momento. Já estive aqui antes. Estive em um hospital e o que mais queria era sair correndo.

Não corri daquela vez. E não vou correr agora.

Sel se inclina até que a boca esteja perto da minha orelha. Seu hálito se choca contra as minhas bochechas, canela queimada e fumaça.

— Você está mentindo sobre alguma coisa, *Pajem Matthews*. Se eu descobrir que foi parte disso...

— *Não fui* — falo, entredentes.

Ele me olha com raiva e se vira para sair.

— Cadê o Pete?

— Patrulhando com os Pajens do terceiro e do quarto anos — responde Russ. — Procurando mais.

— Não — murmura Sel. — As Crias Sombrias já fizeram a jogada da noite. Não vai ter mais nada. Fique aqui, Copeland. Vou administrar o Juramento do Guerreiro a você e Felicity assim que ela acordar. — Sel puxa a gola da jaqueta com uma das mãos e aponta para mim com a outra. — Quero ela *fora* daqui. Ela não pertence a esse lugar.

Ele vai embora, deixando o lugar mergulhado em um silêncio desconfortável.

— O pior é que você nunca sabe se é seguro falar mal dele pelas costas — comenta Russ com um suspiro frustrado. Sarah dá um tapa no braço dele. — O quê? É verdade!

Sarah se vira para mim, o olhar cheio de preocupação e compaixão.

— Peço desculpas pelo Sel. Ele é... protetor. Você pertence a este lugar. Você é uma de nós agora.

Desvio o olhar, desconfortável, porque essa é a questão. Eu não sou uma deles.

Ela faz uma careta e se aproxima para examinar minha bochecha.

— Você vai cuidar do rosto de Bree, né, William?

— Claro — murmura ele, se inclinando para avaliar a testa de Evan. — Deixe-me avaliar, Escudeiro Griffiths...

Mesmo quanto está passando um sermão, um tom divertido sempre está presente nas palavras do curandeiro.

William enfrenta Sel, que, de alguma forma, dá ouvidos a ele, e implica com Sarah, que me defende. Decido que gosto dos dois. É uma pena que uma culpa angustiante venha logo em seguida: Sel está errado sobre eu estar trabalhando junto com as Crias Sombrias, mas não está errado sobre eu estar mentindo.

Mudo de assunto, tentando tirar o foco de mim.

— Que monstro foi aquele? Achei que demônios fossem parecidos com animais ou...

Sarah balança a cabeça.

— Se isels, demônios menores, forem fortes o suficiente para se tornarem completamente corpóreos, eles tomam a forma de animais ou criaturas de textos antigos. Duendes com chifres e rabos. Mas uchels são demônios maiores. Menos traquinagens, mais mortes, e fortes o suficiente para se materializarem assim que atravessam. Parecem... — Ela hesita, compartilhando um olhar com William que não consigo decifrar. — ... mais humanos.

Russ se reclina em uma parede e cruza os braços.

— Segundo os contos antigos, o tipo mais poderoso de uchel, o goruchel, pode até se fingir de humano. Andar escondido entre nós e coisas assim.

O medo me corta como uma adaga gelada. Sel *me* chamou de uchel algumas horas atrás. Ele acha que sou um deles, me fingindo de humana. Que estou aqui para machucar Nick e o restante da divisão. O ar abandona o meu corpo em um exalar silencioso.

— Demônios que se fingem de humanos. — Fitz revira os olhos. — Histórias assustadoras para contar a crianças de noite. Lenda e folclore.

William responde sem erguer os olhos.

— *Nós* somos lendas e folclore, Herdeiro Baldwin.

Fitz faz um gesto rude em resposta.

— Por que estavam atrás de Nick? — sussurro.

Com as mãos acima de Evan, William faz uma pausa. Os quatro Lendários olham para mim, e depois uns para os outros.

Russ ajeita a postura.

— Porque ele é o nosso rei, ou vai ser, formalmente. Quando Despertar.

— *Se* Despertar — diz Sarah.

Fitz faz um som de desdém, o pescoço ficando vermelho.

— Você *realmente* acha que é um "se", Sar? Recebemos o Chamado em ordem. A Linhagem de Flick é a quarta, o que significa que a Linhagem de Kay lá no Norte deve ter sido Chamada recentemente também, e Lorde Davis não contou para a gente. Tor e a Linhagem de Tristan são os próximos. Então a pessoa no Oeste e a Linhagem de Lancelot. Então o número um, Nick. E bum, Camlann.

Russ balança a cabeça.

— Ah, não exagera.

— *Exagerar?* Você acha que estou exagerando? — O olhar de Fitz se enche de deboche. — A Herdeira da Linhagem de Lamorak, *sua* Herdeira, Despertou. Bem-vindo à *nossa* realidade, Escudeiro Copeland. Vocês, jovens de alta estirpe, ficam brincando e fingem que não estamos em uma guerra, enquanto o restante de nós é Despertado e *morre* ano após ano. — A fúria contorce as feições dele. — Camlann está *vindo*, acredite você ou não!

Ninguém diz mais nada por um longo tempo.

No silêncio, eu pergunto:

— O que é Camlann?

Fitz assovia, balançando a cabeça.

— Eu não ligo se ele é o nosso rei, alguém precisa ter uma conversa com o Nick. Trazer uma Pajem sem contar merda nenhuma para ela... é assim que os Pajens morrem. Divirtam-se com a Introdução ao Curso Lendário. Estou fora.

Os passos raivosos dele ecoam pelo corredor.

— Nick me explicou algumas coisas — falo, mal contendo a apreensão na voz. Eu me inclino na direção do catre de Nick para ver o peito dele subindo em respirações curtas. — Só que não contou... tudo.

O aether de William se dissolve na testa de Evan, e o curandeiro se ergue com um suspiro, falando comigo diretamente pela primeira vez.

— Bem, agora é uma hora tão boa quanto qualquer outra para colocar você a par de tudo.

15

DEPOIS DE DECLARAR QUE o quadro de seus quatro pacientes é estável e com quantidades suficientes de aether curativo para se recuperarem totalmente, William ordena a Sarah e Russ que vigiem o quarto enquanto ele e eu saímos. Russ reclama, mas William o silencia com um único levantar de sobrancelha.

Na porta, ele pede para que eu o siga. Digo a mim mesma que preciso ir porque aprender mais sobre a Ordem é parte da minha missão, mas uma vozinha interior sussurra que só concordei em sair dali porque vejo o rosto de Nick enfim recuperando o tom rosado de antes.

Saímos para o longo corredor do porão, iluminado por lâmpadas fluorescentes, e seguimos em direção ao elevador. Olhar para ele traz de volta uma leve memória de uma conversa com Russ quando ele me levou para a enfermaria.

— Vocês têm um elevador? — perguntara eu.

Ele sorriu ironicamente e respondeu:

— Nós temos muitas coisas.

Assim que entramos, William abre um painel na parede que não tinha sido usado por Russ. Ele digita um código em um teclado numérico, depois aperta um botão quadrado que vai de preto para laranja. Quando o elevador começa a se mover, meu estômago ameaça se revirar.

William me encara com seus inescrutáveis olhos cinzentos.

— Como estão os meus braços?

Eu pisco, confusa.

— Seus braços?

Ele balança a cabeça na direção dos meus antebraços cruzados na altura do peito.

— Eu geralmente gosto de acompanhar os meus pacientes, mas você foi levada embora antes que eu tivesse a chance de fazer isso.

Congelo. A Regra Número Um diz que não posso falar para ele do que me lembro.

— Eu... Eu não sei...

Ele sorri.

— Não precisa fingir. Sou um curandeiro por herança e por natureza. Quero mesmo saber como estão os seus ferimentos.

Sem saber o que falar, mostro a ele o resultado de seu trabalho. Ele segura os meus pulsos e traceja um indicador pela parte interna de um braço, depois do outro.

— Bom. Você aceitou bem o aether.

O elevador para com um solavanco. Quando engulo a bile, os olhos astutos de William se estreitam por um segundo. As portas se abrem em um andar ainda mais para baixo e em um corredor igualmente longo, mas ele aperta o botão para mantê-las abertas.

— Posso?

Ele aponta para o pontinho dolorido e grudento na minha bochecha direita. Assinto. Mas, em vez de encostar em mim de novo, ele gesticula para o corredor, então dá uma risadinha da expressão que faço.

— O aether está em todo lugar, mas é parecido com um sinal de celular. Difícil de pegar dentro de uma caixa de metal.

Ele olha para o teto do elevador para exemplificar. Observo enquanto o fogo mágico dança e se amontoa na mão dele. A chama se solidifica em um líquido prateado grosso que escorre pelos dedos e pela pulseira de couro verde em seu pulso. Ele chega mais perto, fazendo contato visual primeiro, e coloca três dedos brilhantes sobre a minha bochecha.

O forte cheiro cítrico do feitiço dele flui entre nós, preenchendo o meu nariz.

O aether é frio — e me lembra vagamente o musgo do uchel tocando a minha pele. Eu estremeço, e William murmura.

— Respire fundo.

O frio se espalha, aliviando onde encosta. Sinto um formigamento, um sibilar baixo, e a dor some.

— Pronto.

Um movimento de pulso, e o aether se dissolve.

— Como você se sente? Zonza?

Balanço a cabeça, inclinando-a para trás e para a frente.

— Não. Diferente da última vez.

— Você se acostumou bem rápido para uma Primavida — diz ele, pensativo.

— Obrigada?

Ele assente e aponta para o corredor.

— Vamos?

Eu saio, ainda receosa. Ele tem noção de que eu estava no Alojamento ontem à noite, mas o que mais ele sabe?

William indica uma porta no fim do corredor. Ele fala depois de alguns segundos de silêncio, com um tom de voz casual. Parece ler minha mente.

— Sei que você não nos contou tudo, Pajem Matthews. — Começo a falar, mas ele ergue uma das mãos, um sorriso suave nos lábios. — Eu não sou Sel, então não se preocupe. Não trouxe você até aqui para encurralá-la. Não sei o que está escondendo e, sinceramente, nem quero ou preciso saber.

Eu paro, completamente chocada.

— Mas... mas você não está preocupado que...

— Que você seja uma uchel? — Ele também para e revira os olhos. — Dificilmente. Sel é um detetive incrível, o Merlin mais poderoso de uma geração, mas ele também é...

— Um idiota?

Ele segura um sorriso.

— Eu ia dizer *volátil*. Acho que ele está errado em atacá-la.

Balanço a cabeça, incapaz de acreditar até mesmo nesse tantinho de gentileza.

— Mas...

— Eu confio em Nicholas. Ele é nosso rei e, mais do que isso, é meu amigo. O que quer que vocês tenham decidido não é da minha conta. E você o trouxe de volta. — Seu olhar fica mais suave. — Algo me diz que ele não estaria aqui se não fosse por sua causa.

Minha respiração volta ao normal. Nick *não estaria* aqui esta noite se não fosse por mim.

O mundo gira. Se eu não estivesse tão atenta, diria que Sel estava lançando um mesmerização, mas isso não tem o dedo dele. Ele não fez isso.

Esta noite foi escolha *minha*, e isso é muita coisa. Tudo. Tudo isso. *Muita coisa*. Eu tinha escolhido mentir para descobrir a verdade sobre a morte da minha mãe. Descobrir a verdade para mim mesma. Para o meu pai. Talvez até mesmo para provar a Alice que eu estava certa e ela, errada.

Eu *não* escolhi o cheiro de podridão ainda preso no fundo da minha garganta. Não escolhi o barulho da espinha do pai de Nick se partindo contra um carvalho. O *barulho* do crânio de Nick se abrindo na pedra.

Meu estômago revira outra vez — e um braço envolve os meus ombros.

— Por aqui. — Eu tropeço, e William me puxa para o lado dele enquanto abre uma porta. — Lá vamos nós.

Uma porta de banheiro, um vaso sanitário. Então estou ajoelhada, arfando, vomitando, arfando novamente até parecer que tudo que já comi na vida saiu do meu corpo.

Quando termino, me inclino para trás nos calcanhares. A mão dele faz círculos nas minhas costas, para me confortar. A outra repousa na minha testa. Sentamos em silêncio até minha respiração voltar ao normal.

Depois de um tempo, William me entrega um lenço cor de limão. Encaro o objeto, intrigada com o tecido incrivelmente brilhante. Escuto o sorriso na voz dele.

— Era do meu pai. A Linhagem de Gawain é o que as pessoas sábias chamam de "ostentadoras".

Seguro o tecido, hesitando em usar, mas ele faz que não antes que eu diga uma só palavra.

— Por favor. Eu tenho uma quantidade vergonhosa de lenços desses em um baú verde vergonhoso em algum lugar.

Dou um sorrisinho enquanto limpo o nariz e a boca. Quando termino, ele me leva até um banco acolchoado perto das pias do banheiro.

— Obrigada.

— Chega disso. — Ele dá um tapinha no meu joelho e observa meu rosto com um olhar atento. — Nosso mundo é... tumultuado.

Eu respiro, trêmula.

— Sim.

— E você tem certeza de que quer fazer parte dele?

A pergunta de William me pega de surpresa. Eu *tenho* certeza? Depois da noite de hoje, será que realmente tenho certeza? Penso no meu pai e na nossa conversa nos degraus da biblioteca. Consigo escutar a voz dele mesmo agora.

"... o que está acontecendo com a gente... eu também sinto. Eu sei que dói muito."

Ele sente essa dor e, mesmo assim, vai para o trabalho todo dia. Vive na nossa casa com o eco da minha mãe *todo dia*, quando eu mal podia suportar. Penso na minha mãe e na teimosia — não, na *fraqueza* — que me impediu de conversar com ela depois de uma briga idiota.

Nossa Impetuosa Bree.

Respiro de novo, mais forte dessa vez.

— Sim. Tenho certeza.

— Certo — diz ele, ficando de pé. — Se você tem certeza absoluta de que quer permanecer aqui, então precisa daquele curso rápido sobre os Lendários. Mas, primeiro, precisa de chá.

William não estava brincando quando falou de chá.

Ele me faz esperar do lado de fora do banheiro por alguns minutos enquanto vai até uma pequena cozinha. Quando volta, coloca uma caneca fumegante de chá de limão e gengibre nas minhas mãos e me manda ir bebericando enquanto conversamos.

Começo a entender o porquê de Sel não lutar contra a vontade de Will. Ele é assertivo sem ser arrogante e tem um talento sobrenatural em estar certo.

Além disso, o chá é delicioso.

Ele passa na minha frente e me guia pelo corredor até uma porta azul na ponta oposta do elevador.

— Quantos porões o Alojamento tem? — pergunto.

— Dois. A enfermaria e as salas de treinamento ficam no andar de cima, além de algumas salas de recuperação para pacientes seriamente feridos. Aqui embaixo, ficam todas as outras coisas secretas que não podemos arriscar que sejam vistas. Artefatos e documentos dos membros ficam em uma sala segura onde temos mais controle da temperatura e das condições de iluminação. — Ele aponta para a porta pela qual acabamos de passar. — Felizmente, os itens mais velhos foram tão encharcados de aether por Merlins ao longo dos anos que não precisamos nos preocupar com nada caindo aos pedaços. — Ele digita um novo código no teclado perto da maçaneta. — Mas isso aqui é o que você realmente precisa ver.

Aperto a caneca nas mãos. Meu coração bate tão alto que me preocupo que ele possa ouvir.

— Nada demoníaco, certo? Você não vai me jogar em um parque de diversão dos horrores medievais para me dar um trote, não é?

Ele ri, alto e com leveza.

— Não. — William abre a porta e se inclina para dentro, procurando pelo interruptor na parede interior. — Mas "Parque de Diversão de Horrores Medievais" daria um ótimo nome de banda.

Reviro os olhos, mas fico grata pelo senso de humor dele. Outro gole no chá, e meu estômago quase se acalma.

Ele encontra o interruptor, iluminando não outro quarto, mas o topo de uma ampla escada em espiral.

Descemos mais dois andares pela escada, e ele fala enquanto andamos.

— Pais de Lendários explicam a Ordem e as Linhagens para os filhos quando somos jovens. Vassalos sabem o suficiente para serem perigosos, mas, com novos Pajens como você, são os padrinhos que geralmente explicam todos os detalhes interessantes.

— Nick não teve muito tempo — murmuro, descendo a escadaria atrás dele.

Não dei o tempo necessário a ele, penso.

William continua com a mesma expressão.

— Imaginei. Tudo bem... Eu meio que gosto de fazer as honras.

Chegamos a um cômodo enorme e com cheiro de mofo que, com a exceção de um tapete velho e algumas cadeiras, está vazio. Depois de acender outro arranjo de lâmpadas no alto, ele vai até o fundo do cômodo. Lá no final, há uma parede coberta por uma cortina preta tão ampla quanto o quarto.

— Depois que um Vassalo jura o Código de Segredo e se junta à Ordem, alguém da Linhagem atribuída a ele explica as origens da Ordem e a sua missão. Se eles quiserem que algum descendente se torne Pajem e tenha chance de se tornar Escudeiro, esse descendente também faz o Juramento.

— E isso *funciona*?

— Sim. — Ele desamarra uma corda grossa dourada e solta um grunhido, puxando-a por uma roldana. — Os Vassalos não nos expõem; a maior parte das famílias está alinhada com a Ordem há séculos, e elas têm muito a ganhar social e financeiramente, mesmo que seus filhos nunca se tornem Escudeiros. Além disso — William sorri —, gente rica ama segredos.

Enquanto ele puxa, a cortina se abre no alto, revelando a parede por completo ou o que eu *pensei* que fosse uma parede.

Ocupando todo o meu campo de visão está a maior placa de prata que já vi. Ainda maior que a Capela. Deve ter uns três andares de altura, chegando até a parede do primeiro andar. Descendo pela placa estão milhares de linhas meticulosamente gravadas. A cada poucos centímetros as linhas se quebram e dão lugar a estrelinhas brilhantes feitas de pedras preciosas, então começa de novo logo abaixo. A placa é tão alta que preciso dar um passo atrás para conseguir observá-la por completo.

Ele cruza os braços e olha para o alto, e para o alto, e mais para o alto.

— Esta é a Muralha das Eras. As treze linhagens de sangue da Távola Redonda e seus Descendentes.

No topo da Muralha, embutidas em prata, estão trezes pedras do tamanho de punhos. Há um diamante branco no meio, mas as outras gemas brilham em diversos tons de vermelho, verde, azul e amarelo. Uma frase está gravada de forma elegante acima das pedras: Y LLINACH YW'R DDEDDF.

— A Linhagem é a Lei — diz William, traduzindo. — A Ordem e os Vassalos colonizadores se misturavam: galeses, ingleses, escoceses, escoceses-irlandeses, alemães. Mas o País de Gales do século VI é o local de nascimento de Arthur, então galês foi a primeira língua da Ordem. Alguns dos antigos encantamentos ainda são em galês, como os swyns que uso na enfermaria.

Alice ia amar tudo isso, penso. *A história, a Muralha, tudo.* Então sinto uma pontada de culpa por desejar que ela estivesse comigo. Eu nunca iria querer que ela se machucasse, e, neste exato momento, o preço para estar aqui parece ser cobrado em ferimentos corporais.

— Crianças Herdeiras em potencial escutam as lendas desde cedo. Primeiro pelos nossos pais, depois pelos Suseranos, que são Escudeiros e Herdeiros aposentados, e depois pelos nossos pais de novo quando fazemos dezesseis anos. Este é o primeiro ano em que os nossos cavaleiros podem fazer o Chamado. — Os olhos dele perdem o foco conforme ele volta para uma história que claramente ouviu muitas e muitas vezes. — No auge da Távola Redonda, Arthur tinha mais de cento e cinquenta cavaleiros ao seu dispor. Porém, com o passar do tempo, a Guerra das Crias Sombrias, nossa luta contra os Cysgodanedig, diminuiu esse número até sobrarem apenas os treze mais fortes. Merlin e Arthur temiam o que aconteceria caso a Távola fosse derrotada, por isso o mago criou o Feitiço da Eternidade: uma magia poderosa para ampliar as habilidades dos cavaleiros restantes e juntar o espírito deles com suas respectivas linhagens, para que seus herdeiros pudessem lutar eternamente contra as trevas. Dessa forma, a Távola existiria para sempre, imortal. — O tom de voz de William fica mais baixo, em reverência, ou talvez ele esteja ecoando a reverência daqueles que contaram a história antes. — Quando os nossos cavaleiros Despertam, seus espíritos vivem de novo. É por isso que chamamos as pessoas de fora das Linhagens de Unanedig. "Primavidas". E por isso nos chamamos de Chwedlanedig. "Lendários".

Ser capaz de rastrear a família de alguém tão longe no passado é algo que nunca passou pela minha cabeça. Minha família só conhece a geração seguinte à Emancipação. De repente, sinto que é difícil ficar aqui, absorver a magnificência da Muralha, e não nutrir um inegável sentimento de ignorância e inadequação. Então, um surto de frustração, porque alguém provavelmente gostaria de registrar tudo, mas quem poderia ter escrito a história da minha família até tão longe no passado? Quem teria sido capaz, teria aprendido a escrever, teria permissão para isso? Onde está a *nossa* Muralha? Um Muralha que não me faça me sentir perdida, mas encontrada. Uma Muralha que seja maior do que qualquer pessoa que olhe para ela.

Em vez de maravilhada, eu me sinto... como se algo tivesse sido roubado de mim.

Respiro fundo e me viro para William, a voz ríspida.

— Você falou século VI? Cada linhagem de cavaleiro não teria milhares de descendentes vivos a essa altura?

— Sim, mas Herdeiros são diferentes de descendentes. Eles carregam uma herança. A *herança* do cavaleiro, as habilidades desenvolvidas e a afinidade com o aether vivem em uma pessoa de cada vez. E essa herança só é transmitida por um Herdeiro Desperto, alguém que recebeu o Chamado para o poder, como aconteceu com Felicity hoje. Pense na monarquia inglesa e nas linhas de sucessão: nem todo mundo que descende herda o trono, apenas o filho mais velho da soberania. Se o herdeiro aparente não puder assumir o trono, ele então vai para sua prole, ou a prole da prole. E, mesmo assim, quem quer que esteja na fila precisa ser elegível.

Franzo a testa.

— Você falou alguma coisa sobre ter dezesseis anos, não foi?

Ele ergue uma sobrancelha.

— Você é rápida. Bom. Um Herdeiro precisa ter entre dezesseis e vinte e dois. Preciso dar razão a Merlin: o Feitiço mantém as coisas organizadas. Aqui.

Ele coloca um dedo na penúltima linha da direita. Assim que a ponta de seu dedo encosta na pedra, um raio de luz se espalha pelas linhas da Linhagem, fluindo como sangue em uma veia. Quando a luz chega ao topo, uma única gravação brilhante aparece acima de cada pedra, enquanto o símbolo maior brilha sobre todos.

Cores. Moedas. Símbolos.

Puxo o colar de Nick para fora da camiseta e vejo algo que não notei antes. A moeda tem dois lados. De um lado está o símbolo unificador da Ordem, o círculo com um diamante adornado no meio. Do outro, está um dragão rampante.

O Pendragon.

William dá um passo para mais perto, falando de costas para mim.

— A Muralha é encantada para esconder os nomes caso alguém de fora encontre a sala. As últimas sessenta gerações de nomes de Herdeiros estão aqui, até os dias de hoje. A Ordem costumava manter todos os registros em livros. Ainda faz isso, por conveniência, é claro, mas os fundadores da Divisão do Sul começaram a transferir os dados para a Muralha assim que decidiram construir a instituição.

Arregalo os olhos.

— A Ordem construiu a Universidade da Carolina do Norte?

— É claro — responde ele, como se fosse óbvio. — As Crias Sombrias se espalharam da Europa para as Américas, talvez em busca de terras férteis para caçar, e se multiplicaram junto com as colônias. Por volta de 1700 houve uma grande concentração de Portais na Costa Leste. Os fundadores abriram a primeira divisão da Távola Redonda, construíram o Alojamento, então anexaram a escola ao redor. Essa universidade foi construída em parte como uma desculpa para juntar e treinar possíveis Herdeiros. A Entrada Universitária foi manufaturada recentemente para trazer Herdeiros de dezesseis anos para o campus o mais cedo possível, para que pudessem viver e treinar perto dos Portões junto com a divisão. As Linhagens estão espalhadas por várias escolas históricas, mas a nossa divisão é a mais antiga.

"As Linhagens seguem a cadeia de comando original da Távola Redonda, e essa hierarquia determina a ordem na qual somos Despertos. — Ele aponta para uma linhagem de sangue que descende de uma pedra verde e termina em uma estrelinha. — Este aqui sou eu. Sou o Herdeiro da Linhagem de Sir Gawain, décima segunda posição. Além de cura aumentada, o Feitiço deu a Gawain força sobrenatural ao meio-dia e à meia-noite. — Fico boquiaberta, e ele dá de ombros. — Gawain era um cara esquisito, nem sei o que dizer."

Ele passa o dedo para a linha seguinte da Muralha, uma que descende de uma pedra laranja:

— Fitz é o Herdeiro de Sir Bors, décima primeira posição. Em combate, ele tem uma agilidade ímpar. Quando recebemos um Escudeiro, estamos escolhendo um parceiro de batalha que vai se juntar a nós por meio do Juramento do Guerreiro. Alguém que vai compartilhar do poder da nossa linhagem de sangue. Fitz escolheu Evan como Escudeiro no ano passado.

Ele move o dedo para longe, para uma linha abaixo de uma gema amarelo-escura:

— Pete é novo, entrou este ano, é um calouro. Herdeiro de Sir Owain, sétima posição. Os Herdeiros de Owain podem convocar um leão familiar para se juntar a eles em batalha. Pete precisa de um Escudeiro este ano, assim como eu.

Um pouco mais para cima, a pedra vermelha.

— Felicity é a Herdeira da linhagem de Lamorak. Quarta posição. Ela escolheu Russ como Escudeiro no torneio do ano passado. Depois da noite de hoje, ela será forte o bastante para atravessar uma rocha com um soco, e, quando Sel Juramentar os dois, Russ também conseguirá.

Uma acima, azul.

— Victoria é a Herdeira da Linhagem de Tristan, terceira posição, tendo Sarah como Escudeira. Quando ela Despertar, o nome dela virá para cá. Mira e velocidade.

Ele aponta para uma linha final, bem no meio.

— E esta estrela é para o Nick.

Ergo os olhos. O diamante branco puro de Arthur segue para baixo até uma única estrela brilhante gravada na muralha, na altura da minha cintura.

Meus dedos na mesma hora se levantam para tocá-la, mas percebo e interrompo a ação. William sorri de forma compreensiva.

— Sob circunstâncias normais, a Ordem funciona muito bem sem um rei Desperto. É para isso que os Regentes existem. Crias Sombrias atravessam para o nosso mundo com o objetivo de se alimentar e criar terror, nós as matamos e a paz é mantida, por assim dizer. Herdeiros de nível baixo como eu são Despertos com frequência, e somos fortes o bastante para manter os demônios afastados. Se você envelhece ou expira, o Herdeiro seguinte pode receber o Chamado no seu lugar, e o ciclo continua.

— *Expira?* Se você morrer, é isso? — pergunto, horrorizada.

— O Herdeiro de cada linhagem e os noves possíveis descendentes na linha de sucessão começam a treinar assim que aprendem a andar. — Ele se vira para mim, os olhos avaliando a minha expressão. — Conhecemos os riscos e nos preparamos para eles da melhor forma possível.

Eu me lembro do que Fitz falou mais cedo — e das ordens de Lorde Davis para que os Despertos fossem para a linha de frente contra os cães demoníacos.

— Mas se os Herdeiros de níveis mais baixos recebem o Chamado o tempo todo, então as suas linhagens são como uma... infantaria. Vocês carregam o maior fardo da guerra. Os Herdeiros de nível mais alto...

William me corta com um dedo em riste.

— Não, pequena Pajem, não siga por esse caminho. — Ele suspira. — O jeito de Fitz, da família inteira dele, é... desonroso. Recebemos o Chamado primeiro porque mil e quinhentos anos atrás os nossos cavaleiros foram os primeiros no campo de batalha. É como Lorde Davis fala, servir é se edificar. É uma honra. Alguns carregam o fardo com ressentimento, mas a verdade é que nenhum de nós tem escolha. A imortalidade tem um preço. No fim das contas, existe maldade no mundo, e estamos equipados para lutar contra ela.

— Sob circunstâncias normais, a Ordem fica bem sem um Arthur Desperto... mas não estamos sob circunstâncias normais, estamos?

— Não, parece que não. — William dá um suspiro profundo. — Nick estava certo. Um Herdeiro em posição acima da sexta não recebe o Chamado há muito tempo. E Sel também estava certo. Criaturas demoníacas, sobretudo os isels, não agem em conjunto como fizeram nesta noite. E ver um uchel é algo extremamente raro. — Ele me estuda. — Mas por que você não faz a pergunta que realmente está na sua mente?

— Aquela? — respondo.

A boca dele se contorce.

— A grande pergunta.

— O que é Camlann?

Ele me leva até duas cadeiras, posicionadas no lugar perfeito para contemplação da Muralha. Ou da história da Ordem. Ou das duas coisas.

— Está escrito nos livros que a Magia que mantém o feitiço de Merlin funcionando, o motor por trás de todo o sistema, é preservado pelo espírito de Arthur. Enquanto o espírito do rei permanecer adormecido, o feitiço está seguro. É por isso que Arthur, o primeiro cavaleiro, chama os seus Herdeiros por último, e apenas quando a "praga demoníaca" se torna tão poderosa e rompante que a Távola Redonda precisa ser reunida sob sua liderança para combatê-la. A ameaça precisa ser realmente grande para que Arthur Desperte e entre no campo de batalha, colocando todas as Linhagens em risco.

William faz uma pausa, então recita as palavras seguintes de cor:

— "Quando treze Herdeiros Despertarem e clamarem Escudeiros, o Herdeiro de Arthur irá liderar a Távola Redonda contra a praga demoníaca em uma batalha mortal." Essa guerra é chamada de Camlann, assim nomeada porque, na lenda, Camlann é onde muitos dos cavaleiros finais foram mortos. Camlann é o campo de batalha onde Arthur foi derrotado. Camlann é o local onde a Távola Redonda original foi destruída... para sempre. Se um Arthur Desperto for morto por sangue demoníaco, as Linhagens Lendárias serão quebradas para sempre também.

— E os humanos, os Unanedig, não terão defesas — sussurro.

— E as Crias Sombrias dominarão a Terra.

A sala cai em um silêncio tenso. Em algum lugar atrás da muralha prateada, escuto um gotejar.

Eu me lembro do sorriso aconchegante de Nick na caminhada pelo campus, então do terror estampado em seu rosto esta noite na floresta. *Eu* causei aquela sequência de expressões. Ainda que ninguém possa controlar o Chamado de seu cavaleiro, eu aproximei Nick de algo que ele nunca quis. O sentimento de culpa me invade.

Olho de novo para a estrela de Nick e penso nele lutando, gracioso como um dançarino, os passos leves, o corpo se movimentando com destreza. Brandindo a espada com confiança e determinação. Guiando sua lâmina através do cão demoníaco. Não consigo pensar nele sendo derrotado em batalha. Meu cérebro não consegue imaginar.

— Quando foi a última vez que Arthur Chamou um Herdeiro?

William inclina a cabeça, pensando.

— Há quase duzentos e cinquenta anos? Em 1775, acho.

— O quê? Isso...

— A Guerra de Independência dos Estados Unidos. — William franze a testa, em uma expressão de pesar. — Depende de para quem você pergunta, mas, na minha opinião, aquela guerra teria acontecido de qualquer forma. E guerra é guerra, seja incitada pelas Crias Sombrias, prolongada por elas ou usada como local de alimentação. Dezenas de milhares de pessoas morreram. Quem liga para como é chamada?

Concordo. Meu olhar se volta para a estrela de Nick outra vez.

E eu noto algo que não tinha visto antes. Fico de pé e chego mais perto... sim, tem alguma coisa conectada à estrela de Nick por um risco brilhante.

— O que é isso?

William para do meu lado, procurando pela coisa que chamou minha atenção.

Aponto para o pequeno mármore escuro preso na placa diretamente abaixo do nome de Nick. É tão preto que parece absorver a luz.

— Aquele mármore. O que é?

— Ah. — Pela primeira vez ele hesita antes de falar. — Apenas a criança Merlin mais poderosa de uma geração é Escolhida para fazer o Juramento de Mago-Real. A criança é arrancada de sua família e colocada aqui, em uma cerimônia formal diante da divisão, junto com uma criança Herdeira de Arthur. Pelo restante da vida do Merlin, ele será o protetor juramentado desse Herdeiro até a morte.

Meu estômago revira. *Arrancada de sua família*. Uma criança — e uma infância — sacrificada para proteger outra.

— Criança nenhuma tem a capacidade de compreender o que significa fazer um Juramento desses.

— Como falei — murmura ele —, nenhum de nós tem escolha.

Meu coração dói pelos dois. Até mesmo por Sel, que está preso magicamente para sempre a um Herdeiro que nunca quis seu título. Posso não gostar dele, e ele com certeza parece me odiar, mas me sinto compelida a examinar o mármore de Sel e ler a inscrição que fica ao lado.

Selwyn Emrys Kane.

— Pronta para voltar? — pergunta William, num murmúrio introspectivo. — Preciso dar uma olhada nos meus pacientes.

Eu assinto, pronta para abandonar este lugar que parece mais cheio de morte e perda do que de vida.

Antes de me virar, meus olhos sobem até a estrela acima de Nick. Ao lado dela, alguém gravou "Martin Thomas Davis" na pedra. *É claro*. Lorde Davis frequentou a Universidade da Carolina do Norte anos atrás, quando era o Herdeiro de Arthur e antes do nascimento de Nick. Então, outra coisa captura minha atenção.

— O que aconteceu aqui?

Aponto para o mármore conectado à estrela de Lorde Davis, representando seu Mago-Real, um tal de "Isaac Klaus Sorenson".

William semicerra os olhos.

— Não tenho certeza. Talvez o arquivista tenha sido descuidado?

Não entendo na hora, porque o que ele falou não faz sentido. Todas as outras linhagens. Pedras e estrelas foram meticulosamente gravadas, nenhum risco fora do lugar e nenhum erro à vista. Mas cortes profundos, furiosos, cercam o mármore de Isaac, como se um animal o tivesse arranhado. E, ainda assim, o mármore em si parece com o de Sel: brilhante, suave e perfeitamente redondo.

— Você vem?

— Sim — murmuro, e o sigo pela escada.

16

ENTRO EM PÂNICO QUANDO voltamos para a enfermaria, porque Nick se foi e o catre dele está vazio. Tor também não está lá.

— Onde estão os meus pacientes? — esbraveja William com Russ e Sarah.

Os dois Escudeiros arregalam os olhos e se encolhem. Não os culpo; William, que em geral é gentil, está com um olhar assassino.

— Eles acordaram! Nick foi para casa — responde Russ.

Ao mesmo tempo, Sarah solta:

— Tor está lá em cima. Ela falou que estava com fome.

Sinto meu estômago pesar. Nick apenas... foi embora?

As vozes altas fazem com que Lorde Davis solte um gemido baixo, e William se controla antes de gritar outra vez.

— E vocês deixaram?

Russ se recupera primeiro.

— Ele é... o rei?

— Nessa enfermaria — sibila William, aproximando-se dele —, *eu* sou o rei. Nick *não* recebeu alta! A cabeça dele ainda está se curando!

— Ele me deixou aqui? — Eu me arrependo da pergunta assim que a faço em voz alta. Parece tão... *patética*. — Quer dizer, é só que ele... não que eu... — A sobrancelha erguida de William e a expressão confusa de Russ não me ajudam em nada. — Só pensei que conseguiria dar uma olhada nele antes.

Sarah fica com pena.

— A gente não sabia onde você e Will estavam. Nick ligou para o seu celular várias vezes, disse que caiu na caixa postal. Acho que ele pensou que você tinha ido para casa depois... de tudo que aconteceu na floresta.

Escuto as palavras que ela não diz: ele acha que eu *desisti* depois de tudo que aconteceu na floresta. Que corri para casa assustada.

— Nick provavelmente só precisa de um pouco de espaço para arejar a cabeça. — Russ dá de ombros. — Pensa só... Ele aparece para reclamar o título depois de anos longe e, *bum*, estamos a dois Herdeiros Despertos de Arthur. Eu também estaria pirando.

— Will?

Na mesa mais afastada, Evan se mexe. William chega até ele em três passos rápidos, sem nenhum resquício de fúria e com a gentileza de sempre.

— Fique parado, Ev. Você foi atingido na cabeça por uma garra, meu amigo.

Evan segue as instruções, mas abre os olhos turvos, piscando, e examina a sala. Demora apenas um segundo para me encontrar. Ele fica tenso na cama.

— Oi, Bree.

Aceno para o garoto, meio sem jeito.

— Oi, Evan. E eu pensando que você era só um cara idiota de fraternidade.

Ele solta uma risada fraca que termina em tosse.

— Não conta para a Char que eu me machuquei, está bem?

Charlotte Simpson parece estar a uma vida atrás e a um mundo de distância — um mundo para o qual preciso voltar amanhã, como se nada tivesse acontecido.

— Pode deixar.

— Legal — murmura ele, e relaxa na cama.

William faz um som irônico.

— Se você está bem o suficiente para se preocupar com sua namorada, então está bem o suficiente para se recuperar na sua própria cama. Deixa eu dar uma olhada antes de você subir.

Alguém puxa a manga do meu casaco. É Sarah.

— Posso levar você para casa?

Eu pisco, surpresa pela oferta.

— Você quer checar Tor primeiro?

Ela parece agradecida por eu ter perguntado.

— A minha garota fica bem irritada quando está com fome, mas ela está bem.

Enquanto saímos, William expulsa Russ da enfermaria também. Eu o escuto murmurar alguma coisa sobre a falta de paz nessa casa, e um pouco de galês que se parece muito com xingamentos.

Sarah não é o tipo de pessoa que precisa preencher um carro silencioso com conversa. Ela liga o rádio, me deixando aproveitar a viagem de volta para o campus pensando em tudo que tinha visto e feito esta noite. Quando para o carro em um dos estacionamentos do campus perto dos dormitórios, minha cabeça está doendo, martelada por milhares de pensamentos.

Eu saio do carro e me dou conta de que ainda estou vestindo o moletom que Russ me deu. Eu o tiro e ofereço a ela.

— Isso é do Russ, acho.

Ela franze o nariz.

— Eu devolvo para ele.

Dobro o casaco e entrego a Sarah, então dou uma olhada no carro pela primeira vez. É um Tesla.

— Carro legal.

Ela dá de ombros.

— Não é meu. A Ordem tem vários que podemos usar.

Arregalo os olhos.

— Uau. Isso é...

— Pretensioso — completa ela.

— Você pode falar coisas assim? — pergunto, surpresa.

Ela revira os olhos.

— Bom, eu não diria isso na frente dos Regentes, mas...

Quando me viro na direção do dormitório, ela me surpreende de novo ao pisar no degrau ao meu lado. Tento descobrir uma forma de fazer a pergunta seguinte sem parecer rude.

— Você não é uma criança Vassala?

— Se eu sou rica, você quer dizer?

Contraio os lábios, mas ela apenas sorri e aperta o suéter com mais força ao redor dos ombros estreitos.

— Minha mãe vem de uma família com dinheiro, mas o meu pai, não. Ela foi Pajem na Divisão Ocidental na Virgínia, mas nunca foi Escudeira. Foi lá que se conheceram.

Penso nisso por um tempo. Meus pais se conheceram depois que minha mãe se formou; meu pai não frequentou a faculdade. Nunca me perguntei se ela conheceu alguém na escola, se namorou. Sempre pensei nela no laboratório, mas o que sei de fato sobre a vida dela aqui?

— Sua mãe queria ser Escudeira? — pergunto.

— No começo, sim. Meus avós *definitivamente* queriam que ela fosse, mas então meus pais ficaram juntos, e ela se deu conta de que queria uma família. — Viramos no caminho pelo qual eu e Nick passamos duas noites atrás. — Ela nunca admitiria, mas acho que queria o prestígio, não a guerra.

— E seu pai sabia da Ordem?

Sarah balança a cabeça.

— Não. Não até mais tarde. Ele é Vassalo jurado e prometido... tinha que ser antes de se casarem... mas a maior parte do que ele conhece são os jantares e os ingressos para óperas e bailes formais. Não que ele seja muito bem recebido nesses eventos.

— Por quê?

— Ele é venezuelano. Mas eu pareço branca, então as pessoas não percebem que tenho ascendência latina. Ou esquecem. Elas dizem coisas racistas na minha frente o tempo.

— E aí?

Ela dá de ombros.

— Às vezes, eu questiono. Às vezes, não ligo.

— Ah — falo, e nenhuma de nós tem o que dizer depois disso.

— Ele sabe o perigo...

Sarah cutuca meu cotovelo para que eu pare de falar. Dois estudantes — a caminho da biblioteca vinte e quatro horas, pelo visto — caminham na nossa direção pela estradinha.

Certo. Foi disso que aceitei participar. Seguir o Código de Segredo significa não falar sobre ataques demoníacos de forma que o público geral consiga ouvir.

Assim que eles passam, Sarah se vira para ver a dupla virando uma esquina.

— Me desculpe. O que estava perguntando? Se meu pai sabe o quão perigoso é isso tudo? Ele sabe que lutamos e o motivo, mas não acho que *pareça* perigoso para ele. Ele não pode Ver o aether e nunca viu um demônio. Ele sabe que temos um curandeiro e sabe que a minha Linhagem não recebe o Chamado há décadas, então provavelmente acha que estou protegida do pior. Minha mãe não queria que eu fosse Escudeira até ser Escolhida por algum Herdeiro de nível alto, já que é menos provável que recebam o Chamado. O Abatimento, sabe?

— Não. O que é o Abatimento?

Ela prageja baixinho.

— Fitz é um idiota, mas ele está certo. Nick deveria ter instruído você melhor. Você merece saber os riscos.

Eu paro.

— Sar, o que é o Abatimento?

Ela solta um suspiro longo.

— Quando uma pessoa Herdeira é Desperta, todo o poder de seu cavaleiro é transferido para ela. O Feitiço da Eternidade é... magia pesada, entende? Mas ainda somos humanos. Quanto maior o tempo que um Herdeiro passar Desperto, mais isso o drena. Depois ficam velhos demais para o serviço. A maioria não passa dos trinta e cinco anos.

Eu luto para respirar, para falar. William não mencionou nada disso. Nem posso imaginá-lo morrendo tão cedo.

— Essa coisa *mata*?

Sarah se apressa em me corrigir.

— Apenas se forem Despertos. É... É por isso que os Lendários são reverenciados. Guerreiros santos e tudo o mais.

Penso em Felicity. Seis horas atrás ela pensava que viveria até os oitenta. Mas agora...

— Herdeiros não podem simplesmente se *recusar* a lutar? Deixar que outra pessoa assuma a herança?

Ela chuta uma pedrinha enquanto andamos.

— Herdeiros não podem escapar do sangue. E, assim que são Despertos, eles sentem uma... *necessidade*. De lutar. Que vem diretamente do cavaleiro. Se Tor receber o Chamado, ela sentirá isso, e, quando formos ligadas, também sentirei. Assim que eu receber um pouco do poder de Tristan através dela, o Abatimento virá para mim também.

Sinto o peito tão apertado que mal consigo falar.

— Por que você *escolheria* uma coisa dessas?

— Só posso responder por mim, mas eu fui criada para servir. E... — Ela dá de ombros, ficando vermelha. — Eu a amo. Não vou deixá-la lutar sozinha.

Antes que eu possa fazer qualquer outra pergunta sobre a ligação entre Herdeiro e Escudeiro, uma sombra desce e paira sobre nossas cabeças. Sarah se põe na minha frente em um piscar de olhos, agachada numa posição de luta — quadris angulados, joelhos dobrados, um punho em guarda, o outro pronto para atacar.

— Pajem Matthews.

Sel dá três passos determinados na minha direção antes que Sarah fique entre nós. Ainda que o Merlin seja um oponente superior, com trinta centímetros a mais de altura, a garota miúda olha para ele pronta para a luta. A severidade nos olhos dela me diz que seria uma boa luta.

— Fique longe, Sel. Estou levando Bree para o dormitório dela.

— Não antes de eu interrogá-la.

É só quando ele se mexe que eu noto que algo está errado. Ele *tropeça*. Realmente perde o prumo.

Não achei que isso fosse possível.

Sarah também olha sem acreditar.

— Mas o quê...

— Ela não é o que parece — diz ele, com desprezo.

Sel corre ao redor dela, mas não é nem de longe tão rápido quanto antes. Quando para, ele se eleva sobre mim — e traz uma nuvem de fumaça quente e opressiva, canela queimada e couro. O cheiro é tão intenso que cubro o nariz com nojo e me afasto.

—Você está bêbado, colega. Sai daqui.

Sarah agita o braço entre a gente e o afasta de mim. Ele bate na mão dela — e erra. A economia de movimentos que ele sempre demonstrou foi embora; cada gesto é impreciso e amplo demais.

É a coisa mais surreal que já vi, e, depois de uma noite como a de hoje, isso diz *muita* coisa.

Minha pergunta sai abafada pelos meus dedos.

— O que tem de errado com ele?

— Está bêbado de aether — responde Sarah, como se isso explicasse tudo. Ela o empurra com força, mas Sel larga o corpo em cima dela. A garota grunhe, frustrada. — Deve ter acontecido logo depois de unir Felicity e Russ. O Juramento do Guerreiro é intenso demais, e, além disso, ele também Juramentou todos vocês esta noite.

Ah. *Ah.*

Aquele olhar estranho e intoxicado no rosto dele depois do Juramento de Fidelidade. Seus olhos vermelhos agora. O rosa-escuro em seus lábios, as bochechas coradas.

— Não estou bêbado! — declara Sel em voz alta.

Seria engraçado se eu não soubesse quão letal ele é.

Sarah o empurra mais uma vez, e Sel rosna para ela. Por incrível que pareça, ela rosna de volta. É uma imitação boba do rosnar grave dele, mas *funciona*. Ele pisca e faz uma careta que, de alguma forma, é o extremo oposto de intimidante.

— Está, sim — insiste ela. — E não vou deixar Bree sozinha com você enquanto estiver assim. Vamos.

— A noite de hoje não deveria ter acontecido, Sar — murmura Sel. Suas sobrancelhas escuras estão franzidas como se ele estivesse vendo tudo acontecer de novo. — Nada daquele tipo... jamais aconteceu antes. Quando os Regentes descobrirem...

O tom de Sarah se torna consolador.

— Não foi culpa sua.

— Não é o que eles vão dizer — sussurra Sel, a voz rouca quase perdida no vento.

Ele pousa o olhar em mim e estreita os olhos de forma acusadora.

— Ela é Pajem de Nick. — Sarah sacode o ombro dele. — A Sabedoria do Rei, colega. Nem pense em encostar as mãos...

Sel zomba.

— Ele está *adormecido*. Não tem sabedoria nenhuma ali. Está tão perdido no mundinho dele que não notaria nem se o Chamado de Arthur o mordesse na bunda!

Os olhos dele encontram o símbolo de Nick no meu peito e endurecem como uma rocha sedimentar.

— Se você machucá-lo... — murmura ele, a voz fria, vazia. — Vou matar você. Queimar você até seu sangue virar pó. — Sel vê o medo fluir pelo meu corpo, e sua boca se retorce em um sorriso maligno. — Sabe que vou fazer isso, não sabe? Você sabe que eu posso.

Sarah se vira, pressionando as costas contra o peito de Sel para poder me encarar.

— Eu cuido dele. Consegue voltar sozinha?

Meus pés já estavam me carregando pelo caminho de volta na grama molhada. Agora me viro e corro enquanto a risada de Sel me persegue pelo quarteirão.

Minhas mãos estão tremendo tanto que preciso de três tentativas até conseguir enfiar a chave na porta. Assim que ela se abre, caio para dentro e a tranco.

Como se uma porta pudesse deter Selwyn.

Eu me apoio na parede, sentindo o peito pesado. Esperando. Esperando. Caso fosse necessário.

— Bree?

Dou um pulo. Com a mão no peito, procuro Alice no quarto pouco iluminado.

Ela estica a mão, procurando a luz de cabeceira.

—Você faz ideia de que horas... — A voz dela se detém abruptamente quando a luz da lâmpada inunda o quarto. — Que porra é essa?

Alice *nunca* fala palavrão.

Protejo os meus olhos da luz.

— Me desculpe pelo atraso.

Alice pula da cama em seu pijama, pegando os óculos pelo caminho.

— O que aconteceu com você?

Nem sei que mentira inventar agora. Que porra é essa, realmente.

— Eu... eu...

— Bree?

Eu paro de gaguejar ao perceber o tremor na voz dela. Alice está na minha frente, as mãos pairando centímetros acima do meu ombro, o olhar passando pelo meu rosto, descendo por meu peito e minhas pernas.

— *Ai, meu Deus*. Você está machucada.

Eu pisco.

— Como assim?

A voz dela está frenética agora, o pânico a deixando mais alta.

—Você parece ter sido *arrastada*! Na lama! — Ela leva a mão ao nariz. —Você está fedendo a pântano. Tem buracos na sua camisa. Você está *nojenta*. Seu cabelo... *Meu Deus*, Matty. O que aconteceu com você?

17

ABRO E FECHO a boca como um peixe. Quero mentir para ela, mas onde estão as palavras? Não há nenhuma. Nenhuma palavra para explicar o que aconteceu comigo esta noite. O que *escolhi* esta noite.

O horror toma conta do rosto de Alice.

— Alguém fez isso com você?

Balanço a cabeça. Não. Ninguém fez isso comigo. Nenhum humano, pelo menos.

— Você pode me contar se alguma coisa tiver acontecido. — Ela segura as minhas mãos, lágrimas descendo por trás dos óculos. — Vou acreditar em você.

Alice me conhece desde que me entendo por gente. Temos o tipo de amizade de dormir uma na casa da outra e ralar nossos joelhos juntas e nos apaixonarmos pela primeira vez na mesma época e sempre nos certificarmos de que os nossos armários ficariam um do lado do outro na escola.

As lágrimas dela me destroem.

O soluço que estive segurando desde a floresta enfim sai.

— Eu posso chamar alguém. Os guardas do campus, o…

— Não! — grito, minha mente visualizando Norris, o reitor. — Não… não é nada disso. Juro.

—Tudo bem — diz ela, os olhos indo de um lado para outro enquanto processa tudo. — Se você... tudo bem.

Assim que tenho certeza de que ela não vai chamar algum Vassalo sem se dar conta, recosto a cabeça na parede.

Alice esfrega o meu antebraço.

—Vamos limpar você.

Assim como fiz com William, eu a deixo me guiar para fora do nosso quarto para o banheiro comunal do corredor, minha caixinha com artigos de higiene pessoal enfiada debaixo do braço dela. Quando entramos, uma garota lavando as mãos em uma das pias nos lança um olhar intrigado.

Assim que nos aproximamos da fileira de chuveiros vazios, Alice puxa a parte de baixo da minha camiseta.

—Você vai se sentir melhor depois de um banho. Precisa de ajuda?

Ela fala baixo e de um jeito claro, como se faz quando uma pessoa está em choque e não consegue lidar com frases complexas, e alguém está tentando acalmá-la. Eu me dou conta do que ela está fazendo, mas deixo que continue mesmo assim. Está funcionando.

— Eu consigo — murmuro, e ergo a camiseta por cima do ombro.

Ela está certa em relação aos rasgos. Três pequenos cortes atravessam o tecido no lugar em que o uchel me agarrou.

A porta se abre e se fecha, nos deixando sozinhas. Alice se inclina para dentro de uma das cabines do banheiro e gira a torneira. Enquanto testa a temperatura água, eu me afasto para me olhar no espelho.

Não é de surpreender que ela tenha falado palavrão.

Eu pareço *destroçada*.

Meu coque bonitinho de antes já passou da validade. Está quase intacto, mas destruído pela gosma do uchel. Massas escuras grudaram nos cachos soltos na minha testa e na minha nuca. Olhos brilhantes, bochechas inchadas, pedaços de sujeira no nariz. A maior parte da gosma estava na minha camiseta, mas um pouco dela se prendeu nos meus braços e do outro lado do meu cotovelo. Um longo hematoma vermelho atravessa a linha da minha caixa torácica. Baixo o meu sutiã para escondê-lo. A moeda de Nick brilha no meu esterno. Removo o colar e o enfio no bolso.

— O chuveiro está ligado, as coisas de banho estão lá dentro. — Alice se aproxima para me olhar pelo espelho. Ela abre a boca para fazer outra pergunta, mas desiste. — Vou ficar aqui do lado de fora, se precisar de qualquer coisa.

Assim que ela sai, eu tiro a roupa o mais rápido que minha costela permite e entro no chuveiro. A pressão da água é fraca aqui, mas pelo menos é quente. O fedor de uchel flutua ao meu redor em um vapor tóxico até o sabão de baunilha afastar o cheiro.

Meu cérebro tenta juntar as fases seguintes de um banho — e nada vem.

Isso costumava acontecer em casa. Nas semanas após a morte da minha mãe, eu começava as primeiras etapas de alguma atividade mundana — me despir e entrar no chuveiro, abrir a geladeira e pegar os frios, colocar um monte de roupas na máquina de lavar —, e a parte seguinte fugia de mim. Como um moinho velho, a minha mente girava e girava até receber a instrução seguinte.

Cabelo. Meu cabelo está sujo. Sim. Eu consigo lidar com isso.

Eu nem havia planejado molhar o cabelo por pelo menos mais uma semana ou coisa do tipo, mas não posso deixar de lavá-lo hoje. Não quando ele cheira a doença e pântano. Meus cachos vão estar limpos e lindos amanhã, mas o tempo extra que isso gasta me faz gemer. Vai levar *pelo menos* mais uma hora e meia antes de eu poder cair na cama, mesmo que eu deixe de hidratar e pentear e jogue tudo para o alto como um abacaxi molhado.

Alice volta enquanto divido meu cabelo espesso e úmido em partes.

— Tudo bem aí?

— Sim. Só me dei conta de que preciso lavar o cabelo.

— Droga.

— É.

Silêncio. Ela não vai embora. Eu fico tranquila, porque quero a companhia dela. De ninguém mais. A companhia de Alice.

Ela deve estar pensando a mesma coisa, porque, do outro lado da cortina do banheiro, eu a escuto dizer:

— Tudo bem se eu ficar por aqui? Você parece bem perturbada.

— Pensei a mesma coisa.

— Que sorte, então.

Enxáguo o cabelo e começo a condicionar, orgulhosa de saber o próximo passo sem precisar pensar nele.

Tem um outro passo que preciso dar esta noite também.

— Alice?

— Sim?

— Me desculpe. Pela Pedreira. De certa forma, eu sabia que você iria se eu quisesse ir, e acho que decidi que estava tudo bem. Sei que o reitor ligou para os seus pais e nem consigo imaginar o que eles disseram. Eu só... me desculpe pela minha parte nisso tudo e me desculpe por ter gritado com você e... — Lágrimas enchem meus olhos, e minhas mãos estão muito ensaboadas para limpá-las, droga. — ...por ter dito aquelas coisas. Foi injusto e errado.

Alice suspira.

— Me desculpe também. Foi minha decisão ir até a Pedreira, não sua. Eu não deveria ter brigado com você por conta das aulas e por você estar aqui. Eu estava preocupada e com raiva. — Uma pausa. — Que é exatamente como estou agora, a propósito. Preocupada e a caminho de estar aterrorizada.

Enfio a cabeça debaixo do chuveiro. Deixo a água escorrer pelos meus cachos crespos, separando-os com dedos trêmulos. Dividir em partes de novo, passar shampoo.

— Você vai me contar o que aconteceu?

Eu sabia que ela me perguntaria, mas, ainda assim, fico abalada. Preciso apoiar as duas mãos nos azulejos para parar de tremer. Estou limpa, no sentido físico. Mas ainda me *sinto* suja.

— Bree?

Fecho os olhos com força, mas as imagens que tentei enterrar passam na minha mente rápido demais: o movimento forte do peito de Nick quando William *enfiou* aether no corpo dele; Sel, com uma fúria sombria e amarga, arrancando os braços e as pernas do uchel morto e os jogando na floresta; a forma como os corpos dos cães infernais apenas... *se dissolveram* depois de um tempo. As memórias ameaçam me sufocar, como aquelas da noite em que a minha mãe morreu.

— *Não posso.*

Outra pausa. O shampoo escorre no meu olho. Arde.

— Confie em mim. Por favor? — pergunto, tão baixinho que não acho que ela consiga me ouvir acima da água. Fica mais difícil de respirar. As lágrimas quentes da Bree-de-Depois queimam por trás dos meus olhos.

—Tudo bem.

Ela não parece irritada, mas vai embora sem dar tchau ou dar boa-noite.

A porta se fecha com um clique, e aquela *coisa* se rompe dentro de mim outra vez. Um jato de ar foge dos meus pulmões, como se eu estivesse segurando a respiração por horas e horas.

Então, minha pele entra em combustão.

Bato as mãos na parede, no piso, mas nada para o florescer rubro que sobe dos meus dedos para os meus cotovelos. Um fogo vermelho-sangue começa na ponta dos meus dedos e corre até o meu cotovelo fazendo um som alto de *vuush*. Mesmo debaixo d'água, a chama cresce mais forte, se enrolando nos meus cotovelos como vinhas brilhantes.

O fogo escalda a minha pele sem queimar, brilha acima do meu nariz como borboletas selvagens.

Manchas na minha visão passam de pontinhos pretos para piscinas cor de obsidiana. Caio de joelhos, as mãos espalmadas no azulejo, o coração batendo forte na caixa torácica.

Fogo mágico.

É isso.

Não é azul-prateado como o de Sel ou dos Lendários, ou verde como o dos cães, mas, ainda assim, é fogo mágico.

Saber o que é não explica o *motivo* de estar aqui.

O porquê de ser da cor nauseante de ferida na carne.

O porquê de a chama parecer vir de *dentro* de mim.

As únicas criaturas que vi soltarem fogo de dentro dos seus corpos eram demônios. Sel já acha que sou uma Cria Sombria. Se ele me vir assim...

— *Ai, meu Deus* — guincho.

Deve ter outra explicação: é uma reação tardia do meu corpo ao Juramento. É o aether de Sel ainda preso na minha pele, se tornando ácido por causa da minha resistência. Algo que o uchel colocou *em* mim ao me abrir. Qualquer opção pode ser verdade, ou nenhuma delas. Mas o final era sempre o mesmo: se eu não consigo explicar o que está acontecendo, então preciso encontrar uma forma de controlar, porque, se não puder controlar...

Vou matar você. Sabe que vou fazer isso, não sabe? Sabe que posso.

Fecho os meus olhos com força. Encontro a minha barreira. Moldo-a sob cada imagem que já usei para conter a Bree-de-Depois e toda a raiva explosiva e perigosa dela — e outras coisas.

Uma muralha feita de tijolos. De aço. Com rebites do tamanho do meu punho.

Uma barragem de um quilômetro e meio.

Alta o bastante para conter um gigante, forte o bastante para segurar um deus.

Um cofre de banco com portas de sessenta centímetros de espessura e à prova de balas.

Metais inquebráveis, superfícies impossíveis de rachar, altitudes impossíveis de serem escaladas.

Coloco tudo em mim atrás daquilo.

Nenhuma fissura, nenhuma linha, sem entrada ou saída.

Empurro, arquejo e choro até que eu esteja em segurança atrás de minha barreira.

E, quando abro os olhos, as chamas já foram embora.

18

QUANDO ACORDO, MINHA MENTE está limpa. Estou cansada, mas já me sinto eu mesma.

Tiro o lenço de cetim e puxo alguns cachos úmidos. Deixo fios brilhantes se enrolarem nos meus dedos, então os arrumo no lugar.

Meus braços parecem normais de novo. Familiares. Comuns.

Embora o que aconteceu ontem à noite não ter sido comum.

Reviso a explicação de Nick na minha cabeça: o aether é um elemento no ar. Fogo mágico é um subproduto que o aether cria quando se torna sólido. Herdeiros Despertos e Merlins podem invocar o aether por vários motivos. Isso tudo eu testemunhei. Mas estive ocupada demais aprendendo sobre a Ordem e o que ela pode fazer que nem pensei no que *eu* posso fazer.

Visão? Resistir à mesmerização? E, pelo que aconteceu na noite passada, a Juramentos? Quanto mais aprendo sobre Juramentos e o papel deles na estrutura da Ordem, mais concordo com Nick que eu não deveria fazer propaganda de tal habilidade. Mas essas coisas são passivas, silenciosas. Fáceis de esconder.

O que aconteceu ontem à noite *não* foi silencioso. E se acontecer de novo nos arredores da divisão, não sei se conseguirei esconder.

Regra Número Quatro. Nunca, nunca deixe ninguém ver o aether vazando da minha pele feito sangue em chamas.

Meu celular toca. Franzo a testa. A bateria tinha morrido no Alojamento e não me lembro de tê-lo colocado para carregar na noite passada.

— Carreguei o seu celular para você. — Alice está do outro lado do quarto, vestida e sentada à mesa. — Vi que estava descarregado. Também trouxe café da manhã.

Ela indica uma sacola de papel na minha mesa com o queixo.

Assim que vejo, só consigo sentir o cheiro daquilo. Bolinhos de leite. Quentes ainda.

— Você trouxe bolinhos do Bojangles?

— Charlotte se ofereceu para ir buscar.

Olhamos uma para a outra em um silêncio desconfortável.

— Vai atender?

— Sim. — Pego o celular e quase imediatamente desejo que ela o tivesse deixado descarregado. — Oi, pai.

— Briana Irene. Explique-se.

Pego o saco com os bolinhos.

O cheiro forte subindo de dentro do papel faz a minha boca se encher de água.

Bolinho de leite... Jesus, apaga a luz.

— Eu deveria ter ligado para você. Esqueci. Tem muita coisa acontecendo.

Não é um biscoito qualquer. É um Biscoito Bo-Berry, com blueberries e cobertura branca. Obrigada, Senhor.

— Deus te abençoe — murmuro para Alice.

Ela sorri e se senta na cadeira da minha mesa, parecendo muito contente consigo mesma.

— Ah, é mesmo? Como o quê? — pergunta meu pai.

— Comecei a andar com um pessoal.

— E como tem sido?

Sei que cada pergunta me deixa mais perto da minha danação.

— Bem.

— Bem do tipo que termina na sala do reitor? Do tipo que termina no banco de trás de uma viatura? Esse tipo de bem?

— Foi só uma advertência...

Alice ergue uma sobrancelha. Desaprovação de ambos os lados. Afasto um pouco o celular e sussurro:

—Você não tem alguma aula para ir ou coisa do tipo?

Ela sorri.

— Estou livre até as dez.

Meu pai continua no meu ouvido:

—Você diz que vai me ligar de volta, mas não liga. Então descubro que você ficou até tarde em alguma festa?

Eu me sento, alarmada.

— Que festa? — Certo. A festa falsa que Nick e/ou Sel inventaram para a minha mesmerização. — Certo, aquela festa.

Já aceitei que me dou mal pelas coisas que *não fiz* porque tenho que esconder as coisas que fiz. Espera, como ele...

— Chegou tarde ontem de novo? — *Isso* me choca. A única maneira de ele saber daquilo era se... — Alice me mantém informado, graças a Deus. Se eu tivesse que contar com você para me dizer as coisas, vai saber quando eu descobriria a verdade.

Estou perplexa demais para responder. Tudo que faço é encarar minha amiga e sussurrar:

—Você contou para ele?

Sinto a lança gelada do ressentimento atravessando meu corpo da cabeça aos pés, mas a sensação se esvai assim que Alice ergue os braços e solta um "Eu fiquei preocupada!" ao mesmo tempo que o meu pai me repreende com:

— Não brigue com a Alice! Ela é uma boa amiga.

Juntando-se contra mim, os dois. Agora sei por que ela se sentou para ouvir a ligação.

— O que deu em você, caramba? Está usando drogas?

— O quê? *Não*, não estou usando drogas.

Eu encaro Alice, séria, e ela tem a desfaçatez de sorrir.

Meu pai terminou a sabatina. Ele soa cansado, ponto final.

— Então o que está acontecendo, filha? Fale comigo.

Alice deve ter escutado o pedido, porque o rosto dela se enche de expectativa, como imagino que o rosto do meu pai também esteja. Suspiro. Sem condições de lidar com isso, além de todas as outras coisas. Não existe a menor chance de que eu conte a eles o que ando fazendo na Ordem, não depois de ontem.

— Me desculpe. Eu só... estou lidando com muita coisa no momento. Juro que estou bem.

Só que não. Fogo mágico jorrando da sua pele não é estar bem em nenhum dos mundos em que estou.

— Lidando com muita coisa como o quê?

Meu pai não vai me deixar em paz.

Pense, Bree.

— O reitor McKinnon me colocou com um mentor, o cara é um aluno perfeito. Ele tem a obrigação de ficar de olho em mim o tempo todo.

Meu pai solta um grunhido.

— O reitor falou mesmo que iria ver se endireitava você com algum tipo de aluno assim.

As melhores mentiras são aquelas que ficam perto da verdade.

— O pai de Nick frequentou a faculdade, então ele é de uma espécie de realeza da UCN. Ele me colocou em um desses velhos grupos de estudo que só se entra com convite. Casa grande, gente rica. Estilo debutante, cotilhão e tal, só que para universitários, sabe?

Com a diferença de que, em vez de aprendermos qual garfo usar, aprendemos a lutar contra hordas demoníacas.

Na minha frente, Alice ergue uma sobrancelha. Meu pai solta outro grunhido, mas não dá continuidade. Em vez disso, muda de marcha.

— Bree, eu tentei dar espaço para você desde que sua mãe morreu, mas acho que foi um erro. Está na hora de eu tomar uma atitude.

Uma onda de ansiedade desce pela minha espinha.

—Tomar uma atitude? Como assim?

—Você vai para o aconselhamento. Já agendei com o Centro de Saúde do Campus. Eles acharam uma vaga bem rápido, já que você é menor de idade no programa.

Meu coração acelera.

— Eu não vou para a terapia.

Posso dizer pela surpresa no rosto de Alice que ela não sabia da parte da terapia.

— Ah, vai sim. — Nunca ouvi a voz dele tão séria. — Ou volta para casa. — Ele deixa a frase pairando no ar e depois diz: — E então? Estou esperando uma resposta.

Procuro uma desculpa, mas nenhuma vem.

— Tá.

— Duas vezes por semana.

Minhas mãos se fecham em punhos.

— Duas vezes por semana.

— A partir de hoje.

— A partir de *hoje*? — grito. — Tenho aula, pai. Dever de casa.

Ele não se comove.

— Toda quarta e sexta, mocinha. Mandei o seu cronograma para a dra. Hartwood. Veja só: eu estava lendo os perfis de conselheiros no site e vi que ela se formou aí na universidade. Conversei com ela pelo telefone e perguntei sobre quando foi isso, e com certeza ela frequentou a faculdade durante a mesma época que a sua mãe.

Aperto o telefone com mais força.

— Essa médica conheceu a minha mãe?

Alice ajeita a postura, o interesse nítido no rosto.

A voz do meu pai se suaviza pela primeira vez durante a ligação.

— Conheceu, filha. Falou que tiveram algumas aulas juntas, acredite ou não. Achei isso bem legal, foi por esse motivo que a escolhi. Além do fato de ela ser uma mulher preta. Não tem muitos de nós naquele site.

— Uau — murmuro.

Minha mente estuda as possibilidades. Alguém que conheceu a minha mãe enquanto ela estava aqui. Alguém que pode ter uma pista sobre como ela pode ter entrado no radar da Ordem...

Ele toma o meu silêncio como preocupação.

— Se você não gostar dela, a gente pode trocar...

— Não! Quero conhecê-la — falo, fazendo um joinha para Alice. Ela relaxa e se levanta para pegar os cadernos e livros. — Vai ser bom para mim.

Espero até Alice se despedir para verificar o dilúvio de notificações da noite anterior.

Quatro ligações e uma mensagem de voz de Nick. Onze mensagens de texto, também de Nick. Começo a comer o bolinho e escuto a mensagem. Ele soa levemente sem ar.

"B. A noite foi... acho que só queria saber como você está. Fico feliz de saber que está bem. Eu... eu nem sei por onde começar. Me liga. Por favor. Ou mande uma mensagem. Qualquer coisa."

Nada específico, mas talvez ele estivesse na enfermaria e perto de ouvintes. As mensagens de texto são variações da mesma coisa.

Ele *tentou* me encontrar. Ele *estava* preocupado.

Ele me chamou de "B".

De repente, fico envergonhada. Ler as palavras dele e permitir que elas mexam comigo assim é... vergonhoso. Alice foi embora, mas estou sentada na minha cama me sentindo exposta. E *quente*. Bem. Confusa. Sem nenhum motivo. Talvez por isso a última mensagem dele, enviada às 2h32, pareça tão preocupante: Você precisa desistir. Fiquei longe por tempo demais e as coisas estão piores do que eu imaginava. Vou descobrir o que aconteceu com a sua mãe. Juro.

Depois de tudo que vi, fico tentada a aceitar a oferta, mas, de novo, se o povo dele está em guerra, onde a minha missão ficará na lista de prioridades? Meus dedos voam pela tela: Não vou desistir.

Ele digita. Para. Começa de novo. Para. Então:

Pensei mesmo que fosse dizer isso.

Eu sorrio.

Ele escreve de novo. A divisão vai sediar um jantar no Alojamento hoje às 18h. Querem todos os Pajens lá. Chegue uma hora mais cedo. Tem um quarto onde podemos conversar com privacidade.

Aquele calor "sem nenhum motivo" invade meu peito outra vez.

Tá, sem problemas.

Claro, precisamos mesmo de um lugar secreto na casa meio secreta de uma sociedade secreta para conversar sobre a nossa parceria supersecreta de infiltração e reconhecimento.

Perfeitamente razoável.

Patricia Hartwood me manda uma mensagem assim que chego à minha primeira aula.

Oi, Bree! Aqui é a dra. Hartwood. Seu pai deu um jeito de a gente se ver regularmente a partir de hoje. O que acha de nos encontrarmos em algum lugar do campus? O dia está lindo!

Tudo bem por mim. Onde?

Que tal no Arboreto, às 14h, depois da sua aula de Plantas do Piemonte? Parece apropriado, o Arboreto depois de botânica!

O humor de adultos em mensagens de texto é a *pior* coisa do mundo.

Ok! é tudo que consigo responder, mas por dentro mal posso esperar para conhecê-la. E se ela for a chave para me ajudar a desvendar o mistério sobre a minha mãe?

Alice estava certa. Plantas do Piemonte é realmente uma aula para preguiçosos. O monitor se sentou no canto e ficou brincando no celular enquanto a gente "assistia" a um vídeo educacional superdatado de cinquenta e cinco minutos que ele insistia que iria nos ajudar no teste da semana que vem. Então ele liberou a gente mais cedo por nenhum motivo em particular, e por isso cheguei no Arboreto antes do horário previsto.

O Arboreto é muito maior do que imaginei. A placa do jardim de ervas diz que o lugar abriga mais de quinhentas espécies e cultivações. Minha mãe teria amado isso. Enquanto caminho, imagino uma versão mais jovem dela vindo até aqui para visitas entre aulas, pegando amostras escondida e as enfiando na bolsa. Dobro uma esquina e paro de sonhar acordada.

Há uma mesa de granito no meio de uma gruta pacífica e, sob ela, um fluxo constante de fogo mágico escorre.

É mais fino que os laços espessos que haviam se enrolado nos meus braços no chuveiro e muito, muito mais suave. Amarelo-pálido em vez de carmesim-vivo.

A mesa fica no meio de um círculo marrom escuro de terra preta e musgo. Debaixo dela, estatuetas de bronze erguem as mãos para o tampo alto de granito como se estivessem segurando o peso dele no ar. As estatuetas estão dispostas em fileiras que desaparecem sob o tampo, dando a impressão de que há outros corpos erguendo a mesa. Filetes constantes de aether fluem por entre os braços e as pernas deles, e flutuam sobre a terra molhada feito névoa dourada.

— A mesa foi colocada aqui para quem quisesse ler, estudar ou descansar. E mesmo assim acho bem difícil me sentar aqui e fazer alguma coisa além de ficar triste.

A voz surge de um canto escondido na gruta.

Uma mulher negra maravilhosa com tranças que começavam a ficar grisalhas está sentada no banco de pedra, um almoço tardio disposto no espaço vazio ao lado dela. Um xale, estampado e com franjas cor de vinho e amarelo nas bordas cobre seus ombros. Os olhos dela são da cor de terra rica, quente, e o rosto oval é de um marrom profundo. Ela me encara por trás de óculos de aro de tartaruga amarelo brilhante. Não consigo dizer a idade dela, é claro, porque mulheres negras são mágicas assim. Ela poderia ter quarenta ou sessenta, ou algum número entre um e outro.

—Você é...

— Dra. Patricia Hartwood. — Um grande sorriso se espalha por seu rosto. Isso me deixa mais leve, alegre. — Você deve ser Bree.

Estudo essa mulher como se examinar o rosto dela, realmente me *debruçar* sobre esse ato, pudesse de alguma forma me deixar mais perto da minha mãe. Como se talvez houvesse um pedaço dela escondido nos olhos dessa mulher. Uma migalha de vida ainda preservada em alguém que a conheceu de uma forma que eu nunca conheci. Eu me vejo desesperada e desconfortavelmente faminta por qualquer coisa que ela possa me oferecer.

Ela me encara de volta com calma, como se soubesse exatamente no que estou pensando.

Meu olhar se volta para a mesa.

— Por que isso entristece você? — pergunto.

— Olhe com mais atenção.

Caminho por entre dois dos assentos de pedra até ficar a alguns centímetros do tampo. Quando me abaixo, o fogo mágico ondula em nuvens quentes ao redor dos meus tornozelos. As estatuetas não são idênticas, como imaginei que fossem, mas possuem várias coisas em comum: cabelo crespo natural. Narizes largos, fortes. Lábios cheios.

Pessoas negras.

São pessoas negras, todas elas.

Pessoas negras erguendo o tampo redondo como centenas de Atlas segurando o mundo. Alguns dos homens vestem camisas longas em cima das calças. Outros estão sem camisa, os músculos de bronze tensionados ao longo dos bíceps e abdomens. Mulheres de saia levantam o fardo impossivelmente pesado. Os pés estão enterrados sob lama e musgo, e ainda assim eles empurram.

Minha voz sai baixa e ofegante.

— O que é isso?

— O Memorial dos Fundadores Não Reconhecidos. O jeito da Universidade da Carolina do Norte reconhecer os escravizados e os servos que construíram este lugar — diz ela, a voz alternando entre orgulho e desdém. — Ganhamos este memorial, e é alguma coisa, acho. Foi um presente e tanto. Bem importante. Mas como posso ficar em paz quando olho para baixo e vejo que eles ainda estão trabalhando? Entende?

Entendo o que ela quer dizer. Esse tipo de conhecimento é um preço caro a se pagar. Não posso me esquecer do conhecimento só porque o preço é alto. E, ainda assim, às vezes precisamos afastar os lembretes no presente para nos fortalecermos contra eles no futuro.

A dra. Hartwood se levanta do banco.

— Mas a nossa sessão não é sobre isso.

Fico de pé, mas é difícil me desligar do memorial agora que sei o que — e quem — ele representa. Também é difícil me desviar de seu estranho fogo mágico. Por que o aether se juntaria *aqui*? Faço uma nota mental para perguntar a Nick.

Enfim desvio o olhar.

— Acho que o meu pai já contou tudo sobre mim.

— Ele tem muito orgulho de você. — O sorriso dela me lembra o da minha mãe. Linhas de expressão nos cantos da boca. Batom combinando com o xale. — Ele me falou que você era brilhante e, mais do que isso, sábia.

Dou uma risadinha irônica.

— Sábia? Eu me meti em confusão na minha primeira noite aqui. Não tenho nada de sábia.

— Não é um traço que alguém possa pegar ou largar, temo dizer.

— Eita, será?

Fico surpresa com a facilidade com que meu sotaque volta. Conversar com ela parece familiar. Como estar em casa. Como reuniões, e peixe frito, e salada de batata em mesas de piquenique atrás da igreja. Não me sinto assim, permitindo que a minha boca se mova desse jeito, desde que vim para cá.

Eu me sento, e ela estende a mão. Quando nossas palmas se tocam, um zumbido baixo e constante de eletricidade sobe pelo meu braço até o cotovelo. Não é nada parecido com o olhar de Sel. É quente como cidra temperada no Natal. Calda quente em cima de panquecas.

— É um prazer conhecer você, Bree.

Ela realmente se absteve de falar uma banalidade. Uma adulta que definitivamente sabe que minha mãe está morta. Estou chocada.

— Hum... o prazer é meu, senhora — falo, gaguejando.

— Patricia, por favor. Dra. Hartwood, se achar que deve, mas não sou do tipo que gosta de ser chamada de senhora. — Patricia balança a mão desdenhosamente. — Guarde isso para as tias que exigem esse tipo de coisa.

Eu dou uma risada, e ela sorri. Não estive perto de uma tia dessas desde o funeral da minha mãe.

— Então, você é a médica que trata gente doida.

— Psicóloga, conselheira, terapeuta. Eu prefiro esses termos. Você está morando no campus há alguns dias já. O que está achando?

Demônios. Aether. Cavaleiros. Dever de casa. Um garoto que me deixa confusa.

— É legal.

— Hum. — Os olhos castanhos de Patricia parecem escavar o meu crânio, feito uma broca coberta de veludo. — Alguma amizade?

— Vim com a minha amiga Alice, mas a gente meio que teve um começo difícil.

Patricia assente, compreensiva.

— Isso é comum entre amigos de escola. Muitos acham que o novo ambiente desafia os velhos relacionamentos.

— Não sei se foi bem isso. Só conheci um pessoal nas aulas e nos eventos.

Ah, sabe, eventos tipo rituais feudais secretos.

— Fale mais sobre Alice.

Quão rude seria se eu dissesse a ela que o único motivo de eu estar aqui é para descobrir o que ela sabe?

— Somos amigas desde pequenas. Nós nos inscrevemos para a pré-faculdade juntas. Saímos do campus para ir a uma festa na Pedreira de Eno, você já deve conhecer essa história, e nos metemos em encrenca. Brigamos por causa disso. Demos gelo uma na outra, mas acho que fizemos as pazes ontem à noite. Quase. Ainda estou meio irritada por ela ter ligado para o meu pai, mas meio que entendo.

Patricia ergue as sobrancelhas de leve.

— Você estava ciente de que era contra as regras ir até a Pedreira?

Um pensamento me vem à cabeça, e eu ajeito a postura e pergunto:

— Meu pai vai saber do que a gente conversar aqui?

Ela faz que não.

— É tudo confidencial. A menos que você expresse um desejo de se machucar ou machucar outros, ou caso descreva um abuso, seja no passado ou no presente. Em tais casos, sou obrigada a preencher um relatório e enviar para a polícia da universidade.

— Hum... — respondo. — Sendo assim, sim. Eu sabia que não estava de acordo com as regras.

— Isso fez com que você ficasse nervosa?

— Não naquele momento.

— Você foi mesmo assim. Por qual motivo, você acha?

— Eu estava irritada. Só queria sair. Fazer alguma coisa.

— Que tipo de coisa?

Ainda que eu não queira responder, penso na inquietação que senti na beira da colina antes de Sel me encontrar. A pressão sob a minha pele. O desejo de explodir.

— Não sei.

— Hum. — Patricia não acredita em mim. Ela me lembra a minha mãe nesse aspecto. Existe um motivo para eu ter me inscrito na pré-faculdade sem que ela soubesse. Se eu tivesse perguntado e ela tivesse dito não, a minha mãe teria visto o desafio no meu rosto. — Vamos mudar um pouco de assunto.

— Tudo bem por mim.

— Gostaria de falar sobre a sua mãe.

Pânico e ansiedade flutuam no meu estômago.

— Meu pai disse que você a conhecia.

— Sim — confirma ela de maneira acolhedora. — Não muito bem. Mas eu gostava muito dela.

De repente, um nó se forma em minha garganta. Eu pensei que quisesse que ela falasse sobre a minha mãe. Por que parece tão ruim agora que ela está falando?

— Ah.

— Você sabe por que pedi para que me encontrasse aqui, Bree?

A pergunta dela me pega de surpresa.

— Não, na verdade, não. É uma pergunta com pegadinha?

Aparentemente a minha resposta pega *Patricia* de surpresa, porque ela pisca e se recosta na cadeira.

— Estes jardins estão cheios de energia de raiz. Você não é uma Artesã Selvagem como a sua mãe?

19

CHOQUE, MEDO, ESPERANÇA... EMOÇÕES entram em conflito dentro de mim.

— O que é uma Artesã Selvagem?

Pela primeira vez, Patricia parece chocada.

— Arte Selvagem é uma forma abreviada de chamar o tipo de Arte de Raiz que ela praticava. O tipo de energia que ela podia manipular em coisas vivas... plantas, ervas, árvores. Quando aluna, ela passava horas aqui no jardim e... — Patricia franze a testa, preocupada. — Me desculpe, Bree... Pensei que este seria um lugar familiar e reconfortante para você. Pensei que você soubesse sobre ela.

Eu quase caio do banco. Quantas vezes em uma semana uma pessoa pode ter o mundo virado de cabeça para baixo, e quebrado e montado de novo? Uma dúzia? Duas dúzias? A Bree-de-Depois faz força contra as barreiras que a restringem. Contra a surpresa, os segredos e outro momento da minha vida que racha o meu mundo um pouco mais. Sinto minha pele formigando, rígidas. Fecho os olhos e ignoro tudo isso antes que o pânico roube os meus sentidos.

— Minha mãe... manipulava energia?

— Sim.

As perguntas se chocam como peças de dominó.

— Que tipo de energia? O que é Arte de Raiz?

Será que *todo mundo* aqui tem segredos?

Patricia recobra a compostura. Ela bate uma das unhas pintadas no lábio inferior, os olhos indo de um lado para outro enquanto pensa.

— Não sei se devo dizer muito mais.

De repente, fico tão impaciente e indignada que poderia sacudi-la até as respostas caírem. Gritar até ela compartilhar o que sabe. Cerro os dentes.

— Por que não?

Ela hesita, mas me encara.

— Não acho que eu tenha esse direito.

— Por quê? Ela mandou você esconder isso de mim? — Um pensamento me ocorre. — Foi o meu pai?

Ela passa as mãos pela saia.

— Eu não conhecia Faye muito bem, e não mantivemos contato depois da formatura. Nem sabia que ela tivera uma filha até seu pai me ligar hoje. Não sabia que ela tinha morrido. E duvido que seu pai saiba algo sobre isso. Geralmente o poder flui de mãe para filha.

— *O quê?*

Fico de pé.

— Bree, eu gostaria que você se acalmasse.

— E por que ficaria calma? Minha mãe tinha uma vida secreta e nunca me contou. *Por que ela não me contou?*

— Não sei por que Faye tomou as decisões que tomou. Quando pessoas amadas morrem, sempre há perguntas desse tipo, com respostas que só podemos imaginar.

Confusão e raiva tomam conta de mim em um fluxo intenso.

— E essas perguntas sempre têm a ver com mágica?

— Nós não chamamos de mágica.

— *Nós?* — repito, furiosa, fechando os punhos. — Acabei de conhecer você, e agora somos "nós"? Você e a minha mãe?

Patricia contrai os lábios.

— Minha mãe era uma botânica — continuo. — Uma cientista. Até cinco minutos atrás, eu achava que toda manipulação de plantas que ela fazia acontecia em um... em um laboratório farmacêutico. E agora você me diz que ela *mentia* para mim.

A expressão de Patricia se suaviza.

— Obrigada por compartilhar como tudo isso faz com que você se sinta. Tem razão. Devo contar mais do que contei para você. Por favor, sente-se.

Uma reviravolta.

— Você mudou de ideia, simples assim?

Ela abre um sorriso.

— Descobri que, no meu campo, a agilidade emocional é parte do trabalho.

Minha respiração está entrecortada. Meus punhos se recusam a abrir. Mas eu me sento.

— Você sabe o que são auras?

Uma visão do fogo mágico vermelho percorre meu corpo em uma corrente quente. *Aquilo* era uma aura? Não era fogo mágico? Patricia volta sua atenção para o meu rosto, mas, antes que ela possa fazer a pergunta seguinte, balanço a mão em um círculo vago acima da cabeça.

— Cores ao redor das pessoas?

— Quase isso. Auras são a sua energia pessoal, refletindo o seu estado de espírito.

— Com o que elas se parecem?

— Pelo que entendo, elas se parecem com algum tipo de névoa ou neblina fina.

Aquele fogo mágico tinha *irrompido* em minha pele, como fogo, fúria e sangue. Não era uma aura, então.

— Quando eu estudava aqui, tinha uma amiga chamada Janice que era uma Leitora, alguém cujo ramo de Arte de Raiz a permitia ver as auras das pessoas. Emoções, intenções, habilidades. Um dia, Janice me viu conversando com a sua mãe após a aula, e, depois, ela me contou que sua mãe era conhecedora da arte. Então, pedi à sua mãe para nos juntarmos para praticar. Ela foi muito educada, mas se recusou. Pareceu tão desconfortável com a minha proposta que não pedi outra vez. Não fiquei ofendida. Pensei que, talvez, ela tivesse a própria comunidade. Temos a tendência de manter a arte privada, mas pensei que, talvez, ela mantivesse um código mais rígido; a Arte de Raiz é ensinada nas famílias, e diferentes famílias têm abordagens diferentes. Ainda assim, estou surpresa que sua mãe nunca tenha lhe dito o que você pode fazer.

Não há ar no meu peito. Para onde o ar foi? Minha mente está se esvaziando, desligando.

— Bree? — Patricia se inclina até entrar no meu campo de visão. — Respire bem fundo. Feche os olhos e pense em algo ou alguém que fez com que você se sentisse segura nas últimas vinte e quatro horas.

Eu sigo as instruções dela... e minha mente viaja para olhos azuis e escuros feito uma tempestade.

Respiro fundo algumas vezes antes de abrir os olhos de novo. Ainda estou em pânico, mas ele não me domina.

Acredito no que Patricia me contou. Depois de tudo que vi aqui, seria estupidez pensar que não há mais nada a aprender. Porém, de todos os segredos que pensei ter descoberto, nunca achei que a vida da minha mãe — e a magia que ela possuía — seria um deles. Arte Selvagem, manipulação de energia das plantas. Qual perigo haveria em compartilhar essa habilidade com outras pessoas como ela? Ela achava que Patricia era perigosa? Isso parece improvável — Patricia a deixou em paz. A militância da Ordem é um motivo mais do que suficiente para não chamar a atenção no campus. Mas se esse era o motivo dela, então isso significava que ela sabia da Ordem e dos Merlins muito antes de eu nascer. Será que um Merlin sabia *sobre ela*? Meu instinto diz que sim. Por qual outro motivo um deles estaria no leito de morte de minha mãe vinte e cinco anos depois?

Patricia se levanta para enrolar o xale ao redor dos ombros.

—Tradicionalmente, sua mãe ensinaria tudo isso a você. O fato de não saber nada, embora sua mãe conhecesse as próprias habilidades, quer dizer que ela escondeu essa informação por algum motivo. E isso significa que, eticamente, *eu* preciso considerar o que significa contar a você o que sua mãe não contou. Talvez seja o meu lado terapeuta, mas gostaria de respeitar os desejos dela. Acho que devemos parar por hoje. Vamos nos ver de novo na sexta-feira e informo a minha decisão.

— *Não!* — Estou de pé, o coração batendo forte. — Eu preciso que você me conte tudo. Eu tenho que saber...

Ela franze as sobrancelhas.

—Você tem que saber o quê?

O que posso dizer? Contar para qualquer pessoa que suspeito do envolvimento da Ordem na morte da minha mãe poderia colocá-la em risco, ainda mais se usassem o aether. E se minha mãe escondeu partes de si de Patricia, então eu deveria esconder as minhas habilidades também?

Escolho compartilhar a informação mais segura e formo a frase com cautela.

— Eu sei sobre o aether.

Patricia expira pesadamente, e, no mesmo momento, sei que falei algo errado.

— Onde você aprendeu essa palavra?

— Eu... não posso contar.

Patricia me olha de um jeito astuto e avaliador. Ela sabe que estou escondendo alguma coisa. *Tal mãe, tal filha,* penso.

— Respeito e dou valor à confidencialidade, e por isso não vou forçá-la a me dizer o que você sabe ou não. Em vez disso, vou me esforçar para ganhar a sua confiança. Mas preciso dizer que os... *praticantes* — Patricia pronuncia aquela palavra como se ela tivesse deixado um gosto amargo na boca — que usam a palavra "aether" não são o povo da sua mãe.

— O povo da minha mãe? — indago.

— O povo da sua mãe. Nosso povo. Somos descendentes daqueles que desenvolveram a arte e não chamamos a energia invisível do mundo de "aether". Chamamos de "raiz".

—Agora que somos melhores amigas de novo, quer ir jantar? Uma menina da minha aula de Clássicos quer sair. — Alice franze o nariz. — É Noite Italiana no Lenoir, o que quer que isso signifique.

Depois que as aulas do dia chegaram ao fim, ficamos em nossas respectivas camas com os celulares nas mãos. Não sei exatamente o que Alice está fazendo, mas estou abrindo as minhas mensagens sem parar, como se Nick tivesse me mandado algo e o aplicativo simplesmente se recusasse a mostrá-la. Talvez dessa vez. Talvez *dessa* vez. Talvez *agora*?

Não é vergonhoso se ninguém me pegar fazendo isso, certo?

Começo nada menos que sete mensagens, mas apago cada uma delas antes de enviar, porque e se eu *enviar* e ele não responder?

Mais importante do que isso, o que eu diria?

Decido não mencionar meu encontro com Patricia para Nick. Não até que eu saiba mais. E, além disso, não tenho certeza do que eu *deveria* compartilhar com ele ou com qualquer outra pessoa.

Se minha mãe sabia da Ordem, de sua reinvindicação da magia e de sua tendência a julgar usuários de magia (ou fazer coisa pior com eles), fazia sentido que ela tivesse que esconder suas habilidades no campus, exatamente como estou fazendo agora. Se o que Patricia falou é verdade, então ligar para o meu pai não teria utilidade alguma, porque a minha mãe escondeu dele essa parte de sua vida. Até agora, apenas Nick sabe de mim e do que posso fazer, exceto pelas chamas vermelhas. Talvez eu devesse deixar as coisas assim?

Absurdamente confusa, jogo o celular para longe e me viro no travesseiro para encarar o teto com um suspiro frustrado.

Saber que minha mãe esteve neste campus vinte e cinco anos atrás fazendo exatamente o que estou fazendo agora — guardando segredos, escondendo partes de sua vida de outras pessoas — faz com que eu me sinta mais perto dela e, ao mesmo tempo, como se nunca a tivesse conhecido de fato.

Quem ela era *de verdade*?

— Bree? — pergunta Alice, me tirando dos meus pensamentos. — Noite Italiana?

— Você sabe o que Noite Italiana significa — falo, me levantando e pegando o celular de novo, porque aparentemente estou decidida a ser ridícula. — Espaguete ensopado e cozido além do ponto com molho ralo. Lasanha triste que ficou num aquecedor por duas horas.

— É macarrão triste ou comida da praça de alimentação. O que você prefere?

A janela do nosso quarto no último andar está aberta. Os "obas" e "vivas" do pessoal na festa de quarta-feira à noite chega até nós da calçada lá embaixo. De acordo com Charlotte, que passou no nosso quarto antes de sair, "a noite de quarta-feira é a nova noite de quinta-feira e, a propósito, ninguém sai na sexta".

— De qualquer forma, não posso ir — murmuro, e meu estômago se revira com outra mentira. — Sabe o grupo de estudos do que falei? Vai ter um jantar na casa deles.

Do outro lado do quarto, Alice se senta.

— Qual é o nome desse grupo mesmo?

Estou pronta para a pergunta dela e mantenho a minha voz o mais calma possível.

— É uma das sociedades secretas.

Alice arregala os olhos.

— Eu ouvi falar delas! Pode me dizer qual?

— Não, me desculpe — falo.

Me desculpe mesmo, Alice.

Ela faz biquinho.

— Eu estava esperando ser chamada pela Ordem do Velocino de Ouro, mas alguém me falou que eles não chamam gente do Programa de Entrada Universitária. Se isso não funcionar, então vai ser o DiPhi mesmo.

DiPhi é a sociedade de debates estudantis da universidade. Se Alice se juntar a eles, nós duas estaremos em organizações estudantis históricas. A única diferença é que ela pode colocar a filiação dela no currículo.

Mentir para Alice depois da noite passada e de hoje de manhã faz com que eu me sinta uma péssima amiga. Talvez seja por isso que Sel é daquele jeito? Irritado, rabugento e desconfiado. E talvez isso explique em parte a recusa de Nick de se envolver com a Ordem. Todas as mentiras, a tensão de estar no campus e viver duas vidas diferentes. Suspiro.

— Nick diz que preciso manter em segredo, manter em segurança.

— Você acabou de citar a *O Senhor dos Anéis*?

— Não. — Sorrio. — Acabei de citar *A Sociedade do Anel*.

Alice faz uma expressão astuta.

— Por que você fala o nome dele desse jeito?

— Falo o nome de quem desse jeito?

Alice abre um sorrisinho debochado.

— Sua voz fica toda engraçada quando você diz "Nick". É o mesmo jeito como você costumava falar o nome do Scott Finley.

— Eu não falava o nome do Scott de nenhum jeito específico.

Ela não precisava relembrar essa história. Eu tinha onze anos e uma paixonite em Scott Finley, o jogador de beisebol.

Melhores amigas e seus golpes baixos.

Alice aponta para mim de forma acusatória.

— Mentirosa que mente! — Meu coração se aperta, ainda que eu saiba que ela está brincando. Ela corre para a ponta do meu colchão. — Como esse Nick é?

A gente tinha acabado de voltar a conversar — conversar de verdade, como melhores amigas — naquela manhã, mas o calor que seus olhos castanhos emanam me preenche de uma forma que eu nem sabia que precisava. Com o segredo — e as mentiras — da minha mãe pairando desde a sessão com Patricia e as memórias da noite passada ressurgindo como um pesadelo de hora em hora, sentar com a minha melhor amiga e falar sobre um garoto bonitinho é um alívio. E, como nenhuma outra coisa na minha vida agora, é fácil.

Ainda assim, consigo sentir minhas bochechas queimando.

— Cabelo loiro, olhos azuis e...

— E?

Alice incentiva, agitando as mãos, querendo mais. Uma risada libertadora escapa dos meus lábios. *Deus*, isso é bom demais.

As palavras fluem antes que eu pense nelas com cuidado.

— E ele parece um gladiador. Que nem aqueles caras estranhamente gostosos nos vasos de cerâmica da Grécia Antiga, sabe? Altos e atléticos e... — Nick, apontando para um lugar seguro com a sua espada, os olhos repletos de medo e foco. — ...heroicos.

— Aaah! — Alice cai de lado. — Está vendo, isso é que é bom. Ainda que gladiadores sejam romanos.

Cutuco o joelho dela com o meu dedão do pé.

— E você? Alguma dama cativou o seu olhar?

Ela bate no meu pé.

— Bela tentativa, mas desviar do assunto não funciona comigo. Sou imune. Vamos falar sobre como você tem uma queda pelo seu mentor. Tipo, a pessoa que deveria estar ensinando tudo sobre a escola para você? E ensinando como alcançar o sucesso depois do seu breve período de delinquência.

— Queda é uma palavra forte. Acabei de conhecê-lo.

— Bree. — Ela pega os meus calcanhares com as duas mãos. Fazendo uma expressão de falsa solenidade, ela declara: — É que nem um livro. Ou uma série de TV em que todo mundo tem cabelos incríveis e é velho demais para interpretar um adolescente. Você é *literalmente* uma comédia romântica ambulante agora.

— *Alice*.

Eu chuto até ela me soltar e se levantar com um sorriso.

— Preciso encontrar a Teresa — diz ela, andando para trás e apontando para mim. — Mas, quando você voltar hoje à noite, precisa me contar *tudo*, Briana Matthews!

Eu sorrio, ainda que não possa contar tudo a Alice. Nunca. Não se eu quiser mantê-la em segurança.

20

QUANDO BATO NA PORTA do Alojamento naquela noite, quem atende é Evan.

Ele abre um sorriso ao me ver.

— Aí está ela! A Pajem que *finalmente* trouxe o nosso cavaleiro errante da floresta.

— Cavaleiro errante?

Ele se move, e dou um passo para dentro, sacudindo meu guarda-chuva. Começou a chover no caminho até aqui.

— Isso — diz ele, pegando meu guarda-chuva e colocando em um suporte de bronze no salão. — É um termo antigo para um cavaleiro que faz o que quer e vaga por aí e coisas assim.

— E Nick é isso?

— Não mais — responde ele, com um sorriso despreocupado.

— Evan, você é um universitário festeiro de dia e Escudeiro de uma ordem ancestral durante a noite. Como dá conta disso tudo?

— Mágica — diz ele, e faz uma mesura com um floreio.

Dou uma risada, mas então penso em Alice e na minha vida dupla.

— Não, falando sério. Como você mente para Charlotte todos os dias sobre o que é e o que faz?

Ele pisca, solene.

— Mentiras são fáceis quando você está lutando pela causa certa.

— Hum. — Penso nas minhas próprias mentiras e na minha causa; e na pessoa que está mentindo para Evan e para toda a divisão em meu benefício. — Você sabe se o cavaleiro errante está por aqui?

— Quem é o cavaleiro errante? — pergunta uma voz do topo da escada.

— Lá está ele!

Apoiado na balaustrada, Nick encara Evan com um olhar brincalhão.

— Pare de incomodar a minha Pajem, Ev.

Evan se afasta, com as mãos erguidas.

— Claro, meu soberano.

Nick resmunga.

— E vê se para com esse papo de "meu soberano". Vamos, Bree. Evan, fique quieto.

Evan fecha a porta com uma risada alta que ecoa pelo salão.

Nick está esperando por mim, e culpo totalmente Alice Chen pelo lugar para onde o meu cérebro viaja enquanto vou ao seu encontro, porque tudo em que consigo pensar é que ele parece um sonho de comédia romântica que virou realidade. Suas mãos estão enfiadas nos bolsos da calça jeans escura, e ele veste uma camiseta azul que destaca seus olhos. Olhos que passam por mim também, com uma expressão suave e inescrutável.

Quando chego ao topo, ele inclina a cabeça para a esquerda.

— Por aqui.

Enquanto o exterior é um castelo e o primeiro andar é um solar, o segundo andar, banhado em tons de vermelho, marrom e amarelo, é realmente a fonte do nome do Alojamento. O piso de pinho restaurado mantém entalhes e espirais das árvores originais, e o tecido de brocado pesado que reveste as paredes faz com que o lugar pareça aconchegante e residencial. A música de alguém está vibrando alta o suficiente para fazer as arandelas sacudirem.

Uma porta se abre, e Felicity e Russ surgem, a risada baixa deles preenchendo o corredor. Quando a dupla percebe que estamos nos aproximando, Felicity se apressa para ajeitar o cabelo.

— Ah! O-oi!

Ela acena com uma das mãos enquanto afasta Russ, que está quase grudado nela, com a outra. Ela parece confusa de um jeito adorável, enquanto Russ está abertamente radiante. Não sei se sinto pena ou se dou uma risada.

Nick não perde um segundo.

— Felicity, como você está?

Russ se inclina, acariciando o pescoço dela.

— É, Flick, como você está?

Ela arregala os olhos e o empurra para longe — mais forte do que o necessário. Russ é jogado para trás e para o alto, chegando a ficar suspenso no ar por um segundo antes de aterrissar agachado do outro lado do corredor.

Enquanto ela abre a boca horrorizada e pede desculpas, Russ cai na gargalhada, mal conseguindo formular uma resposta.

— Isso responde à sua pergunta, Nick? — diz ele.

— Eu posso responder por mim mesma, obrigada! — Felicity marcha até a gente com toda a dignidade que consegue reunir. — Estou bem, Nick, obrigada por perguntar. Só não estou... — Ela olha de novo para seu Escudeiro, que já está de pé e com um grande sorriso. — Totalmente acostumada com a força ainda.

— Nem eu — fala Russ, caminhando até a gente.

— E nós descobrimos que Lamorak tinha um gênio forte — acrescenta Felicity. — Não é a minha herança favorita no mundo.

— Vocês estão bem? — Nick ergue uma sobrancelha. — Não estavam brigando um com o outro, estão?

— Não. — Felicity fica vermelha. — Não exatamente...

Nick abre a boca para falar, mas percebe o sorriso que Russ mal consegue conter, e agora é ele que fica com as bochechas coradas.

— A gente vê vocês lá embaixo no jantar.

— Beleza!

Russ passa um dos braços ao redor dos ombros da sua Herdeira.

Os dois descem as escadas rapidamente, e Nick faz um gesto para que eu continue andando. Paramos no quarto de número 208, e ele tira uma chave do bolso.

— Eu nunca uso, mas meu pai mantém esse quarto para mim.

— Por que você não usa?

Ele dá de ombros, abrindo a porta.

—Viver aqui mandaria certo tipo de mensagem.

Começo a me perguntar o que ele quer dizer, mas a vista de seu quarto e a percepção de que é *ali* que ele quer conversar temporariamente desarma o meu cérebro.

O quarto é grande o suficiente para acomodar uma cama enorme, uma cômoda, um armário cheio de gavetas e uma mesinha de cabeceira, e ainda sobra muito espaço, o que é mais do que posso dizer sobre o meu dormitório. Eu me pergunto se todos os quartos do Alojamento possuem uma estrutura similar, com móveis parecidos. Os cômodos ocupados pelos outros membros provavelmente não são decorados com tema naval de listras azuis e brancas, com um tapete em forma de âncora ao pé da cama.

Lorde Davis com certeza deu um pulinho na loja de decoração.

Nick fecha a porta atrás de mim. Quando dou outro passo para dentro do cômodo, me dou conta de que os nossos quartos têm algo em comum: pouco foi vivido neles. Não há nada no quarto dele que pareça pertencer a alguém, muito menos a Nick.

Quando me viro para dizer isso, me vejo envolta pelos braços dele, o cheiro fresco de roupa lavada e cedro me envolvendo em uma nuvem quente. As mãos de Nick são tão grandes que quase cobrem minhas costas inteiras, e calor irradia delas. Com o rosto enfiado no meu pescoço, ele sussurra:

— Aquela coisa ia matar você na minha frente. Eu só conseguia pensar que tinha sido culpa minha trazer você aqui.

A preocupação e a culpa na voz abafada de Nick fazem lágrimas surgirem em meus olhos. Sem minha permissão, meus braços o envolvem também.

— Que engraçado — comento, tentando aliviar a culpa. — Eu estava me culpando por trazer *você* até aqui.

Quando ele ri, os músculos de suas costas se flexionam sob os meus dedos.

— É, bem, eu falei primeiro.

Sorrio no ombro dele. As estranhas sensações que eu vinha sentindo "sem motivo nenhum" de repente parecem completamente justificadas.

Nick ergue a cabeça. Seu olhar passeia pelo meu rosto, pela minha bochecha curada, pelo meu torso.

— Tem certeza de que está bem?

A mão esquerda de Nick paira ao lado de meu corpo, seus dedos tocando levemente o material de algodão que recobre o hematoma agora roxo escuro e preto nas minhas costelas. Então, ele parece se dar conta de quão próximos os dedos dele estão de outras partes minhas e se afasta. Nossos braços caem de forma desajeitada.

Fico chocada de ver que ele procurou por um ferimento ali, que ele tinha prestado tanta atenção ao local em que uchel me agarrou. E sou atraída para as duas marcas cor de morango manchando as bochechas dele.

— Machucada — murmuro, ainda quente e confusa —, só de leve.

A voz dele sai um pouco rouca.

— Que bom.

— É.

— Certo.

Eu pigarreio.

— Como está a sua cabeça?

Ele esfrega a parte de trás dela.

— Parece que bati com ela em algum lugar, sabe?

— Isso é inacreditável e, ao mesmo tempo, normal de se dizer, não é?

— É algo inacreditável e, ao mesmo tempo, normal.

Os olhos dele brilham.

Olhamos um para o outro, lutando contra este momento que parece simultaneamente novo e desconhecido, algo pelo qual pedimos e simultaneamente algo que não esperávamos. Os olhos de Nick são da cor de um céu nublado.

Eu me viro primeiro.

— Então, esse é o seu quarto.

Por que você falou isso? A gente já passou por isso, Bree. Nossa.

— Não assumo responsabilidade pela decoração.

Eu estava errada. O quarto não é inteiramente vazio de Nick. Alguns poucos itens pessoais estão presos em um quadro de cortiça acima da mesa. Quando me aproximo, vejo que um dos itens é uma foto de Nick no ensino fundamental, na frente do habitat dos lobos-vermelhos no Zoológico da Carolina do Norte. O cabelo dele é loiro quase branco, e vários dentes estão faltando em seu sorriso. Um prêmio por mérito acadêmico está preso logo abaixo. O último item é uma foto de Nick com onze ou doze anos, seu pai e uma loira sorridente que deve ser a mãe. A mulher tem os olhos e sorriso dele, embora na foto o sorriso de Nick exiba um aparelho ortodôntico. Eles estão na frente de uma grande colina, sob um céu azul-claro.

— O Assento de Arthur — informa Nick. — Meu pai levou a gente para Edimburgo nas férias de verão. Não conseguiu resistir a uma foto com o filho Herdeiro.

— Você parece feliz.

Ele inclina a cabeça como se estivesse processando a ideia.

— Nós éramos, naquela época.

— Você nunca falou sobre a sua mãe.

O sorriso dele se desfaz.

— Outro dia.

Ele me estuda como fez da primeira vez que nos encontramos. Isso parece ter acontecido há uma eternidade, mas faz apenas quarenta e oito horas. *E nas próximas quarenta e oito horas vou saber mais sobre a magia da minha mãe e talvez sobre a minha própria magia.*

— Precisamos conversar.

Ergo uma sobrancelha.

— Sobre o fato de você ser o descendente do rei Arthur?

— Eu não sou *o* descendente. Sou um de *muitos*.

— Por que não me contou? — pergunto, irritada.

Um calor surge em seus olhos.

— Quando eu poderia ter contado? Exatamente quando, Bree? Nos dez minutos antes de entrarmos no Juramento? Nos dois minutos antes de Sel atacar você?

Cruzo os braços.

— Sim.

Nick olha para mim, a mandíbula trêmula. Ele respira fundo.

— Já contaram sobre as Linhagens para você?

— Eu vi a Muralha.

— Quem?

—William.

— E o que mais William falou?

— Eu sei de Camlann.

O olhar dele endurece.

— Então sabe por que quero que desista.

— Já falei que não vou desistir. — Pisco, chocada pelo olhar no rosto dele. — Fizemos um acordo!

— E a noite passada mudou o acordo. Se Camlann estiver mesmo próximo, então, se tornar uma Escudeira, minha, de William, de Pete, é arriscado demais. Você não vai poder desistir depois, porque estaremos em *guerra*. — Ele me segura pelo braço, inclinando a cabeça para me encarar. — Pessoas *morrem* durante o Camlann, Bree.

O pânico flutua no meu peito feito um pássaro engaiolado.

— Não, é o único jeito. Este ano. Agora.

— Eu nunca deveria ter concordado com isso, mas queria ajudar você. Eu... — Nick me segura com mais força. — Se tornar Escudeira durante um tempo de paz é uma coisa. Assim que reclamei meu título, eu planejava entrar e tirar você antes de fazer o Juramento do Guerreiro. Mas agora? A Ordem está em alerta, e *conheço* Sel. Ele pode ser ordenado a ligar você ao seu Herdeiro agora e... e não posso deixar você fazer isso.

Eu me solto das mãos dele. Posso ver a palavra nos olhos de Nick ainda que ele não a diga: Abatimento.

Nick não quer que eu sofra as consequências da ligação. Não quer que eu morra antes da hora. A afeição — e o medo — no rosto dele, tudo por mim, faz a minha cabeça girar. Mas há determinação ali, bem nítida nas linhas definidas de sua mandíbula e de seu rosto. Neste momento, ele está me dando uma chance de ir embora. Mas agora que sei quem ele é e o que pode se tornar, sei que há a possibilidade de essa escolha ser tirada de mim.

Analiso o olhar dele, imaginando. Será que ele faria isso? Me expulsar? Eu o deixaria fazer isso?

Outra estratégia antes.

— Posso resistir ao Juramento.

— Talvez possa, mas o seu Herdeiro vai saber, então Sel vai saber. Ele vai mandar você para os Regentes.

— E você pode ordenar que ele não faça isso. Ou descobrimos a informação de outro jeito. Ou talvez eu faça o Juramento e simplesmente deixe rolar! — Ergo as mãos. — Eu sei sobre o Abatimento.

Os olhos dele se arregalam como se eu tivesse dito algo que não é educado de se dizer.

— Isso é...

— É o que estou disposta a arriscar para descobrir a verdade! — Nick começa a protestar, mas eu o corto de novo. A decisão ficou clara assim que falei em voz alta. — Ela teria feito a mesma coisa por mim.

Ele balança a cabeça depois de um longo olhar avaliador.

— Não gosto disso, mas compreendo.

A tensão no quarto se dissolve um pouco, e consigo respirar com mais facilidade.

— Talvez Camlann nem chegue, no fim das contas. William falou que Arthur não faz o Chamado a seu Herdeiro há duzentos e cinquenta anos.

— Ele não precisou, mas isso não quer dizer que não vai precisar. — Ele passa uma das mãos pelo cabelo. — Meu Deus, eu queria que as coisas tivessem sido diferentes. Você faz alguma ideia de quantos Herdeiros e Escudeiros gostariam de simplesmente ir embora?

— Como você?

Sua mandíbula se contrai, e ele visivelmente se força a relaxar. Eu me dou conta de que estive assistindo Nick fazer uma versão do mesmo ciclo desde que nos conhecemos: raiva, reserva, resignação.

— Ninguém, nem mesmo os Regentes, pensou que eu receberia o Chamado. Minha renúncia foi simbólica. Política. Um protesto infantil. E serão necessários passos simbólicos e políticos para restaurar a fé do reino e da Távola em mim. Para merecer o título por completo.

Antes da noite passada, a sorte estava ao lado de Nick. Foram duzentos e cinquenta anos desde que alguém na Linhagem dele precisou assumir a sua posição ou teve os poderes para isso. Agora eu entendo. O desespero no rosto dele é por mim, mas também por si próprio. A estrada é longa, e as pontes estão queimadas.

— O que acontece se você... se...

Ele se senta na cadeira perto da janela com um suspiro.

— Se eu receber o Chamado e for Desperto, herdarei a força e a sabedoria de Arthur. E fui treinado para isso desde que aprendi a andar. Se o exército de Crias Sombrias estiver se levantando, não permitirei que meus amigos lutem sozinhos.

— E o Abatimento?

O rosto dele fica solene.

— Meu pai diz que o foco é o presente mais precioso da morte.

— A morte não dá presentes.

— Diga isso para um Herdeiro.

Eu empurro o pé dele e Nick chega para o lado, abrindo espaço para mim.

— Você não quer liderar — falo.

Ele responde sem olhar para mim.

— Nunca quis.

— Não quer a glória? — Eu me inclino para ele. — Não quer ser um rei?

Ele então se vira para mim, sério.

— Bree, se eu conseguir tudo isso, significa que Camlann é inevitável. Não quero que o mundo *precise* de um rei.

21

DEZ MINUTOS DEPOIS, DESCEMOS a escada com um tipo de consciência espinhosa se debatendo entre nós. Ontem entramos no grande salão em concordância, mas cada um tinha informações limitadas sobre a natureza da nossa situação. Vinte e quatro horas depois, o mundo de Nick está entrando em guerra, e estou me preparando para desvendar a história da minha mãe. Conforme nossos caminhos avançarem, será que ainda teremos um ponto em comum?

Quando chegamos ao salão, os sons da reunião chegam até nós vindos da ampla sala de jantar depois de um corredor. Talheres batendo. Cadeiras se arrastando no chão. Vozes.

Olho para trás e encontro Nick me observando, minha própria incerteza ecoando em seu rosto.

— Tudo bem entre a gente, B?

— Sim — confirmo.

Sua voz está hesitante.

— Eu não sei por quê, mas...

De repente, as portas da frente se abrem, e uma chuva leve e úmida respinga pelo piso. Do lado de fora estão três mulheres envolvidas em uma conversa, agitando seus guarda-chuvas no pátio antes de entrar. Estão vestidas dos pés à cabeça em um estilo "clube chique": camisa social, cardigã, calça capri, tênis brancos imaculados. Seus rostos pálidos, de contornos perfeitos, se iluminam ao ver Nick.

— Olha só o que temos aqui...

A mulher da esquerda usa um cachecol no tom amarelo escuro da Linhagem de Owain.

— Este é...?

— Nick Davis.

A mulher mais alta, uma morena, fala com a voz baixa e rouca. A primeira mulher dá uma cotovelada nela, e ela se corrige.

— Me desculpe. Herdeiro Davis.

Nick as cumprimenta.

— Membros da Rosa Hood, Edwards e Schaefer. O que traz vocês ao Alojamento esta noite? — Ele dá um passo para trás para que elas possam entrar. — As provações do torneio estão fechadas, como sabem...

Demora um segundo, mas reconheço os sobrenomes e os traços de seus rostos. Estas três mulheres são mães de membros da divisão: Pete Hood, Herdeiro de Owain; Ainsley Edwards, Pajem de segundo ano, e Vaughn Schaefer, da minha turma de Pajens.

Os olhos de Schaefer brilham ao entrar. Ela me nota com um sorriso educado e um aceno, então lança um olhar astuto para Nick.

— Ouvimos rumores de que você tinha voltado.

— Elena, por favor. — Edwards acena uma das mãos, suas unhas pintadas no tom laranja escuro dos Bors. — A Ordem da Rosa *sempre* supervisiona o bufê durantes as Provações. — Ainda se dirigindo a Nick, ela estende o guarda-chuva para mim, o cabo primeiro. — Bote para secar. Agora, sobre a refeição da noite...

Ela para de falar quando não sigo as instruções e se vira, me olhando da cabeça aos pés pela primeira vez.

— Você não me ouviu?

A indignação e a fúria queimam dentro de mim feito uma fornalha.

— Ouvi muito bem — murmuro entredentes.

Ela respira fundo, irritada.

— Onde está o seu supervisor?

— Esta é Briana Matthews, minha Pajem. — Nick pega o guarda-chuva, uma severidade dura como aço sob seu tom plácido. — Ela não é uma serva, Virginia, e você não vai tratá-la dessa forma. Não na minha presença nem fora dela.

A outra mulher detecta a fúria silenciosa de Nick e fica quieta.

Mas Virginia Edwards ainda não terminou. As narinas dela se dilatam com o sermão de Nick. Com seu nome na boca de um adolescente e da autoridade que ele tem sobre ela.

— Sua... *Pajem?* — O olhar dela vaga de um ponto a outro à medida que ela processa a informação: meu rosto, cabelo, minha camiseta e calça jeans. Quão perto estou de Nick. — Herdeiro Davis, imaginei que você escolheria um Pajem dentre os Vassalos da sua Linhagem, como é *tradição*.

— Eu valorizo as habilidades da Pajem Matthews — diz Nick, o rosto impassível —, e as suas *expectativas* pertencem a você.

Ela fica rígida.

— O que o seu pai pensa disso? Certamente ele deve...

— O pai dele está grato pelo filho ter voltado. — Nós nos viramos para ver Lorde Davis entrando na sala em uma cadeira de rodas. Nick faz menção de ajudá-lo, mas Davis o afasta com um gesto. — E grato que a Ordem da Rosa esteja aqui mais uma vez para apoiar o torneio deste ano.

— Lorde Davis. — A mãe de Vaughn abaixa a cabeça, assim como as outras. — Meu filho contou que o senhor foi ferido em batalha.

— Não se preocupe. Já estarei de muletas no fim de semana e andando sem ajuda na segunda-feira. O aether trabalha rapidamente, mas velhos como nós não nos curamos rápido como os jovens. Crianças — ele se vira para nós e lança uma piscadela para mim —, por que não se juntam aos outros da divisão na sala de jantar? Eu guio as nossas convidadas até a cozinha, onde nosso pessoal *contratado* do bufê deixou a comida.

— Ordem da Rosa? — sibilo enquanto caminhamos, ainda fumegando.

Nick resmunga:

— Um auxílio feminino fundado séculos atrás quando mulheres não podiam ser Pajens, Escudeiras ou Herdeiras. Um papel cerimonial hoje em dia. Uma forma de as mães ou antigas Pajens apoiarem os eventos da divisão.

Tudo que vejo são obstáculos. Mulheres que querem seus filhos no meu lugar. Mulheres brancas que acham que uma garota negra no Alojamento deve ser uma empregada, não um membro. Certamente não alguém de patente mais alta que elas. Se Virginia me trata assim, como ela trata o pessoal do bufê? Sinto minha pele retesar. Então, me dou conta de algo.

— Você falou que mulheres não podiam ser Herdeiras? Achei que o Feitiço seguisse a linhagem sanguínea, independentemente de quem fosse elegível.

— E segue. — Nick contrai a mandíbula. — Mas, durante um longo tempo, os homens não ligavam para aquilo que o Feitiço queria. Eliminavam as filhas para forçar o feitiço até o herdeiro seguinte.

Paro de andar e olho para ele, meu estômago revirando de horror.

Ele para na porta da sala de jantar.

— Mil e quinhentos anos é um longo período de operação. A Ordem nunca esteve acima da brutalidade do mundo. Ainda não está.

— Isso é... nojento.

— É o que acontece quando você lidera com medo e ganância.

— Bree! Aqui! — Greer acena para mim, a moeda de Lamorak brilhando em seu bracelete vermelho. — Guardei um lugar para você!

Nick inclina a cabeça.

— É a nossa deixa.

Ainda horrorizada com a revelação dele, eu o sigo sala adentro.

Nick abre caminho até a mesa dos Lendários, onde Herdeiros, Escudeiros e Sel estão sentados. Deslizo para a cadeira vazia entre Greer e Whitty na mesa de Pajens, grata por estar entre gente que conheço.

Whitty come o que parece ser um filé com alecrim fresco, enquanto Greer me passa uma enorme travessa branca de cerâmica com batatas gratinadas.

— Fiquei com medo de você ter desistido — diz Greer.

— Não. Não sou de desistir.

— E trapacear?

Vaughn fala isso da outra ponta da mesa sem erguer os olhos do prato. Assim que as palavras saem de sua boca, o silêncio cai sobre a mesa.

Minhas vísceras se contorcem até se transformarem em um nó frio.

—Também não sou de fazer isso.

Vaughn apunhala um pedaço de carne particularmente sanguinolento e só se recosta na cadeira para me encarar depois de enfiá-lo na boca. Seus olhos são do mesmo tom de castanho que os da mãe, mas, em vez de bondade, os dele exalavam desprezo. — Então por que ficou para trás com os Lendários ontem à noite quando recebemos ordens diretas para voltarmos ao Acampamento? O que achou que fosse fazer? Impressionar um Herdeiro ao se exibir durante uma luta?

— Não foi o que aconteceu, eu... — Outros Pajens me encaram, alguns com olhares curiosos, outros com olhares acusatórios. — Eu congelei. Tentei correr de volta para o Alojamento, mas o uchel me pegou antes disso.

— Claro — zomba Vaughn. — Então qual é o motivo de você passar tanto tempo sozinha com o Herdeiro de Arthur? Ouvindo uma palestra motivacional? Dando uma *mãozinha* a ele?

Fico em choque diante da sugestão dele. O sangue corre nos meus ouvidos como um oceano turbulento, mas não alto o suficiente para abafar as risadinhas dos Pajens veteranos ao lado dele. Inclusive alguns que não conheço, Ainsley e os gêmeos lutadores do terceiro ano, Carson e Blake.

— Você acha que eu...

Nem consigo dizer aquilo, o que ele acha que estou fazendo para comprar a boa vontade de Nick.

Vaughn aponta a faca para o meu peito.

— Acho que você deixou a moeda no seu pescoço subir à cabeça.

— Abaixe a faca, Schaefer. — O sotaque em geral arrastado de Whitty está baixo e ameaçador. — Nick pode conversar com a Pajem dele à vontade. Não há nada de errado nisso.

— A *Pajem* dele, não Escudeira — dispara Vaughn. — Ele a apresentou, mas isso não significa que ela vai conseguir passar pelas Provações. E mesmo que passe, não quer dizer que será Escolhida.

— Eu sei disso! — grito, meus dedos afundando na coxa.

— É bom mesmo. — Vaughn faz gestos para o restante dos Pajens que assistem enquanto ele fala, a voz carregada. — Porque muitos de nós aqui esperamos e treinamos durante a *vida inteira* para ser um Escudeiro Lendário. E não vamos deixar que a *merda de uma cotista* estrague as nossas chances.

A mesa fica em silêncio enquanto todos esperam pela minha resposta. Alguns dos Pajens olham para o lado. Alguns olham para baixo. Outros se sentam, as bocas abertas sem falar nada. A boca presunçosa de Vaughn está levemente retorcida em um sorriso zombeteiro.

Sinto vontade de esmagar as malditas batatas gratinadas na cara dele. Quero gritar que foi justamente o tratamento preferencial para Vassalos e riquinhos que os colocou para dentro. Mas Nick falou que eu deveria desaparecer. Ficar fora do radar dos Vassalos. Manter a cabeça baixa para sobreviver ao torneio.

Ele foi tolo de pensar que isso seria possível. Para os intolerantes, não faz diferença como ou por que estou aqui; o fato de eu sequer estar aqui é completamente errado.

Vou passar pelo torneio. Vou fazer o que for preciso para terminar a minha missão.

Mas não vou desaparecer. E não *quero* ficar de cabeça baixa.

Em vez disso, vou dar a Vaughn um vislumbre de quem sou de verdade — e mostrar para ele exatamente quem não sou.

Com o coração trovejando no peito e a garganta apertada, eu o respondo. E a todos sentados à mesa que pensam como ele.

—Você é um preconceituoso que gosta de infernizar a vida dos outros, Schaefer. Você me insulta porque acha que sabe do que sou capaz, mas não sabe. Devo deixá-lo nervoso, no entanto, para você expor as inseguranças que tem acerca das suas chances de sucesso no torneio assim.

— Minhas *inseguranças*? — rosna Vaughn, pronto para se levantar.

— Sim — respondo. — E a sua falta de cuidado. Você acabou de questionar, em público, o julgamento do próprio Herdeiro de Arthur ao sugerir que ele apresentou uma Pajem sem um bom motivo. — Sorrio e olho nos olhos de Vaughn. — Nosso futuro rei não deve nenhuma explicação a você, e sugerir tal coisa mostra sua insubordinação, sua deslealdade e seu medo. Não seu poder. Não sua força. Na verdade, *lamento* pela pessoa que escolher *você* como Escudeiro. Isso se você sequer for escolhido.

Um momento de silêncio — então Vaughn se joga por cima da mesa. Carson o segura antes que ele consiga me alcançar, exatamente como imaginei que faria. Vaughn se estica enquanto Carson sussurra alguma coisa no ouvido dele. Os olhares curiosos de seus aliados vão de mim para Vaughn, como imaginei, e um rubor sombrio consome o rosto dele.

Um segundo se passa. Dois. E Vaughn cai no assento, a violência estampada em seu olhar.

— Ainda não acabou, Matthews.

Não mesmo. Se Vaughn não era meu inimigo antes, agora é.

Porém, neste momento, não dou a mínima.

Whitty quebra o silêncio, sua voz casual quando pergunta:

— Me passa a couve-de-Bruxelas, Ainsley?

Ainsley fecha a cara e passa a tigela diante do meu rosto sem nem dizer "com licença". A conversa volta ao nosso redor, e o jantar recomeça, mas, debaixo da mesa, as minhas mãos estão tremendo.

Um leve lampejo de faíscas cai no meu nariz e nas minhas bochechas. Do outro lado da sala, ninguém na mesa barulhenta, movimentada e hilária dos Herdeiros notou o que tinha acabado de acontecer do nosso lado. Ninguém exceto Selwyn Kane. O Mago-Real está sentado com o queixo na mão, olhando para mim com uma expressão contemplativa. Como se estivesse assistindo — e ouvindo — a todo o confronto com Vaughn. Será que ele conseguira nos ouvir apesar do vozerio dos talheres batendo?

Greer me surpreende ao pegar língua de boi, e então o meu prato.

— Você come carne?

— Como. — Faço que sim, ainda atordoada. — Por que você está sendo tão legal comigo?

Elu dá de ombros.

— Se o mundo for simples, certas pessoas nunca serão incomodas, nunca precisarão se adaptar. Eu incomodo essa gente, e você também. Você tem incomodado desde que entrou por aquela porta. Gosto de quem perturba e quebra o ritmo. Deveríamos começar um clube.

Eu espeto uma fatia de bife.

— Teremos camisetas?

Greer ri. Do meu lado, Whitty se inclina para a frente, e me dou conta de que ele ainda está usando a mesma jaqueta camuflada de aparência antiga e confortável. Em um mar de camisas de botão e camisas polo, ele está perturbando alguns ritmos por si só.

— Acho que a gente deveria arrumar chapéus combinando, galera.

Greer olha para o meu cabelo e então aponta para o seu. Esta noite seu cabelo está preso em duas grossas tranças escama de peixe que se estendem de sua coroa até um pouco depois dos ombros.

— E cobrir essa cabeleira maravilhosa? Sai daqui com essa sua ideia de merda, Whitlock.

— Está vendo como sou tratado, Bree? — pergunta Whitty. — Que grosseria.

Quando as pessoas começam a se dirigir à mesa de sobremesas, Lorde Davis entra na sala. Nick está ao lado. Todos os olhares se voltam para eles.

— Olá, pessoal. Obrigado pelos desejos de melhoras de vocês. Nosso curandeiro, o Herdeiro Sitterson, acredita que estarei completamente recuperado antes do fim de semana. — Ao meu redor, os membros esfregam as pontas dos dedos em círculos, fazendo o shh-shh-shh de aprovação. — Infelizmente, a celebração é prematura. Estou certo de que, a esta altura, já estão todos cientes de que, ontem à noite, Felicity Caldwell, nossa Herdeira de quarto nível, recebeu o Chamado ao serviço pelo seu cavaleiro, Sir Lamorak. E é verdade que o Herdeiro de Kay do quinto nível foi Chamado na semana passada em nossa Divisão do Norte.

— *Semana passada?* — grita Fitz. — Por que ninguém falou para a gente?

Cabeças assentem, concordando em silêncio.

— Entendo a sua frustração — diz Davis. — Os Regentes queriam manter o Despertar em segredo, já que fazia mais de cinquenta anos desde que um Herdeiro de quinto nível recebeu o Chamado. A verdade é que os números de ataques das Crias Sombrias aumentaram em todos os campi de divisões. Mais portais sendo abertos e mais travessias de criaturas mid--corp. Ontem à noite, uma criatura uchel completamente corpórea deixou bem claro que as Crias Sombrias estão ganhando força e podem ser coordenadas. Existem rumores até mesmo de avistamentos da Linhagem de Morgana.

Há alguns sussurros na sala. Ao meu lado, Greer cerra os punhos. Enquanto isso, eu pisco, confusa. Que história é essa de Linhagem de Morgana?

— Precisamos nos preparar para os Chamados de Tristan, Lancelot e Arthur. — Ele olha para Nick, o orgulho estampado no rosto. — Ainda assim, alguns dizem em muitas partes da Inglaterra que o rei Arthur não está morto, mas que pela vontade de nosso Senhor Jesus foi recebido em outro lugar...

Ele faz um gesto para que Nick termine a frase.

Nick franze as sobrancelhas diante da performance, mas a aceita.

— E os homens dizem que ele voltará.

— E os homens dizem que ele voltará — repete Davis, dizendo as palavras como se fossem um evangelho. — *Le Morte d'Arthur*. Malory. Alguém que conhecia nossos ciclos de guerra. Que sabia de Camlann. — Ele olha para a divisão e fala com todos nós mais uma vez. — Os Regentes decidiram que, para preparar a Távola Redonda para o pior cenário possível, precisamos acelerar os torneios deste ano em todas as divisões. Não podemos esperar meses para que os Descendentes de qualquer nível escolham um Escudeiro se já não tiverem feito isso. Com isso em mente, vamos começar a primeira prova depois do jantar de hoje e concluiremos o torneio com a cerimônia de Seleção dentro de seis semanas. Assim que possível, todos os Escudeiros e Herdeiros já estarão decididos e unidos.

Algumas poucas cadeiras arranham o chão de madeira, mais olhares nervosos e murmúrios baixos. Faço um breve contato visual com Nick, que já está olhando na minha direção. Então vejo William, encostado na parede dos fundos. Pete, que não conheço, parece nervoso ao lado de Evan. Será que eu poderia mesmo me Juramentar com algum deles?

— O Juramento do Guerreiro é um dos nossos votos mais sagrados, unindo para sempre o Herdeiro e o Escudeiro. Pares Despertos enfrentam a morte, seja no campo de batalha ou pelo Abatimento. Eu digo isso, Pajens, porque o torneio deste ano e a Seleção de Escudeiros serão diferentes de qualquer outra que a divisão já viu. — Ele faz uma pausa, unindo as pontas dos dedos. — O que pode acontecer nos próximos meses é algo que a Ordem não testemunha há duzentos e cinquenta anos. Tenho que pedir aos Pajens para que pensem profundamente, agora, no compromisso de vocês com este lugar e fora dele. Eu, por minha vez, não vou culpá-los se decidirem servir a missão de qualquer outra forma. E, assim, por favor, fique de pé se quiser desistir do seu lugar no torneio deste ano.

Há murmúrios inquietos na sala agora. Alguns Pajens do terceiro ano e um do quarto ano, os que estão aqui há mais tempo, compartilham olhares nervosos. Por fim, o garoto do quarto ano, Craig, fica de pé, vergonha e medo estampados em seu rosto. Uma menina do terceiro ano, usando o colar verde de Gawain, fica de pé e desiste. Assim como o garoto do primeiro ano, Lewis.

O número de Pajens competindo cai de quinze para doze.

Assim que vão embora, a sala fica pesada com um único pensamento.

Camlann está vindo.

22

NICK ME GUIA ATRAVÉS da floresta atrás do Alojamento com as mãos envolvendo meus ombros.

Por sorte, a chuva parou.

Um pensamento me atinge um minuto após o início da caminhada e me lança em um pânico silencioso.

— A gente não precisa fazer outro Juramento hoje à noite, precisa?

Se as chamas vermelhas voltarem com todos ao meu redor...

— Não. Os seus Juramentos como Pajem já estão feitos.

Solto um suspiro.

— Mas por que Sel nos mesmerizou de novo?

— A noite passada foi em parte um ritual simbólico e em parte uma medida de segurança... Não podemos permitir que Não Juramentados vaguem pelas nossas terras. Mas a primeira prova é hoje. Todo Pajem que compete é mesmerizado para que ninguém veja o local do teste e tenha vantagem. — Ele aperta meu ombro com carinho. — Devagar, tem uma curva.

A umidade perdura no ar por causa da chuva, e meus calcanhares afundam no solo da floresta.

— Mas por que mesmerizar os Pajens veteranos? Eles não fizeram a mesma coisa no ano passado?

— Não. Os três aspectos testados pelas Provações são definitivos, mas os testes mudam todo ano. Devagar, devagar. Ok, calma, um pé atrás do outro.

Queria poder ver o lugar em que ele está me fazendo caminhar. Parece sacolejante e extremamente instável.

— O que é a Linhagem de Morgana?

— Você ouviu isso, né?

— Estou aqui para ser espertinha e aprender coisas.

— Aham... opa! Para, para, para!

Um de seus braços se enrola com força na minha cintura, nos equilibrando em cima de qualquer que seja a superfície instável em que estamos. O cheiro dele, tão perto — amaciante, cedro, um aroma leve de suor —, e a sensação de desequilíbrio debaixo dos meus pés me deixa tonta. *Nada bom, Bree. Foco na missão e não no garoto cheiroso.*

Depois de um momento, o mundo para de se inclinar.

— Ok, bem melhor.

Ele aperta minha cintura.

—Você está bem?

— Sim — respondo, em um tom duas oitavas mais alto do que o normal.

—Tudo bem. — Ele coloca as mãos em meus braços e me guia. — Um passo de cada vez. Mantenha o pé direito firme. Isso, assim. Onde a gente estava? Ah, sim. A Linhagem de Morgana. Êxodo 22:18. "Não deixarás viver a feiticeira."

— Certo...

— Isso, basicamente, é a visão dos Regentes acerca da Linhagem de Morgana. Depois das Crias Sombrias, são os desafetos número um da Ordem. Em algum momento dos anos 1400, as coisas deram errado com parte do séquito de Merlins. Não sei bem por quê, só sei que não gostavam da forma como os Regentes faziam as coisas. Também não queriam esperar até que um Herdeiro de Arthur recebesse o Chamado e ainda por cima correr o risco de que tal Herdeiro liderasse a Ordem de uma forma igualmente ruim. Algumas histórias dizem que eles começaram a atacar membros da

Ordem, usando a mesmerização em Suseranos para influenciar Linhagens e Vassalos. O grupo de Merlins, por fim, se separou da Ordem e adotou outro nome. Passaram a se chamar Linhagem de Morgana. Muitas coisas mudaram depois disso: a forma como Merlins são treinados e Juramentados, como os Regentes lidam com seus assuntos. A Linhagem de Morgana é o principal motivo pelo qual os Regentes têm uma política de tolerância zero com quem usa o aether fora da competência deles.

Assimilo as palavras dele. A Linhagem de Morgana é feita por Merlins que foram para o lado mal da Força. Algo me incomoda na história de Nick, algo muito mais imediato.

— Se os Regentes descobrissem sobre mim, eles me tratariam como se eu pertencesse à Linhagem de Morgana?

Sinto Nick dar de ombros.

— Provavelmente. Existem testes que seriam feitos durante o seu julgamento, mas não faria diferença alguma. Todos os usuários "rebeldes" de aether são tratados da mesma forma. Aqui, estamos saindo da ponte... sim, era uma ponte, não surte... e pegando a última estrada agora.

Engulo em seco. Quão alta era essa ponte?

— O que a Linhagem de Morgana fez depois de ir embora?

— Depois da separação, eles sumiram, até onde sei. Sozinha, a Linhagem de Morgana perdeu acesso ao treinamento e aos textos antigos que os Merlins usam para desenvolver suas habilidades. Sem isso, a Linhagem não era nem de longe poderosa como os Merlins, e nem tinha como ser. Acabou se tornando mais uma história para assustar.

— A Linhagem de Morgana é organizada o bastante para ter as próprias missões pelo mundo, como os Merlins?

— Droga. — Nick sabe no que estou pensando. — O Merlin no hospital poderia ser um Morgana. Essa possibilidade não tinha passado pela minha cabeça até agora.

— É possível?

Ele expira, pensativo.

— Não é *impossível*. E tem certeza de que não se lembra de mais nada que o policial possa ter apagado?

Mordo o lábio. Tentei me lembrar de mais coisas daquela noite várias vezes, mas nenhum outro detalhe jamais surgiu. Nem me lembro do rosto do policial, na verdade. Apenas do formato da boca, dos olhos e do barulho do seu feitiço. Nick e eu discutimos a possibilidade de eu ter esquecido mais do que imagino, mas não dá para termos certeza. Até agora, eu me lembrei de tudo que Sel tentou apagar.

— Não. Nada. Como eu iria saber se é um Merlin ou alguém da Linhagem de Morgana?

— Não teria como. Sabemos que possuem as mesmas habilidades dos Merlins, mas, quando pararam de administrar os Juramentos... — Nick para de falar, começa de novo. — Sem os Juramentos, a Ordem desaba. Apenas um Merlin seria capaz de dizer se aquele policial era Morgana ou Merlin, e, mesmo assim, teria que ter estado lá. Eu diria que poderíamos perguntar a Sel, mas...

— Ele me odeia — murmuro, e penso em Vaughn. — Assim como todos que estão no Time AntiBree.

Os dedos de Nick se flexionam ao redor dos meus braços.

— Tem alguém incomodando você?

Eu me pergunto se tenho estômago para compartilhar com Nick o que aconteceu no jantar. Se consigo processar a reação dele *e* a minha, se consigo voltar ao que aconteceu tão cedo. Por fim, digo:

— Nada com que eu não possa lidar. As pessoas acham que quero ser a sua Escudeira e que, sei lá, estou usando os meus truques femininos para convencer você a me escolher.

Silêncio.

— Nick?

— Desculpa, meu cérebro desligou na parte dos "truques femininos".

— Nick!

Eu paro, o que é uma péssima ideia, porque ele tromba comigo, e sinto o corpo dele contra as minhas costas, seus ombros sacudindo com a risada. Ele se afasta um segundo depois, e eu bato na parte da escuridão onde imagino que ele esteja — minha mão acerta o ar duas vezes e então atinge o peito dele com força. Ele ainda está rindo, mas aprisiona os meus dedos entre os dele e, antes que eu possa dizer qualquer coisa, Nick dá um beijo leve nas minhas articulações.

O beijo me deixa sem fôlego. Acho que ele nem nota.

— Primeiro de tudo: quer dizer que você *não* está querendo ser minha Escudeira? Estou insultado. E em segundo lugar... Não, me desculpe, essa mão é minha agora... Odeio saber que os outros Pajens estão caindo em cima de você por minha causa. E em terceiro lugar, não sei quais são os seus *truques femininos*, mas gostaria de poder avaliá-los. Para ver se eles podem mesmo me seduzir o bastante para que eu me una a você *eternamente*.

Fico paralisada, com a mão no peito de Nick, agarrada nos dedos dele, enquanto minha mente tropeça e cai em cima de tudo que ele acabou de falar.

— Bree? Eu estava só brin...

— Você... *quer* que eu tente ser sua Escudeira?

Nick aperta os meus dedos e suspira. Depois de um momento, os lábios dele roçam nas articulações dos meus dedos outra vez, mas agora a boca permanece ali, se movendo contra a minha pele enquanto fala.

— Você precisa decidir isso sozinha.

E então ele me solta. Quando volta a falar, sua voz é rouca e baixa.

— Vou conferir se eles já estão prontos para receber os Pajens no lugar da prova. Já volto.

Nick some pelo matagal, e cada passo ritmado é como uma batida de coração nos meus ouvidos sensíveis, até o som sumir por completo.

Estou sozinha na floresta há uns cinco minutos, talvez mais, esfregando os dedos nos lugares onde os lábios de Nick encostaram, quando sinto os olhos *dele* na minha pele.

— Sei que você está aí — falo.

A capa de Sel sacoleja no ar noturno, mas não o ouço pousar.

— Sentiu minha presença, é? Um traço comum das Crias Sombrias é detectar a presença de outros usuários de aether. — A voz profunda e suave dele ricocheteia ao meu redor. À minha direita, à minha esquerda, acima. — O interesse de Nicholas em você a mantém em segurança por enquanto. Contudo, seria bom lembrar que, ao se aproximar ainda mais de Nicholas, também se aproxima de mim. Ou você comete um deslize e se expõe, ou eu exponho você.

Posso sentir o cheiro característico de seu aether, uísque forte e um pouco de canela queimada que faz um tremor disparar pelo meu corpo. Ele percebe minha reação e dá uma risadinha em algum lugar acima de mim. Odeio não saber há quanto tempo ele está por perto. Ele ficou nos observando? Ouvindo minha conversa com Nick? De repente, estou furiosa. Primeiro aquela dondoca racista no Alojamento e agora esse Merlin valentão?

As palavras fogem de mim em um fluxo raivoso.

— Você fica me ameaçando, mas, no fim, não faz *merda nenhuma*. Não pode encostar em mim porque sou a Pajem do seu rei, mas fica me atazanando mesmo assim, porque isso faz com que se sinta importante. Nem posso imaginar o golpe que o seu ego sofreu, sendo ignorado pelo Herdeiro ao qual você jurou sua vida!

Um silêncio de choque. De ambos os lados.

Então a voz dele surge no meu ouvido.

— Aí está. A fúria hipócrita das crias demoníacas. Patética.

— Não tanto quanto você.

— Hum?

Faço uma pausa, caso ele tente avançar contra mim ou algo do tipo, mas Sel não faz nada. Nem sequer sei dizer se estou olhando para o lado certo. Destemida, continuo.

— Digamos que você aja pelas costas de Nick e fale de mim para Lorde Davis ou para os Regentes. Eles vão me submeter a um dos seus julgamentos. Vão pedir alguma prova daquilo que você acha que sou, e aí está, Merlin. Você não tem nada.

Silêncio outra vez. Então ele diz:

— É mesmo?

— Sim, é mesmo. — Aproveito a ousadia e sigo em frente. — Meu pai tinha um cachorro parecido com você quando era criança. A família dele vivia na roça, e aquele cachorro enlouquecia com qualquer carro passando pela estrada, uivava para qualquer gato de rua. Isso o tornava um cão de guarda inútil, então o meu avô deu o cachorro para outra pessoa. Se você for até os seus superiores com esse papo de uchel sem nenhuma evidência, os Regentes vão questionar a sua habilidade de fazer o seu trabalho. E esse é um risco que você não pode correr. Você não quer ser aquele velho cachorro da roça, não é, Mago-Real?

Silêncio. Uma risada baixa e lenta na escuridão.

— Você tem uma língua afiada, garota misteriosa. — Uma pausa. — Sinto uma vontade repentina de arrancá-la.

Meu coração salta para a garganta.

— Sorte sua que já estou acostumado a ser irritado. — Uma lufada de ar, e então a voz dele chega até mim vinda do alto. — Talvez outra hora.

Assim que ele vai embora, um tremor leve envolve meus dedos. Quando Nick volta caminhando pela floresta, minhas duas mãos estão tremendo, meu peito apertado de medo.

— Certo, estão prontos para vocês na arena.

Eu assinto, engolindo em seco, sentindo um nó gigantesco na garganta — e a língua que sou grata por ainda ter.

— Ei, o que foi?

Dou um sorriso apreensivo.

— O seu Mago-Real deu uma passada para me dar um pouco de inspiração antes do jogo. Ele ainda acha que sou um demônio e ameaçou me expor, mas dessa vez eu o enfrentei. Agora ele quer arrancar a minha língua.

Nick solta um grunhido frustrado.

— Foi por isso que não o senti.

—Você pode *sentir* Sel?

— Um detalhe perpétuo do Juramento de Mago-Real. Ele pode sentir quando estou correndo risco de morte, e consigo sentir o instinto assassino dele. Foi como eu soube que ele estava por perto antes de atacá-la ontem à noite.

Estremeço, lembrando a sensação de Sel agarrando o meu calcanhar na escuridão.

— Eu deveria me sentir *aliviada* pelo fato de você não ter sentido o desejo dele de me matar?

Uma pausa incômoda.

— Sim...?

— Uau.

— Pois é.

Ele segura a minha mão e me puxa.

— Espera, você falou *arena*? — pergunto.

Está mais do que claro que Sydney me *despreza*. Assim que Tor nos colocou juntas, ela me lançou um olhar abrasivo o suficiente para causar queimaduras de terceiro grau. Sydney não parece ligar muito para Vaughn, então seu ódio não tem a ver com isso. Em sua defesa, ela se virou para mim na cara dura e me falou o exato motivo pelo qual não me suportava:

— Estou aqui para vencer esse negócio e não confio em ninguém.

Franca e direta. Quem sou eu para criticá-la?

Para o azar de Sydney, ela vai ter que confiar em mim nesta noite. Porque a única forma de qualquer uma de nós chegar à segunda provação é passar pela primeira em equipe.

Se eu falhar hoje, ela também falha, e então está fora. Eliminada. Nós duas.

É por isso que não vou falhar.

Na mesma hora, Sydney assumiu sua posição no topo de uma pequena elevação e me mandou ficar abaixada na vala da nossa base, guardando nossas três "vítimas" Primavidas.

— Algum sinal? — sussurro.

— Nada ainda — responde ela sem me olhar, irritada antes mesmo de qualquer coisa acontecer.

Testo o peso do manequim de tamanho médio. Deve pesar *pelo menos* setenta quilos. Eu o puxo por cima dos ombros, equilibrando-me nos calcanhares, e me agacho como meu pai me ensinou. Meus joelhos tremem, e levanto o manequim sem derrubá-lo.

Mas será que eu conseguiria *correr* com ele?

A "arena" é uma faixa plana de terra que corta a floresta por trás do Alojamento. Em algum momento, ela foi aberta para dar lugar a enormes cabos de energia, mas agora era apenas uma estrada aberta e gramada entre duas florestas densas. Um campo de futebol de um lado até o outro. Há Pajens como a gente a quinze metros uns dos outros em cada lado, escondidos por árvores e arbustos, ocultos em valas. E, em algum lugar num morro alto, estão sentados nove Herdeiros e Escudeiros com uma visão nítida da provação que aconteceria.

Lanternas nos fornecem luz suficiente para percorrer a arena, iluminando os pontos iniciais de cada equipe e, ao longo do campo, os lugares em que precisávamos terminar se quiséssemos vencer.

Sydney bate com nervosismo nas coxas usando uma de suas adagas. A lâmina brilhante é longa, do tamanho do meu antebraço, e afiada. Na noite de hoje, ela estava com dois coldres presos nas coxas, para que não precisasse pegar uma arma na pilha que Russ e Evan haviam depositado na frente dos doze Pajens. Assim que nos deram aquelas opções, eles saíram para se juntar aos outros Lendários que assistiam à provação. Tínhamos recebido passe livre para escolher entre espadas, adagas, bastões longos, malhos e até mesmo um chicote, mas absolutamente nenhuma dica de qual item seria mais útil. Não sou fraca. Tenho uma força razoável e uma boa resistência por causa dos treinos na equipe de atletismo do colégio de Bentonville, mas nunca usei uma arma na vida. Eu estava com medo de cortar meu braço, por isso peguei o bastão curto e pesado de madeira — aquilo que Whitty chamava de "porrete" — e o prendi nas minhas costas usando sua presilha de couro.

Não recebemos nenhum tipo de armadura.

— Lá.

Deixo o manequim cair no chão com um baque pesado e rastejo até Sydney.

— Onde?

— Ainda está mesmerizada, Matthews? Use os seus olhos! O Mago-Real está bem ali.

Ela aponta o dedo para um canto da arena. Selwyn, todo de preto, se mistura com a linha azul do céu, mas consigo discerni-lo pela luz das estrelas, no meio do lugar.

Sem aviso, Selwyn ergue os braços ao lado do corpo. Seus dedos se retorcem no ar, puxando aether do céu noturno em ondas ritmadas e pesadas. Um pequeno tornado de fogo mágico azul-prateado se forma em uma de suas mãos e depois na outra. As chamas crescem cada vez mais até que as extremidades abertas dos funis estejam três metros acima de sua cabeça. Protegemos os nossos olhos do brilho pulsante. Volto a olhar bem a tempo de vê-lo empurrar as duas mãos contra a outra ponta da arena, jogando todo aquele aether para o meio. O cheiro acentuado de canela queimada chega ao meu nariz, o bastante para me fazer tossir.

Eu sabia que Sel era forte, mas nenhuma demonstração do poder dele que eu já havia testemunhado me preparou para isso.

Serpentes de fogo pelo ar. Torcidas. Derretidas. Fluindo em seis formas amplas e sibilantes. Formas que ganham pernas curtas e troncudas. Pelos transluzentes crescem em uma longa crista — espinhos. O aether se solidifica em olhos azuis escuros e lustrosos. Focinhos curtos se estendem. Se torna mais agudo em pontos cristalinos ao final de uma presa longa e mortal.

— Javalis infernais? — sussurro, horrorizada.

— Javalis infernais do tamanho da droga de um bisão — murmura Sydney, estreitando os olhos para a criatura brilhante diante de nós.

O animal chuta a terra, mas, diferente de Sel, cascos dele fazem sons rasgados, arrancando grandes pedaços de grama.

Dois Pajens em cada equipe. Três deles correm de cada vez. Um objetivo: chegar do outro lado com todos os corpos — vivos e falsos — inteiros.

Em dez minutos ou menos.

— Mas eles não são reais.

—Vão nos retalhar como se fossem. Nós... — Ela se vira para avaliar as três vítimas a serem resgatadas. — E eles.

Olho para nossas cargas pesadas e suas peles de serapilheira costurada com uma ansiedade renovada. Fomos designadas como o segundo grupo de três, então talvez possamos observar em busca de estratégias. E erros.

Um apito corta o ar — e nada acontece.

Uma brisa serpenteia pelas árvores. Meu coração martela o peito.

A arena está quieta.

Vaughn e Spencer saltam da base deles — e disparam feito foguetes. Cada garoto leva uma espada nas mãos e um manequim no ombro. Os javalis infernais guincham e correm atrás deles.

Whitty e Blake correm em seguida. Blake vai na frente, girando o bastão com uma precisão mortal. O movimento distrai os javalis, e Whitty vai para o outro lado, carregando os manequins.

Lá adiante no campo, Carson gira um malho de cabo longo, mantendo os dois javalis afastados. Greer segue em seu encalço, os dois manequins mais leves presos e jogados por cima dos ombros.

Sons varam a noite: armas girando, zumbindo. Gritos. Guinchos. Gemidos. Cada som era o sinal de uma vitória ou derrota em potencial.

Vaughn e Spencer são os mais próximos, e não há nada que gostaria mais de ver do que Vaughn perder, então estudo a tentativa deles com mais atenção do que a dos outros.

Os javalis ainda os perseguem de perto, até que os garotos se viram em direções opostas, quase derrapando na grama molhada. Os construtos se dividem, girando para continuar a perseguição, mas os cascos deslizam na terra, jogando lama e terra para o alto. Eles caem no chão com força e gritos.

Os javalis ficam de pé. Como se estivessem esperando por isso, os garotos largam suas "vítimas Primavidas". Os manequins caem com um baque pesado.

Primeiro, pensei que o plano deles fosse lutar contra os javalis enquanto as vítimas estavam fora de perigo, mas Spencer não saca a espada. Em vez disso, ele corre de volta à base, o javali em seu encalço, e escorrega para dentro da segurança da vala, deixando Vaughn sozinho para enfrentar os dois javalis.

— Covarde! — sibila Sydney com desgosto.

O javali de Spencer vai até o limite da lanterna e então se vira. Ele não pode ir além. O animal vai na direção de Vaughn, que já usou a espada para deixar dois cortes nos flancos do companheiro. É apenas quando o javali de Spencer está quase chegando em Vaughn que a verdadeira estratégia dos garotos é revelada: a cabeça de Spencer surge nos arbustos. Ele emerge carregando o menor dos manequins por cima do ombro, então corre em linha reta pela arena.

— Ele não é um covarde — sussurro. — Ele é o corredor.

Preciso admitir, é inteligente: usar Vaughn, o lutador mais forte, para distrair os javalis enquanto Spencer, o mais rápido, completa o primeiro terço da prova.

De volta ao campo, Vaughn diminui o ritmo. Os javalis o encurralaram de ambos os lados. Ele desfere cortes rápidos — um, dois! — antes de recuar, evitando por pouco a mandíbula de um deles.

Spencer é rápido. Ele larga o seu manequim na base mais distante sem parar, então corre de volta por onde veio. Pega uma das vítimas abandonadas mais pesadas no meio do caminho, gira para correr...

Vaughn grita por ajuda. A vítima de Spencer cai outra vez. Ele dispara para ajudar o companheiro, sacando a arma pelo caminho.

Spencer salta, a espada apontada para trás pronta para desferir um golpe. Na descida, ele afunda a lâmina na espinha de um dos javalis, remove a espada e salta para trás em um só movimento.

O grito gutural do javali ecoa na cordilheira, atravessa o campo, faz os meus dentes rangerem.

O aether fumega de suas feridas e se transforma em poeira, como brasas em uma fogueira. O construto agonizante cai de joelhos. Spencer ataca de novo, dessa vez atingindo a fera entre os olhos.

À medida que Spencer corre na direção do parceiro, o javali se derrete em uma poça prateada, então explode em um mar de cinzas cintilantes.

Spencer e Vaughn dão um jeito rápido no último javali. Em dois minutos ele está com as quatro patas dobradas, gemendo de dor. Em sincronia, os garotos o perfuram no crânio.

Vivas ecoam pela cordilheira enquanto os dois juntam as vítimas remanescentes e correm para o abrigo.

Um assovio ecoa de cima. O primeiro time terminou.

—Três minutos! — grita alguém.

Um aviso para os outros.

Greer e Carson estão quase terminando. Um javali já caiu. Greer já carregou dois manequins e saca duas adagas enquanto volta para o campo. O malho de Carson gira tão rápido que tudo que consigo ver são as pontas espinhentas da maça acima da cabeça do último javali da dupla.

Mas Whitty e Blake estão tendo dificuldades. Em algum momento entre o traslado do primeiro manequim e do segundo, Whitty perdeu uma adaga. Eles estão cercados, um de costas para o outro. O bastão de Blake faz um arco. Se conecta com o crânio do javali. Coloca-o de joelhos. É uma pancada forte, mas não o bastante para matar.

Um grito arrepiante vara a noite, e procuro a fonte, o pânico vibrando no meu peito. Temo que algo de ruim aconteça a algum de meus amigos, mas não é Greer quem está com problemas.

Um dos javalis prendeu Carson sob seu peso. Ele chuta e soca com toda a sua força, mas a arma dele está a vários metros de distância.

Greer corre, salta e paira no ar. Pousando nas costas do segundo javali, abre os braços feito uma ave — e afunda uma adaga em cada pulmão. Carson tropeça para trás enquanto o construto explode e uma poeira brilhante espirra em seu rosto. Um pouco cai em sua boca aberta.

Quando me viro, Blake e Whitty estão acabando com o segundo javali.

Todos os três times colocam a última vítima em segurança. A primeira rodada acabou.

E nós somos as próximas.

23

AINSLEY E TUCKER SÃO os primeiros a entrar no campo levando apenas suas armas. Eles avançam antes do restante de nós, determinação estampada nos rostos, espadas erguidas; ambos planejam eliminar os dois javalis antes, sem o impedimento dos manequins.

É um erro.

Não foi por acaso que a estratégia de todos os outros incluiu distrações: os javalis são feras grandes, pesadas, facilmente confundidas, incapazes de fazer giros ou curvas rápidas.

Mas, num ataque frontal, são quase impossíveis de parar.

Assistimos impotentes aos Pajens serem dizimados em menos de sessenta segundos.

No último segundo antes do impacto, Ainsley se vira para a esquerda. O peso da espada a desequilibra; ela tropeça. Dá um jeito de ficar de pé, e o javali a derruba no chão. Ela solta um grito de gelar o sangue — será que vou assisti-la ser devorada, retalhada até a morte? —, e o javali explode em cima dela.

O segundo javali está a trinta centímetros de rasgar Tucker no meio — e então ele explode no meio da perseguição.

A arena está paralisada. O único som é o de Ainsley chorando no chão enquanto partículas brilhantes chovem sobre seu corpo.

— Pajem Edwards precisa de ajuda médica — diz Sel calmamente. — Ela e Pajem Johnson estão desqualificados. — Então ele se vira para o restante de nós e grita: — O relógio está correndo!

Sydney e eu explodimos para fora da nossa vala, e as outras Pajens, Celeste e Mina, fazem o mesmo. Quanto tempo temos? Oito minutos, talvez? Oito e meio?

Preciso focar na tarefa.

Carrego o manequim mais pesado nos ombros, batendo em minha arma. Meu único pensamento é meu objetivo estabelecido: levar a carga. Atrás de mim, uma das adagas de Sydney assovia pelo ar.

Um *baque* baixo.

O javali me perseguindo cai no chão. A terra treme.

Não olho para trás; ela planejou matar com um golpe, e não duvido que tenha conseguido.

O manequim é pesado, mas, assim que pego o ritmo, quase me esqueço dele. E, de repente, estou do outro lado, erguendo-o por cima da cabeça como um saco de batatas.

Corro de volta para a nossa base, esperando ficar fora do campo de visão do outro javali. Sei que Sydney está evitando usar a outra adaga. Não podemos desperdiçá-la por minha causa.

Na minha visão periférica, eu a vejo dançando e se afastando do monstro. Não, não posso olhar. Um objetivo: levar a carga.

Deslizo para dentro da nossa base e levanto o manequim de peso médio, como havíamos combinado.

Carregar o mais pesado primeiro, enquanto ainda não gastei minhas energias. Deixar o mais leve por último, quando eu estiver cansada.

Estou na metade do caminho pelo campo quando tropeço na primeira adaga de Sydney, abandonada na grama. Eu e o manequim saímos voando. Ele pousa a um metro de distância de mim — com um baque alto que chama a atenção da criatura.

Sydney é rápida. Ela grita. Acena. Pula para distraí-lo, mas — é claro — o nosso javali tem uma centelha de foco.

Seus olhos brilhantes me encontram, e ele parte para o ataque.

Revejo as minhas opções: longe demais do outro lado da arena, não consigo enfrentá-lo, não posso usar o manequim para me defender, não dá para carregá-lo e fugir do javali.

Pego a adaga de Sydney e saio correndo, gritando para ela:

— Coloque-o em segurança!

Espero que ela entenda o que quero dizer.

Corro de volta para a nossa base, mas faço um arco longo para que o javali atrás de mim também faça uma curva, evitando pisotear o manequim inerte no chão.

Atrás de mim, cascos trovejantes batem na terra. Minhas coxas e meus pulmões estão em chamas. Ainda assim, continuo com mais força. Posso escutar a respiração dele, grunhidos pesados saindo de um focinho molhado.

Viro para a esquerda para ganhar tempo, mas a mudança de direção é muito brusca, muito rápida. Sinto um fisgar dolorido no joelho esquerdo. Continuo correndo e me lanço na vala. Meu ombro esbarra em um pinheiro, farpas se alojam no meu braço, mas o guincho frustrado atrás de mim me informa que consegui. Estou em segurança.

Quando me viro e olho para cima, o javali está batendo as patas no chão e bufando na minha direção. Prendo a respiração e observo a cabeça pesada se movimentar para a frente e para trás. Caçando.

Estou a menos de dois metros de distância, por que então...

Ele não consegue me enxergar. Sua visão é fraca.

Um galho se parte debaixo do meu pé direito, e as orelhas do bicho apontam para a frente, o focinho se erguendo em um padrão lento e farejador.

Mas ele consegue me ouvir. Tem um olfato excelente também. Ótimo.

Será que Sydney fez o que mandei? Ela pegou o manequim e o levou para o outro lado? Não me dou ao trabalho de olhar para trás; sei que o manequim menor está ali, ainda esperando para ser salvo. Quanto tempo resta? Escuto gritos e pés batendo à esquerda. Celeste e Mina ainda estão na arena, ainda trabalhando.

Certo. Pense.

Tenho a adaga de Sydney, mas não tenho as habilidades de arremesso e mira dela. Meu porrete ainda está preso nas costas, mas do ângulo que estou, não tenho força o suficiente para nada além de um cutucão forte no queixo. Olho ao meu redor, para o lado — então para o alto.

Enfio o cabo da adaga de Sydney na boca e começo a escalar o pinheiro ao meu lado antes de decidir se é uma boa ideia ou não. Tudo que sei é que conheço árvores. Eu as escalo desde criança. Árvores são boas.

Subo nos grandes nós de cada lado do carvalho, agarrando as formas bulbosas tanto quanto meus tênis me permitem, passando os braços ao redor em busca do próximo nó e me içando para cima. A cabeça do javali se ergue para me seguir, mas estou apostando que ele não me enxerga tão bem e só sabe que estou em movimento. Os galhos estão altos demais para servirem de ajuda, mas paro uns três metros acima, um braço ao redor do tronco, mal equilibrada em um nó pouco maior que meu calçado.

O javali se afastou agora, está a uns trinta centímetros da linha das árvores. É bem difícil tirar o porrete e a alça de couro com uma mão só, mas faço isso rapidamente e seguro a arma ainda afivelada longe de mim e da árvore, sacudindo um pouco para conseguir a atenção do javali. Ele para de se mover. Seus olhos brilhantes seguem os meus movimentos ansiosamente.

Esta é uma *péssima* ideia.

Um. Dois. *Três!*

Lanço o porrete para a minha direita e agarro a adaga com a mão livre enquanto a criatura faz exatamente o que eu esperava: joga o corpo na direção do porrete em queda, para longe de mim, abaixando a cabeça para inspecionar a arma — e me solto da árvore, me lançando na direção das costas dele, a adaga apontada para baixo.

A gravidade é o que empurra a lâmina afiada no pescoço brilhante da criatura, não eu, mas o golpe funciona do mesmo jeito.

O animal grita e se sacode, me jogando no ar feito uma boneca de pano. Acerto o chão com um baque estridente e me enrolo como uma bola. Pronta para o pisão dos cascos... mas nada acontece.

Minha cabeça se ergue bem a tempo de ver o javali — a adaga ainda cravada bem funda — desabar no chão.

— Corre! — grita Sydney.

Ela está indo atrás do manequim. Dou um jeito de ficar de pé e corro para o outro lado da arena; nós duas precisamos chegar lá a tempo.

Sydney escorrega para a vala atrás de mim, o manequim por cima do ombro, no exato momento em que o apito soa.

Somos as únicas da nossa rodada que conseguem passar. Em algum momento durante minha subida na árvore digna de um esquilo, Celeste e Mina deixaram que dois dos seus manequins fossem feridos.

Quando emergimos do nosso lado da arena, os Lendários comemoram em seus pontos de observação na floresta. Eu me sinto atordoada, mas aliviada. Sydney não sorri para mim exatamente, mas balança a cabeça na minha direção antes de sair para se juntar a Vaughn e Blake e outros quatro Pajens que passaram. Eles se aproximam, parabenizando uns aos outros.

Os quatro que não passaram estão em estados variados de choque e devastação. Mina enxuga lágrimas enquanto Ainsley esfrega as costas dela em círculos lentos. Celeste e Tucker estão em uma discussão acalorada; pelos trechos que escuto, ambos culpam os parceiros pela eliminação.

Fico entre eles, incerta de onde me encaixo.

Quando olho na direção de Sel, ele está olhando para o alto da colina onde os Lendários começaram a caminhar pelas árvores para se encontrar conosco. As sobrancelhas dele estão franzidas, a cabeça inclinada para o lado como se estivesse ouvindo alguma coisa.

— Nick! *Nick!*

Quando Victoria grita, Sel já está disparando até o barulho. Ele passa tão rápido por mim que ouço o vento estalando ao redor de seu corpo antes de desaparecer na linha de árvores como um borrão.

Todos nós corremos para segui-lo.

As árvores são tão grandes na colina íngreme que é difícil enxergar o que está acontecendo, mas conseguimos escutar. *Alguma coisa* está rolando feito uma enorme bola de boliche por entre as árvores, rachando troncos ao meio como se fossem pinos gigantes. A coisa está se aproximando, o som cada vez mais alto, e então atravessa dois pinheiros em uma explosão, atirando cascas e lascas em todas as direções, até se derramar arena adentro, parando todos nós.

É uma serpente massiva e completamente corpórea, seu corpo escamado tão grande e redondo quanto um pneu de trator. Ela ergue metade do corpo até que esteja seis metros acima de nós, os olhos vermelhos cor de sangue e do tamanho do meu punho brilhando sobre nós. A criatura brilhante abre a boca para soltar um silvo estridente e horripilante que arranha os meus tímpanos.

Uma *serpente infernal*, diz minha mente. Com o corpo enrolado em sua cauda brilhante.

— *Nick!* — grito por ele, mas não adianta.

Levo apenas um segundo para ver que ele está envelopado da cabeça aos pés em uma colcha de músculos, apenas o cabelo claro visível de dentro do abraço da serpente infernal.

Os Lendários Despertos reuniram aether enquanto corriam, formando espadas e adagas brilhantes. Vislumbro Felicity e Russ conjurando armaduras neles mesmos enquanto avançam, mas a sombra veloz de Selwyn Kane emerge correndo da floresta e salta na serpente antes de qualquer um.

Enquanto a serpente se contorce, Sel escala o corpo, usando as escamas de apoio. Ele monta na cabeça da criatura enquanto ela se agita para a frente e para trás, sua língua bifurcada estalando bruscamente como um chicote brilhante. Sel não teve tempo de criar uma arma, mas seu corpo inteiro está coberto de nuvens finas e rodopiantes de aether azul-prateado. Ele se afasta com um rugido e enfia os dois braços nos olhos da serpente, enterrando-os até os cotovelos nas órbitas oculares do animal.

A criatura guincha alto o suficiente para partir vidro. Seu corpo gigantesco tem espasmos tão violentos que qualquer outra pessoa teria sido arremessada para longe, mas Sel se segura firme e afunda os braços ainda mais. Um fluido viscoso espirra no rosto dele. Depois de um último tremor, a serpente infernal fica rígida e cai para a frente, libertando Nick, ofegante, que bate com a cabeça no chão.

24

FICO DIANTE DA PORTA de Nick pelo que parece uma eternidade, mas provavelmente são apenas alguns minutos incertos.

Não sei por que estou nervosa. Talvez ele só esteja dormindo. Ele *deve* estar apenas dormindo. E, se for o caso, vou para casa dormir também. Para vê-lo de manhã.

Não, eu sei por que estou nervosa. É porque já está tarde, o Alojamento está quieto, e ele pode *não* estar dormindo — e ficar sozinha com ele começou a parecer... intenso.

Olho esperançosa para o fim do corredor como se alguém fosse aparecer e me resgatar do cenário do Gato de Schrödinger do Garoto Consciente em que me encontro, mas está vazio e sem atividade. Os únicos sinais de vida no andar são as poucas lâmpadas brilhantes espalhadas em algumas das mesinhas de teca entre as portas dos residentes.

Do outro lado desta porta, Nick está se recuperando de mais um ataque que poderia tê-lo matado. É nisso que eu deveria focar. É nisso que *preciso* focar.

Inspiro lenta e profundamente, abro a porta do quarto e entro.

Nick está dormindo em cima do edredom, usando roupas largas; calças de flanela, uma camiseta macia. Seus braços estão estendidos ao lado do corpo. Os fios delicados de seu cabelo estão metade ajeitados para um lado, metade espalhados no travesseiro como se tivessem sido atingidos por uma lufada de vento. Ele também está corado, as bochechas exibindo uma rajada de vermelho.

Eu me aproximo, abraçando meu próprio corpo com força.

Ele se recuperou das costelas quebradas que William tratou. Sua respiração estável diz que o garoto está fora de perigo e que seus pulmões estão bem, mas o repuxar de leve nos cantos dos olhos diz que ele ainda pode estar sentindo dor. Será que William deu alguma coisa a ele para fazê-lo dormir? Espero que sim.

Começo a me virar, para deixá-lo descansar, mas dou um pulo quando Nick sussurra atrás de mim.

— Quem é a psicopata agora?

Eu me viro para a cama. Nick começa a se levantar apoiado no travesseiro. Ele estremece, mas me dispensa com um aceno quando faço menção de ajudá-lo.

— Estou bem, só meio enferrujado.

Olho para ele, ressabiada.

— Se eu ficar aqui e conversar com você, será que William vai gritar comigo?

Nick dá uma risada, que logo é cortada pela dor causada pelo movimento.

—William vai gritar com nós dois, provavelmente.

Ele esfrega uma das mãos no peito e engole com dificuldade. Observá-lo fazendo isso faz a minha mente voar de volta à arena.

Troco o peso de um pé para o outro, apreensiva.

— Ouvi Sel dizer que ele acha que este ataque também foi planejado. Não pode ser uma coincidência que as Crias Sombrias enviaram uma criatura que seria capaz de subjugá-lo rapidamente e levá-lo embora.

O olhar dele fica distante enquanto balança a cabeça.

— Meu pai falou a mesma coisa na enfermaria. Os Regentes pediram uma reunião. Meu pai ainda vai precisar de mais um dia para se recuperar, então vai voar para a Divisão do Norte para conversar com eles e outros Vice-Reis.

Eu o observo mexer no bordado de âncora dourada no edredom, quase como se precisasse de alguma coisa para manter as mãos ocupadas.

— Sel está no comando enquanto ele estiver fora, foi o que William falou.

— Infelizmente.

Depois que Nick foi recuperado vivo mas ferido, Sel o levou direto para o Alojamento. A longa caminhada pela floresta me deu muito tempo para pensar em minha "missão" aqui e o perigo a que estava expondo não só a mim, mas também Nick. A culpa se afundava no meu corpo a cada passo, como um tijolo pesado de cada vez.

Sel pode ser aterrorizante e cruel, mas ele foi a única razão para o plano das Crias Sombrias de sequestrar Nick ter falhado esta noite. O papel dele como Mago-Real é mais importante do que nunca agora, e suas suspeitas sobre mim estão tirando seu foco do trabalho. É pior ainda, na verdade, porque as suspeitas dele não têm fundamento. Ele está gastando energia comigo quando, depois da noite de hoje, não restam dúvidas de que a vida de Nick está em perigo. A Ordem é um exército, e os Lendários são os seus soldados. Será que posso mesmo continuar no torneio e me tornar a Escudeira de William, ou de Pete, ou até mesmo de Nick, quando o meu único objetivo é ganhar o título para que eu possa descobrir o que aconteceu com a minha mãe?

Durante a tarde com Patricia, descobrir a verdade parecia a coisa mais importante do mundo. Importante o bastante para mentir para o meu pai, mentir para Alice e mentir para todos no Alojamento. Minha missão ainda parece importante e necessária, porque como vou descansar sabendo que alguém pode ter tirado a minha mãe de mim? Que pode não ter sido um acidente, no fim das contas?

Porém, com Camlann ou não, e tendo ou não alguém da Ordem matado a minha mãe, Nick precisa de um Escudeiro *de verdade*, não de uma fraude.

Pela primeira vez me pergunto se Sel tem razão e se nasci *sim* das sombras. Ou talvez as sombras não sejam parte de mim, mas continuo caminhando para elas mesmo assim.

Nick resmunga.

— Terra chamando Bree? Você está só parada aí, viajando. Está me deixando ansioso. — Ele dá uns tapinhas no colchão, e os olhos exibem um tantinho da sagacidade de antes. — Pode se sentar, sabia? Eu não mordo.

Então eu o encaro *de verdade*. Alguém com quem me importo está vivo, mas ferido. Alguém de quem gosto muito está bem aqui na minha frente, pedindo para que eu me sente com ele. E me dou conta de que se eu ignorar isso ou esquecer como isso é importante, então realmente terei feito das sombras a minha casa.

Respiro fundo e dou um passo adiante, tirando os meus sapatos e subindo na cama dele — e, simples assim, a proximidade de Nick puxa todo o meu foco: o calor dele, o cheiro forte do aether de William se misturando com o cheiro de amaciante de roupas recém-lavadas, os olhos semicerrados que me seguem enquanto me movo na direção dele e me observam enquanto me acomodo. É muita coisa de repente, e meu corpo inteiro sabe disso. Eu me inclino para trás um pouquinho.

Claro que Nick nota. Ele comprime os lábios com força para conter um sorriso, e a expressão, de alguma forma, deixa o seu rosto já bonito ainda mais atraente, mais convidativo.

— Está nervosa, B?

— Não — respondo, e ergo o queixo um pouco para me sentir, e parecer, mais convincente.

Não tenho certeza de que funciona, porque ele faz um barulho suave e intrigante.

— *Eu* deixo você nervosa?

Ele inclina a cabeça para o lado em dúvida, mas isso faz com que seu cabelo emaranhado suba de forma hilária. Eu me encolho e rio.

— Você parece um galo.

Uso toda a minha força de vontade para não me esticar e ajeitar o cabelo dele.

— Um galo?

Ele inclina a cabeça para o outro lado, fazendo com que o cabelo suba de novo. Solto uma risada, como ele esperava que eu fizesse, e ele sorri.

Não consigo evitar. Eu me inclino, de joelhos, e arrumo o cabelo dele. Assim que os fios voltam ao lugar, noto a atenção com que Nick me observa, como ficou imóvel. Seus olhos são azul-ardósia com traços de cinza, os cílios são como traços finos de tinta contra sua pele.

Eu me pergunto se ele também está prendendo a respiração.

Começo a me afastar, mas ele segura o meu pulso com uma das mãos e passa o polegar, quente e com calos, na minha palma. O movimento provoca um formigamento na minha pele e faz cócegas, então Nick pressiona seu polegar e envia uma onda de calor que vai da minha mão até os meus pés.

Meu coração bate tão rápido que tenho certeza de que ele é capaz de notar, sentir através da minha mão.

— Obrigado.

— Pelo quê? — pergunto.

De perto assim, o cheiro de cedro e amaciante de Nick é forte o suficiente para me deixar tonta. Há outros cheiros que absorvo com uma inspiração silenciosa: grama verde em um dia quente de verão, um leve toque metálico.

Seus olhos percorrem devagar uma estrada em meu rosto, da minha sobrancelha até o meu nariz. Piscam rápido na direção da minha boca e voltam para os meus olhos e, simples assim, a minha respiração some de novo.

— Por ainda estar aqui — diz ele, a expressão carregando uma mistura de deslumbre e gratidão. — Mesmo depois de cães infernais, uchel, Felicity recebendo o Chamado e agora até mesmo *sarff uffern*. Nunca pensei que fôssemos estar tão próximos de Camlann, mas estou feliz que esteja aqui comigo. — Ele baixa os olhos e balança a cabeça. — Quando nos encontramos pela primeira vez, uma parte de mim confiou em você. Não sei por quê. Apenas confiou.

Apesar da minha culpa, penso em como, em tantos momentos desde que o conheci, a minha confiança ganhou tamanho dentro de mim para se igualar à dele, segura e firme.

Chamado e resposta.

Talvez Nick também estivesse pensando nisso, porque acaricia a minha palma outra vez, com a respiração entrecortada.

— E agora? — sussurra ele, a voz rouca.

— Agora?

Eu suspiro.

Alguma coisa inebriante e escura se acumula nos olhos de Nick.

— *Isso* deixa você nervosa?

O último garoto que beijei foi Michael Gustin, na nona série, em um canto da escola de dança. Eu me lembro de me sentir aterrorizada e, depois da nojeira molhada e esquisita demais, me senti decepcionada. Mas estava na nona série, e era Michael. Isso é agora. E este é Nick.

Não me sinto nervosa. Sinto o desejo batendo no meu peito feito um pássaro engaiolado. Sinto hesitação. Me sinto sobrecarregada. Então, fico mortificada quando me dou conta de que Nick, com seus olhos afiados, observadores, viu tudo isso.

Ele sorri, sutilmente e em segredo, e ergue a mão livre para acariciar o meu rosto, esfregando o polegar em minha bochecha. Seus olhos seguem o movimento com cuidado antes de se erguerem para capturar o meu olhar outra vez. Ele aperta o meu pulso, então me solta.

Cambaleio para trás, com as bochechas pegando fogo, ainda sentindo as mãos dele na minha pele.

Fico grata pelo fato de ele estar ocupado ajustando os travesseiros e não olhando para mim.

Tenho a impressão de que Nick está fazendo isso de propósito, me dando um momento para que eu me recomponha.

Assim que termina, ele se ajeita na cabeceira e dobra as mãos sobre o colo.

— Você vai se sentar comigo? — pede ele, afável.

E, simples assim, o ar entre nós parece mais leve, mais tranquilo. Como se nada de diferente tivesse acontecido.

Estou impressionada, apesar dos batimentos rápidos do meu coração. Como ele faz isso? Como esse garoto navega pelas minhas emoções como um velho marinheiro, encontrando céus limpos e os trazendo para mais perto, quando tudo que sou capaz de fazer é me agarrar às tempestades?

Ele espera pacientemente que eu me decida, os olhos suaves e abertos. Por fim, faço que sim e engatinho até a cabeceira, me sentindo confortável no espaço ao lado dele.

Nós ficamos sentados assim por um bom tempo, até que as nossas respirações subam e desçam como uma só.

Devo ter cochilado, porque dou um pulo assim que ouço a porta da frente do Alojamento bater, no andar de baixo.

O quarto está escuro. Por um instante esqueço onde estou.

Nick aperta meu joelho e diz, com a voz sonolenta:

— Se for algo ruim, vão vir nos chamar.

O relógio digital acima da porta diz que já é quase uma da manhã.

— Eu tenho que ir.

— Se for agora, Sel vai saber que você ainda está aqui e vai gritar com a gente — diz Nick. — Fique.

Ele tem razão. Além disso, agora que a adrenalina saiu do meu corpo por completo, estou exausta.

Ainda assim, pego o celular e mando uma mensagem para Alice avisando onde estou e que estou bem, e depois coloco no modo silencioso. Quando a tela se apaga, ficamos sentados no escuro, ouvindo as vozes lá embaixo até a casa ficar quieta de novo.

Começo a me perguntar se eu deveria procurar algum pijama e me enfiar em um dos quartos extras e dormir de verdade. Coloco a mão no cabelo e pego no meu coque. Eu odiaria dormir sem a minha fronha de cetim. Talvez Felicity tenha um lenço?

Antes que eu possa me esgueirar para fora da cama, Nick começa a falar, a voz baixa e intangível na escuridão do quarto.

— A maior parte dos pais de Herdeiros mal pode esperar a hora em que seus filhos tenham idade para treinar. Eu sei que meu pai era assim. Mas minha mãe? Quando olho para trás, fica bem óbvio que ela estava *aterrorizada*.

—Você não precisa falar sobre isso agora, se não quiser.

— Eu quero. Quero mesmo.

Alcanço a mão dele na escuridão. Ele aperta a minha.

— Minha mãe foi criada em uma família Vassala e foi Pajem logo de primeira, mas nunca tentou se tornar Escudeira. Casar com um Herdeiro de Arthur era a melhor coisa depois disso, pensaram os pais dela. Meu pai nunca recebeu o Chamado, mas os Herdeiros de Arthur ainda assim têm... muito poder. Quando eu era pequeno, ela e meu pai brigavam muito. Sobre o meu futuro, sobre o regime de treinamento do meu pai. Eu não podia ir para uma escola normal; ele me educou em casa para que pudesse ter mais controle sobre os meus estudos. Eu tinha oito anos quando meu pai começou a trazer outros suseranos para me treinar. Falou para eles não pegarem leve comigo só porque eu era uma criança. Porque, na verdade, eu não era uma criança. Eu era o rei deles. E eles não fizeram isso. Digo, não pegaram leve. Eles...

Nick faz uma pausa, e consigo ouvi-lo engolir uma, duas vezes. Tenho medo de que ele esteja chorando, e não sei o que fazer. Pressiono meu ombro contra o dele e espero que eu consiga transmitir carinho e força para ele. Quando ele recomeça, a voz está embargada com as lembranças.

— Não são os ossos quebrados ou os hematomas, os olhos roxos ou as concussões que me mantêm acordado à noite. Isso era curado por um Herdeiro de Gawain. É o olhar da minha mãe quando eu entrava em casa, como se me ver estivesse perfurando o coração dela. Eles brigavam mais nesses dias.

Ele respira fundo na escuridão, e respiro com ele, porque quero que saiba que estou aqui.

— Certa noite, ela me acordou e me mandou pegar as minhas coisas, disse que estávamos indo embora. Ela estava cansada de assistir ao filho dela apanhando. Conseguimos nos afastar um quilômetro da cidade quando carros pretos nos cercaram. Meu pai saiu de um deles, assustado e furioso. Mais aborrecido do que jamais o vi. Acho que temia que *nós dois* tivéssemos sido sequestrados pelas Crias Sombrias, e foi por isso que pediu ajuda aos Regentes. Ele nunca imaginou que a própria esposa tiraria o filho dele. Um Merlin que eu nunca tinha visto levou a minha mãe embora sem deixar que a gente se despedisse. — A voz dele ficou gélida de raiva, baixa de pesar. — Meu pai começou a chorar quando foram embora, porque sabia que ela seria punida. Acho que ele tentou impedir, mas a palavra dos Regentes é final. Os treinamentos pararam por um tempo. Ele me colocou em uma escola particular, parou de falar sobre a minha posição, sobre a nossa linhagem. Eu só... só vi a minha mãe de novo algumas semanas depois, em um parque perto do nosso bairro. Meu pai e eu estávamos comprando sorvete. Mamãe passou, eu corri até ela e lhe dei um abraço, falei que estava feliz por ela ter voltado. Mas ela não tinha voltado. Minha mãe sorriu, mas... se afastou um pouco, me segurou pelos ombros e perguntou quem eu era.

Começo a soluçar. Lágrimas queimam os cantos dos meus olhos.

— Passei anos pesquisando a mesmerização dos Merlins. Tentando descobrir como reverter o que tinham feito. Extrair o filho da mente de uma mãe é uma mesmerização que apenas um Mestre Merlin seria capaz de fazer. Quando nos conhecemos e você falou que tinha resistido à mesmerização de Sel, pensei que talvez eu tivesse deixado alguma coisa passar...

A voz dele se transforma em um suspiro pesado.

Foi isso que vi nos olhos dele naquela primeira noite no Alojamento. Esperança.

— Sinto muito — murmuro.

Ele aperta minha coxa.

— Não é culpa sua. — Nick respira fundo, retornando à lembrança. — Enfim, depois que esbarramos nela, meu pai nos mudou de cidade uma semana depois. Para me proteger, eu acho. Pouco depois disso, Sel veio morar com a gente, e um outro Merlin trouxe a gente até aqui para realizar o Juramento de Mago-Real. Sel era uma criança, jurando a própria vida para me proteger, e tudo em que consigo pensar é no quanto eu *odiava* os Merlins por serem monstros e como não queria aquele menino estranho na nossa casa. Eu queria minha mãe. Culpei meu pai por ter chamado os Regentes naquela noite, mas, no fim das contas, foi Arthur quem separou os meus pais, e eu... tenho tanta *raiva* dele, Bree. Raiva de um fantasma do século VI. — Ele ri amargamente. — Eu estava com tanta... tanta raiva de *tudo isso* que pensei que parando de treinar todos os dias, parando de fazer tudo aquilo que meu pai queria que eu fizesse e parando de andar com todos aqui, William, Whitty, Sar, todo mundo, então faria com que Arthur nem *quisesse* fazer o Chamado. Larguei este mundo, as pessoas, a política, os rituais... para que talvez ele me considerasse indigno e me deixasse em paz. E agora que pode ser verdade...? — Ele solta outra risada vazia. — Afastei tudo por tanto tempo que às vezes nem tenho certeza de que seria capaz de ouvir Arthur se ele fizesse o Chamado.

Eu o abraço com força, até que Nick encoste a bochecha na minha cabeça e me abrace de volta.

Não menciono que Sel falou a mesma coisa enquanto estava embriagado de aether, que Nick não seria capaz de ouvir o Chamado de Arthur.

Odeio que Sel, em seu ataque de fúria, talvez estivesse certo.

Acordo com o som de Nick tomando banho no banheiro do quarto. Meu celular mostra que são sete e meia da manhã — cedo o bastante para que eu consiga assistir à primeira aula do dia. Eu me sento e ajeito os cachos amassados, como se estivesse pedindo desculpas pela noite de sono sem touca. Noto um cestinho com artigos de higiene na mesinha ao lado. Sabonete, toalha de rosto, um pente que nunca vou conseguir usar e uma escovinha de dentes com um pequeno tubo de creme dental.

Já até posso ouvir o gritinho de deleite de Alice quando contar para ela sobre os esforços de Nick. Talvez eu não possa revelar todos os detalhes, mas pelo menos posso contar para minha melhor amiga que dormi na cama de Nick e acordei com uma cesta de presentes do meu lado.

Pego os artigos de higiene e vou para um dos banheiros do corredor no andar de baixo, torcendo para que ninguém me veja saindo do quarto de Nick. Dez minutos depois, Nick me encontra e insiste em me acompanhar até o dormitório.

Orvalho e névoa pousaram no campo ao redor do Alojamento durante a noite, e a quietude densa da manhã recai sobre nós.

Nick balança a cabeça, franzindo as sobrancelhas assim que nos afastamos do prédio, na direção da estradinha de cascalho cercada por árvores e da trilha que leva até o campus.

— O que foi? — pergunto.

—Toda vez que venho aqui, as pessoas me olham como se eu soubesse o que estou fazendo.

Cruzo os braços enquanto andamos, e uma memória vem até mim.

— Minha mãe dizia "finja até virar verdade". Talvez você precise fazer isso. Fingir até virar verdade.

Ele dá uma risadinha, e o calor preenche o meu peito.

—Valeu, parceira.

— Ah não sou sua parceira. — Aponto com o polegar por cima do ombro, na direção do Alojamento. — Acho que o Vaughn está de olho na vaga.

— Aquele cara... credo. — Ele revira os olhos. — Ele fica me pedindo para treinar luta. É muito... sério, nem sei como definir. — Dou uma risada, imaginando o idiota do Vaughn perseguindo Nick com espadas de treino, implorando para praticar. — Realmente não quero ele como Escudeiro. — Os olhos de Nick se arregalam cheios de esperança. — Já pensou se...

Eu ergo as mãos.

— Como vimos ontem à noite, não faço a menor ideia de como segurar uma espada ou um arco e flecha ou... qualquer coisa. Eu seria horrível.

— A gente treinaria você. — Nick sorri. — Já vi você se movendo. Você seria *incrível*.

—Ah, é mesmo?

Cruzo os braços, estreitando os olhos.

— Sim, é mesmo. — A risada dele é como um tremor suave na quietude matinal. — Talvez eu goste de ver você se mexendo.

Abro a boca, mas não consigo falar nada, então só balanço a cabeça e me viro.

Ele para e segura o meu pulso, até que eu precise me virar na direção dele.

— Não faça isso — repreende Nick.

— Fazer o quê?

Sombras dançam em seu rosto enquanto ele me puxa mais para perto. Como no quarto dele na noite passada, ele pressiona o polegar na palma da minha mão, e aquela leve pressão incendeia as minhas entranhas, faz o meu coração disparar.

— O que você acabou de fazer. Isso que você faz — diz ele, os olhos cheios de graça e um traço de mágoa. — Dizendo para si mesma que estou brincando. Tudo bem ficar nervosa, mas, por favor, não ignore a ideia de que gosto de você, B.

Solto um som abafado de indignação.

— Não estou nervosa. Só...

Ele inclina a cabeça.

— Só o quê?

Pisco em choque, porque ele espera mesmo uma resposta, não é?

— Eu sou... muita coisa.

Ele murmura em uma divertida concordância, os lábios contraídos em um sorriso contido.

— Você é, sim. Concordo.

— E... e... não estou acostumada a me sentir assim.

— Assim como?

Sinto o calor subir pelas minhas bochechas e olho para o outro lado no instante em que Nick exibe um sorriso suave e sábio. Ele passa os dedos pelos meus antebraços, subindo até o interior do cotovelo, me fazendo estremecer. A mão direita dele sobe até meu ombro e repousa na minha clavícula, o polegar deslizando pela minha mandíbula.

— Pensei no que falei ontem à noite. — A voz dele é baixa, quase meditativa, enquanto observa seu polegar na minha face. — Sobre ser o Herdeiro de Arthur e como, de alguma forma, nunca pensei que fosse ter que lidar com isso de fato, entende? Não para valer. Meu pai não passou por isso. Meu avô também não. Um Herdeiro adormecido tem influência, mas não possui voz ativa na Ordem. Nunca pensei sobre como seria ter os poderes dele e o que eu faria com eles até...

Os olhos dele se voltam para os meus.

Minha respiração falha.

— Até...?

— Até o uchel pegar você.

— Ah, claro — brinco, com a voz um pouco trêmula. O rosto de Nick está tão próximo que posso sentir o cheiro do xampu que ele usou mais cedo. Vejo os finos cortes na bochecha dele. Tenho medo de desejá-lo, mas o desejo mesmo assim. As minhas palavras seguintes saem fracas e ofegantes. — Donzelas em perigo ativam o seu lado heroico?

A paixão em sua voz, a força ofegante, é o suficiente para me fazer estremecer.

— Você não é uma donzela para mim, Bree. Você é uma guerreira. Você é forte, e linda, e brilhante, e corajosa. — Ele encosta a testa na minha, os olhos fechados, e respira fundo de forma lenta, entrecortada. — E *realmente* gostaria de beijar você.

— Ai — chio, e imediatamente desejo ter pensado em outra coisa para dizer. *Qualquer* coisa.

Ele dá uma risadinha, o hálito limpo e mentolado já íntimo da minha boca.

— "Ai, não"? Ou "ai, sim"?

Ele se afasta e me encara, e há afeição e algo mais brilhando nas profundezas quentes de seus olhos. É esse algo a mais que envia um arco de eletricidade pelo meu corpo.

— O segundo...

Ele inclina o meu queixo e pressiona os lábios contra os meus, quentes e suaves.

Eu já li livros, assisti a filmes, sussurrei desejos secretos para Alice na escuridão das festinhas de pijama que fazíamos. Minha expectativa é que este beijo pareça constrangedor de uma forma boa.

O que não imagino é que cada toque gentil dos lábios de Nick mude, fique mais insistente... e me deixe em chamas.

Os sons distantes dos pássaros matinais desaparecem quando os dedos de Nick alisam o meu pescoço, movendo meu rosto para que as nossas bocas se conectem melhor. Meus dedos agarram a camiseta dele, puxando-o para mais perto de mim até que eu seja toda sentimentos e nenhuma razão: meu coração batendo com o dele, o calor de seu peito contra o meu, a força das coxas dele contra as minhas. Uma pausa para respirar; então nos encontramos de novo. Faço um barulho no fundo da garganta que deveria ser vergonhoso, mas Nick o consome com um murmúrio baixo contra a minha boca, me puxando até que estejamos corados. Naquele instante, sinto os dois lados da nossa dança familiar. O chamado e a resposta de confiança e lealdade, misturados até que se transformem em melodia. Uma bela verdade que circula no vento, girando na minha mente, ficando mais alta até que todo mundo possa ouvir também.

Não sei no que nosso beijo está se tornando — à medida que os lábios dele roçam a minha mandíbula, à medida que os dedos dele tocam de leve o meu pescoço, escutamos os pés de alguém esmagando cascalho na estrada atrás de nós.

— Nick? É você?

Russ.

Eu instintivamente congelo, mas Nick ergue a cabeça, um som frustrado emergindo do peito.

Outra voz nas proximidades.

— Quem é...?

Ai, meu Deus. Evan também.

— Eita!

Em algum momento nós nos viramos, e estou de costas para o lado de onde viemos, e Nick encara as vozes incorpóreas de Russ e Evan. Graças a Deus por isso, porque assim posso afundar a cabeça no ombro de Nick e recuperar o fôlego em vez de ficar mortificada na frente do playboy *Evan Cooper*.

Evan cantarola.

— Certo, rapaziada! Caramba...! Saquei!

Ele está ofegante de tanto rir.

— Isso é um beijo de bom-dia ou um beijo de boa-noite? — diz Russ, o sorriso permeando a voz. — A gente está chegando ou indo?

— Eu estou meio ocupado agora, gente.

Escuto um tanto de animação sob a dureza da voz rouca de Nick.

— Dá para *ver*.

Russ ri da própria piada enquanto Evan diz:

— Me desculpe por interromper, meu soberano. Por favor, prossiga com vossa língua gentil!

Os dois riem por um bom tempo depois disso, e até eu sorrio, ainda com o rosto colado ao tecido macio da camiseta de Nick. Eles passam ao nosso redor, fazendo barulhos e zoando durante todo o trajeto da estrada de carvalho rumo ao campus.

Assim que não podem mais nos ouvir, Nick suspira, me puxando para mais perto do calor dos braços dele.

—Você está bem?

Faço que sim contra seu peito e pressiono minha orelha nele. Ficamos parados em um silêncio confortável. Depois de alguns minutos, o nosso coração passa de galope rápido a um bater estável. Meus lábios ainda formigam, e os pelinhos dos meus braços estão alertas com desejo, mas suspiro em vez de agir.

Pela primeira vez em muito tempo, eu me permito aproveitar um momento de carinho e segurança sem me perguntar se ele é real.

25

— HOJE À NOITE? — A voz de Alice entra de modo quase supersônico nos meus ouvidos.

— Éééé — respondo, enquanto caminho pelo campus.

O dia está bonito, e passeio pela estradinha de tijolos com um sorriso no rosto. Na quarta-feira foi surreal andar por entre os milhares de alunos da universidade que não faziam ideia do que tinha acontecido na escola deles. Hoje é sexta-feira e aquele segredo não me parece nada de mais.

A realidade muda mesmo depois de um beijo daqueles.

Depois que ele me deixou em casa ontem de manhã, Nick e eu trocamos mensagens o tempo todo. Fiquei com um sorriso permanente no rosto durante o dia inteiro. Hoje de manhã, ele me mandou uma mensagem me convidando para sair com ele e os outros Lendários à noite. Falei que sim, e então, como toda melhor amiga faria, mandei uma mensagem para Alice. Ela me ligou de volta na mesma hora. Eu só tenho alguns minutos para conversar antes de me encontrar com Patricia, mas tenho que concordar com Alice — me derreter pelo celular com a minha melhor amiga falando sobre qualquer assunto relacionado a Nick e seus lábios vale uma ligadinha.

— Aonde vocês vão? — pergunta ela.

— Em algum bar no centro? Um pub? Não sei.

Ela ri.

— Você quer dizer que não liga.

— Não muito.

Não ligo. Estou morta de vontade de ver Nick de novo.

— Certo, então isso é um encontro?

Viro em uma estradinha estreita enquanto penso na pergunta de Alice.

— É um encontro se tiver vinte pessoas em volta?

— Beeeem — diz ela. No fundo, consigo ouvir o murmúrio de vozes e o *sshhhhssh* do vento; ela está a caminho de uma aula em algum lugar no meio do campus. — Acho que é se você agir como se fosse. Se parecer que são só vocês dois, então é um encontro, independentemente de quem estiver em volta.

— Hum, como você pode ser tão sábia?

— Eu leio muitos livros. Próxima pergunta: o que vai vestir?

— Hum...

Patricia acena para mim do lugar onde está sentada, encostada em uma das muretas de pedra onipresentes no campus. Aceno de volta e espero que ela não interprete errado minha expressão de horror. Eu nem tinha *pensado* no que vestir em um encontro.

— Bree! — grita Alice.

Estou a alguns metros de distância de Patricia agora e cheguei na hora exata.

— Tenho que ir, Alice.

— Não! Meus pais vão vir me buscar hoje de tarde, então não vou estar no esquadrão da moda. Será que preciso ligar para Charlotte? Ela tem roupas bonit...

— Tchau, Alice!

Ela resmunga, mas se despede. Que triste ela não estar por aqui hoje à noite. Faço uma nota mental de pelo menos mandar uma selfie para ela antes de sair.

— Me desculpe por isso — digo a Patricia, enfiando o celular na bolsa.

— Não precisa se desculpar — responde Patricia, com um ar de tranquilidade. Seu batom vinho combina com o xale de hoje. — Obrigada por me encontrar aqui.

Olho ao redor, observando o lugar da nossa reunião pela primeira vez. Eu não tinha pensado muito acerca do cemitério durante a visita ao campus; era comum que cidadezinhas nos antigos estados coloniais como a Carolina do Norte tivessem cemitérios históricos no meio de um local moderno. E com certeza não havia imaginado que o visitaria durante o que deveria ser uma consulta terapêutica.

— Eu de fato me perguntei o motivo de você me trazer aqui, não vou mentir.

— Eu ficaria preocupada se não tivesse feito isso. Sem pegadinhas dessa vez — diz ela, puxando o xale para mais perto. — Trouxe você aqui porque decidi que gostaria de ajudá-la, e acredito que esse seja o melhor lugar para começar.

Sem esperar pela minha resposta, ela dá alguns passos até a entrada do cemitério, que é apenas uma abertura na mureta.

— No cemitério?

O ritmo dela é surpreendentemente rápido, considerando que suas pernas são bem mais curtas que as minhas. Preciso andar rápido para alcançá-la.

— Sim.

O céu é de um azul-claro acima de nós. Com áreas cobertas de grama verde e outras por árvores, o velho Cemitério de Old Chapel Hill é provavelmente o cemitério mais bonito que existe. Parece um parque escondido, um refúgio distante da multidão de estudantes encurvados sobre os celulares a caminho da aula, de professores conversando a caminho da cafeteria do campus.

Pedaços e trechos da excursão ao campus retornam à minha mente à medida que andamos: quando a UCN foi fundada no fim do século XVIII, ela começou com apenas um prédio — o meu dormitório, o Old East. Alguns anos depois da inauguração, um aluno morreu de forma inesperada e foi enterrado em um pedaço vazio de terra não muito longe do centro do campus. Conforme o campus expandia, a universidade marcou o perímetro ao redor do cemitério com placas de informações e uma mureta de pedra construído em algum momento dos anos 1800, para separá-lo do restante do terreno.

— Então é assim que vai me ajudar a compreender a minha mãe?

Patricia ofega um pouco à medida que o caminho se torna mais inclinado depois de uma enorme murta-de-crepe.

— Não sei muito sobre a sua mãe, Bree, então, ajudar você a compreendê-la é um pedido difícil. Mas sei sobre raízes.

— Então é no cemitério que você vai me ensinar sobre raízes?

— É um ponto de partida — afirma ela de forma enigmática. — A raiz da raiz, digamos.

Ela dá uma risadinha da própria piada, e desisto de interrogá-la.

As lápides esculpidas pelas quais passamos no limite do cemitério foram feitas de granito polido e reflexivo. As gravações parecem ter sido esculpidas recentemente, ainda que tenham dez, vinte, trinta anos. Algumas ainda têm flores frescas. A maior parte das gravações são pedras retangulares simples e lisas com placas de metal identificando os nomes. Algumas são retângulos sólidos e mais altos em cima de tampos de pedra. Tem até mesmo um pátio de mausoléus, para alguma família rica, provavelmente. No entanto, conforme nos aproximamos do centro, as marcações vão ficando mais velhas, mudando de formato. Obeliscos manchados de bolor, lápides mais finas com dois ou três grupos de nomes. Nomes longos, nascimentos e mortes por volta de 1900 e fim dos anos 1800.

Patricia nos leva para além de lápides cinzentas mais antigas, até um caminho estreito que termina em outra seção do cemitério.

— O cemitério é mantido pela cidade, e todos enterrados aqui eram associados com a universidade ou com a cidade de alguma forma.

— Tipo reitores e professores?

— Isso — murmura ela. — Originalmente, era usado para enterrar alunos que morriam enquanto estavam matriculados e membros do corpo docente. Essa é a seção mais antiga. O primeiro foi um jovem membro da Sociedade Filantrópica e Dialética de debates, enterrado no fim dos anos 1700. Cinco outras seções vieram depois. Uma mistura de professores e membros, filantropos da cidade e doadores, ex-alunos famosos e gente do tipo.

Paramos em uma parede de pedra com aparência ancestral e que percorre toda a extensão do cemitério.

— Percebeu alguma coisa?

— Pensei que tivesse dito que não teríamos pegadinhas.

Ela inclina a cabeça, os lábios curvados em um sorriso misterioso, e isso me lembra que é Patricia que dá as cartas aqui. Cartas que eu quero.

Analiso o caminho por onde viemos. Andamos em estradinhas de terra batida, duras e suavizadas por muitos pés ao longo do tempo. Elas têm um duplo propósito: silenciosamente direcionam os visitantes de forma que não pisem nas covas, mas também separam as diferentes seções do cemitério. Fora dos limites do cemitério, carros passam velozes na direção do estádio de futebol, mas, além disso, os únicos sons são de pássaros e do vento. A Torre do Sino ressoa no Quarteirão Westminster. Quando termina, o sino solitário avisa que são duas e quinze.

Olho para ela, confusa, mas avalio melhor o lugar onde paramos. Do outro lado da parede de pedra há uma gruta.

— Tem apenas algumas lápides aqui. — Aponto para um canto na parte de trás, escurecido por uma árvore baixa. — Algumas tumbas ali. Está quase vazio.

— Ah, está cheio. Essa parede marca onde começa a segregação. Todos os negros estão enterrados nessas duas seções.

Ela inclina a cabeça na direção da grama além do muro.

Meu estômago se revira com as palavras dela. Eu não imaginava que a terapia seria assim. A terapia da maioria das pessoas não deve ser dessa maneira, tenho certeza. Ela cobre os ombros com o xale e prossegue:

— Alguns eram escravizados que professores da faculdade possuíam e mantinham no campus para ajudar a construir e manter a escola. Alguns eram servos ou pessoas livres que, depois da escravidão, acabaram nessa parte da Confederação. — Ela suspira. — Aquele memorial no Arboreto é o reconhecimento bonito, educado. Mas o sangue? O sangue está enterrado aqui.

— Por que não há nenhuma...

Engulo em seco, desejando, de repente, nada além de fugir deste lugar — este lugar que parece íntimo demais, aterrorizante demais.

— A maioria não tem identificação. As pessoas usavam pedregulhos ou cruzes de madeira, aquilo que podiam pagar ou que achavam que valiam. Algumas sepulturas ainda guardam um pouco de mandioca ou pervinca, ou alguma árvore que dá para ver que foi plantada de propósito — explica ela, apontando para as plantas espalhadas pela grama. — Famílias e membros da comunidade fizeram isso, imagino. Nos anos 1980, o pessoal usava esse pedaço como estacionamento nos dias de jogo de futebol americano, então sabe-se lá o que foi destruído. Um estudo de preservação foi feito há pouco tempo, usando algum tipo de radar. Foram encontrados quase quinhentos túmulos não identificados nessas duas seções e na outra do outro lado do muro, mas até um médium poderia ter dito isso.

Ela sorri, uma astúcia reticente brilhando nos olhos. Ela caminha através de uma abertura na parede e pisa com cuidado na grama, se virando ao perceber que não a sigo. Encaro o chão sob nossos pés.

— Quinhentos?

— Sim.

Engulo em seco.

— Tenho mesmo que andar na grama? Eu posso estar pisando na cova de alguém.

— Ah, pode ter certeza. — Patricia se vira com um sorriso. — Mas vamos reconhecê-los. Agradecê-los.

Resmungo e solto um longo suspiro, então sigo os passos dela, imaginando que talvez ela saiba onde estão as covas, evitando-as por nós duas. Paramos em uma seção não marcada da grama.

— É aqui que dois dos meus ancestrais estão enterrados — diz Patricia casualmente, como se estivesse dizendo onde estava um copo no armário.

Os copos estão aqui. Aqui estão as canecas. Ela se senta de pernas cruzadas com sua longa saia.

Eu me afasto por instinto, mas ela me encara com uma sobrancelha erguida.

— Sente-se.

Eu me ajoelho de maneira cuidadosa. A grama cortada recentemente é quente e espeta minhas pernas nuas.

Eu me sento de pernas cruzadas diante de Patricia enquanto ela abre a bolsa de veludo que vinha carregando e dispõe algumas pedras entre nós: uma verde brilhante no formato de um pequeno punho cerrado; uma pedra roxa e branca com algumas pontas afiadas — ametista, acho —; e um quartzo fumê. Para a minha surpresa, Patricia coloca alguns outros itens na nossa frente, itens que nunca pensei em trazer para uma sepultura: uma bolsinha menor com algumas frutas, um prato com bolo de milho e uma caneca vazia que ela enche de chá.

— Não sei quem são os meus ancestrais, pelo menos não antes da minha bisavó — comento.

Patricia dá de ombros.

— Muitos negros nos Estados Unidos não conhecem suas origens quatro ou cinco gerações para trás, não conhecem os nomes antes do fim dos anos 1800. Por que conheceriam? Não herdamos informações familiares detalhadas quando fomos libertados.

Ela continua arrumando suas oferendas, sem olhar na minha direção ao fazer isso.

Fico repleta de um sentimento amargo, parecido com o que senti ao olhar para a Muralha da Ordem.

— Eu nem conheci a minha avó.

Patricia me encara, curiosa.

— Você não conheceu a sua avó?

Fico irritada.

— Não.

— Ela morreu antes de você nascer?

— Sim.

— Nenhuma tia do lado dela da família? Tia-avó?

— Não.

A frustração queima dentro de mim, como se um fósforo incendiasse as minhas entranhas, transformando tudo em fogo. De repente, minha pele parece apertada demais para o meu corpo inteiro. Os pelinhos na minha nuca se eriçam. Minha visão fica borrada. Não preciso ser lembrada do quão sozinha estou. Do quão perdida.

— Bree, respire — pede ela suavemente, mas com firmeza. — Respire devagar pelo nariz.

Escuto Patricia falar, mas a voz dela vem de longe.

Faço o que ela diz até que o meu coração desacelere, mas minha garganta ainda está apertada. Preciso pigarrear uma ou duas vezes antes de conseguir dizer qualquer palavra.

— Então, o que estamos fazendo aqui?

Ela sorri.

— Você confia em mim?

Franzo as sobrancelhas.

— Geralmente é isso que alguém diz antes de fazer alguma coisa esquisita com outra pessoa.

Ela ri.

— Eu lido bem com esquisitices se você aguentar.

Penso em tudo que aconteceu na última semana da minha vida.

— Eu aguento coisa bem esquisita.

— Então vamos prosseguir. — Ela se levanta e cruza as mãos no colo. — Como sabe, existe uma energia invisível ao nosso redor, no mundo inteiro, que apenas algumas pessoas conhecem. Algumas dessas pessoas chamam isso de mágica, algumas chamam de aether, algumas chamam de espírito, e nós chamamos de raiz. Não existe uma única escola de pensamento com relação a essa energia. É um elemento? Um recurso natural? Acho que são as duas coisas, mas um praticante na Índia, na Nigéria ou na Irlanda pode discordar. A única verdade universal sobre a raiz é quem, ou o quê, pode acessá-la e como. Os mortos possuem o maior acesso à raiz, e as criaturas sobrenaturais vêm em segundo lugar, mas os vivos? Os vivos precisam pegar emprestado, barganhar ou roubar a habilidade de acessar e usar tal energia. Nosso povo, os artesões de raízes, pegam a raiz emprestada por um tempo, porque acreditamos que a energia não é nossa. — Ela balança uma das mãos acima das pedras e da comida. — Fazemos oferendas aos nossos ancestrais para que compartilhem a raiz conosco por um tempo. E então, depois que ela é devolvida, nós os agradecemos por servirem de ponte até o poder dela. Esta é a filosofia unificadora da nossa prática.

Além disso, as famílias possuem as próprias variantes, os próprios sabores, se quiser chamar assim. Sempre foi assim, e assim é até hoje.

— Você falou que não sabia como a minha família praticava.

— Não sei. Na atual circunstância, parece que a maneira da sua família desapareceu. Tudo que posso fazer é apresentar a arte do jeito que a minha família a entendia, usando a minha maneira de compartilhar as verdades dela.

Faz sentido, mas...

— O que você faz com a raiz?

Assim que Patricia olha para mim, um calor suave, difuso, se espalha pela minha bochecha e pelo meu nariz, como um raio de sol.

— Segure a minha mão e eu mostrarei.

Assim que seguro a mão dela, há uma sensação de pulsar — a pele de Patricia é quente, seca e macia —, antes que o mundo ao nosso redor gire e depois desapareça.

PARTE TRÊS

RAÍZES

26

PARECE QUE A MÃO do universo entrou em mim e simplesmente... *puxou*.

A sensação de movimento é muito forte — estou voando, me expandindo — então, tão de repente quanto começou, para.

Caio para a frente, apoiada nas mãos, tonta e inspirando uma grande quantidade de ar poeirento. Ar que gruda no fundo da minha garganta e enche a minha boca com o gosto de cobre.

—Você está bem, Bree.

A voz de Patricia vem suave de algum lugar perto do meu ombro. Ela está parada ao meu lado, os sapatos sociais pequenos bem do lado de minhas mãos. Abro os olhos e vejo que estão espalmadas sobre argila compactada e esfarelada que foi escovada e alisada até se tornar uma superfície uniforme. Um piso. Estou *dentro* de um prédio. Não, de uma cabana.

Mas estávamos no cemitério um segundo atrás.

Uma mulher geme perto, um som estrangulado de dor. Minha cabeça gira rápido em busca da fonte do barulho, e quase caio para a frente de novo.

O pequeno espaço retangular é iluminado apenas por uma lareira na altura da cintura, no centro da parede mais longa. As paredes são feitas de placas rústicas de madeira e, a cada poucas tábuas, pequenos retalhos de tecidos estão enfiados entre as falhas para cobrir as fendas e impedir a entrada do ar frio. Do meu lado, no chão sujo, estão dois lençóis finos, manchados de marrom, com pontas rasgadas e desiguais. Assim que vejo a lareira, o calor atinge o meu rosto, e é quando sei que isso não é um sonho, que isso é real.

E reais também são as duas figuras diante do fogo: uma mulher negra deitada de bruços em um canto do chão coberto de palha, a maior parte do corpo ocultado da minha visão, e a outra, uma mulher negra de meia-idade debruçada sobre sua companheira, com um longo vestido liso e um chapéu de algodão branco.

A mulher deitada geme de novo, e a outra a conforta com uma voz baixa e calma.

— Aguente firme, Abby, aguente firme. Mary está vindo.

Abby sibila em resposta, e é o som de uma dor súbita, tão aguda que rouba o fôlego.

— Onde estamos?

Minha voz não passa de um suspiro e quase some por entre o choro de Abby. Fico de pé. Do meu lado, o rosto de Patricia se contrai ao assistir à cena diante de nós.

Ela fala com uma voz forte, sem sussurros.

— Cerca de quarenta quilômetros do local onde nos sentamos no cemitério.

— Como foi que...

O rosto de Patricia é uma mistura de tristeza e orgulho.

— O ramo da minha raiz me permite trabalhar com memórias, entender a energia delas e o poder que possuem sobre o nosso presente. Eu trouxe você em um passeio pela memória: um tipo de viagem no tempo, se quiser chamar assim, até a memória da minha ancestral, Louisa, cujo túmulo nós visitamos. É pouco ortodoxo para uma pessoa que trabalha com memórias trazer alguém de fora da família para viajar junto, mas eu esperava que minhas intenções ficassem claras. Com a minha oferenda, pedi a Louisa para que me ajudasse a mostrar para você o mundo e as pessoas que pariram a nossa arte. E esta é a memória que Louisa escolheu.

Ela inclina a cabeça na direção de Abby, cujo corpo ainda não consigo ver direito. Só consigo identificar a cabeça e os ombros. Seus olhos grandes são emoldurados por longos cílios que as pessoas pagariam para ter, e os cachos fechados são grossos e volumosos ao redor de um rosto cor de bronze em formato de coração. Ela não deve ter mais que vinte anos.

— Este é um exemplo das circunstâncias que fortaleceram a aliança de energia entre os vivos e mortos, formando a tradição que chamamos de Arte de Raiz.

Um calafrio percorre o meu corpo, mesmo com a lareira aquecendo o quarto.

— Estamos *dentro* de uma memória?

Ninguém da Ordem mencionou algo do tipo. Sel é um ilusionista capaz de lançar feitiços e manipular memórias usando a mesmerização, mas viajar para *dentro* delas?

— Sim — afirma Patricia. — Eu conheço bem essa, na verdade. Estamos no começo de junho, 1865. Alguns meses depois da Batalha de Appomattox, mas antes do Dia da Emancipação. Precisamos nos aproximar. Mary está quase chegando.

Ela dá um passo adiante, mas fico para trás, sacudindo a cabeça, porque consigo imaginar a origem do assustador e sufocante cheiro de cobre: sangue. Muito sangue.

Quando Patricia percebe que não estou atrás dela, ela nota a minha expressão e fala, compreensiva:

— É normal ficar assustada, Bree. Assim como muitas coisas reais, isso é horrível e pesado. Se ajudar, Abby sobrevive, com a ajuda de Mary. Ela vive uma vida longa depois dessa noite.

Ajuda um pouco.

— Elas não vão nos ver? — indago, assistindo a Louisa torcer um tecido molhado em um balde perto dela, a preocupação estampada em seu rosto negro. Mesmo durante uma crise dessas, as mãos dela estão firmes.

— Não. O espírito de Louisa nos trouxe até aqui, mas o que passou, passou. Somos apenas observadoras. Ela não consegue nos ver ou ouvir, e o mesmo vale para os outros.

Mordo a parte interna da minha bochecha.

— Mas por que ela escolheu essa memória?

— Você vai ver. Venha.

Patricia estende a mão, e eu a seguro.

Conforme nos aproximamos, a porta frágil da cabana se abre, e uma jovem de pele escura, usando um vestido bege, entra na sala, suas elegantes feições retesadas e focadas.

— O que aconteceu?

Louisa exala, aliviada, se forçando a se levantar. Toda a frente de seu vestido está manchada de sangue seco.

— Aquele garoto com cara de rato, Carr, a pegou.

Louise se afasta quando Mary se aproxima. Ela carrega uma bolsa feita de pano em uma das mãos e, ao se ajoelhar, começa a desfazer o nó no topo.

— O que ele falou que ela fez?

Um sorriso de escárnio estraga os traços bonitos de Louisa.

— As mesmas mentiras de sempre. Se metendo com uma branca na rua, dando uma resposta atravessada a ela ou alguma outra bobagem.

Mary pega a sacola aberta e a esparrama no chão. Dentro, estão ervas empacotadas, pequenos frascos de vidro verde com um líquido turvo e algumas plantas recém-colhidas do solo, terra molhada ainda grudada nas raízes espigadas. Sua boca se retorce em um sorriso.

— Aposto que aquele moleque tem uma história diferente toda vez que conta.

Louisa está com tanta raiva que as mãos tremem ao lado do corpo.

— Chloe disse que ela correu até a guarnição pedindo ajuda, mesmo eu tendo *falado* várias vezes para essa menina que eles não estão aqui para nos proteger, estão aqui para nos manter na linha. Carr a arrastou para fora.

— O olhar de Louisa se tornou rígido feito pedra. — Ele a deixou lá no chão, desmaiada de tantas chicotadas. Eu e Chloe a carregamos até aqui, e ela acordou no meio do caminho. Eu a mantive calma, mas...

— Mary? — A voz de Abby é um sussurro fraco.

— Estou aqui, Abby. — Mary reconforta a outra mulher enquanto as mãos dela trabalham com os materiais no chão.

Patricia estava me puxando para a frente devagar. Estamos na lareira agora, e eu enfim e consigo ver o que aconteceu com Abby.

As costas dela estão rasgadas como se um gigantesco gato a tivesse usado como arranhador. Longas tiras de carne dilacerada se cruzam do ombro até a cintura, algumas finas como navalhas, outras tão abertas que revelam as dobras do tecido muscular em tons vermelhos e rosados que eu só tinha visto no açougue. O açoite arrancou sua pele e sua roupa, deixando tanto o corpo quanto o vestido em retalhos.

Um ser humano fez isso com outro ser humano. Algum garoto fez *isso* com Abby por conta de uma suposta ofensa. Ela correu em busca de ajuda e ninguém se dispôs a ajudá-la. Entregaram Abby para um garoto que rasgou o corpo dela e a abandonou para morrer.

A fúria cresce em mim como um veneno. Um sentimento áspero e perigoso que jamais senti em relação a uma pessoa que nunca conheci.

— *Carr* — falo.

Patricia assente.

— O monumento dele está no Quarteirão.

— *O monumento dele?*

Eu me viro para ela, tomada pela ira, incapaz de aceitar que um monstro desses tenha sido honrado na Carolina do Norte ou em qualquer outro lugar.

Ela suspira com pesar.

—Tudo tem duas histórias. Especialmente no Sul.

Procuro no rosto dela pela raiva que sinto, mas a expressão de Patricia é uma máscara cansada. Ela deve sentir isso. *Tem que* sentir.

Patricia me encara como se soubesse o que estou pensando.

— Nunca se esqueça. Sinta raiva. E canalize. — Ela segura a minha mão com força, e é a única coisa que me impede de cair no chão. — Observe. Este é o coração da Arte de Raiz, Bree. Proteção daqueles que desejam nos machucar e, se machucarem, a cura para que possamos sobreviver, resistir e florescer.

Observo Mary ficar de joelhos, as mãos viradas para cima em seu colo. Vejo enquanto ela começa a recitar baixinho, um pulsar grave que parece com tambores quentes batendo nos meus pés, na minha barriga, no meu coração. Então, noto os tambores se tornando mais do que um sentimento, conforme ganham forma e se tornam visíveis.

Luzes saem das juntas das mãos de Mary e recobrem as palmas e os punhos dela, enquanto chamas amarelas crescem e pulsam por toda a sua pele.

— Fogo mágico — sussurro, admirada.

Patricia se espanta ao meu lado, mas, de alguma forma, isso não parece importar. Não quando vejo Mary se inclinar sobre Abby, as mãos douradas pairando acima dos ferimentos nas costas da jovem, e eles lentamente, muito lentamente, começando a fechar. Não quando a respiração de Mary e os suspiros entrecortados de Abby se unem até que o busto de ambas suba e desça no mesmo ritmo, a raiz colando músculo com músculo, músculo com fáscia, pele com pele.

O cheiro de mel e sangue se misturam no meu nariz e na minha boca.

As duas mulheres respiram juntas por um longo tempo, enquanto o sangue dos ancestrais de Mary se apresenta para curar os ferimentos causados por um chicote de cavalo nas mãos de um homem perverso.

Por fim, Mary se inclina para trás, gotas de suor brilhando na testa.

Mas os ferimentos de Abby não se fecharam por completo.

— Ela não terminou, não é?

— Terminou, sim.

— Mas Abby ainda está sangrando!

— Olhe para as ervas.

Ao lado dos joelhos de Mary, os pacotes de plantas e as ervas se tornaram murchas e enegrecidas. As raízes úmidas secaram e se retorceram em pequenas bolinhas ressecadas.

— Não entendo.

— Artesãos Selvagens pegam o poder emprestado dos seus ancestrais para usar a energia das plantas. Esse poder é finito, e a energia vital das plantas também, assim como a habilidade de Mary de funcionar como conduto, assim como todos os artesãos no ramo dela.

Para ilustrar as palavras de Patricia, Mary cai de joelhos. Louisa corre até ela para ajudá-la a se equilibrar.

Balanço a cabeça. Não foi isso que vi William fazendo. Ele consegue fechar totalmente os ferimentos, selá-los e curá-los quase de uma noite para outra. Quando penso nele, em Sel e nos outros Herdeiros Despertos, o poder deles parece não ter limites. Por quê? Por que não o de Mary?

— Mas Abby ainda está sentindo dor.

— Ela salvou Abby de uma infecção mortal. O corpo de Abby vai curar o restante. Se tivesse um outro Artesão Selvagem por perto, um tratamento duplo poderia ser feito, mas mesmo assim os ancestrais talvez não permitissem que isso acontecesse. Não podemos ligá-los e desligá-los como uma torneira. Afinal, eles nos *permitem* usar o poder deles.

— Abençoada seja, Mary — sussurra Abby, a voz grogue de exaustão. — Abençoada seja.

— Tudo bem. — Mary a acalma à medida que Louisa a ajuda a ficar de pé. — Agora descanse.

— Mary, fique — pede Louisa, apontando para os lençóis que vi antes. — Você também precisa descansar. Os ancestrais a exauriram, imagino.

Mary assente, os olhos quase fechados.

— Tudo bem.

Louisa a guia para um canto da cabana, passando do nosso lado, e ajuda Mary a se sentar no chão de argila suavizado.

— O que você falou mais cedo? — Patricia puxa a minha mão. — Sobre o poder de Mary?

Observo Mary se ajeitar sob os lençóis de Louisa e sinto uma vontade enorme de dar meu moletom a ela, minhas meias. Qualquer coisa que possa aquecer Louisa ou Abby.

— Fogo Mágico. Eu a vi juntar aether... raiz... nas palmas das mãos antes de curar Abby. É da mesma cor do aether amontoado no Memorial dos Fundadores Desconhecidos.

Ela entra no meu campo de visão, os olhos arregalados.

— Você consegue ver raiz?

A pergunta dela me pega de surpresa.

— Você não consegue?

Uma mistura de fascínio e confusão transforma o rosto dela.

— Eu *sinto*, mas não vejo. Um Leitor, um Médium ou um Profeta poderia, talvez, se ela pedisse aos ancestrais para que emprestassem seus olhos. Mas nunca por mais do que um curto período. — A expressão dela muda. — Quem ensinou essas palavras a você, Bree?

Não quero mentir.

— A Ordem da Távola Redonda.

Patricia é tomada pelo desalento, e, de repente, o ar na cabana esfria.

— *Artesãos de Sangue* — sussurra ela, o medo estampado no rosto.

— Isso... Isso é outro termo para Lendário? — falo, gaguejando. — Que nem você chama o aether de "raiz"?

— Não, não é apenas um termo. — Ela envolve as minhas mãos nas suas, as unindo entre os nossos corpos. A suavidade da pele dela é apenas uma casca. Debaixo dela, as mãos de Patricia são como aço inflexível. — Artesãos de Sangue não pegam o poder *emprestado* dos seus antepassados, eles roubam. Prendem esse poder nos seus corpos por gerações e gerações.

— Eu... sei das linhagens — falo, desnorteada, o horror tomando conta do meu estômago. — O motivo pelo qual usam os poderes, o motivo pelo qual eles lutam.

— Então você conhece os pecados deles — diz Patricia. — Arte de Sangue é uma maldição que ganhou vida.

O olhar de Patricia guarda todos os horrores dos Lendários de que já ouvi falar e testemunhei, cada maldade que já imaginei e um pouco mais: o Merlin que tirou a minha mãe de mim. O Merlin que levou embora a mãe de Nick. A crueldade de Sel. Os Regentes. As perdas de Fitz. Os Suseranos que abusaram de uma criança que chamavam de rei.

— Eles são... é...

— Magia de colonizador. Magia que *custa* e que *tira*. Muitos praticantes enfrentam demônios. Muitos de nós enfrentam o mal. Mas a partir do momento em que os fundadores deles chegaram, a partir do momento em que *roubaram* os solos indígenas, a própria Ordem forneceu bastante alimento aos demônios! Eles colhem o que a magia deles semeia.

De repente, Louisa surge a poucos centímetros de nós. Patricia me solta, e nós duas nos afastamos. Então, sem aviso, Louisa vira a cabeça, os olhos encarando vagamente na minha direção.

— Pensei que ela não conseguisse nos ver — sussurro.

Patricia franze as sobrancelhas ao ver sua ancestral perscrutar o espaço em que está a minha cabeça.

— Ela não consegue.

Mas os olhos castanhos de Louisa se fixam nos meus como um botão sendo costurado no lugar, lançando faíscas na minha pele.

— Eu vejo você — sussurra ela de repente.

Antes que eu consiga dizer qualquer palavra, Louisa agarra meu braço, e o mundo desaparece de novo.

Abro os olhos, ofegando com a sensação de aperto na minha espinha. A tontura é menos intensa do que na primeira caminhada pela memória, mas preciso me curvar, as mãos no joelho enquanto recupero o fôlego antes de olhar ao redor.

Estou em outra cabana parecida com a primeira, mas essa é menor, mais iluminada e repleta de mulheres negras agitadas. Mais uma vez, o lamento de uma mulher preenche o espaço, uma única nota torturante se arrasta, então termina. Vozes de encorajamento, outro gemido baixo.

— O que foi *aquilo*?

Eu me viro para perguntar para Patricia. Mas Patricia não está aqui. Há apenas Louisa.

A mulher mais velha está de pé ao meu lado, ainda usando o vestido ensanguentado, e olha para a cabana sem me responder. Seus olhos seguem duas mulheres que saem por uma porta lateral, carregando um balde metálico pesado entre elas.

Vendo que ela não vai explicar o que acabou de fazer — ou como consegue me ver —, tento outra pergunta.

— Onde estamos?

Louisa responde sem me olhar.

— Não muito longe da minha casa na outra memória. A melhor pergunta é quando, menina.

Fico de pé.

— Quando estamos?

— A cinquenta anos do meu tempo, quando minha avó era jovem.

— Em 1815. Por que me trouxe até aqui?

Louisa me lança um olhar astuto.

— Porque você precisa ver isso.

— Cadê a Patricia?

—Tantas perguntas! — reclama Louisa. — Minha descendente voltou para o tempo dela. Você voltará quando terminarmos. Venha.

Ela agarra o meu cotovelo com força e me puxa sem se importar com o fato de que estou tropeçando atrás dela. Quanto mais perto chegamos, mais forte fica o cheiro quente e acobreado de sangue.

E então o choro alto de uma criança recém-nascida.

Três mulheres em vestidos longos se ajoelham ao redor de uma quarta, que acabou de dar à luz. A mulher — uma jovem de dezoito ou dezenove anos — está deitada em lençóis ensanguentados enrolados ao redor de um amontoado de palha e grama. Sua saia está enrolada na cintura, as mãos segurando os joelhos como tornos. Ela está ofegando, exausta e coberta de suor, mas a determinação feroz no rosto dourado e quente a torna... impressionante. Esplêndida.

— A que acabou de ter um bebê é Pearl — diz Louisa. Ela indica as outras três com o queixo. A mais jovem parece ter a idade de Pearl, e as outras estão na casa dos vinte. — Cecilia, Betty e Katherine.

—Você as conhece?

Louisa sorri e aponta para a mulher mais jovem.

— Aquela é a mãe da minha mãe. Ela nos trouxe até aqui.

Cecilia seca a testa de Pearl enquanto Betty faz os primeiros cuidados pós-parto. É Katherine quem se afasta com a criança chorona, limpando-a, imagino, usando algum dos trapos umedecidos que ficam pendurados acima do balde de água. Meus olhos são atraídos para uma lâmina ensanguentada em cima de uma placa de madeira ao lado dela. É difícil não pensar nos riscos aqui — germes, infecções, água suja —, ainda que eu saiba que as mulheres fazem isso há séculos do mesmo jeito ou com menos.

— Por que ela me trouxe até aqui?

Louisa inclina a cabeça.

— Não sei.

Katherine sibila, uma inspiração pesada que faz todo mundo virar a cabeça. Pearl, a nova mãe em alerta, estica as mãos para a criança.

— O que foi, Kath? Ele está bem?

Katherine se vira e, pela primeira vez, consigo ver o bebê aninhado em seus braços. Ainda manchado de sangue, enrugado e molhado. O choro dele se aquietou, substituído agora por resmungos. Betty se aproxima, ela e Katherine trocam olhares. Pearl também percebe isso.

— Betty? Tem alguma coisa errada? — pergunta Pearl, preocupada, os olhos indo de uma mulher para outra. — Ainda estou sangrando muito?

Betty balança a cabeça.

— Já vi piores. O sangramento não é o problema.

Pearl está histérica agora.

— Então me dá ele!

— Entregue-o para ela, Kath — diz Betty com calma.

Katherine obedece e passa o recém-nascido para a mãe. Quando Pearl estica as mãos, preocupação e amor estão estampados em seu rosto. Quando segura o bebê mais perto, um horror silencioso toma conta dela.

Por cima dos ombros de Pearl, Cecília exclama:

— Os olhos dele!

Um pequeno redemoinho de apreensão zumbe pela minha pele.

Talvez Cecilia também sinta isso, porque ela parece pronta para se afastar de Pearl rapidamente.

Katherine balança a cabeça.

— Eu falei para não se meter com aquele diabo dos olhos vermelhos, mas você fez isso, não foi? Nada de bom vem de um homem que você conhece em uma encruzilhada, Pearl. Nada.

Os olhos de Pearl estão cheios de lágrimas. Ela balança a cabeça, se para negar as palavras de Katherine ou para negar aquilo que vê, não sei.

— Ele é meu filho — diz ela, com os lábios trêmulos.

Falo com Louisa sem olhar para ela, meus pés já se aproximando da cena.

— O que tem de errado com os olhos dele?

— Um filho de encruzilhadas — responde Louisa, enigmática.

Ela não me detém ou me chama. Já estou quase do lado de Pearl, e as minhas mãos tremem como se o meu corpo inteiro já soubesse o que há de errado com o bebê, com o que — ou quem — ele vai se parecer.

— Ele pode se parecer com um bebê, mas é o disfarce deles — diz Katherine, tristeza e condenação em medidas iguais na voz. — Não podemos acreditar neles porque é da natureza deles mentir. Você *sabe* disso, Pearl. Assim como o pai dele, ele vai se virar contra você um dia.

Estou perto o bastante para ver o recém-nascido, parada entre a mãe e Cecilia. Eu me inclino para a frente, a voz desesperada de Pearl alta no meu ouvido.

— Ele é meu filho!

E vejo o que temia ver.

Dois olhos cor de âmbar, brilhando reluzentes, encaram Pearl no rosto suave do bebê.

Então, desafiando a compreensão de Patricia assim como Louisa tinha feito antes dela, Cecilia segura o meu cotovelo. Seus olhos queimam com apreensão e se fixam nos meus. Tento me afastar daquelas chamas, daquele incêndio... mas ela segura com força.

— Isso não é uma criança — diz ela ferozmente. — É um monstro.

O mundo gira e desaparece de novo.

Depois que aterrissamos, Cecilia me puxa para junto de si em uma caminhada veloz. Não preciso me virar para saber que Louisa não está conosco.

— Por aqui.

Estamos de volta à universidade, no meio da escuridão profunda da madrugada. Cecilia me arrasta na direção do centro do campus em um passo estonteante.

— Por que me mostrou aquilo?

— Porque você precisava ver — responde Cecilia sem fôlego, ecoando as palavras de Louisa.

— Eu precisava ver aquele bebê? O que ele era?

Ela explica sem parar de andar.

— Uma criança da encruzilhada, nascida de um homem da encruzilhada. O pai andava entre nós e compartilhava da nossa imagem, mas na verdade era um demônio nascido das sombras. A criança é meio-humana.

Tropeço ao ouvir a explicação fria e distante de Cecilia. Ela puxa a minha mão para me erguer.

Nascido das sombras, mas com a forma de um homem. Um homem das encruzilhadas. É assim que os Artesãos de Raiz chamam um goruchel? Se eu não tivesse visto com os meus próprios olhos, nunca teria acreditado que uma união dessas é possível.

— O que aconteceu com o bebê de Pearl?

— Elas a forçaram a rejeitá-lo antes que crescesse o bastante para fazer algum mal.

Rejeitá-lo.

— Estamos perto. Preste atenção.

Olho ao redor. Não sei quando estamos, mas deve ser recente, porque reconheço os prédios, as árvores, as estradinhas.

— Você está me levando de volta para Patricia?

— Não. É Ruth quem deseja ter você aqui.

— Quem é Ruth?

Cecilia não responde, nem parece interessada em conversar. Ela para perto de um banco de pedra sob um velho álamo. Antes que eu possa fazer outra pergunta, uma mulher familiar passa, as mãos enfiadas nos bolsos, uma bolsa moderna pendurada nos ombros. Ela se parece muito com uma aluna.

— Ruth. A irmã de Patricia.

Meus olhos se arregalam. *Irmã* de Patricia?

Cecilia me puxa até que estejamos andando ao lado de Ruth, que não parece nos ver. Ela está com fones de ouvido, do tipo antigo, com fios e uma faixa de metal acima do cabelo castanho na altura dos ombros.

Nós três — uma mulher escravizada do século XIX, uma adolescente do século XXI e uma universitária do século XX — ziguezagueamos por entre os alunos que permanecem no pátio de tijolinhos do Fosso. Não sei o que vai acontecer se eu encostar nos universitários ao redor e não quero descobrir. Descemos os degraus até o nível da rua atrás das lojas, e Ruth nos leva pela estrada sul e pela calçada que vai em direção ao centro do campus da UCN — a Torre do Sino. Assim que alcançamos as sombras da Torre, Ruth congela, então se abaixa de repente atrás de uma das cercas vivas no limite do gramado e tira os fones do ouvido.

— Por que ela parou? — indago.

Cecilia aponta.

— Por causa daquilo.

Juntas, nós três olhamos para as sombras atrás do pátio de tijolos na base da estrutura, onde uma figura encapuzada se ergue em um pedaço escuro de gramado no lado distante da grama, quase escondido. Quem quer que seja, se posicionou estrategicamente, parando no ponto exato onde o marco imponente a ocultasse de transeuntes da madrugada e bloqueasse o brilho laranja dos postes do campus. O som de um cântico baixo e agressivo chega até os meus ouvidos. Não é inglês. Também não é o galês da Ordem.

Balanço os pés enquanto escuto, por um momento cativada. Dou meio passo para a frente antes de sair do transe súbito. Estremeço. Algo não está certo, aqui sob a Torre.

Cecilia me cutuca.

— Vá. Aproxime-se. Ninguém consegue ver você.

— Assim como você e Louisa não conseguiam? — sibilo.

— Forças maiores do que Patricia estão trabalhando com vocês — diz Cecilia, estreitando os olhos. — A caminhada original dela foi puxada para a corrente da nossa energia ancestral como uma folha em um rio. Os ancestrais não vão largar você até que tudo esteja consumado. Agora vá.

Ela me empurra com força até que eu vá dos arbustos para a grama.

Conforme me aproximo, a figura cantante se vira, de modo que tudo que consigo ver é seu moletom preto e sua calça jeans. A pessoa olha por cima dos ombros, como se sua atenção tivesse sido capturada por um barulho — talvez Ruth —, e fico paralisada, mas o olhar me atravessa como se eu não estivesse ali.

Mesmo a um metro de distância, não consigo ver os traços de seu rosto. O capuz está puxado para baixo, até mesmo seu nariz e sua boca são formas ocultas pelas sombras. Feliz por não ter companhia, a figura se vira, tirando um pequeno item do bolso. Um frasco de líquido escuro. A figura destampa o frasco e derrama o líquido sobre uma das mãos enluvadas. É sangue, percebo, e tanto as palmas quanto os dedos ficam cobertos até que o couro esteja brilhando.

A pessoa caminha devagar pela grama enquanto agita a luva ensanguentada pelo ar, a mão aberta, deixando um rastro verde de fogo mágico. O fogo fica no ar feito um arco-íris de esmeralda, então se torna líquido. O aether brilhante flui até o chão em rastros espessos. A figura se afasta, recitando alguma coisa, e o aether se espalha até que um véu brilhante, mais alto que uma pessoa e com no mínimo seis metros de largura. Há um som de rugido, subindo como uma onda nos meus ouvidos, e então um barulho forte de rasgo.

Sinto um puxão na minha espinha de novo, mas antes que o mundo desapareça pela última vez, vejo dúzias de patas parcialmente corpóreas com garras se alongarem pelo véu e pousarem na grama. Um uivo baixo começa fora do meu campo de visão, o som distorcido ficando mais alto, mais claro...

Cães demoníacos.

Volto resfolegando, sentada no mesmo lugar em que estava antes de iniciar a jornada com Patricia. Há um som que não consigo identificar. Um barulho de "iii". Escuto outra vez.

— ... iii?

Uma pergunta. Pisco e vejo Patricia ajoelhada, suas mãos balançando meus ombros. Sua boca se move, e dessa vez eu ouço.

— Bree?

— Patricia.

— Ah, graças a Deus. — Ela me puxa para um abraço apertado, então se senta. — Você estava aqui, mas não estava. Respirando, mas sem reação. Louisa não me deixava chamá-la de novo. Tive a impressão de que deveria esperar, mas...

Balanço a cabeça para dissipar a névoa, mas as memórias — memórias minhas agora — permanecem. Imagens pintam o interior da minha mente, pulsando pela minha consciência como tambores. As costas de Abby. As mãos de Mary. Artesãos de Sangue. O olhar determinado no rosto de Pearl. O filho da encruzilhada e seu olhar laranja-dourado. O Portal das Crias Sombrias.

Uma matilha de cães demoníacos vindo para o nosso mundo.

Meus olhos encontram os de Patricia.

— Você tem uma irmã chamada Ruth.

Ela pisca, perplexa.

— Eu tinha. Ela morreu há alguns anos.

— Ah — sussurro. — Não sabia.

Patricia sorri como se soubesse o que estou pensando.

— Eu já caminhei com ela. Sinto falta dela e, mesmo assim, a vejo quando preciso. Por que a mencionou?

— Porque eu também caminhei com Ruth. Quando ela frequentou a universidade. Quando foi que Ruth se matriculou?

— Ela se formou há vinte e cinco anos, mais ou menos. Por quê?

Parece que ela deu um soco no meu estômago. Minha mãe também esteve aqui há vinte e cinco anos, talvez morando em um dormitório não muito longe de onde Ruth estava naquela noite.

Então, me lembro do que Louisa me mostrou — o bebê de Pearl que foi rejeitado, o homem de olhos vermelhos que era o pai —, e o terror no meu estômago cresce até estremecer meu corpo inteiro.

— Tenho que ir.

— Ir aonde? — Patricia pisca. — O que você viu?

— Elas me mostraram essas memórias de propósito — murmuro, ficando de pé. — Me desculpe, preciso ir.

— Bree! O que aconteceu?
— Desculpa!

Já estou tirando o celular do bolso enquanto corro.

Nick não atende à ligação, mas isso não me detém. Estou disposta a cruzar o campus inteiro até o Alojamento, até que me dou conta de que preciso fazer uma parada antes.

Porque, apesar da urgência das minhas novas missões, preciso ver aquilo.

Quando chego na estátua, é como se eu a olhasse pela primeira vez.

Carr está com o uniforme completo da Guerra Civil, segurando um rifle de cano longo com as duas mãos. O escultor, seja lá quem fosse, se certificou de que a coluna de Carr estivesse ereta, os ombros para trás e o queixo erguido. Um soldado orgulhoso, de pé por uma guerra perdida.

Aquela raiva venenosa volta.

Com o coração batendo forte por incontáveis motivos, penso de novo na Muralha das Eras e em suas linhagens, na mistura de desconexão e frustração que senti ao olhar para ela. Então, do lugar de honra do monumento no topo do campus da universidade, olho para os prédios da instituição, os gramados bem-cuidados e as estradinhas de tijolos. Deixo que o meu olhar percorra o lugar, de prédio a prédio, de árvore a árvore, de vidas enterradas a vidas combalidas, de sangue roubado a sangue escondido. Mapeio os pecados deste território, invisíveis e inúmeros, e os trago para perto de mim. Porque mesmo que a dor de tais pecados me tire o fôlego, a dor parece pertencer a mim, e ignorá-la depois de tudo que vi seria uma perda.

Permaneço perto daquela estátua e clamo pelos corpos cujos nomes o mundo quer esquecer. Clamo por aqueles corpos cujos nomes *eu* fui ensinada a esquecer. E clamo pelas linhagens não celebradas que encharcam o solo sob meus pés, porque sei, simplesmente *sei*, que elas clamariam por mim se pudessem.

Não sei o motivo de fazer de isso, para ser sincera, mas, antes de ir, me viro para encarar a estátua, pressiono as duas mãos contra ela e *empurro*.

Imagino todas as mãos que construíram este lugar e sofreram em seus terrenos empurrando através das minhas também, e, ainda que a estátua não se mova, sinto como se tivesse mandado uma mensagem.

Talvez seja a minha imaginação, mas me sinto mais forte. Mais alta. Como se tivesse as raízes necessárias para fazer o que preciso.

E então, com fogo nas veias, eu me viro e corro.

27

SARAH E TOR ESTÃO conversando no salão quando chego correndo pela porta da frente.

— Bree? Está tudo bem? — indaga Sarah, notando meu estado e minha aparência desarrumada.

— Cadê o Nick?

Tor faz uma careta.

— Levando o pai para o aeroporto.

Droga.

Eu tinha esquecido completamente. Lorde Davis está indo até a Divisão do Norte para se reunir com os Regentes.

— Quando ele volta?

— Ele vai encontrar a gente no Tap Rail em uma hora, novata — diz Tor, cruzando os braços. — Por quê?

O bar. Deus, também esqueci isso. O que significa que não posso falar sobre o Portal e a figura misteriosa até mais tarde. *Uma crise de cada vez, Matthews.* Se Nick e Lorde Davis não estão aqui...

— Preciso falar com William.

Sarah ergue as sobrancelhas.

— Você está machucada?

— Não.

Começo a andar na direção do corredor que leva até o elevador, mas Tor entra na minha frente.

— Então por que precisa dele?

Eu a encaro, cansada demais para me fazer de boazinha. Sarah entra no meio.

— Ele está lá embaixo, na enfermaria.

— Pajens não podem descer lá a menos que sejam chamados — protesta Tor. — Escuta, Matthews, você não pode sair correndo fazendo o que quiser...

— Torrrr — geme Sarah. — Bree, vai lá.

O olhar que Sarah lança a Tor é o tipo de olhar que se dá a alguém que é capaz de irritá-lo profundamente, mesmo que você ame essa pessoa além da conta. De repente fica bem claro quem é que manda entre Herdeira e Escudeira.

Lá embaixo na enfermaria, encontro William sozinho, sentado a uma mesa em um canto, digitando em um laptop prateado. Ele me olha quando entro, mas o sorriso no rosto dele some ao me ver.

— Você está bem? — pergunta, ficando de pé, os olhos já caçando ferimentos.

— Estou bem — respondo. — Bem, na verdade, não, não estou bem.

A expressão dele vai de alívio para uma curiosidade cautelosa.

— O que está acontecendo?

Um homem de olhos vermelhos e sem nome surge em minha mente, seguido por seu filho de olhos cor de âmbar.

— Sel não é humano.

Os olhos de William se arregalam um pouco.

— Sel é o nosso Merlin e Mago-Real.

— Não estou falando dos *títulos* dele, William!

Ele engole em seco.

— Do que está falando?

Caminho de um lado para outro enquanto falo.

— Lorde Davis fez parecer que Merlins são apenas humanos que são naturalmente mágicos. Mas Sel não é assim, é? — Quando ergo os olhos, vejo um movimento sutil nos dedos de William, a veia saltando em seu pescoço. Eu o encaro com firmeza. A essa altura já sei identificar quando há segredos por trás de um olhar. — Você sabe, não sabe?

— Sei o quê? — diz ele tranquilamente, pegando alguns papéis.

— Que Sel é uma Cria Sombria.

— Feche a porta — ordena William, a voz mais ríspida do que nunca. Quantos outros segredos há por aí?

— Eu...

— Por favor.

Os lábios dele se comprimem.

Sigo a ordem de William depois de seu "por favor", mas sinto minha confiança nele se esvair a cada passo que dou na direção da mesa.

William passa uma das mãos pelo cabelo claro e solta um longo suspiro.

— Peço desculpas pelo meu tom. Isso não é uma informação à qual os Pajens em geral têm acesso. É difícil vender para alguém a ideia de guerra contra hordas de demônios malignos quando se tem um vivendo sob o seu teto. — Ele dá um sorriso tenso. — Sim. Selwyn é, tecnicamente, uma Cria Sombria.

Eu sabia a verdade antes de entrar na sala, mas ouvi-la de William, receber a confirmação...

— Ele é um demônio. Como você *consegue*...

— Ele é *parte* demônio.

William se recosta na cadeira com as mãos cruzadas no colo.

— Como pode confiar nele? Como *alguém* consegue confiar nele para...

Ele me corta.

—Todos os Merlins são parte demônio, Bree. Sempre foram.

Essa não é a conversa que pensei que teria com ele. A caminhada pela memória está fresca na minha mente. Ainda consigo ver o rosto de Pearl contorcido com medo do próprio filho. Ainda consigo ver a parteira se afastando da criança como se ela fosse amaldiçoada. *Ele pode se parecer com um bebê, mas é o disfarce deles. Não podemos acreditar neles porque é da natureza* deles mentir. Você sabe disso, Pearl. Assim como o pai dele, ele vai se virar contra você um dia... *Isso não é uma criança. É um monstro.*

— Como a Ordem é capaz de usar monstros? A vida de Nick está em perigo. Todos esses ataques...

William suspira.

— Existem proteções...

— Proteções? — Como ele consegue ficar *tão calmo* em relação a isso? Eu disparo: — Mas se ele é metade demônio... metade uchel...

— A mãe de Sel era uma Merlin e o pai é humano. Já ouviu falar de íncubos e súcubos, não é?

Eu pisco, confusa pela mudança brusca na conversa.

— Demônios do *sexo*?

A boca dele se escancara em um sorriso enorme, divertido.

—Você acabou de sussurrar a palavra "sexo"?

— Não — respondo, ruborizando. — Eu enfatizei.

— Certo, vamos deixar assim mesmo — diz ele, se inclinando sobre a mesa para puxar um laptop.

Ele pega uma caneta e começa a rabiscar um diagrama, começando por dois círculos rotulados *MM* e *Eu*.

Abro a boca, mas ele me corta de novo.

— Preciso que você escute. Não fale.

—William...

— *Escute*, Jovem Pajem. — Ele aponta a caneta para mim. — Preciso de cinco minutos.

Respiro fundo.

— Certo.

— Obrigado — diz William, com afetação, e bate no primeiro círculo. — Lá atrás, no século VI, a mãe de Merlin era uma humana que se deitou com um poderoso íncubo goruchel. Uns solavancos aqui, um rala e rola ali, e cá está uma cambion, uma criança que é parte humana e parte demônio. — Ele desenha uma linha entre os dois círculos e uma linha perpendicular descendo até o outro círculo, *M*. — A afinidade com o aether no sangue demoníaco é dominante. Tipo, romperia um quadro de Punnett. O que significa que todos os descendentes de Merlins são cambions também. As pessoas que hoje chamamos de Merlins podem conjurar e usar o aether quase tão bem quanto o próprio Merlin, mesmo com apenas uma gota de seu sangue demoníaco... nem precisa de um feitiço do Despertar Lendário.

Encaro-o, atônita.

— Todos os Merlins são em parte demônios do sexo.

Ele sorri.

— Tecnicamente, sim, mas, nesse nível de distância genética, os traços sedutores são... passivos. — Ele agita a mão de forma desdenhosa. — Nada que genes humanos normais não possam produzir, tirando a cor dos olhos. Beleza não natural, voz diferente, essas coisas. Passivo, mas ainda assim efetivo. Em um minuto você está colhendo sangue, e no outro começa a imaginar se a cama da enfermaria aguenta o peso de duas pessoas. Não acredita em mim? — Os olhos dele brilham ao se aproximar. — Pergunte a Tor.

Meu estômago se revira um pouco com a revelação implícita. Tor e Sel namoraram? Ou, se não chegaram a namorar, eles... afasto isso da minha mente.

— Então ele não é... *maligno*?

— Volátil, como falei, mas não maligno. — William coça o queixo, pensativo. — Tanto da perspectiva médica quanto da militar, Merlins são os guerreiros perfeitos: coração de maratonistas, batendo em leves trinta batidas por minuto; temperatura corporal tostando por volta dos quarenta e três graus Celsius... quente o suficiente para fritar um cérebro humano feito um bife, mas significa que queimam qualquer vírus humano ou parasita. Metabolismo avançado, velocidade, força, visão...

— E audição!

A porta se abre com violência atrás de nós, e Sel entra, os olhos amarelos queimando.

William salta da cadeira, as mãos para o alto.

— Sel, se acalma!

Eu me afasto à medida que Sel se aproxima de mim, as pontas dos cabelos fumegando.

— Bisbilhotando minha vida agora, é? Procurando informações para poder usar contra mim?

Por mais que os detalhes da fisiologia de Sel ainda ecoem nos meus ouvidos, depois de tudo que vivenciei hoje, não consigo suportar a ideia de deixar alguém, nem mesmo Sel, com sua fisiologia super-humana, me fazer estremecer.

— Isso está começando a ficar repetitivo, Mago-Real — falo. — Você precisa de truques novos.

Antes que Sel possa retrucar, William se coloca entre nós de uma forma que só vi Nick fazer.

— Trate de se acalmar. Bree não estava bisbilhotando coisa nenhuma. Se for ficar bravo com alguém, fique bravo comigo por contar.

— Ah, eu estou — rosna Sel.

Os olhos dourados dele fazem chover fagulhas quentes sobre mim.

— Está nervoso, *filho da encruzilhada?* — disparo.

Sel ergue as sobrancelhas, e marcas vermelhas aparecem em suas bochechas. *Golpe certeiro.*

— Parem com isso! Os dois! — ordena William. Ele me empurra até a parede com as costas, me protegendo. — Se for machucar Bree, vai precisar passar por cima de mim para fazer isso, o que o seu Juramento de Serviço não permite. Então, em vez de fazer papel de bobo, vá embora. — Ele acena com a cabeça na direção da porta. — Chispa.

Sel olha para nós dois uma última vez, então sai da sala em um borrão raivoso. Ao longe, outra porta bate, marcando a sua saída.

— Juramento de Serviço?

Quantos Juramentos há por aí? E quantos deles Sel fez?

William suspira, ainda encarando a porta aberta e o corredor.

— O Juramento primário de Sel é com Nick. O segundo é com os Lendários. — Ele se vira e aponta o dedo para mim. — Mas ele está certo sobre uma coisa: você é encrenqueira, não é?

A essa altura, nem eu posso discordar.

É muito fácil convencer o segurança do Tap Rail de que sou uma mulher negra de vinte e um anos chamada Monica Staten. Pisco ao olhar para a carteira de motorista da Carolina do Norte na minha mão, chocada.

— Nem acredito que isso funcionou — falo.

Greer pisca.

— Peguei da minha colega de quarto, Les. Ela pegou de uma garota que se formou no ano passado. Quando Whitty passou pelo meu quarto hoje mais cedo e falou que a gente ia sair, lembrei que você só tem dezesseis anos. Pensei que, se Les usa isso o tempo todo, valia a pena tentar.

— Sim, mas isso é *muito* errado — comento, balançando a cabeça. — Diz aqui que Monica Staten é quinze centímetros mais baixa do que eu! E usa óculos.

— Fazer o quê? — Greer dá de ombros. — Cegueira de gente branca para rostos de raças diferentes é real!

A única coisa que Monica Staten e eu temos em comum é o nosso gosto para roupas; mandei uma foto do meu top vermelho e calça jeans para Alice e ela aprovou, então é isso que estou vestindo.

A divisão reservou a varanda de madeira nos fundos do Tap Rail, um bonde transformado em bar no fim da rua Franklin, na colina do centro da cidade em Chapel Hill. Duas longas mesas estão juntas para acomodar todos nós. A última mensagem de Nick dizia que ele chegaria em breve. William tinha outros planos. Sel não está em lugar nenhum.

Verifico meu celular enquanto espero. Patricia me ligou oito vezes. Mandei uma mensagem para ela durante o trajeto dizendo que precisava cuidar de uma coisa e que explicaria mais tarde. Os avisos dela ecoam na minha mente. Artesãos de Sangue, maldições ganhando vida. Não duvido que haja verdade no que ela disse. O Abatimento é evidência suficiente. Mas agora preciso conversar com Nick e contar a ele sobre o Portal.

Dentro do bar, Greer escolhe uma cerveja artesanal local, mas muda de ideia quando Felicity informa que o bar faz um bourbon misturado com refrigerante de cereja maravilhoso. Um atendente grosseiro mistura uma dose de bourbon com refrigerante até que fique em um tom de vermelho-escuro e tenha cheiro de doce.

Felicity me dá um gim-tônica.

— É meio que um Sprite.

Quase recuso, mas então penso na conversa que preciso ter com Nick e de repente álcool me parece uma boa ideia. Dou um gole e tusso quando sinto queimar.

— Sprite é exagero — falo, ainda me recuperando.

Ela dá de ombros.

— Posso pegar de volta. Que tal uísque com Coca-Cola?

Eu engasgo, minha mente girando ao lembrar o cheiro que ocasionalmente sinto nos feitiços de Sel.

— Não! Uísque não.

Felicity ri e se apoia no balcão.

— Então, o que vocês vão vestir na Noite de Gala da Seleção?

Ergo a mão.

— Noite de Gala? Como assim?

— Ah, não. — Felicity baixa sua bebida. — Ninguém contou para você? Me desculpe. Achei que todo mundo soubesse...

Greer sorri.

— Foi mal, Bree.

Contraio os lábios.

— Tudo bem.

Felicity logo começa a explicar.

— A noite de gala é um grande evento formal em um dos clubes do campus. Jantar, dança, muito champanhe. Todo ano, famílias Vassalas vêm e jogam conversa fora com os Pajens e as famílias Lendárias para celebrar o fim do torneio. Depois do jantar, os Herdeiros que precisam de Escudeiros anunciam os Pajens escolhidos. Mas comprar vestidos é a melhor parte! A Ordem da Rosa envia até cabelereiros profissionais...

A voz de Felicity some. Não consigo pensar em ir a um jantar formal. Ou usar um vestido de gala. Ou dançar. Talvez seja o álcool, mas de repente só consigo pensar em Nick, de pé na frente de todos e anunciando que o seu Escudeiro escolhido não sou eu.

A voz de Felicity volta.

— Gosto de um penteado para o alto, mas acho que Bree deveria ir de cabelo solto. Quer dizer, *olha só* para esses cachos!

Alguém — não, *dois* alguéns — puxam meu cabelo com gentileza.

Eu afasto a cabeça para longe.

— Dá para parar? — falo, e tanto Greer quanto Felicity estão com as mãos para o alto, a surpresa estampada nos rostos. — Não toquem no meu cabelo.

Greer está com um olhar mortificado. Felicity gagueja.

— Eu... só estava contando a Greer sobre o cabelereiro que vem até o Alojamento, e o *seu* cabelo...

— É diferente do seu? — grito. — É cacheado? Volumoso? Claro, mas isso não significa que você pode tocar quando quiser. Não sou um animal de zoológico.

— Me desculpe, Bree — diz Greer, o rosto ficando vermelho.

Felicity pisca, quase começa a falar de novo, então se detém. Assente.

— Me desculpe. Eu não sabia que...

— É. — Respiro bem fundo, balançando a cabeça. — Bem, agora você sabe.

Na varanda, o grupo se dividiu em dois. A galera barulhenta na mesa já está na segunda e na terceira rodadas. Alguém pediu jarras de bebidas. Da grama vem o *tuque, ca-tuque, tuque* de uma partida de *cornhole*. Para qualquer observador casual, são apenas estudantes universitários em uma noitada. Não descendentes de linhagens antigas, curandeiros, velocistas, mulheres fortes ou guerreiros. Apenas jovens. Para qualquer observador casual, eu faço parte do grupo.

Pete está começando uma história sobre o pai dele caçando um demônio na Trilha dos Apalaches quando Nick e Sel entram na varanda. Parece que o Mago-Real está levando o seu trabalho de guarda-costas mais a sério depois do ataque de quarta-feira. É a primeira vez que os vejo chegando juntos a qualquer lugar, ou até mesmo ficando perto um do outro sem brigarem. Sel está todo de preto, como sempre, mas Nick está usando uma camiseta dos X-Men que parece confortável e uma calça jeans velha. Depois do dia que tive, preciso usar toda a minha força para não correr para os braços dele, mas Russ salta em meu lugar, batendo nas costas de Nick e colocando uma bebida nas mãos dele.

Depois de alguns olás, Nick me vê e vem pelo caminho mais curto na minha direção, na ponta da mesa. Ele se joga do meu lado, o cheiro de amaciante e cedro no máximo, e empurra uma cesta de papel quadriculada vermelha e branca com batatinhas cobertas de bacon e cheddar na minha frente.

— Ei.

— Ei.

Tento não prestar atenção na forma como Nick se senta perto de mim. Ou como, depois de se sentar, ele não afasta seu corpo do meu. Ou quão quente estão os braços e a cintura dele através da roupa. Mas é difícil. De repente, minha blusa cavada nas costas parece cavada *demais*. Minha pele exposta *demais*. Passei as últimas vinte e quatro horas obcecada com cada mensagem, cada emoji, mas agora estou tão sintonizada com ele que a mera *proximidade* me dá vontade de correr para longe? *Que porcaria é essa, Matthews? Mantenha a cabeça no lugar.*

Sel ocupa um assento na nossa frente, escondido sob a aba do telhado, e se balança contra a parede apoiado nos pés da cadeira. Parece bem contente de manter os olhos em mim e, pelo visto, não quer se mover. Depois do nosso confronto e da revelação de sua ascendência, metade de mim está implorando para olhar para outro lado, e a outra metade quer ficar de olho *nele*. A boca de Sel se curva em um sorriso malicioso, como se ele soubesse no que estou pensando e achasse isso divertido.

Babaca.

Do meu lado, Nick inclina a cabeça franzindo as sobrancelhas, olhos fixos em minha boca.

— Nenhum sorriso. Está tudo bem?

— Não muito.

Como posso falar sobre o que vi na caminhada pela memória? Testemunhei algo que ninguém que conheço já viu. Como *começo* a falar sobre isso com um garoto loiro de olhos azuis que nunca teria estado na outra ponta do chicote de Carr? Será que Cecilia e Ruth iriam *querer* que eu compartilhasse as memórias delas? Elas não mostraram aquelas lembranças para Patricia.

Não sei como carregar as imagens emprestadas que ainda parecem vivas e cruas no meu corpo. Como Patricia faz isso?

—Você falou que queria conversar?

Aceno com a cabeça para o canto da varanda, onde teremos um pouco de privacidade. Ele entende a minha deixa e se levanta da mesa, pegando uma batata pelo caminho. Antes que possamos desenroscar nossas pernas por baixo da mesa de piquenique, Vaughn passa por nós. Sem preâmbulo algum, ele indaga:

— E então, a Távola está sendo reunida ou não?

Um momento de silêncio.

Nick avalia o outro garoto com paciência antes de responder.

— Se você está perguntando se Arthur fez o Chamado... — Ele baixa o olhar para a mesa, para os outros ouvintes. — Se qualquer um de vocês está se perguntando isso, a resposta é não. Ainda não.

—Tenho um amigo na Western. — Whitty, ao lado de Evan, enfia as mãos nos bolsos. — Ouvi dizer que seis Crias Sombrias foram avistadas por lá na semana passada.

Nick suspira tão baixo que só eu ouço. Ele coloca a batata comida pela metade no cesto e limpa a ponta dos dedos.

— Meu pai vai conversar sobre isso com os Regentes esta noite e amanhã. Se Tor receber o Chamado — ele olha para a ponta da mesa, onde Sar está aninhada no colo de Tor —, o plano pode mudar, mas, por enquanto, precisamos ficar quietos, continuar treinando e manter os olhos abertos.

—Tim-tim! — exclama Evan, e todos com bebidas erguem os copos.

Alguns dos Lendários fazem brindes às suas Linhagens ou em honra da própria Ordem.

Nick e eu aproveitamos a oportunidade para escapar e descer os degraus que levam para o gramado e as mesas vazias de *cornhole*. Assim que chegamos ao último degrau, ele me agarra em um canto escuro da varanda e se inclina na direção do meu ouvido.

— Você está linda hoje.

Estremeço, mesmo que a noite esteja quente e abafada.

— Obrigada.

Ele entrelaça nossos dedos e abre um sorrisinho furtivo.

— Então, sobre ontem de manhã...

— O que aconteceu ontem de manhã? — pergunto, a euforia por estar envolta na órbita dele de novo tomando conta do meu corpo.

O sorriso se alarga enquanto ele balança a cabeça.

— Já esqueceu, B? — Nick desliza uma das mãos do meu ombro até o meu pescoço, acariciando minha clavícula com o polegar. Ele me puxa até que as nossas testas se encontrem. — Deve ter sido um beijo horrível — murmura ele.

— Terrível — respiro, e a tensão contida durante o dia se desfaz.

— Eu sabia — diz ele, então inclina a boca para encontrar a minha... e o som de um pigarreio nos separa.

Sel está parado próximo a Nick.

— A viagem até o aeroporto foi uma coisa, mas, agora que você voltou, preciso que fique no meu campo de visão.

Nick suspira e me solta.

— Precisamos conversar a sós por alguns minutos, Sel. Não estamos indo embora.

Ele se move para contornar Sel, mas o Mago-Real vem atrás, nos detendo.

O olhar de Sel voa para as nossas mãos unidas.

— É uma péssima ideia.

Não sei se ele disse isso porque saímos da varanda ou porque estamos de mãos dadas. A expressão anuviada de Nick diz que ele também notou a ambiguidade e não parece ter gostado. Nem me dei conta de que estava me afastando até Nick segura minha mão com força.

— Deixe a gente em paz.

O olhar de Sel desliza para a multidão acima do ombro de Nick, então volta.

— Isso é uma ordem?

— Sim.

A boca de Sel se curva em um sorriso irônico.

— Fofo. Mas seu pai me deixou no comando enquanto ele estiver fora e você estiver aqui. As Crias Sombrias querem você, e não vou facilitar o trabalho delas.

Nick está tão indignado que escuto os dentes dele rangendo.

— Sel...

— Não faça um escândalo, Nicholas.

Arrisco um olhar rápido por cima do ombro. Tor assiste à nossa interação, e alguns outros também. Sarah, Russ, Vaughn, Fitz. Puxo a mão de Nick, e os olhos dele descem até os meus. Tento dizer com o olhar que não quero chamar atenção. A expressão no rosto de Nick diz que ele entende, mas que não está feliz. Nick me deixa guiá-lo de volta para as mesas. Ele se senta perto outra vez, de forma que nossos ombros e nossas cinturas se encostem, mas agora consigo sentir o corpo dele inteiro tremendo com uma raiva impotente.

De volta ao meu quarto, já sinto saudade de Alice, mas também uma mistura de alívio e culpa por ela não estar aqui. Todas essas mentiras e fugas estão me cansando.

— Como você descobriu isso mesmo? — pergunta Nick, a confusão em sua voz bem nítida pelo celular.

Passei os últimos vinte minutos andando pelo quarto, contando sobre a figura misteriosa no campus que abriu um Portal vinte e cinco anos atrás.

— Tem certeza de que Sel não consegue ouvir você?

— Já falei, ele está patrulhando com Tor e Sar e me mandou ficar dentro dos domínios do Alojamento.

Eu me lembro do escudo de aether que toquei na primeira vez em que visitei o Alojamento e como ondulava contra a minha pele sempre que eu passava por ele. Sarah explicou que as proteções afastariam qualquer pessoa — ou qualquer coisa — que não fosse convidada. Odeio dizer isso, mas concordo com Sel; Nick deve ficar dentro de casa por ora.

— Bree? — chama Nick, então repete. — Quem contou sobre o outro Portal abrindo?

— Não sei se posso dizer — respondo com um suspiro.

Ele dá uma risadinha.

— Certo...

Eu me jogo na cama.

— Não quero trair a confiança dessa pessoa ou colocá-la em risco. Foi você quem me falou que os Regentes são extremamente contra usuários do aether que não podem controlar.

— Falei mesmo. Então essa pessoa é uma usuária de aether? No campus?

Hesito. Mas estamos falando de Nick. Pelo menos isso posso contar para ele.

— Sim.

— Um usuário de aether que você encontrou? Ou que encontrou você?

— Um pouco das duas coisas?

— A pessoa é confiável?

A preocupação na voz dele é perceptível.

— Sim. É alguém que quer me ajudar. E que estava aqui quando a minha mãe esteve aqui, ainda que não a conhecesse muito bem. Essa pessoa... não queria chamar atenção.

Ele lida com a situação surpreendentemente bem.

— Provavelmente é melhor que eu não saiba quem é, então. É uma pessoa que nem você?

Apoio a cabeça no travesseiro.

— Acho que não.

— Ah. Mas você confia nessa pessoa?

Mordo o lábio, tentando me expressar de uma forma que mantenha a Arte de Raiz, as caminhadas pela memória e Patricia fora da conversa.

— Acredito naquilo que vi. Por quê? Não acredita em mim?

Ele suspira, e eu o imagino em seu quarto, deitado na cama também. O pensamento — e a memória de dormir lá com ele — faz com que um calor preencha meu estômago.

— Eu acredito em você, mas nunca ouvi falar de nada do tipo acontecendo. Meu pai nunca mencionou nada sobre isso, e Sel também não, e, como Mago-Real da divisão, ele tem acesso a todos os registros de travessias em Portais de Crias Sombrias, aparições e ataques. Acho que nem mesmo um Herdeiro de *oitavo* nível recebeu o Chamado naquela época, então foi um período de paz em relação ao Camlann. Pelo que sei, apenas sangue demoníaco pode abrir Portais, então talvez tenha sido uchel em forma humana?

Mordo a parte interna da bochecha, repassando tudo que vi e aprendi hoje.

— Ou um Merlin?

— Eles são Juramentados.

— E se for um humano com um frasco de sangue demoníaco?

— De onde você tirou essa ideia?

— De uma coisa que William falou mais cedo sobre tirar o sangue do Sel.

— Sel... — Uma pausa. Um suspiro. — Ele contou sobre o Sel?

Faço uma careta.

— Eu adivinhei.

— Por que não estou surpreso?

— Porque sou esperta.

— Isso é verdade. — Afeição e orgulho florescem na voz dele. — Bem, Sel é um cambion, então, teoricamente, o sangue dele funcionaria. Mas, mesmo assim, é um feitiço além de qualquer coisa que eu já tenha ouvido. Magia sombria.

O cântico *parecia* sombrio.

— Linhagem de Morgana?

— Possivelmente. E essa pessoa abriu o Portal sem mais nem menos e soltou um cão demoníaco mid-corp na mesma época em que você acredita que a sua mãe tenha se matriculado?

— Tenho certeza de que foi quando ela esteve aqui. É muita coincidência. A questão é: se os Regentes souberam da abertura do Portal, teriam mantido segredo?

— Cães mid-corp não são visíveis para Primavidas. O Merlin teria detectado a matilha e enviado a divisão para matá-lo. Sem a necessidade de envolver os Regentes.

— Mas e se os demônios consumirem aether o suficiente para se tornarem completamente corpóreos?

Uma pausa.

— Se os Primavidas testemunhassem e fossem atacados por um bando corpóreo, os Regentes fariam de tudo para ocultar isso. Trabalhariam com Vassalos ou antigos Pajens na administração da universidade para manter isso acobertado. Facilitariam propinas para qualquer forasteiro no governo da cidade para que ficasse longe dos noticiários. Indenizariam qualquer família Primavida cuja prole fosse ferida ou morta. Usariam a mesmerização se fosse necessário.

— E enviar um Merlin para perseguir uma testemunha Primavida? — indago. — Mesmo que seja três décadas depois?

— Sem dúvidas. — Ele solta um suspiro longo e baixo. — Sei que a Ordem nem sempre usa as melhores táticas, mas a missão deles é proteger Primavidas, não assassiná-los.

— Sim, mas talvez a mesmerização não tenha funcionado e eles tenham descoberto que ela era como eu.

Nós dois ficamos em silêncio por um momento. Posso ouvir as engrenagens girando na cabeça de Nick. A voz dele é cautelosa, baixa.

— Se você acusar o Alto Conselho dos Regentes do assassinato da sua mãe, então vai acabar se expondo. Não vai fazer diferença se estiver certa ou errada.

Pela segunda vez hoje, parece que fui socada pelas palavras de alguém.

— *Claro* que importa se eu estiver certa!

— Me desculpe. Não quis dizer isso. — Ele suspira. — Eu só... não quero que nada aconteça com você. Eu, dentre todas as pessoas, sei o que é querer ir atrás dos Regentes pelos pecados deles, mas não consigo protegê-la deles e dos Merlins. Não nisso. Ninguém pode, nem mesmo o meu pai. A única maneira...

Aperto o celular com força.

— A única maneira de quê?

Quando Nick fala de novo, o peso familiar está entrelaçado na voz dele.

— A única maneira de eu me colocar entre você e os Regentes é se Arthur fizer o Chamado e eu estiver Desperto. Como rei, eu controlaria toda a Ordem, incluindo os Regentes. Mas se Arthur fizer o Chamado...

— Camlann.

— Camlann.

— Então a gente vai simplesmente deixar que eles saiam impunes?

— Não, vamos continuar procurando por provas, e, quando encontrarmos, eu as apresento para o meu pai. Ele nunca superou o que fizeram com a minha mãe. Acho que ele nos ajudaria. E, do jeito que as coisas estão indo, eu serei rei em algumas semanas. Ter as provas em mãos só vai tornar mais fácil para mim descobrir quem é responsável.

— E punir quem fez isso?

Uma longa pausa.

— Punir como, Bree? O que quer que eu faça?

Não respondo, mas não porque não sei a resposta.

28

— BEM-VINDOS À SEGUNDA provação, Pajens.

Sel está parado como um sargento no gramado dianteiro do Alojamento, os pés plantados bem separados e as mãos atrás das costas. Ele está de preto, como sempre, mas o casaco comprido desapareceu. Suas tatuagens estão completamente à mostra sob as mangas enroladas até os cotovelos. Elas envolvem seus antebraços e pulsos, e não consigo deixar de estudá-las. Imagino até onde elas vão e quantas ele possui antes de lembrar que o detesto e que não deveria dar a mínima para as tatuagens dele.

As únicas pessoas que não parecem intimidadas por ele são Whitty e Vaughn. Nem parecem cansados. Levantam e descem o corpo na ponta dos pés. Inquietos. Preparados. O restante de nós mal acordou, ainda se arrastando e reprimindo bocejos.

Evan, Fitz e Tor foram de quarto em quarto para acordar todos nós no meio da noite. Bateram na minha porta, usando roupas táticas escuras, os rostos cobertos de graxa verde e preta, e gritaram para eu me vestir em menos de dois minutos — ou abandonar o torneio de vez. Fiquei conversando com Nick até tarde e dormi menos de três horas.

— O evento da noite é uma caça ao tesouro. — O olhar de Sel pousa em cada um de nós, um de cada vez, e tenho a sensação de que ele definitivamente consegue enxergar no escuro melhor do que a gente.

— Providenciamos para vocês uma lista de objetos formados de aether, e vocês precisam vasculhar o campus, coletando-os. Os seis Pajens com o maior número de objetos no fim da noite vão para o terceiro e último desafio.

Olho para a fileira de Pajens à minha esquerda. Sobraram oito de nós. Greer, Whitty, Spencer, Vaughn, Sidney, Carson e Blake.

— Como uma caça ao tesouro... — Spencer boceja, uma das mãos cobrindo a boca. — ... testa as nossas habilidades estratégicas?

— Fique atento, Monroe. —Tor caminha entre Spencer e Vaughn, batendo na nuca de seu Pajem. Spencer dá um passo adiante com a força do golpe, a indignação estampada em seu rosto e o deleite na face de Vaughn. — Sel deixou de fora a melhor parte. Quanto mais objetos de aether você coletar, mais os cães infernais de aether do Sel vão persegui-lo. Se você for encurralado ou ferido, perde na hora.

Tor e os outros Lendários, oito Herdeiros e Escudeiros, saíram do Alojamento e se juntaram a Sel, se alinhando diante de nós.

Cada padrinho vai para a frente do seu Pajem, exceto Evan. Ele apadrinhou Ainsley. Não a vi desde que ela foi desqualificada, mas acho que agora ela só vem ao Alojamento quando é necessário. Ouvi dizer que os Pajens eliminados ainda são bem-vindos para refeições e eventos, ainda que não possam competir.

Quando Nick para diante de mim, meu estômago salta até algum lugar próximo ao meu pulmão. Mesmo coberto de tinta, mesmo a três metros de distância, o rosto dele faz uma onda de alívio se alastrar por meu corpo. Se Nick está aqui, vou ficar bem. O pensamento ecoa na minha mente como um sino, nítido e intenso.

Seus olhos me observam, percorrendo rapidamente meu rosto. Ele apenas move os lábios para perguntar:

—Você está bem?

Respondo que sim com um leve aceno de cabeça. Pela expressão no rosto dele, ele não está feliz de ter sido obrigado a manter o desafio de hoje em segredo. Quem sabe? Talvez ele mesmo só tenha descoberto uma hora antes de mim. Nick parece cansado. E irritado.

Minhas bochechas pinicam, e Sel pigarreia. Com exceção de seus olhos, que faíscam com intensidade, o restante de seu corpo está paralisado de tensão.

— E caso alguém tenha se esquecido, os padrinhos não podem auxiliá-los durante as Provações. Violações dessa regra resultarão em eliminação.

Tor surge com um amontoado de papéis e os distribui para os Lendários do lado esquerdo e direito. Ela também distribui bolsas com cordões para cada Pajem.

— A caçada de hoje à noite vai parear cada Pajem com um Herdeiro ou Escudeiro que *não* é o seu padrinho, apenas para monitoramento. O progresso de vocês será anotado, o resultado será reportado e um cão infernal será despachado caso você tenha problemas.

Tor nos coloca em pares. Felicity fica com Spencer. Russ fica com Whitty. Victoria e Sarah ficam com Carson e Blake, respectivamente. William fica com Greer, que parece contente com isso. Praguejo baixinho. Se não pudesse ter Felicity, Evan ou Russ do meu lado, William seria minha escolha. Greer me lança um olhar de desculpas sinceras, e respondo com um sorriso desanimado; posso estar decepcionada, mas não é culpa delu.

Isso faz com que sobre Nick e Pete, Herdeiro de Owain. E Fitz. Uma lança de medo perfura as minhas entranhas. Imploro em silêncio para que Tor não me torture com Fitz. Nem conheço Pete, mas ele é novo e gentil.

— Pete, você vai com Vaughn.

Tor bate no lábio inferior, encarando Sidney e eu. Somos os dois Pajens restantes.

Se eu não posso ser pareada com Nick, isso me deixa com Fitz.

Fitz chega à mesma conclusão um segundo depois de mim, e os lábios dele se contorcem em um sorriso ansioso. Ele começa a andar na minha direção quando Sel intervém.

— Eu fico com Briana. Fitz, você faz par com Sidney. Nicholas, fique no Alojamento, atrás das proteções.

Os murmúrios atrás de nós se calam. Nick está com uma expressão de desgosto.

— Todos os outros têm um Herdeiro ou Escudeiro.

Sel enfia as mãos no bolso e caminha pela grama, me prendendo com seu olhar elétrico. Sinto pequenas alfinetadas nas bochechas.

— Você me ouviu. Vou ficar de olho em Briana.

Daqui consigo ver que ele trocou seus alargadores de orelha pretos em forma de ervilha por outros prateados. Ele fala com Nick sem parar de me olhar.

— As três habilidades testadas pelas Provações são fixas, mas o formato delas fica a cargo da liderança da divisão durante o torneio. — Ele dá de ombros, e o gesto fala por si só. — E eu mudei de ideia.

Nick leva apenas dois passos para ficar ao lado de Sel. Ele é bem mais alto que o feiticeiro.

— Bem, eu não concordo.

Sel se vira devagar para Nick, de forma deliberada.

— Você ainda não empunhou a Excalibur, Davis, e seu pai me nomeou o líder atual. Além disso, como seu Mago-Real, é minha responsabilidade mantê-lo em segurança.

A voz baixa de Sel chega aos ouvidos do restante do grupo em meio ao silêncio, acima do trinado rítmico dos grilos. Sinto um leve aroma de canela e uísque por entre os cheiros do florescer noturno de jasmins e grama amassada.

— Até que aquela espada esteja nas suas mãos, você vai ficar quieto.

A expressão de Nick é inescrutável, os olhos de uma profundeza azul-escura. Ele caminha para o Alojamento sem nenhuma outra palavra.

Sel ergue o olhar para o céu. Ele observa a lua por alguns instantes, analisando as estrelas ao redor dela. Ele encara o grupo.

— Agora é uma e meia da manhã. Vocês têm três horas.

Há quarenta objetos na lista, mas qualquer alívio desaparece quando leio as três primeiras pistas e vejo como estão escritas.

Oitenta e oito chaves e nenhuma fechadura à vista.

Microfichas, recantos, pilhas abundantes e, no entanto, neste andar, não há um livro a ser encontrado.

— Charadas? — pergunto.

Os lábios de Sel se curvam à medida que andamos pelo campus através da floresta de Battle Park. Várias duplas correram na frente, mas o restante, que nem eu, está avaliando as pistas antes de se apressar.

Aponto para uma das pistas mais abaixo com a lanterna do celular.

— *Prata e vermelho, amarelo e branco, onde os maconheiros relaxam, me encontre brilhando?* Como vou saber onde os "maconheiros relaxam"?

— Talvez você soubesse se ficasse chapada — responde Sel, com deboche.

Controlo a vontade de bater nele. Tenho certeza de que não quero encostar nele, mas talvez um chute funcione. Respiro fundo e volto para a página, tentando ignorar o formigamento que o olhar de Sel causa em mim.

— A primeira é fácil. É um piano, e o prédio de música não é longe.

— Ah — diz ele em um tom evasivo.

Eu o ignoro e começo a correr na direção oeste, grata por ter colocado calças de ginástica e tênis. Ele me acompanha com facilidade, os pés praticamente flutuando pelo chão, silencioso como os mortos.

Depois de alguns minutos, eu me rendo.

— Por quê?

Minha respiração sai entrecortada.

— Por que o quê, Briana?

A voz dele é tão monocórdica que ele poderia muito bem estar parado.

— Você sabe do que estou falando.

— Eu falei, estou de olho em você, garota misteriosa.

— Você acha mesmo que sou um demônio?

— Está dizendo que não é?

A resposta dele faz com que eu emita um som frustrado do fundo do peito.

— Isso não seria o sujo falando do mal lavado? Não é você que é uma Cria Sombria?

As mãos dele se movem mais depressa do que os meus olhos conseguem acompanhar. Ele agarra o meu braço com dedos quentes, fortes, me fazendo parar.

— Não sei o que você acha que sabe ou o que falaram para você. Mas não nasci das sombras. — Os lábios de Sel tremem. — Plantar um demônio uchel em nossas fileiras disfarçada de Primavida inocente é a forma perfeita de semear discórdia, mas não vai funcionar comigo.

Puxo o braço.

— Por que se preocupar com um uchel infiltrado quando a sua paranoia sozinha semeia a discórdia?

Eu me afasto dele batendo os pés, esmagando a minha frustração antes que ela se torne algo que eu não consiga controlar.

Chego ao prédio de música, Hill Hall, alguns minutos depois e o encontro vazio. Fico surpresa de ver que não há outros Pajens por ali; era uma charada fácil. Mamão com açúcar, na verdade. Não sei se fico contente ou preocupada.

Sel surge do meu lado no momento em que meus dedos tocam a maçaneta, e eu salto pelo menos uns trinta centímetros no ar. Eu nem o ouvi se mexer.

— Meu Deus! — grito.

Os olhos dele voam para os meus, a irritação atravessando o semblante, veloz como uma estrela cadente.

— Por que está tão assustada, Briana? Nervosa com alguma coisa?

"Nervosa" parece ser uma palavra minha e de Nick. Nossa piada particular. Minha raiva arde.

—Você *ameaçou* me matar! Além disso, por que é tão silencioso?

— Não está no meu controle. — Ele estreita os olhos. — Como você bem sabe.

Ah.

— Certo. Pés demoníacos. — Um pensamento me ocorre. — Você sabe que os *meus* pés fazem barulho, não é?

Ele me estuda minuciosamente.

— É dito que goruchels são mímicos perfeitos quando é conveniente para sua farsa humana.

Reviro os olhos. A porta range, fazendo um som alto e longo quando eu a abro, e se fecha com força atrás de nós quando entramos na rotunda do prédio. Ergo o celular, o aplicativo da lanterna ligado, e o aponto para o diretório na parede ao nosso lado.

— Salas de piano, porão.

Meus pés ecoam pelo chão de madeira, e a luz azulada da minha lanterna vai de um lado para outro em busca da escada.

— Por que esses prédios não ficam trancados durante a noite?

Sel responde a um passo de distância de mim.

— A administração está ciente do evento de hoje.

— Os Lendários podem fazer o que quiser, não é mesmo?

Sel se coloca ao meu lado.

— Como sabe que os chefões da universidade não são membros da Ordem?

Descendo a escada até o porão, há um corredor longo com salas de piano idênticas, cada uma delas contendo uma coluna vertical e uma cadeira.

— Acho que você não vai, sei lá, usar um gesto secreto ou coisa do tipo e me mostrar a sala para a qual preciso ir, né?

— Eu apenas criei os objetos. Outras pessoas os esconderam. Não faço a menor ideia de qual sala você precisa.

Ele exibe um sorriso satisfeito. Eu o fuzilo com os olhos.

Passamos por quatro salas em silêncio. Ergo o tampo dos pianos, me abaixo para vasculhar por baixo deles e de suas banquetas. Em cada uma delas o ar é rançoso, e Sel fica perto demais para que eu me sinta confortável. A presença dele, mesmo no grande corredor, deixa todo e qualquer espaço pequeno e apertado demais.

Na última sala do lado esquerdo, eu vejo. Uma caneca de pedra lisa brilha na escuridão em um tom azul, como a espuma do mar, debaixo da perna traseira do piano. Não me preocupo em esconder o som alegre que escapa de mim quando corro para pegá-la. Sel se escora no batente da porta, me observando.

Examino a caneca na minha mão. A luz dela pulsa em um ritmo lento.

— Por que ela faz isso? — pergunto.

— O aether é um elemento ativo. Estou mantendo o formato coeso. — Ele se vira e anda para o corredor. — Você gastou vinte minutos caçando um objeto. É melhor correr se não quiser terminar entre os dois últimos.

Enfio a caneca na bolsa e dou uma corridinha para alcançá-lo, curiosa, apesar de tudo.

— Você está mantendo todos os quarenta objetos no lugar? Neste momento?

Sel passa os dedos pelo cabelo e suspira, impaciente.

— Criei todos de uma vez, mas posso senti-los de longe e reforçá-los se isso durar mais do que algumas horas.

— Espera, o quê? — Paro no corredor. — Você consegue conjurar aether a distância?

— Sim. — Ele se vira para mim. — Você vem?

Balanço a cabeça, tentando imaginar o esforço de lidar com quarenta coisas, ainda mais quarenta conjurações — isso sem falar nos cães demoníacos dele. Não sei como é conjurar, mas o que ele fez hoje à noite parece impressionante. Impossível. As duas coisas.

— Você está desperdiçando tempo. — Ele olha para mim, incrédulo. — Ou prefere me interrogar e desistir?

Eu o alcanço de novo, e corremos pelo prédio até a saída.

Encontro outros cinco itens da lista sem muita dificuldade — e nenhum cão à vista. A única charada que me desarma é uma sobre livros. Para chegar no "andar sem nenhum livro à vista" precisei encontrar a porta muito bem escondida no oitavo andar da biblioteca.

Não gosto muito de altura.

E levei vinte minutos para encontrar a caixinha de joias dentro de um tubo de ventilação.

Sel, por outro lado, se manteve ocupado enquanto caminhava pelo telhado, num espaço de dez centímetros de largura, se equilibrando perfeitamente. Assoviando.

Fiquei esperando ele saltar, me agarrar ou tentar me matar de novo, mas Sel parece contente em me ver sofrendo com as charadas e correndo de um lado para outro do campus. É irritante. Nunca passei nenhum momento com ele que não fosse cheio de ameaças, mesmerização ou intimidação.

Assim que voltamos para dentro, confiro a bolsa: a caixa de joias, a caneca do piano, uma lanterna da fonte que fica na frente do prédio da graduação, uma chavezinha muito difícil de enxergar que estava escondida entre dois tijolos no prédio de jornalismo, e uma vela que fora enfiada nas dobras do braço de uma estátua.

Olho para o alto e vejo Sel me analisando de novo, como se esperasse que eu fosse acidentalmente me transformar em um demônio.

— Onde estão os cães? — pergunto, e ele dá de ombros.

— Eu os criei, mas dei um toque extra para que fossem mais independentes. Senti um mais cedo, perto do Campus Y, mas ele não sentiu o seu cheiro.

— Ah, que adorável — falo. — Você iria me avisar dos cães sanguinários nas proximidades?

Ele desdenha.

— Por que eu faria isso?

Resmungo e olho para a lista em busca de outra pista.

— *Estive no início e meu resto é mais velho, que não haja debate.*

Mordo o lábio.

Sel, empoleirado em um dos muitos murinhos de pedra pelo campus, me observa com olhos semicerrados enquanto quebro a cabeça com a charada. Tenho certeza de que ele está resolvendo as charadas antes de mim e gostando muito de não me contar as respostas.

Olho o meu relógio. Tenho mais uma hora, estamos no meio do campus e não faz sentido andar até que eu saiba para onde ir.

Ando para a frente e para trás, e os olhos de Sel, brilhando na escuridão, seguem os meus passos.

— *Estive no início e meu resto é mais velho, que não haja debate.* Com a sorte que tenho, isso deve ser alguma besteira medieval superobscura.

Uma risada rouca escapa de Sel, e nós dois piscamos chocados com o barulho genuíno e descontrolado. O som de alguém que não está acostumado a rir. Não acho que já o tenha ouvido expressar qualquer coisa que não fosse uma provocação cuidadosamente direcionada, irritação fervorosa ou sarcasmo áspero. Ele deve adivinhar o que estou pensando, porque a expressão dele endurece em um segundo. Como se ele tivesse virado uma chavinha interior.

Ando até a borda do muro a alguns metros de distância de Sel e olho para o campus. Começo pela minha esquerda, os olhos seguindo a linha de prédios diante de nós: o prédio baixo do salão de jantar, a gigantesca biblioteca rompendo a linha do horizonte e a Torre do Sino batendo três e meia.

Meus olhos se voltam para o lado esquerdo da Torre do Sino.

— *Estive no início e meu resto é mais velho, que não haja debate.*

— Ainda que seja poético, não é um mantra, Matthews. — Sel passa para o outro lado, as sombras se prendendo em sua forma esvoaçante. — A repetição não vai tornar o significado mais claro.

— Cala a boca.

O olho esquerdo dele treme em uma reprovação silenciosa.

Tenho a impressão de que sei onde está o objeto seguinte, mas não estou pronta para ir até lá. Parece cedo demais. Mas que escolha tenho?

Suspiro e faço um gesto para que ele me acompanhe.

— Vamos.

O primeiro foi um jovem membro da Sociedade Filantrópica e Dialética de debates, enterrado no fim dos anos 1700.

Foi isso que Patricia falou. E, graças a Alice, sei que a Sociedade Filantrópica e Dialética de Debates é a sociedade de debates mais antiga do campus. Eu desesperadamente queria que Patricia tivesse apontado a lápide durante o dia, porque procurar por ela durante a noite é como procurar um tom específico de azul no oceano.

O cemitério é mal iluminado por postes intermitentes, e os arbustos amplos e colinas tornam o trajeto lento. Embora eu esteja apreensiva como pensei que estaria, o cemitério parece... familiar para mim agora.

Cada vez que olho por cima do ombro, Sel está lá, uma figura silenciosa se misturando às sombras em um momento, banhado por luz dourada em outro. Acho que o ouvi dar uma risadinha, mas o som é levado embora com uma ventania que levanta poeira, atingindo meu rosto.

— Você nunca me viu machucar Nick, então por que ainda acha que sou uma Cria Sombria?

Nem sei por que perguntei isso. Talvez porque, estando adiante dele, não precise encará-lo.

— Você é imune à mesmerização.

— Não é verdade — respondo, subindo uma colina particularmente longa.

— Mentira. — Ele não perde um segundo. — Você usa a Visão com facilidade demais para alguém que a adquiriu há pouco tempo. Você Viu o isel na Pedreira.

Isso me surpreende, mas não demonstro. Ele caminha colina acima com uma facilidade frustrante, e quando chega ao topo para olhar de cima para mim e para a moeda de Nick, vejo um escárnio casual em seus olhos.

— Além disso, você enfeitiçou Nicholas.

Eu gaguejo, o calor tomando conta das minhas bochechas, e guardo o colar.

— O quê? Enfeiticei? Eu não... Ele... Ele... Isso...

Sel ergue uma sobrancelha. Uma águia curiosa, assistindo a um ratinho agitado saltando para a frente e para trás.

Ele faz um barulho suave, desdenhoso, no fundo da garganta. Não querendo ouvir mais nada sobre Nick ou qualquer tipo de *feitiço*, eu me viro e ando colina abaixo até a seção seguinte do cemitério.

— Além disso, o momento da sua aparição — diz ele, seguindo atrás de mim — é muito conveniente. Demônios estão cruzando Portais em um ritmo cada vez maior não apenas na nossa divisão, mas também nas outras, inseridas em escolas por toda a costa. É inevitável que a Távola seja reunida, mas Nicholas é vulnerável. Simbólico. Se alguma coisa acontecer com ele antes que Arthur faça o Chamado e ele clame seu título por direito, a Ordem entrará em caos.

Ando pelas fileiras, procurando a marca no chão do setor mais antigo.

— Pensei que você odiasse Nick.

Sel diminui o ritmo atrás de mim.

— As preocupações mesquinhas da infância de Nicholas e seus probleminhas com o papai nunca foram mais importantes do que a missão da Ordem. Ele deveria ter se preparado para o Chamado em vez de ficar choramingando por causa de suas obrigações.

Isso me faz parar de andar.

— Não acho que a mãe dele ser mesmerizada de tal forma que não se lembre do próprio filho seja uma "preocupação mesquinha da infância". Ela só queria protegê-lo.

— Ela tentou *sequestrá-lo*. — Ele me encara com os olhos opacos e, em um tom impassível, diz: — E a Linhagem é a Lei.

Balanço a cabeça em desgosto.

— Inacreditável.

Passo ao lado dele e continuo andando. Fico grata por Sel parar de falar, me deixando procurar a lápide em silêncio. Um bater pesado de asas interrompe os meus passos, que moem folhas e ramos amarelados enquanto caminho, mortos há muito tempo pelo calor do verão. Eu me viro para apontar a seção de covas do cemitério, mas o garoto desapareceu. O corredor atrás de mim está vazio.

— Sel?

A quietude e o vento são as únicas respostas. A dúvida se aloja no meu estômago.

Um rosnado baixo atrás de mim quebra o silêncio.

Eu não me viro. Não preciso fazer isso.

Eu corro.

29

EM SEGUNDOS, ESTOU CORRENDO em velocidade máxima. O cão infernal de Sel é rápido. Ouço a respiração pesada dele atrás de mim, mais perto e mais alta a cada passo. Ouço suas garras raspando nas pedras de marcação. Chego na seção com lápides e ziguezagueio ao redor delas, esperando ser mais ágil do que a criatura.

Nunca corri tão rápido em toda a minha vida, e ainda assim não parece ser rápido o bastante.

— Revele-se, Briana! — A voz de Sel, entretida e zombeteira, me chama de algum lugar acima de mim.

Salto um muro e uma pedra tumular, então outra lápide, correndo na direção da seção de mausoléus.

Já estou quase lá. Vejo os três prédios baixos virados para o lado de dentro e o pátio no meio. Se eu conseguir entrar em um deles... vou mais rápido, forço as minhas pernas a avançarem ainda mais. A voz de Sel mantém o ritmo. Ele grita de uma árvore próxima:

— Pare de fingir!

Pouco depois de saltar uma mureta de pedra, logo quando o pátio está ao alcance, o cão decide que está na hora de agir. Ouço um grunhido, como se ele tivesse lançado o corpo inteiro no ar. Mudo de rumo, tropeço em uma pedra e voo para a frente, derrapando pelos tijolos do pátio de barriga e com as mãos espalmadas. O cão se choca contra um mausoléu, seu crânio se rachando contra a parede de mármore.

Quando consigo, ofegante, ficar de pé, a criatura já se recuperou, e, ao me virar, vejo-a pela primeira vez.

O cão de Sel se parece exatamente com o primeiro cão que vi, mas o dele é bem maior e completamente corpóreo. Ele emite um aether prateado e brilhante em ondas. Detalhes que eu havia perdido antes são nítidos agora, mesmo na luz tênue: o longo focinho com narinas dilatadas e inclinadas feito as de um morcego. Sel deu a ele os olhos cor de sangue das Crias Sombrias, escuros e impossivelmente vermelhos. Não consigo desviar o olhar; mal posso me mover, porque temo que ele vai atacar assim que eu fizer isso.

Afasto um pé, e meu calcanhar acerta alguma coisa dura, vertical, lisa. Outro mausoléu. Eu nem preciso olhar para saber que a porta está fora de alcance. As únicas rotas de fuga estão entre as esquinas das construções e o lado aberto por onde vim — o lado que o cão agora fecha com seu gigantesco corpo.

A criatura rosna e bate as mandíbulas cobertas de saliva, se em deleite ou fúria, não sei. Ela se agacha, as orelhas para a frente. Meu coração acelera, o sangue pulsando nos meus ouvidos.

— Mande-o embora, Sel!

Sel cai silenciosamente ao lado do seu construto, pousando agachado e se erguendo com um sorriso satisfeito.

— Como pensei. Covarde e mentirosa ao mesmo tempo.

O cão demoníaco bufa para mim, sua boca ampla e aberta em um sorriso canino.

— Mande-o embora!

Pressiono as costas na parede.

Sel cruza os braços, o prazer estampado no rosto.

— Assim que um verdadeiro cão infernal pega um cheiro, ele nunca larga a sua presa. A única forma de pará-lo é matando-o. Mesmo que eu odeie tanto as bestas sombrias, sou muito parecido. Então decidi dar duas opções finais a você: revele a sua forma verdadeira ou me mate.

— Você armou para mim! — A adrenalina e a raiva correm pelas minhas veias. — Você planejou me encurralar aqui.

Ele bufa, como se estivesse corrigindo um aluno burro.

— *Claro*. Confesso que fui inspirado pelo que você falou a William ontem na enfermaria. Você estava certa... Todo esse jogo de gato e rato *está* ficando cansativo.

Arrisco um passo adiante, mas o cão ameaça me morder. Caio para trás nos tijolos.

— Por que está fazendo isso?

— Porque estou *cansado*, Briana, das suas mentiras de Cria Sombria e de como você deve estar se divertindo às nossas custas. Plantando a sua espécie no nosso Juramento, enviando a serpente para pegar Nicholas debaixo do nosso nariz, participando das nossas Provações. — A cada passo lento para a frente, as expressões de Sel se tornam mais ameaçadoras, os olhos mais selvagens até ele ficar mais parecido com seu construto demoníaco do que consigo mesmo. Mais parecido com um demônio do que com um ser humano. — Nós dois sabemos que você não liga para a nossa missão. Eu consigo ver no seu rosto!

— Não é verdade! — grito.

A expressão de Sel é dolorida, irritada.

— Mais mentiras? Mesmo agora? — Ele se ajoelha diante de mim, o lábio superior se curvando, sarcástico. — Eu sei que você teve a Visão daquele isel antes de fazer o Juramento. Nós *dois* sabemos que o Primeiro Juramento não funcionou, que você se desprendeu do nosso compromisso sagrado como se não fosse nada. Como se não valesse nada para você, menos valioso que pó.

Eu estremeço. *Como ele sabia? Ele viu...*

Sel ri baixinho com a minha confusão.

— Você acha que não reconheço o meu próprio feitiço ou sinto sua ausência? — Ele se inclina mais perto para sussurrar no meu ouvido. — Eu posso *senti-los*, Briana. Os Juramentos que fiz. — Os olhos dele percorrem meu rosto e meu pescoço. — E eu não sinto nenhuma parte minha... em você.

— Saia de perto de mim!

Eu o empurro com força e com as mãos trêmulas, e ele ri, se balançando nos calcanhares. Fico de pé, mas o cão dele está bem ali, as mandíbulas babando no meu ombro.

Sel se levanta.

— Nicholas precisa saber quem você é antes que seja chamado ao trono e você o transforme num palhaço. William, Felicity, Russ, Sarah... Todos eles parecem acreditar que você *realmente* é uma de nós, quando nós dois sabemos que você não pertence a lugar nenhum.

Eu sinto meu corpo tremer. E não só por causa do que Sel falou sobre Nick e os outros, mas por causa das últimas palavras dele.

Você não pertence a lugar nenhum.

Depois de tudo que aconteceu comigo, de tudo que precisei fazer para chegar até aqui, para tentar descobrir a verdade sobre o assassinato da minha mãe, aquelas palavras fazem algo estalar dentro de mim.

Minhas mãos começam a se flexionar ao lado do meu corpo, abrindo e fechando. As pontas dos meus dedos parecem estar prestes a explodir, como se um balão sob a minha pele desejasse se inflar e estourar. Olho para o cão de Sel e penso em soprar fogo na cara do monstro e assisti-lo queimar, queimar, queimar. Rindo de sua dor, porque ela é tão pequena perto da minha. Eu vejo Sel. Vejo a confiança dele em sua missão ancestral e sua gana de me derrubar.

Posso não conhecer os meus ancestrais, mas depois de ver Mary, Louisa e Cecilia, tudo que quero é mostrar para aquele garoto que ele não é o único com poder nas veias.

— Nick estava certo — falo, com uma voz baixa que mal reconheço. — Merlins *são* monstros. *Você* é um monstro.

Os olhos dele se arregalam, e os lábios se comprimem em uma linha fina, raivosa, mas eu não descubro a atrocidade que estava prestes a dizer para mim, porque ele não tem a chance de responder.

Uma batida na floresta chama a nossa atenção. Um uivo baixo. Um latido alto e cortante, então outro que ecoa pelo pátio fechado.

Sel zomba.

— O que você fez? Chamou reforços?

Sibilo.

— Não fiz nada, seu idiota!

Assim como ele, também estou com os olhos grudados no cemitério.

Não precisamos esperar muito.

Três pesadelos surgem da floresta e sobem na parede de pedra. Três raposas enormes, aether verde subindo como vapor de suas costas escamosas.

Estas são Crias Sombrias de verdade. Não são construtos. Não são ilusões.

O cão de Sel se dissolve até se transformar em nada além de poeira prateada.

— *Cedny uffern!* — sibila Sel. Ele desliza para trás e fica em posição de luta. — Afaste-os, uchel! Se me matar, nunca vai se aproximar de Nicholas. Todos os seus esforços terão sido em vão.

— Eles não são *meus*! — retruco, furiosa.

As criaturas parcialmente corpóreas saltam para o pátio como se tivessem um só corpo, cobrindo os três metros de distância com facilidade. As raposas latem e rosnam, batendo os dentes enquanto caminham em nossa direção com longas pernas, os rabos pelados, parecidos com os de ratos, chicoteando atrás de si.

— Eu falei para você *afastá-los*!

— Eu não *fiz* isso!

— Briana...

— *Por favor*, Sel!

A mandíbula dele se contrai ao me encarar, uma dúvida recém-criada por meu apelo em conflito com a fúria em seus olhos. Há um brilho de aether azul e branco, então Sel murmura enquanto o aether flui rapidamente para as suas mãos. A substância se amontoa formando globos que giram em suas palmas. Então os globos se expandem e se alongam, formando dois longos bastões que endurecem até se tornarem armas cristalinas e brilhantes, densas e pesadas.

Em vez de recuarem, as raposas batem as mandíbulas, ansiosas com a visão.

— O que estão fazendo? — sussurro, mas os olhos de Sel estão focados nos demônios.

De repente, todas as três raposas infernais soltam uivos de gelar o sangue, o som quicando no pátio e zumbindo sem parar até que eu cubra os ouvidos com dor. Então vejo que não é um uivo.

É um chamado.

Sei que as Crias Sombrias usam o aether para ficarem sólidas, mas eu nunca tinha visto isso acontecer até agora. O aether das armas de Sel se desfaz e flui pelo ar na direção da boca aberta das raposas feito um córrego caindo em um lago. Ele ofega, apertando cada bastão nas mãos, mas não funciona. Suas armas se dissolvem diante dos nossos olhos até que não haja nada além de ar entre os seus dedos. As raposas brilham, mas o aether azul-prateado que ele conjurou fica verde ao alcançá-las. Sel já está conjurando outro amontoado de aether, mas as raposas uivam de novo e o roubam antes ele que possa formar qualquer coisa em suas palmas. Sel ruge, praguejando à medida que as raposas tomam os seus poderes, sugando tão rápido quanto ele é capaz de conjurar.

O calor acentuado da conjuração de Sel preenche o ar. As raposas absorvem tudo e usam aquilo para se tornarem maiores, mais fortes. O aether incha o corpo delas, inflando-as até a pele se romper. Um fluido verde-escuro de cheiro horrível escorre das aberturas, revirando o meu estômago. Sel começa a conjurar uma terceira porção de aether para criar armas contra os demônios, mas logo eles se tornarão corpóreos e visíveis para qualquer transeunte Primavida.

— Pare! — peço. — Elas estão usando isso para ficarem corpóreas!

Eu não precisava gritar. Ele já tinha se dado conta disso também e viu que os seus esforços seriam inúteis. O rosto de Sel está contorcido em uma expressão animalesca, exalando frustração, e ele rosna para as criaturas com os caninos expostos.

Na minha visão, o mundo treme, mas não é o mundo que está tremendo, fervendo, crescendo. Sou eu.

O tempo desacelera, e eu vejo as raposas perseguidoras com novos olhos. As garras e fileiras de dentes, os olhos brilhantes ansiando por sangue. Tudo na minha percepção delas — visão, olfato, audição — de repente está mais vivo, brilhante. A pele rachada e de lava das raposas está em alta definição, cada mudança e ondulação de seus músculos ficam claras sob a superfície. Sinto o gosto dos corpos amargos e podres feitos de aether, o cheiro forte no fundo da minha garganta. Um rosnado estrondoso vem de uma delas. Sei porque ouço ar acumulando para produzi-lo, lá no fundo de seu peito.

— Que merda é essa? — A voz de Sel quebra o meu foco, e o mundo volta a sua velocidade normal.

Eu pisco e olho para baixo. Dei dois passos na direção das raposas sem nem mesmo perceber que me movi. Minhas mãos estão esticadas ao lado do meu corpo, e chamas vermelhas e brilhantes fluem das pontas dos meus dedos. Um grito curto escapa de mim, então, um gemido. Balanço as mãos para tentar apagar as chamas.

— Eu não, eu não...

As raposas infernais não estão interessadas na minha tentativa de explicação. A do lado esquerdo já está se movendo, avançando contra mim em uma velocidade estonteante. Eu me desvio no último segundo, e a criatura bate na parede. Enquanto se recupera, outra grita, se prepara para um salto...

Braços fortes me agarram pela cintura e tiram os meus pés do chão. O cemitério, o chão, as árvores passam voando em um borrão deslumbrante de cor, e então me soltam. O mundo se torna anuviado, escuro...

— *Datgelaf, dadrithiaf... datgelaf, dadrithiaf...*

O chão sob meu rosto ganha foco. Meu estômago parece estar em algum lugar perto dos meus pulmões. Meus dedos se dobram na terra — o fogo mágico vermelho desapareceu.

— Ai... — gemo, ficando de joelhos.

Não devo ter desmaiado por mais de um minuto.

— De nada — resmunga Sel antes de voltar para sua recitação. — *Datgelaf, dadrithiaf...*

Ele está de pé ao meu lado, os dedos e as mãos se contorcendo no ar acima das gigantescas raízes de um carvalho. Olho para cima e descubro que estamos em McCorkle Place, o quarteirão norte. Talvez uns dez minutos de caminhada do cemitério.

— *Datgelaf...*

O uivo de uma raposa demoníaca vara a noite.

— Meu Deus. — Eu me apoio na árvore para levantar. — Elas estão vindo.

— Estou ciente.

Outro uivo, mais alto dessa vez.

— Estão mais perto!

— Eu tenho ouvidos!

— Precisamos correr.

Fico de pé, mas o mundo ainda está se ajustando depois do puxão de Sel.

— Não — diz ele —, precisamos nos esconder.

Há um sopro de ar, e pequenas portas duplas translúcidas aparecem em cima das raízes da árvore. Sel lança a mão para trás, e uma das portas se abre, revelando um poço escuro e sem fundo abaixo.

— Entre.

— Não vou entrar aí!

Sem dizer uma palavra, ele passa um braço no meu torso e me ergue, me atirando na escuridão. Caio de bunda, a dor subindo pela minha espinha. Pelo menos o chão de terra está a apenas um ou dois metros abaixo, em vez de ser uma descida inimaginável até o nada que eu tinha pensado. Sel cai ao meu lado e pousa feito um gato, silencioso e leve. Ele dá um puxão para baixo e a porta se fecha, nos deixando na escuridão.

30

— MAS QUE MER...

— *Quieta*.

— Por que...

Uma das mãos de Sel me empurra contra uma parede de terra, e a outra cobre a minha boca. *Com força*. Quando faço um barulho abafado, ele aperta com mais força ainda.

— *Shh!*

Um barulho alto e abafado chega até nós vindo de pouco mais que um metro acima. Eu inspiro com força, meu coração batendo tão forte que tenho certeza de que Sel pode ouvir. Será que as raposas demoníacas acima de nós conseguem ouvir também? Rezo para que não, porque, se Sel preferiu se esconder em vez de lutar, isso significa que ele não acha que pode vencer as criaturas. As outras duas raposas se juntam à primeira. Ficamos paralisados no escuro enquanto os três demônios tentam sentir o nosso cheiro. Suas patas são silenciosas, mas o peso de seus corpos de aether faz com que terra caia no meu cabelo e na parte de trás da minha camiseta. Fecho os olhos e deixo as pedrinhas caírem nas minhas bochechas e nos dedos de Sel, que ainda cobrem a minha boca. E se as raposas começarem a cavar? Minha mente se agita, as perguntas vindo mais depressa. Elas sabem que a porta oculta está aqui? Podem sentir o aether que a escondeu, assim como Sel pode sentir o aether que as solidifica? Espera. Por que Sel não notou as raposas se aproximando, para começo de conversa?

Devo ter feito algum barulho, ou talvez o ritmo de minha respiração tenha se alterado, porque Sel se inclina mais para perto, como se estivesse me dando um aviso. Meus olhos se abrem... e encontram os olhos brilhantes e amarelos dele no escuro. Definitivamente um aviso. Um aviso claro como o dia: *Não se mexa*.

Depois de um minuto, o som dos focinhos se torna distante à medida que as raposas seguem adiante. Sel espera um segundo, por precaução, depois outro, então me solta. Ele estala os dedos, e uma pequena chama azul aparece em sua mão, iluminando a caverna em que nos colocou. Não, não uma caverna. Um túnel.

— Vamos.

Ele vai na frente, o fogo mágico azul lançando sombras sobrenaturais contra as enormes raízes expostas, as paredes de terra esfarelando e as vigas ancestrais segurando a terra acima de nós.

— Você acabou de conjurar um túnel?

Sel não me espera, então preciso correr para alcançá-lo.

— Eu *revelei* um túnel. O tronco da árvore é uma ilusão, e bem antiga. Os fundadores sabiam que a universidade precisava ter uma fachada pública, então cavaram túneis para se deslocarem mais facilmente e cavernas para estoque antes de o campus ser construído.

— Eles construíram tudo isso para se deslocarem mais facilmente?

— São proteções. Rotas de fuga. Os Merlins originais esconderam esses lugares para mascarar o aether de forma que as Crias Sombrias não pudessem segui-los, nem mesmo acima do solo.

Tiro o celular do bolso, mas não há sinal. A bateria está na metade, então eu poderia usar a lanterna, mas para que acabar com ela quando Sel está iluminando o caminho sozinho?

— Por que estamos aqui e não no Alojamento? Você poderia ter nos levado correndo até lá...

Ele para e me lança um olhar furioso.

— Eu não sei por que aquelas coisas nos atacaram ou de onde vieram, e, pelo visto, nem você. Não vou levá-las direto até Nicholas, mesmo que as proteções do Alojamento estejam funcionando perfeitamente. Se elas forem parecidas com os cães, pegaram o nosso cheiro e vão ficar nos caçando, mais ninguém. Gostaria de manter as coisas assim.

— Por que não as sentiu?

Ele olha para baixo e continua andando, levando a única fonte de luz com ele.

— Não tenho certeza.

Algo na voz de Sel soa estranho, como se estivesse guardando uma resposta que não quisesse dizer em voz alta.

— Como roubaram o seu aether?

— Não sei.

— Isso quer dizer que você nunca viu uma raposa demoníaca antes?

Ele se vira abruptamente, e quase tropeço nele.

— O que você é?

— Eu...

— A verdade — exige Sel. — Como você gerou aether na ponta dos seus dedos?

Eu pisco.

— Eu não gerei nada...

Ele me avalia com os olhos semicerrados.

— Isso explica por que me distraiu aquela noite na Pedreira quando eu estava caçando o isel. Eu detectei um pouco do seu aether e aí achei que os meus sentidos tivessem me levado para o caminho errado. — Ele se inclina mais para perto, com os dedos em chamas, e aponta para o meu peito com a outra mão. — Mas, apenas alguns minutos atrás, me dei conta de que você estava cozinhando aether que nem uma fornalha, bem *aqui*.

— Fica longe de mim!

Empurro a mão dele e cruzo os braços. Até mesmo uma conjuração pequena de Sel tem um cheiro que preenche o túnel e se prende ao meu nariz.

— Você não sabe como andar por esses túneis, e mesmo se soubesse, não pode abrir nenhuma das portas para a superfície — diz ele, erguendo uma sobrancelha. — Então é melhor dizer a verdade logo. Como fez aquilo?

Tudo que mais quero é me afastar dele, mas Sel está certo. Não faço a menor ideia de onde ir. Ele me assiste chegar a essa conclusão como se estivesse lidando com uma criancinha birrenta que se recusa a dormir. Tudo no rosto dele me perturba, desde o seu cabelo ridículo e os seus olhos de cambion até o sorrisinho irritante que repuxa os cantos da sua maldita boca.

— *Não sei*.

Ouço a petulância na minha própria voz e odeio isso também.

Sel estreita os olhos dourados e inspeciona o meu rosto. Um segundo se passa.

— Você está dizendo a verdade, pelo menos sobre o que você é e de onde os seus poderes vêm.

— Sim! Estou!

Estou *mesmo*. Não sei o que sou. Patricia também não. Que eu sei da Raiz e que a minha mãe praticava... isso *nunca* vou contar para ele.

Sel está com uma expressão pensativa.

— Minha mãe era uma Merlin e uma estudiosa do aether. Ela estudou demonologia, reunião do aether, textos antigos, de tudo um pouco. Fui uma criança precoce, então eu me enfiava no seu escritório para ler o grimório dela e dos Merlins antes de nós.

Cerro os dentes, enervada com o fato de ele ter mencionado a mãe. Será que Sel consegue ver que eu estava pensando na minha?

— Essa história tem algum propósito?

Ele me ignora.

— Com essa criação, eu, mais do que a maioria, entendo que a nossa magia, se você assim a considerar, é, no fundo, um tipo de física. — Ele estica o braço na luz tênue. A tatuagem preta que toma a maior parte do seu antebraço é um círculo grosso dividido por cinco linhas em cinco partes iguais. — Terra, ar, água, fogo e aether, ou aquilo que os alquimistas medievais chamavam de "quintessência". Todos os Merlins são ensinados que o aether não pode ser criado ou destruído, apenas colocado em um corpo ou manipulado em uma massa temporária. Então — Ele olha direto para os meus olhos. —, como você, Briana Matthews, desafia cada lei do aether que milhares de Merlins seguiram pelos últimos quinze séculos?

Eu o encaro, apreensiva, mas me recuso a demonstrar isso.

—Talvez a Ordem não saiba tudo sobre a magia no mundo.

Ele cantarola e dá um passo para trás.

— Há muitas coisas que a Ordem não sabe.

Ele caminha adiante de novo sem adicionar mais nada ao comentário *enigmático*, e não tenho escolha a não ser segui-lo.

Quanto mais fundo vamos, mais o cheiro de coisas podres me domina. Coloco a camiseta por cima do nariz para aliviar um pouco, mas logo a abaixo, porque está congelante aqui.

Depois de um tempo, faço a pergunta que precisa ser feita.

—Você vai me entregar aos Regentes?

Ele responde sem me olhar.

— Ainda não decidi. Qual o verdadeiro motivo para estar se juntando à Ordem?

Ele é um Merlin. Não posso confiar a ele a resposta sincera, e fazer isso iria contra tudo que Nick especificamente me avisou para evitar.

—Você deve estar pensando em uma mentira — pondera ele —, porque está demorando tempo demais com a verdade.

Ele para de novo e me olha com expectativa.

Elaboro a melhor resposta possível, a resposta mais honesta em que posso pensar, e o encaro ao dizer:

— Pedi a Nick para que me ajudasse a entrar porque preciso entender as coisas que vi e preciso saber por que as vejo.

— O que Nicholas acha de sua habilidade de gerar aether?

— Eu... Ele não sabe disso. Só aconteceu uma vez antes, na noite da iniciação. Eu pensei que pudesse ser uma reação ao Juramento. Eu não sabia...

Ele perscruta meu rosto por um momento, então os seus lábios se curvam em desgosto.

— Você *realmente* não faz a menor ideia do que é, e Nicholas, sempre o herói, se ofereceu para ajudá-la a descobrir, trazendo-a para dentro de uma organização secreta ancestral sobre a qual você não tem nenhum conhecimento prévio ou treinamento?

Fico desconfortável sob o peso do olhar dele.

— Bem, não, eu meio que... o forcei a me apadrinhar. Foi mais ideia minha que dele.

Ele parece chocado.

— Vocês são dois idiotas, então. — Sel sorri. — E eu também, por achar que você pudesse ser qualquer coisa além de uma garotinha Unanedig boba.

Ele se vira e segue pelo corredor de terra, murmurando baixinho.

Fico boquiaberta.

— Pensei que tivesse acabado de dizer que eu "desafio as leis do aether"!

— Falei — diz Sel por cima do ombro, desdenhando —, mas a observei com cuidado durante toda a semana e, aparentemente, você consegue desafiar as nossas leis e ser uma garotinha Unanedig ao mesmo tempo. Parabéns.

Foi exatamente isso que aconteceu na primeira vez em que nos vimos, na Pedreira. Assim que encontrou o isel, ele me dispensou, porque se você não é uma presa de Sel, não vale o tempo dele.

— Você não deveria... sei lá... investigar anomalias? — pergunto, enquanto corro atrás dele, meio indignada e meio aliviada.

— Eu investigo *ameaças*. Qualquer que seja a habilidade que tenha, você não consegue controlá-la. Você mal consegue matar um construto de javali infernal sem a ajuda da gravidade.

Ele solta uma risadinha, como se estivesse debochando de mim na provação desde que aquilo aconteceu.

Fico tão confusa com o comentário de Sel — e por ele estar de fato *conversando* comigo — que paro de andar de repente. Será que o julguei mal?

Ou Nick? Ou será que Sel está agindo como sempre agiu — tratando tudo e todos como uma ameaça até que seus próprios olhos e os fatos provem o contrário? Até uma hora atrás eu me qualificava, mas agora... não? Não esperava me sentir tão insultada, mas, depois de todo esse tempo e de todos os olhares ameaçadores sugerindo danos corporais, é exatamente assim que me sinto. Estou insultada *e* irritada. *Como ele se atreve...*

— Vai ficar aí parada no escuro? — Sel estala os dedos da mão esquerda para produzir uma nova chama mágica e gira o outro pulso para apagar a primeira, de forma que possa usar a mão para se equilibrar contra uma viga de suporte. Sigo o olhar dele adiante, onde há uma elevação de terra que precisaremos escalar para passar. — Ou quer acrescentar alguma coisa?

— Mas... Mas e todo aquele papo de enfeitiçar Nick? — falo, gaguejando. — E fazê-lo de palhaço? E... e... como eu não pertenço à Ordem? Você só estava dizendo tudo aquilo para ser babaca?

— Ah, não, era exatamente o que queria dizer. Como eu pensava que você era uma Cria Sombria, esperava provocar uma resposta emocional... quanto mais negativa, melhor, já que demônios são atraídos por isso, mesmo interiormente. De certa forma funcionou, mas não como eu esperava. — Ele suspira e se vira, uma expressão de tédio no rosto. — Com relação a Nicholas, se você causar algum problema ou distraí-lo do caminho dele até o trono, não vou hesitar em entregá-la para os Regentes e contar aos Merlins deles exatamente como ativar o seu gatilho, para que joguem você em um laboratório qualquer e investiguem por conta própria.

Um calafrio percorre meu corpo ao ouvir as palavras dele. É isso que aconteceria? Nick nunca me falou...

— Se continuar a iniciação do jeito que está, certamente vai falhar no teste de combate, o que significa que só preciso esperar algumas semanas para me livrar de você. Alguma coisa me diz que, com a ajuda *detestavelmente* sincera de Nicholas, você vai encontrar alguma brecha para sair do seu status de Pajem *e* da divisão como um todo. Talvez ele use o seu histórico de não Vassala para pedir uma exceção à lei de filiação perpétua, afirmando que você foi um experimento falho. Ou talvez peça um favor ao pai dele, que vai obedecer por culpa e por apreciar o fato de que o filho *finalmente* aceitou o cargo que era seu desde o nascimento. Então, quando nos abandonar, você não vai quebrar o Código de Segredo para expor a Ordem, já que se importa de verdade com Nicholas, e, ao fazer isso, tornaria a vida do nosso eterno e futuro rei muito mais difícil, colocando em risco a nossa missão. Entendi bem?

Meu queixo quase acerta o chão de terra.

— Foi o que pensei. Resumindo: no momento, tenho preocupações muito maiores do que o "seu mistério", sendo uma delas a provável iminência do Camlann. Essas preocupações também incluem as ameaças de fato *ativas* contra a vida de Nicholas e à divisão que jurei proteger.

Ameaça pelas quais serei punido — de forma dolorosa — se não persegui-las. Ele não acrescenta isso, mas ouço mesmo assim, me lembrando do que Lorde Davis falou sobre o Juramento de Mago-Real queimar um buraco na garganta de Sel.

— Olha, me desculpe — falo, balançando a cabeça. — Eu simplesmente não consigo superar o fato de que você definitivamente, *definitivamente* fez ameaças violentas contra a minha vida e que agora apenas... parou.

— Não pense nem por um segundo que não falei sério sobre as ameaças, porque com certeza falei. Ainda estou falando sério, para ser sincero, caso me obrigue a isso. Agora, contudo, estou reconsiderando a descrição que fiz de você — murmura ele, escalando graciosamente a pequena colina. — Eu deveria ter chamado vocês dois de bobos *e* autocentrados.

Estou fumegando, mas o sigo em silêncio. Não quero dar mais nenhuma munição verbal para ele.

Sel parece saber para onde está indo, porque paramos em uma pequena caverna redonda dez minutos depois, e ele aponta para uma abertura entre as vigas petrificadas.

— Esta porta vai nos levar até a superfície no lado mais distante do campus. Há um cofre de armas de metal escondido com ilusão na floresta se as raposas tiverem nos encontrado de alguma forma, mas elas precisariam ter um olfato melhor que a média dos demônios para nos seguir até aqui. Vou primeiro, indico se o caminho estiver livre e puxo você para cima.

Assinto e observo enquanto ele começa a murmurar de novo. O galês soa similar aos sons que William recita ao curar. Os dedos de Sel criam formas no ar acima da nossa cabeça; então, ao contrário da última vez, ele dá um golpe para o alto com a mão aberta. Uma porta se abre sobre nós.

Sel se agacha, dá um salto vertical que é equivalente ao dobro da sua altura e pousa na grama ao lado da porta. Depois de um momento, ele sussurra que o caminho está livre e se estica para me puxar até a superfície.

Emergimos no exato ponto em que Sel falou: uma mureta de pedra marcando o perímetro do campus e, para além dele, a floresta cerrada que pertence à cidadezinha de Chapel Hill. As costas de Sel estão viradas para a base do amplo carvalho de onde saímos, e ele gira as mãos para ocultar a porta de aether de novo, quando os cabelos na base da minha nuca se erguem em alerta.

No momento em que Sel grita "Abaixe-se!", meu corpo não hesita. Eu me jogo no chão a tempo de ver uma raposa infernal passando por cima da nossa cabeça, o crânio da criatura colidindo com a lateral do grande carvalho com um estampido alto que faz o chão tremer.

Enquanto se recuperava, uma segunda raposa uiva, atacando Sel. Suas patas fortes e seu peso o derrubam no chão. Assim como aconteceu com o uchel, Sel e a raposa estão girando, rolando na grama em um borrão de roupas pretas e escamas verdes esfumaçadas.

Sel deve ter olhado na minha direção, porque grita um alerta no exato momento em que a terceira raposa salta na direção do local em que eu estou. O aviso dele me dá tempo o suficiente para rolar. Mandíbulas batem perto do meu ouvido direito — onde o meu rosto estava um segundo antes.

Há um terrível barulho de rasgo e um ganido agudo corta o ar.

Sel arrancou alguma parte de seu oponente.

A raposa do meu lado corre ao auxílio da criatura irmã, e então Sel está gritando, tentando lutar contra duas criaturas sem conjurar aether.

Ele precisa de armas.

Fico de pé, salto o muro e corro na direção da floresta e da caixa escondida com ilusão. Num piscar de olhos, uma raposa infernal surge na minha frente. Sua cabeça está partida ao meio e aether verde e brilhante escorre da rachadura: a raposa que bateu na árvore.

Eu me desequilibro. Tropeço nos meus pés. Minhas costas batem no chão. Com força. O ar desaparece dos meus pulmões.

Estou me debatendo na grama, engasgando em busca de ar, o meu cérebro gritando por ele, mas não consigo gritar. Nem mesmo quando a raposa infernal baixa a cabeça, me encarando com os seus lustrosos olhos pretos — e salta.

Ela vai pousar de garras abertas. Bem em cima de mim.

Eu vou morrer.

Fecho os olhos, esperando pelo peso e os dentes afiados feito navalhas. Num movimento desesperado, sem treino, ergo um punho num soco selvagem.

Há um grito uivante, um som alto de esmagamento, um peso quente, escaldante no meu peito, então a escuridão cresce e toma conta de mim.

Algo quente e espesso pulsa rapidamente em meus dedos.

Abro os olhos, mas não compreendo o que vejo ou sinto. Meu cérebro gira, costura as imagens pedaço por pedaço.

Estou viva.

A raposa está em cima de mim.

Meu rosto não está entre os dentes da criatura, porque a mandíbula dele está pendurada.

Suas patas da frente estão soltas na terra de cada lado do meu corpo.

Meu braço esquerdo é um caos de gosma verde. O líquido escorre como rios caudalosos da minha pele até a grama.

Meu ombro direito está deslocado, doendo muito. Meu punho e o meu antebraço desapareceram até o cotovelo dentro do peito da raposa.

E aquele braço está coberto de chamas vermelhas.

Há gritos. Meus.

A visão fica turva. Puxo a mão de volta, mas algo prende o meu pulso — uma costela quebrada e de pontas afiadas. Vômito sobe, queima no fundo da garganta. O grito começa de novo. Choro enquanto tento tirar o punho de dentro de outra criatura. Icor verde e viscoso vaza do estômago da raposa. Puxo com força demais, e isso piora tudo. A ferida escorre pelo meu peito, pútrida e em decomposição, enquanto a língua da criatura escorrega para o lado.

Dentes batem raivosamente, e o grito de uma raposa infernal preenche o ar, mas estou jogada de costas no chão, e a criatura demoníaca morta em cima de mim é pesada demais. Assisto de cabeça para baixo enquanto outra raposa corre na minha direção em uma velocidade assustadora. Empurro a carcaça, gemendo e arfando.

Mas, antes que possa me alcançar, a ponta afiada e aguda de uma lança perfura sua garganta.

A raposa faz um som de engasgo e cai no chão. Sel aparece do seu lado e remove a lança, então usa toda a sua força para perfurar o crânio da criatura com a arma. Ela para de se mexer. Sel inclina todo o seu peso na ponta do cabo, respirando com dificuldade.

Meus olhos queimam. A carcaça está soltando vapores de aether agora. Um gemido rouco escapa de mim, e a cabeça de Sel se levanta. Ele está do meu lado em meio segundo, as mãos indo até o torso da criatura.

— A outra... — falo, procurando freneticamente.

— Morta. Espere. — As sobrancelhas escuras dele se franzem, enquanto o Mago-Real avalia tanto a raposa sem vida quanto a mim. — Ela não se desfaz se tiver algo vivo dentro dela. Preciso remover você.

Meus olhos estão lacrimejando, e não consigo dizer se é por causa do aether ou das lágrimas. Acho que dos dois. Preciso tossir duas vezes antes de conseguir falar, e, mesmo assim, minha voz está rouca de tanto gritar.

— Não consigo tirar a mão... não consigo...

Ele se ajoelha até que a sua cabeça esteja na altura da minha, empurrando o corpo da criatura para ver onde estou conectada com ela. Com a proximidade, consigo ver que ele sangra de uma mordida funda na clavícula, pouco visível sob a camiseta preta que agora está colada no ferimento. A magia dele — canela, uísque, fumaça — flui pelo meu rosto. Estou tão grata pelo aroma dele que solto um gemido, inalando de novo para mascarar o fedor da raposa infernal.

— O buraco é do tamanho exato do seu punho. Você precisa fechar a mão — murmura Sel. Ele faz força para cima até que o peito da criatura saia de cima de mim, e eu arfo com o alívio imediato. — Feche a mão.

Não me mexo. Eu quero, mas simplesmente... não consigo. Choramingo e balanço a cabeça.

Os olhos dourados de Sel encontram os meus.

— Feche a mão, Bree. — A voz dele é surpreendentemente suave. — Eu cuido do resto.

Encaro Sel por um instante. Talvez por causa do seu tom estranhamente gentil ou pelo fato de ele ter me chamado de "Bree" pela primeira vez, eu assinto e fecho a mão direita, gritando quando as minhas unhas passam raspando pelo coração ainda quente. Sel fica de pé e puxa a raposa pelos ombros até meu punho em chamas emergir do buraco fumegante entre as costelas da criatura. Quando minha mão se liberta, há um som molhado de sucção, e uma nova bolha de icor verde-escuro escorre por entre as minhas pernas. Eu me arrasto para trás feito um caranguejo, levando a minha mão esquerda trêmula até a boca.

Sel larga a carcaça e, um segundo depois de encostar no chão, ela explode com um som cortante e se transforma em uma nuvem de poeira verde no formato de uma raposa. Atrás de mim a outra raposa também explode, como se o aether a tivesse rasgado de dentro para fora.

O mundo está sacudindo de novo, e de novo me dou conta de que sou eu. Apenas eu. Estou tremendo incontrolavelmente. Meus batimentos não diminuem. Parece que meu peito vai explodir assim como as raposas.

Eu me apoio nas mãos e nos joelhos e vomito, arfando até que a bile queime minha garganta e minha língua.

Sel se ajoelha do meu lado.

— Você está bem. As raposas já foram.

As raposas já foram.

Mas eu não estou bem.

Rastejo para longe do vômito até que eu consiga me sentar, repousando os braços nos meus joelhos dobrados. Enquanto limpo a boca com um pedaço limpo de camiseta, observo Sel me observando.

Os olhos dele percorrem minha cabeça, meus ombros, meus braços.

— Já está desaparecendo.

Olho para baixo e vejo que ele tem razão. A luz carmesim no meu antebraço e no meu punho está diminuindo. O icor coagulado nas minhas juntas se quebra, rachando e esfarelando entre os meus dedos. Depois de um momento, restam apenas alguns grãos pretos.

— Está... Está agindo como se fosse um escudo — diz Sel, num tom maravilhado que nunca ouvi. — Queimando o sangue da raposa infernal.

Ele está certo. Quando a luz vermelha some, o mesmo acontece com o restante do líquido. Balanço a cabeça, sem acreditar em nada do que acabou de acontecer comigo.

Aparentemente, Sel está na mesma situação. Ele fica de pé, a expressão confusa demais para ser acusatória.

— O que você é?

Olhamos um para o outro até ouvirmos os gritos.

— Bree!

— Sel!

— Bree! Sel!

Reconheço as vozes. Evan. Tor.

— Achei eles! — grita Evan.

Eu me viro e vejo o Escudeiro saltar o muro e dar uma corridinha até onde estamos. Uma figura loira passa por ele mais rápido do que os olhos podem acompanhar e, de repente, Tor está do nosso lado.

Sel também percebe a velocidade dela.

— Você está...?

— Desperta? — fala Evan. — Sim. Tor caiu uma hora atrás. Levamos ela de volta para o Alojamento e chamamos todo mundo, mas vocês não apareceram.

— E já está correndo por aí?

— Metabolismo acelerado, é o que William acha. — Tor sorri, mas então nota o que está ao nosso redor no chão e me vê sentada ali. — O que aconteceu?

Evan também percebe a pilha verde que está desaparecendo.

— Isso é pó de Cria Sombria?

Uma nova voz grita para nós do outro lado do muro.

— Você os encontrou?

Ao ouvir o som da voz de Nick, Sel dá um passo para trás, se retraindo. Meus olhos seguem o movimento, e Sel e eu trocamos olhares. Observo o rosto dele se alterando, indo do fascínio e de algo que acredito ser preocupação para a neutralidade solene de um soldado na guerra. E, desse jeito, o Selwyn Kane de alguns momentos atrás está enterrado sob as pedras, como um segredo que vai para o túmulo.

— Ei! — Nick salta o muro e corre na nossa direção, o alívio tanto por mim quanto por Sel estampado em seu rosto. Sarah o segue de perto. — Vocês dois estão bem? A gente não sabia onde vocês estavam. Então a Tor recebeu o Chamado e... — Nick diminui o ritmo ao ver o meu braço ensanguentado. — Não...

Ele para do meu lado em um segundo. Estica dedos gentis para a minha mão esquerda. Quando a gira, Nick sibila com a visão. Os cortes são longos e profundos, indo do cotovelo até o punho, e terra e pedrinhas estão grudadas onde o meu braço bateu no chão. Eu nem tinha notado.

Tor prageja baixinho, e ela e Sarah trocam um olhar breve. Eu me movo para ficar de pé, mas os meus joelhos não cooperam. Meu corpo inteiro parece lento, pesado.

— Estou bem — falo, com a voz rouca.

A mão de Nick vai até meu rosto, seus dedos pressionando minha testa, seguindo pelo meu pescoço e ombro como se tocar em mim fosse dar as respostas que não consigo dizer em voz alta.

Evan encosta o pé em uma pilha de pó onde uma das raposas infernais se dissolveu.

— Há três pilhas verdes. As mãos de Sel estão azuis.

Nick se inclina do meu lado para dar uma olhada na pilha por conta própria. Seus olhos azuis se estreitam e sua mandíbula se contrai.

— O que aconteceu aqui?

Ninguém olha para mim. Todos olham para Sel.

Aos olhos dos outros, Selwyn Kane é um feiticeiro irritado, levemente entediado. Mas consigo ver o que está além disso. Ele está nervoso. Incomodado.

— Raposas infernais. Quase materializadas por inteiro. — Ele indica as pilhas com a cabeça. — Elas roubaram o aether das minhas armas. Fomos para debaixo da terra, usamos os túneis, mas, de alguma forma, elas nos encontraram.

Evan caminha na nossa direção, sacudindo a cabeça.

— Mas três? Trabalhando em grupo no mesmo lugar e na mesma hora? Nenhum Portal é grande o suficiente para três passarem. De onde elas vieram?

— As três nos emboscaram no cemitério.

— Três Crias Sombrias emboscaram *você*? — Evan faz uma careta. — Você pode sentir um duende não corp a oitocentos metros de distância. Como esses demônios o pegaram de surpresa?

Há uma rachadura na fachada de Sel. Quando ele não responde logo de cara, sinto Nick ficar tenso ao meu lado.

— Como você foi surpreendido, Sel? — indaga ele ao seu Mago-Real.

Sel encara Nick, e então compreendo por que ele não respondeu completamente a minha pergunta nos túneis.

— Eu estava... distraído.

O olhar ansioso de Tor indo de Sel para Nick, o silêncio incomum de Evan e o sutil apertar de dedos segurando os meus são o único aviso que recebo.

Nick se ergue para ficar cara a cara com o Mago-Real.

— Distraído? Pelo quê?

Sel passa a língua pelo lábio superior, um gesto nervoso que não parece natural em seu rosto.

— Não vemos um levante de Crias Sombrias em duzentos anos. Se você estivesse planejando um, o que faria? Usaria um batedor para nos desarmar primeiro? Para nos desequilibrar? Qual hora poderia ser melhor para perturbar as nossas fileiras do que a iniciação? Qual oportunidade pode ser melhor para acabar com a Távola antes que seja reunida do que remover o nosso rei antes de ele receber o Chamado?

— Pensando como um demônio agora, Sel?

Sel rosna, frustrado.

— É o meu *trabalho* pensar como um demônio.

As sobrancelhas de Nick se franzem quando ele faz as conexões.

— O que isso tem a ver com a Bree?

Sel o encara.

—Aquela primeira criatura uchel queria *você*, Nick. Chamou pelo Pendragon. Como sabia onde encontrá-lo? Um Goruchel apenas precisa se fingir de Pajem, se infiltrar, para descobrir essa informação, e é só uma questão de tempo até que a criatura espiã se revele. — Sel engole em seco, e uma sombra passa por seus olhos, mas ele não desvia o olhar de seu futuro rei. Eu o respeito por isso. — Eu decidi acelerar o processo.

Nick dá um passo na direção do seu Mago-Real. Quando ele fala, a voz é mortalmente baixa.

— O que você fez?

A mandíbula de Sel se contrai, mas ele sustenta o olhar de Nick.

Outro passo.

— *O que* você fez?

Sel levanta o queixo.

— Eu poderia ter tirado o cão de cima dela a qualquer momento...

Usando o impulso do passo seguinte, Nick dispara um soco rápido e forte na cara de Sel. O golpe derruba o feiticeiro no mesmo carvalho que a raposa acertou. Nick deve ter socado com muita força, porque as minhas orelhas zunem com o *crack* de osso contra osso. Tudo acontece tão depressa — precisava ser assim, para pegar Sel de surpresa — que todo mundo leva um segundo para reagir. Sarah grita e Evan solta um palavrão, mas ninguém se coloca entre eles.

Sel está contra o tronco do carvalho, assustadoramente quieto, a expressão chocada lutando contra uma vontade visível de retaliar.

— Bem, isso não foi muito justo, Nicholas — murmura ele por fim. Sel empurra o tronco para ficar de pé e cospe sangue vermelho e brilhante na grama antes de levar a mão à boca. Isso deixa um rastro carmesim ao longo de seus dedos pálidos. — Você sabe que não posso revidar.

Com uma voz dura como ferro, Nick responde:

— Exatamente.

Os olhos de Sel brilham. Seus lábios se repuxam e deixam à mostra os dentes ensanguentados, a boca se fechando logo depois, numa tentativa não muito eficiente de conter a fúria.

Meus olhos voam de um para o outro, o futuro rei e o seu protetor juramentado. Quando brigaram na floresta naquela primeira noite, Sel estava mirando em mim, não em Nick. O Juramento do Mago-Real significa que ele jamais pode ter a *intenção* de ferir Nick sem arriscar a própria destruição, mas isso não impede que Nick machuque Sel. Eles cresceram juntos com esse desequilíbrio de poder, mas nunca esperei que Nick fosse explorar isso. Não assim...

Sel dá de ombros, como se a violência não fizesse diferença, mas a tensão irradia dos seus ombros, das veias salientes no seu pescoço. Ele ri — então estremece, levando uma das mãos ao queixo.

— Hum. Você não tem a força de Arthur ainda, mas acho que quase quebrou a minha mandíbula. Imagina o dano que vai fazer quando estiver Desperto.

— É por isso que queria ficar com Bree esta noite? Para ameaçar a minha Pajem com os seus construtos? — Os punhos de Nick balançam ao lado do corpo. — Para me desafiar?

O Mago-Real fecha a cara e olha para longe, e vejo para onde a raiva realmente está direcionada: para si mesmo. Ele se distraiu e suas habilidades o deixaram na mão — exatamente como Lorde Davis indicou naquela noite na floresta. E aqui está o filho de Lorde Davis, testemunhando aquela falha e o punindo por isso.

Sinto vontade de defendê-lo, mas o que eu poderia dizer? Não sou uma espiã. Não sou uchel. Nem sei o que sou, mas não sou uma ameaça para Nick. Ainda assim... algo em mim reconhece algo em Sel.

— Fique longe dela — ordena Nick, a voz baixa. — Com ou sem a Excalibur, com ou sem Chamado, se tentar qualquer outra coisa parecida de novo... — Ele não termina a frase, mas as consequências pairam no ar, onde todos nós podemos imaginá-las. Nick ergue o queixo. — Você me entendeu, *Mago-Real*?

— Sim. — Os olhos de Sel escurecem até se tornarem opacos e inescrutáveis. — Meu suserano.

Nick se vira sem dizer mais nenhuma palavra e caminha até mim. Tudo nele vibra, se de adrenalina ou raiva, não tenho certeza, mas quando os olhos dele encontram os meus, eles se tornam o oceano suave que conheço.

— Você consegue ficar de pé? Precisamos levá-la até William.

Assinto, mas afasto a mão dele com um aceno quando ele a estica para me ajudar a levantar.

— Eu consigo andar.

Ainda assim, ele sustenta a maior parte do meu peso facilmente com um braço enrolado nas minhas costelas, e nos viramos na direção do Alojamento. Tor e Sarah se colocam de um lado e Evan do outro. Flanqueando a gente, percebo. Para proteção.

Quando caminho pela estrada, sou a única que olha para trás.

O Mago-Real e eu nos encaramos mais uma vez, no momento em que as pilhas de poeira das Crias Sombrias giram no ar ao redor dele, e então, com um brilho, deixam de existir.

31

— ISSO COÇA.

— Não achei que você fosse tão reclamona — murmura William, as mãos cobrindo os meus antebraços.

— Não sou reclamona.

— Tá bom. — William se inclina para observar enquanto o último pedacinho de pele se fecha em uma cicatriz nova. Ele gira o pulso, e a cobertura prateada de aether nos dedos dele e no meu braço somem com um estalido baixo. — Isso vai resolver. Você vai acordar sem cicatrizes. Tente manter o braço inteiro da próxima vez, certo?

Estou deitada em uma cama de hospital há dez minutos enquanto ele trabalha. É bom finalmente descansar um pouco, mas na mesma hora as outras dores espalhadas pelo corpo ficam mais evidentes. Solto um gemido quando a minha cabeça bate no travesseiro. William faz um barulho suave, desgostoso.

— Posso usar o aether para curar os hematomas.

Um calor toma conta do meu rosto.

— Os na minha bunda e nas minhas costas? Estou bem.

Ele revira os olhos.

— Sou um profissional de medicina, ou serei em breve. Estudante de pré-medicina, além de ser o Herdeiro de Gawain, lembra? — Ele agita os dedos. — Médico em dobro.

Eu amacio os travesseiros ao redor da minha cabeça.

— Então você está dizendo que eu deveria me sentir confortável em ficar só de calcinha com você.

— Longe de mim dizer a alguém com o que precisa se sentir confortável — diz William, os olhos cinzentos pensativos. — Só estava oferecendo um pouco de contexto. Se servir de alguma coisa, estou muito apaixonado por outra pessoa e não tenho interesse algum.

Sorrio, apesar da exaustão.

— Ah, é? Quem é a pessoa de sorte?

— Ele não é Lendário, disso tenho certeza. — William dá uma risada calorosa. — Namorar alguém de dentro da Ordem só traz problemas.

Eu me empertigo.

— Por quê?

— Linhagens de sangue, juramentos, heranças? Você escolhe. — William afasta a mesinha e se apoia na outra cama. — Pajens podem namorar Pajens, fácil. Escudeiros namorando Escudeiros, ok, mas complicado. O trabalho de um Escudeiro é proteger o seu Herdeiro, e esse elo é inquebrável, sagrado. Em batalha um Escudeiro não pode dar prioridade ao bem-estar de seu parceiro acima do bem-estar de seu Herdeiro, e o Juramento do Guerreiro é eterno, mesmo depois do período de elegibilidade terminar e a herança desaparecer. Quem deseja ficar com alguém que já está emocional e magicamente ligado a *outra* pessoa... pela vida inteira?

Faço uma careta.

— Deve ser horrível.

— E é. — Ele assovia baixinho. — Você tem que ouvir os comentários invejosos que saem da boca das pessoas no Baile de Gala da Seleção. É só rancor, fofoca e drama da Ordem. Mas até isso é apenas... vergonhoso e inconveniente. — Ele balança a cabeça. — Namorar Herdeiros é um jogo bem diferente.

Eu me apoio no cotovelo, curiosa.

— Por quê?

— Sessenta gerações, mais ou menos, de administração de linhagens... começa a ficar complicado. Os Regentes tiveram que entrar no meio da história e criar algumas regras em determinado momento. A lei da Ordem proíbe o cruzamento de linhagens, então nada de safadeza entre quem pode se tornar Herdeiro ou cuja prole pode se tornar um Herdeiro na linha de sucessão. Se eles não tivessem proibido, teríamos crianças com duas, três, quatro linhagens por aí. Seria um caos tentar descobrir quem receberia o Chamado a seguir e como a linhagem seria preservada. É mais fácil para casais em que a gravidez é cem por cento impossível. Mas casais que podem engravidar? Estão *fodidos*. E não de um jeito bom.

— Isso...

— É terrível, eu sei. Pense nisso como sendo algum tipo moderno de fin'amor. O ideal medieval de amor cortês e enobrecedor que não pode ser consumado. Um conceito muito romântico naquela época. Mas hoje? Houve rumores de um casal de Herdeiros em outra divisão que escondeu o relacionamento, mas os Regentes têm espiões em todos os cantos. Eles foram pegos. E punidos.

William franze o cenho ao dizer aquela última palavra.

Sei que, se eu perguntasse, William me contaria o que os Regentes fizeram com o casal pego, mas o tremor que percorre os ombros dele me diz que eu talvez não queira saber a resposta. Quanto mais ouço sobre os Regentes e sobre como eles se envolvem tanto na vida dos Primavidas quanto dos Lendários, mais os odeio. Ninguém na divisão falou dos Regentes sem um toque de medo, ou pelo menos respeito, na voz. Nem Nick nem Sel. Nem mesmo Lorde Davis. Quem são essas figuras tão poderosas que guardam os registros da Ordem, controlam suas linhagens e enviam Merlins para o mundo como assassinos demoníacos e hipnotizadores?

Mudo de assunto.

— Então... e se um Herdeiro namorar seu Escudeiro?

— Que nem Russ e Felicity? Ou Tor e Sar? — William inclina a cabeça. — Herdeiros namorando Escudeiros *pode* funcionar... mas imagina só terminar e ficar amarrado com o seu ex *para sempre*. Não sei você, mas eu preferiria comer a minha própria espada de aether.

— Ah. — É tudo que consigo responder.

— "Ah", ela diz. — William ergue uma sobrancelha zombeteira. — Como se isso fosse apenas uma conversa boba e não tivesse *nada* a ver com a relação dela com um Herdeiro em particular.

— Shh.

William ri de novo. Gosto da risada dele. Faz com que pequenos pés de galinhas surjam nos cantos de seus olhos cinzentos.

— Então — Ele agita as sobrancelhas de forma divertida. —, curo a sua bunda ou você ainda acha que vou ficar olhando?

Suspiro e começo a tirar a calça.

— Você pode dar uma olhadinha, se quiser. Até que sou bonitinha.

— Rá — diz ele. — Eu sabia que gostava de você.

Estou de calcinha e deitada de bruços, e William começa. O aether parece o paraíso em cima da minha pele macia. Reprimo um gemido.

— Sabe — diz William, pensativo —, embora você não esteja tão detonada quanto poderia estar depois de enfrentar vários demônios, os seus sinais vitais estavam caóticos quando trouxeram você.

Aparentemente, em algum momento entre o cemitério e o Alojamento, eu desmaiei. Nick me carregou pelo resto do caminho e, então, elevador abaixo até a enfermaria. Acordei com Nick e William discutindo se o futuro rei poderia ficar no quarto durante o tratamento. Assim que abri os olhos, Nick tinha resmungado e abandonado William para que terminasse os exames em paz. William passou uma esponja na sujeira, desinfetou as feridas e começou a trabalhar.

— A princípio achei que você estaria em choque, mas isso não batia. Pressão alta, níveis altos de oxigenação, respiração pesada, pupilas dilatadas. Sinais típicos de um fluxo de adrenalina depois de uma luta com demônios. Vejo isso o tempo todo. Respostas de lutar ou fugir são exaustivas e, depois de uma hora, mais ou menos, os sinais vitais voltam ao normal. Mas os seus números estavam abaixo do normal: pupilas contraídas, respiração lenta, coração batendo devagar, baixa temperatura corporal.

Mordo o lábio inferior, me lembrando das chamas vermelhas brilhantes ao redor dos meus dedos e do que Sel falou sobre eu estar gerando o meu próprio aether.

— Isso é ruim?

— "Ruim" é um termo subjetivo por aqui. — William para acima de um ponto particularmente doloroso na minha lombar. — Mas não é típico. Era como se o seu sistema estivesse tão quente que, em vez de simplesmente ter nivelado as coisas, tivesse colocado você em hibernação.

Quente parece a forma correta de colocar em palavras. A primeira vez no banho, depois do Juramento, eu estava... aterrorizada, sobrecarregada, triste, mas consegui colocar uma barreira na frente de tudo aquilo. Hoje estava furiosa no cemitério e com medo de perder a vida para a criatura, e as chamas desapareceram sozinhas. Sel está certo, eu não faço mesmo ideia de como isso funciona, e não tenho a quem recorrer. Sel não parece interessado em tentar me ajudar a entender, e eu também não gostaria de pedir ajuda ele para descobrir. Eu poderia contar para Nick, mas... ele estava furioso hoje. E assustado, depois do Despertar de Tor. Ele e todos os outros no prédio estão à flor da pele. Não sei se é uma boa ideia jogar outra surpresa em cima dele. Talvez Patricia...

A porta se abre e Nick entra.

— Ei, Will, a...

Dou um gritinho e me encolho, puxando o lençol fino sobre o corpo. Não é rápido o bastante. O rosto de Nick ficou vermelho como um tomate. Ele definitivamente viu a minha bunda. E as minhas costas. E as alças do meu sutiã. E talvez um pouco da lateral do meu seio.

Ele solta um "desculpa!" estrangulado e desaparece no corredor, batendo a porta.

— Ai, meu Deus!

Puxo o lençol ainda mais para cima, cobrindo o rosto também.

William bate no tecido como se fosse uma porta.

— Com licença?

Baixo o lençol, deixando apenas olhos à mostra.

— O quê?

Os olhos dele brilham.

— Em séculos passados, *alguns* cortesões não queriam nada além de um rei elegível que os visse pelados "por acidente".

— Cala a *boca*, William!

Quando estou completamente curada, tudo que sinto é cansaço. Só quero a minha própria cama. Agradeço a William e ele caminha comigo até o elevador. Nick topa com a gente no andar de cima. Suas bochechas ainda estão rosadas, mas estão menos com cor de tomate e mais com cor de pêssego agora.

William aperta o meu braço. Quando entra de novo no elevador para subir até o andar residencial, ele me dá uma piscadinha antes que as portas se fechem.

— Ligue se precisar de alguma coisa, *cortesã Matthews*.

Nick olha para o elevador e depois para mim, confuso, mas faço um aceno, tentando disfarçar.

— William sendo William.

Fico aliviada quando ele decide não mencionar qualquer vislumbre acidental das minhas carnes. Em vez disso, ele me envolve nos seus braços e dá um beijo na minha testa. Era para ser reconfortante, imagino, mas os seus lábios na minha pele me fazem estremecer, me deixam com calafrios.

— Tem certeza de que está bem?

Balanço a cabeça e afogo o rosto no peito dele. Neste exato momento só quero aproveitar a sensação de ser envelopada por ele, respirar o cheiro limpo de sua camiseta nova.

— Eu poderia passar um dia inteiro dormindo, mas estou bem.

Ele se afasta para examinar o meu rosto, passa um dedo pelo meu lábio inferior.

— Eu nunca deveria ter deixado você ir sozinha com Sel. Era a regra número três, e eu a quebrei.

— Ele desafiou você na frente de todo mundo — falo.

— Não vai acontecer de novo. Juro.

Ele me puxa para um beijo longo e suave para selar a promessa.

Esse garoto me faz suspirar.

— Vou levar você para casa.

A luz do início da manhã irradia por entre as aberturas nas nuvens, banhando o saguão aberto, silencioso, com um sol fraco. Subimos apenas alguns degraus antes que duas figuras sentadas em um banco em uma das reentrâncias escondidas na parede se levantem para nos cumprimentar. Solto o braço de Nick antes que as figuras saiam das sombras, e o pequeno *aaah* de decepção que ele emite me enche como bolhas quentes e efervescentes por dentro.

— Bree! — Greer avança com Whitty ao seu lado, a preocupação estampada no rosto. Elu me envolve em um abraço, então se afasta para me avaliar. — *Raposas infernais?*

— Sar falou que o aether de Sel foi roubado? — indaga Whitty. — Direto das armas dele?

Greer dá um soco de leve no braço dele.

— Nossa preocupação é com Bree agora, Whitlock.

Whitty fica vermelho.

— Me desculpe. Você está bem, Matthews?

— Estou bem, de verdade. — Esfrego os braços, que ainda coçam, e olho ao redor do saguão mal iluminado. Todos os outros Pajens já voltaram para os seus dormitórios, e os Lendários estão nas camas dois andares acima de nós. — Não precisavam ter me esperado.

— Você e Sel sumiram por mais de uma hora — diz Greer, longe o suficiente de Nick para não perceber a tensão que suas palavras causam —, e nenhum dos dois atendia ao celular. Ninguém sabia se a provação tinha terminado, ainda estava acontecendo ou coisa do tipo. Então, Tor desabou bem ali enquanto a gente esperava, todo mundo começou a entrar em pânico...

Whitty nota a expressão de Nick e bate no ombro de Greer para cortar o assunto.

As palavras delu giram na minha mente, me deixando atônita por um momento. Eu já havia me esquecido de como a noite tinha começado. A caça ao tesouro, a provação, o torneio. Certo.

Nick me atualiza dos últimos acontecimentos.

— Você, Vaughn e Whitty foram, de longe, os que mais encontraram os objetos da lista, seguidos por Sydney, Greer e Blake. Carson só encontrou dois objetos, e Spencer — uma linha aparece entre as suas sobrancelhas — foi encurralado por um dos cães de Sel. Ambos estão fora.

Lá na enfermaria, William falou que o Mago-Real não tinha voltado para casa ainda. Eu me pergunto se ele está em algum canto se recuperando depois da briga com Nick.

— Só falta o desafio por combate agora — diz Whitty, tentando reprimir um bocejo. — Ouvi dizer que vai ser na quinta-feira, com tudo andando do jeito que está.

— Quinta-feira? — resmungo.

Quando Lorde Davis anunciou que o calendário do torneio seria acelerado, seis semanas pareciam tempo mais que suficiente para pelo menos aprender a lutar *decentemente* com uma arma. Talvez o porrete. Mas hoje é sábado. O que eu poderia aprender em cinco dias?

— O que aconteceu com as seis semanas? — pergunto.

Nick enrijece ao meu lado.

— Isso foi antes de Tor receber o Chamado.

— Lamento, Bree — murmura Greer, sem jeito.

Whitty me lança um olhar gentil. Ambos sabem o que eu sei, que a chance é quase nula de que eu vá bem na provação final. Greer e Whitty se despedem e saem pela porta da frente. Observo a partida da dupla, e o desânimo toma conta de mim.

— Seria melhor se eu desistisse agora.

— Só se você quiser — diz Nick com um suspiro, entrelaçando os nossos dedos. Lanço um olhar questionador para ele, e ele dá de ombros. — Fiz algumas ligações enquanto você estava lá embaixo. Pedi para que uma Vassala que me treinou, uma das boas, liderasse as sessões de treinamento do grupo. Gillian é leal. Confio nela.

— Ela faz milagres?

Ele abre um sorrisinho.

— Melhor do que isso. A antiga Herdeira de Kay. Você não precisa vencer todas as batalhas na quinta-feira. Só precisa perder *bem*.

Suspiro e balanço a cabeça.

— Perder bem se parece muito com simplesmente perder.

— Não são a mesma coisa — murmura ele, o polegar passeando sobre o nó dos meus dedos. — Acredite em mim.

Paramos no meio do saguão e olhamos para as janelas, à medida que o sol da manhã o invade e os pássaros começam o seu dia. Olho para Nick ao meu lado, a cabeça inclinada para trás e os olhos fechados, o cabelo loiro brilhando como ouro sob a luz. Seu rosto parece ter luz própria. Tento imaginá-lo como rei em uma pintura, nobre e austero. Quase posso ver. Principalmente depois da noite de hoje. Talvez eu devesse tentar falar com ele. Explicar o que aconteceu comigo.

— Nick?

— Hum?

— O que Sel fez foi errado... — Ele fica tenso, mas baixa a cabeça para me encarar. A mistura de raiva e proteção feroz em seus olhos tira o meu fôlego. Meu coração, lento como William falou que estava, desperta feito o sol, martela no peito. Ignoro isso para poder continuar. — Mas eu *estou* mentido para as pessoas. Não estou aqui pelo mesmo motivo que todo mundo, e nós dois sabemos disso...

Os olhos de Nick são como duas luas azuis idênticas, brilhando intensamente.

— Do que você está falando?

Do que *eu* estou falando?

— Que ele tem razão. Não pertenço a este lugar. Sou uma... uma distração.

As palavras soam verdadeiras assim que as digo em voz alta.

A cabeça de Nick voa para trás como se eu tivesse lhe dado um tapa, e os olhos dele brilham.

— Sel usou os poderes dele para *ameaçar* diretamente uma pessoa desta divisão! Se você fosse uma Lendária, o Juramento de Serviço dele o teria queimado vivo. Tem alguma *ideia* do que o meu pai faria com ele se estivesse aqui?

Pisco, chocada com a veemência dele.

— Sim, mas ele achou que eu estava aqui para machucar você, Nick! Sel só estava fazendo o trabalho dele. Você mesmo falou, sou uma anomalia. As coisas que consigo fazer...

Ele pressiona um dedo contra a minha boca.

— Aqui não.

Ele está certo. O saguão ecoante não é exatamente à prova de som se alguém abrir uma porta no andar de cima. Baixo a voz.

— Sel não me machucou.

— Foi por causa dele que você se feriu! — insiste ele com um sussurro rouco.

— Não, não foi — respondo.

Ele ri, incrédulo, e me solta para passar as mãos pelo cabelo.

— Como pode estar defendendo ele agora?

— Não estou — resmungo. — Sel não deveria ter enviado o cão atrás de mim, mas ele não está errado por ser vigilante. Você não viu aquelas raposas infernais, Nick. Elas vão comer as armas e armaduras Lendárias, roubá-las. Deixar todos vocês completamente *indefesos*...

— E é por isso que preciso poder *confiar* no meu Mago-Real — dispara ele. — E, neste exato momento, *não confio nele*. Não confio!

— Mas...

Ele segura as minhas mãos, os olhos fazendo um apelo sob a luz fraca.

— Se o Camlann estiver vindo e eu me tornar rei, vou precisar tomar decisões difíceis, Bree. Mas jamais serão decisões que farão com que nos voltemos contra nosso próprio povo ou que nos comportemos tão mal quanto as Crias Sombrias. Não serei o tipo de líder que permite que os nossos oponentes nos transformem em monstros horríveis, e foi exatamente isso que Sel permitiu que acontecesse essa noite. Ele permitiu que a raiva e o medo deturpassem a percepção que tinha dos fatos e o transformassem na pior versão de si mesmo. Se ele sucumbir ao... — Nick se detém. Ele aperta os meus dedos, virando-os de modo que possa pressionar os lábios nas costas da minha mão. — Não é o tipo de guerreiro que podemos levar para uma batalha.

As palavras se debatem no meu peito.

— O que quer dizer? O que vai fazer? Você vai... você pode...

Ele encosta a testa na minha e respira fundo.

— Não sei o que vou fazer, B. A única coisa que sei agora é que nós dois precisamos descansar. Ficamos acordados a noite inteira. Você precisa se curar. Sua treinadora vai estar aqui dentro de doze horas, preciso ligar para o meu pai na hora do almoço... — Ele dá outro beijo suave na minha bochecha. — Posso levá-la para casa?

Assinto sem energia porque Nick tem razão. Estamos exaustos e, talvez, agora não seja o momento ideal para ter conversas sérias sobre liderar um reino, punir um Mago-Real ou o que torna uma pessoa um monstro.

Mas nada na forma como me sinto — como *tudo* me faz sentir agora — parece correto.

32

GRAÇAS A DEUS OS sábados existem.

Durmo até meio-dia e mesmo assim só me arrasto para fora da cama porque minha bexiga e meu estômago roncando começam a protestar com dores alternadas de desconforto. Vislumbro minha imagem no espelho do banheiro e estremeço.

William pode ter curado os meus ferimentos, mas estou com a *aparência* de alguém que lutou contra criaturas infernais. Acho que nem mesmo o aether pode consertar isso. Entre os cachos emaranhados e empapados de suor sob meu lenço, as olheiras e o hálito matinal, eu me *sinto* como uma criatura do inferno.

Um banho quente, escovar os dentes e um pouco de água e condicionador no cabelo faz maravilhas. Ainda estou de toalha, com água pingando no pescoço, quando recebo uma mensagem em um grupo de um número que não conheço.

Aqui é Tor, Pajens. Jantar às cinco e salas de treinamento abertas às seis. Os Vassalos Roberts e Hanover vão se juntar a nós. Vistam-se de maneira apropriada. Não se atrasem. Não nos envergonhem.

À medida que caminho pelo campus adormecido em direção ao refeitório, sou tomada por certo deslumbramento silencioso, pois, levando em consideração tudo que aconteceu na última semana, o mundo continua girando. Faltam três semanas para o começo do outono, mas o calor opressivo do fim de verão já se dissipou. O céu está em um tom suave de azul e com poucas nuvens, e está frio o bastante para que talvez eu precise usar um suéter à noite. Em algum lugar ao longe, a banda marcial de Tar Heels está ensaiando para o jogo de amanhã no campus. Passo por um pessoal que não conheço e que está distribuindo panfletos de um grupo estudantil. Um fluxo constante de alunos avança pelo gramado e na direção das bibliotecas para estudar. Na terça tenho um teste de literatura para o qual não estudei. Na quinta, uma provação para a qual não estou preparada. Nick — meu namorado? Parceiro no crime? Cúmplice que quero beijar de novo? — está a um Herdeiro de distância de ser chamado ao trono do reino moderno. Um mago meio-demônio afirma que posso criar energia mágica dentro de mim e talvez tenha razão, mas, mesmo se tiver, não tenho ideia do que sou. Tudo isso e, ainda assim... o planeta gira.

Meu celular vibra. É Patricia, me mandando uma mensagem para ver se podemos nos encontrar para uma sessão especial no Arboreto hoje às treze horas. Estou no campus, então aceito.

Decidi durante o banho que, ainda que não conheça Patricia tão bem, confio nela. Sel falou que as minhas chamas vermelhas quebravam as leis do aether como os Merlins as entendiam. Bem, Patricia opera fora das regras da Ordem e usa a raiz de formas que provavelmente não seguem as leis deles também. Ela pode não gostar da Ordem — e isso é justo, para ser sincera —, mas Patricia me mostrou mais da vida secreta da minha mãe do que a Ordem jamais fez. Entender a minha mágica poderia ser a chave para entender a mágica da minha mãe — e, a partir daí, como ela pode ter se envolvido com a Ordem para início de conversa.

Nick também manda uma mensagem. Acordei agora. E vc?

Também. Indo pro refeitório almoçar. Quer me encontrar?

Desculpa, não dá. Meu pai vai me ligar daqui a pouco pra ficar por dentro de tudo que aconteceu ontem. Vai ser tenso.

Faço uma careta. Nem consigo imaginar o que Lorde Davis vai dizer. Imagino se Nick vai contar ao pai tudo o que aconteceu com Sel ou omitir alguns detalhes. Ou se vai esperar até que ele volte para a cidade. Já estou na entrada do refeitório antes de me dar conta de que, de nós dois, *eu* sou a pessoa que tem motivos para esconder o que aconteceu na noite de ontem. Nick não sabe das chamas vermelhas, então ele não tem por que censurar o seu relatório. Ainda que eu saiba que ele guardaria o meu segredo, fico incomodada de perceber que não me sinto preparada para compartilhar isso com ele. Mas pelo menos assim Nick não precisa mentir por mim. Ele já faz isso bastante.

Com o estômago cheio de dois hambúrgueres e uma grande porção de batatas fritas com queijo, sigo na direção do Arboreto para me encontrar com Patricia.

Quando chego lá, fico surpresa de vê-la sentada com uma jovem negra apenas alguns anos mais velha que eu. Ela tem grandes olhos escuros por trás dos óculos redondos, pele marrom-avermelhada e o cabelo puxado para trás antes de se abrir em um tufo largo e macio para o alto.

— Bree. — Patricia fica de pé, e a jovem também. — Esta é Mariah, uma veterana aqui e praticante também.

Olho para a garota, inveja e curiosidade corroendo minhas entranhas, abrindo velhas feridas. Ela sabe da raiz porque a mãe dela a ensinou.

Eu poderia ter sido como ela.

— A terapia não deveria ser confidencial?

Patricia inclina a cabeça.

— Esta não será uma... sessão normal. Depois do que aconteceu ontem no cemitério, eu me dei conta de que vou precisar de ajuda para chegar até o fundo da história da sua mãe e da sua. Perguntei a Mariah se ela poderia se juntar a nós hoje para explorar um pouco do que você experimentou durante a nossa caminhada. Ela vai manter em segredo tudo que você disser. Me desculpe por pegá-la de surpresa. — O pedido de desculpas parece sincero. — Eu não tinha certeza de que Mariah conseguiria se juntar a nós hoje tão em cima da hora. Podemos conversar sozinhas, se preferir.

Não há subterfúgio no rosto dela, nenhum traço de manipulação. Patricia está sendo sincera. E Mariah, por sua vez, assente em concordância. Eu poderia pedir que ela fosse embora, se quisesse. Mas, se fizer isso, não vou obter respostas.

— Tudo bem — murmuro.

Mariah sorri, dá um passo adiante e estende a mão.

— Oi, Bree. — Quando aperto sua mão, o preto das pupilas dela se expande. — Uau. A morte a conhece *bem* — diz Mariah, sua voz ofegante e baixa.

Puxo a mão, um calafrio indo da palma até o cotovelo recém-curado.

— Prazer em conhecer você também?

— Foi mal — diz ela, constrangida, sacudindo a mão como se tivesse acabado de molhá-la. — Sou médium. Não quis assustar você.

Meus olhos se arregalam.

— Você pode falar com os mortos?

— Por que a gente não se senta primeiro? — Patricia intervém e indica o cobertor perto do banco, onde há três embalagens de uma lanchonete.

Mariah segue a sugestão de Patricia sem discutir, então parece que preciso fazer o mesmo. Patricia se ajoelha delicadamente e puxa as pernas e a saia para um lado enquanto Mariah se senta de pernas cruzadas. O cobertor é macio e gasto, e a grama e a terra sob ele armazena o calor do sol da tarde.

Depois que recuso a oferta de almoço delas, Mariah pega uma das embalagens.

— Você faz parte do MNE?

— MNE?

Ela sorri com ternura.

— Movimento Negro Estudantil. Nós nos encontramos para refeições e eventos e temos uma sala, uma revista, grupos performáticos, comitês. É bem legal. Muitas formas de participar.

— Eu nem sabia que existia um MNE — murmuro, um pouco constrangida.

Outro grupo, outro lugar do qual fazer parte, exceto que dessa vez não é segredo. Posso ouvir o meu pai agora. *Você precisa de uma comunidade, Bree.*

Lendo o meu rosto, Patricia tenta me tranquilizar.

— É a primeira semana de aula, Bree. Não precisa se castigar por não conhecer tudo e todos.

A gentileza e o carinho no rosto delas me pegam desprevenida, e meu rosto se contorce em uma expressão de gratidão que está além do meu controle. Respiro fundo, então dou um sorriso vacilante para Patricia. Mariah me conta mais sobre o MNE e me convida para uma reunião na semana que vem, e eu pergunto a ela que curso ela faz, porque essa é a pergunta que todo mundo parece fazer logo de cara no campus.

— História da arte — responde ela enquanto morde pedaços de rosbife. — Meus pais não ficaram muito felizes quando anunciei, mas estudei em Paris no verão e consegui um estágio de curadoria e arquivamento no Musée d'Orsay. Isso ajudou.

— Aposto que sim.

Eu nunca tinha considerado estudar fora. Alunos do programa de entrada universitária não podiam tentar por intermédio da UCN, mas havia programas de intercâmbio para alunos do Ensino Médio.

— E você?

— Sou do Programa de Entrada Universitária, então a gente não tem uma graduação. Temos várias aulas de artes optativas e obrigatórias.

Mariah se inclina para inspecionar o meu rosto com uma expressão preocupada.

— Você é tão nova! Não percebi!

Dou de ombros.

— Sou alta.

— Não — diz ela, abaixando o sanduíche —, não foi isso que eu quis dizer. Você é tão nova para conhecer a morte tão bem.

Eu não ouviria algo do tipo desde o velório. Olho de uma para outra de novo e vejo: a pena. Minha parede se ergue.

— Me desculpe, mas como você vai me ajudar mesmo? — pergunto.

Patricia deixa o sanduíche de lado.

— Bree, várias coisas ficaram claras para mim durante a nossa caminhada ontem. A primeira é que você possui um galho da raiz, um que dá a você o poder de vê-la em sua forma pura. A segunda é o que você me revelou na memória de Louisa... que você está familiarizada com a Ordem da Távola Redonda. Se isso for verdade, então é possível deduzir que o único motivo de estar sentada aqui agora é porque a Ordem não sabe o que você pode fazer. Estou certa?

Fico inquieta com o olhar dela, mas faço que sim.

— Que alívio — diz Patricia, com um suspiro. — Nosso povo aprendeu da forma mais difícil a esconder as nossas habilidades, mesmo quando trabalhamos nas casas deles e cuidamos dos filhos deles.

Eu não tinha levado aquilo em consideração, e isso faz com que eu me sinta estúpida por não ter perguntado antes. *Como* Artesãos de Raiz escondiam tudo que podiam, o tempo todo, de Herdeiros, Escudeiros, Pajens... ou qualquer um que fizesse o Primeiro Juramento e recebesse a Visão?

Patricia lê a minha expressão.

— Conseguimos ser bem invisíveis quando querem que a gente seja — diz ela secamente. — Os Artesãos de Raiz sabem a origem dessas pessoas, a missão delas e como usam o "aether" para lutar contra as criaturas das encruzilhadas. Também sabemos por experiência própria o que eles fazem com forasteiros que usam esse poder. Como levam embora, prendem ou fazem coisas piores.

— Não contei a ninguém da Ordem sobre você — falo —, se estiver preocupada com isso.

Ela pousa uma das mãos na minha.

— Não pensei que fosse fazer isso. Mas ainda assim está correndo um risco toda vez que se aproxima deles.

— Eu sei — murmuro.

— Então por que faz isso? — indaga Mariah, a confusão estampada no rosto. — Escondendo quem você é além de andar com o clubinho dos meninos conservadores? Se moldando em um formato que é conveniente para eles? — Ela torce o nariz. — Parece *exaustivo*.

Engulo em seco e sinto um nó inesperado na garganta, porque ela tem razão. O olhar de Vaughn. As palavras de Tor na noite do meu Juramento. O olhar que recebo de alguns dos Pajens eliminados. Quanta energia gasto imaginando se pensam o mesmo que Vaughn sobre o motivo de Nick ter me escolhido como Pajem — que é sexo, ou raça, ou as duas coisas. Entre as regras de Nick e aquelas que carrego comigo todos os dias, é cansativo. Eu poderia argumentar que a Ordem não é completamente branca, que Sarah está lá, mas então me lembro do que ela falou sobre o pai dela e os jantares e fico cansada de novo. Os dois fazem uma versão diferente do mesmo contorcionismo que eu: tentar descobrir como sobreviver em águas que *sabemos* que contêm tubarões, porque precisa ser feito.

Não sinto nada disso aqui, com Mariah e Patricia. Alice é o meu porto seguro, meu lar, e isso nunca poderia mudar. Mas já faz *meses* desde que estive em um espaço só de mulheres negras, e não é apenas seguro, é... libertador.

Mentir para elas agora parece ser a gota que faz transbordar o copo. E não posso deixar que o meu copo transborde. Não agora.

— Não acho que a morte da minha mãe tenha sido um acidente — confesso, e os olhos delas se arregalam. — Na semana passada eu recuperei uma... memória. Na noite em que ela morreu, um feiticeiro deles, um Merlin, apagou a minha memória e a do meu pai no hospital, e não sei o motivo. Acredito que a Ordem possa ter matado ela, que alguma coisa aconteceu enquanto ela estava matriculada aqui, e isso fez dela um alvo. Eu me tornei uma das iniciadas deles para descobrir a verdade, mas não estou *com* eles. Estou contra eles.

No silêncio que se segue à minha revelação, o vento levanta o cachecol de Patricia e os meus cachos e os de Mariah. O fato de nenhuma delas negar ou até mesmo questionar a minha suspeita diz muito sobre a reputação da Ordem. A expressão de ambas é tomada pela mesma emoção, mas não consigo identificar qual.

Patricia é a primeira a falar.

— Você tem provas?

— Tenho a memória de Ruth de alguma coisa que aconteceu no campus quando a minha mãe esteve aqui. Se eu passar nas provações da Ordem, recebo um título no mundo deles, e eles confiarão em mim. Posso fazer mais perguntas, obter respostas e então *conseguir* provas.

— Você quer vingança?

Minhas pálpebras tremem. Aquela palavra específica nunca saiu da minha boca. Mas nem precisava. Sempre esteve ali, de certa forma. Vingança, retaliação, justiça. Nem mesmo essas palavras são o suficiente, porém, sussurra uma voz em minha mente. Não parecem profundas o bastante. Grandes o bastante.

O que foi que eu falei para Nick? *Punir quem fez isso*. "Punir" parece melhor. Punir parece... correto.

— Bree? É isso que você deseja?

— Eu quero encontrar a pessoa responsável. — As palavras vêm rápido dos pensamentos que mantive muito bem guardados. — Usar as minhas habilidades de raiz, o título que vou receber e os contatos que tenho para levar justiça a todos os envolvidos.

Patricia me observa cuidadosamente.

— Você falou que consegue resistir à hipnose deles?

— Sim, se eu quiser. — Patricia e Mariah trocam um olhar preocupado. — O que foi?

As rugas de expressão de Patricia se aprofundam.

— O que mais consegue fazer?

Conto tudo a ela. Que não é apenas a Visão ou resistir à mesmerização. Que posso sentir o cheiro de conjurações. Que posso sentir o olhar de Sel na minha pele. E, por último, conto sobre o fogo mágico vermelho.

O queixo de Mariah já caiu há muito tempo, mas a parte do fogo mágico deve ter feito despencar ainda mais.

— Cacete.

— Olha a língua — repreende Patricia, mas o rosto dela parece bem "cacete" também. Ela cobre os dedos trêmulos com o cachecol bordô, para escondê-los de mim, acho. — E você nunca pediu a um ancestral por essas habilidades?

— Não.

— Se não está pedindo para pegar esses poderes, então eles devem ter sido selados em você de alguma forma.

— Selados em mim... — balbucio, balançando a cabeça. — Não. Quer dizer, selado por quem? — O aviso dela acerca da Ordem e dos seus poderes soa nos meus ouvidos de uma só vez. — Você acha que sou uma Artesã de Sangue? Não, eu nunca...

— Eu sei — diz Patricia. — É por isso que pedi a Mariah que viesse aqui hoje. Para obter respostas.

Mariah assente.

— Eu com certeza entendo agora — diz ela, então aponta um dedo para mim. — Você precisa conversar com os seus ancestrais.

Olho de uma para outra.

— Está falando sério?

Mariah morde o lábio.

— Do outro lado, eles têm acesso a mais conhecimento do que nós. Quando a dra. Hartwood me ligou hoje de manhã, fiz algumas oferendas para que a minha avó me passasse o dom hoje. Às vezes, quando estou com sorte, posso ajudar outras pessoas a conversarem com seus ancestrais também.

Sinto um nó na garganta, meu estômago se aperta e os meus dedos agarram a terra ao lado dos meus joelhos. Será que eu realmente poderia ver a minha mãe? Falar com ela como fiz com Louisa? Perguntar a ela o que *aconteceu* naquela noite?

— Você... pode me ajudar a falar com a minha mãe? Vê-la de novo?

Mariah fica séria, e algo me diz que ela já esperava por essa pergunta.

— Posso ajudar você a chamar o seu povo, mas não controlo quem responde.

Balanço a cabeça e pisco, segurando as lágrimas que surgiram. Meu peito está cheio das pontadas agudas do luto e de um sentimento inesperado de alívio. Quando imagino ver minha mãe de novo — algo que nunca imaginei ser possível —, parece que há mil palavras que desejam sair da minha boca ao mesmo tempo. Tantas que nem mesmo consigo articular.

Como se lesse a minha mente, Patricia se inclina para tocar o meu joelho.

— O amor é uma coisa poderosa, mais poderosa do que o sangue, ainda que ambos corram por nós feito um rio. Ela pode responder você, mas, se não o fizer, ela ainda te ama.

Assinto, mas as minhas emoções estão girando dentro de mim feito um furacão.

— Como funciona?

Mariah cruza as mãos no colo.

— Eu amplifico a conexão entre os membros de uma família e então faço o pedido. Semelhante a um sonar. O ancestral que responder pode ser a sua mãe, pode ser um avô ou bisavô, ou um parente ainda mais distante. Se o sinal for forte o bastante. Eu posso ajudar você a falar com eles.

Mordo o lábio inferior e imagino se minha mãe pode não querer responder ao meu chamado. Será que ainda está com raiva de mim, como estava na noite antes de morrer? Ou orgulhosa do que estou fazendo? Será que ela iria querer que eu parasse? Será que eu pararia se ela me pedisse?

— Está bem — falo, baixinho.

Mariah gesticula para que eu fique de frente a ela até que as nossas pernas cruzadas se toquem, joelho com joelho. Ela segura as minhas mãos e fecha os olhos. Patricia assente de maneira reconfortante, e fecho os meus também.

— Vamos começar devagar, Bree — diz Patricia. — Você vai focar no seu amor pela sua mãe.

Puxo uma imagem da minha mãe da memória e, logo de cara, há dor. Eu a vejo usando seu vestido de verão favorito, passeando pela nossa casa para abrir as janelas. Ela cantarola uma música sem ritmo. Estou lendo um livro no sofá da sala e, quando minha mão estica a mão acima da minha cabeça para abrir a janela, ela olha para baixo com um sorriso grande, cheio de dentes, que se destacam em sua pele marrom-acobreada. Atrás dos óculos dela, amor, orgulho e afeição transbordam em seus olhos. Sorrio, mandando o meu amor de volta, mas ele serpenteia e endurece até se tornar outra coisa.

— Mantenha-se firme — sussurra Patricia. — Foque no seu amor por ela. Agora, imagine o amor se esticando até os seus avós, indo além, como um longo fio conectando as gerações. É isso que Mariah vai seguir.

Como uma Linhagem.

Faço o meu melhor para seguir as instruções dela, imagino a minha avó como minha mãe a descreveu, mas, assim que faço isso, o luto me despedaça.

Patricia deve estar sentindo a minha dor, como sempre.

— Bree, está tudo bem. Respire devagar. Estamos aqui, você não está sozinha.

Não ouço. Tudo em que consigo pensar é *perda*. Minha perda da minha mãe, a minha mãe perdendo a dela. E o que não contei a Patricia: que a minha bisavó morreu antes que a minha mãe tivesse nascido também. Nenhuma de nós conheceu nossas avós.

Mariah faz um som baixo, choramingando.

— Há poços de vida, profundos, mas estão todos separados. Cortados um do outro.

Porque a morte quebra *a nossa conexão!* Quero gritar. A morte não é um fio. É um corte severo que nos separa. A morte nos separa uns dos outros e ainda assim nos mantém perto. Ainda que a odiemos, ela nos ama mais.

Meu coração martela em ritmo próprio.

Uma mãe, duas mães, três mães. Mortas.

Mortas.

Mortas.

Mortas.

Mariah ofega e solta as minhas mãos. Meus olhos se abrem e encontram os dela arregalados, o peito subindo com a respiração acelerada.

— Algo terrível aconteceu na sua família... não foi?

Fico de pé, ofegante e tonta.

— Bree?

Patricia estica a mão para tentar me alcançar, mas não consigo olhar para ela. Ou para Mariah. Patricia chama o meu nome de novo e de novo, mas a voz dela parece cada vez mais distante — e não é de se admirar, porque estou correndo dela. Outra vez.

Eu me sinto uma covarde, mas não paro.

33

DEPOIS DA REUNIÃO COM Patricia e Mariah, várias horas ignorando as ligações delas e um cochilo agitado que me deixou mais cansada do que antes, chego ao Alojamento completamente desinteressada em me sentar à mesa e jogar conversa fora. Nick não está em lugar algum. Ocupado, foi a mensagem que ele me enviou. Tudo bem; não estou com vontade de conversar mesmo.

O jantar é grandioso: coquetéis de camarão na borda de minitaças de vinho recheadas com molho de coquetel vermelho; crudités de legumes em travessas de prata de duas camadas; flores sazonais vermelhas e brancas aninhadas entre cestas de pãezinhos quentes, crostinis e baguetes embebidas em azeite de oliva. Camadas de palitos de abacaxi grelhado ao lado de um melão coberto de chocolate em uma travessa branca.

Neste momento nada disso é tentador.

Fico pensando em como Mariah e Patricia olharam para mim quando contei que a Ordem havia matado a minha mãe. Seus olhares diziam que elas podem até acreditar na minha história, e lamentam caso ela seja realmente verdadeira, mas acham que é algo que preciso aceitar.

Seus ramos de raiz as deixam mais próximas da morte, e talvez a aceitação seja possível para elas, mas não sou assim.

Sou uma filha que teve a mãe roubada.

Aceitação, decido, é para gente cujos pais morreram sem razão aparente, por conta de acidentes de verdade ou de alguma doença. Aceitação não é possível para um assassinato.

O que quer que Mariah tenha feito criou rachaduras ao longo de todas as minhas velhas barreiras e trouxe a Bree-de-Depois, esfolada e rancorosa, de volta à superfície. Não me dou ao trabalho de consertá-las. Apenas me permito *sentir*. Mais profundamente do que em qualquer outro momento, sinto a presença da morte no meu peito. A morte da minha mãe, da minha avó, da minha bisavó. Agora que tenho todas aquelas mortes nas mãos, como vou simplesmente aceitá-las?

Se tem uma coisa que a Ordem me ensinou, é que sou a Herdeira da *minha* família. Tenho o dever de lutar por ela.

Já estive na enfermaria que fica no porão do Alojamento tantas vezes que comecei a pensar no andar inteiro como sendo "de William". Eu tinha me esquecido completamente que as salas de treinamento da Ordem ficam aqui também.

Mesmo no subsolo, o teto da maior sala está três metros acima da nossa cabeça. A sala consegue abrigar todos os membros da divisão com facilidade e provavelmente mais umas vinte pessoas. Hoje à noite, todavia, estão presentes apenas os seis Pajens que continuam no torneio, espalhados enquanto aguardamos os nossos treinadores.

No centro há três círculos concêntricos pintados em um grande tatame. O círculo menor no meio está delineado em branco, o de tamanho médio é azul, e o outro — com quase quinze metros de diâmetro — é vermelho.

Na parede mais distante, enfileiradas em um rack, estão várias armas de metal. Bastões longos de madeira com anéis prateados, quatro conjuntos de arcos prateados com uma aljava de flechas sob cada arco, maças, espadas e adagas.

E lembro que não preciso *vencer* de verdade. Só preciso perder *bem*.

A porta se abre com um estrondo. Um homem e uma mulher com trinta e tantos anos entram. O homem é alto e tem ombros largos, seu cabelo loiro cortado bem rente. A mulher é mais alta que Nick, e o cabelo preto dela também é curto, cortado reto na altura dos ombros. Ambos estão usando roupas esportivas caras e sapatos macios e gastos que fazem pouco barulho quando caminham.

— Formem uma fila! — grita o homem para nós, apontando para um lado do tatame. Corremos para lá sob o olhar dele. Se os olhos são as janelas da alma, então as janelas desse homem estão seladas com placas de madeira que tornam impossível ver o que acontece lá dentro. — Meu nome é Vassalo Owen Roberts, Escudeiro de um Herdeiro Tombado de Bors. Esta é Gillian Hanover, uma Vassala de Kay.

Herdeiro *Tombado*. Como seria perder um Herdeiro em batalha? De repente, a expressão severa do homem ganha um novo significado.

E Gillian, a antiga treinadora de Nick, nunca foi Despertada em seu quinto nível, mas não parece nada frágil ou incapaz. Nick falou que ela faz trabalho de campo desde os quinze anos, despachada pelos Regentes para lutar contra Crias Sombrias em todo o mundo, assim como os Merlins.

Em outras palavras, os dois são perfeitamente mortais.

— Estaremos aqui pelas próximas cinco noites para supervisionar a preparação de vocês para o teste de combate e ajudá-los com a aquisição de habilidades conforme for necessário. — Gillian fala a última parte com os olhos em mim, e preciso de todo controle para não desviar o olhar, envergonhada. Em algum lugar à minha esquerda, Vaughn dá uma risadinha debochada. — Também seremos os juízes do torneio, para que os membros da divisão e os três Herdeiros que precisam de Escudeiros possam avaliar as suas lutas em algum lugar da plateia.

Quando Gillian dá um passo à frente, o peso do lado esquerdo de seu corpo se sustenta de forma diferente: ela usa uma prótese. É possível que sempre tenha usado, e é igualmente possível que tenha se ferido em batalha.

— Todos os Herdeiros precisam se tornar proficientes no uso de uma espada longa, mas nem todos os Herdeiros vão herdar uma de seu cavaleiro. Como Escudeiros, vocês precisarão demonstrar proficiência com a arma que seu Herdeiro usa, já que vão gerar a mesma arma com aether assim que os dois estiverem ligados. Quem aqui sabe dizer quais são as armas herdadas das Linhagens de Arthur, Owain e Gawain?

Vaughn recita os detalhes como se estivesse lendo um livro:

— Herdeiros da Linhagem de Arthur recebem a força aumentada, a intuição para estratégias de batalha e a habilidade de erguer a Excalibur. Dessa forma, o Herdeiro Davis usa a espada longa. Herdeiros de Owain recebem a habilidade de convocar em familiar de aether do Cavaleiro do Leão e usam um bastão. Herdeiros de Gawain, cura, força ao meio-dia e à meia-noite, adagas duplas.

— Muito bem. — Gillian assente, os olhos dela avaliando Vaughn rapidamente. — Nas próximas três noites, vamos começar com uma demonstração, modelando as lutas que acontecerão na noite de quinta. Tais lutas serão de Pajem contra Pajem, e estruturadas de forma que cada um de vocês tenha a oportunidade de demonstrar a sua habilidade, ou a sua fraqueza, em cada forma de combate.

Espero Gillian e Owen entrarem no círculo de treinamento, mas, em vez disso, as portas se abrem, e Sel entra na sala usando calças largas e uma regata preta.

O Mago-Real chama a atenção de todos feito um imã, mas ele passa pelos Pajens sem dizer uma só palavra, o rosto uma máscara vazia. À medida que caminha na direção do círculo menor, ele invoca o aether azul espiralando nas mãos e o puxa com a outra mão até que se estique e se solidifique como um bastão brilhante. No círculo branco, ele se vira para encarar os técnicos e gira a arma cristalina de uma das mãos para a outra, por trás das costas e cruzando o peito.

Não o vejo desde a briga entre ele e Nick. Para qualquer pessoa, ele parece o mesmo de sempre, mal-humorado e estoico, mas posso dizer que é apenas uma fachada; o feitiço dele tem um cheiro acre e forte.

Sel está *furioso*.

Respiro lenta e profundamente pela boca para bloquear o cheiro da fúria dele. Coloco fita adesiva, cola, massa corrida e gesso nas minhas barreiras, porque, dentro de mim, a Bree-de-Depois está respondendo a ele. Ela quer ficar furiosa também.

— Selwyn e eu vamos demonstrar o combate com bastão — diz Owen. — Pajens que buscam a Linhagem de Owain, por favor, prestem atenção. Observem a nossa demonstração com foco na velocidade dos ataques e técnicas de defesa contra um oponente das Sombras, que Selwyn vai imitar para objetivos educacionais.

O técnico sabe que Sel é parte demônio, porém ninguém mais aqui sabe. Ninguém além de mim. Eu me pergunto se deveria avisar Owen. Gritar que ele deveria remarcar, parar a luta agora antes que comece. Sel está furioso demais. Outra parte minha, também cruel, diz *E daí?*. Se Owen soubesse quem sou, ele provavelmente me entregaria sem pensar duas vezes. Que Sel bata nele. Vou apenas assistir.

Eles começam devagar, trabalhando os pés com cuidado, um oponente rondando o outro. Então, em determinando momento, Owen avança, e a luta começa.

Não consigo tirar os olhos de Sel. Os movimentos dele são tudo aquilo que sei que os meus não serão: arcos que flutuam pelo ar, golpes rápidos que fazem o seu bastão assoviar na direção de Owen. Nos pontos em que Nick é forte e pronto para o combate na arena, Sel é esguio e feito para ser ágil e veloz. Ele não se move nem um pouco como um ser humano, e me choca que eu tenha pensado que fosse um.

Estalos altos preenchem a sala de treinamento; as armas se chocando de novo e de novo.

O bastão de Owen bate baixo nas pernas de Sel, que dá um salto mortal perfeito para trás. A madeira nunca atinge o seu alvo. Owen faz uma careta. Sel se endireita com um sorriso.

Owen muda de tática, buscando um acerto aéreo. Sel evade com fluidez, abaixo e acima do ataque de Owen, então gira o próprio bastão para um golpe forte nas costelas do outro. Owen resmunga, se recompõe e dispara uma rajada de ataques.

Sel enfrenta cada golpe, impulso e investida com uma velocidade sobrenatural. Ele usa todo o comprimento de seu bastão — a ponta, o meio, a extremidade final — e até bloqueia um dos golpes de Owen apenas com o antebraço.

Em determinado momento, Owen acerta um golpe. Ele bate no ombro de Sel. Isso nem o incomoda. Pelo contrário, o Mago-Real sorri e golpeia baixo, na direção das canelas de Owen. O Vassalo bloqueia — por pouco — com uma investida no tatame.

Ainda sorrindo, Sel pressiona Owen contra a beira do círculo, encurralando o homem mais velho como uma presa, usando ataques rápidos. Owen mal consegue acompanhar.

Por fim, um golpe rápido na cabeça faz Owen se ajoelhar. Ele ergue uma das mãos para aceitar a derrota, e a batalha termina.

A sala aplaude quando Owen se levanta com uma careta, o peito ainda arfando.

Com a ajuda de Gillian, o Vassalo caminha devagar até a porta e vai até a enfermaria de William.

De volta no círculo, Sel observa, relaxado, enquanto eles saem. Ele gira o bastão distraidamente, a expressão inescrutável. Depois de um momento, ele segura a arma com a mão e fecha o punho até que ela se transforme em pó.

Ele passa rente, perto o bastante para encostar em mim, mas não me lança um único olhar e sai sem dizer uma palavra.

Quando Gillian volta, ela nos instrui a pegar um bastão e, se quisermos, formar uma dupla. Todo mundo exceto eu.

À medida que os outros se espalham pela sala, Gillian caminha na minha direção, os braços atrás das costas. Eu poderia jurar que ela cresce uns três centímetros a cada passo.

—Você é a forasteira Primavida que Nick apadrinhou.
— Sim.
— Não vou pegar leve com você.
— Não pedi para fazer isso — disparo, incapaz de me deter.

Ela me observa, os olhos verdes notando meus braços e minhas mãos, meus ombros e minha altura. Então, ela vai até a parede dos fundos e o rack de armas. Volta segurando dois bastões de madeira para treinamento, enrolados em prata, enfiados sob bíceps fortes. Gemo um pouco quando ela coloca um deles nas minhas mãos.

— Não importa o que fizer, firme a sua postura.

Durante a hora seguinte, enquanto todo mundo pratica luta um com o outro, Gillian trabalha comigo. Ela me mostra como avançar, guiando o bastão contra a cabeça do meu oponente, e como bloquear ao erguer o bastão com as duas mãos. O golpe pesado dela faz até os meus cotovelos tremerem. Sou alta o bastante para que os meus golpes a façam se esticar para evitá-los, mas essa é a minha única vantagem. Ela me faz de pano de chão, e passo a maior parte do tempo caindo de bunda.

Quando Gillian diz que está na hora de parar, os meus pulsos e ombros doem.

— Agora vou mostrar como você pode maximizar cada golpe ou investida. A posição correta dos seus pés fornece estabilidade e agilidade para que possa se mover rápido até o movimento seguinte, seja ofensivo ou defensivo. Pense nisso como uma dança.

Eu me apoio no bastão, fazendo uma careta por causa da dor na lateral do corpo.

— Eu não deveria ter aprendido o jogo dos pés antes, então?

— Como estão os seus calcanhares?

Movimento um dos meus pés.

— Doloridos.

— Bom.

Franzo as sobrancelhas, confusa. Ela sorri, cheia de dentes e crueldade.

— Bebês aprendem a andar mais depressa em azulejos do que em carpetes. Agora você tem um incentivo para melhorar o seu jogo dos pés.

Eu me imagino a estapeando, mas a Gillian na minha mente me derruba antes mesmo que eu possa erguer a mão. Sua boca se retorce como se ela soubesse exatamente o que estou pensando.

Depois de me mostrar como equilibrar o meu peso com o bastão em várias posições, ela me ensina a me mover para a frente e para trás sem tropeçar ou cair. Diferentes maneiras de segurar o bastão tornam o movimento mais fácil ou difícil.

Quando a cabeça de Nick surge no local, todos os meus membros estão doloridos e incontroláveis. Meu estômago está doendo. Meus glúteos estão em chamas. A pele das minhas mãos parece que vai rasgar se eu esticar demais os dedos. Desabo no chão e olho para o relógio; três horas se passaram e já são quase dez horas.

— Como vão as coisas, Gill? — indaga Nick.

A treinadora me olha por um momento.

— Ela é tão boa quanto você... aos oito anos de idade.

Nick estremece.

— É a primeira noite dela.

A mulher dá de ombros e toma o bastão da minha mão.

Nick me ajuda a levantar, sustentar o peso do meu corpo sobre os pés doloridos.

— Em momentos assim, só posso dizer três palavras de consolo.

— Ah, é? Quais? — murmuro.

—William está esperando.

No trajeto de carro até em casa, caio em um sono exausto e dopado de aether. Nick me oferece ajuda para subir as escadas por duas vezes antes que eu o dispense com um aceno.

As imagens com as quais sonho derretem e escorrem de uma para a outra, feito óleo na água.

Vejo minha mãe, encurvada sobre a mesa dela, escrevendo. Quando ela olha para baixo e sorri, sei que sou uma criança e que isso é uma memória.

O rosto dela se torna uma fumaça azul e branca familiar.

Visto uma armadura brilhante feita de aether. O metal brilha nos meus braços e no meu peito. Regentes sem nome e sem rosto se ajoelham no chão diante de mim.

Homens em túnicas, brincando de deus.

Coloco minha lâmina de cristal na garganta deles.

Do meu lado, Nick ofega. Minha armadura é parecida com a dele. Sou a Escudeira dele. Mas sua espada está embainhada. Quando estico a mão para tocar o braço dele, ele se afasta como se eu fosse uma estranha.

Estou no cemitério, apoiada nas minhas mãos e nos meus joelhos, curvada sobre a terra e sobre as pedras com as mãos cobertas de sangue.

O cemitério é tomado pelas trevas que nunca terminam, sombrias, silenciosas e sufocantes.

Durmo até depois do meio-dia no domingo. Nick me mandou uma mensagem enquanto eu dormia:

Preciso resolver uns negócios da Ordem. Tento mandar uma mensagem mais tarde. Boa sessão hoje!

Enquanto me levanto para almoçar, Patricia me manda uma mensagem perguntando se podemos nos encontrar, e respondo que não posso, que preciso estudar para a minha prova de literatura, o que é verdade. Parece que não encosto em um livro há dias.

Eu esperava mesmo que Patricia fosse continuar ligando ou me mandando mensagens depois que fugi da nossa sessão de terapia ontem.

O que não esperava era que ela fosse aparecer no meu dormitório.

Estou tão focada em sair da cama para ir até a biblioteca que não a noto até ela chamar meu nome. Patricia está com o celular na mão como se estivesse prestes a me ligar para que descesse e me encontrasse com ela.

Suspiro e caminho em sua direção.

— Não sabia que você fazia atendimento domiciliar.

Ela sorri.

— Geralmente não faço.

Sigo ao lado dela enquanto conversamos. Hoje a armação dos óculos dela é de um azul-claro, e o xale é cerúleo com caxemira dourada.

— Vou adivinhar: você está aqui para falar que não devo correr dos meus sentimentos?

— Na verdade, só passei para ver como você está depois de ontem. Tudo bem?

—Tudo certo.

Ajeito a mochila nos ombros.

Ela parece ter mais a dizer, mas decide não fazê-lo. Em vez disso, enrola os braços nus no xale com mais firmeza.

— Eu me dei conta de que as nossas sessões têm sido pouco ortodoxas.

Ergo uma sobrancelha.

— Jura?

—Você está sofrendo agora, Bree. Mais do que imaginei.

Olho para o céu.

— O luto não é assim?

— Acho que você está sofrendo de luto traumático agora e, se continuar como está, ao longo do tempo você provavelmente vai desenvolver uma condição chamada transtorno do luto complexo persistente. Ataques de pânico ou coisa parecida. Sua raiva, a sua desconfiança com pessoas novas, a sua obsessão com as circunstâncias da morte dela e a sua inabilidade de viver a sua vida *daqui para a frente* são sintomas clássicos de TLCP.

Minha risada é vazia e debochada.

— Claro. Legal.

Ela insiste.

— A terapia só ajuda se o paciente quiser ajuda com os fantasmas que o assombram. E acho que, durante a nossa sessão de ontem, a gente encostou no seu fantasma.

— Meu fantasma? — repito, perplexa.

— Um fantasma emocional é um momento, um evento, até mesmo uma pessoa, que paira sobre nós independentemente do quanto corremos para escapar dele ou deles.

— Certo — falo, ponderando sobre o assunto. — Já sei a resposta para essa questão. É o momento em que descobri que a minha mãe morreu. Fácil.

— Não é tão simples assim — diz ela, com um senso de humor carinhoso. —Você quer saber como localizo o fantasma de um paciente, Bree?

Uma brisa matinal ergue a ponta do xale dela, soprando o material acima de sua bochecha em um giro suave.

Na verdade, não quero.

Patricia insiste mesmo assim.

— Ouço aquilo que as pessoas *não* falam. Fantasmas são invisíveis, afinal.

— Certo.

— E você não quer falar sobre a sua mãe.

Abro a boca para dizer *Sim, quero. Eu acabei de falar dela. Agora mesmo...*, mas Patricia ergue a mão.

— Você pode falar sobre a morte dela, mas não fala sobre a vida dela. Esse também é um sintoma do tipo de luto que está experimentando: uma inabilidade de processar que a pessoa é mais do que a ausência dela. Que o amor é algo além da perda.

— Ela não está perdida — disparo. — Ela não saiu simplesmente andando e se perdeu em algum lugar. Odeio quando as pessoas dizem isso.

— Bem, o que aconteceu com ela?

— Como assim o que aconteceu com ela? Ela morreu! E alguém é responsável por isso!

Os lábios dela se comprimem. Por trás dos óculos, os olhos castanhos de Patricia estão férreos.

— A Arte de Raiz é usada para curar, proteger e para o autoconhecimento. O mesmo pode ser dito da terapia. Mas você não quer nada disso, não é, Bree?

Não sei o que responder, então me viro para ir embora.

Ela fala com calma, mas suas palavras são pedras pesadas caindo uma depois da outra, afundando as partes do meu corpo, me puxando para profundezas desconhecidas.

— Mesmo que você tenha sucesso no seu objetivo e encontre provas, a vingança não vai trazê-la de volta. O motivo de alguém ter morrido não é o mesmo motivo pelo que partiram.

A Bree-de-Depois fervilha sob a minha pele.

— Eu sei — falo por entre os dentes —, mas isso *vai* fazer com que eu me sinta melhor.

— Por quê?

— Não é evidente? — pergunto, perplexa.

Patricia estreita os olhos.

— Não, não é. — Ela se vira para o quarteirão aberto e aperta o xale para mais junto de si. — Estou indo embora. Peço desculpas por surpreendê-la aqui hoje.

— É isso? — Eu a sigo conforme ela desce os degraus. — Você simplesmente vai embora?

— Vou ligar para o seu pai na semana que vem e dar uma indicação de outro terapeuta, alguém especializado na sua condição.

— O quê? — questiono, confusa. —Você vai... se livrar de mim? Por quê?

Ela então se vira, os olhos mais sombrios do que jamais os vi.

— Achei que poderia ajudá-la com o seu luto ao conectá-la à sua mãe e à nossa comunidade, mas cometi um erro. Eu trouxe a arte para as nossas sessões quando, talvez, não deveria ter feito isso, sobretudo levando em consideração que a sua mãe nunca abordou a questão por si mesma.

— Então você está me abandonando sem mais nem menos? — falo, minha voz embargada com emoção súbita.

Ela suspira pesadamente.

— Chega um momento em que até mesmo um apoio passivo se transforma em incentivo, e não vou incentivar o que você está fazendo com a Ordem. Não posso.

Minhas mãos se fecham.

— E você não vai me ajudar a descobrir o que sou?

Quando ela fala de novo, a voz está cheia de pesar.

— Quero que descubra quem você é. Todos nós merecemos essa resposta e a jornada que leva até ela. Mas temo por você, Bree, e pelo caminho que escolheu. Sei que a Ordem, dando crédito a eles, trabalha há séculos para livrar o nosso plano existencial de criaturas que atravessam e ganham forma aqui. Eles podem lutar contra os monstros, mas não são protetores.

— Porque são Artesãos de Sangue e a raiz deles é roubada — falo.

— Pegamos a raiz emprestada porque mantê-la em nossos corpos vivos cria um desequilíbrio de energia. Chamamos a Arte de Sangue de maldição porque o poder tomado e não devolvido cria uma dívida, e o universo e os mortos sempre voltarão para cobrar, de um jeito ou de outro. A Ordem uniu o poder dela com as linhagens por *centenas* de anos. Diga-me, Bree, quão grande é a dívida deles? Você sabe como pagam? A única moeda que a Arte de Sangue aceita é o sofrimento e a morte.

Meu estômago se revira em horror. *Quinze séculos*. Foi isso que Sel falou nos túneis. Todas as vidas, os Juramentos e os preços altos que são pagos. E o Abatimento. Centenas de vidas perdidas. Podadas.

Patricia segura a minha mão e dá um último e breve aperto antes de me deixar parada na grama a observando partir.

34

O AVISO DE PATRICIA me assombra pelo resto do dia.

Mas ele se dissolve assim que entro na sala de treinamento, onde a animação atravessa os outros cinco Pajens que esperam por Gillian e Owen. Alguma coisa aconteceu, mas não sei o quê.

Greer e Whitty me puxam para um canto para me atualizar.

Na tarde de ontem, William impediu Sel de realizar o Juramento do Guerreiro para unir Sar e Tor até que ele se acalmasse — o que só deixou Sel ainda mais irritado. Depois disso, Nick, Sel e Lorde Davis foram ouvidos em um telefonema tenso que durou a noite toda. As pessoas escutaram muitos gritos. Até mesmo uma briga. Terminou com Sel quebrando uma cadeira e batendo a porta da frente. Ninguém viu Nick desde então.

Gillian entra assim que terminam de falar, então nem tenho a oportunidade de mandar uma mensagem para Nick em busca de respostas. Entre o gosto amargo na minha boca por causa do "término" com Patricia e a preocupação com Nick, a tarde passa de forma miserável.

Sel e Gillian fazem uma demonstração da espada longa e chegam a um empate. De novo, Sel não fala com ninguém e sai assim que terminam.

Owen e Gillian nos dão espadas de treino rígidas e feitas sob medida de polipropileno. Para mim, é um desastre completo, mesmo contra os pesados manequins de madeira em que começamos a treinar na primeira hora.

Na segunda hora, eles nos dividem em pares, e isso é bem pior.

Gillian se frustra toda vez que Whitty me desarma.

— É uma extensão do seu braço, Matthews!

Quando ergo a mão para pedir uma pausa para Whitty pela terceira vez em dez minutos, sem fôlego e apoiada nos joelhos, Gillian reclama.

— Você não tem condicionamento, Matthews! E se o seu Herdeiro precisar de você? Acha que pode pedir tempo quando tiver um gwyllgi no seu encalço?

Quero gritar para ela que não faço ideia do que seja um gwyllgi, mas, em vez disso, me forço a ficar de pé, o coração batendo no peito como um martelo, e começo de novo.

Quando acabo, ligo para o celular de Nick duas vezes, mas ele não atende.

Alice está estudando quando chego ao dormitório. Ela nota o meu equipamento de treino logo de cara, e a minha mentira já está preparada:

— Caça ao tesouro, pista de obstáculos e umas besteiras de dinâmica em grupo. Nada perigoso, só uns negócios ridículos de iniciação.

Preciso me forçar a ficar acordada enquanto colocamos a conversa em dia. Conto para ela uma versão resumida do "encontro" com Nick no bar, e ela me dá notícias dos colegas da nossa cidade.

Nick me manda uma mensagem assim que caio na cama:

Ei, meu pai mandou um avião pra mim. Falou que eu precisava me encontrar com ele no Norte e mostrar a minha cara para as outras divisões. As coisas estão piorando aqui, que nem aí. Portais se abrindo onde nunca os vimos antes. Volto para a provação de quinta. Gillian é boa. Confie nela. Você consegue, B.

Segunda-feira com as adagas é bem pior que domingo com a espada longa.

Perco todas as partidas contra Greer, que tem anos de treinamento e usa os longos braços e pernas para ganhar todo tipo de vantagem.

Depois disso, elu me ajuda a caminhar até William com um cóccix dolorido e hematomas no tórax, e do esterno até o umbigo.

De acordo com os cálculos de Gillian, se as lâminas fossem reais, eu teria sido estripada trinta vezes.

Quando chego em casa, me forço a caminhar normalmente na frente de Alice.

Na terça-feira não há demonstração, mas Sel aparece mesmo assim. Aparentemente, para assistir.

Ele não é o único. Vaughn e Blake, e até mesmo Sydney, assistem aos meus exercícios e estampam sorrisos de deboche em um canto da sala.

Não preciso ouvi-los dizer nada. Seus olhos e suas risadas passam o recado nitidamente: nenhum Herdeiro jamais me escolheria.

Há um ciclo toda noite: eu falo para mim mesma que não ligo para o que eles pensam. Então, como não estou acostumada a perder, a frustração se infiltra, percorrendo meus membros e músculos doloridos, e eu me forço a melhorar, a treinar mais. Mais tarde, enquanto William cura os meus ferimentos — três dedos quebrados, cotovelo fraturado, rim e costelas feridos —, eu me lembro de que não planejo ficar, de que essa não é a minha vida de verdade. E o ciclo recomeça.

Apenas Whitty e Greer parecem sentir dó, mas qualquer gentileza mostrada a mim durante as nossas sessões de treinamento é imediatamente percebida pelos nossos treinadores, que nos dão punições em forma de voltas pela sala, flexões ou virar pneus.

A noite de quarta-feira é terrível.

— Sydney, sua vez. Pegue a arma.

Sydney caminha até o rack e pega o bastão. A essa altura, sei que ela e Blake estão em uma batalha silenciosa para se tornarem Escudeiros de Pete, então não fico surpresa quando ela pega o bastão. Nunca seríamos amigas, mas, depois da provação com o javali infernal, ela ao menos me trata com respeito.

Eu já sabia que Owen chamaria o meu nome. Senti no meu âmago.

— Bree.

A risada de Vaughn é um tremor grave e zombeteiro no fim da fila.

— Pare com isso, Schaefer — repreende Gill.

Greer usa a distração para se aproximar.

— Você é mais alta que ela e tem um alcance mais longo, mas ela sabe disso e vai tentar atacar por baixo.

Balanço a cabeça em um agradecimento silencioso e caminho até a prateleira. Quando me viro para o ringue, vejo Sel passar pela porta aberta e ocupar um lugar em um banco perto da parede.

Owen dita as regras de combate.

— A partida é vencida quando seu oponente se der por vencido ou quando pisar fora da linha.

Entramos no círculo azul e nos colocamos nas posições iniciais, bastões formando um ângulo com nossos corpos, uma ponta para baixo e a outra para o alto. Owen dá o sinal.

Sydney ataca para cima; bloqueio antes que bata nas minhas costelas.

Ela se movimenta para trás. Avanço para um golpe no ombro dela. Ela bloqueia. Rebate com uma varrida baixa. A madeira bate na minha canela, e a dor queima até os meus joelhos.

Satisfação brilha nos olhos dela. Ela estava esperando por aquela abertura, e caí no seu golpe.

Eu me ergo — o bastão dela voa para o meu pescoço — e me abaixo.

Ela coloca o peso em uma investida contra meu peito. Bloqueio, empurrando a arma dela para o lado esquerdo da minha cintura. Isso a desequilibra, e me inclino para a direita, fazendo com que ela caia para a frente. Ela apoia o bastão com força, pouco antes da linha azul, parando o impulso antes de tropeçar para fora do ringue.

Eu deveria ter usado essa oportunidade para empurrá-la para fora.

Ela empurra, gira nos calcanhares e move o bastão para atingir a minha têmpora. Entro em pânico e me inclino muito para trás. Escapo do ataque, mas caio forte de bunda...

O bastão dela está na minha garganta.

— Desista — ordena ela, ofegante.

Tudo aconteceu tão depressa. Depressa demais. Minha garganta pulsa contra a arma dela.

Sydney pressiona o bastão de leve contra o meu pescoço.

— Eu desisto! — rosno, empurrando o bastão dela para o lado.

Alguns dias atrás, ela teria me ajudado, ainda que de má vontade.

Agora ela dá um sorrisinho e vai embora. Os outros Pajens aplaudem de leve a performance dela.

Praguejo e me coloco de pé. Quando pego o meu bastão, vejo o olhar de Sel em cima de mim, do banco onde ele está inclinado para a frente, com o queixo apoiado na mão. Eu tinha me esquecido de que ele estava ali. Sinto um calor se espalhar pela minha garganta e pelo meu peito quando me dou conta de que ele me viu falhar miseravelmente com a arma favorita dele.

Greer dá um jeito de vencer Blake com a espada de treino, desarmando-o em poucos minutos. Vaughn usa seu peso e tamanho para forçar Whitty para fora do círculo antes que tenham a chance de trocar mais do que alguns golpes. Whitty praguja e larga a espada, mais irritado do que nunca.

Gill dá a noite por encerrada. Os olhos dela pousam sobre os meus quando ela lembra ao grupo de que podemos usar a sala a qualquer hora do dia para praticar antes do treino de amanhã.

Assim que encontro Greer na porta, sinto o olhar de Sel nas minhas costas. Não falei com ele durante a semana inteira, mas há um peso de expectativa na sensação dos olhos dele.

Suspiro.

— Quer saber? Vou ficar mais um pouco. Vai na frente.

Greer ergue uma sobrancelha e olha acima do meu ombro, para Sel sentado no banco, então para mim de novo.

— Tem certeza?

— Sim, tudo bem.

Ele espera até que os passos de Greer desapareçam no corredor.

— Você quer ser uma Escudeira?

A voz de Sel está a centímetros de distância, e dou um salto, mesmo que, a essa altura, já devesse esperar a aproximação silenciosa dele.

Franzo a testa, incerta do que responder. Quero conquistar o título? Sim, para ser forte o bastante na hierarquia para exigir uma audiência — e a verdade — dos Regentes. Se quero lutar nessa guerra como Escudeira?

— A resposta é sim ou não.

— Quero.

Ele suspira. Então se vira, tirando a jaqueta e a jogando no banco atrás dele conforme se move para o centro do círculo. Então fica ali, com a regata preta de sempre e a calça larga, girando os punhos e os flexionando até os músculos saltarem em seus braços e bíceps.

— O que está fazendo?

— Decidi que vê-la falhar de forma tão espetacular é doloroso demais. Venha aqui.

— Oi?

Ele revira os olhos.

— Estou me oferecendo para treiná-la, bobinha.

— O que aconteceu com "Briana"? Prefiro isso a "bobinha".

— Pare de enrolar.

Jogo a minha toalha no cesto de vime perto da porta.

— Sem chance de eu deixar você me treinar.

— Por quê?

— Por que você faria isso, para começo de conversa? Não é possível que queira que eu me saia bem.

Ele se dobra para esticar um braço até o calcanhar, mas ainda posso ver os cantos revirados do sorriso dele.

— Vamos apenas dizer que, no momento, não gosto dos valentões e da forma como atacam as fraquezas dos outros. Me daria prazer ver você derrotando todos eles amanhã.

Ergo o queixo.

— Não acredito em você.

— Criatura obstinada — murmura ele baixinho. — Venha aqui. Estou falando sério. Juro.

Juro. Um juramento que Nick também faz. Apesar de todas as diferenças entre eles, ainda há algumas semelhanças.

Caminho devagar até o círculo, piso na linha branca e paro diante dele. Ele cruza os braços e me lança um olhar severo.

—Você sabe por que continua sendo derrubada neste círculo?

— Porque os outros Pajens têm anos de experiência em luta e eu não.

— Não. É porque os outros Pajens lutam com um único foco. Você não, porque está aqui por mais de um motivo. A outra razão é que eles conhecem bem as próprias forças e as utilizam. Vi você socar uma raposa infernal e abrir um buraco nela. O fato de estar falhando essa semana me diz que você ainda não consegue controlar o seu dom. Ou não está tentando. — Ele zomba. — Se eu conseguisse produzir aether no meu corpo, cozinhando-o como você faz, passaria o dia inteiro tentando fazer isso outra vez.

—Temos prioridades diferentes.

— Um eufemismo.

—Tchau.

Eu me viro para ir embora.

— Espere. — Ele segura o meu braço. Quando olho para os dedos de Sel, ele me solta. — Posso ajudar você, usando a fornalha de aether ou não.

—Você vai me ajudar a vencer uma luta?

Ele solta uma risada irônica.

— Ah, não, você nem de longe tem a habilidade para ganhar alguma coisa. Vou ajudar você a perder de forma menos horrenda.

— Uau. Você é um doce.

— Não — replica ele, fazendo uma bola girante de aether azul surgir na mão. — Sou quase um demônio.

35

NA NOITE SEGUINTE, A divisão se reúne na grande sala. Os Pajens competidores estão nervosos demais para comer, mas as outras pessoas aproveitam os espetinhos de frango com molho de amendoim. Estou fazendo o possível para ficar calma, mesmo com meu coração martelando no peito.

Hoje é a noite da provação por combate e, ainda que eu me sinta despreparada, a sessão com Sel ontem à noite pelo menos me deu esperança. Não reproduzimos o fogo mágico vermelho — e ambos concordamos que isso era bom, dada a condição pública da prova —, mas ele me mostrou como usar minha altura e minhas habilidades limitadas de novas maneiras.

Nick entra e me encontra logo de cara, me puxando para as janelas da sacada. Parece que não o vejo há séculos.

— Me desculpe por não ter avisado da viagem. Meu pai só me queria por perto, e as outras divisões estão fazendo perguntas sobre a Távola e... a coisa está feia. Bem feia mesmo. Me perdoa? — Ele se inclina para trás e franze as sobrancelhas. — Você parece assustada, B. — Os olhos dele se arregalam. — O Sel mexeu com você de novo?

— Não desse jeito — respondo vagamente. — Ele... me deu algumas dicas de combate ontem.

— O quê? — A mandíbula de Nick se tensiona. — Eu *mandei* ele ficar longe, não olhar nem falar com você...

— Está tudo bem. — Aperto o braço dele. — Foi bom. Ele me ajudou.

Nick parece cético, mas um pouco da tensão sai do ombro dele.

— Mesmo assim, a Regra Número Três ainda está em andamento. Sobretudo depois que ele realizar o Juramento de Tor e Sar esta noite. — Os olhos dele são como ardósia e tempestade, preocupados e tensos. — Mais alguma coisa aconteceu?

Sempre que penso em Patricia, fico com raiva e triste ao mesmo tempo.

— Lembra da pessoa no campus que achei que pudesse me ajudar? Em quem eu confiei?

— Sim?

Nosso momento de privacidade está terminando. Algumas pessoas estão olhando na nossa direção.

— Eu estava errada. Essa pessoa não pode me ajudar.

Posso ver que ele fica decepcionado.

— Sinto muito, B. Vai ficar tudo bem. A gente pode...

As luzes piscam, interrompendo-o.

Hora de seguir para a prova.

A sala se esvazia ao nosso redor, e Nick se recosta na janela, minha mão na dele ainda escondida de vista. Ele observa os outros saindo enquanto tento encontrar algum resquício de sentido. Assim que a última pessoa sai e a porta se fecha com um clique, ele me envolve em seus braços e afunda o rosto nos meus cabelos. Resisto por um momento, ainda não preparada para deixá-lo entrar, mas, assim que ele me abraça, me sinto mais quente, mais forte, mais segura. O coração de Nick bate e o meu atende, chamado e resposta. Estou quase chorando de alívio.

— Você está sofrendo, e não sei o que fazer. Por favor, me diga o que fazer.

— Não acho que tenha nada que você possa fazer.

— Respire fundo, está bem? Vai ajudar você a se acalmar.

A irritação queima dentro de mim. *Respire fundo. Fique calma.* As mesmas coisas que Patricia fala para mim quando fico irritada. Quando as memórias vêm, a fúria e a tristeza me pegam em ondas, cada uma maior que a anterior, e ele não faz a menor ideia de como me magoam.

— Não me diga para ficar *calma*.

— Me desculpe — Ele me conforta, dando um beijo na minha testa, depois na minha têmpora. — Não vou falar de novo.

— Estou cansada de gente me mandando ficar calma e *respirar fundo*. Que inferno.

— Tudo bem. — Ele faz que sim contra a minha testa. — Então me deixe só apoiar você esta noite.

Ele enfia a mão no bolso de trás da calça e coloca uma chave na minha mão.

Olho para baixo, limpando as lágrimas com a manga.

— O que é isso?

Ele sorri, mas há hesitação ali, misturada com prazer.

— A chave do meu quarto.

— E por que está me dando isso?

— Eu preciso buscar meu pai no aeroporto depois da provação. É uma viagem de quatro horas. Depois das lutas, por que não sobe e espera por mim no meu quarto? Quando eu voltar, a gente pode falar sobre o que estiver acontecendo. Ou não falar.

— Não falar?

Ergo as sobrancelhas. O rubor toma conta das maçãs do rosto dele.

— *Não* foi isso que eu quis dizer — diz ele depressa, então hesita, reconsiderando. — A menos que seja isso que *você* queira dizer? Não falar significa que vamos fazer outras coisas?

Pressiono os lábios para não cair na risada.

— Eu não falei nada agora, Davis. Foi você quem disse.

A expressão no rosto de Nick é uma mistura fofa de esperança e dúvida.

— Vamos fazer o seguinte — falo, fechando a mão ao redor da chave de bronze. — Vou pegar isso e esperar lá em cima no seu quarto depois que Gillian acabar comigo, desde que você me deixe usar o seu chuveiro enquanto estiver fora.

— Fechado.

Sorrimos um para o outro, e o momento parece ser nosso. Secreto. O frio que sinto na barriga faz meu corpo estremecer por completo, porque ainda que tenhamos nos beijado outras vezes, nada foi tão quente ou intenso como aquele primeiro beijo. Aceitar o convite de Nick significa que vamos ficar sozinhos no quarto dele pela primeira vez desde a segunda provação. Nick olha para baixo, aquela mesma noção espelhada em seus olhos. Ele puxa o meu cinto até que estejamos colados um ao outro e pressiona um polegar na minha mão como se fosse uma promessa.

Ainda é necessário um outro piscar de luzes para nos separar e nos fazer ir em direções opostas, mas vou para a área de preparação com pelo menos uma coisa pela qual esperar.

A arena da provação por combate não é longe da Capela prateada na floresta. Há um único círculo desenhado na terra bastante batida que é do tamanho do círculo médio dentro da sala de treinamento. Cadeiras e bancos estão dispostos em volta de onde a plateia vai se sentar. Owen e Gill estão em lados opostos da arena, com uma visão clara do centro. Não sei onde Sel está, mas sinto o olhar dele vindo de cima. Uma árvore, talvez. Ainda não está escuro o bastante.

Os seis Pajens competidores vestem calças justas para ganhar o máximo de mobilidade possível e túnicas na cor da Linhagem de nossos padrinhos, adornadas com o símbolo deles no centro.

Sou a única Pajem que veste o dourado da Linhagem de Arthur.

Sel falou que eu tinha muitos motivos para estar ali.

Objetivos fraturados.

Esta noite só tenho um foco e luto apenas por uma família: a minha.

As lutas são organizadas de forma que cada Pajem entre no ringue três vezes, em um total de nove partidas. Quando o primeiro par sobe, Nick faz contato visual comigo e dá uma piscadela. Ele nunca me viu na arena, e sua confiança em minhas habilidades triplica meu nervosismo.

Sydney derrota Greer facilmente com o bastão, mas perde para Blake quando chega a hora da espada longa.

Whitty joga Blake para fora do ringue com estocadas rápidas e cortes de adaga. Então, para a surpresa de todos, consegue subjugar Vaughn com o bastão. Vaughn joga o bastão de Whitty longe e sai do ringue, o rosto tão vermelho quanto a túnica. Ficou óbvio desde o aquecimento que ele planejava ganhar todos os três desafios da noite, vencendo cada partida com uma arma. Ele atira seu bastão contra as árvores, partindo-o no meio. Fitz caminha até seu Pajem para o encorajar com tapinhas nas costas e murmurar algo no ouvido dele. Ainda que Fitz não precise de um Escudeiro — ele tem Evan —, parece estar investido no sucesso de seu Pajem.

Os outros Pajens, Escudeiros e Herdeiros celebram ou resmungam, e conversam entre as rodadas. Apenas Nick se senta curvado para a frente, observando em silêncio as lutas com uma expressão neutra.

Toda vez que os Pajens entram no ringue com as duras espadas de treino pretas, todos os olhares se voltam para Nick. Todo mundo quer saber o que o Herdeiro de Arthur está pensando.

Minha primeira partida é contra Sydney, com a adaga.

Greer dá tapinhas nas minhas costas e assente quando subo.

— Você consegue.

Sydney, de túnica laranja, sorri e caminha até o ringue. Eu nunca tinha visto o símbolo da Linhagem de Bors de perto — três faixas cruzando um círculo. Ela não parece nem um pouco preocupada com o resultado da nossa luta. Balanço os ombros para relaxá-los e estico os dedos da mão direita antes de segurar o cabo da adaga de borracha. Sydney e eu ocupamos nossas posições: equilibradas, de joelhos dobrados, corpos e órgãos vitais atrás da faca, lâminas para cima e para a frente e empunhadas com força.

Gillian sinaliza o início.

Dançamos — Sydney atacando e eu desviando — por tempo suficiente para que comecemos a suar. Dou um jeito de me desviar de cada ataque, mas só consigo desferir um golpe que ela bloqueia, com esforço. Sydney mergulha para baixo da linha dos nossos cotovelos, e salto para trás. Ouço um apito.

— Fora dos limites, Matthews. A rodada vai para a Pajem Hall.

Gillian aplaude. A partida acabou.

Droga!

Estou com raiva por ter perdido por causa de um mero passo, mas a fúria nos olhos de Sydney quase faz isso valer. Ela nunca esperou que eu fosse durar tanto em uma batalha, e, pelo olhar de algumas outras pessoas — incluindo o de Gillian —, ninguém esperava isso também.

Quando me sento no banco, Nick e eu nos encaramos. Ele balança os ombros como se estivesse dizendo *Deixa pra lá*.

Tenho uma rodada para descansar antes da minha próxima luta. Se a adaga de Vaughn fosse real, Greer teria tido as entradinhas completamente arrancadas.

Quando Gillian chama o nome dele, Blake se levanta. Ele flexiona os ombros largos, puxando a túnica, o amarelo-escuro de Owain. Então ela chama o meu.

Logo de cara Blake usa as suas vantagens — força e altura — com um poderoso ataque vindo de cima. Eu bloqueio, mas fica claro que se continuarmos no jogo dele, a vitória será por conta de força bruta mais do que velocidade ou um trabalho de pés elegante.

Sou mais rápida do que ele. Sei que sou.

Preciso continuar me movendo.

Seu braço e sua arma avançam de novo e de novo, cada batida ecoando nas minhas orelhas como um trovão. Cada bloqueio manda uma reverberação intensa até o meu cotovelo. Três minutos depois, as minhas coxas estão *queimando*. O rebater exige que cada músculo do meu corpo permaneça tensionado.

Todo mundo deixa uma abertura. Encontre-a, então vá com tudo que você tiver.

Blake caminha pelo ringue.

— Desista, Matthews.

Já vi de perto as ofensas de Sel; a versão insípida de Blake me faria rir caso os meus pulmões não estivessem em chamas. Respiramos com dificuldade, muito ofegantes.

— Você não pode bloquear para sempre.

Ele avança.

Agarro o bastão comprido para bloquear o golpe que ele desfere com as duas mãos, mas preciso de tudo que tenho para manter a arma nas minhas mãos trêmulas. Meus dedos têm espasmos ao redor da madeira, mal conseguindo segurá-la.

Ele se afasta.

Seu cabelo castanho está preto sob um rio de suor. Ele também está ficando cansado e recuperando o fôlego.

Blake gira alto à minha esquerda, e é como se ele estivesse se movendo em câmera lenta. Meus olhos acompanham cada movimento dos músculos dele, cada movimento dos ombros até os braços.

Tenho bastante tempo para me abaixar, então faço isso. Mantenho os olhos no peito amplo de Blake — ali!

Eu me lanço para a frente, batendo a ponta do meu bastão no peito dele. Por um momento, o garoto parece pairar no ar. O bastão dele voa para fora de sua mão e por cima do meu ombro direito.

O tempo acelera.

As costas de Blake acertam o tatame.

O apito de Gillian corta o ar.

— Arma fora dos limites. A partida vai para Matthews.

Ela parece tão surpresa quanto eu.

Os aplausos chegam até mim, mas mal os percebo. Blake rola com um gemido e se apoia nas mãos e nos joelhos antes de se levantar. Seu rosto é como uma fornalha vermelha e brilhante. Fico paralisada no meio do ringue até Gillian entrar na minha frente e acenar com a mão. Um sorrisinho aparece no rosto da mulher mais velha.

— Terra para Matthews.

— Matty — corrijo. — Terra para Matty.

Alice ficaria orgulhosa.

Sigo para os bancos, mas não antes de ver Sel. Lá em cima nas árvores, ele inclina a cabeça em uma saudação silenciosa que me enche de uma quantidade vergonhosa de orgulho. Em enormes e abundantes quantidades.

Whitty dá um soquinho no meu punho antes de ele e Greer entrarem no ringue. Graças à sua habilidade de esgrima, Greer derrota Whitty facilmente com a espada. Estou massageando os meus ombros doloridos com gentileza quando escuto o meu nome de novo.

Eu deveria saber que minha última luta seria com Vaughn.

Ele salta do banco sem hesitar. Tira a toalha dos ombros e caminha até o rack, pegando a espada de treino preta, pesada e feita de polipropileno.

Alguns dos Herdeiros murmuram uns com os outros. Aparentemente, a notícia da nossa rivalidade se espalhou.

Greer e Whitty me falam alguma coisa encorajadora, mas não consigo ouvir com o som do sangue bombeando nos meus ouvidos. Nick se endireita quando passo pela área de exibição para pegar minha espada. Desvio o olhar antes que a preocupação em seu rosto se torne a única coisa na qual consigo pensar.

Vaughn anda para a frente e para trás no centro do ringue, esperando por mim.

Quando piso no tatame, Gillian pede uma luta limpa. Ela olha para mim.

— A partida termina quando o oponente desiste, perde uma arma ou pisa fora do ringue. — Ela olha para Vaughn. — Sem golpes na cabeça.

Um apito curto e alto marca o início da partida.

Vaughn ginga em uma posição aberta, atirando a lâmina de uma mão para outra. Toda vez que ele pega o cabo sob a guarda da espada, os músculos firmes no seu ombro e bíceps se tensionam. Sua boca se abre em um sorriso provocativo.

— Não há vergonha alguma em desistir agora, Matthews.

— Não dê ouvido a ele, Bree! — incentiva Greer.

Não quero dar ouvido a eles, mas não posso deixar de escutar a risada baixa zombeteira. Não consigo não notar os olhos passando pelo meu corpo, começando pelas pernas e se detendo nos meus quadris e peito.

— Tudo bem, não desista. — murmura ele, de forma que só eu posso ouvi-lo. — A visão não é ruim.

A raiva toma conta de mim, mas não vou dar a ele a satisfação de um ataque emocional, indisciplinado. Ele dá de ombros, como se dissesse *Como quiser* e ataca.

Vaughn desfere um golpe tão rápido que a lâmina preta assovia quando ele a brande. Eu bloqueio, pegando o lado mais amplo da espada dele com a parte mais dura da minha — o lado forte — e salto para trás.

Vaughn gira a espada uma vez com um sorriso, como se quisesse me lembrar do que a arma é capaz de fazer. As espadas de treino da Ordem não são de aço, mas ainda assim são bem pesadas e amplas. Fortes o bastante para quebrar um osso em um golpe bem desferido.

Ele se lança para a frente. Baixa a lâmina com um ataque vindo de cima. Ergo a minha espada para bloquear, mas ele para — então se inclina para trás e me chuta com força no estômago.

Eu tropeço, meu torso em um confuso coquetel de náusea e dor.

Vaughn faz um ataque baixo — mal consigo virar minha espada para deter o corte nas minhas pernas.

Então ele avança de novo, girando, e é um exercício básico, apenas um torcer do meu punho para defender.

Fácil demais.

Eu dou uma tossida, e sangue — rico em ferro e salgado — enche a minha boca. Uma expressão selvagem brilha nos olhos de Vaughn. Entendo o que está acontecendo.

Aquele chute foi planejado. Estratégico.

Cada movimento, cada girar, esticar e balanço é mais difícil com sangramento interno.

Ele está brincando comigo.

Tudo — o rosto de Vaughn, as árvores, o ringue — se torna um borrão sob o véu da minha fúria implacável.

Mudo a maneira de empunhar a espada, me preparando para um golpe com duas mãos nas costelas dele, mas então a última lição de Sel ecoa nos meus ouvidos.

"A raiva normal pode ajudar ou atrapalhar. Mas o tipo de raiva que queima nas suas entranhas? Isso é fúria. E a fúria deve ser usada."

Faço vários ataques, me volto para a esquerda, depois giro. A parte plana da minha lâmina bate em seus dedos com força, afrouxando sua pegada. Ambas as espadas caem no chão.

Vaughn olha para cima, o choque atravessando seu rosto, e voa para cima de mim, mas já estou no ar.

O impulso dele o joga para a frente — direto no meu joelho que está no ar.

A cabeça dele se vira.

A espinha de Vaughn bate no tatame, e sangue escorre de seu nariz e de sua boca.

Por um segundo a floresta fica em silêncio.

Então Russ fica de pé e grita, irrompendo uma onda de gritos e aplausos.

Vaughn se balança de leve, as mãos cobrindo o rosto. Mas ele não se levanta.

— Matthews vence a rodada! — informa Gillian, um sorriso surpreso iluminando seu rosto.

Em algum momento, Nick se levantou da sua cadeira e se aproximou do limite do ringue. Ele está parado, os pés encostados na tinta vermelha, com o sorriso mais lindo que já vi. Dou um passo trôpego adiante. O triunfo chia no meu peito. Estou prestes a explodir.

O olhar de Nick se prende ao meu, os olhos se arregalando e o sorriso desaparecendo. Ele ruge o meu nome.

A lâmina de Vaughn desce na minha visão periférica.

Ouço o estalo profundo na minha clavícula antes de sentir o golpe.

Quando a dor chega, a escuridão a acompanha. Há gritos, e, então, silêncio.

36

EU ACORDO UMA VEZ antes de William terminar de me curar. Devo ter tentado algo que não deveria — me sentar, falar —, porque mãos firmes me seguram no lugar.

Volto para um sono turvo, induzido pelo aether.

Quando abro os olhos de novo, estou em um quarto vazio, sem janelas, iluminado apenas por uma pequena lâmpada. O relógio digital na parede informa que são 22h17.

Meus dedos da mão esquerda voam direto para a minha clavícula, onde há uma dor que não para de pulsar. Um pedaço duro de papel se enruga quando encosto no local. Puxo, esperando ser uma bandagem, mas, em vez disso, encontro dois recados.

> Fratura simples e oblíqua na clavícula direita. Te dei uma dose forte de feitiçaria. Vai curar dentro de alguns dias.
>
> Use a tipoia.
>
> Tempo mínimo de cura s/ o aether? = 8 semanas + fisioterapia.
>
> De nada.
> William.

> P.S. Sangramento intra-abdominal moderado. Curado, mas SOSSEGA O FACHO.
>
> P.P.S. Nick queria ficar.
>
> Eu o despachei para o aeroporto, já que você ficaria dormindo.
>
> VOLTE A DORMIR!

— Me desculpe, William — sussurro. — Preciso ver um garoto.

É só depois que estou no elevador que me dou conta de que vou precisar andar pelo corredor bastante público do segundo andar do Alojamento para chegar ao quarto de Nick. Essa conclusão me pega tão de surpresa que eu sem querer saio no primeiro andar e topo com Sarah.

— Bree! — Um grande sorriso se espalha pelo rosto dela, e a garota dá pulinhos. — O que está fazendo aqui? Precisa de uma carona para casa? Posso levá-la de volta para o seu dormitório, sem problemas, moleza!

Estreito os olhos.

— Você está falando mais rápido do que o normal?

Ela fica corada e morde o lábio.

— Acho que sim?

Então me dou conta. Tudo em Sarah parece mais brilhante, e juro que posso vê-la vibrando.

— Você está unida a Tor agora. Você tem a velocidade de Tristan.

Ela assente.

— Tecnicamente tenho a velocidade de Tor. *Ela* tem a velocidade de Tristan. Mas, sim! Espera. — Ela franze a testa, e as engrenagens na sua mente giram mais velozes do que nunca. Os olhos dela se arregalam. — Você está esperando pelo Nick, não está?

Vozes chegam até nós da sala de jantar e da sala.

— E se eu estiver? — pergunto.

— Ah, acho que vocês formam um casal bonitinho. Quer beber alguma coisa enquanto espera?

Ela já está seguindo pelo corredor sob a escadaria e na direção da cozinha, então eu a sigo.

A cozinha de chef iluminada do Alojamento está vazia quando entramos. Na verdade, nunca estive aqui antes, já que a maior parte das refeições são de bufê e poucos Lendários parecem saber cozinhar. É um cômodo quadrado e grande, com armários brancos, duas geladeiras de aço inoxidável, um fogão a gás numa ilha central e bancadas brilhantes feitas de quartzo cinza e branco. Sarah pega duas taças e as enche de água enquanto fala.

— As pessoas são tão fofoqueiras por aqui, mas, sério mesmo, não tem nada de mais que você esteja ficando com Nick. Alguns Pajens podem estar com inveja. Ainsley, por exemplo. Sydney. Spencer também.

Sento-me em um banco alto, ajeitando com cuidado meu ombro na tipoia.

— Maravilha.

— Nick *voou* para cima de Vaughn, a propósito. Expulsou ele do torneio. Falou que não há lugar para vingança na Távola. — Ela balança a cabeça. — Vaughn achava que ser o melhor em combate o tornava o melhor Escudeiro para Nick, mas não funciona assim. Não é só a luta. É a partida.

A forma como ela enuncia a última palavra, a ênfase que coloca nela, me lembra que ela possui mais do que a velocidade de Tor agora. Ela tem acesso às emoções dela. Ela sempre vai saber quando Tor estiver em perigo. As duas estão sincronizadas agora e para sempre.

E o seu tempo de vida foi reduzido. Não consigo pensar em uma forma educada de perguntar como ela se sente acerca do Abatimento, então faço outra pergunta.

— Como é? Estar unida?

Ela pondera.

— Tor e eu já estávamos ligadas de certa forma. Estamos apaixonadas, então pensei que seria mais do mesmo, mas não é. É mais profundo. Mais íntimo. Não sei como é para outras pessoas. Talvez dependa de quanto tempo estejam unidas ou de quão bem se conheçam.

— Há quanto tempo você e Tor estão juntas?

— Alguns anos. Antes disso ela estava com Sel, e eu estava no Ensino Médio.

Eu não tinha me esquecido da revelação de William, mas agora que o assunto era de conhecimento público...

— Então, sobre isso... é difícil de imaginar.

Sarah dá uma risada.

— Sim, foi a fase rebelde da Tor. Acho que ela ficou com ele só para irritar os pais.

— Namorar Sel irritou os pais dela?

— Namorar um *Merlin* irritaria *qualquer* pai de Lendário.

Ela revira os olhos e ajeita os óculos.

Isso me surpreende. Tá bom, Sel é um babaca, mas isso quer dizer que todos os Merlins também são?

— Por quê?

Ela torce o nariz.

— É uma coisa que apenas não se faz.

— Mas...

Bum! Um som trovejante chega até nós da floresta atrás do Alojamento. Fico de pé em um segundo.

— Falando no diabo... — Ela nem se mexe da cadeira, apenas revira os olhos e termina o copo de água. — Quer mais?

— O que foi aquilo?

Fico boquiaberta com a indiferença dela, então dou outro pulo quando um grande estalo ecoa na floresta, seguido pelo som de um bando de pássaros fugindo para o céu noturno.

— Aquilo — Sarah ergue uma sobrancelha, pouco impressionada — é Selwyn, bêbado de aether por causa do nosso Juramento — diz ela, como se explicasse tudo. — Com a diferença de que ele passou a semana inteira transtornado, então é pior do que o normal. — Ela pega o meu copo e o leva até o lava-louças. — Eu não iria até a floresta hoje à noite se fosse você. Ele vai ficar lá por um bom tempo dando um ataque. Quando se acalmar, vai voltar, bater um monte de portas e se entocar na torre dele pelo resto da noite. Tem todo um drama.

Sarah me leva de volta até o elevador, metralhando fofocas. Mal consigo acompanhar a nova velocidade dela, e, a essa altura, não estou prestando muita atenção. Espero até que ela pegue o elevador para o quarto dela e de Tor no terceiro andar, então me movo o mais silenciosamente possível até a escadaria e saio pela porta dos fundos.

Os sons de destruição ficam mais altos assim que piso na floresta.

Usando o meu celular como lanterna, pego o caminho pelo qual Nick me guiou na primeira noite. Sei que deve ser o mesmo porque é o único que vejo. Estando tão perto do epicentro de Selwyn, cada batida, explosão e estalo reverbera pelo chão sob meus pés. O que quer que seja, é violento. Devo ser a única coisa viva em um raio de quilômetros que não se abrigou dessa fúria.

Nem sei direito o motivo de estar caminhando para dentro da tempestade em vez de esperar, como Sarah sugeriu. Eu poderia estar lá em cima, no chuveiro de Nick, usando a pressão muito mais forte de água do Alojamento para aliviar a tensão dos músculos das minhas costas e do meu braço. Então, poderia fuçar as gavetas dele em busca de pijamas que tivessem o cheiro dele.

Mas não estou.

Talvez eu esteja indo atrás de Sel esta noite porque na noite passada *ele* ficou para *me* ajudar. Nick o mandou ficar longe. Sarah me mandou ficar longe. E mesmo assim lá estava ele, e cá estou. Nossos caminhos continuam se cruzando de todas as formas erradas.

Como se eu estivesse sendo compelida por uma força fora do meu controle, sigo o som da fúria de Sel, na curva onde conheci Lorde Davis, descendo a ponte de pedra sobre a qual Nick me guiou e para além do ponto prateado na floresta que marca o local da cerimônia.

Termino subindo um morro. Os sons de estalos profundos estão cada vez mais distantes agora, mas, quando vêm, são altos o suficiente para me fazer cerrar os dentes, produzindo um pico de adrenalina. Paro para recuperar o fôlego e me orientar, encostada no tronco de uma árvore. Andei um quilômetro, mais ou menos, e parte disso colina acima. As luzes acesas na varanda do Alojamento estão pouco visíveis através das árvores densas, e depois delas há uma névoa marcando o topo dos prédios do campus, o hospital da região e o restante do centro da cidade. Direciono a lanterna morro acima de novo e suspiro.

Começando mais ou menos a seis metros de distância, estão meia dúzia de troncos quebrados. Picos e lascas amareladas e denteadas do tamanho do meu antebraço se esticam e formam tocos que batem na altura do meu joelho. Parecem marcas frescas. Além disso, há longos troncos caídos pelo chão, como bloquinhos de madeira.

Neste exato momento, escuto outra árvore sendo partida. Sigo o barulho.

Da distância que estou, consigo capturar todos os detalhes do esforço de Sel: o som de estouro do amplo tronco protestando contra os seus músculos; o som da casca se partindo; um gemido lento, grave e um estalo final quando o tronco é arrancado da sua base.

Assim que chego ao cume, vejo Sel a uns quinze metros de distância, levantando um longo tronco de pinheiro com as mãos. Ele inala profundamente e o joga para o lado. Em um segundo, tudo que consigo ouvir é a respiração dele no silêncio, e então um grande estrondo sacoleja o chão à medida que a árvore se parte em pedaços na terra. Sob o fraco brilho lunar, consigo ver uma dúzia de árvores na mesma situação, espalhadas pela grama como palitos da altura de uma casa.

Eu me dou conta de onde estou — este é o cume acima da arena da primeira provação. Foi daqui que os Lendários nos viram lutar contra os javalis de Sel e de onde Nick foi atacado por uma serpente infernal debaixo do nariz do Merlin.

— O que você está fazendo aqui?

Minha cabeça se vira ao ouvir a voz de Sel. No segundo que demorei para observar a arena, ele já tinha virado o rosto para mim. O olhar dele parecia faiscar, mas está disperso. Sem foco.

Da última vez que conversamos, ele fez uma piada sobre sua linhagem, me ensinou a fazer uma investida.

Agora parecia que ele queria me incinerar.

Balbucio uma resposta, mas paro quando vejo a expressão dele. Sarah estava certa, ele está bêbado de aether, e é pior do que antes. Ainda que esteja de pé, seu corpo balança um pouco, os olhos em geral severos estão embaçados e vermelhos. Ele olha de relance para o meu braço machucado.

— Então?

— Por que está tão irritado?

A risada dele é um latido oco, seco.

— Aprendeu essa merda com a sua terapeuta?

Eu juro que a minha visão fica vermelha.

— *O que* você falou?

Ele sorri.

— Eu vi a sua sessãozinha de terapia ao ar livre com a médica do campus.

— Você me *espionou*?

Qual sessão? O que ele ouviu?

Sel revira os olhos para o céu.

— *Claro* que espionei. No dia seguinte ao Juramento, eu a segui do dormitório até os jardins, ouvi enquanto você e ela abriam seus corações sobre as suas habilidades.

Ele se abaixa e pega uma pedra, então a atira na arena com tanta força que faz um *pop!* alto contra uma árvore do outro lado.

— Não acredito! Aquilo era particular! — grito.

Ele zomba.

— Deixa de hipocrisia, garota misteriosa. Eu a segui naquele dia para ver se estava se encontrando com algum cúmplice uchel e pensei que estivessem falando em código sobre a linhagem demoníaca de vocês. Olhando para trás, vejo que dei crédito *demais* a você. Não ligo para o seu drama familiar, e com certeza não ligo para alguém cuja mamãe morta usava o aether para fazer crescer *florezinhas* mais bonitas...

— *Não* fale da minha mãe — rosno.

— Todo aquele esforço — ele sacode a cabeça e dá uma risada triste — e olha onde eu vim parar. Que perda de tempo.

Fúria e pânico correm pelo meu sangue, e não sei com base em qual devo agir. Ainda estou me recuperando da revelação de que Sel me seguiu, minha mente vasculhando a minha primeira conversa com Patricia para lembrar o que ele poderia ter ouvido.

— Meu Deus, *olha só* para você! — Sel ri, incrédulo. — Está tentando lembrar o que ouvi naquele dia e o quanto sei da sua vidinha Primavida chata e entediante.

Ele vem na minha direção com as pernas ligeiramente instáveis, os olhos brilhantes observando meu rosto. Uma pequena memória no fundo da minha mente me lembra que fugir de um predador só o convida a persegui-lo, então fico onde estou.

E eu pensei que pudesse ser o quê? Amiga dele?

A voz baixa de Sel fica ainda mais baixa e arrastada, e não consigo dizer se as palavras dele são para mim ou para si mesmo.

— Como posso ter arriscado tanto por causa de uma garotinha perdida que provavelmente precisa tanto de terapia quanto eu? — Ele inclina a cabeça, os olhos perdendo o foco. — Bem, isso não é possível. — Ele ri de novo, mas dessa vez é tão autodepreciativo que a minha raiva se esvai. — Ninguém precisa mais de terapia do que eu.

— É por isso que está aqui derrubando árvores em uma colina?

A cabeça dele se ergue.

— Mais uma vez, por que está aqui?

— Sei lá — falo, e me viro para ir embora.

— Eu sei. — Mesmo intoxicado, ele ainda é mais rápido que eu. Está na minha frente assim que me viro. — Culpa.

— Saia da frente.

Ele se recosta em uma árvore no meu caminho e me avalia com olhos semicerrados.

— Aposto que você ouviu que eu estava aqui dando um ataque e que fui o "Sel irritado e monstruoso" durante o fim de semana inteiro. Aposto que Nicholas contou que brigamos de novo e que Lorde Davis me colocou no meu devido lugar ontem. E agora você se sente mal porque ainda não contou para Nicholas que consegue gerar aether, e acha que se tivesse contado talvez ele perceberia que os meus instintos estavam certos, e eu não estaria aqui esmagando árvores e sentindo pena de mim mesmo.

Gaguejo, mas não posso negar a verdade nas palavras de Sel. Foi por *isso* que vim até a floresta para encontrá-lo? Culpa?

— Saia da frente.

Eu dou um passo, mas ele me acompanha de novo. Seus olhos brilham, zombando dos meus pensamentos que deduziu feito um Sherlock Holmes demoníaco.

— Bem, não desperdice o seu tempo se sentindo culpada — diz Sel. — Para o nosso *eterno e futuro rei*, os fins nunca vão justificar os meios. Ele é mesmo uma boa pessoa. E, além disso, Nicholas não liga para o que você pode *fazer*, ele só liga para *você*. Um fato que agora está claro para o agora desgraçado Pajem Schaefer. Na verdade, como acha que ele iria se sentir caso ouvisse que você me procurou na floresta enquanto eu estava bêbado de aether?

O olhar dele me atinge como alfinetadas ao longo do meu rosto, descendo pela minha garganta e pelos meus braços nus.

Com o rosto quente, luto em busca de palavras.

— Eu... não faço ideia.

Ele bufa.

— Mentirosa. Nicholas iria me arrastar e esquartejar, e sabe bem disso.

— Isso é um pouco exagerado.

Ele se desencosta da árvore e fica de pé, sacudindo a cabeça.

— É sério que não percebe o que ele sente por você?

As palavras que jorram dele me deixam desnorteada. Sinto uma onda de emoções confusas: ainda furiosa com ele por ter me seguido, prazer ao ouvir sobre a força dos sentimentos de Nick por mim, culpa por estar aqui contra os desejos dele e contra as nossas regras e chocada por estar tendo uma *conversa sobre garotos* com Sel.

— Você não sabe. — Sel olha para mim, e com a proximidade consigo ver o tremor sutil em sua boca, nos ombros, descendo até os pulsos. Ele dá um passo mais para perto, me acuando. — Não completamente.

Eu me afasto, mas é um erro. Só há trinta centímetros entre mim, a beira do cume e uma queda vale abaixo até a arena. É muito parecido com o nosso primeiro encontro. E, dessa vez, sei exatamente quem é Sel e o que ele é capaz de fazer.

— Sel, pare! Vou cair!

Ele dá de ombros.

— Só se você se mover.

— Me deixe passar.

— Não. Você vai ficar quietinha e me ouvir explicar uma coisa.

Olho por cima do ombro. Ele está certo, estou segura — se não me mexer.

— Explicar o quê?

— Você sabe por que os Merlins servem aos Lendários?

Isso me pega de surpresa.

— Não.

— *Adivinhe*.

O tom dele é tão cortante que falo devagar para evitar ser retalhada.

— Para lutar contra as Crias Sombrias?

— Adorável. — Ele revira os olhos. — As Crias Sombrias *são* malignas, mas não pense nem por um segundo que todo Merlin que serve à Ordem faz isso por bondade. Você me chamou de filho da encruzilhada uma vez, mas não entende por completo o que isso significa. Nem pode.

Ele dá outro passo, não o bastante para me empurrar, mas perto o suficiente para que eu sinta os vestígios do cheiro da especiaria na sua pele por causa do Juramento e o calor de seu corpo. Uma memória dos seus dedos quentes naquela primeira noite no Alojamento pisca na minha mente, e eu me pergunto, brevemente, se o restante dele também é quente assim.

— As crianças Merlins são, para todos os efeitos, cem por cento humanas ao nascer. Mas, quando fazemos sete anos, as mudanças começam, a força, a velocidade, os sentidos, e com essas mudanças vem um tipo de... contagem regressiva. A partir de então, ganhamos poder a cada ano que passa, nossa conexão com o aether se aprofunda e perdemos um pouco mais da nossa humanidade. Chamamos isso de "sucumbir ao sangue". —

Sel estremece, os olhos focados em mim de novo. — Quando Merlin criou o feitiço Lendário para Arthur e seus cavaleiros, criou um feitiço similar para si. Um que permitiria que todos os seus descendentes herdassem as habilidades mágicas únicas que ele aprimorou ao longo do tempo: mesmerização, construtos, afinidade com o aether. — As pontinhas dos caninos de Sel brilham enquanto ele fala. — Mas Merlin conhecia a sua natureza. Ele sabia que os demônios só ligam para si mesmos e para o caos, e meio-demônios poderosos, mas incontroláveis, nunca seriam servos compatíveis com a Ordem eterna que ele e Arthur planejaram. Por isso, no feitiço *dele*, Merlin colocou um *seguro*.

Sinto um aperto repentino no peito.

— Que tipo de seguro?

Nas sombras, a amargura transforma as expressões dele.

—Você se lembra de quando falei que uma raposa demoníaca não era capaz de se transformar em fumaça com uma parte sua dentro dela? Isso acontece porque as trevas do submundo e a luz dos vivos não podem existir em um só corpo. Meu sangue luta contra si mesmo todos os dias. Quanto mais velho fico, mais forte a essência demoníaca se torna, mas o meu compromisso com a Ordem e os seus membros me impede de ser completamente dominado.

Encaro o olhar dele, o horror e a compreensão me varrendo em uma onda.

— Os Juramentos...

— Os Juramentos. — Os olhos dele de repente se tornam brilhantes. Ferozes. — A forma de Merlin se assegurar de que os seus descendentes nunca abandonarão a missão dele. Realizá-los, cumpri-los, independentemente de quão grande ou pequena seja a missão. São os Juramentos que unem as duas partes de um Merlin. Enquanto estivermos trabalhando, estamos no controle de nossas almas. É por isso que somos Juramentados tão cedo, antes de estarmos velhos o suficiente para que o sangue ganhe espaço.

A voz de Cecilia reaparece, e o que ela falou sobre a criança nos braços de Pearl. *Rejeite-o antes que cresça o bastante para causar mal.*

Sel ainda não terminou. Os olhos dele percorrem meu rosto, catalogando as minhas respostas para as palavras dele.

— Aí está. Agora você entende. Você pode ver como, para qualquer Merlin, mesmo um fraco, criado como humano entre humanos, a maior punição seria nos tirar do serviço à Ordem, nos forçar a assistir à nossa própria regressão. Retirar o título de um Merlin poderoso o bastante para ser chamado de Mago-Real seria como tirá-lo de sua incumbência. Cortá--lo do imenso poder de conexão daquele Juramento. É uma punição tão severa que nunca foi utilizada.

O calor que emana dele e o veneno em seus olhos me assustam mais do que seu temperamento jamais me assustou.

— Mas nós estamos a dois Herdeiros Chamados de Camlann. Então, depois que Nicholas contou para o pai dele o que fiz com você, Lorde Davis ameaçou me substituir. Retirar o meu título, me expulsar. Me abandonar para minha própria destruição. — Ele bufa. — Valentões, como falei.

O ar escapa dos meus pulmões em um fluxo, como se eu tivesse sido jogada da colina.

— Não, isso... isso parece tortura. Nick não deixaria isso acontecer...

— Ah, é tortura. Mas se a Ordem pensar que estou me tornando instável, é *exatamente* o que Nicholas será forçado a fazer. — A expressão dele se torna rabugenta. — Estas são as escolhas que reis precisam fazer, garota misteriosa.

— Vou conversar com ele. Vou falar para ele que...

Não consigo terminar a frase, porque Sel me gira rápido, me empurrando para a trilha.

— Tarde demais. Vá embora.

— Sel...

Sinto o cheiro do feitiço dele e me viro para encará-lo de pé na beira do penhasco, os cabelos balançando com um início de fogo mágico, os olhos brilhando feito brasas.

— Nicholas acha que estou perdendo a minha humanidade. Talvez eu esteja. Mas *não* perdi a minha dignidade — diz ele. — Não preciso da sua ajuda.

Antes que eu diga outra palavra, ele dá um passo além da borda e some de vista, pousando lá embaixo sem fazer nenhum som.

37

A LUA ILUMINA A minha corrida de volta ao Alojamento, mas, quando chego no jardim dos fundos, nuvens se já formaram, sólidas e grossas como glacê de bolo.

Entro de fininho pela porta lateral. Ainda há alguns membros notívagos despertos no grande salão. Subo a escada para não chamar a atenção deles. Quando enfim chego ao quarto de Nick e entro, a adrenalina que me carregou pela floresta sai do meu corpo, e desmorono na cama dele, revirando as palavras de Sel na minha cabeça.

Eu fiz isso, penso. *Só por estar aqui.*

Fui de ser caçada por Sel para me tornar o motivo pelo qual seu título, sua humanidade, sua alma estão em risco. E o pior, a fúria dele com a qual me acostumei se tornou algo mais sombrio. A desolação no olhar dele, o ódio contra si mesmo...

Pego o celular, mas há um motivo para ignorar cada um dos meus contatos. Mandei uma mensagem para Alice mais cedo dizendo que não voltaria para casa esta noite, e o que mais eu diria para ela? Por onde começaria e onde terminaria? Tenho mandado notícias para o meu pai de que "está tudo bem com Patricia", mas como falo para ele que ela desistiu? Ele vai descobrir em breve, assim que ela ligar, e não tenho energia para pensar tão adiante. Nick está indo buscar o pai dele de carro, e eu teria que esperá-lo chegar em casa para contar sobre as chamas vermelhas que não consigo controlar.

No fim, toda conversa iria requerer uma explicação antes, porque ninguém na minha vida conhece todos os fios que me trouxeram até aqui.

Fecho os olhos com força, mas as lágrimas vêm mesmo assim, pingando no edredom azul e branco até formar uma mancha feia.

Devo ter caído no sono na cama de Nick, porque uma batida forte me acorda. Esfrego a pele ensopada da minha bochecha onde o tecido enrugado do edredom pressionou até criar vincos disformes. Um momento depois, outra batida forte, desta vez mais acima.

Sel.

Sarah falou que quando Sel tivesse terminado, ele viria para casa, bateria as portas e se trancaria no quarto. Eu o imagino lá, cansado de destruir metade da floresta, talvez ainda se recuperando dos efeitos do aether. Olho para o relógio.

Ainda vai levar horas até que Nick volte. Já sei que vou contar a ele tudo que aconteceu. Vou até mesmo trair a confiança de Patricia e contar a ele sobre a Arte de Raiz. Mas sei que Sel tem razão; não vai mudar a forma como Nick se sente em relação ao seu Mago-Real, o garoto com quem ficou ligado durante a maior parte de sua vida.

A Muralha das Eras surge na minha memória. Os nomes deles gravados um do lado do outro por anos. *Nicholas Martin Davis*. *Selwyn Emrys Kane*.

Se Lorde Davis retirar o título de Sel, removeria também o nome dele da Muralha? Lixaria a prata até que ficasse lisa, como se Sel nunca tivesse existido? Arrancaria o mármore cerimonial dele, substituindo-o com outro?

Eu me sento na cama, um pensamento me atingindo feito um raio.

Os quartos da torre estão na extremidade dos dormitórios no último andar. O corredor mal iluminado termina em um T, com uma placa que aponta para a esquerda indicando a ala norte e para a direita indicando a ala sul. Um resquício de música, lenta e com baixo bem marcado, chega até mim da porta à direita.

Paro na frente de uma porta de madeira simples com uma placa de cobre com as iniciais *S.K.*

Meio segundo depois de eu bater, lembro que é inútil tentar escutar os passos dele. Meio segundo depois disso, mal consigo elaborar pensamentos, porque Sel abre a porta de uma vez só com uma expressão profundamente irritada e calça jeans.

É impossível não notar os músculos firmes que vão do abdômen até o peito. Tatuagens pretas e cinza circundam os braços dele, cobrem os ombros e se conectam num nó Celta no peito. Eu deveria olhar para o outro lado, mas, em vez disso, noto as gotículas de água que caem de seu cabelo preto cheio e as continhas transparentes ainda presas nos seus cílios.

Os olhos de Sel se arregalam antes de ele mudar a expressão para um olhar irritado.

— Eu mandei você ir embora.

Ergo o queixo.

— Preciso falar com você. Posso entrar?

Dou um passo para a frente, mas ele estica um braço musculoso na porta para bloquear o caminho.

— "Vá embora" é uma frase completa.

— Sabe aquilo que você falou mais cedo sobre a Ordem nunca ter tirado o título de um Mago-Real? Não é verdade.

Nunca vi Sel parecer tão chocado ou confuso, petrificado como uma estátua. Está tão chocado pelas minhas palavras que passo por baixo do braço dele antes que consiga me deter.

O quarto dele é redondo, seguindo o formato cilíndrico da própria torre, com janelas se curvando ao longo da parede exterior. Uma cama se estende até o centro do quarto, vinda de uma parede curva; de um lado está uma mesa com uma pilha alta de livros, alguns modernos, outros velhos e um laptop. Do outro há um tapete pequeno e o que parece ser um altar de velas. Um vapor fragrante, limpo, sai de uma porta aberta à esquerda, levando para uma suíte. Ele acabou de tomar banho.

A porta se fecha atrás de mim, e Sel se recosta nela, a raiva retornando ao seu olhar.

— Nicholas vai estar em casa dentro de algumas horas, e se ele souber que você está aqui, ou ele vai me socar, ou retirar o meu título, ou as duas coisas, então, se tem alguma coisa para compartilhar, faça agora e rápido.

Ele põe a mão no rosto. Para o meu choque, isso movimenta seus músculos abdominais de uma maneira que me distrai muito. Coisa que não *quero* notar.

Desvio o olhar, uma pontada de culpa apertando a minha garganta.

— Será que você pode, por favor, vestir uma camisa para que tenhamos uma conversa séria?

Ele olha para mim por entre os dedos.

— Não me diga que é uma puritana. — Ele ri de forma autodepreciativa. — Como posso *alguma vez* ter pensado que você fosse uma Cria Sombria? Agora estou realmente envergonhado. Mortificado, na verdade. Talvez eu *devesse* abandonar o meu posto.

— Estou tentando ajudar você. — Cerro os dentes.

— Muito mal, imagino.

Ele caminha até uma cômoda, e tenho um vislumbre de asas de carvão e obsidiana — outra tatuagem grande que não consigo ver por inteiro. O que quer que seja, se estende pelas costelas de Sel e ocupa suas costas, fazendo uma onda de calor ir do meu peito até os dedos do pé. Quando ele pega uma camiseta preta, respiro aliviada. *Roupas são boas*, penso. *No geral. Nas pessoas. Em Sel, principalmente*. Mas então ele veste a camiseta, e ela se ajusta feito uma segunda pele — *no máximo* uma melhora pequena.

Ele puxa uma toalha de um gancho na porta e esfrega o cabelo enquanto passa por mim para se sentar na escrivaninha dele.

—Tudo bem, estou curioso, admito. Me diga o que acha que sabe.

—Você vai ouvir?

Com a cabeça baixa sob a toalha, ele dá de ombros com um ombro só. A única resposta que recebo.

— Vai levar um tempinho para explicar.

Os olhos fulvos dele sinalizam a cama, a única outra superfície para se sentar no quarto. Sento de má vontade e respiro fundo.

— Você não foi o primeiro Merlin que conheci, e a sua mesmerização não foi a primeira à qual resisti.

Isso captura a atenção dele. Sel joga a toalha para longe, tira o cabelo do rosto e me encara.

— Fale.

E então eu conto a ele. Conto a ele sobre a noite no hospital e sobre a noite em que conheci Nick. Conto a ele sobre como e por que forcei Nick a me nomear Pajem dele. Conto a ele que preciso descobrir a verdade, não apenas sobre a morte da minha mãe, mas sobre as minhas habilidades e como elas podem estar conectadas a ela. Não falo o nome de Patricia ou das ancestrais dela, mas conto a ele sobre a memória de Ruth. E então conto a ele sobre a memória que me levou até seu quarto — a Muralha das Eras com o mármore representando o Mago-Real de Lorde Davis, e como a superfície prateada foi riscada.

Como se alguém tivesse escavado o mármore e substituído por outro.

— E se você estiver errado sobre espiões, mas estiver certo sobre os ataques estarem sendo organizados por alguém próximo à divisão? E se algum *Mago-Real* anterior tiver aberto o portal vinte e cinco anos atrás, e a Ordem puniu essa pessoa removendo-a do seu posto? Se essa pessoa se tornou instável longe dos seus juramentos, então o que iria impedi-la de buscar vingança contra a Ordem e contra quem a fez ser pega? Talvez esse Merlin tenha ido atrás da minha mãe porque ela testemunhou o feitiço naquela noite. E então veio até aqui para ferir a Ordem ao abrir Portais de novo e sequestrar o Herdeiro mais valioso. Depois que as tentativas de pegar Nick não funcionaram, vieram as raposas infernais atrás do Mago-Real atual para tirá-lo da jogada. Se esses ataques estão conectados, posso encontrar quem matou a minha mãe e você pode provar que a sua intuição estava certa!

Quando termino, ele se recosta na cadeira e me estuda por um longo tempo, em silêncio. Fica de pé e vai de uma ponta à outra do quarto. Para, olha para mim, então anda de novo.

— Diga alguma coisa.

— Alguma coisa.

Reviro os olhos.

— Você pode ir até a Muralha. Ver por si mesmo se não acredita em mim.

Ele balança a mão.

— Sei como são as suas mentiras. Essa não é uma delas. — Ele pausa, balança a cabeça. — É isso mesmo que você e Nick estão armando? Tentando descobrir a verdade sobre a sua mãe?

Solto um suspiro.

— Sim.

O olhar dele é inescrutável. Eu me preparo para um questionamento sobre o meu plano e de Nick ou um comentário ofensivo sobre o fato de Nick não estar clamando o seu título pelos motivos certos. Nada disso acontece.

— Digamos que você esteja certa e esse Mago-Real abriu um Portal. É impossível que os Regentes fossem permitir que esse Merlin saísse andando por aí. Eles prendem Merlins que sucumbem ao sangue. Assim que começamos a mudar, eles nos colocam em uma prisão protegida e sob vigilância. — Ele franze as sobrancelhas. — E, antes que você pergunte, já vi as prisões. É impossível fugir.

— Mas quem estaria mais interessado em vingança do que algum Merlin instável previamente encarcerado, mais demônio que humano? Se não for Mago-Real, poderia ser a Linhagem de Morgana?

Ele franze a testa.

— Muita coisa não se alinha. Sou o Sargento de Armas desta divisão, treinado para assumir essa posição desde *criança*. Se alguém abriu um Portal no campus *de propósito* vinte e cinco anos atrás e cães infernais nessa quantidade atacaram Primavidas, por que a história nunca foi compartilhada comigo? *Especialmente* se foi um Morgana? Por que Lorde Davis e os

Mestres Merlins teriam me dito que um Mago-Real nunca foi removido se isso, na verdade, já tivesse acontecido aqui? E acontecido com o Mago-Real do próprio Davis?

—Talvez seja um acobertamento.

Ele pensa nisso, procura por buracos na minha lógica, então suspira.

— Muitos furos, mas eu iria por esse caminho. Se aquele ataque foi iniciado por algum dos nossos, isso explicaria o motivo disso tudo ter sido ocultado e ninguém ter me falado nada. E me retirar *seria* a melhor forma de chegar a Nicholas. — Ele coça o queixo. — O que não entendo é o momento. Se seguirmos a sua teoria de Mago-Real, por que ir atrás da sua mãe quase três décadas depois? *Ela* não foi o motivo desse Merlin perder o título, e ela não estava conectada com a divisão de forma alguma. Além disso, para que se preocupar em aparecer e mesmerizar você? Se essa pessoa tivesse matado a sua mãe, nem precisaria encontrá-la.

Que decepção. Parece que temos todas as peças do quebra-cabeças, mas a imagem não faz sentido. O que significa que não temos todas as peças. Está faltando alguma coisa.

Sel olha para o relógio.

—Temos tempo — murmura ele — se formos depressa.

Ele corre até o armário, pegando suas botas tão rapidamente que parece um borrão. Antes que eu possa dizer qualquer coisa, ele caminha até a janela, destrancando-a e a empurra para abri-la ao ar noturno. Ele põe as duas mãos no parapeito e olha para mim por cima do ombro.

—Vem aqui.

Fico de pé e caminho até ele.

— Por quê?

— Porque sim.

Ele me agarra na altura da cintura em um piscar de olhos e me joga por cima do ombro até que eu esteja pendurada em suas costas, olhando para baixo. Eu me mexo, mas, antes que consiga protestar, ele enrola um antebraço com força ao redor das minhas coxas, pressionando-as contra seu peito. Todo lugar em que nossas peles se encostam deixa uma trilha de eletricidade.

— Por favor, me diz que você não vai pular dessa janela agora!
— Não vou pular dessa janela agora — diz ele.
E então, no mesmo momento, Sel sobe na janela... e pula.

38

ELE POUSA COMO UM Merlin — pés leves, amortizando o impacto com os joelhos —, mas o seu ombro me levanta pelo quadril, quase me deixando de cabeça para baixo. Minha clavícula direita queima com uma dor profunda.

— Me coloca no chão!
—Você quer respostas ou não? — pergunta ele.
— Claro que quero!
— Então a gente precisa correr.
—Você não vai me carregar desse jeito! — disparo, apontando para a minha tipoia. — Jogada nas suas costas que nem um saco de batatas...

Ele se curva e me coloca de pé, não me ajudando *nem um pouco* quando tropeço para trás e quase caio, desorientada. Em vez disso, ele bufa, frustrado.

— Como você *gostaria* que eu carregasse você? O que iria agradá-la, Pajem Matthews?

Ando ao redor dele, avaliando as minhas opções e ignorando o longo olhar de seu sofrimento.

— Cavalinho.
— O quê?
—Você me ouviu.

— Que nem naquele filme...
— Cala a boca.
— Grossa.
—Arrogante.

Ele se move rápido, virando-se e puxando meu braço ileso ao mesmo tempo até eu ficar pendurada em suas costas, como pedi. Eu me seguro por instinto, e ele faz um barulho de engasgo, puxando meu antebraço de onde o esmaguei no pomo de adão.

— Eu preciso respirar — murmura ele, antes que sua voz se torne sardônica. — Não sou um vampiro de verdade.

Afrouxo meu aperto um pouco e afasto as mãos dele da minha pele, onde a sensação elétrica está passando por meus braços. Ele se ajeita até que esteja com as mãos debaixo das minhas coxas, me carregando como se eu tivesse o mesmo peso de um pedaço de papel.

— Segure firme — uma pausa — e fique de boca fechada.
— Por que preciso ficar de boca fechada?

Ele ri, me segurando um pouco mais alto.

— Insetos.

É o único aviso que recebo antes de ele começar a correr.

Da última vez em que Sel me levou correndo através do campus, eu estava meio fora de mim com medo das raposas infernais e do fogo mágico. Tudo de que me lembro é um borrão. Dessa vez, parece completamente diferente. Dessa vez, é *estimulante*.

Ele é rápido, sim. Não rápido como aquele uchel, mas muito mais rápido do que qualquer ser humano.

Eu me pergunto se ele está se esforçando para deixar a jornada mais tranquila, porque o meu ombro mal se mexe.

A estrada de cascalho, as árvores e as luzes passam por nós em um borrão de cores, e, em seguida, ele vira em uma estrada asfaltada que serpenteia por um dos bairros históricos onde os professores moram. Tenho apenas um vislumbre de uma mansão de tijolos de dois andares no final de um beco sem saída, e um segundo depois estamos no quintal dela. Sel solta as minhas pernas e deslizo para baixo, balançando só um pouco dessa vez.

— De quem é essa casa? — pergunto, enquanto ele vai até a porta de trás e se abaixa.

— Foi aqui — ele ergue um tapete de borracha surrado, tateia por um momento e encontra uma chave extra — que eu e Nicholas crescemos.

Olho para a casa com um novo interesse. E com um novo e crescente horror.

— Não posso entrar.

Ele zomba.

— Por quê?

— Porque é invasão.

Ele revira os olhos.

— Eu fui criado aqui. Os Davis me acolheram quando eu tinha dez anos.

— Mas... — falo, tentando colocar a minha hesitação em palavras. — Por que não esperamos até Nick e o pai dele voltarem do aeroporto, e então perguntamos a Lorde Davis pessoalmente?

— Porque não confio que Lorde Davis nos dirá a verdade — diz ele, sem rodeios.

Nada no tom dele guarda rancor ou desprezo. É a mera declaração de um fato.

— Por que não? Ele criou você, não foi?

— As duas coisas não se anulam. E o motivo pelo qual não confio nele é porque aquele homem é Juramentado ao máximo, assim como eu. Ele jurou executar a vontade dos Regentes através de um Juramento de Serviço, assim como jurei aos Lendários. Poderíamos perguntar o que ele sabe, mas se as suas teorias forem verdadeiras, os Juramentos dele o forçariam a mentir para guardar segredos.

— Mas *por que* estamos na casa deles?

— Esta é a casa de *Lorde Davis*. Nicholas não mora mais aqui. Estamos aqui porque o pai dele é o Vice-Rei da Divisão do Sul, porque eu tenho uma excelente audição e porque o papel velho tem um cheiro diferente do novo. E por acaso eu sei que Lorde Davis guarda os registros e arquivos históricos da divisão em seu escritório pessoal.

— Por que Nick não me trouxe aqui antes?

— Nicholas rejeitou a história da Ordem, então ele não sabia onde procurar. A verdade sobre a história da sua mãe com a divisão pode estar aqui. Por que está dando para trás, Matthews?

Porque Nick e eu deveríamos fazer isso juntos, penso. Sel me observa, esperando uma resposta.

— Não parece certo.

Ele suspira e olha para o céu.

— Temos uma hora no máximo antes que eles voltem. Vai ser mais rápido se você me ajudar a procurar, mas se a *moral* estiver atrapalhando, pode contar para Nicholas que eu a trouxe até aqui contra a sua vontade e fique no quintal. — Ele gesticula para o espaço atrás de mim. — Tem um balanço velho ali. Cuidado com as farpas.

Ele se vira na direção da porta com a chave.

Odeio a forma casual como ele me dispensa, mas quero respostas. E se Lorde Davis não for confiável...? Quando eu teria outra oportunidade assim? Nick vai entender se eu contar para ele logo de cara, não vai? Eu me balanço de um pé para o outro, indecisa, enquanto Sel desaparece porta adentro.

Noto que ele deixou a porta aberta. Praguejando baixinho, eu o sigo.

Tropeço duas vezes subindo as escadas do porão e bato nas costas de Sel quando chegamos ao andar principal. À medida que o sigo até a sala, ele murmura baixinho:

— Não acredito que achei que você fosse uma criatura da noite.

Faço uma careta, que ele não vê.

Ele se move pela casa com facilidade, contando tanto com a familiaridade de uma longa residência no lugar quanto com sua visão noturna de Merlin. Olho para a forma escura das costas de Sel enquanto ele caminha na direção das escadas em um ritmo humano — por minha causa, tenho certeza.

— Por que não podemos acender as luzes?

— Porque os vizinhos são fofoqueiros.

A luz é filtrada por uma janela no segundo andar, então consigo enxergar um pouco agora, o suficiente para ver as fotos emolduradas dos dois garotos que estão penduradas na escadaria ao nosso lado. Nick usando um uniforme de futebol americano infantil, o sorriso escancarado. Sel em um recital de violino, parecendo magricela e sisudo mesmo quando criança. Fico dividida entre uma profunda curiosidade e o sentimento de que estou violando a privacidade de Nick.

Assim que chego ao topo da escada, os faróis brilhantes de LED de um carro de luxo brilham através da grande janela. Sel segura minha mão, me puxando para baixo conforme o carro se aproxima. Os dedos dele são como cinco pontos quentes afundando até os meus ossos, e grito, recuando. Ele olha para mim, confuso. Meu coração bate tão alto no peito que os ouvidos sensíveis dele devem escutar. O carro passa. Uma porta de garagem sobe — mas é a porta da casa vizinha. Soltamos a respiração em uníssono.

Começo a me levantar, mas ele me puxa para baixo com a palma da mão no meu ombro machucado.

— Espere até que a pessoa tenha entrado.

Assim que a porta da garagem desce, ele olha para o ponto em meu punho que comecei a esfregar com a outra mão.

— Não encostei no seu braço machucado nem agarrei você com tanta força. Por que você gritou?

— Não sei — respondo, com sinceridade. — Senti uma corrente elétrica. Que nem estática, só que pior.

Muitas perguntas passam pelo rosto de Sel antes que ele escolha uma.

— Você nunca respondeu à pergunta que fiz naquela noite na Pedreira. Você sente alguma coisa quando olho para você?

Fico de pé para aumentar a distância entre nós, hesitando de repente em compartilhar essa parte das minhas habilidades. Não mencionei como o olhar dele me afeta ou nenhuma das outras partes mais sensoriais do que posso fazer.

— Sim.

Ele fica de pé. Olha para mim como se estivesse tentando ver dentro da minha mente e avaliar o seu conteúdo.

— Explique.

—Vai parecer estranho.

— Estranho é relativo.

O eufemismo do ano.

— Quando você olha para mim, sinto... pinicar. Quando está com raiva, seus olhos parecem faíscas.

As sobrancelhas dele se erguem. Um tipo estranho de tensão percorre os ombros dele — parece raiva, mas não é isso. Sel parece querer perguntar mais sobre o assunto, mas, em vez disso, ele vira no corredor.

—Temos que nos apressar.

Eu o sigo até que um cheiro familiar chega em meu nariz no meio do corredor. Paro. À minha direita há uma porta aberta e, de repente, eu entendo *por que* fui atraída até ali. É o quarto de Nick. O esquema de cores é parecido com seu quarto no Alojamento — azuis e brancos na cama de solteiro no canto e nas cortinas quadriculadas. Há uma mesinha e duas grandes estantes de livros.

— Não temos tempo para você ficar bisbilhotando o quarto de infância do seu namorado.

Sel parece bastante irritado.

Faço uma careta para ele na escuridão, sabendo muito bem que Sel pode ver, mas o alcanço no fim do corredor. Eu me junto a ele na frente de uma grande porta de madeira.

— Eu provavelmente deveria ter pensado em fazer isso antes — diz Sel com uma ponta de desgosto.

Ele tira os dois anéis de prata da mão esquerda e os coloca nos dedos vazios da mão direita, de modo que todos os dedos, menos o polegar, tenham anéis.

—Você deveria ter pensado nas suas joias?

Ele me olha pelo canto do olho.

— Não, em invadir os registros de Lorde Davis. E, para a sua informação, a prata conduz melhor o aether.

Ele conjura uma pequena esfera brilhante de aether na palma da mão, deixando-a rodar, e se concentra até ela se transformar em um pequeno planeta girando com nuvens brancas rodopiando na superfície.

As sobrancelhas dele se unem. A bola rodopiante muda de forma, se esticando em uma lâmina translúcida bem fina. À medida que observo, ela se endurece em camadas, ficando mais densa a cada segundo, até formar uma ponta afiada, com a base ainda girando na mão de Sel. Ele enrola os dedos ao redor do cabo e puxa a lâmina para debaixo da junta da porta até que a trava se solte. A porta destranca fazendo um clique baixinho.

Sel diz que temos cerca de uma hora antes que Nick e o pai voltem. Eu o indago outra vez se a gente pode apenas esperar, pedir a Nick que nos ajude, e ele me olha com severidade antes de apontar para o outro lado do escritório de Lorde Davis, onde estão pelo menos quatro armários de arquivos encostados em uma parede.

— O que estamos procurando exatamente?

— Registros, detalhes de filiação, relatos de testemunhas, qualquer coisa que alguém possa ter documentado sobre os ataques.

Dividimos para conquistar, com Sel em um lado do cômodo, e eu em outro. Demoro mais com um braço machucado, mas uso os dedos da mão direita para segurar as páginas soltas. Depois de dez minutos, Sel fala:

— Você faz bem para ele, sabia?

Nós dois sabemos exatamente de quem ele está falando.

Sel abre outra gaveta.

— Ele sempre foi presunçoso, mas agora tem foco. Antes de você aparecer, ele desafiou o pai para provar a si mesmo que não liga para o que o homem pensa. Agora está realmente considerando aceitar o legado que costumava ignorar.

É minha vez de zombar.

— Nick *não liga* para o que o pai dele pensa. Ele fez isso para evitar Arthur.

O Mago-Real ri.

— Tenho certeza de que ele acredita nisso, mas eu o conheço desde que a gente usava fraldas. Ele tem raiva do pai e odeia o modo como foi criado. Depois que a esposa dele foi embora, Davis mimou o filho de todas as formas possíveis. Cedeu aos chiliques e às fantasias. Permitiu que o nosso futuro rei virasse as costas para nós.

— Mas...

— Escute o que estou dizendo, Bree. — Sel suspira. — Não importa o que uma criança abandonada diz. No fim das contas, só há uma verdade: um pai foi embora e o outro ficou.

— A mãe dele não o deixou. Ela foi levada.

— A mãe dele fez uma escolha. Ela sabia dos riscos. — Uma pausa. — E ela fez uma escolha mesmo assim.

Eu paro. Minha mãe se foi, mas ela nunca teria escolhido me abandonar ou correr o risco de que fôssemos separadas. Esta é a minha verdade, e é algo que eu não tinha considerado.

Guardo de volta a pasta que está na minha mão e vou para a próxima.

— Bem, se vocês dois são tão parecidos, por que ele o odeia tanto? Sei como ele se sente em relação a Merlins no geral, mas você era uma criança quando a mãe dele foi mesmerizada. Você não teve nada a ver com isso.

Sel pega uma pasta grossa e se senta no chão com ela, falando sem erguer os olhos.

— Quando eu era mais jovem, minha mãe foi morta por um uchel durante uma missão. Depois disso, meu pai humano cedeu à bebida e nunca mais parou.

Fico chocada com a naturalidade com que ele conta aquela história e quão familiar ela me parece. De vez em quando, você diz algo muito horrível de uma só vez, porque falar devagar é doloroso demais.

Se um uchel matou a mãe de Sel, então não é de surpreender que ele tenha ameaçado me matar. Francamente, estou surpresa com o autocontrole dele.

— Os Regentes me mandaram para uma escola de Merlins nas montanhas, mas, quando fui Juramentado a Nicholas, o pai dele me acolheu. Meus próprios pais eram ausentes, e Davis era generoso e gentil. Pouco depois da minha chegada, Nicholas começou a ver a atenção e os elogios do pai como um jogo de tudo ou nada. E, já que eu era obediente, recebia essas coisas. — Ele dá de ombros. — Com o passar do tempo, o ciúme se tornou raiva, e a raiva se tornou ressentimento.

Pondero por um momento.

— Para vocês dois?

Sel exala e olha para mim, pensando.

—Talvez.

Nós nos sentamos em silêncio por um momento antes de Sel continuar, a voz embargada de memória.

— Eu achava Nicholas maravilhoso. Ele era tudo que eu não era: brilhante, sociável, popular. Heroico. Ele fazia tudo parecer tão fácil. Ainda faz. Queria ficar perto daquilo. — Ele suspira de leve. — Foi provavelmente por isso que me apaixonei por ele.

Ah.

— Eu não sabia que... você... ele...

— Eu tinha treze anos. Já superei há muito tempo. — Sel solta uma risada sardônica, a cabeça ainda mergulhada em um armário de arquivos. — E todo mundo se apaixona por Nicholas, Bree... É parte do charme insuportável dele.

Quero saber mais, apesar dos sentimentos complicados que essa conversa está me causando, e Sel responde antes que eu possa falar.

— Existe tanta história entre mim e Nicholas. Nunca haveria espaço para que qualquer outra coisa surgisse. — Sel faz uma careta para os papéis nas mãos. — Quando penso naquela paixonite agora, me lembro do quanto da minha vida sacrifiquei para proteger um moleque mimado que nem queria a própria coroa... e fico *completamente* grato por ter seguido em frente, para gente mais madura.

— Como Tor? — pergunto, sem pensar.

Sel se vira para mim, erguendo uma sobrancelha.

— Entre outras pessoas.

Uma mistura confusa de ciúmes, curiosidade e *desejo* gira no meu estômago.

Sel volta para o trabalho.

— Mais alguma pergunta pessoal ou podemos voltar a procurar por um mago assassino e desonesto?

Abro a boca para disparar uma nova pergunta, mas então ele fica completamente paralisado.

— O que foi?

— É isso — sussurra ele, puxando do armário uma pasta verde e grossa cheia de papéis. — Tem o selo de confidencial dos Regentes. "Documentação e declarações sobre uma série de ataques demoníacos no campus". Datado vinte e cinco anos atrás. Vamos lá.

A viagem de volta ao Alojamento é rápida, mas dessa vez estou nas costas de Sel quando ele salta para as treliças do segundo andar, então se apoia em uma borda para nos impulsionar o restante do caminho até a sua janela aberta.

Assim que entramos, ele se abaixa no chão e abre a pasta, empilhando folhas de papel em uma fileira. A forma casual como ele se senta e os movimentos deliberados de suas mãos me pegam de surpresa, mas então eu lembro que, mesmo que Sel seja um Mago-Real, ele ainda é um calouro universitário de dezoito anos. Ele precisa estudar, fazer lições de casa e escrever artigos como todos nós.

Alguém bate uma porta no fim do corredor, e escuto vozes. Já está quase amanhecendo.

Eu me ajoelho na frente dele.

É isso, penso. *Este é o momento em que descubro o que aconteceu com a minha mãe e o porquê. E quem é o responsável.*

Com a mão trêmula, me preparo para estudar a pilha de papéis, mas Sel já encontrou o que precisamos: um depoimento levemente amarelado, três páginas manuscritas de maneira formal.

Ele ergue os olhos para mim com uma pergunta no olhar. Assinto, e Sel lê em voz alta:

9 de abril, 1995
Confidencial e secreto

Att: Honrados Suseranos e Magos Senescais do Alto Conselho dos Regentes da Ordem da Távola Redonda

Darei início a este depoimento sem nenhum tipo de equívoco. A Divisão do Sul da Ordem da Távola Redonda falhou em sua missão. Como ordenado, este relato pessoal detalha de forma linear e pela minha perspectiva os eventos que ocorreram desde a semana passada até o dia de hoje. Escrevo isso sabendo que os fatos aqui contidos serão arquivados nos registros da Ordem.

No dia 31 de março, sexta-feira, nossa Merlin alertou aos Herdeiros de Gawain e Bors da aparição de um sarff uffern parcialmente materializado. Os dois Herdeiros eliminaram a serpente com sucesso, conforme registrado em nossos arquivos, e acreditamos que teríamos um fôlego até outra aparição.

Quatro dias depois, sem que soubéssemos, um grande Portal se abriu perto da boca de ogof y ddraig. Uma dúzia de cŵn uffern parcialmente materializados surgiu. Dentro de minutos, nossa Merlin nos alertou sobre a presença inimiga, e despachamos todos os seis Herdeiros, cada um com um Escudeiro bem treinado, além de nossa Merlin. Tínhamos certeza de que seríamos capazes de destruir as criaturas; nosso orgulho foi o nosso erro.

Antes de chegarmos, seis Unanedig já tinham sido eviscerados. Os Cysgodanedig — as Crias Sombrias — estavam coordenados, e se dividiram em três grupos quando notaram a nossa presença, tendo tempo de se tornarem completamente corpóreos. Durante a perseguição dos três grupos, mais oito Unanedig foram mortos. De qualquer forma, conseguimos derrotar as bestas e transformar seus corpos em pó, mas não de forma discreta. Trabalhamos com a rede de Vassalos dentro e fora do campus para encobrir a verdadeira natureza das mortes e mascarar as perdas como um acidente devido a um vazamento de gás. Todas as famílias foram indenizadas pelos cofres da Ordem por intermédio do departamento legal da Universidade.

 Restaram quinze testemunhas Unanedig sobreviventes. Nossa Merlin mesmerizou todas elas com falsas memórias, e as mantivemos aqui no Alojamento, mas, como sabem, memórias mesmerizadas precisam ter peso igual ao das memórias originais. O choque e a natureza gráfica dos ataques impediram que a mesmerização se fixasse. Tarde demais, nos demos conta de que precisávamos da ajuda dos Regentes.

 Com a ajuda dos Merlins dos Regentes, as testemunhas foram mesmerizadas com sucesso e libertadas. Cada testemunha tem um arquivo, aqui anexo, com mais detalhes em relação às providências tomadas.

 Ainda que este relato seja trágico por si só, temo precisar adicionar outros detalhes desagradáveis para completar o registro. Os membros da Regência e os Merlins, em sua sabedoria e seu devido direito, imediatamente deram início a uma investigação do acidente, sua origem e a resposta da divisão. Nossas ações e falhas como descritas aqui foram gravadas pelo comitê. Contudo, durante a investigação, novas informações vieram à tona e devastaram nossa divisão.

 Foi descoberto que nossa Merlin e Maga-Real, Na...

Sel para de ler de repente, o rosto aflito.

— O que foi?

Os olhos dele passam pela carta de novo, lendo sem parar enquanto o sangue foge de seu rosto.

— Sel? Selwyn?

Eu estico o braço para pegar o papel, e ele não resiste quando eu o tomo de seus dedos. A mistura de horror e choque retorcendo seu rosto, transformando suas feições belas, precisas, causando um aperto em meu coração.

— Leia. — A voz em geral sonora dele arranha o silêncio da sala.

— Talvez...

— Leia, Bree — repete ele, uma ordem feroz emaranhada em suas palavras.

Eu obedeço. Leio a história de sua mãe.

Foi descoberto que nossa Merlin e Maga-Real, Natasia Kane, abriu o Portal usando um ritual arcano e sangue de Cysgodanedig que ela adquiriu especificamente por causa de sua força e habilidade para abrir Portais daquela extensão. A Maga-Real Kane não justificou seu comportamento abominável e negou as descobertas da investigação a todo momento. Olhando para trás, talvez devêssemos ter suspeitado do possível envolvimento de Natasia assim que o primeiro Portal foi encontrado; é de conhecimento geral que, quanto mais poder possui um Merlin, mais ele sucumbe à sua natureza sobrenatural e demoníaca. Natasia é o resultado de uma cuidadosa seleção de linhagem Merlin e é a feiticeira mais poderosa em uma geração. Mas fomos seduzidos pelos seus dons e não esperávamos que a corrupção dela fosse se manifestar tão cedo. Nas semanas antes do ataque, Natasia foi consumida por uma obsessão com os Cysgodanedig. Ela estava tão certa de que um goruchel tinha atravessado que se tornou paranoica, irracional, até mesmo suspeitando de membros de nossa própria divisão.

Em geral, a pena por traição dessa magnitude e exposição intencional ocasionando em morte(s) é eliminação forçada. Mas, na verdade, nem mesmo os Regentes sabem se a eliminação é possível, dada a afinidade estranhamente potente de Natasia com o aether. Assim, Natasia foi confinada em uma das prisões mais seguras dos Regentes.

O Regente Ross me informou que a perda da linhagem dela seria um golpe em nossos esforços contra os Cysgodanedig, por isso, caso a estabilidade dela retorne sob um trabalho de reabilitação, os Regentes vão considerar um período de liberdade condicional para que ela possa gerar um herdeiro. Qualquer criança que venha a ser produzida precisará ser Juramentada cedo e criada sob forte supervisão.

Em minha opinião, gostaria de deixar registrado que conheço Natasia pela maior parte da minha vida. Não tenho certeza do que significa o fato de eu, a incumbência dela, não ter sentido suas intenções. Talvez ela as tenha escondido de mim para me proteger da melhor forma possível. Ofereço essa possibilidade e perspectiva na esperança de que isso ajude no tratamento justo que ela receberá enquanto estiver sob custódia da Ordem.

Os Regentes pediram para que eu escrevesse este relatório para que servisse como um lembrete para outros da Linhagem. Foi pedido para que eu deixasse registrado que, ainda que as habilidades dos Merlins com o aether contenham as chaves de nossa missão, a maldição do sangue cambion requer vigilância constante.

O Merlin Isaac Sorenson concordou em assumir nossa vaga aberta de Mago-Real. Os Regentes aconselharam que todos os registros de Natasia Kane devem ser expurgados. Também concordaram, a pedido nosso, que as outras divisões devem permanecer desconhecedoras da culpada por trás de tais incidentes; caso contrário, o relatório poderia gerar contenda e desconfiança dentro de nossa Ordem.

Seu sincero servo das Linhagens,
Martin Davis, Herdeiro de Arthur

Addendum I: Cinco anos depois do incidente
Natasia Kane tem exibido vários anos de estabilidade. Ela será libertada sob liberdade condicional e monitoramento.

Addendum II: Doze anos depois do incidente
Natasia Kane tem exibido sinais de uma recaída dos sintomas do sangue. O Alto Conselho dos Regentes agiu para removê-la das atividades e devolvê-la ao confinamento. Seu jovem filho será colocado em uma academia Merlin residencial em Asheville, Carolina do Norte, e monitorado pelos Mestres na faculdade. Existe a esperança de que, sob forte supervisão, ele poderá ser criado como o próximo Mago-Real da Linhagem de Arthur e unido a meu filho, Nicholas.

Ergo os olhos e vejo Sel abrindo e fechando os punhos, repousados sobre os joelhos. A respiração dele é ruidosa e sufocante, como um homem se afogando em terra firme.

De todas as verdades possíveis e horríveis, esta é a que eu nunca poderia ter imaginado.

39

NUNCA PENSEI QUE A perda da mãe de alguém pudesse estar tão ligada com a perda da minha. Ou que aquela perda estivesse de mãos dadas com a morte, a destruição e um destino terrível. A mãe de Nick, a mãe de Sel, a minha. Quantas mães a Ordem tinha roubado?

Quero dizer alguma coisa, oferecer *qualquer coisa* a Sel, mas a tensão no corpo dele e a tempestade se acumulando em seus olhos desfocados gritam para que eu corra. Para que eu corra para longe antes que a bomba exploda, antes que o prédio exploda.

De repente, Sel está de pé. Ele caminha até o fim do quarto, o dorso da mão pressionado com força contra a boca como se ele não confiasse no que pudesse escapar de si mesmo. Preciso usar todas as minhas forças para continuar sentada quando ele chuta a porta do armário e a madeira racha.

Eu me dou conta de que estou assistindo a um luto igual ao meu esmagando Sel, de uma só vez. A dor aguda, repentina e devoradora da perda está rasgando o garoto na minha frente. Eu me lembro daquele sentimento. Eu me lembro de como dói. As páginas caem da minha mão.

Não me lembro de ficar de pé. Não me lembro de caminhar até ele. Só sei que meus braços estão ao redor dele. Seu corpo se enrijece assim que encosto nele, e o cheiro de fumaça e uísque gira ao nosso redor, pesado e quente, mas não solto.

— Eu sinto muito — sussurro.

Ele não responde, mas seus músculos relaxam um pouco. Eu me pergunto quanto tempo faz desde que alguém encostou nele. Ficamos assim até que a respiração dele começa a desacelerar.

Quando ele enfim fala, a voz sai em um tom baixo.

—Você me chamou de monstro uma vez.

Meus braços caem e eu me afasto, minha voz marcada pelo desespero.

— Eu estava com raiva. Eu... não quis dizer aquilo.

Ele se vira, e seus olhos avermelhados passeiam pelo meu rosto. Depois de um tempo, uma sombra atravessa o rosto dele, e sua boca se contrai em um sorriso pequeno, pesaroso, como se quisesse me admoestar e me chamar de mentirosa. Procuro por lágrimas, mas ele não está chorando. Seus olhos assumem uma expressão distante, assombrada.

—Talvez você estivesse certa. Parece que nasci de um monstro.

Nunca ouvi Sel falando desse jeito. Tão aturdido, como se nem estivesse aqui no quarto comigo. Quero confortá-lo, mas não parece que estou em posição de oferecer conforto, dada a história familiar dele. Porém, ainda assim, sou o motivo pelo qual ele descobriu aquela história para início de conversa. Sou o motivo pelo qual ele está ali, vazio e despedaçado.

A culpa é o suficiente para me sufocar.

— Para que ela possa gerar um herdeiro... — diz ele, os olhos compenetrados.

O linguajar frio me deixa abalada. A esperança e a expectativa de que a mãe dele gerasse uma criança — uma arma — para a Ordem me enche de um terror nauseante.

Ele estremece e pisca, como se tivesse acabado de lembrar que estou na frente dele. Ele inspira fundo e olha por cima do meu ombro, para a pilha de papéis atrás de mim. Quando exala, o Sel frio, calculista e distante está de volta, e a análise dele é seca.

— Parece que mentiram para mim, provavelmente para a minha própria proteção. O que significa que não havia nenhum uchel, nenhuma missão. Soltaram-na por um tempo e depois a levaram embora quando teve uma recaída. Imagino que eu era novo demais para notar que ela estava se perdendo, ou encantado demais pelas habilidades dela...

Não aguento observá-lo dando uma de Sherlock Holmes em meio à própria devastação. Abro a boca, mas ele me interrompe.

— De qualquer forma, ela está viva. — A voz dele falha na revelação. Então Sel respira fundo mais uma vez. — Mas presa, há anos, então não é a nossa culpada. E, ao que parece, eu herdei a tendência dela para a paranoia, então talvez não haja espião algum e nunca tenha havido. No que concerne à sua busca, sua mãe pode ter sido uma das testemunhas.

Eu já tinha pensado nisso, é claro, mas...

— Sel... — falo.

Ele passa por mim.

— Temos que descobrir o que aconteceu com a sua mãe — diz ele, monocórdio.

Ele se agacha e empurra o relatório para o lado, folheando os outros papéis do arquivo.

Eu me ajoelho ao lado dele e coloco a mão em seu antebraço, ignorando o pequeno chiado entre a nossa pele. Ele paralisa sem me olhar, os músculos firmes sob os meus dedos.

— Sel.

A voz dele sai em um tom grave que tem o objetivo de assustar e intimidar.

— Não. — Mas escuto o desespero contido em sua voz. Uma pausa. Então, baixinho: — Por favor.

Reconheço aquele som. É o som de alguém se segurando na beira do abismo com as unhas. O som de quase não conter uma dor tão imensa que vislumbrá-la, erguer a própria carne e examinar o que há por baixo, é se arriscar a cair numa escuridão de onde não se escapa nunca.

Eu me dou conta, então, de que vim até aqui pela minha mãe e pela verdade, mas a dor de existir sem ela, a chaga profunda dentro do meu próprio peito, não melhorou nem um pouco. Só mudou de formato.

Sem palavras, tiro a mão do braço dele. Seus ombros caem, como se tivesse acabado de soltar um grande peso, e ele pega os papéis outra vez.

— Aqui. — Ele bate o indicador em um amontoado de folhas unidas por um clipe. — Essas são as testemunhas que foram mesmerizadas. Apenas alunos. Parece estar em ordem alfabética.

As primeiras poucas testemunhas na minha pilha são todas brancas. Estudante de psicologia. Jogador de futebol americano. Estudante de teatro. Então viro a página, e tudo para quando vejo o rosto dela.

Sel nota as minhas mãos tremendo.

— Encontrou?

As palavras não vêm porque não há palavras.

A foto de estudante dela deve ter sido tirada assim que chegou à universidade como caloura, porque suas feições estão relaxadas e vivazes com a promessa de aventura. As marcas de expressão nas bochechas e nos cantos dos seus olhos, aquelas das risadas e do tempo, ainda não se formaram. Seus olhos castanhos perspicazes encaram a câmera como se a estivesse desafiando em uma aposta que ela sabia que venceria. O cabelo alisado e enrolado nas pontas. Nada parecido com os cachos curtos que ela adotaria quando eu tinha dez anos.

— Eu já tinha quase me esquecido da aparência dela — sussurro.

A voz de Sel é gentil.

— O que o arquivo diz?

Trêmula, respiro fundo e avanço para o sumário de uma página.

— "Testemunha onze. Faye Ayeola Carter, dezenove anos. Segundo ano. Graduação em Biologia e optativas em Química."

Sel solta um assovio baixo.

— Graduação com ênfase em Biologia e optativas em Química? Parece doloroso.

Escuto uma ponta de orgulho na minha própria voz.

— Isso que é uma cientista.

— O que mais diz aí?

Continuo lendo.

— "O Herdeiro de Owain e o Escudeiro Harris encontraram a srta. Carter e dois outros Primavidas (veja os arquivos de nome Mitchell e Howard) perto de *ogof y... ddraig*?" O que é isso?

— *Ogov uh frêh-egg.* — Ele corrige a minha pronúncia. — O "dd" do galês é parecido com um "f" com a língua na ponta dos dentes. Significa "caverna do dragão". A caverna fica no centro da rede de túneis. Continue lendo.

— ... perto de *ogof y ddraig*, acuada por um cão. Assim que a criatura foi morta, os três Primavidas foram levados sob custódia...

Sel suspira, frustrado.

— Também tenho certeza de que vieram por vontade própria, depois de avistar um cão demoníaco completamente corp. Provavelmente foi preciso apagá-los primeiro. — Olho feio para Sel, e ele dá de ombros. — É o protocolo.

Solto uma respiração estável.

— ... levados sob custódia e trazidos de volta ao Alojamento. Assim que as memórias foram alteradas, a srta. Carter e os outros foram monitorados sob custódia da divisão por um dia para assegurar que a mesmerização havia funcionado, e foram libertados. Assim como com as outras testemunhas, a srta. Carter será monitorada durante seu período no campus por membros da Ordem, e a ela será designado algum Merlin de campo quando se formar.

— E o resto?

Sel aponta para a tabela sob o sumário escrito.

Eu me dou conta quase na mesma hora do que é a tabela.

— Check-ins. Estão todos datados feito um relatório, com colunas para datas, hora, lugar e uma pequena seção para anotações. — Aponto para uma das primeiras fileiras. — "Primeiro de maio, 1995. 10h31. Biblioteca da graduação, CAP-UCN. Trabalhando com a srta. Carter em um projeto em grupo de fim de semestre para a nossa aula de LING INTERM. Passamos várias horas com ela durante a semana. Mesmo com algumas leves indagações acerca dos eventos no campus, ela não menciona ou se lembra do ataque do mês passado."

Sel emite um som baixo.

— Ela não foi apenas vigiada, mas testada. Quantas entradas tem aí?

Viro a página. E viro de novo. E de novo.

— Há dezenas de páginas aqui. Pelo menos uma entrada por semana no primeiro ano, então uma vez por mês depois da formatura... Ela foi vigiada durante *anos*.

— Proteção de testemunha — murmura ele. — Mais ou menos isso. — Ele pigarreia e pega o calhamaço das minhas mãos, folheando com o polegar até o fim. —Vamos ver o que a última entrada diz.

Engulo o nó na garganta.

—Tudo bem.

Sel faz uma pausa, o dedo repousando na última folha de papel, e abaixa a cabeça para me olhar nos olhos.

— Esta é a última página — diz ele, mas escuto o verdadeiro significado por trás daquelas palavras.

Eu sei que, na verdade, ele está me perguntando: *Você está pronta?*

Meu coração martela no peito, e o sangue flui em meus ouvidos como um oceano. Estou pronta? Comecei esta missão inteira preocupada em descobrir a verdade e convencida de que nada poderia ser pior do que não saber. Mas agora?

Os olhos de Sel são pacientes mas ariscos, e é compreensível: ele acabou de descobrir a própria verdade horrível.

— Leia.

—Treze de maio de 2020. 21h18. Hospital do Condado de Bentonville, Bentonville, Carolina do Norte. A sra. Carter foi morta em um acidente de carro perto de sua casa às 8h47 da noite passada, 12 de maio. Fui alertado da morte dela por um Vassalo que trabalha no departamento de polícia local. Para confirmar a morte da sra. Carter, assumi a identidade de um policial. Ela deixa o marido, Edwin Matthews, e a filha adolescente. Como registrado nas entradas aqui detalhadas, a sra. Carter nunca demonstrou evidência alguma de que sua memória retornou ou conhecimento dos incidentes. De tal forma, ela não nos deu, no presente ou passado, motivos para iniciar protocolos de contenção. Esta é a última entrada no arquivo da Testemunha Onze.

Sel me passa o papel, mas o afasto com um aceno. Não consigo tocar nele.

Não consigo respirar.

— Esse é o Merlin que você viu?

Passo os olhos pela pequena foto presa por um clipe no fim do arquivo. Em um segundo, estou de volta ao hospital com novos detalhes preenchendo as lacunas. Boca fina, sobrancelhas grossas, olhos azuis. O distintivo brilhando sob a luz.

Tudo dentro de mim se revira e recua, torce e aperta, até parecer que meu corpo inteiro é um nó de chumbo, pesado e venenoso. Um gemido baixo de dor escapa de mim, terminando em um soluço sufocado. Só consigo acenar em resposta.

Sel estica a mão para me consolar, mas fecho os olhos com força. Depois disso, ele não tenta encostar em mim de novo.

— Sinto muito, Bree.

— É isso — falo, cansada, um torpor estranho enchendo o meu corpo. Uma risada seca escapa de mim numa lufada baixa, e abro os olhos. — Agora eu sei.

Pensei que, quando soubesse a verdade, eu me sentiria melhor. Que as coisas pareceriam certas. Mas não parecem. Tudo está tão errado quanto antes, de novo.

Fico de pé e começo a andar na direção da porta.

— Bree, espere. — Sel me segue. — Você pode sentir aether, vê-lo, mas também é capaz de resistir à ilusão. Se a mesmerização não funciona em você, talvez não funcionasse na sua mãe também.

— É. — Minha garganta está apertada. — Já pensei nisso.

— E?

— E? — disparo de volta, lutando contra as lágrimas. — Você não entende? Ela foi *esperta*. O que *eu* deveria ter sido, para início de conversa. Ela escondeu. Escondeu todas as vezes que um desses Herdeiros ou Escudeiros fingiram ser amigos dela e a "testaram". Ela escondeu o que sabia de *todo mundo* por vinte e cinco anos, para que esse clubinho medieval, esse delírio feudalista, esse... mundo bizarro de vocês nunca a encontrasse!

Sel parece querer dizer alguma coisa, mas pensa duas vezes. Melhor assim. Nada que ele possa dizer melhoraria este momento.

Meu peito parece implodir.

— Ela escondeu de mim. Ou pelo menos tentou. Mas não funcionou, porque sou uma filha egoísta e *tinha* que vir até aqui e fuçar.

— Bree, você não...

Sel começa, mas não o deixo terminar.

As palavras jorram da minha boca em um soluçar furioso.

— Ela não queria que eu encontrasse a Ordem — falo, me virando e rosnando para Sel — porque não queria que eu me tornasse um alvo, mas mesmo assim eu me tornei. — Ele estremece, mas não ligo. Puxo minha camiseta para baixo, exibindo o hematoma roxo ainda cicatrizando na minha clavícula da provação de ontem. — Não queria que eu me machucasse, mas mesmo assim eu me machuquei. Apareci aqui com o rascunho de um plano e nenhuma ideia do que estava fazendo... — Minha voz falha.

Vejo palavras de conforto e reparação pairando inutilmente nos lábios dele. Ele quer me ajudar, mas não sabe como.

Eu sei.

A ideia se desenrola na minha mente feito uma corda desfiada jogada em um poço. Eu sei, logicamente, que subir na corda é um erro, mas, neste momento, qualquer coisa é melhor do que ficar aqui. Qualquer coisa.

As palavras saem da minha boca em um suspiro desesperado.

— Leve ela embora.

Sel parece estarrecido.

— Quem?

Caminho na direção dele.

— Não quero mais isso. — Dou outro passo. — Não quero mais sentir isso.

A compreensão inunda o rosto dele, e depois disso uma expressão dolorida, infeliz.

— Bree, não.

Imploro a ele.

— Você consegue fazer isso. Por favor. Não vou quebrar a mesmerização. Eu vou... vou deixar acontecer.

Quando me aproximo dele, seus lábios se curvam em uma expressão parecida com nojo.

— Não me peça para fazer isso.

— Se não posso tê-la, não quero me lembrar dela.

— Você não *quer* isso — sibila ele.

— Sim, quero!

Meus olhos se enchem de lágrimas.

Ele respira fundo, mantendo a sua decisão.

— Mesmo que eu quisesse... — Ele balança a cabeça. — Não sou poderoso o bastante. Quanto mais velha ou traumática for a memória, mais forte precisa ser a substituta. Medidas equivalentes. Memórias de pesos iguais.

Memórias de pesos iguais. *Não* existem memórias que possam equivaler ao peso disso. E a última hora só as tornou mais pesadas.

Então desmorono. Surto. As lágrimas correm quentes pelas minhas bochechas, e a minha respiração vem em soluços entrecortados. Sel me observa com uma expressão triste, desamparada. Quase como se estivesse preocupado comigo, sofrendo por mim... mas, se isso for verdade, é outra coisa com a qual não consigo lidar.

Abro a porta e disparo para o corredor, deixando a porta bater atrás de mim.

A princípio, Sel me deixa partir. Chego até o vestíbulo e a porta dianteira antes que ele me alcance. Posso sentir o olhar dele na minha nuca.

— Me deixe em paz, Sel.

Ele segura o meu ombro esquerdo.

— Você não está em condições de ir para casa sozinha.

Eu afasto a mão dele bruscamente, mas ambos sabemos que o único motivo de ele me soltar é porque ele quer.

Sel fica parado no grande saguão, uma sombra com olhos penetrantes, e de repente tudo fica nítido. Ele nasceu nesse mundo, para o bem ou para o mal. E Nick, e os Herdeiros, e os Escudeiros, e os Pajens... eles cresceram vivendo dentro das lendas da Ordem. De repente, tudo que vejo são centenas de anos de história que não pertencem a mim. Uma guerra que não é minha.

— Eu nunca deveria ter vindo aqui.
— Bree...

Ele estica a mão para mim de novo no momento em que abro a porta da frente. E dou de cara com Nick.

40

DEMORA APENAS UM SEGUNDO para que os olhos de Nick reparem no meu rosto manchado de lágrimas, a mão de Sel no meu ombro e o garoto atrás de mim. Russ e Felicity espiam ao lado de Nick com expressões preocupadas no momento em que a mão de Sel cai.

— O que está acontecendo aqui? — pergunta Nick.

Minha respiração falha ao ver a expressão de Nick. Em seus olhos há o início de alguma emoção forte, incisiva, se esticando como uma lâmina em um pedaço de tecido.

— Preciso ir para casa.

Começo a me mover para contorná-lo, e ele me pega pelo cotovelo antes que eu consiga dar dois passos.

— O que... por quê? — O olhar dele vai de mim para a expressão estoica de Sel, dirigindo sua fúria para o Mago-Real. — O que você fez com ela?

— Não fiz nada — responde Sel, cansado. — Não que você vá acreditar em mim.

— Ele não... Ele não fez nada — confirmo, e me solto das mãos de Nick.

Abro caminho por entre ele e Russ e sigo para as escadas.

Nick me segue.

— Então por que está *chorando*?

Eu me viro.

— Preciso ir para casa. Não posso ficar aqui agora. — Encaro Felicity. —Você poderia me levar para casa, Felicity, por favor?

— Eu posso levar você para casa — insiste Nick.

Não consigo olhar para ele.

— Felicity? Por favor?

Ela olha de Nick para mim, de volta para Sel, então para Russ.

— Russy, pega o meu carro?

Russ não hesita. Ele percorre os degraus de pedra na direção da garagem do Alojamento.

— Bree!

— Deixe-a ir, Nick — diz Sel, e Nick e eu congelamos.

Nick. Não Nicholas. Os olhos de Sel encontram os meus. Nosso olhar se cruza — por meio segundo, tão rápido —, mas ele percebe. Naquele breve segundo, ele enxerga algo novo entre mim e seu Mago-Real. Algo que não consigo explicar agora, nem sequer para mim mesma. Quando Nick se vira para me encarar, a confusão crua e a dor nos olhos dele esmagam o meu coração.

Gaguejo, tento começar várias frases, mas nenhuma delas se forma na minha boca. As palavras são confusas e não sei por onde começar. Olho para ele sem uma resposta. Por fim, enuncio a única coisa que poderia fazê-lo entender, a minha voz falhando em cada palavra.

— Foi só um acidente.

É a coisa errada a ser dita.

Nick se aproxima, a voz suave e magoada.

— O que foi só um acidente, B?

Ele não sabe que estou falando da minha mãe. Ele acha que estou falando de algo com Sel.

Ah, meu Deus. Não. Não foi...

Há movimento dentro do Alojamento. Atrás de Sel, vejo Tor e Sar, ambas de pijama. Uma multidão está se juntando. Todos sabem. Todos estão me vendo assim.

Desvio o olhar e encaro Nick, respiro de forma trêmula e tento de novo, porque ele precisa entender.

— O carro — sussurro, lágrimas queimando os meus olhos. — Aquela noite. O hospital. Ninguém... só... um acidente.

Conforme ele entende o que estou dizendo, o sangue abandona seu rosto. A devastação que vejo ali é toda por causa de mim, toda por causa da minha dor. Mas se eu aceitar isso, se isso me alcançar, vou me estilhaçar. Sei que vou. Ele tenta me confortar, mas ergo as duas mãos, e ele recua. Aquele simples gesto — afastá-lo — parece quebrar Nick tanto quanto me quebra.

— Como? Como você... — Ele para e vira de novo para a porta do Alojamento, de onde Sel nos observa, sua expressão inescrutável. Dessa vez, quando Nick olha para mim, seus olhos trazem uma acusação pétrea. — Com *ele*?

— Me desculpe — sussurro, andando de costas no gramado. — Isso tudo foi um erro.

Ouço pneus no cascalho. Russ parando atrás de mim no jipe de Felicity. Nick fazendo *não* com a cabeça.

O barulho do motor do carro é alto o suficiente para que os Lendários no saguão não consigam me ouvir. Mas Nick consegue... e Sel também.

— Não posso mais ficar aqui.

O ar foge do peito de Nick em um fluxo entrecortado. Ele sabe que não estou falando desta noite. Ele sabe que estou falando para sempre.

— Não, espere! — Nick balança a cabeça, o desespero fazendo com que seus olhos brilhem. — Por favor. Eu preciso de você. Você precisa saber que eu escolheria você. Eu quero *você*, Bree. Se Camlann estiver chegando, eu quero você.

O peso no meu estômago cresce, espalhando-se por todos os meus membros. As palavras parecem pesadas e densas na minha garganta, mas eu as digo mesmo assim.

— Não. Você não quer.

Entro no carro e o deixo para trás, parado sozinho no cascalho enquanto nos distanciamos.

PARTE QUATRO
ESTILHAÇO

41

MEU CELULAR TOCA TANTAS vezes naquele dia e no dia seguinte que, depois de um tempo, apenas bloqueio o número de Nick.

Então Sar tenta. William. Greer. Whitty. Bloqueio todos eles, um de cada vez. Isso dói, mas a dor parece adequada. Necessária. Como se eu merecesse isso por desperdiçar o tempo deles.

Tirei o colar de Nick assim que cheguei em casa e enterrei a moeda e o cordão debaixo de algumas meias na minha gaveta.

Eu me considerei corajosa por encarar a Ordem. Por perseguir a verdade. Mas sempre que fecho os olhos, tudo que vejo é o rosto das pessoas para quem menti para poder fazer isso.

Minha mãe não perseguiu a Ordem ou sua guerra.

Minha mãe não compartilhou a Raiz dela. Nem comigo nem com ninguém.

A única coisa que posso fazer, depois de desafiá-la de tantas maneiras, é finalmente seguir os passos dela.

Forço os dias seguintes a passarem em um borrão. Foco apenas naquilo que está na minha frente.

Assistir às aulas, estudar na biblioteca, fazer as refeições com Alice, passar noites insones. Repetir.

Não uso a tipoia em público, para que ninguém faça perguntas. Alice pergunta mesmo assim. Digo a ela que caí durante a iniciação.

Patricia cumpriu a promessa de ligar para o meu pai e dizer a ele que não deveríamos continuar as nossas consultas e que ela me deseja tudo de bom. Sei disso porque ele me liga perguntando se eu gostaria de conversar sobre isso. Respondo que não.

Ando pelo campus esperando que Nick, Greer ou até mesmo Sel surjam na minha frente em meio a uma fila de alunos ou de árvores. Não que tenham feito isso. Acho que é uma regra dos Lendários evitar um ao outro no campus. Mas eles poderiam me encontrar... se quisessem. Torna tudo muito mais fácil que não queiram.

Posso fazer o que a minha mãe fez, acho. Viver despreocupada no mundo como todos os outros. Talvez os nossos caminhos tenham sido diferentes, mas eu e a minha mãe chegamos à mesma conclusão.

Preciso me esquecer deles, porque lembrar é perigoso demais.

— ... Talvez depois da aula?
— Hum?

Mastigo o meu biscoito afogado em geleia de mirtilo sem prestar atenção enquanto leio o *The Daily Tar Heel*. Eu nem sabia até essa semana que a UCN tinha um jornal universitário.

— Bree.
— Sim?
— Você está fazendo uma bagunça.
— O quê?

Alice aponta para o meu colo, onde três piscinas quentes de manteiga cresceram até virarem lagos que vão da seção de horóscopo até um artigo sobre as eleições do corpo estudantil. Uma migalha de biscoito cai da minha mão para o centro da poça de manteiga e se afoga na hora.

— Droga.

Empurro o papel para longe enquanto ela disfarça uma risada por trás da caneca de café.

Permiti que Alice me arrastasse para fora da cama mais cedo do que o normal pelos meus padrões. "Para que a gente tome um café da manhã direito" é o tipo de argumento que parece bem razoável vindo de Alice. Alice, cujos pais a acordavam às seis da manhã mesmo nos *finais de semana*.

— Você ouviu alguma coisa do que eu falei?

— Não...?

Ela abaixa a caneca e me encara demoradamente. Um *claque-claque-c-c-claque* chega até nós vindo do outro lado do refeitório, onde alunos estão largando bandejas usadas e vazias em uma esteira transportadora com diferentes graus de cuidado.

— Você andou estranha essa semana inteira.

Cutuco a minha tigela de creme de milho com queijo e dou de ombros.

— Só estou focando em coisas da escola. Tirei um cinco naquela prova de literatura, então estou precisando. O que estava dizendo?

— Um cinco? Matty, você nunca tirou menos que dez em inglês na vida toda. O que está acontecendo? — Alice inclina a cabeça e me encara. Depois de um instante de silêncio, ela suspira, franzindo a boca e o nariz ao mesmo tempo. — Eu disse que sei que você não tem um vestido para o negócio de gala neste fim de semana. A gente devia ir fazer compras depois da aula. Tem várias butiques no centro, e vi algumas promoções.

Olho para longe e mordo o interior da bochecha.

— Então, sobre isso. Eu não vou mais.

Alice se inclina para trás, me olhando como se escamas tivessem crescido na minha pele.

— Espere, *o que* foi que disse?

— Decidi não seguir em frente com aquele grupo. Então, não vou...

— Ah, sim, claro. Lamento informar que você teve um lapso momentâneo de julgamento. Essas coisas acontecem, e vou tentar não fazer você se sentir péssima em relação a isso. Mas você vai naquele baile de gala.

— Alice, eu não quero ir — murmuro.

— Você vai naquele baile, Matty, nem que eu tenha que enfiar você em um dos vestidos da Charlotte! — diz Alice, o olhar pétreo por trás da armação.

Suspiro e dobro o jornal engordurado da forma mais organizada possível o jogo na minha bandeja.

— Você não entende.

Alice cruza os braços.

— Entendo que, de repente, você parou de conversar com um gatinho aí que te adora e você não fala o motivo, e parece que ele não fez nada de errado. Entendo que você tem um convite para um evento de gala que parece querer jogar no lixo. E entendo que implorei aos meus pais para ficar no campus no fim de semana para ajudá-la a se arrumar e, sinceramente, Bree, a gente era nerd demais no outro colégio para eu deixar você jogar essa oportunidade fora!

Olho boquiaberta para ela.

— O que deu em você?

— Dezesseis anos de filmes da Disney que sei que você assistiu tanto quanto eu. Então, o que está rolando?

— Eu não quero ir! — falo, alto o bastante para fazer Alice recuar, e as duas garotas logo atrás viram a cabeça na nossa direção. Puxo a minha bolsa de debaixo da mesa e começo a fechá-la. — E preciso ir para a aula.

Alice me observa, balançando a cabeça.

— Não é assim, Matty.

— O que não é assim?

— Isso. — Ela acena a mão para mim. — Algumas semanas atrás, você estava toda entusiasmada com esse grupo, trocando mensagens com esse tal de Nick o tempo todo, indo para a terapia, ficando na rua até tarde. E essa semana tudo acabou? Você volta para o quarto antes de mim? Passa mais tempo estudando do que *eu*? Lê o jornal da universidade? E *sei* que você não está dormindo. — Ela balança a cabeça de novo. — Não é assim, Matty.

— Você fica brava comigo por não levar a escola a sério, e agora estou levando a sério demais? — Faço um som de desdém. — Algumas semanas atrás eu também voltei para casa chorando. É isso que você quer?

— Claro que não. Mas... essa semana você está um zumbi. Sabe do que precisa?

Fico de pé e suspiro.

—Vai falar que preciso de Jesus?

— Não. — Ela aponta para mim. — Homeostase.

—Você acabou de... usar biologia comigo?

— Com toda a certeza.

Não sei mais o que dizer. No fim, eu desisto.

—Tenho que ir — murmuro.

Pego a bandeja e saio, ignorando o olhar de decepção no rosto de Alice.

Naquela noite eu me deitei na cama com a janela aberta, fazendo twists no cabelo e ouvindo os gritos e as conversas na agitada calçada abaixo. Old East fica perto o bastante do perímetro norte, então imagino que toda semana conseguiremos ouvir os universitários saindo do campus e indo para a via principal em busca de bares e boates. Por um momento, me pergunto se vou ouvir os Lendários. Talvez eles voltem à cervejaria para celebrar o fim das Provações.

Eu me obrigo a imaginar o baile, ainda que seja doloroso. Um grande salão, centenas de pessoas em roupas formais. Um palco. Quando imagino Nick de smoking e gravata-borboleta, me encolho em posição fetal na cama, desejosa. Eu me apoio na visão para me lembrar da perda. Eu o vejo. Alto, lindo e — por um breve momento, um instante, a batida de um coração — meu.

Do outro lado do quarto, Alice ressona de leve e num ritmo estável. Sei que ela está certa. Não tenho homeostase. Não tenho equilíbrio, independentemente do estímulo. Patricia sabia disso, enxergou isso e preferiu se afastar.

Descobri que minha agonia é faminta. Não deseja a verdade. Não realmente. Só quer se alimentar de tristeza até que não haja outra emoção.

Meu pai me liga antes das oito na manhã de sexta. Ele sabe que não tenho aulas muito cedo nesse dia, mas quase nunca me liga antes do meio-dia, sobretudo tão perto do fim de semana, quando a loja dele está mais movimentada.

— Pai? — falo, apoiando o celular no ouvido enquanto visto minha calça jeans.

— Oi, filhota. — Eu estava esperando ouvir o tinir pesado de uma ferramenta caindo no concreto e o zumbido agudo de uma chave pneumática, mas não ouço nada disso. — Está ocupada?

— Não. Minha primeira aula é só às dez. O que foi?

—Venha tomar café comigo. Eu pago.

Dou uma risadinha.

— Quem me dera.

— Estou falando sério, filha. Me encontre aqui embaixo e traga os seus livros.

Congelo.

—Você está aqui?

— Sim. No estacionamento.

— ... Por que você está aqui?

—Ah, eu estava por perto.

É uma viagem de quatro horas, e, se ele está aqui, significa que tirou um dia de folga. Não existe "estava por perto". Fecho os meus olhos e suspiro.

—Alice.

— Ela é uma boa amiga — diz ele com uma risada carinhosa. — Melhor vir logo, antes que um desses guardas do rotativo me dê uma multa.

Meu pai trabalhou com carros a vida inteira. Começou em vendas antes de se tornar gerente dez anos atrás. Ele ainda conserta algum de vez em quando, o que fica nítido na linha de sujeira sempre presente debaixo de suas unhas curtas e nas digitais desbotadas de graxa no forro da porta do carro. Ele tem a minha altura e é encorpado, e, se não estiver com a camiseta polo e calça cáqui da loja, está de macacão e boné. A pele dele é de um marrom escuro e terroso, da cor de agulhas de pinheiro secas. Quando abro a porta do passageiro, ele sorri, e todo o seu rosto se ilumina até que os olhos se enruguem nos cantos.

— Cinto de segurança.

Os olhos dele vão até a minha cintura e então para o retrovisor lateral enquanto saímos da vaga. Um agasalho preto e azul hoje. Boné branco com o símbolo azul dos Tar Heels.

O carro dele tem cheiro de lar. Espero sentir a pontada de dor no peito, e sinto, mas é seguida por carinho.

A Waffle House tem um cheiro forte de xarope industrializado e café velho. A maioria das mesas vazias se alinha à parede à nossa esquerda, e um balcão cinza manchado segue pela direita. Os murmúrios, o barulho da frigideira e a música baixa da jukebox me lembram que existe vida fora da UCN. A mulher atrás do balcão mal ergue os olhos quando entramos.

Meu pai nos guia até a mesa vazia que parece menos grudenta. A almofada vermelha nas costas chia quando deslizamos para dentro, e há uma constelação de migalhas espalhadas pela mesa que range.

Uma garçonete se aproxima, uma das mãos enfiada no avental preto e a outra segurando dois cardápios manchados.

— Meu nome é Sheryl. Vou atendê-los hoje. Aqui está o cardápio. Podemos começar com alguma bebida?

Ela puxa um bloquinho e aguarda, nos observando por debaixo de uma viseira preta.

Meu pai gira o cardápio dele uma vez, então o devolve para ela.

— Café, por favor. Puro. E vou querer um waffle com presunto defumado e um prato grande de batatas rosti com cobertura.

— E você, querida?

Também devolvo o meu cardápio.

— Um copo grande de suco de laranja. Waffle de noz-pecã com batatas rosti cozidas, apimentadas e com cobertura, por favor.

Meu pai espera até que Sheryl esteja do outro lado do balcão antes de se recostar e olhar no fundo dos meus olhos. O silêncio é interminável. O tipo que torna tudo que é dito em seguida mil vezes mais alto.

Evito os olhos dele e inspeciono a coleção de condimentos na beira da mesa. Os suspeitos de sempre: molho barbecue, ketchup e mostarda Heinz, sal, pimenta e um açucareiro pesado o bastante que daria até para fazer musculação com ele. Torço o nariz para o frasco de pimenta Tabasco; para mim é molho picante Texas Pete ou nada feito. Graças a Deus tem um vidrinho dela no canto.

—Você vai me fazer obrigá-la a falar?

A voz do meu pai é baixa e comedida, mais lenta pessoalmente do que pelo celular. Ela libera aquela parte de mim que sempre escondo na escola, mesmo que eu me remexa, desconfortável, na cadeira com o que ele diz.

—Você está me subornando com batatas rosti para não ter que fazer isso?

— Estou.

— Não é justo.

— A vida não é justa. — O tom dele se torna mais afiado. — Vai me fazer perguntar de novo?

Engulo, com força.

— Não, senhor.

Ele funga, agradecendo Sheryl com um aceno de cabeça quando ela entrega as nossas bebidas. Meu lábio inferior treme. Meu peito se aperta. Não quero mentir de novo. Não posso. Mas não posso colocá-lo em risco ao contar a verdade. As mãos da Ordem — e os meus erros — ainda apertam o meu pescoço, pressionando quando querem, me sufocando. As lágrimas que segurei desde que ouvi a voz dele pelo celular enchem os meus olhos agora, e olho para o meu suco de laranja para escondê-las.

— Bree — diz meu pai suavemente. Ele estica a mão envelhecida para mim por cima da mesa. Balanço a cabeça, me recusando a olhar para ele.

— Olhe para mim, filha. Você pode voltar para casa se quiser. Tiro você daqui hoje, mas é melhor que não seja porque aquele reitor a assustou.

Olho para ele, chocada, enquanto Sheryl traz a nossa comida.

— O quê?

— Alice falou que você está se matando na escola, que não está agindo como você mesma. Eu não a trouxe até aqui para você se afundar. Escutei o tom de sou-melhor-que-vocês na voz daquele homem. Não quero que esteja fazendo tudo isso por causa dele.

Quando termina de falar, ele está espalhando manteiga nos waffles furiosamente.

Meu pai nunca foi para a faculdade. Nunca teve a chance, não de verdade. Mas agora imagino se ele gostaria de ter ido, ou se chegou a tentar — e acabou encontrando o seu próprio reitor McKinnon.

— Não foi isso — murmuro. — Consigo lidar com as aulas, e a última vez em que ouvi alguma coisa do reitor foi quando ele ligou para o senhor naquele dia.

— Bem, o que está deixando você tão para baixo, então? Foi a terapia? Porque a gente arruma outra pessoa. — Ele corta um pedaço do waffle e o dobra no meio com um pedaço de presunto defumado entre as duas partes. Antes de colocar na boca, o meu pai aponta para o meu prato com o garfo.

— Coma antes que esfrie.

Pego o Texas Pete e espalho em cima das batatas enquanto penso. Então, uma pergunta surge.

— A mamãe alguma vez já falou sobre a vovó?

As grossas sobrancelhas grisalhas do meu pai se erguem, e ele dá um suspiro profundo, se recostando na poltrona desgastada.

— Não muito. Sua avó morreu quando ela era jovem. Dezoito ou coisa do tipo, acho. Então ela já tinha falecido quando eu e sua mãe nos conhecemos. — Ele observa pela janela, o olhar distante. — Eu via que a morte de sua avó pesava nela, sabe? Pesava mesmo.

Isso me surpreende. Eu sabia o básico sobre a minha avó: ela era cabeleireira em um salão no Texas, onde a minha mãe tinha sido criada. Ela não tinha irmão ou irmã. Morreu de câncer. Eu sabia a respeito dela, mas quase nunca vi minha mãe sofrendo com a perda dela.

— Ela nunca falou nada.

Ele dá um sorrisinho ao pegar o frasco de Texas Pete.

— Ela não demonstrava assim. Estava na forma como criou você. — Ele sorri, batendo no frasco de molho até quase esvaziá-lo em cima das batatas. — Eu não notei de cara, mas ela tinha esses ataques de nervos que começaram quando você tinha por volta de, sei lá, dez anos? Onze? Você limpava o seu quarto de qualquer jeito ou se esquecia de levar o lixo para fora... não fazia diferença, fosse o que fosse, ela se irritava com você por causa disso. Você deve lembrar.

— Pais são... assim mesmo, não?

Ele dá de ombros.

— Pais pretos pegam pesado com os filhos desde sempre. Meus pais eram assim. Sei que a sua vó também, mas sua mãe... ela estava em outro nível. Ela tentava se controlar quando estava perto de você, mas a sós? — Ele assovia. — Ansiosa, irritadiça. De vez em quando, ficava assustada mesmo. Tinha pesadelos em que você se machucava ou era sequestrada. Alguns anos depois ela começou a demorar cada vez mais tempo para se acalmar. Teve uma semana, quando você tinha treze anos e esqueceu o leite fora da geladeira, lembra? Ela demorou três dias para esquecer. Foi quando eu finalmente virei para ela e disse: "Faye, ela é só uma criança! A menina vai cometer erros!" Ela falou que só queria deixá-la preparada, ter certeza de que você conseguiria se virar sem a gente.

Meu peito se aperta. *Ela sabia?*

Meu pai lê a minha expressão.

— Acho que a sua mãe tinha medo de abandoná-la cedo, que nem a mãe dela.

Ele inspira profundamente e joga os ombros para trás, e sei que estamos pensando na mesma coisa.

Que ela estava certa.

Minhas mãos enxugam as lágrimas que caem em silêncio pelas minhas bochechas. *Ela sabia como é isso.*

Ele olha pela janela, a voz carregada de luto e remorso.

— Não fomos criados com terapia e coisas do tipo. Não era algo que gente preta fazia ou sobre o qual conversava a respeito. Se você falasse qualquer coisa, mandavam você para a igreja... — Ele suspira, sacudindo a cabeça. — Enfim, quando você se inscreveu para a universidade, foi como se a represa que ela tinha dentro dela... tivesse se rompido. E tudo aquilo, toda aquela luta, toda aquela preocupação, caiu em cima de você.

— Porque ela nunca quis que eu viesse para cá.

— Ou talvez não estivesse pronta para soltá-la e ficou brava pelo fato de você forçá-la a fazer isso. Mas aquela briga não foi culpa sua, Bree. E não foi culpa dela também. Tudo aquilo que sua mãe estava segurando, escondendo... Foi por isso que eu quis que você visse alguém logo. Para que tivesse um pouco de paz, talvez deixar tudo aquilo para trás.

Enquanto meu pai toma um gole do café frio e faz uma careta, depois faz um sinal para Sheryl, eu o observo com um novo olhar. Ele fez tudo isso pensando, planejando e tendo esperanças por *mim*, por causa da dor que testemunhou na minha mãe. A morte dela o colocou em uma missão pessoal de salvar a nossa família, e eu nunca tinha notado.

Nunca me dei ao *trabalho* de notar.

Depois que Sheryl enche a caneca dele e se afasta, eu pergunto:

— Por que ela não nos mudou para longe daqui? Assim eu nunca saberia dessa faculdade.

— De certa forma, acho que sua mãe odiava a UCN, mas ela também a amava. Dizia que não importava o que sentisse pela instituição, nunca conseguiria se livrar dela. — Ele dá de ombros. — Você descobriria sobre a graduação dela uma hora ou outra. Talvez tivesse se matriculado do mesmo jeito, só porque ela fez isso.

Pego um dos guardanapos pequeninos do porta-guardanapos de metal.

— Acho que ela tinha razão, de qualquer forma — sussurro e limpo o nariz.

Ele ergue os olhos do seu café fumegante, chocado.

— Como assim?

— Sobre eu não estar pronta — explico.

Ele cerra os olhos e abaixa a xícara de café.

— Você entendeu errado. Tudo errado. E eu pensando que você era esperta. Você está errada porque ela estava errada. Nunca teve nada a ver com você estar pronta ou não, filha. Tinha tudo a ver com ela.

Cerro a mandíbula, inflexível.

— Pare de tentar fazer com que eu me sinta bem.

Ele me lança um olhar severo.

— A verdade é essa. *Ela* não estava pronta para deixá-la encarar o mundo. Mas você *está* pronta, filha. Ela se certificou disso.

Ele se mexe na cadeira para pegar alguma coisa no casaco e tira uma pequena Bíblia quadrada de bolso. Reconheço o couro gasto e rachado e as bordas douradas na mesma hora. É da minha mãe. A Bíblia que ela levava para todo lado.

—Vá até o final. — Ele me entrega, e eu pego, empurrando meu prato intocado para liberar espaço na mesa. — Provavelmente não era uma coisa que ela queria que ninguém visse, mas... — Ele dá de ombros. — Eu a amo e sinto falta dela e... — Os olhos dele se enchem de lágrimas. Ele tenta contê-las e respira fundo. — Acho que ela vai nos perdoar por bisbilhotar.

Abro a Bíblia com dedos trêmulos. Parece que estou encostando em algo privado e íntimo, e realmente estou. Bíblias pessoais, ainda que eu nunca tenha tido uma, sempre parecem místicas. Parece que por quanto mais tempo alguém carrega uma, mais seu espírito vive nas páginas. À medida que folheio o papel fino e de letras miúdas, o cheiro dela chega ao meu nariz: verbena e limão, misturado com um pouco de couro. A última seção está em branco, para anotações. Na última página, em uma caligrafia inclinada e com a data do ano passado, há uma notinha.

Senhor, ela já é mais forte do que eu jamais fui.
Tenho medo dos desafios dela serem igualmente poderosos.
Tenho medo de estar ficando sem tempo.
Por favor, proteja-a e me dê forças para deixá-la ir.

—Também tenho uma coisa para você, filha. Está no carro. Já volto.

Meu pai coloca o guardanapo de lado e sai da cabine. Faço que sim e encaro a Bíblia nas minhas mãos, deixando que o presente das palavras dela passe por sobre mim.

Minha mãe havia carregado tanta dor por causa de sua própria perda. Talvez as mesmas coisas que Patricia falou que eu tinha dentro de mim: luto traumático, transtorno do luto complexo persistente. Então, depois que nasci, aquilo se tornou ansiedade. Talvez ela tivesse sentido que ia explodir. Talvez ela tivesse o meu medo e a minha fúria. E escondeu isso de mim da melhor forma possível.

Só de saber que temos isso em comum, saber que os meus sentimentos são um eco dos dela, é uma revelação. O fato de ela ter sofrido me deixa triste, me faz querer poder falar com ela sobre isso, me faz querer dizer a ela que entendo. Persegui a verdade escondida por tanto tempo e agora descubro que uma das verdades dela já vive dentro de mim. Isso faz com que eu me sinta mais próxima dela de alguma forma, e, agora, isso parece suficiente.

Quando meu pai desliza para dentro da cabine de novo, está rindo baixinho.

— Eu pensei em doar as roupas dela. Você sabe que ela tinha roupa demais. E sapatos, meu Deus.

Sorrio.

— Grande responsabilidade. Talvez você precise fazer algumas viagens até o centro de doações.

— É — diz ele com um suspiro. — Fazer isso é outra coisa. O Rich Glover lá da loja perdeu a esposa ano passado. Ele falou que, assim que você se livra das roupas, é quando sabe que a pessoa realmente foi embora. — Ele balança a cabeça. — Enfim, estava no closet outro dia e encontrei isso aqui. Pensei que talvez você quisesse.

Ele me entrega uma caixa quadrada coberta em veludo azul. Reconheço de imediato: era onde ela guardava seu bracelete dourado da sorte. Ela só tinha dois pingentes pendurados no bracelete — um com o meu nome e outro com o do meu pai. Não era uma das joias mais elegantes dela, mas era a que ela parecia mais amar. Mesmo agora, o cheiro dela no veludo é forte e vivo, como se ela nunca tivesse ido embora. O objeto me domina, sobrepujando qualquer parte racional do meu cérebro e indo direto para a memória, um fim de semana de compras com ela no shopping, escava a sensação do seu abraço, me afunda no colo dela quando era criança, me leva correndo por cada parte das mãos frias dela na minha testa quando eu estava doente. Começo a abrir, mas ele me detém.

— Abra quando estiver no seu dormitório.

Olho para ele.

— Então vou voltar para o meu dormitório? Você não vai me falar para não estudar demais?

— Você pode estudar demais, mas só se quiser. — Ele me dá um sorriso de canto de boca. — Não importa o que faça, você precisa viver a *sua* vida, filha. Precisa estar no mundo. É o que ela gostaria que fizesse. — Ele estica as mãos por cima da mesa e segura as minhas. — Não defina a sua vida pela perda. Defina a sua vida pelo amor.

42

QUANDO VOLTO PARA O quarto depois da aula, o aperto de remorso no meu peito se afrouxou. Largo a mochila no chão e pego a caixa de veludo da minha mãe, coloco-a na cama e penso no rosto e nas palavras do meu pai.

Defina a sua vida pelo amor.

Será que eu conseguiria fazer isso? De verdade? Assim que tento, sinto saudades dela. Sinto saudades da sua voz e do seu sorriso. Sinto saudades de abraçá-la e de me sentir inteira.

Olho para a caixa de novo e me sinto pronta, segurando-a.

— Defina a sua vida pelo amor — murmuro.

Respiro fundo, levanto a tampa — e o quarto se enche de fogo mágico.

Uma fumaça prateada e dourada sobe dançando pelas paredes e inunda o teto de luz. Todo lugar em que as chamas tocam na minha pele parece o carinho das mãos dela. Meu nariz se enche com os cheiros fortes, marcantes e quentes de verbena e limão. Estou de joelhos antes que me dê conta, as mãos tremendo.

Dentro da caixa, o bracelete da sorte da minha mãe pulsa feito um coração. Quando as pontas dos meus dedos encostam nos elos dourados, uma voz ecoa na minha mente.

— *Bree...*

Solto. Estou engasgando, soluçando, ofegando.

— Mamãe...?

Assim que ergo o bracelete e o seguro nas mãos, meus olhos se fecham. Uma memória me carrega.

Estamos no gramado do lado de fora do parque de diversões. Pulo sem parar, animada, porque hoje é a primeira vez em que vou para o parque. Na vida. Gritos distantes sobem e descem no fundo, ao ritmo da montanha-russa e da xícara maluca. Já consigo sentir o cheiro de churros. O aroma quente e doce do bolo de funil está tão perto que quase consigo sentir o gosto do açúcar refinado.

Eu me lembro disso. Eu tinha sete anos. A feira estadual anual foi uma experiência incrível, um dos meus amigos falou sobre isso com sussurros eufóricos, de dar inveja. Mas não tenho a lembrança de minha mãe levando para um banco do lado de fora antes de entrarmos. Na memória, ela veste uma blusa larga de botões debaixo de um cardigã cor de lavanda. O cabelo alisado dela está puxado para trás. Nossas mandíbulas, de traços idênticos, marcadas pela tensão.

Ela se senta na minha frente e esfregas as mãos na calça.

— É só um minutinho, prometo. Aí a gente entra. — Minha mãe observa por cima da minha cabeça, como se estivesse olhando para alguém atrás de mim. Eu me viro para seguir o seu olhar, mas ela segura o meu queixo e me faz virar. — Olhe para mim, Bree. Daqui a pouco a gente pode entrar e comprar churros.

— Ok! — falo, e pulo de novo.

Minha mãe solta uma respiração curta e rápida, e o olhar dela se fixa em mim.

— A mamãe tem que falar uma coisa muito séria com alguém, tipo um discurso, mas preciso da sua ajuda para praticar primeiro. Tudo bem? Você me ajuda a praticar? Mamãe vai falar muita coisa, e só quero que você ouça agora, está bem? Que nem o jogo da vaca amarela. — Assinto, e ela estica a mão para a minha cabeça, puxando-a gentilmente para baixo para beijar a minha testa. — Boa garota. Obrigada.

Na memória, os olhos dela brilham com emoções que sou jovem demais para compreender, mas agora consigo enxergar a determinação ali, e o orgulho feroz também.

— Tudo bem, vamos lá. — Ela respira fundo. — Bree, se você estiver vendo isso de novo, é porque não estou mais com você.

Minha versão mais nova abre a boca para perguntar do que ela está falando, mas a minha mãe sacode a cabeça.

— Vaca amarela, lembra? Só estou praticando. Sei que é confuso.

Assinto de novo.

Só praticando.

— Sinto muito, muito mesmo, porque a dor que você está sentindo agora é uma dor que conheço bem, e odeio ter causado isso. Espero que o meu velho bracelete da sorte lhe dê algum conforto. Você não para de entrar no meu quarto para brincar com ele, então falei para o seu pai que queria que ele fosse seu um dia. Espero que ele o entregue logo, mas o conhecendo bem... talvez demore um pouco.

Minha mãe sorri carinhosamente, mas consigo ver a tristeza ali. Uma certeza do que meu pai atravessaria depois da morte dela. Ela sabia que morreria.

Ela se reclina e respira fundo outra vez para tomar coragem.

— Vou contar o que a minha mãe me contou. Bree, somos descendentes de uma linhagem de Artesãs de Raiz. Pessoas pretas que podem pegar emprestado o poder de nossos ancestrais e usar para curar, ou falar com os mortos, ou proteger outros, ou adivinhar o futuro e mais. Uso o meu poder para manipular a energia das plantas para curar e fazer remédios.

Não consigo evitar. Eu a interrompo.

— Magia? Tipo feitiços?

— Feitiços não. — Ela pressiona o polegar na boca, tentando conter uma risada. — Apenas ouça agora, certo? Faça isso pela mamãe? Em geral, eu seria a pessoa a ajudar você com a sua Arte de Raiz, assim como a sua avó me ajudou com a minha, e a mãe dela a ajudou com a dela, mas as coisas são... — Ela olha para longe por um momento, balança a cabeça. — ... diferentes para você do que foram para mim. Pelo que todos os praticantes que conheço sabem, se uma criança possui um ramo da raiz, aquele ramo, aquele dom, se manifesta cedo. Aos cinco, talvez seis, com alguma arte pequena, acidental. Foi assim que aconteceu comigo. Foi como aconteceu com a sua avó. Quando você fez seis anos, eu a levei até uma senhora gentil que vivia no interior. Você se lembra dela? A srta. Hazel? Ela também tem um dom especial, em *que pode ver a luz e a energia ao redor de uma pessoa. Perguntei se ela via a arte em você, e ela não via.*

Faço uma cara triste e cruzo os braços. Esse discurso parece mesmo ser para mim.

— Acredite ou não, não ter a raiz não é uma coisa ruim para a nossa família — diz minha mãe com um meio sorriso. — Pensei que talvez o nosso ciclo de má sorte tivesse chegado ao fim. Ainda estou esperando por isso. Eu não quero nada além de uma vida alegre, saudável e normal para você.

"Mas... — Ela suspira, e sua testa se franze. — Estou dizendo tudo isso agora para você como um seguro... um 'seguro' é um plano, B., 'só para garantir'... porque, até o momento, as mulheres da nossa família nunca foram Artesãs de Raiz normais. Temos algo ainda mais especial dentro de nós que mantemos em segredo. Um presente do qual só nós sabemos, porque outros praticantes da Arte de Raiz não iriam gostar do que temos."

Arte de Sangue. Ela está falando de Arte de Sangue.

Ela dá um suspiro trêmulo outra vez e pega a minha mão, se inclinando para me encarar. Os olhos escuros dela se fixam nos meus como se eu fosse uma adulta, não uma criança.

— Bree, se você estiver ouvindo isso pela segunda vez, então já sabe do que estou falando. As habilidades sutis, persistentes, como a que você acabou de usar com o meu bracelete: visão aumentada que deixa você ver coisas que outras pessoas não conseguem ver. Um olfato aumentado, tato, audição, até mesmo paladar, quando há raiz em nosso mundo. Certos encantamentos que funcionam bem em outras pessoas não vão funcionar bem em você, se é que vão funcionar. Estas habilidades passivas nos permitem detectar um encontro com a raiz, ou mágica, ou aether, ou qualquer nome que outros praticantes usem, e evitar isso, se você quiser assim. E não há nada de errado com isso, Bree, nada mesmo, porque a coisa mais importante que você pode fazer neste mundo, a coisa mais necessária, é sobreviver a ele. Você não pode fazer nada por ninguém se não cuidar de si mesma primeiro. Entende?

Minha versão pequena ficou quieta, mas eu assinto.

— Ótimo. Então, eu penso nessas habilidades como luta ou fuga. O primeiro grupo permite que você fuja se for preciso, mas, se escolher marcar o seu território, se quiser lutar... bem, o nosso dom também vai ajudá-la. Mas, antes que eu fale sobre isso, quero falar sobre os custos dessas habilidades. A razão pela qual não falamos a

outros Artesãos de Raiz acerca desse poder é porque foi feito através da Arte de Sangue, em que o poder é tomado para sempre, não emprestado. Alguém, em algum lugar na nossa linhagem, selou todo esse poder em nossos corpos, Bree, e eu não sei quem ou como. Sua avó também não sabia. A última de nós que tinha conhecimento de onde vieram esses poderes morreu no parto, então não podia passar o que aprendera para a filha, o que me leva à próxima questão...

"O motivo pelo qual dizem que a Arte de Sangue é uma maldição é porque o universo vai cobrar o seu pagamento de um jeito ou de outro. E, para a nossa família, o custo é que o poder só pode viver em uma filha de cada vez. Talvez seja porque todo esse poder nos esgote, não sei, mas nenhuma de nós passa muito tempo com a mãe. Cada ato final de uma mãe é passar as habilidades para a filha. E é assim que sei que, se você está ouvindo isso agora, é porque você o tem. E se você o tem, eu já morri. Sei o que você está pensando, mas não é culpa sua que eu tenha partido, assim como não sou culpada pela minha mãe ter ido embora. Eu sei que você está sentindo tudo isso agora, mas não permita que esses sentimentos apodreçam dentro de você. Deixe que a dor seja uma parte sua, mas saiba que não é tudo que você é. É o que estou tentando fazer."

Um soluço escapa de um peito pequeno. O meu.

Minha mãe me puxa do banco e me segura nos braços.

— Ah, não chore, filhinha. Só estou praticando. Ainda estou aqui. Sei como é confuso.

— Eu não quero que você vá embora...

— Não vou a lugar nenhum. Estou bem aqui na sua frente. Preciso que seja corajosa enquanto conto o resto da história. Pode fazer isso por mim? Está bem? Obrigada.

"Eu falei lutar ou fugir, certo? A parte de lutar só vai acontecer quando você realmente precisar, quando estiver com raiva ou triste o suficiente e não puder fugir. Aconteceu comigo uma vez, apenas uma vez. Vi uma coisa na faculdade que não pude ignorar: gente inocente sendo ferida. Fiz a escolha de lutar, querida, e valeu a pena. Faria de novo se fosse preciso. Mas uma consequência daquela escolha é que precisei me esconder desde então de gente que não entende quem somos ou o que podemos fazer. E é por isso que, se houver a mínima chance de que você não tenha essas habilidades, vou fazer tudo que posso para esconder isso de você.

Porque, se você não souber de nada disso, talvez eles não encontrem você. Talvez não seja atraída para aquela faculdade como eu fui. Mas também é por isso que estou contando essas coisas para você agora, de um jeito que você só vai ouvir se e quando realmente precisar entender quem somos.

"Não vou dizer que o que fiz naquela época foi um erro. Eu faria de novo se fosse preciso. Acho que o erro foi deixar que a raiva e a culpa pela morte da minha mãe penetrassem tão profundamente no meu ser que perdi uma parte de mim mesma. Estou trabalhando nisso. Estou tentando.

"Quero que saiba que você é a melhor coisa que já me aconteceu. Você já é mais guerreira do que eu jamais fui. Acredito com todo o meu coração que, se você quiser, pode mudar o mundo."

Ela segura as minhas mãos e aperta os nossos dedos como se pudesse empurrar o amor dela para dentro de mim através do toque.

— Quando chegar a hora, se chegar, não tenha medo. Lute. Assuma riscos. Siga o seu coração. E siga em frente.

Minha mãe fecha os olhos com força, e, quando os abre, eles estão marejados. Ela olha por cima da minha cabeça de novo e assente.

— E ela não vai se lembrar de nada disso até... depois?

— Não.

A voz de uma mulher soa diretamente atrás de mim. Eu me viro de novo, mas minha mãe estica as mãos, segurando o meu ombro com força antes que eu possa ver quem está ali.

— Bree, Bree, olhe para mim, filha — fala ela rapidamente. — Olhe para mim.

A última coisa que vejo é minha mãe, que me segura enquanto sussurra:

— Eu te amo.

Volto da memória e estou ajoelhada. Tudo aquilo, cada palavra, imagem e som, está ali agora, como um arquivo em uma gaveta. Como algo que sempre tive, mas não tinha a chave para abrir. A chama no bracelete em minhas mãos morre, mas a mensagem dela ecoa no ar ao meu redor. Deixo que as palavras fluam por mim até que os meus olhos se fechem e eu esteja inundada com suas palavras.

Siga em frente.

Essa é a mensagem que minha mãe plantou na minha mente para o momento que eu mais precisasse.

Quando abro os olhos, sei o que preciso fazer.

43

O AR NO CEMITÉRIO está carregado. Inquieto. Até mesmo as folhas nas árvores sacodem e tremem, como se o lugar inteiro soubesse que estou aqui pela raiz.

Espero na seção não marcada do cemitério depois da aula, me sentindo mais ousada do que assustada.

Duas figuras usando casacos leves chegam pelo caminho de cascalho. Reconheço Patricia na hora; à medida que ela se aproxima, posso ver que o xale dela é de um cobre escuro. Ao lado dela, Mariah está de calça jeans e botas com lã no topo, seu coque elegante como uma nuvem de cachos que adicionam pelo menos vinte centímetros à sua pequena estatura. Ela carrega uma cesta de oferendas, do jeito que pedi.

— Bree — murmura Patricia, me apertando em um forte abraço que acalma os meus nervos. — Sua ligação me assustou. Você falou que era uma emergência. Está tudo bem?

Eu me afasto e engulo em seco.

— Vou ficar. Obrigada por me encontrar hoje. As duas. Sei que deixamos as coisas de um jeito meio... Me desculpem. Me desculpem pelo meu comportamento.

Patricia inclina a cabeça, e os olhos dela analisam meu rosto antes de ela assentir.

— Desculpas aceitas.

— Da minha parte também. — Mariah passa o cesto para o outro braço. — Desde que você me conte o que estamos fazendo aqui. Não que eu me incomode com cemitérios, claro, mas não vou a um de forma leviana. — Ela olha ao redor. — Espíritos inquietos me seguem até a minha casa se eu não for cuidadosa, então preciso purificar tudo, dá um trabalho... nossa.

— Preciso da sua ajuda para falar com alguém na minha família.

Patricia e Mariah trocam olhares.

— Bree, o que está acontecendo?

Conto a elas sobre a caixa da minha mãe e não escondo nada, nem mesmo a Arte de Sangue. No momento de silêncio depois que termino, o vento ergue o xale de Patricia, os cachos de Mariah e os meus.

Patricia me estuda, e me preocupo pensando que ela não vai me ajudar no fim das contas.

— Você merece saber por que essa barganha foi feita. Mas, ainda que eu queira, infelizmente não acho que serei de muita ajuda. A Arte de Sangue entre o nosso povo é um tabu tão grande que aqueles que a praticam a mantêm em segredo. Não sei como as suas habilidades funcionam ou de onde vêm.

— Eu sei. E é por isso que preciso conversar com uma ancestral que possa me explicar. Quero saber mais sobre quem sou e o porquê. — Respiro fundo. — Não quero me perder no passado. Quero abraçá-lo e compreendê-lo.

Mariah dá de ombros.

— Estou dentro, mas não posso prometer quem alguém vai responder ao seu chamado — avisa ela. — E, mesmo se responder, não dá para garantir quem vai aparecer, lembra? Pode ser a sua mãe ou pode ser outra pessoa.

Respondo rapidamente.

— Na verdade prefiro que não seja a minha mãe. Preciso ir mais para o passado.

Patricia leva isso em consideração e assente devagar.

— Certo, Bree.

Cinco minutos depois, estamos sentadas em um triângulo, nossas mãos unidas, nossos joelhos se tocando de leve ao redor das oferendas no centro. Já que não sei quais oferendas os meus ancestrais iriam preferir, pedi que trouxessem um cesto de frutas, alguns doces, um copo de suco e castanhas. Coisas das quais a minha mãe gostava e das quais também gosto.

Patricia repete as instruções anteriores em voz baixa.

— Foque no seu amor pela sua mãe, para começar.

Mentalizo uma imagem da minha mãe da memória, e quase não há dor nela, apenas um borrãozinho nos cantos, como um pedaço de papel queimado. Vejo a minha mãe na cozinha, cantarolando e misturando uma tigela de ovos recheados. Ela enfia o mindinho para provar e me chama para provar também. Parece que estamos fazendo mágica. Era sempre assim quando cozinhávamos juntas.

Patricia sussurra:

— Agora imagine o amor se estendendo até a sua avó, e se estendendo ainda além.

— Como um longo fio — murmuro.

Escuto o sorriso na voz de Patricia quando ela diz:

— Isso.

Imagino o fio, grosso e apertado, indo da minha mãe para a minha avó — e ele para. Não consigo ir mais longe. Estou bloqueada por...

Uma barreira.

Sei que essa imagem, esse construto interno que eu mesma fiz, era parte do meu kit de sobrevivência. Apenas não tinha encontrado qualquer motivo para derrubá-lo.

Mas agora tenho.

Agora preciso.

Imagino a minha muralha caindo aos pedaços, um tijolo de cada vez. Tiro as correntes, o metal, o aço. Descamo tudo até conseguir ver além e encontrar aquele nó apertado, duro, feito de dor no meu peito, enrolado em camadas brilhantes de fúria sem fim — a parte de mim que chamo de Bree-de-Depois.

E então a desfaço.

Um fio pela minha mãe.

Um pelo meu pai.

Um por mim.

Desfaço a raiva até que ela corra pelas minhas veias como combustível em um motor. Deixo que se torne parte de mim, mas que não me domine. Uma dor quente, escaldante sob minha pele, minha língua, minhas unhas. Deixo que se espalhe por mim — até que não haja mais uma Antes e uma Depois.

Eu sou ela e ela sou eu.

— Peguei o fio — diz Mariah, animada. — Estou seguindo.

Sinto o calor puxando meus dedos, como se a maré do oceano estivesse dentro de mim e fluindo para Mariah.

— Estou ouvindo alguém — sussurra Mariah. — Uma mulher.

Respiro fundo e foco no fio. *Por favor, por favor. Por favor, me ajude.*

— Ela é poderosa. Tem muito a dizer — diz Mariah, a voz tensionada.

— Não, muito a *fazer*. Uau... Uau...

Ela para de falar de repente, e os dedos dela se fecham como garras ao redor dos meus, apertando os ossos do mindinho e do indicador. Abro os olhos e vejo os dela revirados, a respiração rápida.

— Mariah? — Patricia se inclina, mas não quebra a nossa conexão. — Mariah?

Começo a chamar o nome dela também, quando o oceano puxa a minha mão tão rápido que queima o meu pulso e os meus antebraços, e gira em um redemoinho quente no meu peito. Eu grito, mas não consigo soltar.

Uma voz baixa queima nos meus ouvidos e por trás das minhas pálpebras. Cachos brancos, pele cor de bronze, quase nenhuma ruga, os olhos iguais aos meus e aos de minha mãe. Ela abre um meio sorriso.

— *Demorou, hein?*

É uma sensação estranha, ter uma outra pessoa inteira na sua pele. Sinto como se eu fosse um aquário humano e que cada passo faz a água da minha avó se revolver, quase transbordando pela lateral.

Patricia segura o meu cotovelo.

— Bree? Fale conosco.

— Estou... — Pisco várias vezes, como se estivesse em câmera lenta. — Estou bem. Mas me sentindo embriagada.

— *E como você sabe como é ficar bêbada?* — diz vovó, de alguma forma batendo nas minhas costelas.

— Ai — falo, e coloco a mão na lateral do corpo. — Eu deveria sentir isso?

Mariah dá de ombros.

— Não sei. A possessão é algo *muito* raro. Nunca aconteceu comigo, pessoalmente, mas o meu tio Kwame é possuído o tempo *todo*. Espíritos familiares pegam o corpo dele para dar uma voltinha ou de vez em quando se sentam dentro dele, e os dois conversam e trocam ideias até o ancestral ir embora.

— Nem todo médium é possuído? — falo, o pânico crescendo devagar.

— Não. A mediunidade é um ramo da raiz com os seus próprios sub--ramos. Todos são diferentes porque os ancestrais são diferentes. — Mariah olha nos meus olhos. — Uaaaaau. Eu *definitivamente* estou vendo a sua avó aí. — Ela se inclina para trás e ergue a mão para um *high five*. — Bem-vinda ao Clube Mediúnico!

Posso sentir a minha avó franzindo as sobrancelhas para o gesto dela, então eu também franzo. Tudo isso me deixa meio tonta.

— Obrigada? Não entendo. Por que não descobri que era uma médium quando era criança?

— Talvez sejam a Arte de Sangue e a natureza original do feitiço. Você teria que conversar com um ancestral que saiba e, como a sua mãe disse, você precisaria voltar para além da sua avó. — Patricia pondera, pensativa. — Sua mãe praticava a Arte Selvagem, que é um ramo diferente. Um poder diferente. Como médium, o *seu* poder está intimamente ligado com a morte. Talvez os dois ramos tenham se misturado em você até se unirem de formas inesperadas. Não tenho certeza.

Mariah inclina a cabeça, intrigada.

— Mas por que os dois ramos não se manifestaram quando a sua mãe morreu?

A resposta aparece na minha mente antes mesmo de eu terminar de ouvir a pergunta.

— A culpa é minha. — Vejo a verdade dessa afirmação na minha mente. — Aquela noite no hospital foi o nascimento da... dessa versão minha que chamo de Bree-de-Depois. O... — Olho para Patricia, e ela balança a cabeça para que eu continue. — O trauma a criou, mas gastei todas as minhas energias contendo ela.

Patricia assente.

— De vez em quando o nosso cérebro nos protege até que estejamos prontas. A coisa mais importante é que agora você sabe. E agora tem a ajuda da senhora...?

— Charles — respondo na mesma hora.

O nome surgiu na minha boca como se tivesse sido jogado ali.

— Sra. Charles. É um prazer conhecê-la — diz Patricia com afeição, o sotaque dela escapando. — A senhora vai ficar aqui por muito tempo?

— Não — respondo. — Ela só está aqui para servir de farol. — Pauso e tento usar a minha visão interior para fazer uma pergunta. — Um farol? — Escuto uma resposta. — Ah, um sinal para uma mãe mais velha. Ela vai passar o pedido para a ancestral que pode me mostrar como controlar o meu poder e de onde ele veio. Ela só consegue pedir. Vou ter que esperar por uma resposta. Pode demorar.

Patricia assente.

— Entendo. Muito generoso da parte dela. Muito obrigada, sra. Charles.

Dou mais dois passos, e a sensação de transbordamento fica mais forte.

— Meu Deus, vó. Será que dá para ser mais, tipo, sólida?

De alguma forma, ela me dá um tapa na cara. Eu pisco, o queixo virado sobre o ombro.

— Ai!

— *Isso é por usar o nome do Senhor em vão!*

— Uau. — Encaro Mariah. — Você sabia que dá para levar bronca do além?

— Sim, menina. — Mariah balança a cabeça em solidariedade. — Acontece comigo o tempo todo. Horrível, né?

Concordo com a cabeça.

— Eu só... — Tropeço de leve, as mãos esticadas em busca de equilíbrio. — Preciso que ela se acalme ou coisa do tipo. Nunca vou chegar em casa desse jeito.

— Aqui. — Patricia corre do lugar onde estávamos. — Coma isso.

Ela enfia uma pera na minha mão e me dá um copo de suco. Eu como e bebo, e juro que sinto a boca da minha avó se mexendo muito depois da minha já ter parado. Depois de um momento, ela parece mais contente. Melhor acomodada, como se tivesse encontrado uma boa cadeira de balanço lá dentro e decidido se sentar um pouco.

— Tudo bem. — Fico de pé, testando as minhas pernas. Eu me sinto cheia, mas não sem equilíbrio. — Bem melhor.

— Precisa de uma carona? — indaga Mariah.

Balanço a cabeça da forma mais enfática que consigo.

— Sim, por favor.

Quando Mariah para no estacionamento perto de Old East, ela me detém antes que eu saia.

— Lembre-se de que você precisa manter o foco. Precisa evitar que ela se derrame, mas mantenha-se atenta para que outros ancestrais da sua linhagem não venham bater na sua porta — avisa ela, apertando a minha mão. — A parte mais difícil de ser médium é fechar as portas depois que foram abertas. Os espíritos inquietos, ansiosos, procuram por formas de entrar, e você está muito mais vulnerável aos seus ancestrais agora. E escute, estamos no Sul; há muitos pretos com raiva debaixo da terra.

Faço que sim.

— Obrigada por me ajudar mesmo sem nem me conhecer direito. Isso significa... tudo.

— E é tudo mesmo — diz Mariah com um sorriso.

Antes que eu saia do carro, os dedos quentes de Patricia repousam na minha bochecha.

— Obrigada por nos deixar entrar. Estou orgulhosa de você, Bree. Espero que encontre as suas respostas.

44

QUANDO ACORDO TARDE NA manhã seguinte, Alice já saiu, e há uma mensagem dela no meu celular: Na biblioteca!

Minha avó ainda está dentro de mim, cochilando.

Pela primeira vez na semana inteira me permito sentir saudade de Nick. Vejo a dor no rosto dele e sinto vergonha por ter causado aquilo. O que ele deve pensar de mim agora? *Que eu o usei. Que assim que consegui o que queria, eu o larguei junto com tudo mais que tínhamos encontrado um com o outro.* Na verdade, foi exatamente isso que fiz. Eu o usei e aceitei a bondade dele e de todo mundo. Sair foi ruim, mas deixar as coisas do jeito que deixei foi pior.

Não consigo seguir em frente com isso pairando na minha cabeça. Digito uma resposta rápida para Alice.

Ei, você tem o número da Charlotte? Vou precisar da ajuda de vocês.

Enquanto espero por Alice e Charlotte, uso o restante do dia para lavar o meu cabelo — e é a coisa mais terapêutica e amorosa que eu poderia fazer por mim mesma. Lavo, desembaraço, hidrato com uma touca quente, pinto as unhas, assisto a um filme enquanto espero, enxáguo. Saio do chuveiro com o meu cabelo enrolado em uma toalha de microfibra e esfrego o espelho embaçado até conseguir ver um sorriso genuíno e pleno no meu rosto. Os nós desfeitos. O couro cabeludo limpo. Cachos hidratados e soltos. Cabeça e alma mais leves.

Mais do que estive em meses.

Charlotte acaba trazendo mais de uma dúzia de vestidos e uma caixa cheia de joias — e não apenas dela. Algumas são de amigas de outros quartos no mesmo corredor e do andar acima do nosso.

— Algumas Kappas e algumas Sigmas — diz ela.

Fico feliz pelo fato de ela ser tão popular; caso contrário, eu não teria opção nenhuma duas horas antes do baile.

Já estou esperando que Charlotte tente escavar detalhes sobre os motivos de eu precisar de um vestido; o semestre está muito no começo para a maior parte das organizações e dos grupos gregos organizarem seus bailes formais. Mas Alice já explicou que é para um baile social, e essa resposta pareceu ser suficiente para ela. Como Charlotte não menciona Evan se arrumando da mesma forma, eu me pergunto qual mentira ele contou para a namorada sobre os planos da noite. Cerveja e Playstation? Noite dos garotos? O que quer que seja, isso a está mantendo em segurança.

Experimento dez vestidos que claramente são de alguém com seios e quadris menores, fazendo com que Charlotte saia correndo do quarto para se lançar em outra busca, o celular na mão.

Depois que me enfio no décimo primeiro vestido, Alice arqueja, colocando a mão sobre a boca.

Quando me viro para o espelho de corpo inteiro no fundo do nosso quarto, minha réplica espirituosa e autodepreciativa desaparece. Um gritinho baixo de descrença sai da minha boca aberta.

— Ah, Bree. É esse. — Alice suspira. Ela se abaixa no ponto onde os meus joelhos estão escondidos sob as longas camadas de tule que vão até o chão e puxa o material até que ele esteja esvoaçando ao redor dos meus pés. — Você está incrível.

Quando ela se afasta, vejo pelo espelho que os olhos dela estão marejados.

— Sem choro, Alice Chen. É só um vestido — falo, mas não é verdade.

Não é só um vestido. É um vestido espetacular, digno de uma corte.

Ela passa a mão no rosto e sorri para mim pelo espelho.

— É só que você está tão parecida com ela.

Meu peito e a minha garganta se apertam, minhas emoções girando.

Não há como responder, então seguro a mão dela. Ela baixa a cabeça no meu ombro com um suspiro, e olhamos para os nossos reflexos. Apertamos os dedos uma da outra com força, porque há momentos que são vazios e cheios demais para palavras.

O Clube Carolina é um espaço de eventos chique usado por alunos, membros do corpo docente e funcionários da universidade. Embora o seu exterior seja moderno, o interior é num estilo chique pré-Guerra Civil. Charlotte insistiu em me deixar na entrada para que eu não andasse pelo campus com o vestido, e, enquanto subo a escada em saltos abençoadamente baixos que peguei emprestados de outra garota alta no segundo andar de Old East, preciso admitir que ela tem razão. Mesmo de salto, meu vestido é longo o bastante para que eu precise segurar nas laterais e impedir que ele se arraste pelo chão.

Um porteiro de terno preto e luvas brancas me recebe, um sorriso iluminando seu rosto cor marrom-ferrugem. Assim que passo pela porta, ele murmura:

— Isso aí, maninha.

E eu sorrio também. É o pouquinho de encorajamento de que preciso para cruzar o saguão elegante de cabeça erguida e atravessar as portas duplas que levam até o salão de festas.

O lugar é impressionante, com janelas ao longo da parede dos fundos, uma pista de dança e um palco em um canto, e mesas redondas de jantar cobertas com toalhas de linho branco do outro lado. A banda de jazz no palco, chamada "Os Grandes do Velho Norte", de acordo com a logo na bateria, está tocando uma versão de suingue agitado de uma música popular. Acima da minha cabeça estão lustres pendurados em vigas expostas de mogno que atravessam o teto feito grandes dedos de madeira.

Há pelo menos trezentas pessoas aqui. Notícias de ataques demoníacos e murmúrios sobre a iminente reunião da Távola se espalharam. Nick falou que devíamos esperar Lendários e famílias Vassalas de todas as Linhagens, algumas de lugares distantes como a Europa, todas comparecendo para ouvir uma atualização acerca dos ataques enquanto conhece o grupo atual de Herdeiros e Escudeiros. As mesas são separadas por cor, identificando Linhagem a qual aqueles Vassalos servem.

Mulheres mais velhas em longos vestidos impactantes se sentam juntas, fofocando em suas mesas enquanto bebericam taças de vinho. Vários grupos menores de homens de smoking se reúnem nos dois bares nos cantos do salão. Parecem confortáveis em roupas formais, sorrindo e gargalhando como se fosse uma festa de ex-alunos. Eu me pergunto se o pai de Sarah está aqui e se terei a chance de conhecê-lo. Mesmo com o convite formal apertado entre os dedos, me sinto deslocada.

— Bree!

Felicity é a primeira a me encontrar do outro lado da sala, acenando ao se erguer da mesa quase vazia andando até mim com um copo na mão. As cabeças de Tor e Sarah se erguem quando escutam o meu nome, e elas se levantam da mesa para seguir Felicity.

À medida que ela e as outras se aproximam em seus vestidos com as cores das respectivas Linhagens, sinto o olhar pinicante de Sel, mas não consigo encontrá-lo na multidão. Ele sabe que posso sentir a atenção dele agora. Não sei como me sinto em relação a isso. Ou ao fato de que, ainda que ele *saiba* que posso senti-lo, continue olhando.

Felicity dá um longo gritinho.

— Aimeudeus, amei o seu vestido!

Sua fala um pouco arrastada me indica que ela deve estar na terceira taça de vinho. No mínimo.

— Obrigada — falo, passando as mãos na frente do vestido, nervosa.

Não era possível que Alice soubesse disso ao elogiar minha roupa, mas o vestido é perfeito para me despedir da Ordem e encontrar o meu próprio lugar na raiz. Enquanto a saia é simples e elegante, fluindo da minha cintura para baixo em camadas de tule cor de champanhe, o corpete é uma explosão de vermelho e dourado. Vinhas de laços e flores aplicadas sobem pelo meu quadril, passando pelo meu peito unindo como um colar na minha garganta. Charlotte estava certa sobre a minha falta de acessórios: eu definitivamente não tinha as sandálias douradas com tiras, ou os brincos dourados como o sol, e nem teria pensado em prender o cabelo com uma fita dourada. Atrás da fita, meus cachos castanho-escuros estão presos para o alto feito a copa orgulhosa de uma árvore.

Felicity ainda está admirando o meu vestido.

— Nick vai enlouquecer quando ver você.

Com uma voz cantante, Sarah diz:

— Falando nele...

Quando sigo o olhar dela por cima dos meus ombros, vejo Nick caminhando na nossa direção, uma visão em preto e branco. Ele optou por um terno preto, mas — ai, meu Deus! —, como aquilo foi feito para cada centímetro de seus ombros largos e de suas longas pernas. Fico paralisada, esperando a fúria dele, a decepção justificada, mas não recebo nada disso. A expressão dele vai do choque para algo perto do alívio, e, quando ele me alcança, abre o lindo sorriso que faz parar meu coração e que deixa minha boca seca.

— Ei — diz ele, sem fôlego.

— Ei.

Nick morde o lábio inferior, e quero ao mesmo tempo correr para longe e me jogar nos braços dele.

—Você está linda.

— E você parece um agente secreto recém-recrutado.

—Ah, é? — Ele abre os braços e contempla o traje olhando para baixo.

— Novato e cheio de vontade, mas será que ele tem o que é necessário?

— Aquele que intimida o agente veterano mais velho no início, mas depois, apesar das reclamações, o veterano coloca o novato sob suas asas.

— E no fim, o novato ganha o respeito do veterano. E talvez um novo codinome.

— Isso.

Olhamos um para o outro, o impulso familiar passando pela gente, até Sarah pigarrear. É só então que me dou conta de que os outros estavam nos observando com atenção. A expressão delas vai de fascínio no rosto de Felicity até a irritação de Tor.

— Eca — diz a loira, andando para longe. — Que nojo.

Nick abaixa a cabeça, esfregando um polegar na sobrancelha para ocultar o rubor.

— Herdeiro Davis? — Um homem mais velho aparece perto dele, balançando a cabeça em um pedido de desculpas por interromper. Contenho uma exclamação de surpresa com o súbito desaparecer do olhar de Sel. Fiquei acostumada e esqueci que ele estava assistindo a toda a minha conversa com Nick. E ouvindo também, aposto. — Seu pai gostaria que todos se sentassem. — O homem aponta para a mesa atrás de nós. — Por favor.

Nós o seguimos, sentando em uma mesa com oito lugares. À medida que caminhamos, Nick se inclina para mais perto e dá um sorriso seco.

— Você não ligou, não mandou mensagem.

— Eu sei. Me desculpe por ter ignorado você...

Ele enrola a mão no meu pulso, o rosto carinhoso e compreensivo.

— Podemos conversar mais tarde. Agora só estou grato por você estar aqui.

Assinto, porque ele está certo. Podemos conversar mais tarde. Nossa despedida final, nossa *verdadeira* despedida, deve ser particular.

Whitty e Greer já estão em seus assentos quando chegamos, e Evan e Fitz chegam junto com a gente. Tor e Sarah se sentam na minha frente e de Nick.

Greer acena para mim.

— E aqui está ela!

Elu está elegante com um terno e uma gravata no vermelho de Lamorak que combina com o lenço de bolso. Nesta noite, seu cabelo comprido está completamente para o alto, em uma coroa trançada e elegante.

Os outros me saúdam com sorrisos e erguendo seus copos. A única expressão descontente é a de Fitz, mas até isso ignoro. Se os meus amigos aceitam minha presença sem me repreender, então eu podia, talvez, fazer o mesmo.

Nick me pega olhando pela sala.

— Por quem você está procurando?

Eu sorrio, me sentindo rude por não prestar atenção na minha mesa. E, por algum motivo, envergonhada por estar em busca de Sel.

—Vaughn está aqui? — indago.

Os olhos de Nick escurecem.

— Pedi para que ele fosse colocado no outro lado do salão.

Fitz, do outro lado da mesa, revira os olhos.

— Ele é um bom lutador, Nick.

— Mas trapaceia.

Nick pega seu guardanapo de pano da mesa e o coloca sobre o colo.

Fitz desdenha.

—Você acha que as Crias Sombrias lutam de forma limpa?

— Da última vez que cheguei, a decisão de quem seria o meu Escudeiro era minha, Fitz.

O rosto de Nick é a imagem da civilidade, mas a rigidez nos seus olhos azuis diz que a conversa terminou.

— Ei, ei. — Evan se inclina para a frente, esticando a mão. — Sem drama hoje. Vamos conversar sobre a melhor estratégia para fazer os garçons servirem quem tem menos de vinte e um anos, hein? — Evan agita as sobrancelhas. — Ou talvez avaliar as roupas de todo mundo em uma escala de um a dez? Bree, você é nota dez, obviamente.

Ele beija as pontas dos dedos como um chef para dar mais efeito.

— Concordo — diz Nick, erguendo uma taça e piscando na minha direção.

A mão de alguém usando luva branca, segurando um prato de salada, cruza o meu campo de visão. Quando ergo o olhar, vejo um par de olhos castanho-claros em um rosto marrom dourado. A mulher sorri e avança para entregar o prato seguinte a Greer. O homem ao lado direito de Nick serve chá doce nas nossas taças vazias, e vejo que ele também é marrom. Sinto as minhas sobrancelhas se unirem quando vejo que todos os garçons — todos — são pessoas pretas e marrons. Outro lembrete de que não pertenço a este lugar. *Eu só estou aqui para me despedir do jeito certo.*

Nick esfrega a minha mão com as costas da sua.

— Está tudo bem?

Pisco.

— Sim — respondo, e o sorriso dele é tão gentil que dói.

O restante do jantar passa como um borrão cheio de sabores e com vários pratos: pato grelhado com pastinaca, abóbora salteada e abobrinha com tiras frescas de manjericão e pinhão e um risoto de legumes.

É só quando a banda começa a tocar de novo que lembro que há uma pista de dança. Estamos terminando nosso pudim de pão quando Nick toca o meu cotovelo.

— Quer dançar?

Fico surpresa, mas ele parece estar falando sério, então gaguejo um sim e caminho com ele até a pista de dança ao som da comemoração nem tão sutil de Evan. Por sorte, a maior parte é coberta pelo movimento e barulho na sala.

— Aquele cara alguma vez sossega o facho? — murmuro.

— Não que eu tenha visto.

Paramos em um canto vazio da pista de dança, mas, antes que possamos começar, a banda passa para um ritmo agitado. Nick coloca uma das mãos na minha cintura e sorri. Não tem como conversar aqui. Tudo que podemos fazer é dançar — até que a longa mão de alguém bate no ombro dele.

O homem de pé atrás de Nick é como um fantasma silencioso em roupas formais. Olhos vermelho-amarelados como folhas morrendo estão afundados em seu rosto pálido sob sobrancelhas negras atentas. Usa um terno preto com uma camisa vermelho-escura e uma fina gravata preta. Ele tem uma beleza severa e inegável, mas que foi canalizada para qualidades inquietantes; como uma estrutura grega ancestral, suas feições são todas arqueadas e incisivas, agressivas. O cheiro acre e enjoativo característico da magia dele se acumula no fundo da minha garganta como bile.

Um Merlin.

— Isaac.

Um tremor sobe pela minha espinha com a saudação tensa de Nick.

Este homem aterrorizante é Isaac Sorenson.

O Mago-Real de Lorde Davis.

45

— NICHOLAS.

Isaac inclina a cabeça, mas algo no movimento mais me parecia zombaria do que respeito. O olhar dele vai até o ombro de Nick. Parece que não sou a única que notou que, quando Nick se virou, ele se pôs um pouco na minha frente.

— O que quer? — diz Nick, a voz uma oitava abaixo do normal.

— Seu pai gostaria que você se juntasse a ele na antecâmara — diz Isaac em um tom barítono grave.

Quando ele se vira para indicar uma porta lateral perto do palco, percebo as pontas afiadas de suas orelhas.

A mandíbula de Nick já está tensa. E só fica mais rígida quando Isaac menciona o pai dele.

— Agora?

— Infelizmente sim, meu suserano — murmura Isaac, com as mãos na frente do corpo feito um servo educado, ainda que o poder e a inteligência feroz nos olhos dele sugiram qualquer coisa exceto isso.

O peito e os ombros de Nick se levantam em uma respiração pesada, com o objetivo de se acalmar. Ele se vira para mim, bloqueando Isaac de vista.

— Lamento muito. Preciso ir. — A expressão suave dele se desfaz em uma consternação pensativa, como se estivesse tomando uma decisão da qual ele não tem certeza. — Encontro você depois da Seleção, está bem?

A mistura de preocupação e esperança em seus olhos azuis arremessa meu coração contra as costelas. Ele volta ao seu ritmo quando ouço minha própria voz dizer:

— Certo.

Nick solta outro suspiro, dessa vez com algum tipo de alívio silencioso. Acho que nós dois esperamos que Isaac saia andando com Nick, mas o Merlin apenas indica com a cabeça a direção da porta. O olhar de Nick vai dele para mim durante um momento, por fim me encarando com um aviso silencioso do qual eu nem preciso. Já sei que Isaac é perigoso.

Quando Nick desaparece na multidão, sinto a força total do olhar de Isaac no meu rosto. Se a atenção de Sel se parece com faíscas ou brasas, Isaac é como o calor escaldante do verão. Seus olhos insondáveis perfuram os meus.

Ainda assim, não desvio o olhar. Não vim até aqui para me acovardar.

— *Quem é esse homem?*

Quando me sobressalto ao ouvir a voz da minha vó, os lábios finos de Isaac se repuxam em um sorriso horrendo, revelando os caninos mais longos que já vi. Não, caninos não. Presas.

— Você é a garota Primavida.

Alguém ruim, vó.

— Sou.

— *Não gosto dos olhos dele.*

Nem eu, mas preciso me concentrar enquanto estou aqui com todo mundo. Será que poderia... — Ela some, de forma tão rápida e silenciosa que eu me preocupo que possa ter ido embora de vez. Fecho a porta atrás dela por agora, trancando com força.

O olhar de Isaac me percorre de cima a baixo, e, depois de um momento de inspeção, ele faz um sonzinho entretido.

— Fascinante.

Vindo de qualquer outra pessoa, a palavra poderia ser um elogio; dele, retorce o meu estômago que nem carne podre.

— Mestre Isaac.

Sel aparece do meu lado, as mãos nos bolsos como se tivesse acabado de terminar uma caminhada rotineira. Ele está todo de preto, é claro; terno preto, camisa preta e gravata preta. Se Nick é um agente secreto, Sel é o assassino do lado inimigo.

Nunca fiquei tão grata por ter um assassino ao meu lado.

O olhar de Isaac se volta para Sel.

— Um dos meus pupilos favoritos.

Sinto um peso no estômago. Este é o Merlin que treinou Sel?

Sel faz uma leve reverência, mas não antes que eu perceba sua mandíbula se contraindo.

— Não achei que o veria aqui esta noite. Achei que qualquer Mestre disponível estaria na Capela Norte. Ouvi dizer que tiveram outro ataque na noite de ontem.

— Vou para onde os Regentes me mandam — responde Isaac de forma neutra. — Assim como você, quando se graduar deste posto e continuar servindo à Ordem.

— Se ao menos pudéssemos prever o futuro — diz Sel, com tranquilidade. — Enquanto isso — ele se vira para mim, os olhos brilhando com travessura —, gostaria de falar com a nossa visitante Primavida.

Ele estende o braço direito para mim à medida que o ritmo da música diminui. Sel está claramente dispensando o homem, e fico feliz de encorajá-lo, então aceito e dou o braço a ele.

As linhas finas ao redor dos olhos do homem mais velho ficam tensas quando ele sorri.

— Aproveite a noite.

Isaac inclina a cabeça para nós dois e se vira para caminhar na direção da porta da antecâmara.

Permito que Sel nos guie pela multidão de dançarinos na direção oposta, até chegarmos à parte mais distante do salão. Achei que ele só tivesse interferido para me ajudar a escapar das atenções de Isaac, mas, quando vou puxar o braço, os dedos dele se prendem ao redor dos meus, liberando uma descarga elétrica que sobe até meu cotovelo. Antes que eu possa protestar, ele desliza a mão livre ao redor da minha cintura e me prende em seus braços.

Os olhos dele brilham, como se Sel soubesse exatamente o que a pele dele fez comigo e achasse muito engraçado. Reviro os olhos e permito que ele nos guie em uma dança lenta, girando pelo salão.

— Um pequeno conselho. Nunca olhe diretamente para os olhos de um Mestre Merlin. Na idade dele, a mesmerização do Mestre Isaac é bem mais poderosa do que a minha e age muito mais rapidamente.

— Achei que você fosse o Merlin mais poderoso em uma geração?

— Sou o Merlin mais poderoso da *minha* geração. — Ele me observa por um momento, e tento não me debater sob o escrutínio dele. — Depois da forma como você saiu, fiquei surpreso por ter voltado. — Uma pausa. Rostos virados para baixo. — Quase tão surpreso quanto estou pelo fato de você permitir que eu a conduza agora.

Faço uma cara feia e fixo o meu olhar num ponto acima do ombro dele.

— Não estava nos meus planos.

— Vir ao baile ou me deixar conduzi-la?

— As duas coisas.

Ele ri.

— O que fez você mudar de ideia em relação ao baile?

— Filmes da Disney — murmuro.

— Ah, sim. A propaganda nada sutil dos vestidos de gala e *príncipes encantados*. — A leve zombaria na sua voz atrai o meu olhar para ele. Sel disfarça rapidamente, um sorrisinho resignado cruzando o seu rosto, mas o garoto não consegue esconder os seus sentimentos por Nick. Ele nunca conseguiu. — Quando vi você entrar, pensei que tivesse vindo para dizer adeus.

— Foi isso.

— Se é o que você deseja.

Inclino a cabeça e examino o rosto de Sel para ver se está brincando, mas ele não está.

— Você deveria estar feliz — falo. — Passou cada segundo tentando me fazer sair.

Ele me encara por um longo momento.

— Não foi *cada* segundo.

De repente fica difícil respirar. Desvio o olhar.

— Tenho uma pergunta.

Sel desce meu corpo sem aviso, fazendo com que o meu estômago suba até a garganta.

— Estou ouvindo — sussurra ele, então me levanta com facilidade. Olho para ele assim que fico de pé, mas Sel apenas sorri.

— Você consegue usar o aether para manipular objetos que já existem?

Suas sobrancelhas escuras se erguem.

— Desenvolveu um interesse súbito em teoria do aether?

— Só me responde.

— Peça com educação.

Reviro os olhos.

— Por favor.

Ele me gira antes de responder, a boca torcida enquanto me faz esperar.

— Em teoria, uma pessoa pode prender um construto de aether em algum objeto material existente, ou cobrir o objeto como uma capa com fogo mágico cru, não manipulado, mas isso só duraria por um tempo. Assim como os meus construtos na caça ao tesouro, o feiticeiro precisaria manter a ligação com atenção constante.

— E por quanto tempo um feiticeiro pode manter sua atenção em um objeto?

— Passar de cinco horas, talvez seis, resultaria em uma dor de cabeça terrível, até mesmo para um Mestre. Eu não recomendaria. Por quê?

Seis horas não é a resposta que eu buscava. Eu não tinha a Visão antes de minha mãe morrer, então, pelo que sei, o aether preso ao bracelete dela sempre esteve ali, escondido de mim até a morte dela ter me dado a habilidade da Visão.

Sel aperta os meus dedos para trazer minha atenção de volta para ele.

— Por quê?

— O que diria se eu falasse que tenho algo da minha mãe que tem aether atrelado a ele e que o aether está naquele objeto ou dentro dele há...

pelo menos vários meses? Talvez mais. Talvez anos. E quando encostei no objeto, ele destravou uma memória?

Sel pisca, intrigado.

— Eu diria que é impossível. Que qualquer Merlin sustentando um único feitiço por tanto tempo morreria pelo cansaço. "Trancar" uma memória de forma que precise de uma chave de aether para abrir...? É uma mesmerização de precisão da qual nunca ouvi falar. — O pinicar quente de seu olhar dança nas minhas bochechas, boca, garganta. — Mas, ao mesmo tempo... eu diria que tudo em relação a você parece desafiar a razão.

Balanço a cabeça sem prestar atenção. O bracelete da sorte esteve nos meus pensamentos desde que eu o encontrei. Manipular objetos com aether parece uma prática da Ordem, e a Visão *pareceu* uma memória mesmerizada emergindo de algum lugar dentro de mim. Mas o bracelete tinha sido ativado pelo toque, o que mais parece ser Arte de Raiz, e a experiência — estar dentro da memória como o meu eu atual *e* o meu eu passado — pareceu uma caminhada pela memória. O bracelete da minha mãe é um item da Arte de Raiz ou da Ordem? E quem era aquela mulher com ela?

— Eu conheço *esse* olhar — diz Sel com um suspiro. — Você vai *sempre* ser a garota misteriosa?

Sorrio.

— Provavelmente.

— Posso ajudá-la com essa busca? — Algo ríspido e estrangulado na voz dele me faz erguer o olhar. — Ou será que Nicholas vai se sentir excluído de novo?

— Não é justo.

Ele dá de ombros.

— É uma oferta por tempo limitado. — As palavras seguintes dele são tensas e saem em um sussurro. — Eu mesmo posso não estar aqui por mais muito tempo.

Fico rígida.

—Você realmente vai ser substituído? Isso ainda está sendo debatido?

— Isso não *deixou* de ser debatido.

— Mas você não é... — Luto em busca da palavra certa.

— Um demônio furioso e feroz? — O sorriso dele não alcança os olhos. — Depois do que descobrimos sobre a minha mãe, seria tolice não me manter vigilante.

Desvio o olhar para que ele não precise ver como as últimas palavras dele doem em mim, e porque sei que ele não apreciaria pena. Queria que ele não precisasse carregar o fardo das ações da mãe e se preocupar se ele repetiria os atos dela. Queria que ele não tivesse que ter medo de si mesmo ou de viver sabendo que os outros temiam o que ele se tornaria. Eu me dou conta agora de que a obsessão dele em me caçar devia ter sido, em algum nível, uma necessidade desesperada de provar à divisão que era digno de confiança. Agora que sei a história da sua família e o que isso poderia significar para a sua sanidade e quando ele poderia perdê-la...

Nossos olhares se cruzam. Coloco toda a minha fé nos meus olhos, de modo que ele a receba, a segure, se lembre dela quando eu for embora. Eu a transmito com um aperto da minha mão direita na mão esquerda dele, e a pressão da minha palma no ombro dele. *Não tenho medo de você.* Os olhos dourados dele se arregalam, e acho que Sel entende. Pelo menos é o que espero.

Sel pigarreia e nos gira de novo. Ele admira o meu cabelo, analisando o tamanho e o formato dele, então os seus olhos seguem da minha têmpora até os meus brincos emprestados, até o meu pescoço e os meus ombros.

— Você está deslumbrante esta noite, Briana.

O tecido do meu vestido é tão fino que posso sentir o calor abrasador da mão dele na minha cintura. Imagino a ponta dos dedos dele deixando impressões digitais vermelhas na minha pele, e a imagem faz os pelinhos da minha nuca se arrepiarem.

— Obrigada — falo, um pouco nervosa.

— Estou dizendo a verdade — diz ele, dando de ombros. — Você está. Mesmo que se sinta aflita.

— Não me sinto aflita.

Ele chega tão perto que seus lábios roçam a minha orelha quando ele sussurra:

— Mentirosa.

Quando ele se afasta com um sorrisinho, sinto uma lufada de algo forte e pungente, ligeiramente parecido com sândalo e vetiver. Franzo o nariz e digo a primeira coisa que me vem à mente.

— Sua magia tem um cheiro *bem* melhor do que o seu perfume.

O rosto dele fica sem expressão por um momento.

— Minha... magia?

Eu me dou conta tarde demais que a conversa tomou um rumo mais íntimo e que é culpa minha. Luto contra a vontade súbita de correr do olhar curioso dele, focando em um grão de poeira em sua gravata.

—Você consegue *sentir o cheiro* dos meus feitiços?

Aquela poeirinha é tão *interessante*.

— Sim...?

Ele ri alto, com leveza. Quando olho para cima, ele está balançando a cabeça.

— O que foi? — pergunto.

O sorriso dele é completamente livre, cheio de algo parecido com fascinação.

—Você é *surpreendente*.

— Obrigada?

Seu olhar dispara por cima do meu ombro e na direção do palco antes de ele me girar em seus braços, me deixando de costas para ele.

— E eu não sou o único que pensa isso.

Lá na frente, a banda está terminando a música lenta, e, ao lado do palco, está um grupo de Lendários, com Nick, Pete e William em uma fila na ponta. Os olhos de Nick estão grudados em nós, ao corpo de Sel ao redor do meu — e a raiva no rosto dele queima como fogos de artifício, mesmo do outro lado do salão.

Eu me afasto, mas os dedos de Sel seguram meu quadril com força, me mantendo perto dele. Ele murmura baixinho no meu ouvido.

— Ah, o showzinho que ele daria se pudesse.

Eu me viro para encará-lo.

—Você está fazendo isso só para deixá-lo com ciúmes?

Os olhos dele brilham.

— Não. Mas não significa que não posso me divertir.

Ele me solta, mas não há espaço para me mover, então a única coisa que posso fazer é evitar o contato visual enquanto ele ri do meu lado.

Por fim, a banda termina a música, e o *ping-ping-ping* de um talher batendo contra vidro interrompe o murmúrio do público.

Lorde Davis dá um passo adiante para falar no microfone em um pedestal.

— Se eu puder ter a atenção de vocês, por favor.

Ele está usando um terno escuro com uma faixa de gala de ouro-escuro que cobre os ombros e termina no centro de seu peito. Um pingente de estrela dourada pende da extremidade pontiaguda e, no centro, um diamante branco brilha à luz do lustre.

O salão cai em um silêncio inquieto. Nos cantos do lugar, noto os garçons sendo levados para fora por portas laterais pelo que pareciam ser leões de chácara. Gillian está ali. Owen também. Vassalos escoltando forasteiros para longe. Assim que os membros da banda saem também, as portas são fechadas.

— Obrigado a todos por comparecerem ao Baile Anual de Seleção da Divisão do Sul! — O público aplaude, e Lorde Davis pede silêncio com um aceno de mão. — Infelizmente, o baile deste ano vem em um tempo de dificuldades para a nossa Ordem. Como sabem, um número cada vez maior de travessias tem sido avistado por toda a Costa Leste em todas as divisões, incluindo a nossa aqui.

Do meu lado, uma mulher pega a mão do marido. Os ombros de Sel se retesam.

— O último levante demoníaco foi há mais de duzentos anos. — Davis ergue o queixo. — E ainda que nenhum de nós estivesse vivo naquela época, sabemos pelos registros que é assim — ele aponta o dedo para o chão, a voz subindo ao falar — que Camlann começa. É assim que começa. E sabemos, assim como nos séculos passados, que os nossos ancestrais nos prepararam para essa época e nos equiparam com o direito de nascença de derrotar as hordas!

O aplauso da multidão aumenta e se iguala ao fervor dele, e os Tristan sacodem os punhos. Pelo canto do olho, vejo Fitz estalando os dedos feito um lutador campeão prestes a entrar no ringue.

— E, assim como nos séculos passados... — Davis faz uma pausa, inclinando a cabeça para o céu e segurando a mão sobre o peito em reverência. — ... que retomemos o nosso compromisso com a missão e uns com os outros ao nos unirmos em nosso voto sagrado.

Ao meu redor, as vozes falam o juramento em uníssono.

— *Quando as sombras se erguem, a luz há de ascender, quando sangue é derramado, o Chamado do sangue ouvirei. Pelo rei e sua Távola, pela Ordem e seu poder, pelos Juramentos eternos, a Linhagem é a Lei.*

Os olhos de Sel, cheios de emoção, encontram os meus.

Davis encara a sala com um olhar severo.

— Meus caros descendentes, que não desperdicemos tempo em nossa preparação para o que vem a seguir.

Ele faz um gesto para que Nick e os outros avancem para o lado dele.

No chão, logo abaixo do palco, estão os cinco Pajens restantes em uma fila, encarando o palco e os três Herdeiros. Sydney, Greer, Blake, Vaughn e Whitty.

Uma semana atrás, eu também teria estado ali.

— Herdeiro Sitterson, por favor, avance e anuncie a sua escolha de Escudeiro.

Quando William vai até o microfone, não consigo evitar sorrir para o meu amigo. O terno dele é de um verde-escuro com lapelas de um roxo quase preto, de alfaiataria perfeita.

— Eu, William Jeffrey Sitterson, Herdeiro de Gawain, décimo segundo nível, escolho o Pajem Whitlock como Escudeiro. — Ele ergue diante de si uma longa faixa verde com uma única moeda, e sei sem precisar olhar que ela carrega o símbolo de Gawain. Uma marca para que o seu Escudeiro carregue. — Com este acordo, estaremos ligados. Nesta guerra e além.

Uma celebração irrompe na mesa dos Pajens antes que Lorde Davis peça ao salão para se acalmar.

— Pajem Whitlock, você aceita?

Mesmo do fundo, vejo Whitty ajeitando a gravata com nervosismo. Ele precisa de três tentativas para conseguir emitir as palavras.

— Eu aceito. Aceito a oferta do Herdeiro Sitterson.

Os mais velhos — os Vassalos e pais de Lendários e Suseranos — aplaudem, e uma grande comemoração irrompe na mesa dos Lendários e na dos Pajens. Eu me junto aos vivas e aos gritos, contente pelo meu amigo, enquanto Whitty caminha para a frente e aceita as cores e o emblema de William. Ele acena com timidez para o salão e se senta o mais rápido possível.

Lorde Davis pede para que o salão se acalme, então chama Pete. Ele parece bastante assustado, mas o dever o compele até o microfone.

— Eu, Peter Herbert Hood, Herdeiro de Sir Owain, sétimo nível, escolho Pajem Taylor como Escudeire. Com este acordo, estaremos para sempre em conexão. Nesta guerra e além.

Um murmúrio percorre o salão. Lorde Davis se inclina ao lado de Pete.

— Pajem Taylor? Você aceita?

Atrás de Greer, a multidão fica em silêncio. Acompanho os olhares cautelosos, a hesitação e a curiosidade de alguns pais e Vassalos no salão. E algumas zombarias descaradas. Pessoas que não querem ser incomodadas. Que não querem se adaptar. Pessoas que não querem melhorar ou aprender mais, como Greer falou antes.

Sorrio por Greer. *Hora de quebrar o ritmo deles.*

Greer ergue os ombros para trás, e, quando fala, a voz é forte e clara.

— Eu aceito. Aceito a oferta do Herdeiro Hood.

Mais aplausos dessa vez, mas é tão forte que não tenho certeza se é para Pete e Greer ou para o anúncio que vem a seguir.

— O momento pelo qual estávamos esperando chegou. — Lorde Davis usa as duas mãos para aquietar o salão. — Meu filho, Nicholas Davis, Herdeiro de Arthur, vai anunciar a sua escolha.

Nick dá um passo adiante e fica ao lado do pai, recuando de forma quase imperceptível quando Davis dá tapinhas nas costas dele. Eu sabia que este momento estava chegando, mas não estava preparada para o rosto de Nick, tão solene e sério enquanto avalia a sala. Quando ele se aproxima, todos ficam em silêncio, como se a Ordem inteira, mesmo fora daqui, estivesse prendendo a respiração, aguardando que o futuro rei anunciasse sua primeira decisão no caminho rumo ao trono.

Do meu lado, Sel inclina a cabeça na minha direção, como se suas orelhas fossem antenas. Seus olhos vão para o meu peito e depois sobem, o canto da boca dele se retorce. *Ai*. Meu coração está batendo forte no peito — tão alto que ele consegue ouvir.

Nick pega o microfone, e a sala inteira prende a respiração. Ele olha para baixo, para os três Pajens restantes, olhando um de cada vez. Espero que ele escolha Sydney. Tento ficar contente por ele escolher Sydney. Ela é uma escolha melhor que Vaughn ou Blake. Ela vai servi-lo bem.

Ele segura a fita dourada de Arthur no alto, e a moeda brilha na luz.

— Eu, Nicholas Martin Davis, Herdeiro do rei Arthur Pendragon, primeiro nível...

Ah, meu Deus. Eu me viro. Não consigo olhar. Não quero ouvir.

— ... escolho a Pajem Matthews como minha Escudeira. Com este acordo, estaremos unidos. Nesta guerra e além.

46

O SALÃO ENTRA EM erupção.

Sel sibila, inspirando profundamente ao meu lado.

Sinto centenas de olhos caçando pelo salão a garota Primavida que se tornaria Escudeira do Rei, mas não consigo me mover. Não consigo pensar.

Davis tenta acalmar a multidão. Posso ouvi-lo dizer algo parecido com "respeitar a decisão do rei".

O microfone emite um zumbido.

— Pajem Matthews? — chama Nick, e todos no salão se viram para ele. — Você aceita?

Quando os olhos de Nick me encontram de novo, toda a sua corte segue o olhar. Todos se viram na minha direção.

— Você aceita a minha oferta? — repete Nick, e posso ouvir a incerteza na voz dele, misturada com esperança.

De repente, tudo em que consigo pensar é que vim até aqui esta noite para me desculpar e me despedir, mas, se eu me tornar a Escudeira de Nick e Arthur fizer o Chamado, nunca mais poderei sair.

O medo domina meu coração.

Vim para a Ordem com o objetivo de encontrar respostas sobre a morte da minha mãe e as encontrei. Encontrar uma forma de abandonar a

Ordem depois disso sempre foi o passo seguinte. Este era o nosso acordo. Mas a oferta de Nick me levaria por um novo caminho: aceitar a missão da Ordem como minha. Viver com o risco do Abatimento.

Sel se aproxima. Sinto a tensão nos ombros dele.

— Você *precisa* responder — sussurra ele, o som agudo no meu ouvido me trazendo de volta à vida.

— Eu...

Encontro os olhos de Nick do outro lado do salão por entre centenas de pessoas, séculos de história, segredos e verdades — e sinto o impulso familiar entre nós. *Se você consegue ser corajoso, eu também consigo. Se você pode, eu posso.* Chamado e resposta. De certa forma, Nick e eu já estamos ligados. Estamos ligados desde aquela primeira noite. Naquele segundo, estou em dois lugares ao mesmo tempo: aqui com Nick e de volta à memória oculta da minha mãe. Vejo nos olhos dele as mesmas qualidades que via nos dela: fé, esperança, orgulho. Camlann está vindo e, como minha mãe, tenho uma escolha: lutar ou fugir.

Assuma riscos. Siga o seu coração. E siga em frente.

Eu sou a filha da minha mãe.

— Sim — respondo, em alto e bom som. — Eu aceito. Aceito a oferta do Herdeiro Davis.

A multidão explode de novo assim que as palavras saem da minha boca.

O salão de festas se torna uma tempestade de exclamações, gritos surpresos e indignados. Lorde Davis pede ordem, chegando até mesmo a bater no microfone. Não faz diferença. Ninguém está ouvindo. Alguém tira Nick do palco. Ele está protestando, mas é empurrado.

— Você *roubou* isso do meu filho!

Estremeço. A mulher do meu lado dispara, o desgosto transformando o seu rosto em uma máscara horrível. É a mãe de Vaughn, membro Rosa Schaefer, que foi gentil comigo antes. Hoje, os insultos em seu olhar recaem sobre mim como adagas.

— Este é o futuro dele, sua... garotinha de cabelo ruim...

Alguém a empurra, mas um homem com uma barba grisalha entra no lugar dela, os dentes à mostra.

Um par de braços fortes — de Sel — se enrola na minha cintura, me puxando para trás através das mãos que me agarram. Mãos que tentam me trazer para perto para que possam me inspecionar, julgar. Giro nos braços dele em busca de Nick, mas ele já sumiu.

Ofensas voam enquanto passo.

— *Interesseira!*

— *Primavida trapaceira.*

— *Cotista!*

— *Qual é? O sangue dela é sujo. Vai manchar a Linhagem!*

Isso me tira do sério. Me viro em busca do culpado.

— Quem disse essa...

Sel me tira do alcance das mãos de um Vassalo. Ele dá um jeito de me tirar do salão de dança ilesa, mas é necessário que Whitty, Greer, Sarah e Evan formem uma muralha atrás de nós para barrar homens e mulheres prontos para me perseguir com forcados. Atrás da multidão, o palco está vazio. Sel me coloca ao seu lado, me erguendo de leve do chão, e dispara para as portas trancadas do outro lado do salão. Dois Suseranos saem da frente dele — bem na hora — antes que ele abra as portas com um chute e corra pelo longo corredor, me jogando nas suas costas enquanto corre.

— Escrotos de merda! — Os xingamentos dele chegam no meu ouvido acima da lufada de ar.

— Para onde está me levando?

— Para longe! — Estamos na direção da saída. — Longe desses babacas previamente mencionados!

— Fodam-se eles! — Bato nos braços dele. — Preciso ver Nick!

Sel rosna baixo e pragueja de novo, mas muda de rumo. Ele avança por um corredorzinho vazio e, de repente, estamos em um quarto escuro com cheiro de couro e livros, atravessado pela luz âmbar que vem das janelas da sacada. Ele me coloca no chão, e sinto uma dor aguda em um dos meus tornozelos quando pouso desajeitadamente no salto do sapato, mas nem noto. A adrenalina corre pelas minhas veias junto com vertigem e orgulho.

Sob a luz do corredor, Sel espia para ver se fomos seguidos. Ele passa a mão pelo cabelo e se vira para mim com eletricidade nos olhos. Uma onda de triunfo ardente, uma corrente de conflito.

— Fique aqui. Vou buscá-lo.

E então ele se vai em um borrão escuro.

Pressiono as duas mãos nas bochechas ruborizadas e rodopio. Ainda que eu esteja abalada por causa da multidão, uma alegria cheia de endorfina borbulha no meu peito, escapando da minha boca em uma risada sem fôlego. Não consigo encontrar o interruptor, mas não faz diferença. Não preciso enxergar. Preciso sentir. O pânico recente ainda quica no meu peito e bate nas minhas costelas, mas também há animação.

Ouço um clique atrás de mim, e então Sel e Nick aparecem juntos na porta, o cabelo deles igualmente despenteados pela corrida do Mago-Real.

Por um momento, nós três nos encaramos em uma compreensão muda. Olho de um para outro — um anjo caído e um rei, a escuridão e a luz, e sinto uma emoção profunda e agitada por causa do que fiz. Por causa do que *nós* fizemos. É assim que vai ser de agora em diante. Juramentos entre nós. Ligados uns com os outros. Para sempre.

Nick se mexe primeiro. Ele me alcança em dois passos e me ergue nos braços, rindo com o rosto afundado em meus cabelos. Ele me gira até que os meus sapatos caiam dos meus pés. Em um giro, olho por cima de seu ombro e vejo a porta se fechando e Sel desaparecendo, mas, quando Nick me abaixa, tudo que conseguimos fazer é olhar um para o outro e sorrir. Então, ele cobre a minha boca com a dele, e este beijo... *este* beijo não é nada parecido com o primeiro.

Sinto isso no calor de seus lábios e no jeito firme como ele segura a minha cintura, como um homem se afogando. Ele me puxa para trás até que as minhas costas batam na porta, então suas mãos deslizam para as minhas coxas e sou erguida, sustentada pela força de seus braços e pela pressão de sua cintura. Enterro os meus dedos em seu cabelo, e ele suspira antes de seus lábios abrirem os meus e dominarem todos os meus sentidos. Quando Nick se afasta para mergulhar a testa nas flores no meu peito, ele respira profundamente, inalando nós dois juntos.

Quando ergue a cabeça, seus olhos escuros como safiras e seus lábios inchados me atraem de forma tão completa que tenho a impressão de estar caindo dentro dele e em tudo que vamos nos tornar. Ele morde com força o lábio inferior e balança a cabeça, fascinado.

— Você e eu, B — murmura Nick. Ele espalha beijinhos em meu rosto entre uma palavra e outra. — Podemos melhorar as coisas. Consertar tudo. Juntos.

Bato a cabeça na porta e penso na eternidade.

Uma batida alta atrás de mim nos assusta.

— Herdeiro Davis?

Nick ergue a cabeça.

— Um momento!

Abafo uma risadinha, e ele me dá um beijo antes de me colocar no chão.

Quando ele abre a porta, o mesmo funcionário que pediu que nos sentássemos para o jantar está ali. O homem fica vermelho. Só posso imaginar qual é a nossa aparência. O braço de Nick ao redor da minha cintura, meu cabelo que deve estar cheio, desgrenhado.

— Posso ajudá-lo? — diz Nick com um sorriso pouco contido.

Ele belisca a minha cintura, e dou um gritinho.

— Seu pai precisa do senhor. — O funcionário se afasta, os olhos em todos os cantos exceto em nós. — Imediatamente.

Nick se inclina para perto.

— Cinco minutos. E então seremos eu e você. Vou fazer com que Sel nos Juramente assim que Arthur fizer o Chamado — murmura ele contra a minha pele. As palavras fazem o meu coração disparar de novo. Com o Juramento do Guerreiro, serei uma Lendária. Mais do que isso, seremos um do outro. Aquele sentimento entre nós que sempre esteve ali? Agora vai ser oficial.

Nick passa um dedo pela minha bochecha de novo, e sei que ele está pensando a mesma coisa. Então, beija a minha boca e sai com o atendente.

Acabei de encontrar o interruptor e comecei a procurar pelos meus sapatos quando há outra batida.

— Já voltou? — Corro pelo carpete descalça e abro a porta. — Foi tão...

Isaac me empurra para dentro da sala, os olhos vermelhos brilhantes sobre mim com uma força da qual não consigo escapar. Eles queimam e se expandem, me engolindo até que tudo que consigo ver são as íris negras, os anéis carmesins. Tento gritar, mas o meu nariz já está coberto com o fedor de bile quente, a boca queimando. É tarde demais. A escuridão toma conta de mim.

47

QUANDO ACORDO, A DOR de cabeça da mesmerização é arrebatadora e explosiva. Preciso usar toda a minha força só para erguer a cabeça e abrir os olhos.

Uma voz lenta chega até mim na luz baixa.

— Ela está acordando.

Preciso piscar algumas vezes para que meus olhos foquem. Estou em um escritório iluminado. Não, uma sala de estudos — a sala de Lorde Davis, onde Sel e eu estávamos na semana passada.

O pai de Nick está sentado na mesa diante de mim, as pontas dos dedos se curvando sobre a superfície coberta de couro. Relâmpagos brilham do lado de fora da janela à minha direita, iluminando os ângulos de suas maçãs do rosto e de seus olhos fundos. Por um momento, ele se parece com Nick.

— Cadê o Nick? — Eu tento me levantar, mas só saio um centímetro da cadeira em que estou sentada. Olho para baixo e vejo cordas enroladas ao redor dos meus punhos, me prendendo na cadeira. O horror toma conta de mim. — Me solte!

— Peço perdão pelas amarras. — O charme sulista e seu tom de voz gentil e atencioso parecem deturpados agora. Calculados. Ele acena com a cabeça para a corda em meus braços. — Tive a impressão de que você recusaria o meu convite para uma conversa.

— Sequestro não é convite — falo por entre dentes cerrados. — Cadê o Nick?

Ele me ignora e fica de pé, dando a volta na mesa e ajeitando a gravata enquanto anda.

— Quanto você sabe sobre a nossa herança, Briana?

Nossa herança. Não minha. A herança e a história da Ordem. Dele e de Nick.

—Treze cavaleiros. Merlin. A Távola Redonda...

Procuro dentro de mim por minha Arte de Sangue, pela parte de mim que pode queimar essas cordas, mas não encontro nada. Escondi minha avó tão fundo que não consigo alcançá-la. Minhas entranhas parecem anestesiadas. Por que não consigo...

— Nem perca tempo tentando se libertar — diz Davis sem se virar. — A mesmerização de Isaac é pesada, até mesmo para você.

Ele olha por cima do ombro.

— Ah, sim. Nós sabemos da sua resistência inerente à mesmerização. Isaac viu a marca de Selwyn dentro do seu crânio hoje mais cedo. Restos de uma substituição de memória que, aparentemente, nunca funcionou. Outra razão para trazê-la até aqui.

Nem me dou ao trabalho de negar. Se eles acham que isso é tudo que consigo fazer, melhor para mim.

Lorde Davis atravessa a sala para tirar da parede um mapa da Europa Ocidental.

— Eram cento e cinquenta cavaleiros no início da Távola Redonda. Àquela altura, a mesa era metafórica, claro. — Ele bate no mapa com o nó do dedo. — E tais cavaleiros eram conhecidos por toda a Europa.

— Bom para eles — respondo.

Davis faz um barulho e se vira, se apoiando na beirada de sua mesa.

— Lendas dos feitos individuais e de cavalaria desses homens se alastraram para longe, chegando até mesmo à África.

O tom casual em sua voz não esconde o caminho pelo qual está seguindo. O que ele pode acabar dizendo. O medo toma conta do meu corpo.

A voz dele é calma, leve. Um cavalheiro fazendo uma pergunta inocente.

— Já ouviu falar de um cavaleiro chamado Moriaen?

Ele aguarda, com um sorriso paciente e orgulhoso, pela minha resposta. O momento se demora entre nós, eterno e tenso, até que respondo, com a voz inconstante feito ar:

— Não.

— Ah — diz ele, encarando um anel prateado na mão esquerda, mexendo-o casualmente de um lado para outro. — É compreensível. As lendas dizem que Aglovale, filho do rei Pellinore e irmão de quatro outros cavaleiros da Távola, incluindo o nosso Lamorak, certa vez viajou para o que antigamente era conhecido como terras mouras. Lá, se apaixonou por uma princesa moura e a engravidou. Pelo que sabemos, o filho deles, Moriaen, se tornou um grande guerreiro... alto, forte, hábil em combate. Ele usou escudo e armadura e, como neto de Pellinore e sobrinho de tantos outros valorosos cavaleiros, era de se esperar que também faria parte da Távola.

O cobertor quente da humilhação súbita me sufoca, tornando impossível respirar.

Davis olha para mim, a preocupação falsa perpassando o seu rosto.

— Mas Moriaen não se juntou à Távola. Sabe por quê, Briana?

Engulo a fúria grossa e escaldante na minha garganta.

— Não.

— Porque ele não era digno. — Lorde Davis põe as mãos no colo, os olhos inescrutáveis. — Assim como você não é digna. Nem para Camlann nem para o meu filho.

Minha voz soa estranha, como se outra pessoa estivesse falando de um quarto distante.

— Nick já decidiu que sou.

— Nick não tem uma visão ampla sobre a ascensão dele. O que o retorno do rei significa e o que pode restaurar. A oportunidade de Camlann que eu nunca tive.

Olho para ele, uma nova camada de fúria cobrindo a minha voz.

— Você acha que guerra é uma *oportunidade*?

Ele parece surpreso, como se eu tivesse confundido vermelho com azul.

— Todas as guerras são oportunidades. E não vou deixar outra passar.

— Passar... — Perco o fio da meada. Meu coração bate conforme os detalhes voltam. — Queria que Camlann acontecesse quando era um Herdeiro. Você queria que Arthur o chamasse.

— Claro que sim. — Lorde Davis inclina a cabeça. — Você não entenderia a frustração de um Herdeiro que nunca recebeu o Chamado, mas um Herdeiro de Arthur? Estar *tão* perto de tanto poder e ser forçado a esperar que chegue até você? A impotência era *intolerável*. Mas não é por isso que estou acelerando Camlann. Estou fazendo isso pelo futuro do meu filho e pelo futuro da Ordem. — Ele gesticula com a mão para as pinturas na parede, para os livros antigos. — Antigamente, os Vassalos serviam a *nós* em troca de proteção. Agora, CEOs e políticos esperam que *Suseranos* façam as vontades deles, deem a eles tudo que quiserem. Brigas entre Vassalos colocam Linhagens contra Linhagens. As damas já foram respeitadas e honradas na corte, mas então a Ordem da Rosa perdeu o rumo, e agora elas se sentam à mesa, quando Malory nos diz que "o objetivo principal de um cavaleiro é lutar pela sua dama"! E agora a estupidez do meu filho ao escolher *você*, que está na encruzilhada de dois erros. Você não consegue enxergar a doença nisso? Como a corrupção deve ser cortada pela raiz e corrigida?

Dois erros. Minha raça e meu gênero.

Mas não são erros. São forças.

Sou mais do que esse homem é capaz de compreender.

Lorde Davis me observa, esperando por uma resposta com a curiosidade estampada no rosto. A desconexão em seus olhos, a forma fria como fala sobre guerra e poder... De repente eu me lembro dos registros, do relatório, da assinatura dele na parte de baixo... e o horror me assola.

— Foi você. Você abriu os Portais vinte e cinco anos atrás. Você estendeu o tapete vermelho para as Crias Sombrias e as convidou para o nosso mundo.

Espero que ele negue. Que me chame de mentirosa. Mas ele não faz isso. Apenas balança um dedo.

— Isaac me contou que conseguiu sentir o seu cheiro e o de Selwyn aqui no escritório. Imagino que tenha mexido nos meus arquivos enquanto ele perseguia a teoria inconveniente de "espiões" na Ordem?

— Você nem está negando. — Suspiro. — Você fez com que pessoas morressem! Minha m... — falo, mas paro.

Ele não faz ideia de quem realmente sou. De que minha mãe sofreu por causa da ganância dele. Não quero mencionar o nome dela aqui. Não quero dar a ele mais nenhum poder sobre mim.

Ele cantarola, deslizando para fora da mesa.

— Admito, foi um experimento falho. Eu esperava criar a ameaça de Camlann permitindo que hordas de Crias Sombrias atravessassem o Portal e que vidas Primavidas fossem perdidas, como já deve ter percebido pela crença da nossa missão: "Proteger os Primavidas da escória." Levei mais alguns anos de pesquisa antes de me dar conta de que, quanto mais os *próprios* Herdeiros fossem ameaçados, mais provavelmente o Chamado aconteceria.

— Sel estava certo. *Havia* alguém de dentro abrindo Portais no campus. Você. — As memórias se encaixam mais rapidamente agora. — Na noite do Primeiro Juramento, você perguntou a Sel se as habilidades dele estavam falhando... Fez isso só para fazê-lo duvidar de si mesmo. E a sua ameaça de removê-lo do posto de Mago-Real de Nick foi apenas para tirá--lo do caminho.

— Não posso levar todo o crédito pela paranoia de Selwyn, Briana. Portais *estão* sendo abertos em um ritmo crescente ao longo da costa, em todas as divisões. Só dei uma mãozinha.

— Você ia *torturá-lo*!

Ele dá de ombros.

— O menino Kane precisa ser disciplinado.

Meus dentes se cerram diante da indiferença dele à dor de Sel. Da indiferença dele à vida do garoto que criou.

Penso de novo em todos os ataques de Crias Sombrias nas últimas duas semanas, começando com o primeiro na Pedreira, o cão no campus, o Juramento...

— Foi você quem trouxe os cães e aquele uchel na noite do Juramento, não foi?

Lorde Davis bate na ponta de um chapéu imaginário.

— Acredito que tenho que agradecê-la por isso, não é? A chegada inesperada de Nick deixou as coisas um pouco mais dramáticas do que eu esperava, mas você ajudou a servir um grande propósito. Ele a viu ferida, me viu sucumbir para um uchel. — Ele enfia as mãos nos bolsos, estalando a língua. — Foi um bom começo, mas ainda precisava abrir os Portais nas outras divisões para que *todas* as Linhagens corressem perigo. E agora só restam duas Linhagens para Despertar.

— Você está colocando o seu *próprio* filho em risco — disparo. — E as Linhagens também. Se Nick cair...

— Nick não vai cair. Eu o treinei muito bem. Ele é um líder nato e não aceita que inocentes sejam feridos. Foi feito para essa guerra.

— Essa guerra manufaturada, você quer dizer — respondo.

— O mundo é uma grande cadeia, e todos têm o seu lugar. Até você. Até eu. A hierarquia que mantém a Ordem unida perdeu o valor porque o perigo parece distante. Assim que os Vassalos se lembrarem da destruição que prevenimos, se lembrarão também do lugar deles na ordem das coisas. O lugar deles abaixo do rei.

— Nick, você quer dizer — respondo. — Seu tempo como Herdeiro de Arthur já passou.

Isso o deixa com raiva.

— Nicholas é um herói até a alma. Se for necessário, eu mostrarei a ele como aprendi a abrir os Portais e como vou continuar fazendo isso se ele não seguir a minha liderança. Ele receberá o Chamado de Arthur e tomará a Excalibur *esta noite* e, como rei, fará o que eu mandar. Então, toda a Ordem e seus Vassalos ao redor do mundo vão se dobrar à nossa vontade.

— Bem, eu não vou fazer isso — falo, fechando as mãos com força.

A expressão dele ganha um ar de divertimento assim que há uma batida na porta.

— Bem na hora — diz Lorde Davis, como se tivéssemos pedido serviço de quarto em um hotel chique.

Quando a porta se abre, meu mundo inteiro se parte em um milhão de estilhaços excruciantes.

Alice entra na sala usando seu pijama de bolinhas numa espécie de torpor sonâmbulo, com a expressão cansada e os olhos semiabertos. Isaac segura os dois braços dela.

— Alice? — grito. — Alice!

Ela se vira, em silêncio, e sua testa reluz, encharcada de suor, como se estivesse ardendo em febre.

— *Alice!*

Davis se inclina para trás, fazendo uma careta com dedos nos ouvidos.

— Não precisa gritar. Ela não consegue ouvir você.

A fúria corre pelo meu corpo como uma floresta em chamas.

— O que fez com ela? — pergunto.

Isaac mostra os dentes em um sorriso assustador. Ele acaricia a mão de Alice.

— Não encoste nela! — berro.

— Temo que Isaac precise continuar encostando na srta. Chen para que esta mesmerização em especial continue funcionando. — Davis volta para a cadeira e se ajeita na mesa. — O que vai acontecer até que a gente consiga se entender.

— Se não soltar minha amiga... — Engasgo. — Juro por Deus que acabo com você.

— Tanta fúria. — Davis sorri. — Vamos ver se conseguimos diminuir isso um pouco. Isaac?

Isaac se põe na frente de Alice, como se fosse abraçá-la, e desliza as mãos pelas bochechas dela, segurando sua cabeça até que o olhar dos dois se encontrem. Um brilho cinza-prateado lento e de aspecto doentio feito de fogo mágico a circunda do pescoço para cima. Um segundo depois, Alice pisca rapidamente.

— Bree? — sussurra ela. Os olhos dela focam em mim. — O que aconteceu com o seu vestido? Por que está amarrada em uma cadeira? O que está acontecendo?

— Alice! Alice, me escuta. Eu vou tirar você daqui!

Isaac mexe os dedos e ela desaba de novo, se recostando devagar no peito do Merlin.

— O que você está fazendo com ela? — pergunto, olhando para Isaac e Davis.

Davis assente para o outro homem, e ele acorda Alice outra vez, como uma marionete sendo despertada pelo puxar de suas cordas.

Dessa vez, os olhos dela demoram um pouco para me encontrar, e mesmo quando o fazem, eles não focam. Acho que ela não consegue me ver. Chamo o nome dela outra vez, mas ela faz uma careta, desorientada.

— Matty? Sei que você não tem um vestido para o negócio de gala nesse fim de semana. A gente devia ir fazer compras depois da aula...

Foi exatamente isso que ela me disse dois dias atrás, no café da manhã... um horror congelante corre por mim quando percebo o que Isaac está fazendo.

Está apagando as memórias dela.

— Pare! — Luto contra as cordas, as lágrimas queimando meus olhos. — Por favor, pare!

Isaac sorri e aperta as mãos com mais força contra a cabeça dela.

— Você andou estranha a semana inteira.

— Pare!

— Se parecer que são só vocês dois, então é um encontro, independentemente de quem estiver ao redor.

Isso foi há duas semanas. Pelo telefone, um dia depois de Nick me beijar na frente do Alojamento.

Isaac acabara de apagar duas semanas inteiras da mente dela. Tudo que ela havia aprendido nas aulas, cada ideia que havia gerado, cada memória feliz, alegre. Cada conversa com os pais e o irmão. Tudo que havíamos dito uma para a outra. Sumiu.

E ele poderia fazer mais. Sei que poderia. Ele poderia tirá-la de mim diante dos meus olhos, assim como a mãe de Nick havia sido tirada dele.

É isso que ele está fazendo. Uma demonstração de poder. Um lembrete de que não importa o quanto eu saiba, não sei o bastante para sobreviver neste mundo. Que não tenho valor.

— Por favor — falo, chorando, as lágrimas descendo em rios quentes pelo meu rosto. — Por favor, pare. Por favor.

Davis faz um sinal para que Isaac cesse o que está fazendo, e tanto Alice quanto eu relaxamos.

— Normalmente usaríamos a mesmerização em qualquer Primavida desagradável, mas, já que você se mostrou um pouco teimosa nesse quesito, mandei Isaac buscar a srta. Chen para uma melhor persuasão. Perdoe a dramaticidade. Merlins são meio exibidos, não é mesmo?

— O que você quer? — sussurro, porque isso é tudo que preciso saber.

Davis sorri, como se eu finalmente tivesse feito a pergunta certa.

— Você vai sair da universidade e do programa. Fale para o reitor que não estava preparada para lidar com o rigor do ensino. Que não se encaixou ao lugar. Tenho certeza de que não vai ser difícil para a administração acreditar nisso, vindo de você.

Meus dedos se fecham em punhos.

— Você nunca mais vai conversar com Nicholas ou com qualquer outro membro da divisão de novo. Vai se matricular em outra faculdade quando for a hora, de preferência fora do estado, e esquecer que um dia encontrou o mundo dos Lendários.

Olho de novo para Alice, que está balançando o corpo, os olhos completamente fechados. Apenas os braços de Isaac nos ombros dela parecem mantê-la de pé. Davis segue o meu olhar na direção de Alice.

— E se eu não fizer isso?

— Você é uma garota esperta, então tenho certeza de que já sabe a resposta. — Ele se senta de novo na cadeira e tamborila na mesa. Estou o entediando. Mesmo enquanto tortura a minha amiga e, através dela, me tortura também. — Mas acho que é melhor esclarecer logo algumas coisas: se não obedecer, Isaac vai levá-la para uma das nossas instituições, onde os colegas dele, os outros Mestres, vão se divertir descobrindo o motivo exato pelo qual seu cérebro não aceita as ilusões deles, esteja a resposta dentro do seu crânio ou fora dele. E, embora você não possa ser mesmerizada, por favor, entenda que teremos grande prazer em ir atrás de outras pessoas que você ama e que podem ser. Como a srta. Chen aqui.

Vejo o meu pai sentado na cadeira de vinil do hospital, fingindo ser forte enquanto o mundo dele desabava. Escuto a sua voz, carinhosa e risonha no meu ouvido. As mensagens que nunca respondi. Como ele tentou me ajudar mesmo quando eu não quis ouvir.

Lorde Davis se inclina para a frente e me alveja com um sorriso sádico.

— Agora me diga, srta. Matthews. Você aceita *esta* oferta?

Toda a frustração, toda a luta, abandona o meu corpo.

— Aceito.

48

ALICE SE MOVIMENTA COMO se estivesse sonâmbula e cai no sono assim que a levo para o andar de cima e a coloco na cama. Suas sobrancelhas finas estão franzidas, e seu cabelo pegajoso está colado no pescoço e na testa. Ela passa a noite atormentada por pesadelos e solta gemidos, mas não acorda em nenhum momento, nem mesmo se mexe quando a sento para trocar os lençóis grudentos e ensopados. Limpo o suor de sua testa e pescoço e choro, rezando para que o que quer que Isaac tenha feito saia do sistema dela.

— *Essa arte é um veneno.* — A voz da minha avó é alta na minha mente. — *Sinto muito, querida.*

— Onde você *estava*? — grito. — Para onde foi?

— *Estou usando todo o meu poder para chamar a mãe velha, como você pediu* — murmura ela. — *Eu não podia ajudar você lá nem posso ajudar você aqui.*

— Deve ter alguma coisa que eu possa fazer!

Ela está em silêncio, e me preocupo que tenha sumido de novo.

Então o meu corpo esquenta, e uma nova presença se estica sob a minha pele.

— Quem...

Uma nova voz responde.

— Jessie. Uma curandeira. Três gerações atrás.

— Por favor... — Minha voz sai estrangulada enquanto Jessie coloca as minhas mãos na testa de Alice.

— A minha cura e a sua imunidade... talvez. — Uma pausa. — *Não há ervas do lado de cá, então você vai ter que servir.*

— Vou ter que fazer o...

Fogo mágico vermelho brota das minhas mãos e flui pelo rosto e pelos cabelos de Alice. Jessie não permite que eu me afaste. Tudo que posso fazer é assistir horrorizada à medida que a minha raiz, o meu aether, desce em cascatas sobre o corpo da minha amiga e ensopa a pele dela. Então Jessie me liberta, e as chamas desparecem.

A sensação de desmaio toma conta do meu corpo. Estou sem energia. Fraca.

Jessie usou a *mim* no lugar das ervas, meu próprio poder e energia.

Os olhos de Alice se abrem.

— Bree...?

— Alice!

Minhas mãos tocam o rosto dela e afastam o cabelo molhado.

Ela segura o meu pulso.

— O que aconteceu? — pergunta ela, aterrorizada, com olhos arregalados. — Tinha um homem. Um homem com olhos vermelhos... e *presas*... e ele... ele me levou para algum lugar. Uma casa fora do campus... — Ela fica parcialmente sentada, tremendo enquanto as memórias retornam. — Você estava lá. Eles amarraram você. Ah, meu Deus. *Ah, meu Deus. Ele roubou as minhas memórias.*

Ela começa a hiperventilar. Eu me ajoelho, quase caindo para a frente. Meu corpo parece lento, pesado e exaurido.

— Só respire — Tento acalmá-la, por mim mesma e por ela. — Estou aqui.

— Eles conheciam você. — A testa dela se franze; então os olhos dela encontram os meus. — E você os conhecia.

Está na hora. Não dá mais para evitar isso.

— Eu posso explicar.

Quando termino de contar tudo a Alice, ela está com uma dúzia de perguntas na ponta de língua, andando pelo quarto e falando, e eu sigo ajoelhada no chão, me recuperando. Ela faz outra rodada de perguntas sobre as Linhagens e a Ordem enquanto troca o pijama encharcado de suor por uma calça jeans e uma camiseta. Respondo a todas as suas dúvidas e concluo minhas explicações com o plano de Lorde Davis.

Confiante de que ela e eu estamos bem o suficiente, fico de pé para caçar roupas novas enquanto avalio as minhas opções.

Não, avalio se ainda *tenho* opções.

Eu poderia simplesmente ir embora, como concordei em fazer, digo a ela. É culpa minha que Alice esteja na mira da Ordem e vai ser culpa minha se encontrarem o meu pai. Não posso arriscar que ela ou o meu pai caiam nas garras de Isaac. Ligo menos para o meu próprio bem-estar do que para o deles.

— Mas e o Nick? — pergunta ela.

Visto uma regata preta e calça legging.

— Não sei — respondo. Prendo o cabelo em um coque alto e apertado. — Ninguém ligou ou mandou mensagem para saber onde estou, então, o que quer que Lorde Davis e Isaac estejam fazendo, eles convenceram todos de que fui embora de vez ou estão mantendo a divisão ocupada de alguma forma.

— Com demônios?

Eu me abaixo para colocar os tênis.

— Se Davis planeja que Nick pegue a Excalibur hoje à noite, então ele precisa ter um plano em andamento para expor o filho a mais Crias Sombrias. E colocar Nick em perigo coloca a todos em perigo, principalmente, Sel.

Meus olhos se voltam para a caixa da minha mãe.

Nossa Impetuosa Bree.

— Bem — diz Alice, prendendo o cabelo para cima também. — Eu vou com você.

— Não vai, não — decreto, chocada.

Ela ergue uma sobrancelha.

— Você tem feito tudo isso sozinha. Precisa de ajuda.

— Não, preciso que você fique em segurança. Lorde Davis está por trás de tudo isso, Alice. Ele é um monstro. Ele matou pessoas, fez a minha mãe se esconder, me manteve longe da verdade sobre a minha família. E agora ele quer começar uma guerra, matando mais inocentes pelo caminho. Não vou deixar que chegue *perto* de você.

Ela sorri.

— E eu poderia dizer o mesmo para você.

Pisco, sem palavras.

— Não vou dizer que sou uma caçadora de demônios, mas sou a sua melhor amiga, Matty. Eu amei a sua mãe. Eu te amo. — Ela se aproxima de mim no meio do quarto, perto o suficiente para que eu veja a determinação em seus olhos. — Então, se esta é a sua luta, é a minha luta também.

49

CAMINHAMOS PELOS ARREDORES DO Alojamento, tomando cuidado para não encostar em nenhum cascalho. Se Isaac estiver lá, isso provavelmente não faria diferença, mas preciso ficar fora do radar dele o máximo que conseguir. Alice é veloz e precavida, e segue as minhas ordens sussurradas sem fazer perguntas.

Quando chegamos à porta lateral do subsolo, minha avó está de volta, mas completamente apagada, uma velhinha cochilando no sofá: de boca aberta e com um ronco leve que ecoa no meu crânio e detona uma sensação pesada e lenta no meu peito. Acho que é melhor assim. Avalio os meus limites mentais do jeito que Mariah me ensinou. *Visualize a si mesma como uma casa. Bloqueie todos os pontos de entrada. Feche as cortinas. Tampe o buraco da chaminé.*

No caminho, argumentei que se Isaac e Lorde Davis estiverem do lado de dentro, estariam no andar principal, mas agora que estou aqui, não tenho certeza. E se o andar superior está escuro porque todo mundo está lá embaixo? E se não tiver mesmo ninguém aqui, e todo mundo estiver fora lutando contra as Crias Sombrias que Davis já soltou? E se Nick já tiver recebido o Chamado e Camlann tiver chegado?

Tudo que sei com certeza é que estou aqui agora. E se os Lendários também estiverem aqui, só existe uma pessoa em quem confiaria para ser discreto. Tiro o celular do bolso e envio uma mensagem rápida.

Dois minutos depois, a porta se abre e revela William, ainda de camisa social e calça verde, o rosto uma mistura de alívio e choque.

— Falaram para a gente que você tinha desistido. Não acreditei nem por um segundo. Soube assim que você entrou no salão usando aquele vestido que você iria roubar a cena.

Ele me puxa para os seus braços.

— Então você soube antes de mim. — O cheiro forte dele preenche o meu nariz. É fresco. Muito fresco. — Quem se machucou?

— É melhor você entrar. — Quando William se afasta, ele nota Alice. — Quem é essa?

— Alice Chen. Ela está comigo.

— Se ela está com você, então confio nela. — Os olhos dele se voltam para mim. — Mas se você entrar com uma forasteira, então todos vão saber que você quebrou o Juramento de Segredo e vão se perguntar, como estou fazendo, por que ainda está de pé.

— Longa história.

William balança a cabeça de novo, e noto o suor na testa dele, as mangas enroladas. Ele me puxa para o corredor e faz uma curva abrupta para a esquerda.

— Tudo foi para o espaço nas últimas duas horas. Sel, Tor e Sar estão caçando alguns demônios, Russ quase não voltou inteiro...

Assim que emergimos da escada, escutamos gritos e começamos a correr na mesma hora.

A gritaria de Russ nos leva até uma sala em que nunca estive antes.

—Temos que esperar!

Ouvimos um soco na mesa. Isso me detém. Nunca vi Russ com raiva o bastante para bater em alguma coisa. Ele e outros Lendários estão de pé ao redor de uma mesa quadrada coberta de mapas.

— Não! — diz Fitz, a voz rebombando. — Três ataques em menos de duas horas e foram todos completamente materializados. Estão se aproximando cada vez mais do campus, na direção do centro. Os Primavidas vão ver, e então o que acontece? Precisamos atacar com força total. Agora!

Ninguém nota a nossa entrada. Os Herdeiros e Escudeiros estão debruçados sobre uma pilha de mapas, aos gritos. Fitz, Evan, Felicity e Russ estão com armaduras de aether, com armas nas costas ou penduradas na cintura, enquanto os outros ainda estão de calça jeans e camiseta. Vejo Greer e Whitty no meio de tudo aquilo.

— Felicity, você é do quarto nível — diz Russ. A Herdeira dele está de braços cruzados na outra ponta da mesa, roendo a unha do polegar. — Tor não está aqui. Nick não está aqui. Nos diga o que fazer.

Respondo antes que Felicity consiga falar alguma coisa.

— Precisamos encontrar Lorde Davis. E Nick.

Todos eles se viram para mim. Russ parece contente em me ver, e não é o único, mas outros, como Fitz e Pete, parecem irritados com a minha presença. Greer vai até mim e me envolve com um dos braços.

— Bree, o que está fazendo aqui? — pergunta Felicity, dando a volta na mesa para me abraçar também. A armadura dela pinica contra a minha pele.

— Quem é essa aí? — questiona Fitz.

Alice está escondida nas sombras, os olhos arregalados e brilhantes. Ela está quieta, como falei para ela ficar.

— Uma Vassala — respondo.

William entra na conversa.

— Alguém em quem podemos confiar.

Isso parece acalmar a sala um pouco.

Fitz estreita os olhos.

— Lorde Davis falou que você rejeitou a oferta de Nick após o baile.

— Vou contar tudo, mas primeiro me coloque a par da situação. Onde estão Nick e o pai dele?

Eu me aproximo da mesa. No centro do tampo de madeira há um grande pedaço de papel coberto de linhas topográficas, círculos e quadrados em esquemas coloridos. Um mapa do campus.

Felicity se junta a mim na mesa.

— Não sabemos. Eles voltaram depois do baile, discutiram no saguão. Davis falou que você foi embora e Nick simplesmente...

— Perdeu as estribeiras — diz Evan.

Felicity faz que sim.

— Foi alto o bastante para que todo mundo pudesse ouvir, mesmo em nossos quartos. Não acho que Lorde Davis quisesse público. Ele falou para Nick que precisavam conversar em particular, e então os dois saíram.

— E foi aí que a coisa toda ficou estranha — murmura Pete. Vários olhos se viram para ele. Ele dá de ombros. — O que foi? Ficou mesmo!

William parece nervoso. Ele esfrega o dedão na testa.

— Sel sentiu a presença de um demônio há menos de uma hora, fora do campus. Ele, Felicity e Russ foram atrás.

— Cão infernal completamente corp — diz Russ. — Não era crescido, mas grande o bastante. Transformamos em pó com facilidade, estávamos voltando para cá e, *bam*, Sel sente outro ao sul do campus, então fomos para lá.

— Russ foi ferido — acrescenta Felicity.

Pela primeira vez noto a mancha de sangue no peitoral brilhante dela. Sangue de Russ, concluo, pelo olhar perturbado no rosto dela. Percebo que o corpo dele se inclina mais para a esquerda que o normal.

— Eu o carreguei de volta. Assim que William começou a cuidar dele, Sel sentiu outro demônio. Dessa vez no meio do campus. Ele voltou na mesma hora com Sar e Tor.

Meu estômago revira com as palavras seguintes dela.

— Estamos ligando para Nick desde o primeiro ataque, mas ele e o pai não atendem. E agora Sel, Sar e Tor não voltaram.

— Está acontecendo — diz Fitz, com rispidez. — É exatamente como Lorde Davis falou, é assim que começa. Não podemos esperar até que todo mundo concorde em fazer alguma coisa. Fomos treinados para isso. As sombras estão crescendo. Isto é Camlann!

— Não — falo. — Não é.

— Socorro! — Os gritos frenéticos de Sarah atravessam o corredor. — *Socorro!*

William e Whitty saem da sala imediatamente. O restante de nós se reúne no corredor enquanto os dois garotos pegam o corpo inerte de Tor das mãos de Sarah e o levam para a enfermaria.

— Saiam da frente! — grita William, correndo.

A cabeça de Tor se inclina para trás nos braços dele, apoiada pelos dedos firmes de Whitty. Sangue, de um vermelho carmesim sob a luz florescente do corredor, escorre em um filete pelo canto da boca de Tor e se aloja em seu cabelo cor de palha. A cota de malha dela, leve e fina para uma arqueira, mas forte, foi fatiada em pedaços. Pedaços de elos metálicos de aether caem do que sobrou, pingando no chão e se transformando em nada.

Falo para Alice me esperar ali e sigo William até a enfermaria. Felicity e Russ se juntam a mim, abrindo as portas com um empurrão depois que entro. Sarah já ultrapassou nós dois. Mal a vejo.

Sel já deve ter unido Herdeiro e Escudeiro, porque William e Whitty trabalham em uma harmonia silenciosa no corpo da arqueira sobre o catre, William pairando as mãos em cima da cabeça de Tor e Whitty movendo os dedos como se estivesse tocando piano centímetros acima do peito e do estômago dela. Eles conversam sem se olhar, sem encarar mais ninguém. Os olhos fechados.

— Costelas quebradas, sangramento interno. Pulmão esquerdo perfurado. Baço e rim esquerdo feridos. Droga.

— Isso explica o sangue na cavidade oral. Nenhum ferimento no cérebro ou na coluna cervical.

Whitty hesita.

— Não sei como...

— Pode deixar que eu faço.

William assume o lugar de Whitty sem dizer nada, conjurando o aether nos dedos até que encapsule o torso de Tor feito uma concha brilhante. Ele parece se afastar de nós e entrar em outro mundo dentro de sua cabeça. Sua boca se mexe sem fazer som, falando em galês de novo, acho, e os olhos se movem rapidamente sob as pálpebras.

— O que aconteceu? — indaga Felicity a Sarah, que está inclinada sobre o corpo inerte de Tor com mãos trêmulas na boca.

— Eu deveria ter estado lá — diz Sarah, a voz oscilante. — Deveria ter sido eu. Esse é o meu trabalho. É o meu trabalho.

— Sarah, querida. — Felicity pousa a mão no ombro dela. Sarah estremece, mas seus olhos perdidos encontram Felicity e ganham foco aos poucos. — Conte o que aconteceu.

Sarah tenta várias vezes antes de as palavras saírem.

— Uma... uma... raposa, acho? Algo que roubou o aether de Sel e enfraqueceu as nossas armaduras. Nós... nós a encurralamos, mas então um puma apareceu.

— Um puma infernal? — diz Russ. — Mas que mer...

Felicity o silencia com um olhar.

— O que aconteceu depois?

Sarah pisca.

— Tor ouviu antes de nós. Ela tentou sacar uma flecha, mas a criatura foi rápida demais. Tão veloz quanto a gente. Ela... simplesmente saltou e... achei que fosse rasgá-la bem na minha frente... — Sarah chora. O rosto dela ficou branco como a neve, e seus ombros começam a sacudir com força.

— Coloque-a na mesa — ordena Whitty, já se movendo para a outra mesa cirúrgica na sala.

Russ a ergue como se ela fosse feita de papel picotado e a coloca sobre a mesa. Whitty segura a mão de Tor e o corpo dela fica frouxo, mas os olhos e o rosto continuam alertas. Uma injeção calmante de aether, direto da mão dele para o sistema dela.

— Cadê o Sel? — indaga Russ, a tensão suprimida na voz.

— Ele me despachou com Tor. Falou que conseguia cuidar dos demônios sozinho.

Felicity engasga do meu lado, e mal consigo respirar. Sel é bom. É um dos melhores. Mas se ele uniu Whitty e William, e talvez Greer e Pete, talvez esteja intoxicado demais para lutar.

— Sel falou... — geme Sarah, quieta. Ela tenta se sentar, mas Whitty pressiona gentilmente seu ombro. Os olhos dela vasculham a sala de modo frenético até encontrarem os meus. — Ele falou que acredita que Lorde Davis está tentando forçar a mão de Arthur.

A cabeça de Russ se ergue.

— O que significa isso?

— Davis quer que Arthur chame Nick — conto a eles. — Mas talvez não esteja funcionando.

Reúno todos que ainda estão de pé na sala no fim do corredor, junto com Alice, e conto a eles por que estou ali e o que sei. O que Sel e eu descobrimos, o que Lorde Davis fez comigo. E o que ele falou que faria se o filho se recusasse a assumir o trono.

Tenho medo de eles não acreditarem nas partes da história que Sel e eu descobrimos na casa de Davis, com o título do Mago-Real já em perigo do jeito que as coisas estão, mas os Lendários confiam mais no Merlin do que ele pensa. O fato de Sarah ter compartilhado a mensagem dele e que tantas testemunhas estivessem presentes na discussão entre Nick e o pai ajuda.

E alguns deles, penso, começaram a confiar em mim também.

Russ fala primeiro, a frustração mal disfarçada na voz.

— Mas como Lorde Davis está quebrando os seus Juramentos? Ele fez o Primeiro Juramento, o Juramento de Serviço, e sei lá o que mais.

William faz uma careta.

— Todo Juramento volta ao compromisso principal... servir a missão da Ordem. Se a lógica de Lorde Davis é tão distorcida, pode ser que, pela perspectiva dele, suas intenções *estejam* a serviço da Ordem. Ou talvez o Mago-Real dele o tenha protegido de alguma forma dos efeitos dos Juramentos. Um mestre mago saberia de muito mais.

— Mas como Nick receberia o Chamado? — pergunta Felicity. — O Herdeiro de Lancelot está no Norte e ainda está adormecido.

— Pelo que sabemos — diz Fitz —, talvez Davis tenha dado um jeito nisso também. Ou pode ser que tenha aliados. Talvez a reunião de Regentes que aconteceu no Norte na semana passada tenha sido apenas uma desculpa.

William passa a mão no rosto.

— Ou a pessoa *ainda* está adormecida, e ameaçar o Herdeiro de Arthur vai, de alguma forma, forçar Lancelot a chamar o seu Herdeiro.

— Não importa! — Russ joga as mãos para o alto. — Não *importa* se Davis está tentando forçar os Chamados, se os demônios que ele está deixando atravessar são *reais*. Por que Arthur está esperando?

— Será que Nick poderia barrar Arthur? — indago a William, pensando na confissão de Nick sobre tentar não receber o Chamado e o seu desejo de impedir Camlann a todo custo. — É possível?

William pisca.

— Não. Alguns Herdeiros já tentaram resistir ao Chamado antes, mas todos falharam. — Ele coça a cabeça. — Quer dizer, até poderia ser uma opção para outros cavaleiros, *talvez*, mas a força de vontade, e a força vital, que seria necessária para deter o Chamado de Arthur...

— Se for possível, então Nick é a pessoa que pode fazer isso — diz Evan do lugar em que está recostado na parede. — Ainda mais se ele achar que pode convencer o pai a não dar início a Camlann. Ele tem fé de que iremos lidar com os demônios durante um tempo. E podemos fazer isso, agora que temos mais dois pares unidos. Mas há outra variável aqui. — Ele olha para mim. — Nick está apaixonado por Bree.

Minhas bochechas ficam quentes.

— Isso não é...

— É, sim. — Evan sorri e se afasta da parede. — O baile inteiro viu como ele olhou para você. Davis fez uma aposta ruim. Ele achou que você aceitaria ser a Escudeira dele e depois desistiria. Em vez disso, aquele temperamento extremamente controlado do filho enfim explodiu. Aposto que Nick está *furioso*. Enraivecido, heroico e apaixonado é uma boa combinação; ele vai segurar o Chamado de Arthur, pode ter certeza.

Todo mundo olha para mim, e sinto que vou entrar em combustão. Sou salva de algum fogo interno quando alguém bate, com força, na porta.

— Sel! — grita Felicity, e corre para a porta outra vez.

Quero segui-la, mas não consigo. Meus pés estão plantados no chão por conta do terror, meu coração batendo com tanta força de repente que o sangue correndo nos meus ouvidos parece um oceano. Não faz sentido, mas meu cérebro me diz que, se eu não vir Sel ferido e quebrado como Tor, isso pode significar que ele está a salvo.

No entanto, não é Sel que chega. Felicity volta para a sala com Vaughn se arrastando atrás dela, taciturno.

Greer zomba.

— Você não tinha ido embora com o rabo entre as pernas?

— Eu me fiz a mesma pergunta — diz Fitz.

Vaughn nos observa, vigilante.

— Lorde Davis falou que tinha um plano para mim. Que eu deveria esperar no meu quarto até que ele chamasse.

Os olhos dele se voltam para mim, mas, quando os encaro, vejo que a arrogância de antes foi abalada. Só então me dou conta: Davis havia reservado Vaughn para Nick.

Russ faz uma careta.

— Então, o que aconteceu, você ficou agitado e quis vir até aqui?

— Meu dormitório é no sexto andar de Ehringhaus. Olhei pela janela e vi luzes no meio do campus. Fogo mágico verde. Azul e branco também.

— Sel — sussurro. — Quando foi isso?

— Dez minutos atrás — diz ele, abrindo as mãos. — Corri direto para cá, mas... parece que vocês já sabiam?

Fitz inteira seu Pajem dos últimos acontecimentos. Espero que Sel esteja vivo. O pensamento de que ele pode não estar rouba o oxigênio do meu corpo.

— Fitz — chamo, e a cabeça dele se ergue. — O que você falou mais cedo sobre o mapa do campus? Sobre a movimentação dos demônios?

— Estão se movendo em direção ao centro.

— Por que fariam isso? — pergunta Alice, e a sala se vira para ela. Minha amiga ergue o queixo e marcha adiante. Meu peito explode de orgulho. — São atraídos pelo quê?

— Primavidas, claro — diz ele.

— E aether — complementa Greer.

Meu coração acelera.

— Qual fonte de aether está no meio do campus?

Os rostos de Felicity e Fitz perdem a cor. São os únicos Herdeiros veteranos na sala e chegaram à mesma conclusão ao mesmo tempo.

— Vocês se importam em compartilhar com o restante da turma? — Russ bufa. — Ou é segredo de linhagem?

— Na verdade... — Felicity enrubesce. — É, sim.

De alguma forma, já sei o que ela vai dizer.

— Excalibur — diz ela, a voz em uma mistura de medo e reverência. — É a arma de aether mais antiga do mundo. Forjada pelo próprio Merlin, contém tanto poder que nunca se desfaz, ao contrário das nossas. Nem mesmo quando o seu portador a liberta. Cada rei, cada Herdeiro de Arthur, acrescenta o seu próprio poder toda vez que a empunha. Quando o último Camlann terminou e nós vencemos, o Herdeiro retornou a espada para a pedra. Crias Sombrias geralmente não são materializadas o bastante para chegar até esse ponto. Ou então Sel os encontra primeiro, e foi por esse motivo que nem pensei nisso, mas se um demônio menor não encontra uma pessoa para caçar, vai buscar a maior e mais próxima fonte de aether para consumir. Quanto mais consome, por mais tempo pode ficar. E a maior fonte de aether seria a espada.

— Onde ela está? — questiona Russ.

— *Ogof y ddraig* — sussurro.

Ela balança a cabeça.

— Sim. Sob a Torre do Sino. E há Portais debaixo da terra também. Vários. Merlins os selaram centenas de anos atrás, mas, se Lorde Davis quer Nick preparado para empunhar a Excalibur...

— Então é lá que Nick e o pai estão — falo, meu peito se apertando só de pensar nisso. — Precisamos chegar até eles e impedir Davis antes que ele abra outro Portal.

Pete joga as mãos para o alto.

— E os Portais *aqui*? Eu sei que não cospem muitos demônios, mas vamos simplesmente deixá-los abertos?

— Eu cuido disso — diz William da porta. — Posso fechá-los.

— Como? — indaga Pete.

— Com isso.

William tira algo pequeno do bolso e agita para a frente e para trás. Um frasco de sangue.

Sangue do Sel. Tenho certeza.

—Você não precisa ser um demônio para abrir ou fechar um Portal. Só precisa de sangue demoníaco. Ou meio-demônio, no caso. — Ele dá um passo para dentro da sala. — Não tenho o mesmo radar de Sel, mas as minhas habilidades de cura me dão uma boa noção de onde está o aether. Isso é parecido, só que numa escala maior. E Russ, Felicity e Sarah podem me indicar a direção correta. — Ele acena com a cabeça para Alice. — Levarei a Vassala Chen comigo para manter os Primavidas fora do caminho.

— Não — responde Felicity com firmeza. — Você é um bom guerreiro, mas não está nem perto da meia-noite, então não tem a força de Gawain. E se você se ferir? Você é o nosso único curandeiro.

Os lábios de William se curvam.

— Não sou, não. Whitty já é um ótimo aprendiz. Está na enfermaria agora providenciando os últimos cuidados a Tor. O que vou fazer é dez vezes mais seguro do que entrar nos túneis para encontrar *ogof*. Se você está preocupada em ter alguém por perto para curar vocês, então você não me quer lá. Você vai me querer aqui. — Ele sorri. — E se Sel voltar, conto para onde vocês foram e o despacho que nem a porcaria do Gandalf, o Branco. Vai ser ótimo, prometo.

Russ coloca a mão no pulso de sua Herdeira. Felicity inclina o queixo de levem na direção dele. Uma conversa silenciosa se dá entre os dois antes que ela suspire e se volte para William.

— Tudo bem.

Nesse momento puxo Alice para um canto.

— Você não vai conseguir vê-los se aproximando. Se William mandar você correr, corra.

Ela assente e comprime os lábios.

— Você vai ficar bem? — pergunta.

— Sim.

— De verdade?

Eu a puxo para um abraço.

— De verdade.

Antes de nos separarmos, ela segura o meu braço.

— Faça ele pagar por isso, Matty.

※

Só é preciso um soco rápido de Russ para quebrar a fechadura da porta da sala de armas escondida. Bem, escondida para mim, ao menos.

— Os Suseranos não gostam que a gente brinque com as coisas deles, ou seja, as armas de verdade que continuam a existir depois de uma luta, mas o cadeado sempre me faz rir. — Ele abre a porta para entrarmos. — É insultante, na verdade. Eles se esquecem de quem herdamos os nossos traços?

— Lamorak é conhecido pelo seu temperamento *e* pela sua sabedoria — diz Felicity. — Acho que esperavam que a última característica sobressaísse.

— Onde está a graça disso? — diz Russ, piscando quando passo.

Os Herdeiros e Escudeiros unidos — Russ e Felicity, Fitz e Evan, Pete e Greer, e até mesmo Whitty, com a ajuda de William — vão usar armas de aether nos túneis. Mas já que Vaughn e eu não somos Escudeiros, precisamos de armas de verdade.

Hesito diante do suporte feito de metal brilhante e pesado e madeira polida. Há espadas, é claro, mas algumas têm formas que nunca vi. Cutelos curvados, katanas, espadas curtas e até um facão grosso para golpear. Há também uma prateleira de adagas de comprimentos variados, um machado de lâmina dupla e o que Evan chama de machado lochaber. Na outra extremidade estão as maças, os manguais e as bestas.

— Pegue a espada — diz uma voz áspera ao meu lado. Para minha surpresa, é Vaughn. Ele escolhe uma lâmina para si e confere o peso. — Você é uma negação com adagas, e o bastão vai ser difícil de usar em um espaço apertado. Você é aceitável com a espada e provavelmente não vai cortar o próprio braço — murmura ele antes de baixar a cabeça e andar de volta para a sala de treinamentos.

Sendo honesta, esse foi provavelmente o melhor elogio que eu poderia ter recebido.

50

FELICITY NOS CONTA QUE há uma entrada para os túneis não muito longe da casa de Davis, parte da propriedade familiar da Linhagem de Arthur. Ela supõe que foi assim que Nick e o pai entraram na caverna. Não temos tempo de ir tão longe, nem precisamos.

Eu deveria saber que os fundadores da Ordem iriam querer uma entrada por perto, mas jamais imaginaria que a porta para os túneis seria a própria Muralha das Eras.

— Estava aqui o tempo todo? — fala Russ, claramente surpreso com o fato de sua Herdeira ter escondido algo dele.

Felicity estremece.

— Me desculpe, Russy! Todas as famílias de Herdeiros juram segredo. É uma medida de segurança, caso alguém tente entrar.

Ele bufa, ao que ela responde com um abraço, as armaduras tilintando com o movimento.

Os fundadores não estavam brincando. Eles não apenas mantiveram a entrada em segredo e, literalmente, debaixo do nariz de todo mundo no porão, como é preciso sangue Herdeiro de verdade — e pelo menos três Linhagens em concordância — para abrir a porta.

O grupo que vai para os túneis se afasta à medida que Felicity, William e Fitz avançam para fazer as honrarias.

William usa uma pequena agulha para furar os polegares. Coloco meus dedos nervosos na espada presa em minhas costas. Tocar o punho sólido e a empunhadura envolta em couro ajuda. Eu escolheria uma lâmina que fosse leve, afiada e bem equilibrada. Ainda tenho medo de cortar o braço sem querer. O pensamento, vívido e violento, parece ser o bastante para acordar minha avó.

Ela se agita dentro de mim, em algo que parece ser uma cadeira.

— *Ah, a gente finalmente vai fazer alguma coisa?*

— Uau. Apenas uau — murmuro. Evan olha para mim, intrigado, e sorrio e aponto para a muralha à nossa frente. — É impressionante, não é?

Ele faz que sim e se foca nos Herdeiros.

A senhora já encontrou aquela mãe velha, vovó Charles?, indago dentro da minha cabeça. *Eu poderia usar um pouquinho daquelas chamas vermelhas agora.*

— *Os jovens não escutam nunca* — murmura ela, fazendo um som de desdém tão alto que faz meus ouvidos estremecerem. — *Eu não encontro ninguém. Ela está vindo até você. E não, ela ainda não chegou. Suspeito que estará aqui em breve.*

Nem me dou ao trabalho de responder, com medo de falar a coisa errada e ela encontrar uma forma de me estapear de novo.

Os três Herdeiros se ajoelham ao mesmo tempo e esfregam seus polegares em cima de seus nomes nas Linhagens da Muralha. Assim que fazem isso, as Linhagens ganham vida, brilhando até o topo da Muralha em três cores distintas — vermelho de Lamorak, verde de Gawain e laranja-escuro de Bors. Assim que alcançam as pedras no topo, um rangido forte sacode a sala, as mesas e os arquivos dentro dela.

— Ah, merda — diz Russ, a irritação substituída por uma alegria escancarada. — Ah, merda!

Damos um passo para trás quando as engrenagens ocultas, ainda funcionando apesar dos séculos de idade, abrem a porta um centímetro de cada vez. Uma lufada de ar fétido é soprada para dentro da sala, e nós cobrimos os nossos narizes. A passagem deve estar cheia de mofo e coisas em decomposição. Sinto o gosto no fundo da garganta. É tão forte que até minha avó se afasta.

Assim que a porta para com um estrondo, a porta atrás de nós se abre, e Sar e Tor entram.

— Nós também vamos — declara Tor, em um tom de voz surpreendentemente firme.

— Ah, não vão, não! — William balança o dedo para ela e para Sarah. — Eu deveria ter mandado Whitty apagar vocês duas.

— Ah, cala a boca, Will — diz Tor, ainda que seus movimentos sejam limitados e sua respiração esteja ofegante. — Vou estar curada em breve. E eles precisam de mais poder de fogo.

— Eu disse que não!

Tor se aproxima e se apoia em um gabinete para vislumbrar a escuridão além da Muralha. O túnel não tem iluminação, então só podemos ver o que as luzes fluorescentes da sala revelam: um chão preto como carvão, sujo e de terra batida, suavizado pela poeira espalhada pelo vento. Um caminho de mais ou menos um metro e meio de largura que desaparece três metros adentro. Não há teto, como se a Muralha marcasse a fronteira entre a fundação do Alojamento e a passagem para outro mundo. Um mundo mais antigo. Um mundo profundo, perigoso e mais próximo do plano demoníaco. Além da Muralha, na escuridão total, estaríamos na corte deles, não na nossa.

E o pior é que apenas alguns centímetros de onde a luz começa a ficar mais fraca, vemos uma antessala arredondada que termina em seis aberturas. A primeira ramificação na rede.

William passa a mão pelas costas de Tor, avaliando a condição dela com uma careta no rosto.

— A impaciência é um traço de personalidade herdado na sua Linhagem — murmura ele. — Para a sua sorte, a rapidez do metabolismo de aether também. Você vai estar curada em menos de uma hora, sua ingrata.

Tor ri.

— Eu falei.

— Tudo bem, pessoal, escutem. — Felicity chama a nossa atenção, de costas para o túnel.

— Ei! — exclama Tor, mancando até ela. — Estou aqui agora e sou de terceiro nível. Eu faço os pronunciamentos!

Felicity a fuzila com o olhar, e Tor, muito sabiamente, cede, dando um passo para o lado.

— A boa notícia é que, de acordo com as histórias do meu pai, há um mapa da rede de túneis que vai nos dizer qual é o caminho mais curto até a caverna. A notícia ruim é que não sabemos onde está o mapa. — Nossos resmungos ecoam no túnel atrás dela. — Mas já que todos os caminhos eventualmente levam até lá, vamos dividir o grupo em quatro. — Ela olha para Tor e Sarah. — Aliás, cinco.

William entrega a todos pequenas lanternas pretas.

Estamos em número ímpar, então sou colocada em um grupo de três com Fitz e Evan. Vaughn e Whitty concordam em unir forças, deixando o resto dos pares unidos trabalharem em conjunto.

— Não vai ter sinal lá embaixo, então os celulares são inúteis. Lembrem-se de que o centro do campus é à nossa esquerda, e, com esperança, vamos todos acabar na caverna juntos. Se alguém chegar lá primeiro, por favor, tente conversar com Lorde Davis. — Antes de usar uma arma, ela quer dizer. — Mas estejam preparados. Ele pode abrir um Portal para forçar Nick a se defender.

As duplas entram uma de cada vez. Evan, Fitz e eu vamos por último. Assim que damos um passo adiante, William segura o meu braço.

— Você sabe que não precisa fazer isso — diz ele, com sinceridade, os olhos cinzentos buscando os meus. Ele olha para a caverna e então para mim, e eu vejo a preocupação ali, tão genuína que chega a doer. — Essa guerra não é sua.

Essa guerra não é sua. Eu tive um pensamento parecido da última vez que estive aqui, quando estava abandonando o mundo dos Lendários de uma vez por todas.

— Eu não quero guerra — respondo. — Quero que as pessoas que amo fiquem em segurança.

— Pensei mesmo que fosse falar alguma coisa do tipo.

— Você vem, Matthews? — chama Fitz.

Ele e Evan estão parados um pouco depois da porta, os rostos delineados pela luz, os corpos já na escuridão.

— Logo atrás de vocês — respondo. E dou um passo terra adentro.

51

O CHEIRO DE PODRIDÃO nos ataca. Queima as minhas narinas com tanta força que puxo a gola da camiseta para cobrir o nariz, e isso me faz desejar que eu tivesse trazido um casaco. É congelante aqui.

Os outros já escolheram seus túneis, então, assim que chegamos à pequena antecâmara, tomamos o caminho mais para a direita.

Andamos com nossas lanternas apontadas para baixo na maior parte do tempo, erguendo-as de vez em quando. Não que ajude muito. O túnel faz uma curva leve para a esquerda, acho. É difícil focar quando o teto ora está prestes a tocar em nossa cabeça, ora sobe em colunas íngremes e vazias para lugar nenhum. Os grandes ombros de Fitz vez ou outra esbarram na parede, mas na maior parte do trajeto o túnel tem cerca de um metro de largura. Nossos passos fazem um barulho, como se algo estivesse sendo esmagado, arranhado, no cascalho sob os nossos pés. Ouvimos o som de água pingando vindo de algum lugar fora do nosso campo de visão. Provavelmente é de onde vem o mofo. Sua presença é constante, verde-escuro e preto, escorregadio. Andamos por vinte, talvez trinta minutos em silêncio na maior parte do tempo, e em fila. Fitz vai na frente, Evan no meio, e eu logo atrás.

Sinto alívio por Vaughn ter me aconselhado a não pegar o bastão. Ele não caberia nesta parte do túnel.

— Onde vocês acham que estamos? — Minha voz ressoa alto, criando ecos no espaço apertado.

Fitz grunhe.

— Não tenho certeza. Túneis não são uma linha reta. Demora em média quinze minutos para ir até a extremidade do campus lá em cima, e mais quinze minutos ou coisa do tipo até a Torre.

Não sou claustrofóbica, mas o pensamento de entrar e sair de espaços apertados e escuros por outros vinte minutos — no mínimo, se estivermos em uma rota direta — faz com que meu coração dispare no peito, o som das batidas quase bloqueando o gotejar.

— Você realmente acha que Davis pode abrir os Portais aqui? — pergunta Evan ao seu Herdeiro. — Se ele fizer isso e Arthur não chamar Nick, ambos estarão encurralados.

Fitz resmunga com desdém.

— Ele seria louco de fazer isso. Lutar em espaços fechados como esse seria um pesadelo. Tenho certeza de que a caverna é maior, mas mesmo assim. Você precisa conter a ameaça ou neutralizá-la num espaço fechado e com saídas limitadas. Pesadelo tático.

Evan concorda.

Fitz nos guia para outra curva à esquerda. Ouço sua respiração pesada e repentina cerca de dois segundos antes de entender o motivo.

O túnel se abre completamente de um lado, transformando uma passagem estreita em um caminho com apenas uma parede à nossa esquerda. À nossa direita, engolida por uma escuridão assustadora, há uma ravina com cerca de nove metros de largura. A lanterna de Fitz nos mostra a outra parede, uma série de afloramentos irregulares e maciços apontados para nós como dentes gigantes e afiados. Quando ele e Evan apontam suas lanternas para baixo, vemos que a ravina se estreita à medida em que desce, com estalagmites subindo do fundo invisível e tomada pelas sombras que engolem a luz de nossas lanternas.

O caminho à frente ainda tem mais de um metro de largura, mas tudo nele parece mais traiçoeiro, com a morte certa do outro lado.

Fitz diz o que todos nós estamos pensando:

— Melhor abraçar essa parede, pessoal.

Fazemos isso. Eu abraço a parede com tanta força que agarro a superfície acidentada, fria e escorregadia com os meus dedos esquerdos, esperando que surja um pequeno apoio para as mãos, caso seja necessário.

Estamos a três, talvez cinco minutos no novo terreno quando ouvimos o som de algo rastejando.

A lanterna de Fitz balança para a direita.

— O que foi isso?

— Morcegos, talvez? — sugere Evan.

Parece que ele está certo. O som se transforma no barulho de asas batendo. Eu me encolho.

Evan ergue a lanterna bem a tempo de ver um corpo grosso, com escamas, e um pé com membranas desaparecendo na escuridão.

— Aquilo não é um morcego, pessoal.

— Bem, então o que...

Fitz é atingido por algo sólido. Ele grunhe e tropeça, derrubando a lanterna na ravina.

Grito o nome dele e me aproximo de Evan, arrastando minha lanterna pela parede. Fitz resmunga, mas fica de pé de novo.

— Aquilo *não* é um morcego! — ruge ele, erguendo a mão para proteger os olhos da luz.

Em pânico, aponto minha lanterna para os pés dele.

Por milagre, a lanterna dele deve ter caído em um afloramento uns três metros abaixo, porque um amplo raio de luz acerta a parede e o caminho à nossa frente.

— Ele tem razão. Eu não vi, mas ouvi! — grita Evan. — O que quer que seja, é forte!

Um som estridente rebomba nas paredes ao redor da caverna, e é o único aviso que recebemos.

Uma nuvem de asas pesadas desce sobre nós. Escuto Fitz gritar de novo, então, meio segundo depois, o ganido melódico de sua espada de aether quando ele a retira da aljava. Garras puxam os meus ombros. Eu grito e cubro a cabeça, me abaixando. O cascalho perfura a minha calça e chega nos meus joelhos enquanto me abaixo sob as asas que batem, parecendo pequenas adagas afiadas.

Uma delas pousa nas minhas costas. Jogo o cotovelo para trás e para o alto. Ele atinge algo quente e pesado que uiva e sai de cima de mim.

Fitz grita. Deixo a lanterna no chão, apontada na direção dele, e me levanto, sacando a espada. O feixe de luz ilumina Fitz, e então consigo vê-los.

Quatro demônios voadores do tamanho de cisnes rodeiam a cabeça e o torso de Fitz. Asas de couro quase de sua altura sustentam corpos bulbosos e membros longos, vermelhos e escamados. As patas traseiras são longas e dobradas para trás como as de um lobo, mas as mãos parecem humanas, com dedos longos que terminam em garras pretas que avançam nos braços e no rosto de Fitz.

— Diabretes! — grita ele.

Evan corre, assim como eu. Ataco o primeiro diabrete que alcanço, cortando sua longa cauda pontuda. Seu guincho é como o som de um trilho de ferro entrando profundamente em meu cérebro, mas a criatura voa de volta sobre a ravina, para longe de nós. Fitz consegue cravar a lâmina no corpo de outro diabrete. Ouço um som úmido de algo sendo esmagado, e a ponta prateada sai de suas costas, brilhando e coberta de sangue negro. Quando o diabrete cai, quase leva a espada brilhante de Fitz com ele.

Um dos diabretes voa acima da cabeça de Fitz na minha direção. Dou um golpe alto, apenas cortando o bolsão de carne macia sob os braços da criatura. Ela grita e voa para o alto.

Dentro da minha cabeça, minha avó grita.

O grito dela me faz ficar de quatro — bem na beira do caminho. Fico paralisada, minha cabeça e meus ombros parando antes que eu caia no abismo.

Eu ofego e me arrasto para trás até que minhas costas batam na parede.

— *Proteja a minha neta, Senhor, ai, por favor...*

Eu penso *Agora não!* o mais alto que posso, porque o diabrete que feri ainda está circundando a ravina. Ele faz a volta e voa direto até mim. É a primeira vez que vejo um de frente. Ele tem longos chifres curvados como uma cabra-da-montanha e olhos verdes brilhantes. Eu me preparo para lutar. Espero. Espero.

— *O Senhor é meu pastor...*

—Agora não, vó! — grito o mais alto possível e corto para baixo com toda a minha força, fatiando o diabrete em dois, do ombro até a cintura. As duas partes dele caem dentro do abismo.

Jogo vovó Charles em um quarto vazio da minha casa mental e imagino a porta sendo trancada com força para que eu possa me concentrar, então me volto para Fitz.

O último diabrete afundou as garras nos seus ombros e paira atrás dele, onde a espada não alcança. Ele baixa a lâmina e, com o rosto e o peito ensanguentado e com ranhuras, tenta esticar a mão atrás da cabeça para tentar agarrar o tornozelo da criatura. É inútil. Antes que eu dê outro passo para ajudá-lo, o diabrete gargalha — um som parecido com unhas arranhando um quadro negro — e voa, levando Fitz com ele.

Assisto, horrorizada, enquanto Fitz é erguido do chão. O diabrete se inclina para a esquerda, arrastando o peso de Fitz para a ravina. Eu corro, mas termino de pé no mesmo lugar em que ele estava, a tempo de ver o terror no rosto dele quando o diabrete solta um dos pés.

— *Fitz!* — grita Evan, mas não faz diferença.

Fitz grita. O diabrete solta.

Ele cai.

Há meio segundo de silêncio, então um som pesado, molhado. E silêncio outra vez.

Meu cérebro desliga.

Ele tenta processar o que está vendo na ravina, mas não consegue.

Os braços e as pernas de Fitz, moles e sem vida, estão penduradas em seu corpo, mas o peito dele não existe mais. Não *existe* mais. Em seu lugar está uma ponta vermelha feita de pedra emergindo de seu corpo feito uma lança.

Eu me vejo erguendo a espada de novo, como se estivesse assistindo de longe. O diabrete, ainda pairando, sorri com as duas fileiras de dentes afiados e mergulha de novo com as garras para fora.

Meu pé desliza para a esquerda. Ele erra.

Brando a ponta da minha espada nas costas dele, cortando-as ao meio, uma parte superior e outra inferior. Ele morre contra a parede, minha lâmina afundada na pedra atrás dele.

Mantenho a posição, com a respiração ofegante e os olhos queimando com as lágrimas. Quero soltar, mas não consigo. Ainda não consigo. Meus joelhos batem no chão.

Evan se levanta e fica de pé devagar, o rosto ferido.

— Ele está... Ele está morto.

Seus olhos reluzem com ferocidade ao observarem a cena sangrenta ao nosso redor.

Meu cérebro volta a funcionar com um clique. Respiro fundo e destravo os meus dedos para tirar a espada da parede. A metade superior do diabrete cai com um som pesado que faz meu estômago revirar.

A espada do Herdeiro de Evan brilha e então se transforma em pó, já sem o seu conjurador. Um segundo depois, a espada de Evan, ainda no chão, também desaparece.

Evan se aproxima, iluminado pela minha lanterna ainda caída, e estende a mão. Eu a aceito na mesma hora, e ele me coloca de pé.

— Ele está morto — repete Evan, chocado.

Sua armadura desaparece diante dos nossos olhos.

— Eu sei — sussurro, ainda que não saiba de verdade.

Não sei qual é sensação de ver o seu Herdeiro morrer na sua frente. O Juramento do Escudeiro vai puni-lo? Ele sentiu a dor de Fitz e o seu medo?

Enquanto desamarro minha bainha e guardo a espada, uma certeza fria desliza em minha mente. Davis abriu um portão. Ele pode não ter matado a minha mãe, mas assassinou Fitz.

Chega de mortes.

52

EVAN ME ENTREGA MINHA lanterna, as mãos ainda trêmulas.

—Temos que continuar.

Eu o encaro, uma expressão inabalável em seu rosto familiar. Assumo a liderança dessa vez, com a lanterna em mãos, embora elas também estejam tremendo.

Andamos por mais alguns minutos. Demora um tempo para a minha respiração começar a desacelerar, mas nada em nossa situação parece tranquilo. Meus olhos e minha lanterna voam até cada gotejar distante de água, cada sombra de pedra.

—Aqueles eram diabretes, não eram? — indago, tentando preencher o silêncio, na esperança de que isso impeça o meu coração de sair correndo do peito.

— Sim — responde Evan, a voz trêmula.

— Por que não eram invisíveis?

— Estamos debaixo da terra. O aether é mais rico perto da terra. Aqui embaixo cada Cria Sombria é mais poderosa do que é na superfície. Mais difícil de matar.

Faço que sim, mesmo que ele não consiga me ver.

— Faz sentido.

Quinze metros adiante há uma outra curva para a esquerda.

— Vire — falo para Evan atrás de mim.

Aponto a lanterna para baixo para manter o caminho visível e não corrermos o risco de seguirmos em linha reta e cairmos. É assim que vejo que o cascalho no trajeto, pequeno e liso até então, se transformou em pedaços maiores e redondos.

— Cuidado com o chão, as pedras estão soltas.

Ando devagar, cada passo se firmando no solo ligeiramente antes de meu pé se assentar. Paro para recuperar o fôlego e me viro, vendo Evan mais ou menos um metro atrás de mim.

É só então que me dou conta de que os meus pés fazem pedras rolarem e serem esmagadas... e os pés de Evan não fazem barulho algum.

Se a caverna não estivesse tão silenciosa, eu nunca teria percebido.

Meu passo seguinte falha, e preciso me apoiar na parede para ficar de pé.

Goruchel.

Mímicos perfeitos.

— Você está bem? — pergunta Evan.

Quando é conveniente para sua farsa humana.

Meu coração bate com tanta força que mal consigo formar as palavras para responder. E tenho uma certeza desesperadora de que preciso responder. Empurro a parede.

— Sim, só escorreguei.

Minha voz soa oca e fraca aos meus ouvidos, mas espero que ele não note a mentira. Rezo para que ele não note a mentira.

Quero correr. Correr o mais rápido possível. Mas, em vez disso, avanço, me forçando a manter um ritmo constante e ignorar o pavor crescente no meu peito. Estou tão focada em não correr, em não revelar o que sei, que escorrego de verdade e caio de joelhos.

Desta vez, quando Evan estende a mão, meu corpo estremece. Um instinto. Encaro seus olhos azul-escuros e vejo a sombra de algo malicioso se movendo por trás deles.

— Estou bem — falo, com uma risada. Uma risada que soa tão falsa que ninguém acreditaria.

Fico de pé e continuo andando, um pouco mais rápido agora.

Ele me deixa dar alguns passos.

— Ah, Bree.

— Sim? — guincho, ainda me movendo rápido.

A boca dele de repente está na minha orelha.

— Você é esperta *demais* — sussurra ele em uma voz parecida com sinos dos ventos quebrados caindo em pedras.

Então eu corro, meu pé deslizando a cada passo. Não sei se ele me persegue. Não consigo ouvir. Só diminuo a velocidade quando chego à curva. Avanço sem chegar muito perto da borda, mas o meu tornozelo esquerdo torce com força. Grito de dor e largo a lanterna.

A escuridão da caverna me cerca por todos os lados, me cegando completamente. Não consigo enxergar um palmo à frente.

Eu havia visto de relance o caminho adiante antes de minha lanterna sair voando. Era uma reta, então uma ladeira para baixo, então uma reta. Mantenho a mão na parede e me movo da forma mais rápida que consigo, atenta para qualquer som atrás de mim. Mas nunca vou ouvi-lo se aproximando.

Sacar a minha espada seria inútil.

Ele poderia me matar aqui e ninguém saberia que foi ele.

Quando ele fala de novo, a voz é ligeiramente abafada; ele ainda está na parte do caminho antes da curva.

— Sendo bem sincero, eu preciso agradecê-la. Se não fosse por você aparecendo hoje à noite, eu nunca teria encontrado a entrada de *ogof y ddraig*. Bem... — Ele faz uma pausa. — Eu teria encontrado em algum momento, mas o meu povo não é lá muito paciente.

Cada passo envia um raio de dor no meu tornozelo. Eu não paro, mas agora estou mancando. Cerro os dentes e avanço. Uso a parede para aliviar a pressão do pé.

— Também preciso agradecer a Davis, sabe.

A voz dele é mais alta, mais direta; ele virou a curva.

— Ele tirou aquele Mago-Real traidor do sangue do meu rastro ao abrir os próprios Portais. Quase não tive que abrir nenhum, sério. Apenas um ou dois, que nem na noite da segunda Provação. Eu esperava que as raposas dessem um jeito em Sel, mas lá estava você. Como fez aquilo, a propósito?

A dor faz com que eu enterre os dentes com tanta força no lábio inferior que sinto gosto de sangue.

Continue. Andando.

— Você sabia que o verdadeiro Evan Cooper tocava banjo? Você faz ideia de como é difícil aprender a tocar banjo? É um pesadelo.

A risada dele é como uma facada. Ausente de humor.

Ele está mais perto agora, mas sei que está brincando comigo. Ele é rápido o bastante para me alcançar. Para me matar, se quiser. O pensamento é assustador o bastante para me fazer tropeçar. Caio apoiada nas minhas mãos e nos meus joelhos. Então começo a rastejar. Rastejar o mais rápido possível, para longe dele e para dentro da escuridão.

Mãos quentes se enrolam no meu tornozelo machucado. Eu grito, mas ele me puxa para trás, arrastando meu torso nas pedras, minha mão livre tentando se agarrar ao cascalho, sem sucesso.

Com um resmungo, eu me apoio na mão esquerda. Dou um golpe para o alto com um chute atrapalhado, sabendo muito bem que ele vai prever o golpe; não preciso feri-lo, só preciso que ele me solte. E é o que ele fez.

Fico de pé, mas a mão dele dispara e me acerta, com a palma aberta, no meio da minha coluna. A força faz com que o ar fuja dos meus pulmões, e caio de novo. Giro para encará-lo no momento em que o Evan Cooper que conheço desaparece para sempre.

Na luz de sua lanterna, o demônio goruchel sorri, dentes humanos se alongando dentro da boca até se parecerem com caninos de javali. Os dedos dele escurecem e se alongam, se transformando em garras carmesim. A pele ao redor de seus olhos recua até se tornarem valas profundas, e os olhos azuis se tornam vermelhos. O cheiro que enche o meu nariz é o cheiro azedo de pele queimando.

O novo olhar dele torra a minha pele. Como se meu rosto fosse começar a chiar e descascar, derretendo até sobrar apenas ossos e músculos queimados.

— É falta de educação ignorar quem fala com você — sibila ele. — Evan gostava desse seu jeito, Bree. Rhaz não gosta.

— Foi mal — disparo. — Não gosto de dar ouvidos a assassinos!

O demônio inclina a cabeça para o lado.

— Eu não matei Fitz. Apenas chamei os diabretes que mataram Fitz.

Quando ele aponta um polegar para trás, vejo o longo corte recente que vai do exterior do pulso até o cotovelo. De alguma forma, ele havia se cortado na ravina enquanto caminhávamos. Ele chamou aqueles demônios no escuro sem que ninguém notasse. Ele ri.

— Bem, não, você tem razão. Eu matei o verdadeiro Evan Cooper. Assumi a vida dele. Fingi ser o novo Escudeiro de Fitz, até copiei a humanidade de Evan o suficiente para fazer aquele Juramento do Guerreiro idiota, bem debaixo do nariz do traidor. Mas foi *horrível*, Bree. Nem posso dizer quantas vezes sonhei acordado em *rasgar a pele* do rosto de Fitz...

— Por quê? — grito.

Uma alegria brilhante e fanática escurece o rosto dele enquanto a própria caverna desliza em seus olhos ardentes.

— Para pegar Nick, claro. E esperar.

Meus pulmões queimam, e meu coração se retorce e bate descompassado.

A voz áspera do demônio se torna um sussurro paranoico.

— Você sabia que se um Herdeiro de Arthur completamente desperto morrer, as Linhagens vão desaparecer para sempre? — Ele ri. — Mate a cabeça, mate o corpo. Seria fácil se eu apenas precisasse que Arthur chamasse Nick como os outros, mas aquele reizinho arrogante de merda não vai Despertar o seu Herdeiro até ele pegar a espada.

Caminho para longe de lado, minha espada se arrastando em um ângulo estranho, mas ele segue, um passo silencioso depois do outro.

— E cá estava eu, planejando ir atrás do pai! Então o precioso Nick pede por *você* no baile. — Os lábios dele se retorcem em um sorriso debochado, e ele fecha as mãos em cima do peito. — Declarando para todos que queria *você* como Escudeira dele. Foi quando me dei conta de que aquele garoto idiota faria *qualquer coisa* para mantê-la segura. Lutar contra uma horda dos meus camaradas demoníacos. Pegar a Excalibur. Expor Arthur. Eu tinha que pegar você... — Ele sorri. — E foi assim que o rosto de Fitz virou kebab.

Meu estômago revira. Bile sobe até a minha garganta.

— Minha senhora, Morgana, vai amar saber como descobri a fraqueza do Herdeiro de Arthur. — Ele pensa nisso por um momento. — Bem, *amar* é a palavra errada. Ela vai sentir bastante inveja, na verdade. Ela *adora* torturar.

Eu me movo para trás, mas ele avança mais rápido do que os meus olhos conseguem acompanhar, pegando os meus dois tornozelos dessa vez.

— Sua mal-educada! — sibila ele.

Enterro os dedos no cascalho atrás de mim. Meu único pensamento é pegar um punhado de terra e jogar nos olhos dele, mas, quando as pontas dos meus dedos acertam o solo e as raízes abaixo, as portas internas dentro de mim se abrem.

— *A caverna está bem atrás de você. Só mais dez passos, Bree.*

A voz de minha avó me incentiva a continuar. Sinto as mãos dela, quentes e macias, ao redor do meu coração, segurando-o com cuidado.

Rhaz nota algo em meu rosto. Os olhos dele se estreitam — e solto as pernas de suas mãos com uma velocidade assustadora. Junto os dois joelhos no peito e chuto com os dois pés, fazendo-o voar para dentro da ravina.

53

MINHA AVÓ ESTAVA ABSOLUTAMENTE certa em relação à caverna. Eu a alcanço em dez passos mancos.

Viro em uma curva e chego ao topo de uma ladeira alta — e olho para o caos abaixo.

Rhaz não mentiu: ele convocou mesmo a família, que estava seguindo as suas ordens, lutando contra os Herdeiros e Escudeiros que chegaram à caverna antes de mim.

Tor e Sarah correm pelo espaço feito raios de aether prateado, disparando flechas de todos os ângulos contra cães demoníacos e raposas.

Felicity e Russ estão no chão, cada um lutando contra um enorme urso infernal verde.

Pete e Greer estão com as costas coladas, encarando uma matilha de cães que os cercam de todos os lados. Dois leões brilhantes lutam contra um cão, os dentes cravados nas suas ancas e no seu pescoço.

Vaughn corta uma raposa sozinho e parece a manter longe.

E, no meio de tudo isso, em uma pequena ilha cercada de água negra, está Nick. Ajoelhado por conta do esforço de resistir ao Chamado de Arthur.

Meu coração vai parar na garganta quando o vejo, todo arranhado e sujo de sangue, mas vivo. Acima de Nick, o pai dele retalha diabretes que os circundam, mal os mantendo afastados. Há demônios demais. O que quer que Davis tivesse em mente, o goruchel nunca foi parte de seus planos.

Atrás deles há uma espada brilhante despontando de uma rocha. Mesmo de longe, o diamante claro de Arthur brilha da empunhadura.

Excalibur.

Pulo da ladeira até a parede curva da caverna, escorregando pela pedra lisa. Atinjo o chão com um solavanco e saco minha espada para a batalha. Testo o meu tornozelo. Torcido, talvez. Mas não quebrado.

Eu me junto a Felicity na luta contra o urso. Ela o encurrala enquanto eu o golpeio no peito. Ela dá um salto no ar até as costas do urso de Russ. Corto o braço da criatura até que ela cambaleie para trás, nos fazendo cair. Russ o segura e o prensa contra a parede de pedra com tanta força que a caverna inteira treme. Escombros do teto caem em cima da gente.

— Tente não derrubar o lugar inteiro! — grita Whitty de onde está lutando contra sua raposa em um canto.

Ele a despacha sem muita dificuldade, então se vira para nós com um sorriso...

Seu corpo para em uma posição rígida.

As duas adagas caem das mãos.

—Whitty?

Os olhos dele se arregalam, vagos. Seu peito se ergue. Seus pés se arrastam no chão, como se ele estivesse sendo erguido...

Pela mão enterrada nas suas costas.

—WHITTY! — grito, paralisada.

A luta continua ao nosso redor. Estamos em menor número. O demônio que já foi Evan chuta a parte de cima da coluna de Whitty para libertar a própria mão. Meu amigo cai para a frente, acertando o chão da caverna com um baque pesado, a cabeça virada na minha direção.

Meu coração para, mas procuro por vida.

Não encontro.

Em vez disso, vejo os olhos opacos e sem vida do meu amigo. O ângulo esquisito que seu ombro forma. O sangue na sua jaqueta camuflada favorita. A boca aberta na terra.

Ninguém além de mim viu Whitty morrer.

Eu deveria ter adivinhado que aquela queda não mataria um demônio maior.

Eu deveria saber.

Rhaz aponta para mim com uma garra ensanguentada.

— Foi muita maldade da sua parte, Bree! Olha só o que você fez!

Duas costelas pretas emergem do peito dele, sangue verde vazando pela camiseta. Ele não parece dar a mínima para isso.

Estou correndo, gritando, uma flecha de ódio. Vou matá-lo. Vou cortá-lo ao meio...

— Vou mandar estas bestas matarem a todos aqui — rosna ele, me fazendo parar —, a menos que você fale para Nick aceitar o Chamado de Arthur e pegar a espada.

Uma onda de raiva e ódio passa por mim, guerreando dentro do meu peito. Por todos os lados ouço o bater de armas de aether se chocando nas peles duras de isel. O rugir e o clamor das batalhas.

— Não.

Rhaz sibila.

— Como quiser.

Ele avança e remove a lâmina da minha mão com um golpe. Torce o meu braço com tanta força que grito e chego a ficar zonza com a dor. Ele grita algo feroz e ininteligível — a linguagem demoníaca. De uma vez, todas as bestas infernais param. Os Lendários também pausam. Paralisados. Quando tento me mover, o uchel aperta com mais força, e no segundo seguinte estou lutando por ar.

— *Nicholas!* — grita Rhaz.

Nick e o pai viram os rostos feridos para o fundo da caverna. Davis está boquiaberto, cansado e de joelhos, e Nick absorve a cena toda de uma vez: o goruchel mímico de humanos. O corpo partido de Whitty. Eu nos braços do demônio.

— *BREE!*

— Pegue a espada, Nicholas!

— Não! — Eu consigo gritar. — Ele... vai dar um fim... às Linhagens!

As mãos de Nick se fecham com força.

— Se você matá-la — diz ele por entre dentes cerrados, olhos em chamas —, *nunca* encostarei nesta espada!

— Você deve achar que estou blefando — diz Rhaz, e desaparece em um piscar de olhos.

E num piscar de olhos ele ressurge. Segura Russ pelo pescoço. O ergue bem alto... e o lança como uma bola de beisebol contra uma parede de pedra.

Aconteceu tão depressa que Russ nem teve chance de gritar.

Observamos o corpo dele cair de uma altura de seis metros até se tornar um amontoado.

Felicity grita e se lança contra Rhaz. Tor e Sar a alcançam antes, mais são necessárias as duas, Vaughn e Greer para detê-la.

Antes que eu possa me mover, Rhaz já me segura pelo torso de novo.

— Deixe que Arthur faça o Chamado, Nick! Ou vou parti-la...

Uma adaga azul e branca o acerta na garganta.

Os dedos dele voam para o cabo da lâmina. Ele faz um barulho de gargarejo e mergulha de cara na água.

Com um grito agudo, uma enorme coruja bufo-real mergulha na caverna vinda de um túnel. Rápida e silenciosa, ela se transforma em um homem ao cair no chão.

Uma forma que reconheço de imediato: Selwyn Kane, Merlin e Mago-Real da Divisão do Sul.

Um feiticeiro... com a habilidade de *transfiguração*.

Sel fica de pé com os olhos em chamas e espreita o fosso. Ele ergue Rhaz pelo pescoço; sangue pinga do demônio, deixando a água com um aspecto de podridão. O mago inspeciona o corpo imóvel, um rosnado baixo escapando dos seus dentes cerrados, e então o larga.

As criaturas demoníacas uivam e ganem, mas sem Rhaz para comandá-las, elas não se movem.

Felicity se liberta e corre até o corpo de Russ, lágrimas escorrendo pelo rosto. Os soluços dela ecoam pela caverna, altos, devastados e despedaçados.

A distração de que Rhaz precisava.

Vivo e furioso, ele se lança do fosso nas costas de Sel. Os dois rolam na água, grunhindo e desferindo golpes em um borrão de membros.

Então o demônio coloca as duas mãos do pescoço de Sel. O Mago-Real tenta puxar as garras do demônio em busca de ar, se batendo.

Corro para ajudá-lo, mas Tor e Sarah me ultrapassam a toda velocidade.

Rhaz é muito rápido; ele as vê se aproximando.

Ele joga a cabeça de Sel para *baixo* ao mesmo tempo em que o seu joelho *sobe* — um estalo, sangue —, e o corpo mole de Sel afunda na água.

De repente, o grito de Nick ecoa, o som da agonia para todos os lados. Ele se contorce sob o peso do Chamado de Arthur. Ele está perdendo a batalha.

Rhaz sorri.

— Isso mesmo, Nickzinho.

Todos nós vemos, congelados, enquanto Nick respira com dificuldade e cai de joelhos. A cabeça dele é lançada para trás, e a voz grave de Arthur emerge da garganta dele.

— *Ainda que eu caia, não morrerei, mas chamarei ao sangue para que viva.*

Nick fica de pé em um movimento, então se vira para encarar a pedra que guarda Excalibur.

— *Ela está aqui* — sussurra minha avó, a voz dela tão alta na minha cabeça que tenho certeza de que todos conseguem ouvir.

A determinação de Nick cresce a cada passo que ele dá rumo ao seu destino.

Quem?

Sel se ergue do fosso, lutando em busca de ar, procurando por Nick. Mas Nick já está na pedra.

— *A mãe velha. A mais velha. Vera.*

Nick estende a mão para o cabo da espada, e, respirando fundo, a puxa.

Minha avó desaparece.

A espada não se mexe.

Tor ofega. Lorde Davis arqueja. Até mesmo os olhos demoníacos do goruchel se arregalam.

Nick puxa a espada ancestral com as duas mãos ao redor do cabo — mas ela não se move.

Ele se afasta, o rosto carregado de confusão e choque.

Dentro de mim, uma bomba explode. Minha casa desmorona.

O tempo passa mais devagar.

Para.

Congela.

Um único segundo, suspenso.

A mãe velha da minha família preenche todos os meus membros. Ela chega, assim como pedi.

A voz dela é rica e suave, como aço líquido percorrendo uma lâmina. Ela me envolve, como um cobertor quente com pontas afiadas.

— *O que você quer saber, criança?*

— Tudo — sussurro.

— *Por quê?*

Eu poderia dizer que era por causa dos demônios. Davis. Nick. Os inocentes. O mundo.

Mas não faço isso.

Penso em minha mãe. Em suas lutas. Seus triunfos. Sua dor. E como tudo isso agora me pertence também. Para eu carregar comigo. Para eu brandir.

— Porque a vida dela importava. E quero ter certeza de que a morte dela também importou.

Sinto a apreciação e o prazer dela.

— *Então darei a você o poder para que assim seja, a chaga unida à verdade.*

Ela me puxa para dentro da sua memória.

Eu me despedaço.

54

UMA CAMINHADA.
Anos passados.
Anos de dor.
A história que a minha mãe,
e a mãe dela,
e a mãe dela nunca souberam.

Vejo a mãe mais velha quando ela é jovem, de pé em um campo
atrás de uma grande casa branca.
Ele usa um vestido branco simples, ou que pelo menos já foi branco um dia.
Seu cabelo está preso para o alto. Seu rosto parece mogno brilhante. Seus
olhos são como os meus.
O sol está baixo no céu. Ela está cansada. O dia foi longo.
Os dias são sempre longos.
Os gritos raivosos da esposa do senhor
podem ser ouvidos pelo campo.
Eles brigam, o senhor e a esposa dele.
Brigam por causa de filhos, mas eles não têm nenhum.
Outro dia concluído.

Ela começa a andar para os aposentos quando
ouve um som.
Um homem pálido com cabelo da cor de noz
entra no quintal
pelo portão de trás.
Ela o reconhece. O homem chamado Reynolds.
Uma mulher de cabelo loiro sai pela porta dos fundos para encontrá-lo,
olhando por cima dos ombros a cada passo.
A esposa do senhor.
Reynolds puxa a mulher do senhor para ele
até que fiquem escondidos pela magnólia,
seus galhos quase tocando a terra.
É a luz do dia. Outro dia. Outra magnólia.
Ela parou para descansar sob seus arcos, apenas por um instante.
Apenas um momento de descanso.
O senhor aparece. Ela está assustada. Flagrada.
Ele estende a mão. "Não estou aqui para machucá-la", diz ele.
Mas ele está. Ele a machuca mesmo assim.
As sementes de magnólia caídas recobrem o chão.
Suas pontas afiadas se enterram nas costas dela.

Três meses depois.
O senhor e a esposa
são ouvidos brigando no orquidário.
Minha ancestral se pergunta
se uma criança na vida deles melhoraria as coisas.
Não melhoraria.
Mas no dia seguinte
ela sente uma crescendo dentro dela mesmo assim.

Quando ela aparece,
a esposa do senhor percebe,
mas não parece se importar.

Quando ela aparece,
o senhor percebe,
e se importa.
Ele se importa demais.

Ele vai até ela. Segura o rosto envelhecido, macio
dela com seus dedos duros.
Os olhos azuis dele olham nos fundos dos olhos castanhos dela.
Os outros no campo notam.
Ele os vê por cima da cabeça.
"Esta noite, Vera", fala ele de forma áspera, e a solta.
Ele anda para longe.
Vera sabe que desta vez ele quer machucá-la.

Ela corre.

Há caminhos a serem tomados. Rumores de lugares para onde ir.
Ela vai embora assim que o sol se põe
e torce para se lembrar das histórias.
Ela não conta a ninguém por medo de que venham atrás deles também.
Ele pode vir atrás deles também.
Ela não carrega nada além de frutas e madressilva,
néctar ainda no pedúnculo.
Ela corre por horas.
Mestre Davis tem dinheiro para capitães do mato, mas ela não esperava
ouvi-los tão cedo.
Os cães ladram ao longe.
Ela mergulha em um riacho. Faz o caminho de volta.
Sobe contra o fluxo do rio com a saia erguida.
Sobe em uma árvore de galhos baixos.
Seus braços são fortes.
Ela trabalha com o tronco, faz orações às raízes,
agradece à árvore pela ajuda,

desce quarenta e sete metros ao norte de onde começou.
Ela se acomoda na sombra escura da árvore auxiliadora
e derrama a fruta
e a madressilva, esmagada, mas ainda boa.
Ela se senta com as pernas cruzadas na terra fresca e passa uma lâmina quebrada
pela palma da mão.
O corte é profundo, mas machuca menos que as bolhas nos pés.
Ela é uma andarilha da memória, mas esta noite ela não quer andar.
Ela quer correr.

Ela espalha o sangue na fruta e nas flores, aperta a
mistura e a mão o mais fundo possível no chão e
chama os ancestrais em busca de ajuda em um canto rítmico de sua autoria.

"Protejam-nos, por favor. Todos vocês. Todos.
Protejam-me para que eu possa protegê-la.
Ajudem-me a ver o perigo antes que ele me acerte.
Ajudem-me a resistir às armadilhas deles.
Dê-nos força para nos escondermos e para lutarmos.
Protejam-nos, por favor. Todos vocês. Todos.
Protejam-me para que eu possa protegê-la.
Ajudem-me a ver o perigo antes que ele me acerte.
Ajudem-me a resistir às armadilhas deles.
Dê-nos força para nos escondermos e para lutarmos.
Dê-nos o necessário para nos escondermos e para lutarmos..."
Eles a ouvem. A voz deles se ergue da terra.
Por sua ferida e por suas veias
e diretamente para a sua alma.
"Atado ao seu sangue?"
Ela ofega. Os cães estão no córrego. Lágrimas caem na terra.
"Sim, por favor! Prenda ao meu sangue!"
"Um preço." As vozes sussurram, tristes e pesadas.

"*Uma filha de cada vez, por toda a eternidade.*"
"Conecte-nos!" Ela chora.
O corpo dela treme em uma onda de desespero,
num oceano de determinação.
Ela e as vozes falam as palavras em uníssono. "*E assim será.*"
Um núcleo derretido de faíscas vermelhas e pretas ganha vida em seu peito.
À medida que se espalha pelos membros dela, queimando-a por dentro,
ela se vira para mim, me *vê*.
Seus olhos são como vulcões, fogo vermelho-sangue vazando dos cantos.
Com o poder em erupção em sua pele,
ela segura o meu pulso com uma de suas mãos fortes.
"Este é o seu início."

A caminhada da velha mãe, assim como Patricia, é apenas o começo.
No enlaço de seu poder, passo por
oito gerações de mulheres.
Suas descendentes, minhas antepassadas.
Uma corrente de rostos marrons me encontra, uma vida após a outra,
uma após a outra em um borrão.
Rostos raivosos e rostos tristes. Assustados e solitários.
Orgulhosos e cansados do sacrifício.
Os rostos delas. Meus rostos. Nossos rostos.
Elas me mostram suas mortes,
quando a fornalha de poder no peito de cada mãe
passa para a filha.
A resiliência delas atada à minha pele.

Eu giro, rodopio, cambaleio na grama.
Vejo minha mãe quando ela era jovem. Ela anda pelo campus.
A luz dentro dela brilha forte
mesmo através do pesado casaco de inverno.
Uma garota de alegres olhos amarelos caminha atrás dela.

Neve salpica o cabelo da garota;
as ondas pretas de seu cabelo leves em suas costas.
Elas avançam por uma estrada de tijolo, conversando e rindo.

Vejo minha mãe por trás do volante.
Eu estou sentada no banco do passageiro, observando-a enquanto ela me observa,
nossos espíritos se encontrando em uma mistura da caminhada de Vera e do meu novo dom.
O carro se aproxima.
O acidente.
Apenas um acidente.
Não é culpa de ninguém.
Minha mãe segura minha mão e a aperta.
"Isso vem para cada uma de nós, querida."
Pouco antes de o carro atingi-la, ela pressiona seu amor no meu coração e desaparece.

Eu sou eu mesma, sentada no hospital. A luz no meu peito é pequena,
uma chama que acabou de ser acessa.
Revisito minha memória pelos olhos da minha ancestral.
Através dela, vejo o meu poder, ainda novo, fervendo no peito.
O corpo do policial brilha
como ar acima do asfalto quente no verão.
O policial e a enfermeira trouxeram meu pai e a mim para
uma salinha verde-hortelã.
A memória mesmerizada volta completamente.
Vejo o distintivo dele, os ombros largos como uma porta,
a barba por fazer.
Sobrancelhas grossas, olhos azuis.
Pisco e o brilho se dissipa. O brilho desaparece.
Vejo o velho suéter dela, os ombros estreitos dela,
as lágrimas descendo pelo queixo dela.

Cabelo preto feito um corvo, sobrancelhas pretas, rosto belo demais para ser real.
Feições jovens e velhas ao mesmo tempo.
Dois olhos dourados como os de Sel, cheios de um profundo pesar.
Não, não parecidos com os de Sel...
Eles *são* de Sel.
O lábio inferior da mãe de Sel treme. Ela fala através da dor.
"Você não vai se lembrar disso,
mas quero que saiba
que ela era minha amiga."

55

NEGRUME.
Vera está diante de mim, banhada em sangue e chamas,
os cabelos se alongando e soltos feito carvalho vivo.
"Respostas, mas não um fim. Agora que você as tem,
ainda deseja lutar?"
Não hesito. "Sim."
"Então há uma verdade final. Um legado forçado, não dado.
Um fardo que não carreguei."
Uma pergunta nos olhos dela. Uma escolha.
"Estou pronta."
Ela avalia a resposta. Assente.
"Então eu o libertarei. E darei voz a ele."
Ao longe, uma presença se ergue.
Do limiar entre mundos, ele chama o meu nome.
De repente, eu me torno nós.

Nós estamos na caverna de novo.
Nós damos um passo adiante e já estamos na pedra.
Nós seguramos o cabo ancestral, quente sob os nossos dedos.
Nós libertamos Excalibur.

56

NO MOMENTO EM QUE ergo Excalibur, a espada canta nas minhas mãos, sedenta por guerra.

O aether da lâmina sobe pelo meu braço e fatia a minha consciência, me puxando para mim mesma.

No centro do diamante no cabo, a raiz vermelha sobe e se esvai até que a pedra brilhe como sangue do coração.

Letras gravadas brilham de ambos os lados da lâmina prateada: *Erga-me. Leve-me para longe.*

Chamas azuis e vermelhas se acendem e giram ao redor do meu corpo, e a armadura de Arthur se constrói em faixas e camadas até brilhar feito metal nos meus ombros. No reflexo de Excalibur, meus olhos queimam em um tom carmesim.

Vera passa a mão em minha testa. Lábios fantasmagóricos beijam a minha fronte antes de ela se despedir de mim.

— Detenham-na! — grita Lorde Davis. Enraivecido, ele aponta um dedo trêmulo e conclama os Lendários à ação. — *Agora!*

No lado mais distante da caverna, Greer, Vaughn, Felicity, Tor e Sar se assustam com a ordem de Davis. Mas não obedecem. O olhar deles segue a espada em minha mão.

Sel me encara de onde está, na água abaixo, uma mistura impossível de emoções no rosto.

Dentro de mim, Arthur é a única presença. E a possessão dele não é nada parecida com a de Vera ou de minha avó.

Ele ergue o meu braço, apontando Excalibur para Davis. As palavras explodem da minha boca — ao mesmo tempo na minha voz e no barítono ribombante de Arthur.

— *Traidor! Você impôs guerra contra a coroa, atraiu inimigos para sangue inocente e agora ousa juntar meus cavaleiros contra mim!*

— Não, não...

Davis gagueja, balançando a cabeça sem parar. Murmurando negações, ele tropeça e cai de costas na água, fazendo barulho. O homem se ergue feito um rato e corre na direção de um dos túneis.

Arthur me leva para a beira da ilha, cheio de uma fúria justificada e raiva real enquanto Davis escapa.

— *Você não sairá impune!*

— Bree?

A voz de Nick nos interrompe. Arthur vira o meu rosto até que eu encare o garoto, que está com a mão levemente erguida para proteger os olhos da minha luz. Nossos olhos se encontram através das chamas vermelhas e azuis.

Quero chorar. Quero gritar. Mas Arthur está no controle da minha voz e do meu corpo, e, ainda que use os meus olhos, ele não enxerga Nick.

— *Meu irmão Lancelot. Meu braço direito. Camlann chegou.*

Os olhos de Nick se arregalam.

Todos nós vimos Nick colapsar, ouvimos o cavaleiro ancestral proclamar sua presença e Despertar o seu Herdeiro. Nick *foi* chamado. Só que não por Arthur.

Porque *eu* sou a Herdeira de Arthur.

Uma risada estridente e áspera ecoa do teto da caverna. Todos nós nos viramos, lembrando-nos da ameaça imediata.

Rhaz e seu exército de demônios, rondando nas margens. Um urso infernal, diabretes, raposas e cães, esperando pelo comando dele.

— Abominação! — grita Rhaz, o rosto atravessado por um sorriso maldoso. — Mas um Arthur mesmo assim! — Os demônios uivam, rugem e gritam... um grito de guerra do mundo inferior. — *Matem ela!* — ruge ele.

As bestas avançam. Arthur ergue a Excalibur. Em nossa voz dupla, ele grita:

— *A mim, meus cavaleiros!*

E então estou correndo para fora da ilha, voando no ar acima do fosso. Os Lendários correm com as armas erguidas...

Grito no meio do salto, minha vontade sobrepujando a de Arthur.

— Não!

Balanço a mão livre fazendo um amplo arco com os dedos abertos. Uma muralha de chamas vermelhas com seis metros surge na frente dos Lendários. Uma barreira entre eles e os demônios. A confusão de Arthur me preenche assim que pouso na margem.

— Chega de mortes! — brado, e troco a espada para a mão direita.

Ele não discute. Em vez disso, conjura o aether para criar um escudo pesado, sólido, preso no meu braço esquerdo, e começamos a trabalhar.

As bestas convergem na nossa direção. Arthur enfia Excalibur no chão aos meus pés, enviando um pulso quente de aether girando em um grande círculo. A onda atinge todos eles, atirando-os contra as paredes da caverna.

Os diabretes se recuperam primeiro e mergulham na minha direção em uma horda uivante.

São três. Rápidos e ágeis demais para um único ataque. Longe demais para a espada.

A raiz estala nos meus ouvidos, viva e pronta.

Abro a fornalha no meu peito. E grito. Chamas saem da minha boca como uma bola, explodindo no rosto do primeiro diabrete. Ele grita, queima, explode. Há fumaça por todo lado. O segundo diabrete se afasta. O outro está perto o suficiente. *Peguei você.* Uso a força de Arthur para saltar, esfaqueando-o na barriga escamada. Ele se transforma em pó em cima de mim, em uma chuva de aether verde, e a fumaça bloqueia minha visão.

Um rugido na névoa. Uma pata pesada feito concreto me atinge no rosto, me jogando para trás. Esmaga meu nariz e minha mandíbula, me empurrando para baixo. Me sufocando. Agito a espada, tentando um ângulo impossível ao redor do urso. Não consigo *respirar! Não...*

— Largue a espada.

Eu a solto.

Arthur empurra o meu ombro esquerdo de volta, então *ergue* a borda do escudo, enfiando no osso e no músculo. O urso se afasta com um uivo raivoso. Arthur me faz subir junto com ele, seguindo o escudo enterrado no urso até que ele caia no chão. Estamos por cima agora. O braço fora das correias do escudo. Afundando o metal ainda mais para dentro com ambas as mãos. O urso ruge de dor. O metal acerta o osso. A força de Arthur, mais do que eu poderia ter imaginado. O urso infernal desfere um golpe, cortando o meu ombro direito, a pele se abrindo. Eu grito.

Os cães uivam ao sentir o cheiro e disparam na nossa direção.

Raposas sugam o aether flutuante e a fumaça se dissipa.

— Agora usamos a espada?

Arthur me tira de cima do urso com um puxão e me coloca de bruços para pegar a Excalibur.

Eu rolo para trás bem a tempo de acertar a mandíbula de um cão com a parte plana da lâmina. Meu braço treme. Não consigo segurar a criatura. Saliva pinga na lâmina, na minha bochecha...

Uma lâmina cristalina é disparada bem no meio da cabeça dele. Jogo a cabeça para trás, procurando a origem daquilo.

Sel está de pé na ilha com a pedra, outra lança preparada. Ele a arremessa. Empala um segundo cão. E salta da rocha para a margem ao lado da minha cabeça, de olho nas raposas, uma bola de aether já florescendo em cada uma de suas mãos.

— Nunca mais faça aquilo comigo.

Antes que eu possa responder, um zunido estridente passa perto da minha orelha. A flecha de Tor, acertando a garganta da raposa. Os outros Lendários avançam, armas erguidas contra as quatro raposas. Nick está no ar, descendo uma espada de aether nas costas de um cão ao pousar. Minha barreira de raiz já se foi. Não sei como.

Fico de pé, mas o meu braço direito não consegue mais aguentar o peso da Excalibur. Eu não...

— *Troque para a sinistra!* — grita Arthur.
— O quê?
A cabeça de Sel se vira na minha direção.
— O quê?
— *MÃO ESQUERDA!*
— Não sou canhota!
— *Agora é!*

Jogo a Excalibur para a minha mão esquerda e sinto familiaridade ali. Certeza.

O urso avança na minha direção, enlouquecido pela dor. Sel o encontra primeiro, com duas adagas estendidas.

Há um movimento na minha esquerda. Rhaz salta na minha direção — o urso era apenas uma distração, uma armadilha. O demônio é veloz, mas a minha Arte de Sangue ganha vida, e, por um segundo, sou igualmente rápida.

Eu perfuro Rhaz em suas costelas quebradas, e a força de Arthur me ajuda a impelir a lâmina para a frente e para dentro dele. Rhaz segura Excalibur, mas a lâmina corta a mão dele. Ergo o demônio, assim como ele fez com Whitty. Eu o assisto se contorcer e se debater enquanto morre, e rio — um som cheio de prazer que reverbera pelo espaço. Um som que abafa os gritos moribundos das outras criaturas e que faz Sel e os Lendários se virarem para assistir.

— O que você é?! — grasna Rhaz.

Três vozes o respondem num coro vibrante.

— *Eu sou a Médium nascida da terra. Sou feita da Arte de Sangue, nascida da resiliência. Sou Arthur Despertado!*

— Minha morte não significa nada. Me matar não vai deter o que está vindo. Há outros de nós no seu meio — diz ele com uma voz grossa, segurando a espada. — A Linhagem de Morgana está ascendendo.

— *Que a Linhagem dela ascenda. Nós ascenderemos para enfrentá-la.*

Rhaz solta um rosnado no fundo da garganta, e seus olhos se reviram. Ele se desfaz de dentro para fora, derretendo ao redor da espada até que sobre apenas um líquido pegajoso.

Fico parada ali, espada ainda erguida, o peito arfando e o sangue correndo pelas minhas veias. Cada olhar se vira para mim. Nick. Sel. Greer. Ensanguentados e respirando com dificuldade, icor cobrindo seus rostos e suas roupas rasgadas. Pilhas de pó de isel ao redor deles.

Baixo a Excalibur, a exaustão tomando conta de mim. Todo aquele poder — o de Vera, o de Arthur, o meu. É demais. Minha visão fica borrada, e a caverna gira. Nick dá um passo na minha direção, Sel também. Para me segurar, acho, antes que eu caia.

Agora que acabou, talvez eu os deixe fazer isso.

Mas Arthur ainda não terminou. Para ele, não acabou.

Sem aviso, ele toma conta de mim como uma marionete, virando-se para os Lendários na caverna e rugindo:

— *Já faz tanto tempo assim? Vocês não se ajoelham mais diante de seu rei?*

Ofego no silêncio que se segue após as minhas palavras. Essa batalha não foi por isso. As coisas não são assim. Eu não sou assim.

Eu tive que destruir esses monstros, grito para ele. *E nós fizemos isso. Mas isso não tem a ver com demônios. Tem a ver com você!*

Luto contra a vontade de Arthur, mas ele não vai se entregar — não dessa vez. Ele exige reverência. Homenagem. E deferência. Sobretudo depois da traição pública de Davis.

Por sorte, ninguém se mexe.

Então, alguém se mexe.

— Não — sussurro, porque não quero ouvir.

Mas quando Sel fala, sua voz é forte e clara.

— *Y llinach yw'r ddeddf.*

A Linhagem é a Lei.

Ele se apoia em um joelho e baixa a cabeça.

Um segundo se passa. Outra voz se ergue. A de Sarah.

— A Linhagem é a Lei.

Um por um, ela e os outros se abaixam, ajoelhando-se para o rei. Ajoelhando-se para mim.

Tor fica parada, choque e fúria agitando seu corpo, mantendo as pernas dela no lugar. Arthur vocifera contra a insubordinação dela, mas eu não ligo.

Eu me viro para Nick, implorando, mas não há nada que ele possa fazer. Os olhos de oceano dele são caleidoscópios de emoção, girando tão rapidamente que não consigo lê-los.

— Não...

—*Y llinach yw'r ddeddf.*

Na última palavra a voz dele quebra — e o desespero atravessa o rosto de Nick feito um relâmpago. Então, um sorriso. Pequeno, preocupado, triste.

— Não...

Ele muda o peso de uma perna para a outra.

— Está tudo bem...

— Por favor, não...

Mas Nick se apoia no joelho mesmo assim e baixa a cabeça até que eu não possa mais ver o rosto dele.

Não era isso que eu queria!, grito para Arthur. *Não quero isso!*

— *A fo ben bid bont.* — Arthur fala através da minha voz, para que a resposta dele seja tanto para mim quanto para os Lendários presentes. — *Quem quiser liderar, que seja uma ponte.*

O espírito do rei retrocede até que eu me torne eu outra vez. Desolada, vazia e cheia de poder. Enfio a Excalibur de volta na pedra como se isso fosse prender Arthur.

Mas sei que não faz diferença. Ele é parte de mim agora.

Um entendimento passa pelo meu cérebro zonzo e confuso: os Lendários permanecem ajoelhados porque preciso liberá-los.

— Ergam-se — sussurro, e então desmaio.

57

ACORDO COM O SOL brilhando por entre as cortinas. Tudo, e quero dizer tudo mesmo, dói. Estou tão fraca que preciso de três tentativas para me virar de lado na cama. Quando me viro, dois bilhetes caem da minha testa.

> Você desmaiou no ogof, mas não antes de enfiar a Excalibur de volta na pedra. Sel carregou você de volta pelos túneis. Foi tudo muito dramático, pelo menos foi o que ouvi dizer. Coloquei você no soro para hidratação. (cont)

> mas espero que acorde com fome. Alice me mandou colocar polenta de queijo no fogão. (Eu gosto dela.) Muita coisa para conversar. Venha para o salão principal quando estiver pronta.
> — W

Sorrio, grata por Alice me conhecer tão bem. Então as memórias voltam e me deixam sem ar até meu peito parecer estar prestes a colapsar.

Afundo o rosto no travesseiro e choro. Por Vera. Pelas minhas ancestrais. Pela minha família. Pela minha mãe. Por todo o meu povo. Pelo fio de morte e violência costurado ao nosso sangue de maneira forçada, e a resistência que desenvolvemos para sobreviver.

Choro pelas mortes que testemunhei — e não pude evitar — de Fitz, Whitty e Russ.

Choro por mim.

Eu não sou Nick. Não sou uma escolhida. Sou o resultado de violência e sou a Herdeira de Arthur, e não quero ser nenhuma das duas coisas. Só quero ser a filha da minha mãe. E do meu pai. Só quero ser *eu*.

Mas sei que nunca mais vai ser simples assim. *Eu* nunca mais serei simples assim.

Minhas linhagens estão unidas por verdades horríveis, inextrincáveis, e não há como desatá-las do meu destino, esteja eu pronta para encará-lo ou não.

Sel irrompe pela porta, e eu me levanto.

— Cadê ele? — pergunta o Mago-Real.

O cabelo de Sel está bagunçado, os olhos amarelos selvagens, e as roupas cobertas de sujeira e folhas.

— Quem? — grasno.

Eu finalmente olho com atenção ao meu redor e me dou conta de que estou no quarto vazio de Nick.

À medida que Sel se torna um borrão indo de um canto a outro do quarto, abrindo as portas do banheiro e do armário, um sentimento pesado, gelado, se assenta no meu estômago.

— Sel?

Quando ele para na minha frente, rosna com frustração.

— Sel...

Os olhos dele encontram os meus, arregalados, perdidos.

— Eles o levaram. Eles levaram Nick.

Ando pelo quarto ligando para o celular dele sem sucesso por meia hora antes de Sarah me deter e me empurrar para o sofá. Ela desaparece na cozinha murmurando alguma coisa sobre cafeína. Pânico e tensão deixaram todos os Lendários em alerta.

— Alguém tentou ligar para Nick? — indaga Tor pela quinta vez.

— Sequestradores não costumam deixar os reféns ligarem para casa, Victoria! — responde Sel com grosseria.

Ele se mexe ao meu lado na cadeira, e sinto o calor do aether radiando de sua pele.

— Como você sabe que eram Lorde Davis e Isaac? — pergunto, ignorando o nó que se formou na minha garganta.

Estou tentando afastar da minha consciência o medo que sinto por Nick, mas é inútil.

— Porque — diz Sel, ficando de pé, exasperado por ter que repetir a história *dele* pela terceira vez — Isaac me mesmerizou. Eu estava acordado de madrugada na cozinha depois que voltamos da caverna porque não conseguia dormir. Isaac entrou na casa, eu me virei, e ele estava lá... tomando a minha visão, me olhando nos olhos, mesmerização completa. Então eu acordei trinta minutos atrás na floresta, a três quilômetros daqui. Ele me tirou do caminho para poder capturar Nick.

— E Nick não está correndo perigo? — pergunta Tor.

— Não. Eu sentiria se a vida dele estivesse em risco. — Sel balança a cabeça. — No entanto, isso não quer dizer que Nick está em segurança.

— Mas Nick e Bree estavam no mesmo quarto — diz Felicity, numa voz trêmula. O estado dela é péssimo. As mãos não param de tremer. Meu coração dói só de olhar para ela, tentando ser forte quando Russ está... morto. — Por que Isaac não a levou? E a chance de controlar a Herdeira de Arthur?

Sel já havia pensado nisso.

— Porque uma Herdeira de Arthur Despertada que ele não pode controlar e com poderes que ele não entende seria um risco grande demais. Seria perigoso até mesmo para um Mestre.

— Falando de poderes que ele não entende... — William entra na sala com mais arquivos. — Uma médium, você comentou? E...?

Sel me observa responder enquanto anda.

— Eu... sim. Uma médium e... uma Artesã de Sangue. Posso gerar o meu próprio aether.

William assovia.

— Uma bela ajuda. A parte de ser médium explica como Arthur consegue possuí-la do jeito que fez. Nós às vezes herdamos traços de personalidade, mas... o que ele... e você, fizeram, foi algo do qual nunca ouvi falar... o Pendragon falando direto *através* de sua Herdeira...

— Você nunca ouviu falar nisso porque nunca aconteceu antes. — Sel passa as mãos pelo cabelo. — William, não é o momento de...

— Esse é *o* momento, Selwyn! — grita William. — Você mesmo falou que poderia sentir se Nick estivesse em perigo. Ele não está. Precisamos nos armar com *informações*. Sobre Bree, sobre Nick, sobre como tudo isso aconteceu.

Greer balança a cabeça.

— Se Nick não é o Herdeiro de Arthur, então por que o levaram?

Elu ficou em silêncio no sofá durante a maior parte da manhã, olhos vermelhos das lágrimas por Whitty e Russ. O luto de Greer é do tipo que rouba a voz. O tipo que vive na sua garganta como pedaços de vidro.

— Não é óbvio? — diz Sel, desdenhando. — Para impedir a Távola de se juntar! Se o fizerem de refém enquanto Camlann chega, os Regentes farão tudo que for possível para conseguir de volta o Herdeiro de Lancelot. Darão a Davis o que ele quiser. Se não fizerem isso, a Távola nunca terá todo o seu poder e será derrotada pelas Crias Sombrias. E pela Linhagem de Morgana, que agora sabemos estar trabalhando em conjunto com demônios, se o que aquele goruchel falou for verdade.

— E é exatamente por isso que precisamos entender a Herdeira que temos aqui! — diz William, sentando-se no sofá. — Bree é uma coisa nova. Poderosa. Precisamos entender a situação dela, e, por extensão, a situação na qual estamos. — Ele se vira para mim. — Agora, Bree, a minha teoria é a de que Arthur vai habitá-la de formas que nunca vimos antes. Não apenas as habilidades dele, mas o seu espírito, as suas emoções e possivelmente as suas memórias.

O luto de William o fez mergulhar no trabalho. Ele não vê a hora de descobrir tudo que acompanha a possessão de Arthur, mas não tenho desejo algum de revisitar aquilo. Não quando consigo senti-lo no fundo da minha mente. Encaro William durante um longo momento, então desvio o olhar.

Tor sai assim que Sarah chega com um bule de café e uma bandeja com canecas.

Enquanto discutíamos, Greer empilhou na mesa de café os documentos amarelados e pesados de William, arquivos encadernados em couro.

— Ainda não entendo. Como Nick é o Herdeiro de Lancelot e Bree, de Arthur?

William repousa a mão no meu joelho.

— Bree, é aqui que precisamos que você preencha as lacunas. Na noite passada, enquanto Sel a carregava até o andar de cima, você ficou murmurando alguma coisa sobre Vera e um bebê. — Ele balança a cabeça. — Quem é Vera?

Todos se viram para mim, como eu sabia que fariam.

— Minha ancestral — respondo, baixinho. — Ela foi escravizada na plantação de um Herdeiro de Arthur.

Greer e Sarah se movem no sofá, desconfortáveis. Sel suga ar por entre os dentes.

Conto a eles o que vi, eu mesma me lembrando de tudo enquanto as palavras saem. Não escondo nada, exceto a mulher no hospital. Quando paro, Sel me olha com atenção. Ele sabe que estou escondendo alguma coisa. Balanço a cabeça imperceptivelmente. *Mais tarde.* Ele estreita os olhos, mas assente.

— Diga os nomes outra vez — pede William, folheando um livro marrom enorme com cheiro de mofo. — O nome dos homens.

Respiro fundo, ainda trêmula.

— Davis. E Reynolds.

William se detém em uma página, vai descendo o dedo até que:

— Aqui.

— Aqui o quê? — pergunta Sarah.

Todos nos inclinamos na mesa.

William aponta para uma página amarela com colunas de nomes, datas e locais.

— Esta é a família de Nick. A linhagem Davis. No início dos anos 1800, Samuel Davis era o Herdeiro de Arthur. Samuel — William faz uma careta — era um senhor de escravos. Ele tinha uma plantação a uns quarenta quilômetros da cidade.

A sala fica em silêncio ao meu redor.

— Davis sabia que, se Vera tivesse tido o seu filho, a criança seria Herdeira — diz Sel. — Se houvesse a menor chance de que ela estivesse carregando um filho dele, ele a caçaria.

— Mas como Vera sobreviveu, ela deu à luz uma criança Herdeira — diz William, pensativo. Ele se vira para mim. — O que significa que você e toda a sua família são uma ramificação na Linhagem. O sangue de Arthur está correndo nas suas veias há gerações.

— E a esposa de Davis? — indago, sem forças. — A mulher loira na minha visão. Ela estava dormindo com Reynolds.

— O nome dela era Lorraine. — William vai até outra página do mesmo livro e suspira. Ele bate com o indicador em uma fileira de notas e nomes. — Reynolds é o sobrenome da Linhagem de Lancelot. E Paul Michael Reynolds vivia perto daqui na mesma época.

— Que nem Guinevere — sussurra Sarah, os olhos se arregalando. — É como a lenda. Lancelot é o cavaleiro em quem Arthur mais confiava, até ele dormir com a esposa do rei. Lorraine se deita com Reynolds e finge que o bebê é de Davis. Talvez ele até estivesse por dentro da história, já que nunca encontrou Vera ou a criança.

William assente, encarando o livro na mesa.

— Samuel Martin Davis, Jr., nascido no mesmo ano. O único filho registrado e ancestral de Nick oito gerações atrás. Reynolds, por outro lado, só tem registro de filhos até anos depois. Ele teve três filhos e uma filha. A Ordem tem o registro de todos aqui.

Sel fica de pé, andando de um lado para outro.

— O que significa que Lorde Davis e Nick não são Davis coisa nenhuma, falando do ponto de vista das linhagens. Eles são Reynolds. E o Reynolds na Divisão do Norte agora é da Linhagem de Lancelot, mas não é o Herdeiro elegível.

— Nick é... — sussurro, e todos os olhares se voltam para mim. — O rosto dele ontem à noite... Nunca o vi tão devastado.

Quando ergo os olhos, vejo a expressão preocupada de William. O vislumbre de preocupação que ele compartilha com Sel.

Também estou preocupada. Penso na minha conexão com Nick. Nossa confiança e afeição. Agora me pergunto quanto daquilo era eu e Nick e quanto era Arthur e Lancelot. Chamado e resposta. Um rei para o seu primeiro cavaleiro, unidos pelos elos profundos da lealdade e da traição.

— O que vamos dizer aos Regentes? — indaga Sarah.

Tor volta para a sala.

— Não sei, mas acabei de ligar para o emissário deles. Eles estão a caminho.

— Você fez o quê? — vocifera Sel, incrédulo.

— Eu precisei fazer isso! — grita Tor. — Estou no comando agora, Merlin, e digo que temos dois Escudeiros mortos, um Herdeiro morto, um goruchel que assassinou um Escudeiro e se infiltrou no nosso meio... *por meses!* Você ouviu aquela coisa: há outros infiltrados na Ordem. O que acha que vai acontecer se tentarmos esconder tudo isso?

— Não era você que tinha que tomar essa decisão — diz Sel por entre os dentes. — E você não está no comando. Bree é...

— Bree é o quê? — pergunta Tor. — Nosso rei? Por acidente? Isso é um erro!

— *Acidente?* — rosno. — Erro?

Alice já está de pé, punhos fechados.

— É assim que você chama a escravidão? Trezentos anos de *acidentes?*

O rosto de Tor fica vermelho.

— Você sabe o que eu quis dizer.

— Acho que não sei! — brado.

Uma imagem brilha atrás dos meus olhos, uma imagem do rosto de Vera derramando o próprio sangue na terra. Meus dedos se curvam, unhas se afundando na minha palma. William e Sel olham para o meu punho e a força que faço ali agora.

— O que aquele homem fez não foi acidente. Ele sabia *exatamente* o que estava fazendo. Ele *gostava* de possuir a vida dela. O corpo dela. E ele não foi o único. *Ela* não foi a única.

De repente, tudo que desejo é voar no pescoço de Tor. *Será que os Lendários vão tentar me deter?*, eu me pergunto. *Será que até mesmo Sel poderia me deter?*

Tor nota minha raiva crescente e dá um passo para trás, mas não se cala.

— Pessoas deram suas vidas para a causa ontem à noite, e você o quê? Simplesmente apareceu no último minuto?

Dou um passo para a frente, e Sel estende o braço para me conter.

— Tor! — grita ele. — Bree é o seu rei!

— Não é o meu rei. — Tor balança a cabeça, me encarando com raiva. — Não quando ela nem quer ser.

— Eu... — A memória dos corpos de Whitty, Fitz e Russ aparece na minha frente, o sangue formando poças tão vermelhas que chegavam a ser pretas. — Eu...

Alice entra na minha frente, braços cruzados.

— Herdeira de Tristan, né? Bree não tem escolha em nada disso, pelo que sei. — Ela olha para Tor de cima a baixo. — E nem você, nível três.

Tor se lança tão rápido que apenas Sarah consegue segurá-la pela cintura. E apenas Sel é rápido o suficiente para entrar na frente de Alice.

Alice nem pisca. Ela está aprendendo rápido. Minha amiga levantou cedo e sugou todas as informações que pôde de William, embora ele estivesse exausto.

— Chega! — grita ele. — Tor, afaste-se!

Tor está arfando nos braços da namorada. Ela se levanta, olha para mim e para Alice e corre para fora da sala em uma lufada de vento.

No silêncio que se segue, William ordena:

— Respirem fundo, todos vocês! Antes que eu bote todo mundo para dormir!

Sigo a ordem de William, mas isso não impede o mundo de tombar. Eu me pergunto se algum dia voltarei a vê-lo do jeito certo ou se preciso aprender uma nova forma de andar sobre ele. Uma forma sem Nick. Uma forma em que estou no comando de tudo... isso.

Será que um rei se imagina estrangulando sua cavaleira?

Os eventos no *ogof* me deram respostas, ainda que as respostas sejam difíceis e horríveis. Aqueles mesmos eventos deixaram Nick apenas com perguntas. E não tivemos a oportunidade de falar sobre elas e o que significavam para a gente, para a Távola, para tudo que nós dois sabíamos.

Logo, as previsões e os planos de Sarah, William e Sel giram ao meu redor, salpicadas com referências ocasionais ao meu novo título e à minha nova posição. Alice dá conta do recado, interferindo com perguntas lógicas e exigindo respostas por mim.

Sel está certo de que precisamos manter a nossa estância contra os Regentes e começarmos a procurar por Nick sozinhos, mas não parece muito confiante no nosso sucesso sem auxílio exterior. A rede da Ordem pode ir mais longe do que nós, e estão mais equipados para uma caçada humana. Sarah quer esperar pelas instruções dos Regentes, mas Sel responde que vão desperdiçar tempo interrogando todos nós sobre o que aconteceu aqui, especialmente a mim. Vou ter que compartilhar a história de Vera de novo. Os Magos Senescais vão querer saber das minhas outras habilidades, talvez até mesmo me testar. Sel não vai permitir. Ele acha que preciso escolher um Escudeiro o mais rápido possível, antes de assumir o trono. William argumenta que preciso me recuperar antes de realizar o Juramento do Guerreiro. Enquanto isso, os Regentes vão precisar confirmar a presença de Arthur antes de transferirem o poder para mim e alertar o restante da Ordem de que Camlann chegou. Ele diz que, como rei, os Regentes vão esperar que eu promova a calma entre os membros da Ordem em vez de pânico. Então preciso reunir a Távola e designar membros do comitê de busca. A discussão continua e continua... e agora eu não quero participar dela.

— E se a Linhagem de Morgana e as Crias Sombrias encontrarem Nick primeiro? — A minha voz flutua para cima e ao meu redor como brumas acima de um lago. Eu não tinha me dado conta de que estava guardando aquela pergunta até ela brotar. Por um breve momento, me preocupo que a pergunta não tenha vindo de mim. — O que vão fazer com ele?

Silêncio. Olhares ansiosos.

Ninguém sabe como lidar com a aliança Morgana-Crias Sombrias que agora sabemos existir.

Aperto a mão de Alice e fico de pé.

— Preciso de um pouco de ar.

Ela me solta e ninguém me detém, porque sou o rei.

Não preciso olhar para saber que é Sel quem abre a porta da varanda. Mesmo antes de sentir o formigamento do olhar dele nas minhas costas, eu sabia que ele viria até mim. Além de Alice, ele é o único que ainda me olha como se eu fosse apenas Bree.

— Sinto muito. — A voz dele é quieta, cuidadosa.

Balanço a cabeça e seguro o corrimão de madeira até ele ranger sob os meus dedos. A força de Arthur é *aterrorizante*.

— Você não vai perguntar por que estou dizendo isso?

— Não — respondo.

As sempre-vivas se erguem como a última esperança de vida na floresta apinhada, pinheiros afiados como agulhas e lâminas contra o céu. Invejo a prontidão delas. Em breve, os Regentes vão chegar com perguntas que não posso responder e outras que não quero responder.

A aproximação dele é silenciosa, como sempre, e então Sel está atrás de mim, apoiando-se no corrimão.

— Não sei quanto tempo temos, mas os Regentes e os Magos Senescais estarão aqui em breve. Precisamos dos recursos e das informações deles para encontrar Nick.

— Eu sei.

— Vamos encontrá-lo, Bree. Juro.

Sel se vira para mim, desviando a minha atenção das árvores para os olhos dourados dele. Meu olhar viaja pelas feições escuras de águia do garoto, pela curva aquilina de seu nariz e pelo cabelo preto que se enrola feito penas acima de suas orelhas.

Eu faço que sim.

— Vamos. — Meu peito se aperta. — O que eles fizeram com a sua mãe, o abuso do pai dele... foi tudo por uma mentira, Sel.

Ele me encara com olhos solenes. Os sacrifícios dele foram baseados em uma mentira também.

— Sua mãe... — começo.

Ele fica alerta, tenso.

— O que tem a minha mãe?

Então conto a ele minha pequena omissão dentro do Alojamento. Digo que vi a mãe dele na minha caminhada pela memória, que ela e minha mãe eram amigas, e que ela estava lá naquela noite no hospital, de luto. Que ela fingiu ser a Merlin designada para o caso da minha mãe, se é que esse Merlin existiu mesmo. Que a mãe dele vigiou a minha família por sabe-se lá quantos anos para se certificar de que estávamos a salvo da Ordem. Nossas mães eram amigas. Aliadas. Assim como com Nick, as nossas linhagens estavam conectadas de formas que nunca imaginei.

Quando termino de falar, Sel está boquiaberto em um choque silencioso.

— Sel?

— Não é que não acredite em você. É só que... — Ele balança a cabeça, tentando se recuperar. — Mesmo que ela tenha fugido da prisão, que tenha dominado e mesmerizado os guardas Merlins que nem Isaac fez comigo... como ela pode ter sobrevivido? Na idade dela e com o nível de poder dela? Longe da Ordem, a minha mãe teria sucumbido ao sangue anos atrás.

— Mas no hospital — falo, com cuidado — a sua mãe estava lúcida, focada. De luto, mas no completo domínio das suas capacidades.

As pálpebras dele tremem.

— Isso é... impossível.

— É — sussurro —, se aquilo que a Ordem falou para você for verdade.

As sobrancelhas escuras dele se arqueiam.

— Bree...

— E se os Merlins *não* sucumbirem ao sangue? E se... apenas *e se*?

Ele solta um longo e lento suspiro.

— Isso mudaria *tudo* que aprendemos sobre como os nossos poderes progridem, como o nosso sangue funciona, o motivo de sermos Juramentados, para início de conversa, o motivo de nos prenderem... — Os olhos de Sel se estreitam em aviso. — Se isso fosse verdade, seria um conhecimento perigoso de se possuir. Ou compartilhar. Até mesmo para você.

— Imaginei. — Balanço a cabeça, brincando com a madeira sob os meus dedos. — Foi por isso que esperei até que estivéssemos sozinhos.

Ficamos em silêncio por um longo momento, contemplando o quanto os nossos mundos tinham mudado e quanta mudança ainda estava por vir.

Sinto a atenção de Sel nas minhas bochechas e me pergunto quando as faíscas nos olhos dele se tornaram um calor reconfortante.

— O quê? — murmuro, erguendo o olhar.

— Você é meu rei agora, cariad.

A voz baixa dele carrega toda a intimidade de um carinho, e os olhos dele são ouro derretido. Eu me viro, sobrecarregada com o significado imbuído nas duas coisas.

Não pergunto o que "cariad" significa, porque, no meu coração, tenho medo da resposta dele. Medo de ser partida ao meio outra vez, quando toda a minha realidade tem sido um lento despedaçar ao longo das manhãs.

Sel encosta uma das mãos no meu queixo, guia o meu rosto de volta para encarar o dele.

— Camlann chegou. Estamos em guerra. Contra as Crias Sombrias e as Morganas. Contra inimigos que podem se esconder diante dos nossos olhos. — Uma pausa enquanto ele analisa as minhas feições. — Você precisa...

— Você está Juramentado a *Nick* — interrompo-o, minha voz fraca.

Sel me estuda, vê o meu coração retorcido. Ele me solta com um suspiro quieto. Palavras não ditas pairam pesadas entre nós, mas o menino as deixa partir até que se dissipem no ar à espera de outro dia.

Eu sei que ele está certo. Preciso de um Mago-Real. Sou a peça mais importante no tabuleiro agora. Minha vida está conectada com as Linhagens, e, agora que estou Desperta, as Crias Sombrias virão atrás de mim. Mas...

— *Enfrentaremos as sombras. Sempre fizemos isso.*

O tom barítono de Arthur ressoa dentro do meu peito. Um sino tocado perto demais. Sel ergue uma sobrancelha, mas não comenta sobre o fogo mágico que vaza da minha pele.

Vera cantarola dentro de mim. Mesmo agora consigo sentir a força dela. O suficiente para conter Arthur e o Chamado dele com facilidade — até que eu concorde em ouvi-lo.

— *Há um preço a se pagar por ser uma lenda, filha. Mas não tema, você não vai carregar este fardo sozinha.*

Se eu me concentrar, consigo sentir três batidas de coração por trás das minhas costelas. Ritmos diferentes. Todos meus.

Estremeço.

— Podemos sair daqui?

A boca de Sel se curva em um sorriso.

58

ANDAMOS DEVAGAR UM AO lado do outro através da abertura no campo ao lado da Pedreira.

O silêncio de Sel é um bálsamo contra a enxurrada de vozes ásperas no Alojamento. As mãos nos bolsos, a linha clara de seu perfil contra o sol, o jeito relaxado dos ombros dele — tudo isso alivia a minha ansiedade para que eu enfim possa respirar e enfim possa pensar.

Estes são os fatos:

Nick me ajudou a descobrir mais verdades do que eu sabia que estava procurando e agora ele está perdido.

Ainda que a herança dele tenha se desfeito sob o peso das minhas verdades, se fosse eu nas garras de Isaac e sob o risco de ser caçada por Morganas, Nick lutaria para me trazer para casa. Então, lutarei para resgatá-lo.

Não sei se é por causa das nossas heranças, das nossas linhagens ou daquilo que forjamos por nós mesmos, mas posso *sentir* a ausência de Nick como uma ferida aberta no meu peito.

Eu o amo.

Nick está no meu coração e eu estou no dele. Isso é irrefutável, não importa o que aconteça, ou quando, ou por quê. E não vou perder alguém que amo outra vez. Não quando tenho o poder para salvá-lo.

Um mal inenarrável me deu Arthur, a resistência de Vera me deu poder, mas *eu* ganhei a minha própria vontade.

A Ordem é a minha corte agora, queira eu ou não. A Távola vai olhar para mim em busca de liderança.

Tenho medo, mas, como Vera falou, não estou sozinha.

Enquanto me abaixo para desamarrar os cadarços, meu acompanhante se inclina em um carvalho, e nossos olhos se encontram. Uma leve pressão formigante passa dele para mim feito uma benção: o exato oposto do que ele me ofereceu da última vez que estivemos aqui juntos.

Sel não questiona o motivo de estarmos aqui. Ele não questiona o porquê de eu tirar os tênis. Não questiona o porquê de eu tirar as meias. O olhar dele permanece quente nas minhas costas enquanto me observa caminhar descalça para além dele e mais fundo na floresta de onde viemos. Satisfeita com a distância, eu me agacho na terra e olho para o céu. Afundo os dedos na terra fria, e isso faz sussurros se alastrarem pelos meus braços. Empurro os dedos dos pés nas memórias enterradas de corpos que passaram, corpos fugindo e corpos resistindo.

Este é o motivo de eu estar aqui. Preciso de um horizonte selvagem — um grande momento que seja apenas meu — antes de voltar para a batalha.

Sem nenhum Antes. Sem nenhum Depois. Apenas o agora.

Avanço, e a força de exércitos canta através dos meus músculos. Sobreviver. Resistir. Prosperar. Cada bater dos meus pés ecoa nas minhas juntas como o martelo de um ferreiro, tinindo alto nos ossos, ligamentos e tendões até que a floresta passe feito um borrão em uma torrente de musgo verde e castanho-escuro.

Corro cada vez mais rápido.

E então estou no ar, deixando a terra e as árvores bem atrás de mim.

AS LINHAGENS DA TÁVOLA REDONDA

NÍVEL	LINHAGEM	SÍMBOLO
1	Rei Arthur Pendragon	Dragão rampante
2	Sir Lancelot	—
3	Sir Tristan	Três flechas sinistras
4	Sir Lamorak	Grifo correndo
5	Sir Kay	—
6	—	—
7	Sir Owain	Leão deitado com a cabeça para cima
8	—	—
9	—	—
10	—	—
11	Sir Bors	Círculo de três voltas
12	Sir Gawain	Águia de duas cabeças

COR	HERANÇA	ARMA(S)
Dourado	A sabedoria e a força do rei	Espada longa
Azure	Mira e velocidade	Arco e flecha
Vermelho-carmesim	Força sobrenatural (duradoura)	Machado
Amarelo-tenné	Familiar de leão de aether	Bastão
Laranja queimado	Agilidade e destreza	Espada longa
Verde-esmeralda	Habilidades de cura aumentadas; força sobrenatural ao meio-dia e à meia-noite	Adagas duplas

NOTA DA AUTORA

DE MUITAS MANEIRAS, a história de Bree é a minha história. Quando minha mãe morreu, descobri que tinha acabado de me tornar a terceira geração consecutiva de filhas que perderam a mãe ainda jovem. Que nós soubéssemos. Essa percepção foi nítida, rápida e impossível — e o momento exato em que Bree e *Lendários* começaram a tomar forma.

A morte está repleta de ironias estranhas; enquanto crescia, eu tinha, vez ou outra, visto a ferida da minha mãe, mas não entendia a sua natureza. Precisei perdê-la para reconhecer que aquela ferida era dor e, claro, o evento que me ajudou a entendê-la melhor foi o mesmo evento que a levou embora. Eu queria comparar experiências, mas não é assim que minha história funciona. Em vez disso, escrevi minha própria explicação.

A fim de criar a magia e o legado que respondessem às perguntas de Bree, peguei o padrão de perda em minha linha matrilinear e, em seguida, transformei esse padrão nas qualidades sobrenaturais das mulheres da minha família. A história de Bree é, em essência, uma história sobre alguém que quer entender o papel da morte em sua vida. É sobre a maternidade negra e a filiação negra. Mas também é a história de alguém que deseja muito compreender e homenagear sua mãe e seus ancestrais.

LUTO E TRAUMA

Lendários aborda vários tipos de trauma. O trauma relacionado ao luto de Bree é extraído diretamente das minhas próprias experiências. No livro, ela sofre de crises agudas de luto traumático, transtorno de estresse pós-traumático e sintomas iniciais de transtorno do luto complexo persistente, refletindo o meu entendimento não profissional acerca dessa condição. Esse transtorno é uma adição relativamente recente ao *Manual diagnóstico e estatístico de doenças mentais* (DSM-5) em meio a pesquisas ainda em evolução. No meu caso, precisei de um ano após a morte da minha mãe para buscar apoio de um especialista em luto e dez anos para começar o tratamento focado no luto com um profissional de trauma. Nesse ínterim, perdi o meu pai biológico e o pai que me criou. Escrevi *Lendários* em parte porque espero aumentar a conscientização sobre essas condições às vezes comórbidas, sobretudo quando ocorrem devido à perda de um dos pais e/ou quando ocorrem em jovens. Muitas pessoas convivem com esses distúrbios sem diagnosticá-los e sofrem em silêncio por causa da forma como a nossa sociedade trata a dor e a morte. Muitas pessoas se afastam desse tipo de sofrimento, mesmo aquelas que estão sofrendo. Se você é uma dessas pessoas, saiba que não está sozinha e que esse trauma é tratável. *Lendários* também aborda trauma intergeracional vivido por descendentes de pessoas escravizadas, as formas pelas quais o trauma pode se manifestar entre pais e filhos e os legados de trauma racial, opressão e resiliência.

ARTE DE RAIZ

Além de recorrer à minha própria vida para criar o sistema mágico fictício da Arte de Raiz, me inspirei na história afro-americana e nas tradições espirituais. Em particular, concentrei-me em "trabalho de raiz", também conhecido como *hoodoo* ou conjuração. O trabalho de raiz foi desenvolvido por africanos escravizados e seus descendentes durante a escravidão americana, e pode ser rastreado desde suas origens históricas até práticas variadas nas comunidades afro-americanas atuais. O trabalho de raiz não é uma tradição centralizada, e os praticantes de diferentes famílias, regiões e épocas possuem evangelhos particulares com relação à sua forma. Mas existem aspectos comuns, muitos dos quais podem ser encontrados em outras tradições e religiões, incluindo aquelas originadas na África Ocidental. "Arte de Raiz" em *Lendários* pega emprestado quatro desses elementos comuns: reverência aos ancestrais e comunhão, uso ritual de materiais orgânicos, medicina naturopática e cura, e temas de proteção.

O trabalho de raiz é uma tradição popular histórica e viva e uma prática espiritual, mas não é a prática no meu livro. Embora a magia da Arte de Raiz que Bree explora no livro seja fictícia, escolhi usar o termo "raiz" em *Lendários* por quatro motivos:

- Para definir esse tipo de magia ancestral e orgânica à parte da magia da Ordem.
- Por causa do poder da palavra na minha comunidade; imagens do uso de raízes existem na música negra, na cultura pop e no cinema.
- Porque, para mim e para muitos outros negros no Sul, parece que o próprio solo que ajudou a cultivar este país está encharcado com sangue reconhecido e não reconhecido, suor e lágrimas de africanos escravizados e dos seus descendentes. E, na verdade, está mesmo.
- Para indicar a solução para a turbulência de Bree, que é reconhecer a natureza viva do amor na vida dela, ao lado da morte, e se tornar uma clandestina para encontrar a verdade sobre a sua origem.

HISTÓRIA DA UNIVERSIDADE DA CAROLINA DO NORTE — CHAPEL HILL

Quando falo sobre *Lendários*, costumo falar sobre o rei Arthur e sobre quando me apaixonei pelas lendas arturianas. (Especificamente sobre a série de livros *The Dark is Rising*, de Susan Cooper, de 1995.) Também digo que é sobre as maneiras como o luto e a história caminham ao nosso lado. A UCN – Chapel Hill é muita coisa: minha *alma mater* duas vezes, um epicentro amado para algumas das minhas memórias favoritas, a universidade aberta ao público mais antiga do país a admitir e formar alunos, um local de interesse da história local e nacional, uma instituição repleta de sociedades secretas e, inegavelmente, um campus e uma comunidade ainda reconhecidos pelas profundas conexões com a escravidão.

Lendários é uma fantasia contemporânea de ficção cujo cenário é um lugar real com uma história real. Eu inventei a Ordem da Távola Redonda e o Programa de Entrada. O cemitério é real, mas acrescentei mausoléus. Tomei algumas liberdades com Battle Park e a geografia do campus. O Memorial dos Fundadores Não Reconhecidos existe, mas alterei a sua localização. Não há uma estátua de Carr, mas o monumento confederado conhecido como Silent Sam ficou por mais de cem anos no campus da universidade e foi tópico de décadas de debates e protestos até ser removido por ativistas em 2018.

Algumas das histórias mais dolorosas do livro são fatos: os túmulos não marcados, desrespeitados e segregados; a brutalidade do verdadeiro Julian Carr contra uma mulher não identificada; que estudantes negros vivem e estudam em um campus construído por pessoas escravizadas, mantidas em cativeiro por homens célebres que teriam desejado nos escravizar também. Esses fatos e monumentos têm reflexos em outros espaços e em outras universidades, e espero que a luz continue a brilhar sobre eles.

REI ARTHUR

Se for preciso encontrar o começo de Arthur, eu me voltaria para o País de Gales. Ainda assim, nunca conseguiria listar todas as minhas fontes de lendas e tradições arturianas. Como diz Nick, mil e quinhentos anos é muito tempo! O ciclo arturiano é absortivo e sempre convidou à invenção e à reinvenção. Arthur existe em uma rede de narrativas; não há uma única história, nenhum texto sagrado, nenhuma versão definitiva, nenhuma voz única. Em vez disso, existem muitas versões de várias lendas, reimaginações e recontagens. Considere *Lendários* uma contribuição para a coleção.

Para mim, Arthur representa a fundação do cânone da mitologia ocidental. O ciclo arturiano é uma oportunidade de nos reorientarmos em direção às histórias que queremos preservar e redescobrirmos quem realmente merece se tornar lendário.

AGRADECIMENTOS

ESTA HISTÓRIA VIVE COMIGO há muito tempo, e sou grata pelas muitas pessoas que me apoiaram para transformá-la em livro.

Eu não seria escritora, muito menos autora, sem o apoio dos meus pais: minha mãe, que me apresentou à ficção científica e à fantasia e fez com que eu soubesse que minha escrita importava, e meu padrasto, o homem que se tornou "pai" e que realmente acreditava que eu poderia fazer qualquer coisa, e me falou isso. Tenho saudades de vocês dois, e sei que vocês estão me vendo e torcendo por mim.

Gratidão eterna aos ancestrais em cujos ombros eu me ergo. Sou porque vocês foram.

Um grande obrigado a Penny Moore, que ajudou a mim e a *Lendários* a encontrar um lar fantástico.

Muito obrigada em todos os sentidos a minha editora, Liesa Abrams. Primeiro, por enviar aquele e-mail para Amy Reed em 2017. Para sempre, por defender minha voz e este projeto desde o início. Acredito de verdade que o universo deu um empurrãozinho em nossos caminhos, e sou muito grata por seu trabalho árduo, por seu cuidado, sua visão e sua defesa.

Um enorme agradecimento de aether-e-eternidade para Sarah McCabe, que pulou na teia emaranhada de demônios e Herdeiros com as mangas arregaçadas. Obrigada por abraçar o mundo de *Lendários*, ajudando a moldá-lo em sua melhor forma e me ajudando a me tornar a escritora que coloca a própria visão ambiciosa no papel.

Agradeço imensamente a Laura Eckes e Hillary Wilson por uma capa que me dá vida toda vez que a vejo. Agradecimentos duradouros a todos da Simon Pulse e da Simon & Schuster por acreditarem em *Lendários* e trabalharem tanto para ajudar o livro a ganhar vida e chegar às mãos dos leitores: Mara Anastas, Chriscynethia Floyd, Katherine Devendorf, Rebecca Vitkus, Jen Strada, Kayley Hoffman, Mandy Veloso, Sara Berko, Lauren Hoffman, Caitlin Sweeny, Alissa Negro, Anna Jarzab, Emily Ritter, Savannah Breckenridge, Annika Voss, Christina Pecorale e a equipe de vendas da Simon & Schuster, Michele Leo e a equipe de educação e biblioteca, Nicole Russo, Lauren Carr, Jessica Smith, Jenny Lu, Ian Reilly e Nicole Sam.

Para minha parceira de crítica, Julia: este livro não seria o que é sem seu olhar cuidadoso, entusiasmo de leitora alfa e beta, feedback pontual e apoio duradouro durante os tempos difíceis ao escrevê-lo. Obrigada por tudo.

Gratidão enorme aos meus consultores de pesquisa, especialistas no assunto e leitores de autenticidade: dra. Hilary N. Green, por seu trabalho, seu apoio e sua visão; dr. Gwilym Morus-Baird, pelo conhecimento de galês medieval e traduções e criações galesas modernas (*Diolch yn fawr iawn!*); Sarah Rogers, MA, por brincar com o mundo enquanto compartilha sua sabedoria medieval; e dr. Cord J. Whitaker. Para Lillie Lainoff, Brittany N. Williams e Maya Gittelman. Agradeço aos historiadores, arquivistas, bibliotecários, detentores de memória e descobridores da verdade, UCN-Chapel Hill e Chapel Hill, por seu trabalho e pesquisa.

Um agradecimento especial a Daniel José Older. Você foi meu primeiro amigo autor, e sou muito grata por seu ouvido atento e sua sabedoria, seu humor e seu apoio. Você é um humano muito bom.

Para Amy Reed: obrigada por me lembrar de quem sempre fui.

Há tantos autores em minha vida a quem agradecer pelo apoio, conselho e amor: Kwame Mbalia, Victoria Lee, Elise Bryant, Karen Strong, Justina Ireland, LL McKinney, Dhonielle Clayton, Bethany C. Morrow, Eden Royce, Lora Beth Johnson, Susan Dennard, EK Johnston, Margaret

Owen, Zoraida Córdova, Natalie C. Parker, Tessa Gratton, Graci Kim, Liselle Sambury, Annalee Newitz, Kiersten White, Ashley Poston, Jessica Bibi Cooper, Monica Byrne, Emily Suvada, Nicki Pau Preto, Akemi Dawn Bowman, Antwan Eady, Claire Legrand, Saraciea Fennell e Patrice Caldwell.

Agradecimentos especiais a Mark Vrionides, Katy Munger, Jamye Abram, Negar Mottahedeh, Kat Milby, Michael G. Williams, Tina Vasquez e as mulheres do Color of Fandom.

Obrigada a St. Anthony Hall e aos meus irmãos. Eu não seria a pessoa, a escritora ou a artista que sou sem os laços. Espero que gostem deste LD.

Para Annalize Ophelian e Alyssa Bradley: obrigada pelos feitiços e projetos, pelo caldeirão e por todas as outras magias que fazemos juntas.

A Arlette Varela por estar *sempre* pronta para pensar em nomes de demônios, habilidades mágicas e maldições de sangue. Seu feedback inicial me deu o impulso de que eu precisava.

A Kathy Hampton: obrigada por seu olhar artístico, espírito abundante e suporte brilhante. Você viu a mim e a Bree desde o início, e eu a agradeço por isso.

A Adele Gregory-Yao: sou imensamente grata pelo seu apoio inabalável, o brilhante brainstorming, as soluções de problemas, talento, humor ácido e visão criativa durante esta jornada.

Para Karin McAdams: você apoiou a minha escrita (e a minha leitura) por mais de vinte e cinco anos. Você me ajudou a sobreviver a duas derrotas e depois me encorajou a escrever sobre elas. Você é a minha irmã de armas, e acho que ela ficaria muito orgulhosa de nós duas.

Imensa gratidão a todos os membros da minha família, por todas as minhas famílias, por estarem entusiasmados com o meu futuro e este livro sem nem terem lido uma palavra. Obrigada.

A Walter, obrigado por me manter alimentada e hidratada, por me lembrar de descansar e por acreditar em mim todos os dias. Você teve fé quando eu não tive. Você escreve na lousa, esboça e fala do meu mundo até que a magia e o enredo façam sentido, meu parceiro tanto na narrativa quanto na vida. Nada disso seria possível sem você. Eu te amo.

1ª edição	JULHO DE 2021
reimpressão	JUNHO DE 2022
impressão	LIS GRÁFICA
papel de miolo	PÓLEN NATURAL 70G/M²
papel de capa	CARTÃO SUPREMO ALTA ALVURA 250G/M²
tipografia	PERPETUA